BASTEI
LÜBBE

Angus Wells

DIE VERBANNTEN

Die Kinder des Exils

Ins Deutsche übertragen
von Winfried Czech

BASTEI
LÜBBE

BASTEI LÜBBE TASCHENBUCH
Band 20 404

1. Auflage: Januar 2001

Vollständige Taschenbuchausgabe

Bastei Lübbe Taschenbücher
ist ein Imprint der
Verlagsgruppe Lübbe

Deutsche Erstveröffentlichung
Titel der englischen Originalausgabe:
Exile's Children, Chapter 1-25

Lektorat: Frauke Meier/Stefan Bauer
Titelillustration: Stephen Youll
Umschlaggestaltung: QuadroGrafik, Bensberg
Satz: QuadroPrintService, Bensberg
Druck und Verarbeitung:
Brodard & Taupin, La Flèche, Frankreich
Printed in France

ISBN 3-404-20404-2

Für Anne Lesley Groell
und Jamie Warren Youll.
Mit besonderem Dank an Stephen Youll.

DIE BEGEGNUNGSSTÄTTE

Das erste, was Morrhyn sah, als er die Traumhütte verließ, war ein Reiher, der von drei angriffslustigen Krähen quer über den Himmel gejagt wurde. Der schwerfällige Fischreiher stieß mit heftig schlagenden Schwingen herab, doch die Krähen verfolgten ihn hartnäckig weiter, und als er den Hain aus Wasserschierlingssträuchern erreichte, der die Begegnungsstätte säumte, stieß er ein protestierendes Krächzen aus und überließ seinen Fang den Räubern. Morrhyn fragte sich, ob das ein Omen war und ob irgendeiner der anderen Wakanishas, die an dem Matakwa teilnahmen, ebenfalls das kleine Drama beobachtet hatte. Er beschloß, es später zu erwähnen, und vielleicht würden sie über seine Bedeutung diskutieren. Bis dahin gab es genügend andere Dinge, die ihn beschäftigten.

Nach der Hitze in dem Zelt strich die frische Morgenluft kalt über seine verschwitzte Haut, und er schlang das Bärenfell enger um die Schultern. Das Jahr war noch jung, der Mond des Neuen Grases kaum voll, doch der Himmel versprach einen schönen Tag, und als Morrhyn sich umdrehte und sich ehrerbietig vor dem Berg des Schöpfers verneigte, sah er den großen Gipfel hell im Licht der gerade aufgehenden Sonne leuchten. Vielleicht war auch das ein Omen, vielleicht schickte der Schöpfer ein zweites Zeichen, um das erste Omen auszugleichen. Morrhyn war sich nicht sicher, in letzter Zeit erfüllten ihn seine Träume mit Unruhe und Zweifeln. Er spürte, daß dem Volk eine furchtbare Bedrohung bevorstand, doch um was für eine Bedrohung es sich handelte und wann sie hereinbrechen würde, blieb ihm ein Rätsel. Letzte Nacht und die Nächte zuvor hatte er von merkwürdigen Kreaturen geträumt, die in schimmerndes Metall gehüllt waren und auf unvorstellbar fremdartigen Tieren saßen, und er wußte, daß sie Böses im Schilde führten. An ihrer Spitze ritt eine Gestalt, deren Rüstung blendend hell glänzte. Sie saß auf einem riesigen schwarzen Geschöpf mit tückisch gewundenen Hörnern und feurig lodernden Augen. In ganz Ket-Ta-Witko gab es kein solches Volk oder derart unheimliche Tiere. Morrhyn fürchtete sich vor der Bedeutung des Traums und betete inbrünstig, daß er nicht wahr werden würde. Sobald er an der Reihe war, im Traumrat zu sprechen, würde er den anderen Wakanishas von seinen Visionen erzählen und sie um ihren Rat bitten. Vielleicht teilten andere seinen Traum; er wußte nicht, ob er auf diese Bestätigung seiner seherischen Kräfte hoffen oder ihren Verfall ebenso fürchten wie herbeisehnen sollte.

Seufzend wanderte er zwischen den noch schlafenden Zelten entlang zu dem Bach, der durch die Begegnungsstätte floß. Dort bückte er sich, um den Schweiß von seinem Gesicht und seiner Brust zu spülen. Ein Stückchen stromabwärts entdeckte er Rannach, der seinen preisgekrönten Hengst tränkte und mit einigen anderen ledigen Kriegern plauderte und lachte. Der junge Mann stand mit nacktem Oberkörper in der Kälte, und einen Moment lang beneidete Morrhyn ihn um seine Jugend und das damit einhergehende überwältigende Selbstvertrauen. Er selbst hatte dieses Gefühl der Zuversicht nie kennengelernt, aber er war auch schon in früher Jugend seiner Berufung zugeführt worden. Der alte Gahyth hatte ihn als Träumer erkannt und auf das Leben eines Wakanishas vorbereitet, noch bevor Morrhyn die Gelegenheit gehabt hatte, wilde Steppenpferde einzufangen oder allein Bären oder Löwen zu jagen und das Recht zu erwerben, die Zöpfe eines Kriegers zu tragen. Er war ein Wakanisha. Sein Haar fiel lose herab. Rannachs Haar dagegen war nun schon im siebten Winter zu Zöpfen geflochten.

Und jetzt bereitete sich der junge Mann darauf vor, eine Braut auszuwählen. Es gab genug junge Frauen in den Zelten der Commacht, die ihm begehrliche Blicke hinterherwarfen, und ihre Eltern würden ihn sofort als Bräutigam ihrer Töchter willkommen heißen. Morrhyn hoffte, Rannach würde eine von ihnen wählen, das würde alles so viel einfacher machen. Doch Rannach hatte nur Augen für Arrhyna, als hätte der erste Anblick des Tachynmädchens sein Herz im Sturm erobert und für immer gefangengenommen. Würde Morrhyn es nicht besser wissen, hätte er sich gefragt, ob das Mädchen den jungen Krieger verzaubert oder ihm heimlich irgendeinen Liebestrunk verabreicht hatte, der ihn mit Fesseln blinden Verlangens an sie kettete, doch aus früheren Matakwas kannte er sie als ein bescheidenes Mädchen, das sich seiner Schönheit anscheinend nicht bewußt war. Er glaubte nicht, daß sie irgendeine Magie angewandt hatte, sondern sich einfach nur so gab, wie sie war, und Rannach hatte sich auf eine ganz natürliche Art - und zwar Hals über Kopf - in sie verliebt. Was natürlich die stärkste Magie überhaupt war - und unter diesen Umständen wahrscheinlich die schlechteste.

Morrhyn grunzte, als er sich wieder aufrichtete, verfluchte geistesabwesend die Jahre, die ihren Tribut in Form von steifer werdenden Gliedern forderten, und nickte Rannach, der lächelnd winkte, grüßend zu. Er hoffte, sein Schweigen würde den Krieger erkennen lassen, daß er nicht zu einem Gespräch aufgelegt war, denn er wußte, welche Richtung es zwangsläufig einschlagen, was er sagen und was Rannach darauf erwidern würde. Es hätte seine Sorgen nur vergrößert. Er brauchte Ruhe, um nachzudenken, über seinen Traum und die kommenden Tage, er mußte herausfinden, welche Rolle Rannach und Arrhyna für die Zukunft der Commacht spielen würden, ja, für die Zukunft des gesamten Volkes.

Es wäre alles so viel einfacher, dachte er, während er sich enger in seinen Umhang wickelte und dem Bach den Rücken kehrte, wenn Vachyr nicht ebenfalls dem Mädchen den Hof machen würde, wenn Vachyr nicht Chakthis Sohn oder Chakthi nicht so unnachgiebig wäre. Doch diese Dinge waren so unabänderlich wie der Berg des Schöpfers. Eheschließungen zwischen verschiedenen Clanen waren nicht ungewöhnlich, und hätte Rannach irgendeinem anderen Tachynmädchen den Hof gemacht, hätte Chakthi vermutlich keine Einwände erhoben. Der Schöpfer wußte, daß der Akaman der Tachyn wenig Sympathie für die Commacht übrig hatte, doch wäre es um irgendeine andere junge Frau und nicht ausgerechnet um Arrhyna gegangen, hätte er Rannachs Bemühungen wahrscheinlich geduldet und nur die Eltern seiner Auserwählten gedrängt, einen gewaltigen Brautpreis festzusetzen. Aber daß sein einziger Sohn dasselbe Mädchen wie Rannach begehrte, änderte die Lage völlig. Chakthi würde seinen gesamten Einfluß als Akaman in die Waagschale werfen, um zu versuchen, Vachyr alles zuzuführen, was der junge Krieger begehrte – oder in diesem Fall eher jeden. Seine Liebe zu seinem Sohn machte Chakthi blind, und seit dem Tod seiner Frau wurde sein aufbrausendes Temperament von keinem weiblichen Einfluß mehr gemäßigt.

Auch bezweifelte Morrhyn, daß Hadduth etwas anderes tun würde, als seinen Akaman bedingungslos zu unterstützen, obwohl es die Pflicht eines jeden

Wakanishas war, in erster Linie für das Wohl der Mehrheit zu sorgen, für das Wohl des gesamten Volkes. Wenn Chakthi ein Wolf war, war Hadduth sein ihm sklavisch ergebener Hund, zumindest war das das Bild, das sich Morrhyn immer aufdrängte. Wenn Chakthi heulte, bellte Hadduth zu seiner Unterstützung. Es bedurfte keines Traums, um diese drohende Entwicklung zu prophezeien. Rannach war halsstarrig in seinem Stolz, und sollte sich Vachyr mit ihm messen wollen, sollte es zu einer Herausforderung kommen ...

Das wollte sich Morrhyn lieber gar nicht erst vorstellen. Nur blieb ihm auch nichts anderes übrig, denn er war der Wakanisha der Commacht, und seine schwere Pflicht bestand darin, die verschlungenen Pfade des Schicksals zu ergründen. Es war eine Bürde, die er bereitwillig akzeptierte, seit Gahyth ihn als Träumer erkannt hatte, doch sie verschaffte ihm wenig Freude. Ihr Gewicht lastete schwer auf ihm, und es wurde nicht geteilt, denn er konnte unter den jungen Männern der Commacht niemanden mit der Gabe des Träumens entdecken. Noch war er nicht so alt, daß er sich deswegen Sorgen zu machen brauchte, aber es würde unweigerlich die Zeit kommen, da er einen anderen in dieser Kunst unterweisen mußte. Vielleicht würde er sich dann bei einem der anderen Clane umsehen müssen, um dort einen geeigneten Kandidaten zu überrreden, die Schwüre und den Treueeid gegenüber den Commacht abzulegen. Und sollte es soweit kommen, würde er seinen Nachfolger nicht unter den Tachyn suchen.

Eine Stimme riß ihn aus seinen Grübeleien, und er bemerkte, daß er gedankenversunken wieder die Reihen der Zelte erreicht hatte. Lhyn stand im Eingang des Zeltes, das sie und Racharran teilten, und ihr Anblick ließ ihn lächeln, ließ alte Erinnerungen und Sehnsüchte wehmütig in ihm erwachen. Mittlerweile durchzogen graue Strähnen ihr Haar, doch sie schienen das Gold nur noch heller leuchten zu lassen, als hätte sich Silber dazugesellt, und die Fältchen in ihrem Gesicht betonten ihre Schönheit noch. Früher, vielleicht ... Morrhyn schob den Gedanken von sich. Lhyn hatte ihre Wahl getroffen, und er focht sie nicht an. Er hatte es damals nicht getan, als sie ihn mit feuchten Augen zurückgewiesen und ihm gesagt hatte, daß sie zu Racharran gehen würde, und er konnte es auch heute nicht, wenn er sah, wie glücklich sie war. Er hob eine Hand und ging zu ihr, und noch immer konnte er nicht ganz verhindern, daß sein Herz schneller zu schlagen begann. Vielleicht, dachte er, bin ich doch noch nicht so alt, wie ich oft glaube.

»Ich backe gerade Brotfladen«, sagte sie, »und Racharran hat einen Hirsch von der Jagd mitgebracht. Willst du mit uns essen?« Sie hielt einladend die Zeltplane auf, denn sie wußte, daß er ihr Angebot nicht ablehnen würde.

Morrhyn strahlte, als ihm verlockende Essensdüfte in die Nase stiegen, und betrat das Zelt. »Unser Akaman ist wirklich ein großer Hirschjäger«, sagte er.

»So wie unser Wakanisha ein großer Traumjäger ist«, erwiderte Racharran, der auf der anderen Seite der offenen Feuerstelle saß, mit einem leisen Lachen. »Nimm Platz, mein Freund, und füll deinen Magen.«

Der Wakanisha dachte an das schlichte Frühstück, das in seinem eigenen Zelt auf ihn wartete. Dies hier war zweifellos besser, und bei der Gelegenheit würde er sich mit dem Akaman über seinen Traum und seine Zweifel unterhalten können.

Er setzte sich, streifte das Bärenfell ab und genoß den Geruch des frischen Brots, als Lhyn den Fladen vom Feuer nahm.

Sie aßen schweigend, wie es Sitte war, und sprachen erst wieder, als alle das Mahl beendet hatten und

Lhyn die von den Grannach gefertigten Becher mit süßem Kräutertee füllte.

»Ich habe Rannach gesehen«, begann Morrhyn. »Ist er immer noch fest entschlossen?«

Racharran nickte. Sein attraktives Gesicht verfinsterte sich ein wenig. »Mein Sohn ist eigensinnig«, murmelte er. »Er hat vor, heute zu Arrhyna zu gehen. Morgen wird Bakaan für ihn den formellen Antrag machen.«

»Gebe der Schöpfer, daß Vachyr nicht da ist«, sagte Morrhyn.

»Bestimmt würde nicht einmal Vachyr die Begegnungsstätte entweihen.« Lhyn vollführte eine Schutzgeste.

Ihr Mann brummte etwas Unverständliches und zuckte die Achseln. »Vachyr ist so hitzköpfig, wie unser Sohn stolz ist. Ich frage mich, ob sich die beiden so sehr von einander unterscheiden.«

Lhyn runzelte mißbilligend die Stirn. »Es gefällt mir nicht, unseren Sohn mit dem von Chakthi zu vergleichen«, sagte sie. »Rannach ist ...«

»Eigensinnig«, fiel ihr Racharran ins Wort.

»Der Sohn seines Vaters«, sagte Lhyn.

»Mag sein.« Racharran breitete die Hände aus. »Aber er hört in dieser Sache nicht auf mich, und er hätte keine schlechtere Wahl treffen können.«

»Er liebt sie«, erklärte Lhyn nüchtern, »und sie liebt ihn. Willst du das bestreiten?«

»Nicht daß sie die gleiche Leidenschaft teilen, nein«, erwiderte Racharran. »Ich sage nur, daß es eine Leidenschaft ist, die uns in einen Krieg stürzen könnte.« Er wandte sich Morrhyn zu. »Was meinst du dazu, Wakanisha?«

Morrhyn wischte sich etwas Hirschfett vom Kinn und dachte eine Weile nach. »Ich denke, ich sehe beide Seiten«, sagte er schließlich. »Ich wünschte, der

Schöpfer hätte Rannachs Augen anders gelenkt, doch sie sind auf Arrhyna gefallen, und daran wird sich nichts ändern. Wir können die Heirat nicht verbieten, genausowenig wie Chakthi das kann. Was sich allerdings daraus entwickelt ...«

»Ärger«, behauptete der Akaman. »Stünde es in meiner Macht, würde ich die Ehe verbieten.«

»Und uns unseren Sohn damit zum Feind machen«, sagte Lhyn. »Er würde Arrhyna mit sich nehmen und fortgehen.«

»Ja.« Racharran neigte zustimmend, aber traurig den Kopf. »Und so machen wir uns statt dessen Chakthi zum Feind. Wenn der Sommer kommt, wird unser Stamm wachsam über die Steppe reiten müssen – als Folge von Rannachs Verlangen.«

»Aber du wirst ihn unterstützen, wenn Chakthi damit vor den Rat tritt?« fragte Lhyn.

»Natürlich.« Racharrans Lächeln war voll bitterer Resignation. »Er ist mein Sohn. Ich habe mit ihm gesprochen, und meine Worte sind von ihm abgeperlt wie Wasser von einem Stein. Er kennt meine und Morrhyns Gefühle zu diesem Thema und läßt sich davon nicht beirren. Aber ich werde ihn im Rat unterstützen.«

Lhyn lächelte und schenkte Tee nach.

»Ich habe wieder geträumt«, sagte Morrhyn.

»Den gleichen Traum?« fragte Racharran, und als der Wakanisha nickte, fügte er hinzu: »Irgend etwas über Rannach?«

»Nein«, sagte Morrhyn, »und das macht mir Sorgen. Es ist, als wäre dieser Traum so mächtig, daß er alle anderen Träume vertreibt. Er lodert wie ein Steppenbrand durch meine Nächte.« Obwohl es im Zelt warm war, erschauderte er. »Er macht mir angst.«

Racharran musterte seinen alten Freund aufmerksam, las die Besorgnis in dem zerfurchten Gesicht wie eine Tierfährte im Gras. Was er sah, beunruhigte ihn, und seine Stimme war leise, als er fragte: »Kannst du ihn deuten?«

»Nein.« Morrhyn zuckte hilflos die Achseln. »Außer daß Gefahr droht, eine viel größere Gefahr als Chakthi allein. Ach!« Er schüttelte seufzend den Kopf. »Ich bin kein besonders guter Träumer, wenn ich die Vision nicht deuten kann.«

»Du bist der beste«, versicherte Racharran, und seine Frau stimmte ihm zu.

Morrhyn schenkte den beiden ein Lächeln. »Ich danke euch für euer Vertrauen«, murmelte er. »Aber es beunruhigt mich, daß ich die Gefahr spüre und die Bedeutung des Traums nicht entschlüsseln kann.« Ihm wurde bewußt, daß er die Schultern hängen ließ, also streckte er den Rücken und zwang sich zu einem zuversichtlicheren Tonfall. »Ich werde im Traumrat davon berichten. Vielleicht haben auch andere diesen Traum gehabt.«

Racharran nickte. Diese Dinge gingen vorerst nur die Träumer an, noch waren sie von keinem unmittelbaren Belang für die Akamans. Wenn Morrhyns Traum von den anderen geteilt wurde und die Wakanishas aller Clane, die sich zum Matakwa versammelt hatten, ihm eine Bedeutung geben konnten, dann würde sich der Rat der Häuptlinge damit befassen. Bis dahin hatte Racharran genug Sorgen mit den Heiratsabsichten seines Sohns.

Er ahnte einen Sommer des Krieges voraus, und er konnte nicht umhin, zornig darüber zu sein, daß es Rannach sein würde, der das Feuer entfachte. Im Namen des Schöpfers, warum konnte der Junge nicht vernünftig sein? Arrhyna war zweifellos ein wunderbares Mädchen, aber davon gab es genug andere, und wenn Rannach das Wohl des Clans über sein eigenes Verlangen stellte, dann würde er auf Arrhyna verzichten und sich eine andere Braut suchen, deren Heirat weniger dazu angetan war, die Tachyn in den Krieg zu treiben. Rannach ist nicht aus dem Holz geschnitzt, dachte Racharran traurig, aus dem Akamans gemacht werden.

»Du denkst an unseren Sohn?«

Lhyns leise Stimme drang in seine düsteren Gedanken, und er antwortete ihr mit einem stummen Nikken. Sie seufzte und richtete den Blick auf Morrhyn.

»Wenn die Schlinge erst einmal um den Hals des Hengstes liegt, sollte man das Seil lieber nicht mehr loslassen«, sagte der Wakanisha.

Racharran knurrte gereizt. »Dieser Hengst wird uns wahrscheinlich unter seinen Hufen zerstampfen.«

»Trotzdem ist das Seil gespannt«, erwiderte Morrhyn, »und jetzt müssen wir das Beste daraus machen.«

»Hast du Chakthi eine Entschädigung angeboten?« erkundigte sich Lhyn.

Ihr Mann schnaubte. »Für eine Braut, deren Preis bereits bezahlt wurde? Noch habe ich meinen Stolz nicht völlig verloren.« Seine scharfgeschnittenen Gesichtszüge wurden weicher. Er berührte die Hand seiner Frau. »Außerdem vermute ich, daß Chakthi darin nur eine zusätzliche Beleidigung sehen würde.«

»Es gibt keine einfache Antwort«, räumte Morrhyn ein. »Wir können nur beten, daß der Schöpfer Chakthis Zorn besänftigt.«

»Und Vachyrs Zorn«, fügte Racharran hinzu.

Als Morrhyn das Zelt verließ, war das große Lager zum Leben erwacht. Das Gespräch hatte ihm keine neuen Erkenntnisse gebracht, und er verspürte immer noch kein Verlangen danach, sich mit anderen zu unterhalten. Also zog er seinen Umhang höher, um seinen Kopf zu verhüllen, ließ die Zelte hinter sich und wanderte in die Steppe hinaus, dorthin, wo die Zehen des Schöpferberges auf der Erde ruhten. Die Felsen schimmerten silbern im Licht der über den Horizont gestiegenen Sonne, so alt wie die Zeit selbst und von Furchen durchzogen wie die Haut eines Greises. Weiter oben wurden die Hänge steiler und verschmolzen mit den Flanken des gewaltigen Gipfels, der ebenmäßig aufragte, vom Wind und unzähligen Jahren glattgeschliffen, eine Felsnadel, die die Wolken durchstieß, die Säule, die das Himmelsgewölbe trug, das Tor, durch das das Volk einst nach Ket-Ta-Witko gekommen war. Vielleicht würde er dort oben, dem Schöpfer näher, Antworten auf seine Fragen finden.

Morrhyn machte sich an den Aufstieg, und schon bald wurde ihm so warm, daß er das Bärenfell abstreifte und es an einer Stelle zurückließ, wo die stachligen Zweige von Dornensträuchern aus einer Felsspalte herausragten. Er kletterte weiter, bis er einen Sims erreichte, von dem aus er die Begegnungsstätte überblicken konnte. Dort ließ er sich nieder und betrachtete die Zelte der versammelten Clane.

Einmal im Jahr, stets im Mond des Neuen Grases, kamen sie zum Matakwa an diesen Ort. Hier brachten sie dem Schöpfer Opfer dar, dankten für die Gaben, die er ihnen im letzten Jahr gewährt hatte, und beteten darum, daß er sie auch weiterhin reich beschenkte. Hier wurden Streitigkeiten geschlichtet und Ehen geschlossen. Alle Probleme, die nicht durch die Akamans und Wakanishas der einzelnen Clane hatten geregelt werden können, wurden durch den Rat der Häuptlinge beigelegt, und der Beschluß des Rates war endgültig. Hier kamen die Wakanishas zum Traumrat zusammen, sprachen über ihre Visionen, suchten die Hilfe der anderen und initiierten Novizen. Hier trafen sich die Menschen mit den Grannach, dem Steinvolk, das im Inneren der Hügel lebte und zum Matakwa hervorkam, um seine Metallarbeiten gegen Felle, Perlen und Knochenschnitzereien einzutauschen. Das Matakwa war sowohl ein weltliches als auch ein religiöses Fest, das von einem unumstößlichen Gebot beherrscht wurde: Während der Feierlichkeiten durfte kein Blut vergossen werden. Morrhyn betete inbrünstig, daß es auch so bleiben würde. Er hätte nicht sagen können, woran es lag, aber er fühlte, daß dieses Gebot irgendwie mit seinem Traum zusammenhing – die Begegnungsstätte durfte nicht mit Blut besudelt werden, sonst würde sie die brennenden Pferde aus seiner Vision mit ihren furchtbaren Reitern hervorbringen.

Morrhyn sang seine Gebete und lauschte seinen Worten nach, die vom Wind in die Höhe getragen wurden. Er hoffte, daß sie bis zu den Ohren des Schöpfers emporstiegen.

Dann ließ er den Blick über das Lager schweifen und versuchte, Ruhe und Frieden zu finden.

Die kleineren Gliedmaßen des Schöpferberges umschlossen hornförmig den großen grünen Talkessel und hielten den Wind fern. Es gab genug Gras für alle Pferde und ausreichend Brennholz, um die mit dem Pferdemist gespeisten Feuer zu vergrößern. Der Bach, der durch den Talkessel floß, schlängelte sich in zahlreichen Windungen dahin, so daß niemand sein Zelt weit vom Wasser entfernt aufschlagen mußte. Es war ein so guter Lagerplatz wie nur irgendwo sonst in Ket-Ta-Witko und mit Sicherheit der einzige Ort, an dem sich alle Clane versammeln konnten.

Die Zelte breiteten sich bunt unter ihm aus, bemalt mit den Emblemen der fünf Clane und ihrer jeweiligen Bewohner. Der Pferdekopf der Commacht prangte stolz auf einer Seite des Baches gegenüber dem Büffel der Tachyn. Morrhyn sah den Wolf der Aparhaso, die Schildkröte der Naiche und den Adler der Lakanti. Hinter den Zelten weideten die Pferdeherden, gehütet von älteren Kindern, während die jüngeren laut und lebhaft zwischen den Zelten herumtollten, begleitet von ausgelassen bellenden Hunden. Blaue Rauchfäden stiegen von Kochfeuern auf, verwirbelten und lösten sich in höheren Luftschichten auf, wo sie vom Wind erfaßt wurden. Erwachsene schlenderten gemächlich umher, blieben hier und da stehen, um Freunde zu begrüßen und alte Bekanntschaften zu erneuern. Im Zentrum des Lagers boten Krieger Pferde zum Tauschhandel an und Frauen die Decken, die sie während der langen Monde der Kahlen Bäume und des Gefrorenen Grases gewoben hatten. Es war ein Anblick, der jedes Mal Morrhyns Herz wärmte und dessen er nie überdrüssig wurde. Er hoffte, daß es hier sein würde, wenn der Schöpfer ihn zu sich rief, hier, wo seine Gebeine für immer nahe dieses wunderbaren Symbols der Einheit ruhen konnten.

Ihm war bewußt, daß er lächelte, während er die Szenerie in sich aufnahm, doch sein Lächeln gefror, als er Rannach entdeckte, der durch den Bach lief. Wasser spritzte glitzernd unter seinen Füßen auf.

Der Krieger trug seine beste Kleidung, ein Hemd aus hellem Rehleder, perlenbestickt und mit dem Pferdekopf seines Clans bemalt. Seine Reithose bestand aus dem gleichen Leder, blaugefärbt und mit roten und weißen Fransen versehen. Sein dunkles Haar glänzte frischgewaschen. Über seiner linken Schulter hing eine Decke. Er näherte sich zielstrebig dem Zelt von Nemeth und Zeil, Arrhynas Eltern. Wenigstens trägt er keine Waffen, dachte Morrhyn, und dann erinnerte er sich, daß Rannach Racharran sein Wort gegeben hatte.

Trotzdem konnte der Wakanisha seine bösen Vorahnungen nicht gänzlich unterdrücken, und sein Blick wanderte an dem jungen Krieger vorbei zu Vachyrs Zelt, das im Hintergrund neben dem seines Vaters stand. Morrhyn stieß einen erleichterten Seufzer aus, als keiner der beiden Tachyn erschien, aber sein Herz schlug immer noch schneller, denn er wußte nur zu gut, daß die Abwesenheit von Arrhynas anderem Verehrer lediglich einen kurzen Aufschub bedeutete, die Ruhe vor dem Sturm. Welche Ausmaße dieser Sturm annehmen würde, wußte er nicht, nur daß er mit Sicherheit bevorstand.

»Du, der Du uns alle erschaffen hast«, sagte er, ohne zu merken, daß er laut sprach, »mach, daß alles reibungslos abläuft.«

Und dann hielt er den Atem an, als stünde er direkt hinter Rannach und säße nicht weit entfernt und hoch über ihm. Der junge Mann blieb vor dem Zelt stehen. Die Eingangsplane öffnete sich, und Nemeth trat ins Freie. Sie unterhielt sich eine Weile mit Rannach, bevor sie sich umdrehte und irgend etwas rief. Arrhyna kam heraus, und im selben Augenblick war Morrhyn klar, daß sie den Besuch des Kriegers erwartet hatte. Ihr Haar, das feurig rot leuchtete, fiel ihr lose über die Schultern, und sie trug ein Kleid aus so weich gegerbtem Hirschleder, daß es beinahe weiß war. Morrhyn stellte sich vor, wie sie die langen Wintermonde in Erwartung dieses Moments damit verbracht hatte, das Leder zu bearbeiten und das Kleid zu nähen.

Rannach sagte etwas zu ihr, worauf sie lächelte, schüchtern den Kopf senkte und zu ihm ging. Er ließ die Decke von seiner Schulter gleiten und hob den Arm, so daß sie sich rot, blau und weiß ausbreitete. Arrhyna trat dicht an ihn heran. Rannach legte den Arm um sie, hob die Decke und zog sie über ihrer beiden Köpfe. Dann gingen sie gemeinsam davon, ließen die Zelte der Tachyn hinter sich, durchquerten den Bach und wanderten an den Unterkünften der Commacht vorbei.

Morrhyn wandte den Blick ab. Der Antrag war gemacht worden, jetzt blieben nur noch die Formalitäten. Formalitäten und die Reaktion von Vachyr und Chakthi. Der Wakanisha drehte den Kopf herum und starrte zum Berg des Schöpfers empor. Er spürte, daß die Ereignisse, die sein Traum ankündigte, sich mit donnernden Schritten näherten, doch die Felsnadel des Berggipfels gab ihm keinen Hinweis darauf, was ihnen allen bevorstand. Nach einer Weile erhob er sich und begann mit dem Abstieg.

Es war Zeit, sich der Zukunft zu stellen.

»Drei Hände Pferde wurden geboten.« Chakthi hob die Finger, um seine Worte zu unterstreichen. »Bester Abstammung, jedes einzelne.«

»Zweifellos, denn das Blut, das in den Herden der Tachyn fließt, erfüllt uns alle mit Neid.« Juh von den Aparhaso sprach mit sanfter Stimme, ein auffälliger Kontrast zu Chakthis schneidendem Tonfall. Racharran lächelte schwach, der alte Mann war stets ein Hüter des Friedens gewesen. »Trotzdem liegt die letzte Entscheidung bei dem Mädchen.«

Chakthi machte eine wegwerfende Handbewegung.

»Und sie hat Rannach gewählt«, sagte Yazte von den Lakanti. »Dessen Brautpreis von Zeil und Nemeth akzeptiert worden ist.«

Racharran hörte ein nervöses Scharren jenseits des aus den Akamans und Wakanishas der fünf Clane bestehenden inneren Kreises und vermutete, daß es von Zeil kam. Der Mann beweist Mut, sich dem Anführer der Tachyn zu widersetzen, dachte er. Er fragte sich, ob Nemeth und Zeil vielleicht schon bald Zuflucht unter den Zelten der Commacht suchen würden. Sollten sie darum bitten, würde sie ihnen gewährt werden.

»Rannach hat nur zehn Pferde geboten«, unterstrich Chakthi seinen Standpunkt. Der Schein des Feuers ließ seine wolfartigen Züge schärfer hervortreten, seine blassen Augen blitzten herausfordernd. »Zehn Pferde gegen fünfzehn von Vachyr. Wie kann das richtig sein?«

»Unsere Frauen sind keine Tiere, mein Freund.« Juh

runzelte die Stirn, Falten durchzogen sein Gesicht wie Risse einen ausgetrockneten Lehmboden, doch seine Stimme blieb sanft. »Sie können nicht wie Pferde gekauft und verkauft werden. Arrhyna hat ein Mitspracherecht in dieser Angelegenheit.«

»Und sie hat Rannach ihr Jawort gegeben.« Yazte sprach ruhig und beherrscht, in seiner Stimme klang nur eine kaum wahrnehmbare Andeutung von Verachtung mit.

Sollte sich ein Krieg aus diesem Zwist entwickeln, dachte Racharran, *dann haben wir dort einen Verbündeten. Yazte hat für Chakthi nicht mehr übrig als ich.* Er richtete seine Aufmerksamkeit auf die anderen Akamans und fragte sich, für wen sie sich im Zweifelsfall entscheiden würden. Juh, vermutete er, würde versuchen, seine Aparhaso aus allen Konflikten herauszuhalten. Er musterte Tahdase von den Naiche, aber die Miene des jungen Mannes war undurchsichtig, als hätte er seinen Stein noch nicht geworfen. Racharran konnte es ihm nicht verübeln; Tahdase war noch nicht lange Akaman seines Clans – dies war sein erstes Matakwa als dessen Anführer –, und vernünftigerweise suchte er keine Feindschaften. *Trotzdem,* dachte Racharran, *Chakthi zwingt uns zu einer Abstimmung, und dann muß sich Tahdase entscheiden.*

Sein Augen richteten sich wieder auf den Akaman der Tachyn, als Chakthi erneut das Wort ergriff. »Ich behaupte nicht, daß unsere Frauen Tiere sind.« Der Tachyn bemühte sich um ein versöhnliches Lächeln, das Racharran jedoch eher an das Grinsen eines Vielfraßes erinnerte. »Ich sage nur, daß jeder vernünftige Vater, jedes vernünftige Mädchen, sich für die bessere Wahl entscheiden sollte. Ja, für den besseren Mann.«

Racharran hatte sich vorgenommen, in dieser Versammlung diplomatisch zu bleiben und nicht

Chakthis Zorn zu provozieren, doch dies war eine vorsätzliche und kalkulierte Beleidigung, die er nicht ignorieren konnte, ohne seine Ehre zu verlieren. Er hob eine Hand und fragte: »Du behauptest, Vachyr wäre der bessere Mann?«

Morrhyn stieß ihm den Ellbogen kräftig in die Rippen, doch der Akaman schenkte seinem Wakanisha keine Beachtung und starrte Chakthi weiterhin unverwandt an. Der Tachyn lächelte starr und nickte knapp. »Vachyr ist ein Tachyn. Ja, er ist der bessere Mann.«

Der Commacht spannte sich an, und Morrhyn umklammerte sein Handgelenk. Während der Ratsversammlungen trug niemand Waffen, doch hätte Racharran ein Schwert gehabt ... »Vorsicht.« Morrhyns Stimme war ein beinahe unhörbares Flüstern in seinem Ohr. »Er hetzt, er will dich provozieren. Schnapp nicht nach seinem Köder.«

Es war nicht einfach. Yazte starrte Chakthi an, so wie er vielleicht eine Wanze in seinem Bett betrachten mochte. Der alte Juh verzog in offener Mißbilligung das Gesicht. Selbst der vorsichtige Tahdase wirkte schockiert. Die Mienen der Wakanishas waren finster. Racharran unterdrückte seinen Zorn und verschluckte die Drohung, die ihm auf der Zunge lag. Er wählte seine Worte sorgfältig, als er erwiderte: »Du hast ein Recht auf deine eigene Meinung, Bruder. So wie ich auf die meine.«

Ein Schatten huschte über das Gesicht des Tachyn, und einen Moment lang blitzten Wut und Enttäuschung in seinen Augen auf. *Im Namen des Schöpfers,* dachte Racharran, *hat er wirklich vor, hier und jetzt einen Kampf vom Zaun zu brechen?*

»Wir sind der Rat des Volkes.« Juhs Stimme war längst nicht mehr so sanft, jetzt schwang der Stahl in ihr mit, der ihn zum Akaman machte. »Es ist ungehörig, hier Beleidigungen auszutauschen.«

Yazte brummte zustimmend. Tahdase nickte so gewichtig, wie es ihm seine Jugend gestattete.

Chakthi starrte eine Weile wild in die Runde, dann flüsterte ihm Hadduth irgend etwas ins Ohr, und der Akaman senkte den Kopf. »Mein Bruder Racharran spricht die Wahrheit. Unsere Meinungen sind unsere eigene Angelegenheit. Ich hatte nicht vor, das Matakwa zu entehren.«

Seine Antwort klang nicht wie eine Entschuldigung, doch unter dem Druck von Morrhyns Fingern akzeptierte Racharran sie mit einem Nicken.

»Also, können wir uns dann wieder dem Problem um Arrhyna widmen?« Juh wirkte erleichtert.

»Was gibt es da noch zu diskutieren?« Yazte lächelte mit gezwungener Ruhe. »Ein Antrag wurde gemacht, ein Antrag zurückgewiesen. Das Mädchen hat seine Wahl getroffen. Welche Fragen sind sonst noch zu klären?«

Chakthi knirschte hinter den zu einer dünnen Linie zusammengepreßten Lippen mit den Zähnen. Seine Augen, kalt wie Wintereis, richteten sich auf den Lakanti. »Als Akaman der Tachyn fechte ich ihre Wahl an.« Seine Stimme war nicht wärmer als sein Blick. »Als Akaman der Tachyn verlange ich, daß der Rat in dieser Angelegenheit für sie entscheidet.«

Eine solche Forderung war noch nie zuvor gestellt worden, aber Racharran hatte nicht weniger erwartet. Gelegentlich kam es vor, daß eine junge Frau sich nicht zwischen zwei Antragstellern entscheiden konnte oder ihre Eltern Einwände gegen ihre Wahl erhoben. In einem solchen Fall konnte das Problem vom Rat der Häuptlinge geregelt werden, nachdem alle Beteiligten ihren Standpunkt erläutert hatten, und die Entscheidung des Rates war endgültig. In diesem Fall jedoch gab es nichts, was eine Beratung erforderlich machte. Arrhyna hatte ihre Wahl getroffen, und ihre Eltern waren damit einverstanden. Chakthi überspannte den Bogen, wie Racharran befürchtet hatte, nur seinem Sohn zuliebe. Sein Blick wanderte an dem Akaman der Tachyn vorbei und fand Vachyr, der hinter seinem Vater unter den Kriegern saß. Der junge Mann starrte über das Ratsfeuer hinweg – auf Rannach, vermutete der Commacht.

»Legt mein Bruder Racharran dagegen Widerspruch ein?« fragte Juh.

Racharran schüttelte den Kopf, obwohl Yazte murmelte: »Du mußt dich nicht darauf einlassen, Bruder. Das ist eine Farce.«

Er bedachte den Lakanti mit einem kurzen Lächeln und machte eine beschwichtigende Geste. Es war eine Farce, und er zweifelte nicht an dem Ergebnis der Abstimmung, auch wenn er wünschte, Arrhyna würde aufstehen, ihr Jawort Rannach gegenüber zurückziehen und erklären, daß sie ihre Meinung geändert hatte und sich für Vachyr entschied. Das würde die Zukunft einfacher gestalten. Aber trotzdem konnte er die kleine Flamme der Gehässigkeit, die in seinem Herzen brannte, nicht ersticken; es wäre gut, Chakthi gedemütigt zu sehen.

Wie es die Zeremonie verlangte, stand er auf, die Decke in den Armen, und sagte: »Ich habe keine Einwände. Mögen die Betroffenen gehört werden.«

Der alte Juh nickte. Yazte starrte Chakthi finster an. Tahdase wirkte angespannt. Der greise Häuptling der Aparhaso hob eine Hand. »Dann rufe ich sie hiermit auf«, verkündete er. »Das Mädchen und seine Eltern mögen vortreten und angehört werden. Die Krieger mögen vortreten und unser Urteil vernehmen.«

Alle Beteiligten schoben sich durch die Menge, die den Rat umringte. Vachyr und Rannach schritten stolz einher und taxierten einander dabei angriffslustig wie zwei junge Büffelbullen in der Brunst. Arrhyna hatte die Augen niedergeschlagen, nervös wie ein Reh. Nemeth und Zeil folgten ihr dicht auf den Fersen, nicht zuversichtlicher als ihre Tochter. Das Raunen der Menge verstummte.

»Möge die junge Frau Arrhyna sprechen«, sagte Juh mit einem ermutigenden Lächeln. »Kind, dir widerfährt eine große Ehre. Zwei tapfere Krieger halten um deine Hand an und bieten deinen Eltern viele Pferde als Brautpreis. Welchen von beiden wählst du?«

Einen Moment lang verschleierte Arrhynas Haar, rot wie die Gut des Feuers, ihr Gesicht. Sie antwortete so leise, daß es unverständlich war.

»Kind, könntest du etwas lauter sprechen?« forderte Yazte sie auf. »Du hast nichts zu befürchten. Niemand hier wird dir etwas zuleide tun, noch dir das Wort verbieten.«

Arrhyna hob den Kopf. Ihre grünen Augen wurden riesig und richteten sich fest auf Rannach. »Ich wähle Rannach«, sagte sie.

Vachyrs Miene wurde noch düsterer, seine Mundwinkel zogen sich wütend herab. Rannach strahlte.

»Hören wir nun ihre Eltern«, sagte Juh.

Zeil warf Chakthi einen verstohlenen Blick zu. Es war unverkennbar, daß er seinen Akaman nicht noch mißgünstiger stimmen wollte. Juh forderte ihn mit einer Geste auf zu sprechen, und der Mann berührte die Hand seiner Frau. Die Augen starr auf den Boden gerichtet, erklärte er: »Vachyrs Brautgebot ist großzügig, aber meine Tochter hat ihre Wahl bekanntgegeben, und ich kann mich ihrem Wunsch nicht widersetzen.«

»Du entscheidest dich also für Rannach?« vergewisserte sich Juh.

Zeil schluckte und erwiderte leise: »Ja.«

»Und deine Frau stimmt dir darin zu?«

Nemeth nickte. »So ist es«, bekräftigte sie. »Ich

erkenne die Entscheidung meiner Tochter an. Ich stimme für Rannach.«

Racharran hörte Chakthis wütendes Grollen und sah, wie Vachyrs Kiefermuskeln hervortraten. *Das ist ganz und gar nicht gut*, dachte er. *Es wird ein sorgenvoller Sommer werden. Aber trotzdem …* Er konnte nicht verleugnen, daß die Verärgerung des Tachyn ihm eine gewisse Befriedigung verschaffte.

»Dann gibt es Zustimmung von allen, die ein Mitspracherecht in dieser Angelegenheit haben«, stellte Juh fest. »Was sagen meine Brüder?«

»Es ist beschlossen«, sagte Yazte und strahlte Vachyr unschuldig an.

»Es ist beschlossen«, schloß sich Tahdase dem Lakanti an, wenn auch etwas zögernder und leiser.

Chakthi schüttelte grollend den Kopf. »Ich sage nein!»

Juh wandte sich Racharran zu. Einen Augenblick lang überlegte der Commacht, ob er alle schockieren sollte, indem er sich auf Chakthis Seite schlug, aber dadurch würde er sich nur seinen eigenen Sohn zum Feind machen und ihn wahrscheinlich vertreiben. Dann würden die starrköpfigen Krieger, die Rannach folgten, mit ihm fortgehen, und der Clan wäre geschwächt. Und wenn er sich selbst gegenüber ehrlich war, konnte er keine derart dramatische Kehrtwendung vollführen, ohne seine Ehre zu verletzen. »Es ist beschlossen«, sagte er laut.

Juh stand steifbeinig auf, hob die Arme und drehte sich langsam um die eigene Achse. »Dann sollen alle Anwesenden wissen, daß der Rat entschieden hat.« Seine Stimme war laut genug, um bis zu den äußersten Reihen zu dringen. »Die junge Frau Arrhyna wird den Krieger Rannach mit dem Segen des Rates heiraten. Möge niemand diesen Beschluß mißachten oder sich dagegen aussprechen.«

Chakthi protestierte nicht gegen die Entscheidung – er konnte es nicht. Statt dessen sprang er mit einem wütenden Schnauben auf und stolzierte steifbeinig davon, dicht gefolgt von Hadduth. Vachyr zögerte noch einen Moment, starrte zuerst Arrhyna und dann Rannach an, bevor er sich seinem Vater anschloß.

»Er kann das Urteil nicht anfechten«, flüsterte Morrhyn Racharran ins Ohr.

»Wirklich nicht?« fragte Racharran zurück.

»Es anzufechten hieße, sich gegen den Rat zu stellen«, sagte Morrhyn, immer noch flüsternd. »Er würde ausgestoßen werden und Vachyr mit ihm.«

Racharran brummte und sah zu seinem Sohn auf, der sich ihm mit seiner zukünftigen Braut näherte. Rannachs Lächeln war breit und voller Stolz; Arrhyna stand bescheiden neben ihm.

Der Akaman erhob sich und ergriff die Hand des Mädchens. »Ich heiße dich bei den Commacht willkommen, Tochter.« Er warf Rannach einen Seitenblick zu. »Vielleicht gelingt es dir, diesen Hengst zu zähmen.«

Arrhyna lächelte scheu. »Ich danke dir, mein Akaman. Ich bin geehrt, unter deinen Zelten leben zu dürfen.«

»Danke, Vater«, sagte auch Rannach. »Einen Moment lang habe ich befürchtet, du würdest dich für Vachyr aussprechen.«

»Eine Weile habe ich tatsächlich mit dem Gedanken gespielt«, erwiderte Racharran ruhig. »Zum Wohl des Clans.«

Der Schreck, den er in den Augen seines Sohns entdeckte, freute ihn, doch dann zuckte er die Achseln, und sein Lächeln wurde wärmer. »Aber wie hätte ich das nach Chakthis Beleidigung tun können? Vachyr der bessere Mann? Pah, niemals!» Er legte dem Paar die Hände auf die Schultern. »Aber bleibt wachsam, wenn Chakthi und Vachyr in der Nähe sind, so wie ihr es bei einem verwundeten Büffel tun würdet.«

Rannach nickte ernst. »Ich möchte, daß Arrhyna diese Nacht in unserem Lager verbringt«, erklärte er. »Und ich bitte dich, auch ihren Eltern unsere Gastfreundschaft anzubieten.«

Vielleicht, dachte Racharran, besteht doch noch Hoffnung für ihn. Vielleicht zähmt ihn die Ehe wirklich. »Das ist weise«, sagte er laut. »Ja, ich werde jetzt gleich mit ihnen sprechen.«

»Danke«, sagte Arrhyna. »Der Akaman der Tachyn ist ihnen wegen dieser Sache nicht gerade wohlgesinnt, fürchte ich.«

»Chakthi ist niemandem wohlgesinnt«, stellte Rannach grinsend fest. »Außer Vachyr.«

»Geht.« Racharran winkte die beiden mit einer Handbewegung fort. »Nimm deine Gefolgsleute mit, Rannach. Und vergiß dein Versprechen nicht!»

»Wie mein Akaman befiehlt.«

Rannach breitete seine Decke um sich und Arrhyna aus und machte eine ruckhafte Kopfbewegung. Sofort eilten Bakaan und die anderen jungen Krieger herbei und stellten sich zu einem Ehrengeleit auf. Racharran ging zu Nemeth und Zeil. Sie kamen ihm wie zwei verängstigte Büffel vor, die von ihrer Herde getrennt worden waren.

»Eure Tochter schläft heute nacht unter meinem Schutz und wird meinen Sohn schon bald heiraten«, sagte er. »Wenn ihr bereit seid, euch den Commacht anzuschließen, seid ihr in meinem Clan willkommen.«

Zeil sah Nemeth fragend an. Seine Frau nickte und lächelte nervös. »Ich danke dir«, erwiderte der Tachyn. »Wir haben Chakthi mit diesem Streit erzürnt und ...« Er hob hilflos die Schultern.

»Chakthi ist kein Mann, der eine angebliche Kränkung verzeiht«, erklärte Racharran. »Bringt euer Zelt heute noch über den Bach, und morgen sondern wir eure Pferde aus der Herde der Tachyn aus.«

Yazte gesellte sich zu ihnen und schlug Racharran fröhlich auf die Schultern. »Und sollte Chakthi Einwände dagegen erheben, stehen meine Lakanti bereit. Im Namen des Schöpfers, mein Freund, es hat sich wirklich gelohnt, dieses Schauspiel zu erleben. Chakthi hatte den Gesichtsausdruck eines alten Bären, der aus seiner Winterhöhle vertrieben wurde. Sein Unbehagen war köstlich anzusehen.«

»Alte Bären sind mürrisch«, gab Racharran zu bedenken. »Und oft gefährlich.«

»Stimmt.« Yaztes Lächeln erlosch. »Aber sollte dieser spezielle Bär die Krallen zeigen, kannst du mich jederzeit zu Hilfe rufen.«

Racharran nickte. »Ich werde mich darum kümmern, daß die Kinder so schnell wie möglich heiraten«, murmelte er. »Vielleicht wird die Hochzeitszeremonie dazu beitragen, Vachyrs Leidenschaft abzukühlen, und er schaut sich nach einer anderen Braut um.«

»Vielleicht.« Yazte schnaubte. »Aber was ist mit Chakthis Stolz? Der wird sich nicht so leicht besänftigen lassen, schätze ich.«

»Ach, Stolz!» Racharran machte eine wegwerfende Handbewegung. »Diese Art von Stolz ist ein Fluch.«

»Was wären wir ohne unseren Stolz?« fragte Yazte. »Du hast die Beleidigung des Tachyn nicht hingenommen. War das kein Stolz?«

»Das war es.« Racharran lächelte ein wenig verlegen. »Ich bin aufgefahren.«

»Wie es jeder Krieger an deiner Stelle getan hätte«, versicherte Yazte. »Damit hat Chakthi die Grenzen überschritten. Ich habe nicht deine Ruhe. Hätte er so etwas zu mir gesagt ...«

Racharran nickte. Er war des Gesprächs allmählich

überdrüssig und verspürte das Bedürfnis, den kriegerischen Tachyn für eine Weile zu vergessen. »Ich habe Tiswin in meinem Zelt«, sagte er, »falls du Lust hast, das Urteil mit mir zu feiern.«

»Und ob«, stimmte ihm der Lakanti eifrig zu. »Geh voraus, mein Freund.«

»Einen Augenblick.« Racharran ging zu Juh, der in ein Gespräch mit Hazhe, dem Wakanisha der Aparhaso, versunken war. Er wartete höflich, bis die Männer zu ihm aufsahen, und erweiterte seine Einladung.

»Danke«, murmelte Juh, »aber meine alten Knochen sehnen sich nach Ruhe. Die Zeiten, als ich noch nächtelang mit euch jungen Burschen trinken konnte, sind längst vorbei. An der Hochzeitsfeier werde ich allerdings teilnehmen.«

Racharran neigte den Kopf und akzeptierte die freundliche Abfuhr. Er drehte sich um und wollte zu Tahdase gehen, doch der Akaman der Naiche verließ bereits den Kreis, von einer Wacheskorte seiner Krieger umgeben.

Der Commacht kehrte zu Yazte zurück. »Wir trinken allein«, sagte er.

Yazte schmunzelte. »Um so mehr ist für uns da.«

Racharran lächelte und sah sich nach Morrhyn um. Der Wakanisha unterhielt sich angeregt mit Kahteney von den Lakanti und Isten von den Naiche. Als Racharran seinen Blick auf sich zog und das Heben eines Bechers andeutete, schüttelte sein alter Freund den Kopf. Der Akaman zuckte die Achseln. Also würde es bei ihm und Yazte bleiben und damit zweifellos weitere Gespräche über Chakthi und sein hitziges Temperament geben. Er verließ den Kreis zusammen mit dem Lakanti in der Hoffnung, daß Yazte nicht seine gesamten Vorräte austrinken würde.

»Ich habe den gleichen Traum«, sagte Kahteney. »Ich befürchte, er sagt Schlechtes für die Commacht voraus. Ich glaube, er bedeutet Krieg mit den Tachyn.«

»Es könnte durchaus Krieg geben«, räumte Morrhyn ein, »aber ich kann nicht glauben, daß der Traum sich darauf bezieht. Ich fürchte, es geht um sehr viel bedeutendere Ereignisse.«

Er sah Isten fragend an, hoffte – oder befürchtete – eine Bestätigung von ihm zu hören, doch der Träumer der Naiche schüttelte nur den Kopf und sagte: »Das ist ein Problem, das im Traumrat besprochen werden sollte, nicht hier in aller Öffentlichkeit.« Er blickte sich um, als hätte er Angst, irgend jemand könnte sie belauschen.

Morrhyn runzelte die Stirn. Isten und sein Akaman Tahdase teilten die gleiche vorsichtige Grundhaltung, oder der eine beeinflußte den anderen; es war schwer, das zu beurteilen. Beide erinnerten ihn an nervöse Hirsche, die zögernd gegen den Wind witterten, bevor sie den nächsten Schritt taten. Mit Sicherheit würden sie keine schnelle Entscheidung treffen, und er spürte tief in seinem Inneren, daß schon bald schnelle Entscheidungen erforderlich werden würden. Doch was die Vorgehensweise betraf, mußte er Isten zustimmen. Sollte der Traum eine Warnung vor so gewaltigen Umwälzungen sein, wie er argwöhnte, dann war seine Erörterung eine Aufgabe für den Traumrat, für alle Wakanishas. Und erst danach, falls sie sich in ihrer Beurteilung einig waren, ein Thema für die gesamte Ratsversammlung.

Morrhyn fragte sich, ob nach den Ereignissen des heutigen Abends noch immer Eintracht zwischen allen Clanen erreicht werden konnte. Er senkte in stummer Zustimmung den Kopf.

»Dann wäre es das beste, wenn wir möglichst bald zusammenkommen könnten«, drängte Kahteney und bedachte den Wakanisha der Naiche mit einem gereizten Blick.

»Ja.« Morrhyn nickte und wünschte, die Beratung könnte sofort stattfinden. Seine Beunruhigung schien mit großen Schritten voranzuschreiten, seit sie die Begegnungstätte erreicht hatten, als ob die Zusammenkunft der Clane seine bösen Vorahnungen irgendwie verstärkte.

»Aber vorher sollten Rannach und Arrhyna lieber verheiratet sein«, sagte der vorsichtige Isten. »Laßt uns die Spitze dieses speziellen Dorns abbrechen, bevor wir Hadduths Unterstützung suchen.«

Morrhyn bezweifelte, daß die Hochzeitszeremonie viel dazu beitragen würde, die Gefühle irgendeines Tachyns zu besänftigen, aber vermutlich würde sie wenigstens einen Schlußstrich unter dieses kleinere Problem ziehen.

»Mein Bruder Isten spricht weise«, erwiderte er diplomatisch. »Und wenn das geschehen ist?«

»Dann halten wir die Traumversammlung ab«, sagte Kahteney. Er schmatzte grinsend mit den Lippen. »Also, Morrhyn, hat Racharran meinen Akaman nicht eingeladen, Tiswin mit ihm zu trinken? Und meinst du nicht, wir Wakanishas sollten ihnen dabei Gesellschaft leisten?«

Morrhyn zögerte. Er hätte es vorgezogen, sich weiter über den Traum zu unterhalten oder allein über dessen Bedeutung nachzudenken. *Nur*, dachte er, *wird uns Isten seine Unterstützung vorerst verweigern, und Kahteney scheint zu glauben, daß die Vision Krieg bedeutet, also* … Er neigte den Kopf. »Ich schätze, du hast recht. Isten, schließt du dich uns an?«

»Ich denke, lieber nicht.« Der Naiche lächelte entschuldigend. »Wahrscheinlich benötigt Tahdase meinen Rat.«

Er nickte ihnen zum Abschied zu und verschwand.

Kahteney sah ihm hinterher. »Ein vorsichtiger Mann, dieser Isten«, stellte er fest. »Wie sein Akaman.«

»Vorsicht ist nichts Schlechtes«, gab Morrhyn zu bedenken.

»Es sei denn, aus ihr wird Wankelmütigkeit«, sagte Kahteney. »Und die beiden sind wie launische Füllen. Sie scheuen und laufen ziellos hin und her, wenn die Hengste mit den Hufen stampfen.«

Morrhyn verzichtete darauf, auf die Kritik des Lakanti einzugehen. Statt dessen deutete er in die Richtung des Zeltlagers der Commacht. »Sollten wir unseren Akamans nicht Gesellschaft leisten, bevor sie den ganzen Tiswin allein ausgetrunken haben?«

Er brauchte Kahteney nicht weiter zu überreden. Die Wakanishas verließen zusammen die Runde.

Ihr Weg führte sie durch das Lager der Tachyn, die sie stumm beobachteten. Es war unmöglich, ihre Gefühle zu ergründen. Morrhyn entdeckte Licht in Chakthis Zelt und die Umrisse dreier Männer, deren Schatten sich auf der Lederplane abzeichneten. Chakthi und Vachyr berieten sich mit Hadduth, vermutete er, und er fragte sich, worum sich das Gespräch drehte. Kahteney schien nichts davon zu bemerken, oder aber es kümmerte ihn nicht. Trotzdem war der Commacht erleichtert, als sie den Bach durchquert hatten und die Zelte seines eigenen Clans erreichten.

Dort, wo sich die Unterkünfte der unverheirateten Krieger erhoben, herrschte Trubel. Rufe und Gelächter klangen herüber, überall wurde getanzt. Man feierte Rannachs Triumph mit Tiswin. Morrhyn hoffte, die jungen Männer würden nicht so viel trinken, daß sie in ihrer Ausgelassenheit den Bach überschritten. Er wünschte, er könnte ihre sorglose Freude teilen.

Racharran und Yazte saßen vor dem Zelt des Akamans der Commacht. Ein großer Krug wanderte zwischen ihnen hin und her. Sie lachten und scherzten, wenn auch beherrschter als die jungen Männer, wie es sich für erwachsenen Krieger geziemte, und luden die beiden Wakanishas ein, sich zu setzen. Racharran füllte einen Becher und reichte ihn Morrhyn. Lhyn war nicht zu sehen. Morrhyn nahm an, daß sie sich um die Unterbringung Arrhynas und ihrer Eltern kümmerte, in deren Zelt das Mädchen bleiben würde, bis die Zeremonie abgeschlossen war – eine übliche Sicherheitsvorkehrung gegen einen Bräutigam, der durch übermäßigen Genuß von Tiswin zu liebesbedürftig wurde.

»Sind Nemeth und Zeil schon umgezogen?« erkundigte er sich.

Racharran nickte, und einen Moment lang huschte ein Schatten über sein Gesicht.

Yazte lachte. »Chakthi hat ihren Abgang mit der Miene eines Büffels verfolgt, der unter Sodbrennen leidet, und sie dann als aus dem Clan der Tachyn ausgestoßen erklärt. Ach, sein bitterböses Gesicht war ein köstlicher Anblick.«

Morrhyn versuchte ein Lächeln, um den Lakanti nicht zu beleidigen.

»Wir haben über die Grannach gesprochen«, wechselte Racharran das Thema.

»Über ihre Abwesenheit«, fügte Yazte hinzu.

Erneut spürte Morrhyn prickelnde Unruhe in sich aufsteigen. Das Steinvolk besuchte das Matakwa jedes Jahr. Dann stiegen die Grannach aus ihren hochgelegenen Höhlen und geheimen Stollen herab, um ihre Metallarbeiten gegen Waren der Menschen zu tauschen, so wie sie es immer getan hatten, seit die Clane nach Ket-Ta-Witko gekommen waren. Doch mittlerweile waren schon drei Tage vergangen, und normalerweise erschienen die Grannach bereits am ersten Tag. Ihr bisheriges Fernbleiben schien dem Wakanisha eine weitere Bestätigung dafür zu sein, daß nicht alles in Ordnung war, und da er es sich nicht erklären konnte, zuckte er nur die Achseln.

»Wann werdet ihr euren Traumrat abhalten?« erkundigte sich Racharran.

»Sobald Rannach und Arrhyna verheiratet sind«, erwiderte Morrhyn. »Wann soll die Hochzeit stattfinden?«

»Ich werde mich zuerst darum kümmern, daß die Pferde ihrer Eltern in Sicherheit sind, und dann die Hochzeit verkünden«, sagte Racharran. »Morgen die Pferde und übermorgen die Zeremonie?«

»Ja.« Morrhyn unterdrückte ein Seufzen, ergriff den Krug und füllte seinen Becher nach. Vielleicht würde der Tiswin seine Furcht ein wenig dämpfen. »Wirst du ein großes Fest für sie geben?«

»Ein bescheidenes«, schränkte Racharran ein. »Ich will weder, daß meinem Sohn der Kamm noch mehr schwillt, noch Chakthi zusätzlich brüskieren.«

»Eine weise Entscheidung«, sagte der Wakanisha. »Und vielleicht sind auch die Grannach bis dahin gekommen.«

»*Ich* würde ein großes Fest ausrichten«, verkündete Yazte lachend, »und Vachyr und Chakthi ausdrücklich dazu einladen.« Er überlegte einen Moment lang, immer noch lachend. »Oder vielleicht würde ich sie auch ausdrücklich *nicht* einladen.«

Es schien Morrhyn, als hätte der Akaman dem Tiswin schon reichlich zugesprochen.

»Ich werde Chakthi und Hadduth einladen«, sagte der Commacht. »Alles andere wäre eine Beleidigung.«

Yazte schnaubte, doch Kahteney nickte beifällig.

»Möchtest du nicht vielleicht Juh bitten, die Einladung zu überbringen?« fragte Morrhyn. »Wenn Chakthi überhaupt auf irgend jemanden hört, dürfte es Juh sein. Und sollte Chakthi die Einladung annehmen, wäre das bestimmt ein erster Schritt auf dem Weg, diese Differenzen beizulegen.«

»Das scheint mir ein weiser Rat zu sein – wenn es denn funktioniert«, sagte Racharran nüchtern.

»Dann bin ich also überstimmt«, stellte Yazte fest und angelte nach dem Krug. »Aber ich versichere dir, dieses griesgrämige Gesicht wird mir garantiert den Appetit verderben.«

Racharran ergriff das Handgelenk des Lakanti und drückte es fest. »Wenn er die Einladung annimmt, mein Freund, dann bitte ich dich, die Unannehmlichkeiten zu ertragen. Ich fordere dich auf, deine Zunge zu hüten und ihm keinen Grund für weitere Beleidigungen zu geben.«

»Ich?« Yaztes Augen wurden groß, und er schlug sich in gespielter Unschuld auf die Brust. »Chakthi brüskieren, ich?«

»Ja«, sagte Racharran. »Habe ich dein Wort?«

Yazte schürzte die Lippen, als müßte er sich die Sache erst durch den Kopf gehen lassen, und zuckte schließlich die Achseln. »Das dürfte schwer werden, aber, ja, du hast mein Wort. Ich möchte nicht daran schuld sein, daß die Hochzeit deines Sohns verdorben wird. Obwohl ...« Sein Lächeln wurde breiter. »Ich glaube nicht, daß Chakthis Anwesenheit die Feier vergnüglicher machen wird.«

»Vielleicht nicht«, sagte Racharran. »Aber sie könnte den Frieden zwischen uns festigen.«

Der Morgen des Hochzeittages dämmerte klar herauf. Die Sonne schien auf die Felsennadel des Schöpferberges, als wollte sie ihn segnen, und als Morrhyn aus seinem Zelt trat, entdeckte er kein böses Omen, vielleicht davon abgesehen, daß er erneut von dem Pferd mit den Flammenhufen und seinem Reiter mit den leeren Augen geträumt hatte. Auch beunruhigte es ihn, daß die Grannach immer noch nicht erschienen waren, und während er sein Morgenbad nahm, sah er ständig zu den Bergen auf, in der Hoffnung, daß sich das Steinvolk zeigen würde.

Seine Hoffnung erfüllte sich nicht, und er versuchte, seinen Pessimismus abzuschütteln, als er in sein Zelt zurückkehrte, um seine beste Kleidung aus Wildleder anzulegen und sich für die Zeremonie vorzubereiten.

Die Hochzeitsrituale der Steppenbewohner waren schlicht, trotzdem herrschte in den Zelten der Commacht und in geringerem Maß auch in denen ihrer Nachbarn kurz vor Beginn der Feierlichkeiten bereits emsige Betriebsamkeit. Normalerweise hätte sich der von Rannach bestimmte Mann ins Lager der Tachyn begeben, um die Braut zu rufen, den Bräutigam zu präsentieren und beide dann zum Clan des Antragstellers zu führen, doch da Nemeth und Zeil in den Stamm der Commacht aufgenommen worden waren, ging Bakaan zu ihrem Zelt und forderte sie mit lauter Stimme auf, herauszutreten.

Rannach stand hinter ihm. Sein Haar war zu den Kriegerzöpfen geflochten, und der Perlenschmuck seiner Hochzeitskleidung leuchtete so strahlend wie seine Augen. Drei Mal rief Bakaan. Nach dem dritten Ruf schlugen Nemeth und Zeil die Eingangsplane zurück und führten ihre Tochter heraus. Arrhyna trug blasses Hirschleder. Armreifen aus den Schmieden der Grannach schimmerten an ihren Handgelenken, kleine Kämme aus dem kostbaren Silber des Steinvolkes funkelten in ihrem feuerroten Haar. Bakaan nahm ihren Arm, geleitete sie zu Rannach und gab dem Paar ein Zeichen, ihm zu dem von Zelten geräumten Zentrum des Commachtlagers zu folgen.

Dort wartete Morrhyn mit Racharran und Lhyn, und die Prozession erinnerte ihn an ihre Hochzeit.

Damals war die Zeremonie von Gahyth geleitet worden. Morrhyn hatte hinter dem alternden Träumer gestanden und seine Eifersucht darüber niedergerungen, daß sein engster Freund die Frau gewonnen hatte, die er, Morrhyn, liebte. Er hatte geglaubt, daß diese Erinnerungen längst der Vergangenheit angehörten, doch als sich Rannach und Arrhyna näherten, stiegen sie wieder in ihm auf, und er mußte gegen das gleiche Gefühl des Verlustes wie damals ankämpfen. Er verschanzte sich hinter der gemessenen Würde eines Wakanishas, forderte Braut und Bräutigam mit einer Geste auf niederzuknien und hob die heilige Rassel über ihre Köpfe.

Die Menge verstummte, als er die rituellen Formeln intonierte und das Paar die vorgeschriebenen Antworten gab. Dann berührte er ihrer beider Köpfe mit der Rassel, bat den Schöpfer, sie mit Wohlgefallen zu betrachten, und die Ehe war besiegelt. Racharran führte eine gescheckte Stute heran, deren Fell weich und glänzend gestriegelt worden war, und half Arrhyna beim Aufsteigen; Lhyn brachte das Lieblingspferd ihres Sohns. Morrhyn bedeutete Rannach und Arrhyna, ihm zu folgen. Die Eltern des Brautpaares reihten sich hinter ihren Kindern ein. Der Wakanisha geleitete sie zwischen den Zelten der Commacht hindurch und von dort aus in einem weiten Kreis durch die Lager aller Clane.

Während der Prozession verkündete er die traditionellen Worte: »Mögen alle sehen, daß diese beiden verheiratet sind. Mögen alle den Schöpfer bitten, das Paar zu segnen.« Doch als sie das Lager der Tachyn durchquerten, wurde er sich unbehaglich der verhaltenen Reaktionen bewußt, und noch deutlicher der ausdruckslosen Miene Hadduths. Der Wakanisha der Tachyn lächelte nicht. Seine Lippen bewegten sich unhörbar, und es war nicht festzustellen, ob er Worte der Zustimmung oder des Fluches murmelte. Nur wenige Tachyn schlossen sich dem Zug an. Von Chakthi und Vachyr war nichts zu sehen. Es war eine Erleichterung, durch das Lager der Lakanti zu ziehen, als würden sich Sonnenstrahlen ihren Weg durch dichte Gewitterwolken bahnen, und von dort aus weiter zu den Siedlungen der Aparhaso und Naiche, wo die Leute sich fröhlich der Prozession anschlossen, dem Brautpaar Grüße und gute Wünsche zuriefen und lachend getrocknete Blütenblättern und süß duftende Kräuter auf die beiden herabregnen ließen.

Bakaan und andere Krieger, die Rannach am nächsten standen, hatten ein Zelt für die frisch Vermählten errichtet, etwas abseits vom Lager der Commacht und näher zum Berg des Schöpfers hin, damit sie ungestört waren und der Schöpfer über ihre ersten gemeinsam verbrachten Nächte wachen konnte. Dort würden sie bis zum Ende des Matakwas bleiben und danach ihr Zelt bei den anderen Verheirateten aufschlagen. Der Anblick ihrer strahlenden Gesichter ließ Morrhyn vermuten, daß sie sich am liebsten sofort zurückgezogen hätten, aber zuerst mußten sie an dem Fest teilnehmen.

Alle Vorbereitungen waren bei ihrer Ankunft bereits getroffen. Die Gäste strömten in großen lachenden Gruppen herbei. Eine während des Matakwas geschlossene Ehe wurde als glücklich betrachtet. *Und vielleicht wird sie das auch*, dachte Morrhyn, als er den Beginn der informellen Feierlichkeiten beobachtete. Doch wie eine Klinge hatte auch das Schicksal zwei Seiten, eine gute und eine schlechte, und er fragte sich, in welche Richtung das Pendel ausschlagen würde.

Er fand seinen Platz an Racharrans Seite, wo die geehrtesten Gäste saßen. Lhyn saß zur Linken ihres Mannes neben Nemeth und Zeil mit Rannach und ihrer Tochter. Juh, Yazte und Tahdase waren ebenfalls da, flankiert von ihren Wakanishas und ihren Frauen. Kahteney bedachte Morrhyn mit einem Lächeln, das dieser erwiderte, während er sich fragte, wo Chakthi steckte. Und wo war Hadduth? Hatten sie vor, die Commacht durch ihr Fernbleiben zu beleidigen?

Als die beiden Tachyn schließlich erschienen, seufzte er erleichtert, auch wenn sie nicht gerade den Eindruck erweckten, sich auf das Fest zu freuen. Chakthi entbot seinen Gastgebern einen denkbar knappen formellen Gruß, der dem Brautpaar gegenüber sogar noch kühler ausfiel. Nemeth und Zeil ignorierte er völlig.

Racharran erhob sich und lächelte zur Begrüßung – nicht so sehr aus echter Freude, dachte Morrhyn, sondern eher, wie er selbst, aus Erleichterung, und bat sie, Platz zu nehmen. »Ich heiße dich willkommen, Bruder, und dich, Wakanisha. Ihr ehrt uns durch eure Anwesenheit.«

Chakthi neigte den Kopf, als stünde ihm nicht weniger zu. Hadduths Lippen verzogen sich zu der Parodie eines Lächelns. Sie setzten sich wortlos und nahmen den Tiswin entgegen, den ihnen Racharran persönlich einschenkte.

»Dies ist ein glücklicher Tag«, sagte der Akaman der Commacht und hob seinen Becher. »Mein Sohn heiratet ein Mädchen der Tachyn, und das zum Matakwa. Können wir den Streit beilegen, den es zwischen uns gegeben hat, und diese Hochzeit als Freunde feiern? Trinken wir auf zukünftige Freundschaft?«

Es war ein aufrichtiges Friedensangebot. Juh strahlte und neigte zustimmend das silbergraue Haupt. Tahdase murmelte eine Ermutigung. Selbst Yazte verbarg seine Abneigung und zeigte dem Tachyn in Annäherung an ein freundschaftliches Lächeln die Zähne.

Chakthi starrte Racharran eine Weile an und hob dann langsam seinen Becher. »Auf die Zukunft«, sagte er.

»Ein Trinkspruch.« Juhs Stimme brach einen Moment unbehaglichen Schweigens. »Ich trinke auf Rannach und Arrhyna. Möge ihre Verbindung ihre Clane enger zusammenführen.«

Wieder hob Chakthi seinen Becher etwas langsamer als die anderen, aber immerhin trank er. Trotzdem ist es beinahe so, dachte Morrhyn, als hätten wir einen bösartigen Hund eingeladen und müßten uns die ganze Zeit fragen, ob er friedlich essen oder sich auf die Gäste stürzen wird.

»Auf Rannach und Arrhyna«, brachte nun Tahdase seinen Trinkspruch aus. »Möge ihre Vereinigung das Matakwa segnen.«

Chakthi trank mit den anderen, aber wieder einen Moment später, als ob er den Tiswin benutzte, um die Worte damit fortzuspülen.

Jetzt meldete sich Yazte zu Wort. »Ich trinke auf Rannach und Arrhyna. Und auf den Frieden des diesjährigen Matakwas.«

Morrhyn seufzte dankbar, als er seinen Becher hob. Wahrscheinlich hatte Kahteney den Akaman der Lakanti an Racharrans Ermahnung erinnert, Chakthi nicht zu beleidigen. Doch dann fügte Yazte hinzu: »Und wo bleibt dein Trinkspruch, Bruder?«

Sein rundes Gesicht strahlte den Tachyn liebenswürdig an, und seine Frage enthielt keine offene Feindseligkeit. *Aber es ist trotzdem eine Art Herausforderung*, dachte Morrhyn.

Da lächelte Chakthi und hob seinen Becher. »Ich trinke auf Rannach und Arrhyna«, sagte er. »Mögen sie bekommen, was sie verdienen.«

Es war keine klare Aussage, doch ebensowenig ließ sich Anstoß an seinen Worten nehmen. Sie waren zweideutig, aber nicht beleidigend. Alle Anwesenden tranken, und zum ersten Mal wirkte Chakthis Lächeln echt.

BÖSE OMEN

Das Fest zog sich bis tief in die Nacht hinein und verlief glücklicherweise ohne irgendwelche Zwischenfälle, auch wenn Chakthi und Hadduth mehr vor sich hinzubrüten als zu feiern schienen. Sie redeten kaum und auch nur dann, wenn sie direkt angesprochen wurden, und ihr Lächeln machte einen verstohlenen und freudlosen Eindruck auf Morrhyn, es sei denn, sie wechselten einen vertraulichen Scherz. Sobald die Höflichkeit es gestattete, entschuldigten sich Rannach und seine Braut und zogen sich zu ihrem Zelt zurück. Kaum waren sie verschwunden, verabschiedeten sich auch Chakthi und Hadduth ohne ein Lächeln und verließen das Lager der Commacht. Niemand bedauerte ihren Abgang, im Gegenteil, das Fest wurde lebhafter, der Tiswin floß reichlicher. Das Lager hallte von Gelächter und anzüglichen Liedern wider, als hätten sich dunkle Wolken verzogen und die Sonne wäre hervorgekommen.

Morrhyn trank seinen Teil, jedoch nicht so viel, daß seine Sinne getrübt wurden, und er bemerkte, daß alle im inneren Kreis – außer Yazte, der fröhlich hin und her schaukelte und sich abwechselnd dem Tiswin und einem Stück gebratener Büffelrippen widmete – seine Zurückhaltung teilten. Er hörte aufmerksam zu, als Juh Racharran näher zu sich winkte.

»Gut gemacht«, sagte der alte Akaman. »Daß Chakthi das Fest besucht hat, ist ein gutes Zeichen, denke ich.«

Racharran zögerte mit seiner Antwort, und sein Gesichtsausdruck verriet Morrhyn, daß der Anführer der Commacht Juhs Optimismus nicht teilte.

»Ich hoffe, daß es so ist«, murmelte Racharran. »Ich hatte gehofft, Rannach von seinem Vorhaben abbringen zu können, aber …« Er zuckte vielsagend die Achseln. »Du kennst meinen Sohn.«

»Allerdings.« Juh lächelte. »Ein Krieger, der so stolz wie sein Vater ist. Und genauso entschlossen.«

»Eigensinnig«, verbesserte Racharran. »Er stellt sein eigenes Verlangen über das Wohl des Clans.«

»Mag sein«, räumte Juh beschwichtigend ein. »Aber Heiraten zwischen den Clanen sind nicht verboten und nicht zwangsläufig etwas Schlechtes. Sollten sich deine Hoffnungen erfüllen, wird diese Ehe die Commacht und die Tachyn enger aneinanderbinden. Und selbst ich bin noch nicht so alt, daß ich vergessen hätte, wie es ist, verliebt zu sein.« Er streichelte die Hand seiner Frau, worauf Guyan, deren Haar genauso silbern wie das ihres Mannes war, strahlend nickte.

»Ja.« Racharran trank einen Schluck Tiswin. Sein Gesicht wirkte nachdenklich. »Aber trotzdem ist Chakthis Liebe zu Vachyr so inbrünstig wie die einer alten Bärin zu ihrem einzigen Jungen, und ich denke, Vachyr ist tief enttäuscht.«

»Das geht jungen Männern häufig so«, sagte Juh. »Aber sie kommen darüber hinweg. Vachyrs Aufmerksamkeit wird sich auf ein anderes Mädchen richten. Ihm bleibt jetzt keine andere Wahl.«

»Ich hoffe es«, erwiderte Racharran, aber Morrhyn vermutete, daß der Akaman ebenfalls an Chakthis finstere Miene und an seinen zweideutigen Trinkspruch dachte.

»Heh, ist das eine Hochzeit oder eine Trauerfeier?« warf Yazte ein. »Das Mädchen hat sich entschieden und Rannach seine Braut bekommen. Sollen Vachyr und sein elender Vater doch jammern, wie sie wollen. Sie können nichts daran ändern.«

»Nicht während des Matakwas.« Racharran nickte ernst. »Aber später? Das Weideland unserer beiden Clane grenzt aneinander, und das hat schon immer Anlaß zu Streitigkeiten gegeben.«

Yazte lachte schnaubend. »Sollte Chakthi auf Raubzug gehen, dann brauchst du mich nur zu rufen. Ich werde meine Lakanti gegen ihn führen, und wir zerquetschen ihn zwischen uns.«

»Sprecht hier lieber nicht von Krieg.« Tahdase vollführte eine Schutzgeste. Sein jugendliches Gesicht war von Sorge gezeichnet. »Das hieße, Unglück über uns alle zu bringen.«

»Richtig.« Juh nickte feierlich. »Das Matakwa ist ein Fest des Friedens und nicht dazu da, um über Krieg zu sprechen. Außerdem ist dies kein Kriegsrat, sondern ein Hochzeitsfest. Also ...« Er hob seinen Becher. »Ich trinke auf die Freundschaft.«

Alle schlossen sich ihm an, doch als er seinen Becher hob, warf Morrhyn einen kurzen Blick auf den Berg des Schöpfers, dessen Flanken silbern im Licht der Sterne schimmerten, und er sah eine Eule lautlos über die Mondscheibe gleiten; das Symbol der Weisheit und des Todes. Er fragte sich, für welches davon der Vogel stand, und ihn überkam ein plötzliches Frösteln. Zuviel war merkwürdig an diesem Matakwa – der Traum, die bösen Vorahnungen, das Fernbleiben der Grannach. Alles erschien ihm wie die Einzelteile eines gewaltigen Puzzles, das er noch nicht in seiner Gesamtheit erfassen konnte.

»Ich möchte, daß der Traumrat morgen oder spätestens übermorgen zusammenkommt«, sagte er abrupt.

Ihm gegenüber, auf der anderen Seite des Feuers, neigte Kahteney zustimmend den Kopf. »Ich auch. So schnell wie möglich.«

»Übermorgen, wenn ihr einverstanden seid.«

Hazhe, der nicht viel jünger als sein Akaman war, schwenkte vielsagend seinen Becher. »Ich werde eine Weile brauchen, um mich zu erholen.«

»Und Hadduth muß informiert werden«, fügte der vorsichtige Isten hinzu.

»Dann also übermorgen, aber nicht später«, sagte Morrhyn. »Wir haben wichtige Dinge zu besprechen.«

Damit war dieser Punkt geklärt. Das Fest war nicht der passsende Rahmen für eine Debatte, wie Morrhyn sie beabsichtigte. Trotzdem konnte er nicht anders, als sich bei Kahteney zu erkundigen, ob auch der Lakanti die Eule gesehen hatte.

»Ich habe sie gesehen«, bestätigte Kahteney. »Und ich glaube, sie war ein Zeichen dafür, daß es klug von Racharran war, den Frieden mit Chakthi zu suchen.«

Oder ein Zeichen dafür, dachte Morrhyn, obwohl er zustimmend den Kopf neigte, *daß der Tod uns schon bald besuchen wird.*

Er beschloß, die Nacht – oder das, was noch davon übrig war – in seinem Schwitzzelt zu verbringen. Weniger, wie er sich selbst gegenüber eingestehen mußte, um Erleuchtung zu finden, sondern eher, um den Tiswin auszuschwitzen, damit er für die bevorstehenden Gespräche einen klaren Kopf hatte.

Trotzdem träumte er. Von einem Reiher, der vergeblich gegen räuberische Krähen ankämpfte, die wie schwarze Blitze aus einem stürmischen Himmel herabstießen, hinter dessen dunklen Wolken ein Feuer zu toben schien. Eine Eule zog ihre Kreise um die kämpfenden Vögel. Ihre weißen Schwingen waren rot gefärbt, rot wie Blut. Als der Reiher dem Boden entgegengedrängt wurde, folgte ihm die Eule und vertrieb die Krähen, doch der große Vogel stürzte tiefer und schlug hart auf die Erde, wo er mit gebrochenen

Flügeln liegenblieb. Die Eule flog davon, auf die schneeweiße Felsnadel des Schöpferberges zu, über der sich der Himmel rot färbte, als ob er blutete. Dann ertönte Donnergrollen wie von unzähligen Pferden, die in wildem Galopp durch die Steppe preschten, und Schreie klangen auf.

Morrhyn erwachte. Wind rüttelte an den Zeltplanen. Das Feuer war zu glimmender Holzkohle herabgebrannt, die erkalteten Steine dampften nicht mehr. Ein leichter Schmerz pochte in Morrhyns Schädel, aber die Nachwirkungen des Tiswins waren weitgehend verflogen. Der Wakanisha tastete nach dem Wasserkübel und trank durstig. Dann zog er sich eilig an und öffnete die Eingangsplane.

Racharran stand vor dem Zelt, eine Decke um die Schultern geschlungen, das Kinn gegen den Wind gesenkt, der seine Zöpfe peitschte. Als er den Kopf hob, sah Morrhyn die Beunruhigung in den Augen des Akamans.

»Die Grannach sind gekommen«, sagte Racharran ohne Einleitung, und daß er auf eine Begrüßung verzichtete, war ein weiterer Hinweis darauf, daß ihn Sorgen plagten.

Morrhyn beugte sich in das Schwitzzelt und ergriff sein Bärenfell. »Wo sind sie?« fragte er.

»Lhyn bewirtet Colun, die Rest hat in anderen Zelten überall im Lager Unterschlupf gefunden.«

Das war nicht ungewöhnlich. Normalerweise suchten die Steinmenschen zuerst die Zelte der Commacht auf. Ihr Anführer Colun war seit langem mit Racharran befreundet und stattete seinen ersten Besuch traditionell dem Akaman ab. Aber Morrhyn spürte, daß diesmal etwas nicht stimmte. »Was ist los?« erkundigte er sich.

»Ich kenne bisher nur einen kleinen Teil der Geschichte.« Racharran schüttelte den Kopf, als wäre bereits das mehr, als er verstehen konnte, und darüber hinaus etwas, das ihm ganz und gar nicht gefiel. »Ich möchte, daß du dir die ganze Geschichte zusammen mit mir anhörst, bevor wir sie den anderen erzählen.«

Morrhyn nickte und zögerte einen Moment lang, um einen Blick auf den Berg des Schöpfers zu werfen. Die Sonne war noch nicht über den Horizont gestiegen, der Himmel, in den der spitze Gipfel hineinstieß, leuchtete in einem bleichen Rosa und rief Morrhyn die Bilder aus seinem Traum ins Gedächtnis zurück. Er erschauderte unter seinem Bärenfell. Der Wind blies eisig, was im Mond des Neues Grases keine Seltenheit war, aber der Wakanisha wußte, daß die Kälte, die er fühlte, einen anderen Ursprung hatte. Er schloß zu Racharran auf und paßte sich seinen ausgreifenden Schritten an. Keiner der Männer sprach ein Wort.

Im Zelt des Akamans war es warm. Lhyn schürte gerade das Feuer. Flammenzungen reckten sich knisternd dem Rauchabzugsloch entgegen. Es roch appetitlich nach Fladenbrot, heißem Tee und gebratenem Fleisch. Morrhyn streifte das Bärenfell ab, während Racharran die Eingangsplane zuzog und fest verschnürte. Dann fiel Morrhyns Blick auf Colun, und seine Stirn legte sich in Falten.

Der Anführer der Grannach war klein wie alle seine Artgenossen und reichte Racharran gerade bis zur Brust. Daß sein Haar grau war, hatte nichts mit seinem Alter zu tun, denn die Steinmenschen ähnelten äußerlich dem Fels, durch den sie ihre Stollen trieben, als wären sie aus dem gleichen Material geschnitzt. Aber Morrhyn hatte noch nie einen Felsen gesehen, der einen derart erbarmungswürdigen Eindruck machte.

»Ich grüße dich, Morrhyn«, sagte Colun. Er sah wie ein in Felle gehülltes untersetztes Kind aus. Seine Zähne blitzten flüchtig inmitten eines dichten Barts auf. »Geht es dir gut?«

»Ja.« Morrhyn starrte den kleinen Mann mit einer Mischung aus Mitgefühl und offener Neugier an. »Und ich grüße dich«, fügte er automatisch hinzu. »Was ist passiert?« Es war überflüssig, sich nach Coluns Wohlergehen zu erkundigen. Seine Wunden sprachen Bände. Lhyn hatte bereits einen Verband um seinen struppigen Kopf gewickelt und kniete sich jetzt neben ihn, um einen langen Schnitt in seiner Wange zu säubern. Um die rechte Hand trug er einen schmutzigen Stoffwickel, und Morrhyn entdeckte einen blutverschmierten Riß in Coluns Lederhose, der in Höhe seines Oberschenkels klaffte. Sein Waffengürtel lag direkt neben ihm, als wollte er sich nicht von dem Breitschwert und der Axt mit der gekrümmten Schneide trennen, die in ihren Scheiden steckten. Er zuckte zusammen, als Lhyn eine Schicht getrockneten Blutes von seiner Wange entfernte und eine Heilkräutersalbe auf die Schnittwunde strich.

»Eine lange Geschichte«, sagte Colun, »und eine, die zu erzählen mir schwerfällt. Ein Becher Tiswin würde meine Zunge schmieren.«

Racharran holte einen Krug hervor. Morrhyn war ein wenig überrascht, daß nach der Langen Feier etwas von dem Getränk übriggeblieben war. Er lehnte den Becher, den der Akaman ihm anbot, mit einem Kopfschütteln ab und wartete ungeduldig, während Colun trank.

»Das tut gut.« Der Grannach schmatzte genießerisch und forderte Racharran mit erhobenen Brauen wortlos auf, ihm nachzuschenken.

Die Steinmenschen, dachte Morrhyn, als Racharran den Becher wieder auffüllte, ließen sich den Tiswin sogar noch schneller als Yazte durch die Kehle rinnen, aber er schien keine stärkere Wirkung als Wasser auf sie zu haben. Nach dem gestrigen Gelage schmerzte sein Kopf immer noch ein bißchen, und er wünschte,

Colun würde seine Geschichte zügiger erzählen. Ein vergeblicher Wunsch, wie er wußte. Die Grannach sprachen so, wie sie lebten, in ihrer eigenen Geschwindigkeit und dem ihnen eigenen Rhythmus.

Racharran ließ sich auf den Felldecken nieder und stellte den Krug in Reichweite von Coluns kurzen Armen ab. Lhyn bedachte ihn mit einem skeptischen Blick, verzichtete jedoch auf eine Bemerkung und kümmerte sich weiter um die Wunden des Grannach.

»Es hat eine Schlacht gegeben.« Colun streckte wie zum Beweis die bandagierte Hand aus. Lhyn ergriff sie und begann, den schmutzigen Stoffstreifen abzuwickeln. Sie stieß einen mißbilligenden Laut aus, als sie das Ausmaß der Verletzung sah. »Es erschien mir angebracht, unverzüglich mit den Neuigkeiten zur Begegnungsstätte zu kommen«, erklärte Colun, als müßte er den Zustand seiner Hand rechtfertigen. »Das sind nur Kratzer.«

»Wer hat gekämpft?« Wie Morrhyn wußte, stritten sich die Grannach gelegentlich um den Besitz ihrer Stollen und der Metalladern, aber diese mörderischen Scharmützel waren nicht wichtig genug, um Colun verwundet zur Begegnungsstätte eilen zu lassen.

»Alle Stämme.« Colun zog eine Grimasse, als Lhyn seine Hand mit heißem Wasser bespritzte. »In den westlichen Pässen.«

»Gegen die Whaztaye?« Morrhyn runzelte ungläubig die Stirn. Er wußte von Colun persönlich, daß das *Volk Jenseits der Berge* friedlich und – wie sein Volk, die Matawaye – mit den Grannach befreundet war.

»Nein.« Der kleine Mann schüttelte den Kopf. Sein Gesicht wurde so traurig, wie es einem Gesicht möglich war, daß so sehr an einen Stein erinnerte. »Ich fürchte, es gibt keine Whaztaye mehr. Ich denke, sie wurden alle erschlagen – oder Schlimmeres.«

Morrhyn hörte, wie Racharran scharf Luft holte, und selbst die beherrschte Lhyn unterbrach ihre Bemühungen für einen Moment. Er starrte den zerzausten Menschling fassungslos an.

Sein Volk wußte von den Whaztaye, auch wenn es keinen Kontakt zu irgendwelchen Menschen hatte, die jenseits der gebirgigen Grenzen von Ket-Ta-Witko lebten. Der Schöpfer hatte allen Völkern einen nur für sie bestimmten Lebensraum zugewiesen, als die Welt erschaffen worden war, und diese Grenzen zu überschreiten, hätte bedeutet, gegen seinen Willen zu verstoßen, gegen das Ahsa-tye-Patiko, das dafür sorgte, daß alle Dinge an ihrem rechtmäßigen Platz blieben. Außerdem gab es keinen Grund, ein anderes Land aufzusuchen; Ket-Ta-Witko war groß und mit Gaben reich gesegnet, es stillte alle Bedürfnisse seiner Bewohner. So war es seit dem ersten Sonnenaufgang über dieser Welt. Der Schöpfer hatte den Matawaye und den Whaztaye ein eigenes Land geschenkt und ihre Territorien mit hohen Gebirgsketten umgeben, die kaum zu überwinden waren. Nur die Grannach bewegten sich durch diese felsigen Grenzen und blieben stets in Sichtweite der Berge, in denen sie wohnten.

Was an Nachrichten zwischen den Völkern der Welt ausgetauscht wurde, übermittelten die Stein-menschen, und sie verwehrten allen anderen die Durchreise über ihre geheimen Wege. Manchmal wurden sie die Steinwächter genannt, denn sie schützten die vom Schöpfer gezogenen Grenzen mit bedingungsloser Hingabe.

»Warum?« hörte Morrhyn sich fragen. »Haben sich die Whaztaye über den Willen des Schöpfers hinweggesetzt?«

Colun füllte seinen Becher nach, bevor er antwortete. »Nicht die Whaztaye. Ein anderes Volk.«

Er trank, unbeeindruckt von der Ungeduld seiner Zuhörer, wie der Felsblock, dem er ähnelte. Morrhyn unterdrückte ein Stöhnen. Er wußte, daß er Colun Zeit lassen mußte. Daß der Grannach mit den Neuigkeiten zu ihnen geeilt war, bedeutete nicht, daß er sie auch eilig erzählen würde.

»Das erste Mal haben wir sie – die Whaztaye – während des Mondes gesehen, den ihr den Mond der Reifenden Kirschen nennt.« Colun betrachtete den frischen Verband, den ihm Lhyn um die Hand wickelte. »Danke«, murmelte er. »Also ... ja, es war im Mond der Reifenden Kirschen, da tauchten sie in Scharen im Osten ihres Landes auf, direkt am Fuß unserer Berge. Sie kamen als Flüchtlinge und waren so zahlreich, daß der Landstrich sie nicht hätte ernähren können, doch die dort ansässigen Clane gewährten ihnen trotzdem Unterschlupf. Es war ein mitleiderregender Haufen – die Whaztaye sind keine Krieger wie ihr, sondern Bauern und Jäger ohne große Geschicklichkeit im Kampf – und ihre einzige Habe bestand aus traurigen Geschichten. Sie schickten einige ihrer Anführer und Heiligen Männer in die Berge, um uns die Kunde zu überbringen, und ich sage euch, beim Namen des Schöpfers, es waren Geschichten voller Leid.« Er verstummte, als Lhyn seinen Oberschenkel berührte.

»Ich muß die Wunde säubern«, sagte sie. »Zieh die Hose aus.«

Colun schluckte. »Ein Nadelstich, nicht so schlimm.« Morrhyn hatte den Eindruck, daß der Grannach errötete, obwohl sich das bei einem Gesicht wie aus Stein kaum feststellen ließ.

»Dann muß das aber eine sehr große Nadel gewesen sein«, sagte Lhyn. »Ziehst du jetzt freiwillig die Hose aus, oder muß ich meinen Mann und Morrhyn bitten, dich festzuhalten, damit ich es selbst tun kann?«

Der Grannach starrte sie eine Weile trotzig an, aber Lhyn erwiderte seinen Blick ungerührt. Wäre Morrhyn zum Lachen zumute gewesen, hätte er über Coluns Gesichtsausdruck gekichert.

»Also?« fragte Lhyn.

»Beim Namen des Schöpfers!» Colun hantierte unbeholfen mit seiner bandagierten Hand an der Gürtelschnalle herum und grollte dabei vor sich hin. »Ich hätte die Frauen der Mataway e nicht für so hartnäckig gehalten. Wärst du meine Frau …«

»… würdest du wahrscheinlich schneller gehorchen«, beendete Lhyn den Satz für ihn. »Glaubst du etwa, du wärst der erste Mann, den ich ohne Hose sehe? Oder der erste, dessen Wunden ich versorge? So …«

Sie verzog das Gesicht, als die Wunde zum Vorschein kam. Eine Lanze schien Coluns Oberschenkel durchbohrt zu haben. Die Stichwunde war tief, das Fleisch an den Rändern dunkelrot geschwollen und mit vertrocknetem Blut verkrustet. Lhyn murmelte so leise vor sich hin, daß keiner der Männer ihre Worte verstehen konnte, und füllte eine Schüssel mit dampfendem Wasser, in das sie zerriebene Kräuter streute. »Das wird ein bißchen weh tun«, warnte sie.

»In diesem Fall …« Colun stürzte einen Becher Tiswin hinunter und schenkte sich nach. »Wo war ich stehengeblieben?« fragte er, wie um seine Verlegenheit zu überspielen.

»Die Whaztaye haben eine Delegation geschickt«, erinnerte ihn Racharran.

Morrhyn sah, daß der Akaman seine Ungeduld teilte – und sich wie er notgedrungen mit Coluns Erzähltempo abgefunden hatte.

»Ja. Au …!« Colun verkrampfte sich ein wenig, als Lhyn damit begann, die häßliche Wunde auszuwaschen. »Also, sie haben eine Delegation ihrer

Anführer und Heiligen Männer in die Berge geschickt. Wie ihr haben auch sie einen Ort des Tores, an dem der Schöpfer sie in ihr Land gebracht hat und wo sie sich – so wie ihr – mit uns treffen. Es war allerdings nicht zur üblichen Jahreszeit, und sie sagten, sie hätten bereits einen halben Mond dort gewartet, bis meine Leute sie schließlich bemerkten. Sie waren sehr hungrig, als wir dort eingetroffen sind, aber noch begieriger darauf, uns ihre Geschichte zu erzählen, als ihre Mägen zu füllen. Was mich an meinen eigenen Hunger erinnert.«

Er hob fragend die buschigen Augenbrauen, wie zwei Raupen auf einem Stein, die ihre haarigen Rücken wölbten.

»Gleich«, sagte Lhyn. »Laß mich das erst beenden, dann kümmere ich mich darum, daß du etwas in den Bauch bekommst.«

Colun murmelte etwas in seinen Bart, das sich wie »Frauen!« anhörte, und brachte hastig ein entschuldigendes Lächeln hervor, als Lhyn aufsah. »Verzeih mir, aber deine Kochkünste sind legendär, und der Geruch des Fleisches dort stachelt meinen Appetit an.«

Lhyn schnaubte und rieb die Wunde mit einer Salbe ein. Der Grannach wirkte enttäuscht und setzte seinen Bericht beinahe widerstrebend fort.

»Ja, sie haben uns ihre Geschichte erzählt, und sie war äußerst beunruhigend … Sie berichteten, daß ihre Leute – diejenigen, die überlebt hatten – in Massen aus dem Westen flohen, ungeordnet und voller Panik, verjagt von einer furchtbaren Armee. Ihr gesamtes Land würde von einer Horde verwüstet werden, die keiner ihrer Seher oder Heiligen Männer vorhergesagt hätte. Sie haben von schrecklichen Metzeleien berichtet und uns um Hilfe gebeten. Sie haben uns angefleht, ihre Hilflosen in unsere Stollen aufzunehmen und unsere Krieger auszuschicken, um ihnen in der Schlacht beizustehen.« Er schwieg einen Moment lang und runzelte die Stirn, als würde er immer noch über diese Bitte staunen. »In unserer gesamten Geschichte hat uns noch niemand um so etwas gebeten, es schien etwas zu sein, das gegen den Willen des Schöpfers verstößt. Wir haben lange darüber beraten.«

Er schüttelte den Kopf, und die Falten auf seiner Stirn wurden tiefer. Morrhyn fragte sich, wie lange die Debatte gedauert hatte und wie viele Whaztaye in der Zwischenzeit getötet worden waren.

»Schließlich kamen wir zu dem Schluß, daß wir nicht alle ihre Bitten erfüllen konnten.« Colun seufzte geräuschvoll. »Der Schöpfer hat uns an den Ort gebracht, an den wir gehören, und uns die Aufgabe übertragen, die Berge zu schützen. Außerdem hatten wir nicht genug Lebensmittel, um alle Flüchtlinge versorgen zu können, und ihr, die ihr unter dem freien Himmel lebt, fühlt euch in unseren Höhlen und Stollen nicht wohl, und wir konnten nicht wissen, wie lange dieser Krieg andauern würde.«

Morrhyn fragte sich, ob der Schatten, der über das zerfurchte Gesicht huschte, von Selbstzweifeln über die harte Entscheidung der Grannach herrührte. *Aber selbst, wenn es so ist,* dachte er, *Colun gibt den Willen des Schöpfers richtig wieder.*

»Es war keine Entscheidung, die wir leichtfertig getroffen haben.« Colun trank einen großen Schluck Tiswin, als wollte er seine Erinnerungen fortspülen. »Aber wir *haben* sie getroffen, alle zusammen. Wir haben die Bitte der Whaztaye abgelehnt und ihnen gesagt, daß wir statt dessen unsere stärksten Krieger in die Vorberge schicken würden, um diese fremde Horde zu bekämpfen, sollte sie so weit vorrücken.«

»Heb das Bein an, damit ich es verbinden kann«, befahl Lhyn.

Es erstaunte Morrhyn, daß sie so pragmatisch bleiben konnte, während der Grannach seine Geschichte erzählte. Seine Aufmerksamkeit wurde völlig von Coluns Bericht gefesselt. Er hätte den Menschling vermutlich verbluten lassen, um die Geschichte zu hören.

Colun hob das Bein und zog etwas später mit offenkundiger Erleichterung die Hose wieder hoch. »Ah … ich werde langsam schwächer. Könnte ich jetzt vielleicht etwas zu essen bekommen, bevor meine Kräfte schwinden?«

Lhyn wandte sich dem Kochfeuer zu, füllte einen großen Teller mit Brot und Fleisch und reichte ihn dem strahlenden Grannach. Als sie den Teekessel hob, schüttelte er den Kopf und tätschelte den Krug mit Tiswin. Auch Morrhyn und Racharran nahmen jeweils einen Teller, begannen geistesabwesend zu kauen und warteten.

Der Anführer der Grannach verschlang seine Portion und bat um einen Nachschlag, bevor er fortfuhr. »Wo war ich? Ach ja, wir gaben unsere Entscheidung bekannt – worüber die Gesandten der Whaztaye sehr traurig waren – und schickten unsere stärksten Krieger mit ihnen in das Vorgebirge. Ach, es war wirklich ein jämmerlicher Haufen, den wir dort vorgefunden haben. Die Whaztaye erweckten den Eindruck von Tieren, die durch einen Steppenbrand von ihren Weidegründen vertrieben worden und in der Hoffnung in das Hügelland gezogen waren, das Feuer würde sich nicht so weit ausbreiten. Aber es ist gekommen … Weiß der Schöpfer, es hat sich so weit ausgebreitet. Wir haben uns lange mit ihnen unterhalten, um herauszufinden, mit was für einem Feind wir es zu tun bekommen würden, und was wir erfahren haben, war sehr seltsam.«

Nachdem er den zweiten Teller geleert hatte, stellte er ihn ab und trank ein paar Schlucke Tiswin. »Sie berichteten von Kreaturen, von denen ich noch nie zuvor gehört hatte, von entsetzlichen Kriegern, die nichts anderes als Gemetzel im Sinn zu haben scheinen und auf merkwürdigen Bestien reiten, die genauso grausam wie ihre Herren sind. Sie kamen, wie die Whaztaye behaupteten, aus den Bergen im Westen, dem Tor des Schöpfers.«

»Das kann nicht sein!« Racharrans Anspannung löste sich in diesem Ausruf. »Die Tore wurden durch den Schöpfer selbst geschlossen. Was du beschreibst, ist einfach unmöglich.«

Er blickte Morrhyn wie um Bestätigung suchend an, und der Wakanisha entdeckte in den Augen seines Freundes sowohl tiefe Ungläubigkeit über die Behauptung des Grannach als auch aufkeimende Furcht. Morrhyn fühlte sich unvermittelt an seinen Traum erinnert – an alle Träume der letzten Tage – und von einer furchtbaren Angst ergriffen. War das der Ursprung der Träume gewesen? Hatten sie das Kommen der Horde angekündigt? Er hörte ein Klappern, wandte den Blick von Racharrans erschrecktem Gesicht ab und sah, wie Lhyn einen Teller aufhob, der ihren Händen entglitten war. Ihre geweiteten Augen huschten von ihm zu ihrem Mann und weiter zu Colun.

»Laß uns die ganze Geschichte hören, bevor wir darüber urteilen«, schlug er vorsichtig vor und sah den Grannach auffordernd an.

Colun zuckte die Achseln. »Ich konnte es anfangs selbst nicht glauben, aber – beim Schöpfer! – ich habe die Whaztaye gesehen, zusammengedrängt wie verängstigte Tiere. Sie hatten alle verbliebenen Schafe mitgenommen, obwohl sie nicht lange damit auskamen, und ich wußte, daß etwas Schreckliches bevorstand. Noch hatte ich keine Ahnung, ob es durch das Tor gekommen oder von den Whaztaye selbst verursacht worden war, doch dann habe ich sie gesehen …«

Sein Haut, was davon unter dem dichten Bart hervorschaute, hatte die Farbe von verwittertem Fels, doch Morrhyn glaubte, daß sie eine Spur blasser wurde. Und als Colun diesmal trank, schien es, als benötigte er den Tiswin, um mit seinem Bericht fortfahren zu können.

»Sie näherten sich wie ein Sturm, wie ein Steppenbrand. Genauso schnell und genauso rücksichtslos.« Er legte eine kurze Pause ein, leerte seinen Becher und schüttelte den Kopf. »Sie kamen nachts. Ich denke, sie bevorzugen die Nacht, dann kämpfen sie am wildesten, als wären sie Geschöpfe der Finsternis und verabscheuten das Sonnenlicht. Es war zu der Zeit, die ihr den Mond des Jahreswechsels nennt, bevor der Mond des Neuen Grases aufgeht, wenn noch immer Schnee die Hochlagen der Berge bedeckt und das Schmelzwasser die Flüsse anschwellen läßt. Wir sahen sie von den Hügeln aus wie eine im Mondlicht schimmernde schwarze Woge, die sich auf das Zeltlager der Whaztaye zuwälzte, so schnell waren sie! Es gab nicht das geringste Halten oder Zögern, sie griffen einfach an wie tollwütige Wölfe, genauso blind und rücksichtslos. Schmerzen und Verletzungen scheinen keine Bedeutung für sie zu haben, beinahe ... So wild, wie sie wüteten, hatte es fast den Anschein, als begrüßten sie den Tod.

Es war ein grauenhaftes Gemetzel. Die Whaztaye sind keine Kämpfer, und sie fielen diesen ... Kreaturen zum Opfer, wie ... wie Schafe den Wölfen. Frauen, Kinder und Alte wurden so gedankenlos erschlagen, wie du eine Wanze zerquetschen würdest. Ich gestehe, daß ich wünschte, wir hätten ihnen gestattet, Zuflucht in unseren Stollen zu suchen! Es wäre mir lieber gewesen, wir hätten sie eingelassen und den Schöpfer hinterher um Vergebung gebeten, denn ich habe geweint über das, was ich dort mitansehen mußte.«

Er verstummte und griff nach dem Krug. Morrhyn fragte sich, ob Colun seine Tränen verbergen wollte, als er den Kopf senkte.

»Auch die Männer starben. Einige versuchten zu fliehen und wurden dabei niedergemäht, andere fanden den Tod, während sie ihre Stellungen hielten. Wir Grannach sind härter und zäher als die Whaztaye, und wir schwärmten aus, um uns der Horde entgegenzustellen. Es war ...« Er runzelte die Stirn und starrte eine Weile in das Kochfeuer, als sähe er die Schlacht dort erneut ablaufen. »Es war wie der Versuch, eine Lawine aufzuhalten, eine Flutwelle mit nichts als den bloßen Händen einzudämmen. Ihr müßt bedenken, wir haben auf unserem eigenen Territorium gekämpft, dessen Hügel uns so gut vertraut sind, wie euch eure Steppen. Diesen Vorteil hatten wir. Trotzdem wurden wir zurückgetrieben, so unaufhaltsam, wie der Schnee unter der Frühlingssonne schmilzt. Wir zogen uns zurück, so wild waren unsere Feinde, und hätten wir nicht unsere Höhlen und Stollen gehabt, ich denke, dann wären wir dort gestorben wie die Whaztaye. Ach!« Er ließ die Hand durch die Luft fahren, als hielte er immer noch die Axt umklammert. »Ich schäme mich, es zu gestehen, aber wir sind zurückgewichen. Obwohl ...« – er lächelte bösartig – »... wir haben nicht wenige von ihnen erschlagen. Ich denke, wir haben ihnen gezeigt, daß nicht alle Völker dieser Welt eine so leichte Beute wie die Whaztaye sind.«

»Was oder wer sind sie?« Racharrans Stimme war leise, seine Miene sorgenvoll. »Welche Absicht verfolgen sie?«

»Ich habe mir nicht die Zeit genommen, mit ihnen zu plaudern«, sagte Colun etwas schroff. »Was sie sind, woher sie kommen, warum sie ein solches Gemetzel veranstalten ... das sind Dinge, die ich nicht verstehe. Ich weiß nur, daß sie unvorstellbar wild und grausam sind und jetzt das gesamte Land der Whaztaye beherrschen. Und soweit ich es beurteilen kann, haben sie auch die Länder weiter im Westen erobert.«

Er zuckte die Achseln, leerte seinen Becher, und übergangslos machte sich in seinem Gesicht Enttäuschung breit, als er entdeckte, daß der Tiswinkrug leer war. Lhyn brachte ihm kommentarlos einen neuen. Er schenkte sich nach und trank genußvoll.

»Aber es ist euch gelungen, sie aufzuhalten?« fragte Racharran.

»Gewissermaßen.« Colun nickte skeptisch. »Wir haben ihren Vorstoß in den Engpässen und Schluchten der Berge etwas verlangsamt, aber nur verzögert, denn sie kümmern sich nicht um ihre Verluste. Beim Namen des Schöpfers! Ich habe gesehen, wie sie über ihre eigenen Gefallenen und Verwundeten gestürmt sind, genauso rücksichtslos wie über die Leichen der Whaztaye. Sie sind immer weiter vorgerückt, selbst als wir Felsen auf sie haben herabstürzen lassen, ganze Lawinen, unter denen sie zu Dutzenden begraben wurden, und jedesmal, wenn wir dachten, wir hätten sie aufgehalten, drangen sie erneut vor. Sie waren wie die Ameisen, erbarmungslos und unerbittlich. Uns blieb keine andere Wahl, als uns bis zu unseren geheimen Verstecken zurückzuziehen. Hätten wir es nicht getan, wären diese Flüchtlinge ...« Er schüttelte seufzend den Kopf. »Wir haben uns in unsere Stollen verkrochen, die Eingänge versiegelt, eine Weile unsere Wunden geleckt und dann beraten, was wir tun sollten.«

»Haben die Sperren standgehalten?« erkundigte sich Morrhyn. »Diese ... Eindringlinge ... konnten sie nicht aufbrechen?«

»Bis zu diesem Zeitpunkt noch nicht«, erwiderte

Colun. »Als ich gegangen bin, waren sie noch intakt. Aber ...« Er breitete die Arme aus. »Wenn die Whaztaye recht hatten und die Fremden tatsächlich durch das Gebirge weiter im Westen gekommen sind, dann müssen sie über Kräfte verfügen, wie ich sie noch nie erlebt habe oder auch nur für möglich gehalten hätte. Bei meinem Aufbruch waren die Stollen jedenfalls noch verschlossen. Und sollten diese Kreaturen in sie eindringen, wird sie das teuer zu stehen kommen. Aber wenn sie Erfolg haben ... Es erschien mir ratsam, euch zu warnen.«

»Und dafür danken wir dir aus tiefstem Herzen«, versicherte Racharran.

»Wie haben sie ausgesehen?« wollte Morrhyn wissen.

Colun hob hilflos die Schultern. »Ich habe ihre Gesichter nie gesehen, nur ihre Rüstungen, die mit nichts vergleichbar sind, was mir bekannt ist. Sie erinnern an Insekten mit hell glänzenden bunten Panzern, die ihre Gesichter und Gestalt verbergen.«

»Es sind keine Menschen?« hakte Morrhyn nach.

»Sie haben zwei Arme, zwei Beine und einen Kopf«, sagte Colun, »aber ob es Menschen sind, weiß ich nicht. Ich habe sie für Dämonen gehalten.«

Der Wakanisha und sein Akaman wechselten einen stummen Blick.

»Diese Nachrichten müssen dem gesamten Rat vorgetragen werden«, sagte Racharran.

Morrhyn nickte. »Ja, und wir müssen uns im Traumrat damit befassen.« Er wandte sich dem Grannach zu. »Bist du bereit, die ganze Geschichte noch einmal zu erzählen?«

Colun starrte die beiden Männer düster an. »Wenn ihr darum bittet. Ich fürchte, diese Ereignisse bedrohen uns alle. Vielleicht sogar die ganze Welt.«

»Ich werde die anderen Clane benachrichten lassen.« Racharran ging zum Zelteingang.

Als der Akaman die Plane öffnete und ins Freie trat, sah Morrhyn, daß die Sonne aufgegangen war und der Wind nachgelassen hatte. Weiße Wolkenbänder trieben über einen klaren blauen Himmel. Das gesamte Lager war erwacht. Von überall her klangen laute Stimme und fröhliches Gelächter herüber. Coluns rauhe Stimme riß Morrhyn aus seinen Gedanken. Er drehte sich um.

»Hast du von diesen Dingen geträumt?« fragte der Grannach.

»Vielleicht. Ich bin mir nicht sicher.« Doch noch während er antwortete, spürte Morrhyn, wie seine Zweifel schwanden. »Ich hatte Visionen, die sich einer klaren Deutung entzogen haben.«

Er berichtet von seinem jede Nacht wiederkehrenden Traum, und als er geendet hatte, fragte Colun: »Und die anderen Träumer?«

»Zumindest einer teilt den Traum«, sagte Morrhyn. »Nur glaubt er, daß es sich dabei um die Ankündigung anderer Probleme handelt.«

Colun forderte ihn mit einer Geste auf, seine Worte zu erklären, und Morrhyn berichtete ihm von Kahteneys Interpretation.

»Möglicherweise habt ihr beide recht«, murmelte der Grannach.

»Wie das?« fragte Morrhyn. »Die Schwierigkeiten mit den Tachyn sind kaum so furchteinflößend wie das, was du erzählt hast.«

»Es sei denn, diese Horde gelangt tatsächlich irgendwie nach Ket-Ta-Witko«, stellte Colun grimmig fest. »Dann wäre es besser, wenn eure Clane gemeinsam statt gegeneinander kämpfen würden.«

Der Wakanisha fühlte, wie sich eine große Leere in ihm ausbreitete, und eine Weile konnte er den kleinen Mann nur wortlos anstarren. »Ja«, brachte er schließlich hervor.

In diesem Moment kehrte Racharran zurück und verharrte, als er Morrhyns Gesichtsausdruck sah. »Was ist los?« wollte er wissen. »Neue Schreckensnachrichten?«

Morrhyn streckte einen Arm aus und umklammerte Racharrans Handgelenk mit festem Griff. »Es darf keinen Ärger mit Chakthi geben!« sagte er eindringlich. »Zwischen den Clanen muß Frieden herrschen.«

Racharran musterte seinen Freund und neigte zustimmend den Kopf. »Keine Angst, das wird es. Ich bezweifle, daß selbst Chakthi sich im Licht von Coluns Neuigkeiten noch länger einem so unbedeutenden Groll hingeben wird.«

»Trotzdem.« Morrhyn lockerte seinen Griff nicht. »Machst du das auch Rannach klar? Und wirst du versuchen, Chakthi im Rat den feierlichen Schwur abzunehmen, Frieden zu halten?«

»Das werde ich«, versprach Racharran. »Boten sind bereits mit den Nachrichten unterwegs. Ich habe gefordert, die Ratsversammlung für heute abend einzuberufen.«

Es wäre Morrhyn lieber gewesen, der Rat hätte früher zusammentreten können, aber das war keine Entscheidung, die ein einzelner Akaman treffen konnte, und so blieb ihm nichts anderes übrig, als zu warten, bis die Boten mit den Antworten der anderen Clanführer zurückkehrten. Er ließ Racharrans Arm los, griff geistesabwesend nach einem Becher, führte ihn an die Lippen und trank, bevor ihm überhaupt bewußt wurde, daß Colun ihm eingeschenkt hatte. Er nahm nicht einmal den Geschmack des Tiswin wahr, spürte nur die Wärme, die die Leere in ihm ausfüllte. Irgendwann bemerkte er, daß Lhyn ihn über das Feuer hinweg beobachtete. Ihr Blick hatte sich verschleiert.

»Rannach«, sagte er. »Ich werde ihn auffordern, heute in unserem Lager zu bleiben – am besten in seinem Zelt, wenn er damit einverstanden ist –, um nicht mit Arrhyna vor Vachyr oder Chakthi herumzustolzieren.«

»Ich werde zu ihm gehen«, kam Lhyn ihrem Mann zuvor und forderte ihn mit einer Geste auf, sich zu setzen. »Wahrscheinlich fügt er sich eher, wenn ich ihn darum bitte.«

»Es spielt keine Rolle, wie er es aufnimmt«, erwiderte Morrhyn. »Nur, daß er gehorcht.«

Lhyn nickte. Ihr Gesicht war blaß. Sie verließ das Zelt, und alles, was die drei Männer tun konnten, war, auf den Abend zu warten.

DIE GERAUBTE BRAUT

Arrhyna zog kichernd ein Fell über ihren nackten Körper, während Rannach vor sich hinfluchte und sich in seine Hose zwängte. Es war nicht ungewöhnlich, daß einem frischvermählten Paar von seinen Bekannten Streiche gespielt wurden, und Rannachs Freunde hatten sich bisher nicht damit zurückgehalten. Arrhyna vermutete, daß dieser Ruf von draußen ein weiterer Streich war, und obwohl sie nichts lieber wollte, als mit ihrem Mann allein zu sein, fiel es ihr schwer, sich allzu sehr über die Störungen zu ärgern. Diese Commacht waren ein fröhlicher Haufen, ganz anders als die Tachyn, deren Laune die ihres Akamans widerspiegelte. Seit dem Tod seiner Frau war Chakthi ein freudloser und mürrischer Mann, jähzornig, schnell und brutal in seinen Urteilen, und seine finstere Stimmung schien den gesamten Clan angesteckt zu haben. In den Zelten der Tachyn wurde nicht viel gelacht. Ein Schatten huschte über Arrhynas Gesicht, als sie sich erinnerte, wie Chakthi ihre Eltern behandelt hatte, aber dann dachte sie daran, daß sie jetzt in den Clan der Commacht aufgenommen worden waren, und sie lächelte. Racharran schien ein netter Mann zu sein, wenn auch etwas streng, und mit Sicherheit nicht so hitzköpfig wie sein Sohn. Sie sah zu, wie Rannach – jetzt ihr Mann! – seine Hose zuband, und betrachtete voller Bewunderung das Spiel der Muskeln auf seinen breiten Schultern. Auch wenn er fluchte, tat er es auf eine gutmütige Art, und – beim Schöpfer – wie schön er war und was für ein Glück sie doch hatte!

Ihr Lächeln verblaßte, als er die Eingangsplane

zurückschlug, eine weitere Verwünschung verschluckte und durch eine gemurmelte Entschuldigung ersetzte.

»Verzeih mir, Mutter, ich dachte …«

Er trat zurück und bat Lhyn einzutreten. Arrhyna zog das Fell bis zum Kinn hoch und wünschte, der Besuch wäre weniger überraschend erfolgt. Was sollte Lhyn nur von ihr halten, wenn sie um diese Zeit noch immer im Bett lag und nicht einmal daran gedacht hatte, das Frühstück zuzubereiten? Sie biß sich auf die Lippen, doch die ältere Frau lächelte nur.

»Ich bin es, die sich entschuldigen muß.« Lhyn nickte Arrhyna zu, während Rannach sich eine Decke um die Schultern legte. »Fühlst du dich wohl, Tochter?«

Tochter. Das gefiel Arrhyna, es schien ihr ein weiteres Siegel zu sein, das eine glückliche Zukunft beschützte. Sie nickte unter der Felldecke. »Ja … Mutter.«

»Mein Sohn behandelt dich gut?« fügte Lhyn mit einem gespielt spöttischen Seitenblick auf Rannach hinzu.

Arrhyna errötete und kicherte. »Er ist ein guter Ehemann«, sagte sie.

»Dessen Aufmerksamkeit ich nur ungern von dir ablenke.« Lhyn lächelte immer noch, doch hinter ihrer freundlichen Miene entdeckte Arrhyna … Sie war sich nicht sicher. Furcht, kam ihr als erstes in den Sinn. Trotz des warmen Fells fröstelte sie plötzlich.

Rannach schien es ebenso zu ergehen, dachte sie, als er fragte: »Was bringt dich hierher, Mutter? Ich meine natürlich nicht, daß wir etwas anderes als glücklich darüber sind, dich hier zu sehen …«

»Ach was!« Lhyn schnitt ihm das Wort mit einer kurzen Handbewegung ab. »Ein frischverheiratetes Paar, das froh ist, Besucher zu empfangen? Rannach, selbst wenn du nicht mein Sohn wärst, wüßte ich es besser. Und ich würde euch auch nicht stören, wenn nicht ...«

Ihr Lächeln erlosch, und Rannach runzelte die Stirn. »Was ist los?« erkundigte er sich. »Gibt es Ärger mit Vachyr? Mit Chakthi?«

»Noch nicht.« Lhyn schüttelte den Kopf. »Und, so der Schöpfer will, wird es auch später nicht dazu kommen. Dein Vater ruft den Rat für heute abend zusammen, und ich muß dich um etwas bitten.«

Sie faßte Coluns Nachrichten mit knappen Worten zusammen. Die Falten in Rannachs Stirn vertieften sich, und Arrhyna wurde sich unvermittelt ihrer Nacktheit bewußt. Sie wünschte, sie wäre bekleidet gewesen. Es erschien ihr irgendwie unpassend, solche Neuigkeiten nackt zu erfahren.

»Ich werde an der Versammlung teilnehmen«, versprach Rannach.

»Was du auch solltest«, sagte Lhyn. »Vor allen Dingen aber ...« Sie berichtete von Morrhyns Befürchtungen.

»Mein Vater will, daß ich mich in meinem Zelt verkrieche?« Rannach schüttelte wütend den Kopf. »Dann biete ich also Anlaß, sich meiner zu schämen? Habe ich nicht mein Wort gegeben, daß ich während des Matakwas meine Hand gegen keinen Tachyn erheben werde? Ist mein Wort nicht gut genug für meinen Vater und Akaman?«

»Es ist auch Morrhyn, der dich darum bittet, in deinem Zelt zu bleiben«, erklärte Lhyn geduldig. »Und ich. Auch befürchtet dein Vater nicht, daß du jemals ein Versprechen brechen würdest. Aber Chakthi und Vachyr ... Sie sind jähzornig und schlucken zweifellos immer noch an ihrer Niederlage. Ich bitte dich nur, ihnen keinen Anlaß zum Groll zu geben und nicht in ihre Nähe zu kommen, bis der Rat zusammentritt.«

Rannach benötigte eine Weile, um das Gehörte zu verdauen, und musterte seine Mutter dann mißtrauisch. »Es ist kein *Befehl*? Mein Vater *verlangt* nicht von mir, mich zu verstecken?«

»Nein.« Lhyn seufzte und schüttelte ergeben den Kopf, als wäre das ein uraltes Thema. »Er, Morrhyn und ich *bitten* dich nur darum. Die Nachrichten, die Colun gebracht hat, machen mir angst und ... bereiten deinem Vater große Sorgen. Und es war nicht er, sondern Morrhyn, der am stärksten darauf gedrängt hat, daß du Vachyr und Chakthi nicht den geringsten Anlaß gibst ...«

»Das ist meine Frau!« fiel ihr Rannach ins Wort und deutete mit einem ausgestreckten Finger auf Arrhyna. »Ich habe um sie geworben, wie es die Sitten verlangen, und sie hat ihre Wahl getroffen. Der Rat hat Chakthis Einspruch zurückgewiesen, und jetzt sind wir mit dem Segen dieses Matakwas verheiratet. Welchen *Grund* zum Groll könnte meine Anwesenheit ihnen geben?«

Wieder seufzte Lhyn und sah Arrhyna an, die leise sagte: »Chakthi braucht keinen besonderen Grund, um wütend zu werden, mein Mann. Der Groll schwärt in ihm wie eine vergiftete Wunde.«

»Das ist sein Problem«, fauchte Rannach ungehalten, »nicht meins.«

»Es sei denn, diese Kreaturen sind wirklich so schlimm, wie Colun sie beschreibt«, sagte Lhyn langsam. »Dann stehen dem Volk zweifellos Probleme bevor, die diesen kleinlichen Zank lächerlich erscheinen lassen.«

Rannach zog ein finsteres Gesicht. »Ich habe keinen Streit mit irgendeinem Teilnehmer an diesem Matakwa«, sagte er. Seine Miene hellte sich auf, als er seine Frau mit einem liebevollen Lächeln bedachte. »Ich habe alles, was ich wollte.«

Arrhyna erwiderte das Lächeln, wenn auch etwas zurückhaltender. Ihr Blick wurde unwiderstehlich von Lhyns Gesicht angezogen. Racharrans Frau war schön auf eine ältere und würdevolle Art, und Arrhyna hoffte, daß sie in diesem Alter auch noch so schön aussehen würde. Jetzt allerdings wirkte Lhyn erschöpft, als hätte die Anspannung die Spuren der Zeit tiefer in ihr Gesicht eingegraben. Es war nicht einfach, die beunruhigenden Nachrichten aufzunehmen, wenn man nackt unter Fellen lag, noch schwerer jedoch, die Sorgen in Lhyns Augen zu sehen und zu wissen, daß es Differenzen zwischen dem Mann, den sie liebte, und seinem Vater gab. Arrhyna begegnete dem Blick der älteren Frau, entdeckte dort eine stumme Bitte und war sich bewußt, daß sie ihr jetzt in irgendeiner Form beistehen oder sich mit der Rolle der fügsamen Ehefrau abfinden mußte.

»Mutters Worte zeugen von Klugheit«, sagte sie und ignorierte das verärgerte Aufblitzen in Rannachs Augen, das Hervortreten seiner Kiefermuskeln. »Der Schöpfer weiß, ich habe mein bisheriges Leben bei den Tachyn verbracht und weiß daher, daß weder Vachyr noch Chakthi einen Anlaß für Groll oder einen echten Grund für einen Streit brauchen; den finden sie, wo immer sie wollen. Wenn du dich nur dieser Bitte fügst …« Es tat ihr gut, die Dankbarkeit in Lhyns Augen zu sehen.

»Und mich wie ein streunender Hund hier verkrieche?« Rannach schüttelte den Kopf. »Aus Angst, ich könnte Chakthi und seinen jämmerlichen Sohn brüskieren?«

»Zum Wohle des gesamten Volkes«, erklärte Lhyn. Sie lächelte. »Außerdem, hattest du denn andere Pläne? Beim Schöpfer, als ich deinen Vater geheiratet habe, sind wir tagelang nicht aus unserem Zelt herausgekommen.«

Arrhyna errötete und kicherte. Rannachs verkniffene Miene lockerte sich ein wenig. »Mutter, du bist schamlos«, sagte er vorwurfsvoll.

Lhyn zuckte unbekümmert die Achseln. »Es war der Hunger, der uns schließlich herausgetrieben hat ... eine andere Art von Hunger. Hätte dein Vater daran gedacht, genügend Vorräte mitzunehmen ...« Ihr Lächeln wurde wärmer, umfaßte ihren Sohn und ihre Schwiegertochter. »Aber wir haben nicht an einem so günstigen Ort geheiratet und unser Zelt absichtlich weit entfernt von den anderen aufgeschlagen, so daß uns niemand etwas zu essen vor den Eingang stellen konnte.«

»Wir haben genug zu essen.« Rannach weigerte sich immer noch nachzugeben, doch Arrhyna sah, daß sein Widerstand nachließ, und sagte, durch Lhyns Offenheit ermutigt: »Und deshalb auch keinen Grund, dieses warme Zelt zu verlassen.« Sie spürte, wie ihre Wangen heiß wurden, und war froh über Lhyns beifälliges Lächeln.

»Es wäre mir eine mütterliche Freude, euch beide zu versorgen«, versicherte Lhyn.

»Also brauchen wir auch nicht hinauszugehen.« Arrhyna zog das Fell ein Stückchen tiefer. »Es sei denn, ich würde dich allmählich langweilen, mein Mann.«

Rannach schluckte, und sein Ärger wurde von der Röte hinweggespült, die seine Wangen überzog. Arrhyna sah, daß sich Lhyn ein Lachen verkneifen mußte, und zog das Fell noch etwas tiefer.

»Ach!« Rannach räusperte sich lautstark und sah von einer Frau zur anderen, hin- und hergerissen zwischen Belustigung und Verlegenheit und vielleicht auch Gereiztheit. Er warf die Hände in die Luft. »Ich gebe mich geschlagen. Wenn du mich darum bittest, Mutter, dann soll es so sein. Richte meinem Vater aus, daß ich das Zelt nur verlassen werde, wenn ich unbedingt muß. Aber ich werde an der Ratsversammlung teilnehmen.«

»Alle werden daran teilnehmen«, erwiderte Lhyn ernst, »denn sie betrifft uns alle. Ich danke dir, mein Sohn. Ich werde deinem Vater deine Entscheidung mitteilen.«

Rannach nickte.

»Ich habe unser Frühstück noch nicht zubereitet«, entschuldigte sich Arrhyna und errötete erneut. »Aber wenn du mir einen Moment Zeit gibst ...«

»Bleib liegen, Tochter. Laßt mich mein Versprechen erfüllen. Ich werde euch schon bald etwas zu essen bringen.« Sie warf Arrhyna ein vertrauliches Lächeln zu. »Und ich werde es draußen abstellen, ja?«

»Danke«, murmelte Arrhyna.

Lhyn stand auf und ging. Rannach verschnürte die Eingangsplane hinter ihr und zog die Hose aus. Arrhyna schlug die Felldecke zur Seite, doch als er sich über sie beugte, drückte sie ihm eine Hand auf die Brust. »Erzähl mir von deinem Vater«, bat sie.

»Von meinem Vater?« Rannach verzog das Gesicht in gespieltem Ärger. Arrhyna vermutete allerdings, daß seine Verstimmung nicht gänzlich vorgetäuscht war.

»Du willst dich *jetzt* mit mir über meinen Vater unterhalten?« fragte er.

»Ich würde gern wissen, was zwischen euch steht«, sagte sie und wehrte seine Hände ab. »Er ist der Akaman der Commacht, aber du begegnest ihm mit Trotz. Kein Tachyn würde es wagen, sich Chakthis Wünschen auf eine solche Art zu widersetzen.«

»Wir sind nicht wie die Tachyn«, stellte Rannach klar.

»Nein.« Es fiel ihr schwer, seine forschenden Finger und die Berührung seiner Lippen auf ihrer Haut zu ignorieren. »Aber es ist mehr als nur das. Irgend etwas steht zwischen euch, das dich wie einen gereizten Hund reagieren läßt, der drohend das Nackenfell sträubt.«

»Also bin ich jetzt ein Hund?« Rannachs Stimme klang gedämpft zwischen ihren Brüsten. »Dein Ehemann ist ein Hund?«

»Hunde sind nicht so stark wie du.« Sie vergrub die Finger in seinem offenen Haar und zog seinen Kopf hoch. »Hunde sind weder so große Krieger, noch so mächtige Jäger ... und auch nicht so schön. Aber selbst Hunde erkennen einen Führer an.«

»Ich bin ein Mann«, sagte er.

Und ein besonders hartnäckiger, dachte sie und mußte beinahe lachen, doch sie unterdrückte ihre Heiterkeit aus Angst, sie könnte ihn damit verletzen. »Erzähl es mir, mein Mann, bitte. Ich bin als Fremde in euren Clan gekommen, und ich möchte diese Dinge wissen.«

Rannach seufzte und gab seine Bemühungen auf. Er drehte sich auf den Rücken und schob Arrhyna einen Arm unter die Schultern. Sie kuschelte sich an ihn und fuhr mit den Fingern durch sein Haar, das sie später zu Zöpfen flechten würde. *Dann wird er der bestaussehende Krieger des gesamten Matakwas sein,* dachte sie voller Stolz.

»Mein Vater ist ein weiser Mann«, begann Rannach. »Er ist ein großer Krieger, der unseren Clan führt, wie es kein anderer könnte. Ich bin nicht wie er, auch wenn er mich gern so haben würde. Mir fehlt seine Geduld, seine Weisheit. Ich kann nicht wie er sein, und deshalb bin ich eine Enttäuschung für ihn.«

»Nein!« protestierte Arrhyna.

»Doch! Er wollte mich lehren, wie man einen Clan führt, damit ich Akaman werde, wenn er zu alt dafür ist, doch ich wollte mir diese Verantwortung nicht aufbürden.«

»Es wäre eine große Ehre«, sagte Arrhyna. »Chakthi hat Vachyr jetzt schon zu seinem Nachfolger bestimmt, und er rechnet nicht damit, daß die Tachyn seine Entscheidung anfechten.«

»Ich bin nicht Vachyr!« Rannachs Stimme wurde unvermittelt schroff. Arrhyna spannte sich in seinem Arm an. Plötzlich wurden ihr Dinge bewußt, von denen sie bisher nichts geahnt hatte. »Und mein Vater ist nicht Chakthi.« Sein Tonfall wurde weicher, und sie konnte Bewunderung und Liebe aus ihm heraushören.

»Nein, ich würde keinen von euch beiden mit ihnen vergleichen«, versicherte sie. »Aber warum solltest du nicht Akaman werden?«

Er stöhnte. »Und diese schwere Last tragen? Mein Vater hat sie auf sich genommen, als er nicht viel älter war, als ich es jetzt bin, und ich habe gesehen, welchen Tribut die Jahre von ihm gefordert haben. Ich möchte nichts weiter als ein Krieger sein, frei, zu reiten und zu jagen, wo ich will, und nicht immer an den Clan denken zu müssen. Ich möchte ...« Er lachte leise in ihr Haar. »Ich möchte hinausgehen und den Tachyn Pferde stehlen können, ohne mir Gedanken um Chakthis Gefühle zu machen. Ich möchte frei sein, Arrhyna! Ich habe kein Interesse an den Pflichten der Akamans und Wakanishas.«

»Aber ...«, warf sie ein und verstummte, als ihr Rannach einen Finger auf die Lippen legte. Sie biß zärtlich hinein.

»Hör zu«, fuhr er fort. »Ich werde dir von einer Entscheidung erzählen, wie mein Vater sie trifft. Als ich ihm sagte, daß ich um dich werben und dich bitten würde, meine Frau zu werden, hat er versucht, mich davon abzubringen. Er erklärte mir, daß Vachyr dir bereits den Hof machte und ich die Tachyn brüskieren würde. Als Vachyrs Rivale würde ich Chakthi beleidigen und ihm wahrscheinlich einen Vorwand liefern, sich gegen uns zu wenden. Er wies mich auf all die Mädchen der Commacht hin, die ich haben könnte. Auf ihre Schönheit und den Reichtum ihrer Eltern …« Er schmunzelte. »Einige waren wirklich ganz wunderbar. Tatsächlich … ach!«

Arrhyna biß fester zu.

»Aber keine war mit dir vergleichbar.« Er zog die Hand von ihren Lippen zurück und ließ sie über die Konturen ihres Körpers gleiten. »Ich sagte ihm, daß ich keine andere wollte. Könnte ich dich nicht haben, würde ich niemals heiraten und bis zu meinem Tod Junggeselle bleiben. Er nannte mich verrückt und warf mir vor, ich würde das Wohl aller Commacht riskieren, wenn ich an meiner blinden Liebe festhielte. Er tat sein Bestes, um mich zu überreden …«

»Aber er hatte damit keinen Erfolg«, stellte sie fest. »Wofür ich dem Schöpfer danke.«

»So wie ich«, sagte er ernst. »Doch mein Vater hätte es gern anders gehabt. Wäre es nach ihm gegangen, wärst du jetzt mit Vachyr verheiratet.«

Arrhyna erschauderte. Es war eine furchtbare Vorstellung. Trotzdem … »Er hat mir nur Freundlichkeit entgegengebracht. Wie auch deine Mutter.«

»Er ist freundlich«, bestätigte Rannach. »Das macht es noch schwieriger. Denk darüber nach.« Seine Stimme wurde hitzig, und Arrhyna zuckte unwillkürlich zusammen. »Zu wissen, was irgend jemand will, was er sich sehnlicher als alles andere wünscht, und ihm sagen zu müssen: ›Nein, tu das nicht.‹ Jemandem zu sagen: ›Du liebst also diese Frau, aber vergiß sie, such dir eine andere zum Wohl des Clans.‹ Ich könnte das nicht tun, aber mein Vater hat es getan.«

»Bestimmt mußte er so handeln«, sagte sie, obwohl sie gleichzeitig glücklich darüber war, daß Rannach nicht auf ihn gehört hatte. »Im Interesse des Clans. Und am Ende hat er dich trotzdem unterstützt.«

»Ja.« Rannach stieß einen tiefen Seufzer aus. »Aber nur, weil er eingesehen hat, daß ich meine Meinung nicht ändern würde.«

»Er ist der Akaman.«

»Ja«, wiederholte Rannach. Er seufzte erneut. »Und aus eben diesen Gründen möchte ich es nicht werden. Und das enttäuscht ihn.«

»Was hättest du an seiner Stelle getan?« wollte Arrhyna wissen.

»Wenn ich Akaman wäre?« Er lachte. »Ich hätte dem Verliebten meinen Segen gegeben und Chakthi vorgeschlagen, den Kopf unter den Schwanz seines Pferdes zu schieben. Und wäre es zum Krieg gekommen, auch gut.«

Arrhyna spürte, wie der Stolz darüber, daß er sie so sehr liebte, sie von innen her wärmte. Andererseits aber schien er zu draufgängerisch zu sein. Sie dachte an ihre Freunde unter den Tachyn. »Aber es wird keinen Krieg geben, nicht wahr? Nicht jetzt, nicht nach dem, was deine Mutter uns erzählt hat.«

»Nicht durch meine Hand«, sagte Rannach. »Ach, mein Vater hält mich für dumm, er fürchtet, ich könnte vor Chakthi und Vachyr mit dir prahlen! Er hält mich für einen Narr, obwohl ich ihm mein Wort gegeben habe. Er hält mich für völlig verantwortungslos.«

»Vielleicht sorgt er sich nur um das ganze Volk«, murmelte Arrhyna an seiner Schulter, »und weiß, wie sich Chakthis Gefühle entwickeln.«

»Und deshalb schickt er meine Mutter, um mit mir zu sprechen? Deshalb kommt er nicht selbst?«

»Und wenn er selbst gekommen wäre?« fragte Arrhyna zurück. Sie glaubte, die Antwort bereits zu kennen. Es kam ihr so vor, als würde sie in rascher Folge immer neue Aspekte im Verhältnis zwischen Rannach und seinem Vater entdecken, die sie nie vermutet hätte. »Was dann?«

Rannach stieß ein schnaubendes Lachen ohne eine Spur von Belustigung aus. »Wahrscheinlich hätten wir uns gestritten«, gab er zu. »Und wahrscheinlich wäre ich danach mit dir auf dieser schönen gescheckten Stute kreuz und quer durch die Begegnungsstätte geritten, in unserer besten Kleidung, damit alle meine Eroberung hätten sehen können.«

»Und um es Vachyr und Chakthi unter die Nase zu reiben?« hakte Arrhyna nach.

»Ja!« Diesmal war Rannachs Lachen echt. »Aber siehst du, wie weise mein Vater ist? Statt dessen hat er meine Mutter zu mir geschickt, weil er wußte, daß es ihr gelingen würde, mich zu überreden.«

Arrhyna befürchtete, daß sein Stolz doch noch über seine Vernunft siegen könnte, und schmiegte sich dichter an ihn. »Ich bin froh, daß deine Mutter Erfolg gehabt hat«, sagte sie.

Einen Moment lang glaubte sie, dieses kleine Gefecht verloren zu haben, doch dann entspannte sich Rannach und beugte sich über sie. »Ich auch«, flüsterte er.

Beide überhörten sie Lhyns diskretes Hüsteln, mit dem sie das versprochene Essen vor dem Zelt abstellte, und als sie es schließlich fanden, war es bereits kalt, und die Hunde hatten das meiste aufgefressen.

Die Nacht war kühl, der Himmel über der Begegnungsstätte eine sternenübersäte Kuppel, beherrscht von dem fast vollen Mond, der silbern auf die Felsnadel des Schöpferberges schien, als Rannach das Zelt verließ. Arrhyna hatte ihm die Zöpfe geflochten, die ihn als Krieger auswiesen, und sie mit Haarspangen aus den Werkstätten der Grannach fixiert, die im Mondlicht funkelten. Sie fand, daß er großartig aussah, als er seine Decke über die Schulter legte und sich von ihr verabschiedete.

»Du willst wirklich nicht mitkommen?« vergewisserte er sich noch einmal.

Sie schüttelte lächelnd den Kopf. »Ich möchte mir diesen wunderbaren Tag nicht mit Vachyrs Anblick verderben. Sein griesgrämiges Gesicht würde mir bestimmt auf den Magen schlagen.« Beim Schöpfer, sie wurde allmählich diplomatisch, Lhyn wäre bestimmt stolz auf sie gewesen. »Du kannst mir ja nach deiner Rückkehr erzählen, was der Rat beschlossen hat. Oder nächsten am Morgen.« Sie ließ ihre Finger langsam und verführerisch über die Schlaffelle gleiten.

Rannach lachte. »Du wirst kühner, Frau.«

Arrhyna grinste. »Und in der Zwischenzeit werde ich das Zelt ein bißchen aufräumen. Ich möchte nicht, daß deine Mutter mich für eine Schlampe hält.«

»Meine Mutter mag dich«, sagte er.

»Und ich mag sie«, erwiderte Arrhyna. »Deshalb werde ich ihr auch beweisen, was für eine gute Frau ich ihrem Sohn bin.«

»Das bist du«, versicherte er ihr.

»Also, dann geh jetzt.« Sie stand auf und strich ihm über die Wange. »Die Trommeln rufen, und auf mich wartet Arbeit.«

Rannach lächelte und betrachtete sie eine Weile, als müsse er sich ihr Gesicht für alle Zeiten einprägen, dann nickte er ihr zu und schlüpfte ins Freie.

Die Menschen strömten bereits von überall her zum Zentrum des Lagers, wo ein weiter Ring aus Feuern den inneren Kreis markierte, in dem sich die Akamans und die Wakanishas der einzelnen Clane versammelten. Die älteren Krieger nahmen zwischen den Feuern Platz und bildeten eine symbolische Barriere zwischen der Menge und denjenigen, die über Coluns Neuigkeiten debattieren würde. So war gewährleistet, daß sich die Clanführer einigermaßen ungestört von

Zwischenrufen unterhalten konnten. Danach würde jeder mit seinem eigenen Clan diskutieren, ihm seine Vorschläge unterbreiten und sich die Ansichten der Clanmitglieder anhören, bevor er in den Rat zurückkehrte, um dort zu einer Übereinstimmung zu gelangen. So erforderte es der Brauch des Volkes.

Als Rannach sich den Zelten der Commacht näherte, trat Bakaan aus der Dunkelheit hervor. Zhy und Hadustan waren bei ihm. Sie schlossen sich Rannachs Tempo an und begleiteten ihn wie eine Leibwache.

»Wir haben auf dich gewartet.« Bakaan wirkte aufgeregt. »Beim Schöpfer, ich dachte schon, du würdest dein Zelt überhaupt nicht mehr verlassen.«

»Dafür hatte ich gute Gründe.« Rannach grinste mit dem hochmütigen Stolz eines frischgebackenen Ehemanns. »Aber ich möchte mir anhören, was Colun zu erzählen hat und wie die Akamans entscheiden.«

»Arrhyna kommt nicht mit?« fragte Zhy.

Rannach schüttelte den Kopf in der Hoffnung, daß den anderen seine herrlichen Haarspangen auffallen würden. »Sie war ...« – er sah bedeutsam von einem zum anderen – »... zu müde.«

Seine Freunde lachten und johlten.

»Und du?« erkundigte sich Hadustan fürsorglich. »Brauchst du eine Schulter, auf die du dich stützen kannst?«

»Ich bin stark«, erklärte Rannach feierlich. »Ich kann immer noch ohne fremde Hilfe stehen. Gerade noch.«

Das rief weiteres Gelächter hervor, doch sie wurden ernster, als sie den Bach durchquerten.

»Es ist wahrscheinlich klüger, daß sie nicht mitkommt«, sagte Bakaan. »Wie ich gehört habe, haben Chakthi und Vachyr den größten Teil des Tages damit verbracht, in Chakthis Zelt vor sich hinzubrüten.« Er musterte Rannachs Gesicht. »Du hast dir da einen Feind geschaffen, mein Bruder.«

»Diese beiden verdienen nicht einmal meine Verachtung«, erwiderte Rannach hochmütigt.

»Trotzdem.« Bakaans grobes Gesicht wurde ernst. »Einen verschlagenen Hund sollte man stets im Auge behalten. Sonst schleicht er sich von hinten an und beißt zu.«

»Oder tötet«, murmelte Zhy.

»Ist das der Grund für euer Geleit?« Rannach blickte seine Freunde der Reihe nach an und hob die Brauen. »Hat mein Vater euch darum gebeten?«

Einen Moment lang wirkten sie verlegen. Zhy schüttelte den Kopf. Hadustan lachte nervös.

»Nein, nicht Racharran«, antwortete Bakaan zögernd.

»Wer dann?« fragte Rannach.

Bakaan leckte sich über die Lippen. »Es war deine Mutter.«

Rannach schnaubte.

»Sie wollte nicht, daß ihrem Sohn etwas zustößt«, sagte Hadustan. »Und da wir wußten, wie zerbrechlich du bist, wie hätten wir ihr da ihre Bitte abschlagen können?«

»Deine Mutter«, fügte Zhy hinzu, »kann sehr überzeugend sein.«

»Und sehr besorgt um das Wohlergehen ihres Sohns«, sagte Bakaan. »Also, meine Mutter würde sich nie so viele Gedanken um mich machen. Wäre ich an deiner Stelle, ich glaube, sie hätte mich mit ihrem Segen in das Lager der Tachyn geschickt.«

Rannach holte zu einem vorgetäuschten Schlag aus. Bakaan tat, als bekäme er es mit der Angst zu tun, und Zhy lachte.

»Wir haben ihr gesagt, daß ein so mächtiger Krieger wie du keine Angst kennt«, sagte Hadustan, »und daß Vachyr sich bei deinem Anblick wahrscheinlich in seinem Zelt verkriechen würde. Aber du weißt ja, wie Mütter sind.«

»Und Väter.« Rannach schüttelte resigniert den Kopf. Dann lachte er. »Also seid ihr tatsächlich meine Leibwächter.«

»Deine dir ergebenen Gefolgsleute«, verbesserte ihn Hadustan.

»Deine Ehrengarde«, sagte Zhy.

»Damit du so bei der Ratsversammlung so würdevoll erscheinst, wie es einem frischgebackenen Ehemann zusteht.« Bakaan schnippte mit einem Finger so heftig gegen eine von Rannachs Haarspangen, daß der junge Krieger zusammenzuckte. »Sieht kostbar aus.«

»Ein Geschenk von Arrhynas Eltern«, sagte Rannach. Sein Ärger verflog.

Sie erreichten das Zentrum des Lagers und schoben sich durch die Menge bis zu dem aus Feuern gebildeten Ring. Die Anhörung hatte bereits begonnen. Colun war aufgestanden, um seine Geschichte zu erzählen, die anderen Grannach standen in einer Gruppe in dem Kreis der älteren Krieger. Rannach entdeckte seinen Vater, der neben Morrhyn saß, flankiert von Yazte und Kahteney auf der einen und Tahdase und Isten auf der anderen Seite. Juh und Hazhe sowie Chakthi und Hadduth vervollständigten den Kreis. Alle schwiegen, während Colun berichtete, und das Schweigen hielt auch noch an, nachdem er geendet hatte. Es war, als fiele es dem Rat schwer, das Gehörte zu verdauen.

»Das sind erschreckende Neuigkeiten«, meldete sich schließlich Juh zu Wort.

Rannach fragte sich, ob es Sorgen oder Zweifel waren, die unzählige Falten und Runzeln im Gesicht des Alten hervortreten ließen.

»Es ist eine kaum glaubliche Geschichte«, sagte Tahdase. »Eine Horde soll die Bollwerke des Schöpfers durchbrochen haben?« Er drehte sich hastig um, als Colun ungehalten knurrte. »Nicht daß ich unseren

Freund von den Grannach einen Lügner nenne, aber so etwas ist noch nie vorgekommen.«

»Es fällt mir ebenfalls schwer, die Geschichte zu glauben«, warf Chakthi ein.

Rannach ließ seinen Blick zu dem Akaman der Tachyn wandern und suchte Vachyr, den er in der Nähe seines Vaters vermutete, doch er konnte keine Spur von ihm entdecken. Er fragte sich, ob Vachyr sich aus Scham über seine Niederlage versteckte. Dann ergriff Racharran das Wort, und Rannachs Aufmerksamkeit richtete sich wieder auf den Rat.

»Es ist gewiß schwer zu glauben«, sagte der Akaman, »aber das heißt nicht, daß es nicht wahr ist. Ich zweifle nicht daran, daß Colun die Wahrheit spricht.«

»Ich ebenfalls nicht«, schloß sich ihm Yazte an. »Und deshalb meine ich, daß wir entscheiden müssen, was wir dagegen unternehmen sollen.«

»Warum?« Chakthis Stimme klang angriffslustig. »Wenn Colun die Wahrheit spricht, dann ist eine Horde in das Land des Volkes Jenseits der Berge eingefallen. Was geht uns das an? Wir haben nichts mit den Whaztaye zu schaffen. Sie sind nicht unsere Brüder. Was haben wir mit ihrem Schicksal zu tun?«

»Wenn die Eindringlinge durch das Tor in das Land der Whaztaye eingefallen sind, dann könnten sie auch durch unsere Berge kommen«, gab Racharran zu bedenken. »Und dann sind auch wir davon betroffen.«

»Wir sollten uns auf einen Krieg vorbereiten«, sagte Yazte.

Rannach spürte, wie ihn eine Woge heißer Erregung durchlief. Sollte Coluns Beschreibung der fremdartigen Eindringlinge der Wahrheit entsprechen, stellten sie weitaus lohnendere Feinde als die Tachyn dar. Das Blut strömte schneller durch seine Adern. In einem solchen Kampf gab es Ruhm und Ehre zu gewinnen.

»Ich denke, es ist noch zu früh, um über Krieg zu

sprechen«, hörte er Juh sagen. »Der Schöpfer hat uns Mataways hier nach Ket-Ta-Witko geführt, weil dies unser Land ist. Hier gehören wir hin. Er hat unser Land mit den heiligen Bergen umgeben, damit wir nicht bedroht werden und unsererseits nicht die Völker bedrohen, die jenseits dieser Berge leben. Ich frage mich, ob wir nicht den Willen des Schöpfers anzweifeln, wenn wir annehmen, seine Tore könnten durchbrochen worden sein.«

Er sah Hazhe fragend an, und der Wakanisha der Aparhaso nickte zustimmend.

»Juh spricht weise«, sagte Tahdase. »Der Schöpfer wird uns bestimmt beschützen und dieser Horde den Weg durch unsere Berge verwehren.«

Colun, der nach seinem Bericht wieder Platz genommen hatte, sprang erregt auf. »Sie haben die Whaztaye wie Vieh abgeschlachtet! Im Namen des Schöpfers, ich sage euch, ich habe sie mit eigenen Augen gesehen!« Er hob seine bandagierte Hand und schlug damit auf seinen Oberschenkel. »Diese Wunden haben sie mir zugefügt. Sie sind mit keinem Volk vergleichbar, das ich bisher gesehen habe, sie kämpfen wie Dämonen, und sie haben sich wie ein Steppenbrand über das Land der Whaztaye ausgebreitet.«

»Aber wie ein Steppenbrand wurden auch sie schließlich aufgehalten«, entgegnete Tahdase. »Am Fuß der Berge.«

»Vorerst.« Colun neigte den Kopf und setzte sich wieder. »Vorerst.«

»Glaubst du, sie werden durchbrechen?« erkundigte sich Yazte.

»Wenn ja, werden sie sich ihren Weg hart erkämpfen müssen«, sagte Colun. »Sollten sie es über unsere Pfade versuchen, werden wir Grannach sie durch alle Stollen und Höhlen jagen. Aber wir sind nicht so zahlreich, und sie ähneln einem Heuschreckenschwarm. Wenn sie die Hochpässe überschreiten …«

»Das ist unmöglich.« Juh streckte einen Arm aus, der immer noch muskulös war, wenn auch durch das Alter dünner geworden, und deutete auf den Halbkreis der Berge. »Kein Mensch kann dort oben atmen. So hat es der Schöpfer bestimmt.«

»Menschen nicht«, bestätigte Colun, »aber ich bin mir nicht sicher, ob diese Kreaturen Menschen wie du und ich sind.«

»Ihr habt einige von ihnen erschlagen, oder?« fragte Chakthi, und als Colun nickte, fügte er hinzu: »Dann sind sie bestimmt auch menschlich.«

Der Grannach machte eine hilflose Geste. »Vielleicht. Aber sie zu bekämpfen ist genauso leicht, als wollte man einen Steppenbrand mit den bloßen Händen ersticken.« Er sah in die Runde, und in seinen Augen unter den überhängenden Augenbrauen loderte ein Feuer. »Ich sage euch, es ist eine Horde, eine schreckliche Flut! Und ihr solltet euch lieber auf sie vorbereiten.«

»Tut ihr es denn?« wollte Chakthi wissen.

»Ja!« Colun nickte mit Nachdruck. »Meine Grannach stehen bereit, unsere geheimen Gänge mit Felsen und Magie zu blockieren. In unseren Werkstätten werden nur noch Schwerter, Schilde, Pfeile, Speerspitzen und Rüstungen hergestellt. O ja, wir treffen Vorbereitungen gegen sie.«

»Dann haben wir sowohl das Bollwerk des Schöpfers als auch eure Stärke zu unserem Schutz«, sagte Chakthi, »und Ket-Ta-Witko wird wahrscheinlich nicht in Gefahr geraten.«

»Die Grannach sind unsere Freunde!« rief Racharran empört. »Sollen wir müßig herumsitzen, während sie allein kämpfen? Sollen wir sie unsere Schlachten für uns schlagen lassen?«

In diesem Moment war Rannach stolz auf seinen Vater und angewidert über Chakthis Antwort.

»Noch ist es nicht unsere Schlacht«, erwiderte der Tachyn ungerührt. »Sollte diese Horde tatsächlich gegen die Grannach vorrücken, dann werde ich unsere Freunde unterstützen. Sollte sie versuchen, in Ket-Ta-Witko einzufallen, dann werde ich meine Krieger in die Schlacht werfen. Aber noch ist die Zeit nicht gekommen! Ich sage, wir sollten auf den Schöpfer vertrauen. Die Eindringlinge werden die heiligen Berge nicht überqueren. Ich sage, daß Juh und Tahdase weise sprechen, wenn sie uns auffordern, dem Schöpfer zu vertrauen. Ich sage, wir sollten jetzt noch keine Entscheidung treffen, sondern die weitere Entwicklung abwarten.«

Rannach sah, wie Yazte wütend die Hand hob und Chakthi widersprechen wollte, doch Racharran hielt ihn mit einer Geste zurück. »Warten?« fragte der Commacht. »Worauf sollen wir denn warten? Darauf, daß die Horde kommt? Oder bis Coluns Leute uns informieren, daß auch wir angegriffen werden? Sollen wir uns tatenlos fragen, ob das Feuer wirklich brennt, und uns nicht selbst davon überzeugen? Sollen wir einfach *warten*, bis wir selbst die Flammen auflodern sehen?«

»Was schlägst du vor?« fragte Juh zurück.

»Daß wir wenigstens Kundschafter ausschicken«, erklärte Racharran. »Krieger, die die Berge bewachen und mit den Grannach sprechen. Damit wir früh genug erfahren, wer oder was uns bedroht.«

»Ich denke, mein Bruder zweifelt an dem Schöpfer«, sagte Chakthi. »Sein Gebot hat uns Sicherheit in unserem Land versprochen.«

Tahdase beugte sich zu Isten hinüber, flüsterte kurz mit ihm und sagte dann: »So lautet das Ahsa-tye-Patiko, daß wir hier in Sicherheit sind.«

Chakthi nickte feierlich. Colun versteifte sich. Racharran besprach sich leise mit Morrhyn, während er gleichzeitig die Hand des Grannachs berührte und ihn von einer wütenden Antwort abhielt.

»Ich stelle das Gebot des Schöpfers nicht in Frage«, sagte er langsam, »aber ich bitte den Rat, über eine Frage nachzudenken: Könnten die Ereignisse nicht eine Prüfung sein? Vielleicht hat der Schöpfer beschlossen, uns auf die Probe zu stellen.«

»Und nun sieht er, daß einige dieser Prüfung nicht standhalten«, kommentierte Chakthi.

Juh bat mit einer Geste um Ruhe. »Das wäre möglich.« Er musterte der Reihe nach Racharran, Colun, die Akamans und die Wakanishas. »Wenn alles, was wir gehört haben, wahr ist, dann kann es durchaus sein, daß eine große Prüfung auf uns zukommt. Wenn diese Horde, von der uns Colun berichtet, so mächtig ist, wie er sie beschrieben hat, dann steht uns in der Tat eine furchtbare Prüfung bevor, und wir sollten sorgfältig darüber nachdenken, was wir tun wollen. Ich sage, dies ist nichts, was wir in einer einzigen Ratsversammlung entscheiden können. Wir müssen es überschlafen, überdenken und mit Vorsicht an das Problem herangehen.«

Vorsicht? dachte Rannach. *Colun warnt uns vor einer Horde, die sich uns – weiß der Schöpfer, woher – mit Blut und Feuer nähert, und wir sollen ruhig darüber nachdenken? Was wir tun müssen, alter Mann, ist das, was mein Vater sagt: uns auf den Kampf vorbereiten.*

»Das ist weise«, drang Tahdases Stimme in seine aufgewühlten Gedanken. »Wir brauchen mehr Zeit, um alles zu überdenken.«

»Was gibt es da noch zu überlegen?« Yazte deutete auf den Berg des Schöpfers. »Bezweifelt ihr Coluns Bericht? Sollen wir hier müßig herumsitzen – *nachdenken!* –, bis die Horde über uns hereinbricht?«

»Wird sie schon morgen erscheinen?« fragte Tahdase an Colun gewandt, der gereizt den Kopf schüttelte. »Uns bleibt doch bestimmt noch ein bißchen Zeit.«

Der Grannach zuckte die Achseln und nickte widerwillig.

»Und wollen die Wakanishas nicht morgen zu ihrem Traumrat zusammenkommen?« gab Juh zu bedenken. »Können wir nicht wenigstens noch so lange warten?«

»Ich unterstütze meinen älteren Bruder«, sagte Chakthi.

»Ich ebenfalls«, schloß sich ihm Tahdase an.

Juh lächelte. »Wollen wir es so machen? Soll sich dieser Rat wieder versammeln, nachdem die Wakanishas beraten haben? Treffen wir unsere Entscheidung dann?«

Tahdase und Chakthi neigten einmütig die Köpfe. Racharrans und Yaztes Zustimmung fiel langsamer aus, aber da ihnen kaum eine andere Wahl blieb, folgten sie notgedrungen dem Beispiel der anderen.

»Dann sollen die Wakanishas morgen dieses und alle anderen Probleme und besprechen«, verkündete Juh, »und wenn das erledigt ist, wird der Rat erneut zusammenkommen und einen Beschluß fassen.«

Die Akamans erschienen Rannach so blind wie Pferde, die hinter dem Wind eines lauernden Löwen grasten und sich der drohenden Gefahr nicht bewußt waren. Alle außer seinem Vater und Yazte. Er vermutete, daß Chakthi nur für eine Vertagung stimmte, weil Racharran sich für sofortige Vorbereitungen ausgesprochen hatte. Juh, dachte er, war ein alter Mann, der von einem friedlichen Lebensabend träumte und einen solchen Aufruhr, wie Colun ihn beschrieben hatte, am liebsten nicht zur Kenntnis nehmen wollte, und Tahdase war sehr viel jünger, vorsichtig wie ein Kaninchen, das einen Fuchs gewittert hatte. Er schnaubte abfällig, laut genug, daß sich einer der älteren Krieger umdrehte und ihn mißbilligend anstarrte. Rannach wußte, was er getan hätte, wäre er der Akaman der Commacht gewesen.

Ein Blick in die Gesichter seiner Freunde verriet ihm, daß sie sich ihm anschließen würden; in ihren Augen brannte die Sehnsucht nach einer ruhmreichen Schlacht.

»Ich möchte mich mit Colun über diese fremden Krieger unterhalten«, flüsterte Bakaan.

»Wenn mein Vater sich an den Clan wendet, wirst du zu Wort kommen können«, erwiderte Rannach. »Und Colun wird morgen in unserem Lager sein.«

»Glaubst du, Racharran wird sich für Krieg aussprechen?« fragte Hadustan.

»Diese Entscheidung kann nur von allen getroffen werden«, sagte Zhy. »Was meinst du, Rannach.«

»Ich denke, daß mein Vater das tun sollte, was er vorgeschlagen hat«, sagte Rannach langsam. »Vorkehrungen treffen.«

»Und du?« drängte Zhy.

Rannach lachte. »Ich würde sofort Krieger ausschicken, um die Berge im Auge zu behalten. Beim Schöpfer! Ich würde sie persönlich in die Stollen der Grannach führen, um den Eindringlingen entgegenzutreten und sie zurückzuschlagen, bevor sie einen Fuß auf unser Gras setzen können.«

»Und wir würden dir in die Schlacht folgen«, sagte Bakaan.

»Genau«, bestätigte Zhy.

»Allerdings sind wir ledige Krieger«, warf Hadustan mit einem anzüglichen Grinsen ein, »während Rannach jetzt ein verheirateter Mann ist.«

»Ich bin ich selbst«, erklärte Rannach mit erhobenen Brauen. »Verheiratet oder nicht, was für einen Unterschied macht das?«

Hadustans Grinsen wurde breiter und noch lüsterner. »Ich frage mich«, sagte er, und legte Rannach vertraulich einen Arm um die Schultern, »ob es da nicht noch ein paar Dinge gibt, die wir dir erklären sollten, mein Freund. Hätte ich die Wahl, in die Schlacht zu reiten und mich mit Kreaturen herumzuschlagen, wie Colun sie beschrieben hat, oder aber gemütlich unter meinen Fellen mit einer Frau wie Arrhyna zu liegen … Nun, die Wahl würde mir bestimmt nicht schwerfallen.«

Rannach packte ihn am Handgelenk, verdrehte ihm spielerisch den Arm und zwang ihn zu Boden. »Und die wäre?« fragte er lachend.

»Also, ich würde dich in den Kampf schicken, während ich …« Hadustan ließ sich auf die Knie fallen, setzte eine leidende Miene auf und sagte mit piepsender Stimme: »O Rannach, du bist so stark! Bleib unter den warmen Fellen, Rannach. Bitte, verlaß mich nicht!«

Mehrere Köpfe drehten sich zu ihnen um. Rannach gluckste leise und ließ Hadustans Arm los. »Das ist der blanke Neid, der aus dir spricht! Vielleicht findest auch du eines Tages eine Frau wie Arrhyna. Das ist zwar äußerst unwahrscheinlich, weil du wie ein häßliches Pferd aussiehst, aber vielleicht hat der Schöpfer ja Mitleid mit dir.«

Hadustan stand grinsend auf. »Und in der Zwischenzeit sitzt sie allein in deinem Zelt … O Rannach, ich bin ja so einsam.«

»Ja.« Rannach nickte ernst. »Für einen Trottel sprichst du weise.« Er schielte zum inneren Kreis des Rates hinüber. Die Akamans diskutierten jetzt über Clanangelegenheiten wie umstrittene Weidegründe und dergleichen, nichts von größerem Interesse. »Auf mich warten Pflichten, von denen du nichts verstehst. Ich sollte gehen.«

»O Rannach!« Hadustan wölbte die Hände und legte sie zwischen seinen Beinen aufeinander. »Ich glaube, ich verstehe.«

Rannach lächelte, schüttelte den Kopf und drehte sich um. Die anderen schlossen sich ihm an, als er sich durch die Menge schob. Sie ließen den Versammlungsplatz hinter sich, durchquerten den Bach und das Lager der Commacht, bis Rannach seinem Freunde mit einem Winken zu verstehen gab, sich zurückzuziehen.

»Ich denke, ich bin jetzt in Sicherheit. Habt Dank für euren tapferen Dienst als meine Leibwächter, aber jetzt ... Ich denke, den Rest schaffe ich allein.«

»Bist du dir sicher?« fragte Hadustan. »Du brauchst unsere Hilfe wirklich nicht?«

Rannach bückte sich, ergriff einen Pferdeapfel und schleuderte ihn in Richtung der jungen Krieger. Sie duckten sich lachend, und er ging allein weiter, ohne ihre anzüglichen Pfiffe zu beachten.

Licht schimmerte durch die Zeltplane und die Ränder des Eingangs. Er dachte an Arrhyna und fragte sich, ob sie etwas gekocht oder ob seine Mutter ihnen ein Essen gebracht hatte, doch hauptsächlich galten seine Gedanken nur seiner jungen Frau, und seine Schritte wurden schneller.

Als er die Eingangsplane zur Seite schlug und sah, daß Arrhyna verschwunden und das Zelt ein einziges Chaos war, zerriß sein qualvoller Schrei die Nacht.

Es war wie das Brüllen eines verwundeten Löwen, voller Wut und Schmerzen. Bakaan und die anderen verharrten mitten im Schritt, wirbelten herum und rannten zu Rannachs Zelt. Als sie dort eintrafen, war er bereits dabei, seine Kriegsausrüstung zusammenzustellen. Seine Augen, in denen unbändiger Zorn und Haß loderte, waren riesig.

»Was ist passiert?« Bakaan sah sich in dem

Durcheinander um und entdeckte Kampfspuren. »Wo ist Arrhyna?«

»Entführt!« fauchte Rannach heiser. »Vachyr war nicht bei der Ratsversammlung. Jetzt weiß ich, warum!«

»Ich sattle sofort mein Pferd«, sagte Bakaan. »Und deins.«

»Das ist mein Kampf!« Rannach ergriff seinen Bogen und den Köcher, und als er sich seinen Freunden zuwandte, wurden seine Züge einen Moment lang etwas weicher. »Wenn ich Vachyr erwische, wird es ihm nicht gut ergehen, und das wird meinem Vater gar nicht gefallen. Ich möchte nicht, daß ihr unter seinem Zorn leiden müßt.«

Bakaan machte eine wegwerfende Geste. »Ich bin dein Bruder, und Arrhyna ist meine Schwester. Dein Verlust ist der meine.«

»Und Vachyr ist vielleicht nicht allein«, gab Hadustan zu bedenken. »Ich komme mit dir.«

»Ich auch«, schloß sich Zhy den anderen an. »Wir reiten zusammen.«

Rannach betrachtete sie der Reihe nach und sagte: »Mein Vater wird wütend sein.«

Bakaan zuckte die Achseln. »Warte auf uns.« Er winkte Zhy und Hadustan, ihm zu folgen.

»Beeilt euch!« rief Rannach ihnen hinterher.

Das Zelt war in Unordnung, und er hatte wenig Zeit, aber nach kurzem Suchen fand er seine Farben und den von den Grannach gefertigten Silberspiegel. Als seine Gefährten zurückkehrten, hatte er sich bereits gelbe und schwarze Streifen auf Wangen und Nase gemalt. Bakaan nahm wortlos die Töpfe und legte ebenfalls die Farben der Vergeltung an. Zhy und Hadustan taten es ihm gleich.

»Wohin wird er fliehen?« fragte Zhy.

Hadustan tippte auf die Weidegründe der Tachyn,

doch Rannach schüttelte den Kopf. »Zu offensichtlich. Er wird versuchen, seine Spuren zu verwischen und mögliche Verfolger in die Irre zu führen. Außerdem wird Arrhyna ihn aufhalten.«

Zhy schluckte nervös. »Wenn sie kann«, sagte er. »Wahrscheinlich ist sie gefesselt oder bewußtlos.« Seine Stimme stockte.

Rannach bedachte ihn mit einem Blick, der sowohl heiß vor Wut als auch kalt wie Eis war. »Wenn er ihr etwas angetan hat, gehört sein Leben mir.«

Zhy nickte.

»Denk an dein Versprechen«, mahnte Bakaan.

»Er hat meine Braut geraubt und damit jedes Versprechen hinfällig gemacht!« Rannachs Mund verzog sich zu einem wölfischen Grinsen, das nicht eine Spur von Belustigung enthielt. Es war eine unmißverständliche Drohung. »Also, suchen wir seine Fährte?«

Die Gefährten machten sich auf den Weg. Sie führten ihre Pferde an den Zügeln, die Augen auf den Boden gerichten. Um das Zelt herum war das Gras zertrampelt, aber sie waren Jäger, und als sie sich weiter entfernten, entdeckten sie die Spuren zweier Pferde, die nach Südwesten zeigten. Sie schwangen sich in die Sättel und trotteten los, langsam zuerst und im Zickzack, da die Spur durch ältere Hufabdrücke fast unkenntlich war, doch dann immer schneller, je weiter sie die Weidegründe des Matakwas hinter sich ließen. Die Fährte wurde zu einer Doppellinie, die in eine düstere Zukunft deutete. Jeder von ihnen war mit einem Schwert und einer Streitaxt aus den Schmieden der Grannach sowie mit einem Bogen, einem gefüllten Köcher, einer Lanze und einem Lederschild bewaffnet.

Und alle trugen Kriegsbemalung.

EIN DIEB WIRD GESCHNAPPT

Der Regen trommelte rhythmisch auf die Dachziegel über Davyds Mansarde, untermalt von einem stetigen Tropfen, wo der letzte Sturm Ziegel fortgerissen hatte. Es wäre sinnlos gewesen, Julius zu bitten, das Dach zu reparieren, selbst bei dem Wucherpreis, den er für die winzige Kammer verlangte. Für fünf Guineas pro Woche – zahlbar im voraus – ein anständiges Zimmer mit Verpflegung zu finden, ohne daß dem Mieter Fragen gestellt wurden, war alles, was der junge Dieb verlangen konnte. Also verzichtete er darauf, sich zu beschweren, und tröstete sich statt dessen mit dem Gedanken, daß er wenigstens ein Dach über dem Kopf hatte und sich nicht täglich mit dem Problem herumschlagen mußte, einen Unterschlupf zu finden. Und das beste daran war, daß Julius nur eins interessierte, nämlich die Miete zu kassieren – nicht wie sie aufgebracht wurde.

Außerdem ist das Loch gar nicht so groß, dachte Davyd. Der Topf, den er daruntergestellt hatte, fing die Tropfen auf und lieferte ihm so frisches Wasser, ohne daß er die gewundenen Gänge und Treppen der schäbigen Mietskaserne zum Brunnen hinabsteigen mußte. Es gab hier einige Zeitgenossen, die einem Mitbewohner auflauern und ihn ohne Skrupel berauben oder nicht einen Moment lang zögern würden, einen vermeintlichen Träumer auf bloßen Verdacht hin an die Gottesmiliz zu verraten, und unter der Herrschaft der Autokratie in Evander reichte schon ein Verdacht, um einen Beschuldigten in Windeseile aufs Schafott zu bringen. Zumindest konnte man sich darauf verlassen, daß Julius den Mund hielt, solange die Münzen ihren wöchentlichen Weg in seine Geldbörse fanden.

Die größere Gefahr, geschnappt und als Träumer erkannt zu werden, lauerte draußen auf den Straßen. Diesen Gedanken verdrängte Davyd hartnäckig. Er wußte nicht, wie weit sich die Macht der Inquisitoren erstreckte, aber er war sich absolut sicher, daß er es nicht am eigenen Leibe herausfinden wollte.

Und genau das war sein Problem.

Sein letzter Diebstahl hatte ihm genug eingebracht, um ihn in die angenehme Lage zu versetzen, sich eine Weile ausruhen und einigermaßen vernünftig essen zu können und sich keine Sorgen über die Miete machen zu müssen. Mittlerweile aber waren seine Reserven fast aufgezehrt, und er mußte sie dringend auffrischen, was im Moment keine gute Idee war, wie ihm seine Träume suggerierten. Er befand sich in der Zwickmühle, entweder zu riskieren, entdeckt zu werden, oder sein Zimmer zu verlieren. Beide Aussichten waren alles andere als erfreulich.

Davyd erhob sich aus seinem altersfleckigen Stuhl, ging zu einer Zimmerecke, wo die Wand und das Schrägdach zusammenstießen, und öffnete das Versteck, in dem er seinen Geldbeutel aufbewahrte. Die Münzen erneut zu zählen, vermehrte sie auch nicht. Irgendwie würde er das Geld herbeischaffen müssen, das Julius bis zum Wochenende sehen wollte. Entweder das, oder er mußte sich eine neue Unterkunft suchen. Das war Julius' einzige Regel. Er versteckte die wenigen Kupferstücke wieder in der Aussparung hinter den Holzbrettern, kehrte trübsinnig zu seinem uralten Stuhl zurück und starrte auf die ringförmigen Wellen, die das Tröpfeln über die Wasseroberfläche des Topfes laufen ließ.

Die Vorstellung, betteln gehen zu müssen, behagte ihm nicht sonderlich und erschien ihm auch nicht sehr erfolgversprechend. Notfalls könnte er sich zwar den besten Bettlern von Alehouse Bob anschließen – er war jung und dünn genug, so daß die Leute Mitleid mit ihm haben und ihm ein wenig Wechselgeld zuwerfen würden, sollte er sich so weit erniedrigen –, aber das betrachtete er als unter seiner Würde. Schließlich war er ein Dieb und kein Bettler. Außerdem würden bei diesem elenden Wetter, das sich noch eine Weile zu halten versprach, ohnehin nicht viele Passanten unterwegs sein, jedenfalls nicht zu Fuß, und die vornehmen Leute in ihren Kutschen dachten nicht daran, einen Teil ihres leichtverdienten Vermögens an die Armen abzugeben. Da war es schon wahrscheinlicher, daß ihn die Milizionäre aufgreifen und bestenfalls ordentlich verprügeln oder schlimmstenfalls sogar einsperren würden. So oder so nichts, was er zu riskieren gedachte.

In einem Versuch, optimistischer an das Problem heranzugehen, sagte er sich, daß der Regen die Miliz ebenso wie die ehrbaren Bürger von den Straßen fernhalten würde. Daß er auch die Dächer glitschiger machte, spielte keine große Rolle. Davyd war so geschickt wie eine Katze, wenn es darum ging, auf Dächern herumzuklettern.

Das Problem war der Traum.

Es war seinen Träumen zu verdanken, daß er das für einen Dieb reife Alter von dreizehn Jahren erreicht hatte. Er wußte nicht, woher sie kamen, und er machte sich auch kaum Gedanken darüber. Zu wissen, daß sie zuverlässig waren, reichte völlig aus, und er hatte gelernt, ihnen mehr zu vertrauen, als irgendeinem Menschen. Die Träume verrieten ihm, wann einem Raubzug wahrscheinlich Erfolg beschieden war und wann nicht. Heute war kein günstiger Zeitpunkt, hatten sie ihm gesagt. In seinem letzten Traum waren sogar Milizionäre mit ihren roten Mänteln und gesichtslose, schwarzgekleidete Inquisitoren aufgetaucht. Er war aus dem Schlaf aufgeschreckt und hatte sich mit weit aufgerissenen Augen, vor Angst keuchend, in seiner Kammer umgesehen, hatte das Hämmern von Fäusten gegen seine Tür und warnende Rufe erwartet.

Doch mit ein paar Pennies konnte er die Miete nicht bezahlen, und wenn er nicht bald an die Arbeit ging, würde er hungrig auf der Straße landen. Er hatte die Entscheidung schon lange genug hinausgezögert.

Davyd spürte, wie sein Herz zu rasen begann, und streckte einen Arm zum Tisch aus, auf dem sein letzter Weinbrand stand. Er schenkte sich einen kleinen Schluck ein – gerade genug, um seine Nerven zu beruhigen oder seinen Mut anzustacheln – und hob den zerbeulten Silberbecher an die Lippen. Der Becher war ein oder zwei Kronen wert, aber nicht annähernd fünf Guineas, und darüber hinaus besaß er einen sentimentalen Wert für ihn. Tante Dory hatte ihm erzählt, daß es der Becher seiner Mutter gewesen war – bevor die Miliz sie und später auch seine Tante verhaftet hatte und er völlig auf sich allein gestellt zurückgeblieben war –, und er würde sich nicht von ihm trennen. Also trank er den Branntwein, setzte den Becher ab und kam zu dem Schluß, daß er auf Beutezug gehen mußte.

Der Traum hatte ihn davor gewarnt, aber was blieb ihm anderes übrig?

Er blieb noch eine Weile sitzen und dachte über seinen Plan nach, ließ die Bilder vor seinem inneren Auge ablaufen. Es gab ein Kaufmannsbüro am Rande des Hafenviertels, wo er zuversichtlich war, Geld zu finden – er hatte Augen und Ohren offengehalten –, und er bezweifelte, daß die magischen Schutzvorrichtungen seine Geschicklichkeit im Knacken von Schlössern überstiegen. Er sah sich selbst, wie er die Geldtruhe öffnete und sich die Taschen mit Kronen und sogar Goldguineas vollstopfte. Genug Geld, um Julius zu bezahlen und sich für einige Wochen keine Sorgen mehr machen zu müssen.

Andererseits konnte er die Kerker der Inquisitoren und ihre Folterinstrumente sehen – oder sie sich zumindest vorstellen. Er erinnerte sich noch lebhaft an die Verbrennung der letzten Hexe. Das Urteil war auf dem Hauptplatz von Bantar vollstreckt worden, auf dem großen Rechteck, das durch die Kathedrale, den Palast der Autokratie, den Tempel der Inquisitoren und die Kasernen der Miliz gebildet wurde. Die Verurteilte war eine noch nicht sehr alte Frau gewesen, die man der Wahrsagerei für schuldig befunden hatte. Davyd begriff nicht, warum sie ihr Schicksal nicht vorhergesehen hatte und geflohen war, wenn sie wirklich in die Zukunft schauen konnte. Jedenfalls hatte sie es nicht getan und war von der Miliz verhaftet worden. Die Inquisitoren hatten sie verhört, und an einem trüben grauen Tag war der große Platz von den Flammen ihres Scheiterhaufens erhellt worden.

Davyd konnte ihre Schreie immer noch hören, und er hatte nicht vor, es ihr gleichzutun, was zwangsläufig geschehen würde, sollte seine eigene Gabe entdeckt werden. Die Autokratie mißbilligte – von ihren eigenen Bediensteten einmal abgesehen – die Ausübung jeder Form von Magie, und was sie mißbilligte, wurde erbarmungslos ausgemerzt. Deshalb hatte Tante Dory ihm eingeschärft, seine Träume für sich zu behalten, nachdem sie sich ihrer Natur bewußt geworden war. Aus eben diesem Grund hatte sie ihn auf die Plaza mitgenommen und ihn gezwungen zuzusehen, wie ein verurteilter Hexer den Flammen übergeben worden war. Damals war er gerade erst fünf oder sechs Jahre alt gewesen, und er hatte sich die Lektion zu Herzen genommen, so fest, wie die Diener Gottes an ihrem Glauben festhielten. Die größte Angst, die er kannte, war die, bei lebendigem Leib verbrannt zu werden. Nur die Furcht vor Wasser kam annähernd an die vor dem Feuer heran. Diese Angst hatte ihm gute Dienste geleistet und ihm geholfen, so lange zu überleben. Doch jetzt besaß er nur noch ein paar Kupferstücke, und die nächste Miete wurde schon bald wieder fällig.

Sein Mund war wie ausgedörrt. Er stöhnte, füllte seinen Becher und trank den Rest des Branntweins. Der Regen trommelte immer noch wie mit ungeduldigen Fingern auf das Dach, als wartete er auf seine Entscheidung. Davyd gab sich einen Ruck. Es hatte keinen Sinn, sich länger seinen Zweifeln hinzugeben, nicht jetzt, wenn Julius jederzeit sein Geld verlangen konnte. Der junge Dieb nahm seinen Mantel vom Bett und streifte ihn über. Es war ein guter Mantel, nahezu wasserdicht, und das dunkle Blau verschmolz mit den Schatten und der Farbe der Dachziegel. In die Säume waren Geheimtaschen für seine Dietriche und die Beute eingearbeitet. Er zog eine Mütze über sein auffallend rotes Haar, und bevor er es sich anders überlegen konnte – wieder zur Vernunft kommen konnte, sagte eine laute Stimme in seinem Kopf –, stieß er das einzige Fenster der Mansardenkammer auf und kletterte hinaus.

Davyd kroch über die schräg abfallenden Ziegel zum Giebelfirst, von dort auf das überhängende Dach des Nachbarhauses hinab und weiter über einen schmalen Sims zu einem unverschlossenen Dachfenster, hinter dem ein staubiger Abstellraum voller Spinnenweben lag. Seine geschickten Finger öffneten problemlos die Tür und schlossen sie wieder – so vorsichtig wie immer, obwohl niemand in der Nähe war, auch das hatte Tante Dory ihm eingeschärft. Dann stieg er die schmale Treppe zum Erdgeschoß hinab. Er knackte das Schloß der Eingangstür mit Leichtigkeit, trat auf die dunkle Gasse hinaus und eilte mit zügigen Schritten seinem Ziel entgegen.

Die regennassen Straßen waren schlüpfrig und größtenteils menschenleer – dieses Viertel wurde selbst am hellichten Tag von anständigen Bürgern gemieden –, und schon bald hatte er das Gewirr der engen Gassen hinter den Docks erreicht.

In das Gebäude des Kaufmanns einzubrechen, erwies sich als genauso einfach, zumindest für einen geübten Kletterer, wie er erwartet hatte. Es gab einen Hinterhof, auf den nur die leeren Fenster von mehreren Lagerschuppen hinausgingen. Davyd schob sich rittlings über eine Backsteinmauer bis zu einer Regenrinne, an der er zum Dach hinaufkletterte. Dort legte er eine kurze Pause ein. Es regnete immer noch, doch hier war die Luft vom salzige Geruch der See erfüllt, und draußen im Hafen, wo Schiffe im Halbdunkel vor Anker lagen, konnte er die skelettartigen Masten und Querbäume sehen. Der Gedanke, mit einem dieser Schiffe aufs Meer hinauszufahren, ließ ihn erschaudern, und er erschauderte ein zweites Mal, als sich die Schiffsaufbauten in seiner Vorstellung in züngelnde Flammen verwandelten. Er spuckte aus, kreuzte die Finger und huschte spinnengleich zu einem kleinen Fenster, das in die Dachziegeln eingelassen war. Die Glasscheibe war schmutzverkrustet, der Rahmen durch die Nässe aufgequollen, und er knarrte ohrenbetäubend, als er ihn aufhebelte, aber es war niemand da, der den Lärm hätte hören können. Trotzdem wartete er eine Weile, bevor er sich in den Raum darunter fallen ließ, und vor der Tür verharrte er erneut und lauschte.

Stille umgab ihn. Nach allem, was er erfahren hatte, war der Kaufmann zu geizig, um Geld für Wachhunde oder Nachtwächter auszugeben, und er hoffte, daß sich diese Knausrigkeit auch auf magische Alarmanlagen erstreckte. Er verdrängte die in ihm aufsteigenden Traumbilder, während er zum Erdgeschoß hinabschlich, wo sich das Privatbüro des Besitzers befand.

Die Tür gab genauso leicht nach wie alle anderen vor ihr, und Davyd schlüpfte in einen Raum mit einem kahlen Holzfußboden, dessen einziges Fenster auf den Hinterhof hinausging. Er fand eine Lampe und entzündete den Docht. Die klobige Geldkiste stand in einer Zimmerecke, zu schwer, als daß man sie hätte wegschleppen können, und mit einem Schloß gesichert, das einem weniger geschickten Dieb widerstanden hätte. Davyd zog seine Dietriche hervor und machte sich an die Arbeit.

Es dauerte nicht lange, bis er das Schloß gesprengt hatte, den Deckel hochklappte und triumphierend grinste, als er den Inhalt der Truhe begutachtete. Die verschiedenen Wertpapiere interessierten ihn nicht, aber auf ihnen lagen drei schwere Geldbeutel. Er löste die Schnürbänder, und sein Grinsen wurde noch breiter, als das Licht der Lampe auf glitzernde Gold- und Silberstücke fiel, genug Geld, um einige Monate damit auskommen zu können. Davyd verstaute die Münzen in seinen Geheimtaschen und drehte den Docht der Lampe herab. Sein Mantel war jetzt ziemlich schwer. Er lachte leise vor sich hin, der unheilvolle Traum war fast vergessen.

Doch dann hörte er das Geräusch einer sich öffnenden Tür, eine befehlsgewohnte Stimme, dumpfe Schritte, die sich ihm näherten, und jedes Detail seines Traums wurde wieder lebendig.

Einen Moment lang erstarrte er, Panik krampfte ihm den Magen zusammen. Stiefelabsätze trommelten einen drohenden Rhythmus im Flur vor dem Büro, und durch die geöffnete Tür konnte er Metall und poliertes Leder im Licht von Fackeln schimmern sehen. Er hörte, wie die gleiche Stimme den Befehl bellte, die Außentür zu bewachen.

Davyd hatte das Gefühl, als hätte sich sein Verstand von seinem Körper gelöst. Seine Gedanken waren glasklar, aber er konnte die Füße nicht bewegen. Magische Alarmanlagen, dachte er. Also doch! Und dann durchzuckte ihn ein weiterer Gedanke: Sie werden mich verbrennen!

Als hätten die Flammen ihn bereits erfaßt, kehrte das Leben in ihn zurück.

Geduckt schlich er auf die Bürotür zu. Zwei Männer hielten Fackeln in die Höhe. Es waren insgesamt fünf Milizionäre und ein Leutnant. Das Silberabzeichen an seiner Mütze glitzerte wie ein wachsames Auge, das nach Dieben Ausschau hielt. Sie befanden sich im Vorraum und rückten zielstrebig zwischen den Schreibtischen vor. Alle außer dem Leutnant trugen Musketen. Die Treppe führte links von Davyd zum Dachgeschoß hinauf. Wenn er schnell genug war, würde er sie vielleicht erreichen können.

Immer noch tief geduckt, schlüpfte er durch die Tür und kroch auf die Treppe zu. Zwischen Schränken und Schreibtischen klaffte eine Lücke, ungefähr drei Schritte breit. Davyd atmete tief durch, kreuzte die Finger und sprintete verzweifelt los.

Rufe klangen auf und gingen plötzlich im Dröhnen abgefeuerter Musketen unter. Holzsplitter trafen Davyds Gesicht, der beißende Gestank verbrannten Schießpulvers erfüllte seine Nase. Er stieß einen Schrei nackten Entsetzens aus.

»Halt, oder du bist tot!«

Der Befehl war so laut wie ein Musketenschuß. Davyd wagte einen Blick zurück über die Schulter, sah den Leutnant am Fuß der Treppe stehen, eine Pistole in der Hand, und wünschte, er hätte die Traumwarnung beherzigt. Langsam hob er die Hände, machte einen halben Schritt abwärts, dann wirbelte er blitzschnell herum und stürmte Hals über Kopf die Stufen hinauf. Die Pistole entlud sich krachend, und das Mündungsfeuer schien den gesamten Raum auszufüllen. Davyd spürte, wie die Kugel an seinem Mantel zupfte, und hörte Münzen klirrend aus einer zerfetzten Tasche auf die Treppe fallen.

Der Leutnant fluchte und bellte einen Befehl. Die Treppe erstreckte sich schier endlos und gerade vor Davyd, ohne jede Deckungsmöglichkeit vor den Musketen, die jetzt alle auf ihn zielten. Seine Füße schienen auf den Holzstufen festzukleben, und seine Beine wurden schwer wie Blei.

»Komm runter! Auf der Stelle, oder wir schießen!«

Fünf Musketen, nicht alle konnten ihn verfehlen. Davyd schluckte und blinzelte, um die Tränen zurückzudrängen. Er nickte und hob die Hände. Diesmal versuchte er nicht, die Männer zu täuschen.

»Gott, aber das ist ja noch ein Junge!« rief einer der Milizionäre. In seiner Stimme klang eine Spur von Mitleid auf, doch die Muskete, die er auf Davyd gerichtet hielt, schwankte nicht.

»Teufelsbrut«, stieß der Leutnant hart und verächtlich hervor. »Ein schäbiger, gemeiner Dieb, egal, wie alt er ist. Ergreift ihn!«

»Bitte, Sir.« Es war einen Versuch wert. »Ich hätte es nicht getan, wenn ich nicht am Verhungern wäre.«

Der Offizier schlug ihm so heftig ins Gesicht, daß Davyds Ohren dröhnten, und während sich noch alles um ihn zu drehen schien, wurden ihm die Arme auf den Rücken gebogen und mit einem Seil gefesselt. Jetzt gab er sich keine Mühe mehr, die Tränen zurückzuhalten, aber sie brachten ihm kein Mitleid ein.

»Du hast gedacht, du könntest die Alarmanlagen überlisten, was?« Die Stimme des Leutnants war mittlerweile ruhiger, hämisch, wie es Davyd vorkam. »Nun, Junge, du hast dich getäuscht und dir damit einen Platz im Kerker verdient. Verhungern würdest du, hast du gesagt? Gut, wahrscheinlich wird man dir dort etwas zu essen geben. Was hältst du davon?«

Das einzige, was Davyd in diesem Moment dachte, war: Bitte, laß sie nicht herausfinden, daß ich träume.

Eine schreckliche Angst ergriff ihn, als die Männer seine Taschen durchsuchten und er wie betäubt in die Flammen ihrer Fackeln starrte, eine Angst, die seine Zunge lähmte und seine Eingeweide hart wie Stein werden ließ. Alles, was er wahrnahm, waren die tanzenden Flammen, und beinahe schien es ihm, als könnte er die Hitze des Feuers schon auf seiner Haut spüren.

Es geschah nicht zum ersten Mal, daß Davyd eingesperrt wurde, aber noch nie war sein Vergehen so ernst gewesen. Einmal hatte er einen Monat wegen Bettelns im Gefängnis verbracht, ein anderes Mal war er wegen Taschendiebstahls zu sechs Monaten Haft verurteilt worden. Damals war er noch jünger gewesen, und er nahm an, daß das zu seinen Gunsten gezählt hatte – zweifellos war er mit einem blauen Auge davongekommen –, und in beiden Gerichten hatte es keine Inquisitoren gegeben. Diesmal allerdings … Heute war er älter, und sein Vergehen wog schwerer. Er rechnete mit einigen Jahren auf einer Gefangenengaleere, in den Steinbrüchen oder vielleicht sogar in den Minen. Es war eine trostlose Vorstellung, und angesichts dieser düsteren Zukunftsaussichten erschien ihm seine verhältnismäßig komfortable Zelle nur als ein schwacher Trost.

Zu seiner Überraschung war Julius erschienen und hatte den Schließer mit genug Geld bestochen, um ihm eine anständige Verpflegung, eine richtige Lampe, eine saubere Schlafstätte und sogar einen etwas wackligen Stuhl und einen Tisch zu besorgen. Davyd hätte nie gedacht, daß Julius so freundlich sein könnte, doch der große schroffe Mann hatte sein Geld und sein Wissen über die in Bantar herrschenden Sitten und Gebräuche eingesetzt und den Dank des verblüfften Jungen verlegen abgewehrt, als sei es ihm peinlich, daß sein wahres Wesen offenbart worden war. Allerdings ging seine Großzügigkeit nicht so weit, einen Anwalt zu bestellen, und so würde Davyd nichts anderes übrigbleiben, als sich vor Gericht selbst zu verteidigen.

Zumindest hatte Julius in Erfahrung gebracht, wann die Verhandlung stattfinden würde, und Davyd damit die Qual der Ungewißheit erspart. Morgen sollte er vor den Richter treten, und dank Julius konnte er seine Sorgen mit einer Flasche guten Weins ein wenig lindern. Das war das Abschiedsgeschenk seines Vermieters gewesen, Julius glaubte nicht daran, Davyd jemals wiederzusehen, und er würde auch nicht zum Prozeß erscheinen, um seine Anonymität nicht zu gefährden. Aber er hatte seinem früheren Mieter alles Gute gewünscht.

Jetzt trank Davyd seinen Wein und bereitete sich darauf vor, schlafen zu gehen. Er erwartete keine größeren Überraschungen für den nächsten Morgen, abgesehen von der Entscheidung des Richters, ihn auf die Galeeren, in den Steinbruch oder in die Minen zu schicken. Hätte Davyd sich seine Strafe selbst aussuchen dürfen, hätte er vermutlich den Steinbruch gewählt, wo er wenigstens den Himmel würde sehen können.

Wenn ich mich doch bloß an meine Träume gehalten hätte, dachte er, während er den Docht herunterschraubte, dann wäre ich nicht in diese Situation hineingerutscht. Aber das hatte er nicht getan, und jetzt war es müßig, weiter über seine Dummheit nachzugrübeln. Das Leben hatte ihn gelehrt, pragmatisch zu sein und aus seinen Erfahrungen zu lernen. Darüber hinaus sah er keinen Sinn darin, Mutmaßungen über das anzustellen, was hätte sein können. Trotzdem schwor er sich, als er die Augen schloß, in Zukunft immer auf seine Träume zu hören.

Doch was er in dieser Nacht träumte, war äußerst schwer zu deuten.

Er glitt über eine gewaltige Wasserfläche und hätte nicht sagen können, ob er auf dem Deck eines Schiffes stand oder irgendwie aus eigener Kraft über den Wellen schwebte. Es spielte ohnehin keine Rolle, Davyd fürchtete das Wasser, und in diesem Traumzustand erfüllte es ihn mit einem ebenso großen Entsetzen wie die Aussicht, bei lebendigem Leib verbrannt zu werden. Er sah sich um, konnte jedoch nirgendwo eine Küstenlinie entdecken, keine Spur von Land, nur wogendes graues Meer auf allen Seiten. Wellen mit weißen Schaumkronen rollten unter einem blauen Himmel dahin, der bis auf das starre Auge der Sonne völlig leer war. Geschöpfe lauerten unter den Wellen – er *wußte* es, auch wenn sie unsichtbar blieben –, Kreaturen, die langsam aufstiegen, um ihn in die Tiefe hinabzuziehen oder ihn wie Treibgut zu verschlingen.

Davyd erwachte schweißgebadet, sein Herz hämmerte unregelmäßig, und die Angst riß ihm einen Schrei von den bebenden Lippen. Keuchend sprang er aus dem Bett und drehte den Docht der Lampe höher, bis ihr helles gelbes Licht die Nachbilder von Wellen, Ewigkeit und verlorener Hoffnung auslöschte. Er griff nach der Weinflasche und fluchte, als er feststellte, daß sie leer war. Notgedrungen gab er sich mit Wasser zufrieden und spritzte sich etwas davon ins Gesicht, um wieder völlig zu sich zu kommen. Dann zog er sich an und wartete auf die Morgendämmerung. Er hatte keine Lust, noch einmal in den gleichen Traum zu sinken, den er nicht verstand und der ihn mit einer so schrecklichen Angst erfüllt hatte.

Die Zeit zog sich in die Länge, aber schließlich erwachte das Gefängnis mit den typischen Geräuschen zum Leben, die einen neuen Tag hinter Mauern ankündigten. Licht sickerte bleich durch das vergitterte Fenster seiner Zelle, das nächtliche Rascheln, Stöhnen und die gelegentlichen Schreie der anderen Gefangenen wurden durch gedämpfte Unterhaltungen, das Rasseln von Zellenschlüsseln und das Scheppern des Frühstückskarrens ersetzt, den ein Bediensteter durch die Gänge schob.

Davyd verspürte keinen Appetit auf den Haferbrei, das Weißbrot und den aromatischen Kaffee, ein letztes Geschenk von Julius. Sein Magen schien mit einer Flüssigkeit gefüllt zu sein, die wie Meereswellen in ihm hin und her schwappte, und er beschränkte sich darauf, sich zu waschen und zu warten.

Sein Fall wurde erst gegen Mittag aufgerufen, und als die Milizionäre erschienen, um ihm Fuß- und Handfesseln anzulegen und ihn in den Gerichtssaal zu führen, knurrte sein Magen protestierend. Vielleicht hilft es mir, dachte er, wenn ich wie ein halbverhungertes Waisenkind erscheine, das von einem grausamen Schicksal dazu gezwungen wurde, ein verbrecherisches Leben zu führen. Er hoffte, daß der Richter auf ein allzu gründliches Verhör über seine Lebensumstände und Bekanntschaften verzichtete, denn er wußte, daß er nicht mehr lange leben würde – egal, wohin man ihn schickte –, wenn er Julius und die anderen verriet. Doch seine größte Hoffnung war, daß die Magie, die das Gericht schützte, ihn nicht als Träumer bloßstellte, und er betete, daß keine

Inquisitoren während der Verhandlung anwesend sein würden.

Er hätte sich keine Sorgen zu machen brauchen. Der Richter, dessen einziges Ziel es offensichtlich war, das Recht der Autokratie so schnell wie möglich durchzusetzen, zeigte keinerlei Interesse an einem gründlichen Verhör. Auch waren keine Inquisitoren zugegen, nur die aufmerksamen Milizionäre und ein Gerichtsdiener.

Davyd wurde nach seinem Namen gefragt.

»Davyd Furth, Herr«, antwortete er und bemühte sich, jämmerlich und gleichzeitig reumütig zu klingen. Ersteres fiel ihm nicht schwer. Sein Alter wurde mit dreizehn Jahren vermerkt und die Straße als sein Wohnsitz. Danach gab der Richter sein Urteil bekannt.

Als er verkündete, daß der junge Dieb in Haft bleiben würde, bis das nächste Frachtschiff nach Salvation segelte, brach Davyd zusammen. Er schrie seinen Protest heraus und schlug mit den gefesselten Fäusten gegen das Holzpodest vor der Anklagebank, ohne zu bemerken, daß die magischen Schutzvorrichtungen seine Haut verbrannten, flehte den Richter an, ihn in die Steinbrüche oder sogar in die Minen zu schicken und ihn nicht dazu zu verdammen, den Ozean zu überqueren. Er jammerte und wehklagte, als die Milizionäre ihn davonschleiften.

Als die Zellentür hinter ihm ins Schloß fiel, schluchzte er immer noch. Er *wußte*, daß er auf dem Meer der Schmerzen ein furchtbares Schicksal würde erleiden müssen. Hätte man ihm nicht vorsorglich seinen Gürtel und den Seidenschal abgenommen und wäre er nicht an Händen und Füßen gefesselt gewesen, hätte er vor Verzweiflung wahrscheinlich Selbstmord begangen.

EIN ANGRIFF AUF DIE TUGEND

Eine Arbeit als Schankmagd im *Fliegenden Pferd* war nicht gerade das, was sich Flysse Cobal in Bantar erträumt hatte, aber sie ertrug ihre Enttäuschung so fröhlich, wie sie konnte. Sie hatte gehofft, eine Anstellung als Kammerzofe einer vornehmen Dame oder vielleicht als Näherin zu finden, aber die geschäftige Stadt meinte es nicht so gut mit ihren Träumen, und so mußte sich Flysse damit abfinden, Bier auszuschenken und sich der aufdringlichen Hände liebeshungriger Gäste zu erwehren. Und das war hier immerhin leichter, tröstete sie sich, als in Sieur Shaxbrofs Anwesen in Cudham. Dort war es fast unmöglich gewesen, den Nachstellungen des Hausherrn und der Feindseligkeit seiner Frau zu entgehen, obwohl es nicht Flysses Schuld gewesen war, daß er ständig versucht hatte, mit ihr anzubändeln. Sie hatte sich glücklich geschätzt, als Hausmagd angenommen zu werden, eine große Ehre für ein Bauernmädchen, dessen Familie kaum drei Töchter versorgen konnte, nachdem die Ernte zwei Jahre in Folge schlecht ausgefallen war, und sie war voller Eifer zu ihrem neuen Arbeitsplatz geeilt. Wie hätte sie auch ahnen sollen, daß ein so vornehmer und älterer Herr wie Sieur Shaxbrof so lüstern sein könnte, oder daß seine Frau nicht ihrem Mann, sondern Flysse die Schuld an den Schwierigkeiten geben und sie entlassen würde? Das war ein furchtbarer Schlag für sie gewesen, und sie hatte beschlossen, in der Stadt nach Arbeit zu suchen, bevor sie wieder ihrer Familie zur Last fiel.

Wenigstens war es ihr gelungen, ein paar Silberkronen zur Seite zu legen, und Bantar war ohne

Zweifel eine erstaunliche Stadt, auch wenn Flysse nie die Absicht gehabt hatte, in einer Taverne zu arbeiten. Eines Tages, das versprach sie sich, würde sie eine angemessenere Anstellung finden. Vorläufig aber mußte sie sich mit dem *Fliegenden Pferd* begnügen, und sie hatte sich vorgenommen, das Beste aus ihrer Situation machen.

Wenn die Gäste nur nicht wie selbstverständlich davon ausgehen würden, daß sie wie die meisten Mädchen käuflich wäre, und ständig ihre Schönheit preisen würden … Flysse nahm an, daß sie tatsächlich hübsch war, aber beinahe wünschte sie, sie wäre es nicht. Das hätte ihr das Leben erleichtert.

Sie betrachtete ihr Gesicht im Spiegel, den sie sich – wie das Zimmer – mit den sieben anderen Mädchen teilte. Es schien ihr recht durchschnittlich zu sein, rund und von blonden Locken eingerahmt, die Augen ein wenig zu groß für ihren Geschmack, der Mund zu breit. Doch die Männer versicherten ihr immer wieder, daß sie wunderschön war, besonders Leutnant Armnory Schweiz von der Gottesmiliz, der taub für ihre wiederholten Versicherungen zu sein schien, daß sie eindeutig und unwiderruflich nicht die Absicht hatte, seine Mätresse zu werden.

Die meisten Männer, die sie abgewiesen hatte, fanden sich damit ab, daß sie sie nicht würden haben können, beschränkten sich auf kokettierende Bemerkungen und lachten, wenn sie errötete. Nicht jedoch Armnory Schweiz, der offenbar fest entschlossen war, ihren Widerstand zu brechen und ihre aufrichtigen Beteuerungen zu ignorieren, daß sie nur in Ruhe gelassen werden wollte. Er würde heute abend wieder hier sein – er war *jeden* Abend hier –, und bei dem bloßen Gedanken seufzte Flysse unglücklich. Es kam ihr so vor, als würden die wässrigen blauen Augen des Leutnants ihre Kleidung durchdringen und das nackte

Fleisch darunter taxieren, wenn er sie anstierte, und was sie auch tat, um seinen Händen zu entgehen, irgendwie gelang es ihnen immer wieder, über ihre Taille, ihre Schenkel oder ihr Hinterteil zu streichen. Bevor sie in die Stadt gekommen war, hatte sie geglaubt, die Offiziere der Autokratie wären über ein derartiges Benehmen erhaben, doch jetzt wußte sie es besser. Seit Armnory sie entdeckt hatte, wußte sie, daß sich die Angehörigen der Gottesmiliz kaum von Sieur Shaxbrof oder irgendwelchen anderen Männern unterschieden – abgesehen von der Macht, die sie ausübten. *Wäre er nicht ein Leutnant der Miliz, dachte sie, würde ich einen Bierkrug über seinem grinsenden Gesicht ausleeren oder ihn auf seinem Schädel zerbeulen.* Aber leider war Armnory Schweiz ein Offizier, und man hatte sie vor den Folgen einer solchen Tat gewarnt.

Mit einem letzten herzhaften Seufzen legte sie die Haarbürste beiseite und schickte sich an, in den Schankraum hinabzugehen. Sie hatte sich jetzt schon verspätet, und Master Banlyns Geduld war nicht unerschöpflich.

Das erste, was sie entdeckte, als sie den langgestreckten Raum betrat, in dem schon zu dieser frühen Stunde Rauchschwaden durch die Luft zogen, war Armnory Schweiz. Er schien bereits getrunken zu haben, aber trotzdem waren seine Augen starr auf die Tür gerichtet, und bei Flysses Anblick verzog ein lüsternes Grinsen seine schmalen Lippen. Sofort hob er seinen Krug, und Flysse blieb keine andere Wahl, als zu nicken und zu seinem Tisch zu gehen.

Sein Grinsen wurde noch breiter, als sie näherkam. Er entblößte eine Reihe unregelmäßiger, durch Tabak braungefärbter Zähne und strich sich wie ein Galan im Theater über den Schnurrbart. Als sie einen Arm nach dem leeren Krug ausstreckte, ergriff er ihre Hand und sah ihr direkt in die Augen. Flysse zwang sich stehenzubleiben, und wenn sie auch nicht lächelte, wich sie wenigstens nicht angewidert zurück.

»Flysse, liebste Flysse.« Er hob ihre Hand an seine Lippen. »Habt Ihr über meinen Vorschlag nachgedacht, meine Liebe?«

»Sieur, Ihr kennt meine Antwort«, erwiderte sie nicht zum ersten Mal und wiederholte die Lüge, die ihr die beste Verteidigung zu sein schien. »Ich habe einen Geliebten, der in Cudham auf mich wartet.«

»Pah!« Schweiz wischte die Vorstellung, ein Geliebter könnte geduldig sein, mit einer wegwerfenden Handbewegung beiseite. »Irgendein nach Mist und Schweiß stinkender Bauerntölpel? Flysse, ich sage Euch, Ihr habt mein Herz erobert, und ich werde nicht ruhen, bis Ihr mein seid.«

Flysse sah sich schnell um in der Hoffnung, Master Banlyn – oder irgend jemand anders – würde kommen, um sie vor dem aufdringlichen Offizier zu retten, aber es saß niemand in der Nähe seines Tisches, als würde seine scharlachrote Uniform eine Aura ausstrahlen, die die anderen Gäste so wirksam wie ein magischer Bann auf Distanz hielt. Alles, was Flysse jetzt helfen konnte, war ihre eigene Geistesgegenwärtigkeit.

»Sieur, es ist so, wie ich es Euch gesagt habe«, improvisierte sie. »Wir sind verlobt, und ich kann nicht gegen dieses Gelübde verstoßen. Als Offizier der Gottesmiliz versteht Ihr doch gewiß die Bedeutung eines solchen Versprechens.«

Schweiz schnaubte abfällig. Er schien betrunkener und entschlossener als sonst zu sein.

»Ja, ich bin ein Offizier der Gottesmiliz«, sagte er. »Und deshalb viel bedeutender als irgendein Bauerntölpel. Ihr müßt Euer Versprechen vergessen, Flysse. Wenn es Euer Gewissen erleichtert, werde ich dafür sorgen, daß unser Priester Euch seinen

Segen gibt und Euch Absolution erteilt. Wenn Ihr nur …«

»Sieur!« Flysse tat, als wäre sie erstaunt und schockiert. »Ihr schlagt mir allen Ernstes vor, einem Gelöbnis untreu zu werden, das ich in Gottes Namen abgelegt habe?«

»So ist es«, bestätigte Schweiz. »Ihr müßt. Flysse, ich denke in jeder Stunde des Tages an Euch, und ich schwöre, ich kann nicht weiterleben, wenn Ihr nicht auf meinen Vorschlag eingeht.«

Diesmal war ihr Schock echt. »Daß ich Euch gestatte, mich zu … zu Eurem *Flittchen* zu machen … zu Eurer *Gefangenen*?«

»Zu meiner *Mätresse*«, sagte Schweiz. »Das ist ein Unterschied, wie Ihr wißt.«

»Das denke ich nicht, Sieur. Ich glaube, Ihr verlangt das Undenkbare.« Sie packte den Krug und hoffte, er würde sie loslassen, damit sie ihm mehr Bier bringen könnte. »Ich bin kein Straßenmädchen, daß Ihr zu Eurem Vergnügen kaufen und einsperren könnt.«

»Nicht zu meinem Vergnügen«, widersprach er ihr. »Aus Liebe. Nur für meine Liebe.«

Doch er hat nicht ein einziges Mal die Ehe erwähnt, dachte Flysse. Sie spürte Angst in sich aufsteigen. Heute abend wirkte Schweiz wild entschlossen, und sollte er seine sinnlosen Bemühungen fortsetzen, würde es ihr wahrscheinlich sehr schwerfallen, die Beherrschung zu bewahren und ihren Ekel im Zaum zu halten. Es würde sie viel Mühe kosten, ihn nicht zu schlagen, ungeachtet der drohenden Konsequenzen.

»Ich denke«, sagte sie und betete, daß ihre Stimme nicht zitterte, »ich sollte jetzt lieber Euren Krug auffüllen.«

»Nein«, sagte Schweiz, »denn ich habe mich heute entschieden. Ich *werde* Euch bekommen, Flysse.«

Damit riß er sie am Arm, zerrte sie auf sich zu und

packte sie mit der freien Hand an der Schulter, so daß sie strauchelte und auf seinen Knien landete. Er schlang einen Arm um sie, hob ihr Kinn mit der anderen Hand an und küßte sie bierselig auf den Mund.

Flysse preßte die Lippen zusammen, wehrte sich nach Kräften und schlug auf seine Schultern und seinen Rücken ein, aber er war zu stark für sie und ignorierte ihre Schläge. Er versuchte, seine Zunge zwischen ihre Lippen zu schieben, während die Hand, die ihr Kinn umklammert hatte, ihren Körper hinabwanderte und unter ihre Röcke glitt.

Übelkeit erfaßte Flysse, und der Ekel stachelte sie zu noch wilderer Gegenwehr und dem überwältigenden Verlangen an, ihre Ehre zu verteidigen. Sie schlug ihre Fingernägel in die Wangen des Angreifers, riß die Hände herunter und empfand trotz ihrer Panik Genugtuung über den Schmerzschrei des Leutnants. Er zog die Hand unter ihren Röcken vor und betastete die Rißwunden in seinem Gesicht. Als er das Blut an seinen Fingern sah, keuchte er ungläubig.

»Beim Blute Gottes, Mädchen!« fauchte er wütend. »Du hast mich verletzt! Das werde ich dir mit gleicher Münze heimzahlen!«

Er packte sie an den Haaren und schlug ihr kräftig ins Gesicht. Flysse spürte, wie ihr Tränen in die Augen stiegen, und dann schrie sie vor Zorn und Schmerzen auf, als er seine Hand auf eine ihrer Brüste legte und brutal zudrückte. Verschwommen wurde sie sich der plötzlichen Stille in der Taverne bewußt, so daß die keuchenden Atemzüge des Offiziers unnatürlich laut in ihren Ohren klangen. Sie fragte sich, warum ihr niemand zu Hilfe eilte. Master Banlyn würde doch bestimmt nicht einfach tatenlos zusehen, irgend jemand würde doch dieses Ungeheuer von ihr fortziehen. Doch niemand griff ein. Armnorys Hand zerrte an ihrem Mieder, und sein Kopf neigte sich zu ihr herab.

Vermutlich war es gar nicht so ungewöhnlich, dachte sie verzweifelt, daß sich ein Gast auf eine derbe Art mit einer Schankmagd vergnügte, wahrscheinlich würden die anderen Mädchen über eine solche Belästigung nur lachen, die Küsse erwidern und sich nicht gegen die Hand wehren, die ihr Mieder aufschnürte und sich unter den Stoff schob. Einige der Mädchen, daß wußte sie, würden den Kerl sogar einladen, das Bett mit ihnen zu teilen.

Aber sie war nicht wie die anderen. In Cudham hatte sie sich erfolgreich gegen Sieur Shaxbrof zur Wehr gesetzt – und gegen einige Männer mehr, seit sie im *Fliegenden Pferd* arbeitete –, und sie würde nie freiwillig derartig abstoßende Aufdringlichkeiten erdulden. Sie fühlte die Zunge des Offiziers, die nach Bier, Tabak und altem Essen schmeckte, in ihrem Mund herumtasten, spürte, wie ihre Brüste freigelegt wurden und seine Finger an ihnen herumspielten, bevor sie über ihre Taille und ihre Hüften abwärtswanderten und ihre Röcke anhoben. Flysse preßte die Beine zusammen, aber scharfkantige Fingernägel schoben sich kratzend zwischen ihre Schenkel und grob zu ihrer Unterwäsche vor. Schweiz lachte, als der Baumwollstoff unter seinen forschenden Händen zerriß. In diesem Augenblick war sie sich sicher, daß er sie vergewaltigen würde.

Sie dachte nicht mehr über das nach, was sie als nächstes tat, und auch nicht über die möglichen Konsequenzen. Ihr war kaum richtig bewußt, daß sich ihre Hand – die erstaunlicherweise immer noch den Krug umklammert hielt – hob und Schweiz das Zinngefäß auf den Schädel schmetterte.

Leutnant Armnory Schweiz stieß ein Keuchen aus und kippte rückwärts auf die Bank. Flysse sprang auf, und als er sie anstarrte und eine Hand nach ihr ausstreckte, schlug sie erneut zu, mitten in sein Gesicht.

Die Wucht des Aufpralls ließ ihre Fingerknöchel knirschen, der Krug hatte sich verbeult. Armnorys Nase war plattgedrückt, Blut spritzte aus ihr hervor und rann über seine Tunika, färbte den hellroten Stoff dunkler. Er grunzte, versuchte wieder, Flysse zu packen, und sie ließ den Krug ein zweites Mal auf sein Gesicht niederfahren. Er heulte auf, als seine Zähne zersplitterten, und spuckte blutige Bruchstücke aus. Seine Augen wurden glasig.

Ein Schwindelgefühl überkam Flysse. Sie ließ den Krug fallen und ordnete instinktiv ihre zerzauste Kleidung. Ihre Augen waren riesig. Schweiz stöhnte und fluchte. Blut lief ihm über das Gesicht und tropfte auf die Bank.

»In Gottes Namen, Mädchen«, sagte Master Banlyn am anderen Ende des Schankraums leise mit nervöser Stimme. »Weißt du, was du getan hast?«

Meine Ehre verteidigt, dachte Flysse. *Nicht mehr*.

Armnory Schweiz betastete vorsichtig sein verwüstetes Gesicht. Unbändige Wut blitzte in seinen Augen, als er den Kopf hob. Seine Stimme klang dumpf und undeutlich.

»Einen Offizier der Gottesmiliz anzugreifen, ist ein Verbrechen, du Hure! Das wirst du teuer bezahlen!« Er zerrrte mühsam seine Pistole aus dem Holster.

»Nein!« rief Master Banlyn. »Um Gottes willen, Leutnant, erschießt sie nicht!«

»Sie erschießen?« Schweiz schüttelte den Kopf und verspritzte dabei Blut und zähen Speichel über den Boden. »Ich werde die Hure nicht erschießen. O nein, so leicht mache ich es ihr nicht!«

Flysse wich entsetzt einen Schritt zurück. Wahnsinn glühte in seinen Augen. Sie zuckte zusammen, als er die Pistole hob, aber er drückte ihr die Mündung nur auf die Brust, und seine aufgeplatzten Lippen verzerrten sich zu einen furchtbaren Grinsen.

»Ich verhafte dich im Namen der Autokratie, Hure.« Er deutete mit der Pistole auf die Tür. »Und jetzt begleitest du mich.«

Flysse hatte so manchen Kuh- und Schweinestall gereinigt, aber selbst die waren ihrer Zelle vorzuziehen. Erstens gab es dort Sonnenlicht, nicht das ewige Halbdunkel des Kerkers, das nur durch einige wenige flackernde Talgkerzen und kleine vergitterte Fenster notdürftig erhellt wurde, zweitens war das Stroh dort erheblich frischer als das eklige von Insekten wimmelnde Zeug, das den Kopfsteinfußboden ihrer winzigen Zelle bedeckte. Und auch die Insassen dieser Ställe waren längst nicht so bedrohlich wie ihre Leidensgenossinnen hier. Die Pfiffe und anzüglichen Kommentare, mit denen sie empfangen worden war, hatten Flysse erröten lassen. Sie hatte nicht gewußt, daß Frauen derartige Dinge miteinander treiben könnten, wie es ihre Vorschläge nahelegten, und sie war dankbar – eine kleine Gnade –, daß sie ihre Zelle mit niemandem teilen mußte.

Sie fragte sich, wie lange sie hier würde ausharren müssen. Welches Urteil mochte sie erwarten? Die Wärterin, eine hagere, finstere Frau, die Flysse nicht liebenswerter als ihre Gefangenen erschien, versicherte ihr, daß die Verletzungen, die sie einem Offizier der Gottesmiliz zugefügt hatte, zwangsläufig eine harte Bestrafung nach sich ziehen würden. Offenbar hatte sie dem Offiziers gründlich die Nase gebrochen und ihm mehrere Zähne ausgeschlagen, und das belustigte die Wärterin ebensosehr, wie ihrer neuesten Gefangenen mit Spekulationen über das ihr bevorstehende Schicksal Angst einzujagen. Beinahe wünschte Flysse, sie hätte den Mann nicht geschlagen, aber was war ihr anderes übriggeblieben? Gewiß nicht, seinem Verlangen nachzugeben, und das mußte jeder Richter einsehen, ganz egal, was die Schließerin behauptete.

Flysse hatte beschlossen, von Anfang an die Wahrheit zu sagen und – sofern das Gericht es erlaubte – Master Banlyn und die anderen Mädchen aus dem *Fliegenden Pferd* als Entlastungszeugen anzuführen. Bestimmt würden sie ihre Geschichte bestätigen, daß Armnory Schweiz sie schon lange mit seinen Nachstellungen bedrängt und ihr eine Liaison vorgeschlagen hatte, die keine gottesfürchtige Frau akzeptieren konnte. Das Problem war nur, daß sie sich mit Gerichten nicht besser als mit Gefängnissen auskannte und zudem nicht wußte, ob sie überhaupt Zeugen für ihren Charakter und ihren Lebenswandel benennen durfte. Die Wärterin hatte für die Beantwortung dieser Fragen eine Bezahlung in Geld oder in Liebesdiensten verlangt, doch weder besaß Flysse das eine, noch war sie zu dem anderen bereit. Sie fragte sich, ob ihre dürftigen Ersparnisse in Sicherheit waren. Da sie zur Zeit völlig mittellos war, konnte sie denjenigen, die sie ihre Freunde nannte, keine Nachricht schicken, und niemand hatte sie während der letzten Tage besucht, seit sie in diesem Kerker saß. Sie hatte sich damit abgefunden, daß ihre einzige Hoffnung die Wahrheit und das Verständnis des Richters war, doch die unheilvollen Bemerkungen der Wärterin erfüllten sie mit Furcht. Trotzdem hoffte sie, daß die Anhörung bald stattfinden würde, dann könnte sie wenigstens ihre stinkende Zelle verlassen, entweder für eine Weile oder für immer. Weiter wagte sie nicht zu denken. Sie mußte sich an die Hoffnung klammern, freigelassen zu werden, ins *Fliegende Pferd* zurückzukehren und ihr bisheriges Leben wieder aufnehmen zu können. Die Alternative – wie immer sie auch aussehen mochte – war zu schrecklich, um sie auch nur in Betracht zu ziehen. Mutlos ließ sie sich auf die zersplitterte Holzbank sinken, die ihr sowohl als Sitz- wie als Schlafgelegenheit diente, und sah den Kakerlaken zu, die geschäftig durch das Stroh huschten. Als eine Lampe den Gang erhellte und klirrende Schlüssel das Nahen der Wärterin ankündigten, richtete sie sich auf.

Die Frau erschien in Begleitung zweier Milizionäre, die die obszönen Angebote der anderen Gefangenen ignorierten. Sie blieben vor der Zelle stehen und warteten, bis die Wärterin die Tür entriegelt und geöffnet hatte. Flysse sah, daß einer von ihnen Fuß- und Handschellen mitgebracht hatte, und trotz ihrer Nervosität mußte sie ein Kichern über die Vorstellung unterdrücken, daß man es offenbar als nötig erachtete, sie in Ketten zu legen. Vielleicht hatten die Männer Angst, sie könnte sie angreifen. Sie schlossen die Metallschellen wortlos um ihre Hand- und Fußgelenke. Eine zwischen ihren Beinen entlanglaufende Kette hob ihre Röcke unzüchtig hoch und zwang Flysse zu kurzen stolpernden Schritten, als sie aus der Zelle hinaus und die alte Steintreppe hinauf in die anschließende Halle geführt wurde.

»Wohin gehen wir?« fragte sie. »Ins Gericht«, lautete die knappe Antwort, und danach blieb ihr keine Zeit mehr für weitere Fragen. So streng, wie die Gesichter ihrer Eskorte waren, sah sie sowieso keinen Sinn in Bitten.

Daß der Gerichtssaal direkt über den Gefängniszellen lag, erfuhr sie erst, als man sie hineinbrachte und zu einem Pult geleitete, das sich drei Schritte über den Boden erhob. Ein plötzlicher Anflug von Furcht ließ sie schwindlig werden, und sie stützte sich auf der Holzleiste vor ihr ab, riß die Hände aber sofort wieder zurück, als die Magie der dort angebrachten Hexagramme ihre Haut versengte. Aus tränenden Augen erblickte sie einen kleinen dünnen Mann in schwarzer Kleidung mit roten Säumen, der hinter einem hohen

Schreibtisch saß. Da er eine gepuderte Perücke trug, nahm sie an, daß er der Richter war. Es waren noch ein weiterer Bediensteter anwesend, der Gerichtsdiener, die beiden Milizionäre und Armnory Schweiz. Sein Gesicht war fast völlig mit Verbänden verhüllt. Er sah sie nicht an.

»Ihr seid Flysse Cobal, ehemals Bedienung in der Taverne das *Fliegende Pferd*?«

Die Stimme des Richters kratzte wie eine Feile auf Metall. Sie erschien Flysse hart und gefühllos.

»Ja«, sagte sie. »Ich ...«

»Ruhe.« Der Richter hob eine Hand. »Trifft es zu, daß Ihr vor neun Tagen Leutnant Armnory Schweiz von der Miliz Gottes angegriffen habt?«

»Nein!« rief sie. »Das ist nicht wahr!«

»Ihr bestreitet also, den Leutnant brutal mit einem Krug ins Gesicht geschlagen zu haben?«

In seiner Stimme lag nicht eine Spur Mitgefühl, nur Gleichgültigkeit, gepaart mit Langeweile und Gereiztheit.

»Nein ... ja ...«, stammelte Flysse. »Ich habe ihn geschlagen, aber ...«

Der Richter blickte von den vor ihm ausgebreiteten Unterlagen auf und starrte Flysse ungehalten an. »Junge Frau, antwortet mir mit einem einfachen Aye oder Nay und mit nicht mehr, es sei denn, ich fordere Euch dazu auf. Beschränkt Euch darauf, oder es wird härter für Euch.«

»Aber ...«, begann Flysse und verstummte angesichts der geschürzten Lippen und schmalen Augen des kleinen Mannes.

»Ihr gesteht, den Leutnant geschlagen zu haben?«

»Aye«, sagte sie.

»Und damit erheblichen Schaden sowohl seiner Person als auch der Würde der Uniform zugefügt zu haben, die er trägt.«

Da Flysse sich nicht sicher war, ob es sich um eine Frage oder lediglich um eine Feststellung handelte, schwieg sie. Sie mußte sich jetzt große Mühe geben, nicht zu weinen, und wünschte, es wäre zumindest ein freundliches Gesicht im Saal gewesen.

Der Richter sah kurz in seine Papiere und dann zu Schweiz hinüber. »Leutnant, bitte beschreibt die Verletzungen, die Ihr erlitten habt.«

Schweiz erhob sich. »Mylord, meine Nase wurde gebrochen und vier Zähne zertrümmert.« Seine Stimme klang undeutlich und lispelnd. »Außerdem hat die Angeklagte mich gekratzt und auf den Kopf geschlagen.«

»Und Ihr habt zu diesem Zeitpunkt die Uniform der Miliz Gottes getragen?«

»So ist es.«

»Gab es irgendeinen berechtigten Anlaß für diesen Angriff?«

»Keinen, Mylord.«

»Lügner!« Flysse konnte nicht anders, sie mußte einfach protestieren. »Er lügt! Er hat mich belästigt! Er sagte …«

Der Richter gab den beiden Milizionären, die hinter ihr standen, ein Zeichen. Plötzlich spürte sie, wie sie an den Armen gepackt wurde, und bevor sie den Kopf drehen oder ein weiteres Wort sagen konnte, wurde ihr ein Lederknebel zwischen die Zähne gezwängt und mit Bändern in ihrem Nacken verschnürt. Sie würgte und befürchtete zu ersticken. Tränen der Hilflosigkeit rannen ihr über die Wangen, und sie hatte das Gefühl, jeden Moment das Bewußtsein zu verlieren.

»Also ist ein nicht provozierter Angriff auf einen Offizier der Autokratie erfolgt«, stellte der Richter fest. »In der Tat ein schweres Verbrechen, das eine ebenso schwere Strafe erfordert.« Der Blick, mit dem er Flysse musterte, war kalt wie Eis. »Seht mich an, Flysse Cobal.«

Zu ihrer Überraschung gelang es ihr. In ihren Ohren klingelte es, und sie kämpfte gegen einen Brechreiz an. Doch obwohl ihre Augen tränenverschleiert waren, konnte sie das gehässige Gesicht vor ihr irgendwie klar erkennen und das Urteil deutlich verstehen.

»Hiermit verfüge ich, daß Ihr ins Exil geschickt werden sollt. Nach Salvation, wo Ihr bis zum Ende Eures Lebens zu verbleiben habt.«

Das letzte, was Flysse sah, bevor ihr die Sinne schwanden, war Armnory Schweiz, dessen Lippen sich zu einem hämischen Lächeln verzogen, soweit es sein verwüsteter Mund erlaubte.

EIN EHRLOSER VERRAT

»La!«

Arcole Blayke sprang vor, das Wort noch auf den Lippen, stieß das Schwert beinahe lässig an der abwehrend erhobenen Waffe vorbei und versenkte die Klinge in der Brust seines Gegners. Vicomte Ferristan keuchte, und ein Ausdruck völliger Fassungslosigkeit erschien auf seinem Gesicht. Während er das Rapier zurückzog, fragte sich Arcole, warum sie immer so überrascht aussahen. Weiß Gott, sie traten mit der Absicht zum Duell an, ihre Gegner zu töten – das war zumindest bei jedem Kampf sein Ziel, was denn sonst? –, aber sie schienen nie zu glauben, daß es sie dabei selbst treffen könnte. Immer dieser ungläubige Gesichtsausdruck.

Er trat einen Schritt zurück und ließ das Schwert sinken, als der Vicomte strauchelte, die Stirn runzelte und den Mund öffnete. Wenn er vorgehabt hatte, irgend etwas zu sagen, gelang es ihm nicht. Statt dessen brachte er nur ein hustendes Geräusch hervor und fiel vornüber aufs Gesicht. Arcole schüttelte ein Taschentuch aus seinem Ärmel, wischte die Klinge ab und überreichte das Tuch und die Waffe seinem Sekundanten.

»Eine ehrlicher Kampf, der ehrlich gewonnen wurde«, verkündete Dom so laut, daß ihn auch Ferristans Männer verstehen mußten, die ihren Herrn auf den Rücken drehten und nach dem Sanitäter riefen. »Aber trotzdem solltest du lieber eine Weile untertauchen oder sogar Levan verlassen«, fügte er an Arcole gewandt leiser hinzu. »Das Haus Ferristan hat Freunde in hoher Position.«

»Er hat mich herausgefordert«, erwiderte Arcole und ergriff die Jacke, die ihm ein Diener entgegenhielt. »Er hat meine Ehre angezweifelt, und *er* war es, der dieses Duell verlangt hat.«

»Trotzdem«, sagte Dom.

»Ist der Adel heutzutage denn gänzlich ohne Ehre?« erkundigte sich Arcole. »Der Kampf war fair und wurde unter Zeugen ausgetragen. Welche begründete Anklage könnte da irgend jemand vorbringen?«

»Braucht die Autokratie einen Grund?« fragte Dom zurück und senkte vorsichtig die Stimme, damit ihn niemand außer seinem Freund verstehen konnte. »Diese schwarzgekleideten Bastarde schaffen sich seit der Restitution ihre eigenen Regeln.«

»Und vergessen darüber die uralten Gesetze von Levan?« Arcole zuckte unbekümmert die Achseln und verfolgte entspannt die erfolglosen Bemühungen des Sanitäters, den Toten wieder zum Leben zu erwecken. »Bestimmt nicht, mein Freund.«

»Gott!« Dom schüttelte den Kopf. Er hatte den Eindruck, als wären seine Versuche, Arcole zu einer gewissen Vorsicht zu bewegen, genauso fruchtlos wie die des Sanitäters. »Das Haus Ferristan unterhält enge Verbindungen zur Autokratie. Sein Vater ...« – er deutete mit einem Nicken auf den Leichnam – »... läd den Gouverneur regelmäßig zum Abendessen ein. Glaubst du, daß er ihnen kein Gehör schenken wird? Oder daß er diese Geschichte hier einfach auf sich beruhen lassen wird?«

Arcole zuckte erneut die Achseln und winkte einen Diener herbei, der ihm einen Becher reichte. Er trank den Branntwein und seufzte zufrieden. Der Sanitäter stellte seine Wiederbelebungsversuche ein, erhob sich und verkündete offiziell, daß Luis, der Vicomte des Hauses Ferristan, tot sei.

Dom wandte sich Ferristans Sekundanten zu. »Der Kampf war fair, richtig? Das könnt Ihr bezeugen.«

Die Männer schwiegen. Sie wirkten verbittert und nervös, als sie ihren toten Herrn hochhoben und zu seiner Kutsche trugen.

»Ihr habt es gesehen, nicht wahr?« fragte Dom den Sanitäter, der sich das Blut von den Händen wischte. »Daran kann kein Zweifel bestehen, oder?«

»Nein.« Der Sanitäter schüttelte nachdrücklich den allmählich kahl werdenden Kopf. »Nein, nicht den geringsten. Das Duell wurde fair ausgefochten.«

»Und wenn er von den Gefolgsleuten der Ferristans oder den Lakaien der Autokratie befragt wird«, sagte Dom, die Augen auf den Rücken des Sanitäters geheftet, der den Schauplatz des Duells verließ, »wird er mit der gleichen Inbrunst das Gegenteil schwören.«

Arcole lächelte. »Du wirst allmählich zynisch, alter Freund.«

»Ich werde realistisch«, entgegnete Dom. »Und ich wünschte, Gott hätte dich mit genauso viel Vernunft gesegnet.«

»Leider hat er das nicht getan«, erklärte Arcole. »Er hat mir eine gewisse Geschicklichkeit im Umgang mit der Klinge und den Karten geschenkt. Dafür danke ich ihm, wie auch dafür, daß ich immer noch ein wenig Ehrgefühl besitze.«

»Ehrgefühl«, sagte Dom, »ist oft das Leichengewand der Narren.«

»Du nennst mich einen Narren?«

Dom schüttelte den Kopf. Trotz ihrer Freundschaft war Arcole unberechenbar. Und, um es vorsichtig zu formulieren, leichtfertig. Als Spieler und Duellant – beides mit einem beachtlichen Ruf – blieb sein Lebenswandel den neuen Herren von Levan nicht verborgen. Er bemühte sich nicht einmal, vorsichtig zu sein, dachte Dom, im Gegenteil, er prahlte mit seinen

Gewohnheiten. Und seit die Evanderaner Levan erobert hatten, wurden diese Sitten und Gebräuche mißbilligt. Die Autokratie hatte wenig für solche unabhängigen Geister wie Arcole übrig – und ihre Methoden, sie sich gefügig zu machen. Dom wünschte, Arcole würde sich unauffälliger benehmen, aber dann wäre er nicht mehr Arcole. Er seufzte. Ihm war nur zu gut bewußt, daß er genausogut mit dem Kopf gegen eine Wand hätte anrennen können.

»Trotzdem, ein … Urlaub … könnte ratsam sein«, sagte er. »Es gibt auch Spielsalons in Bantor, oder?«

»Blödsinn.« Arcole legte Dom kameradschaftlich einen Arm um die Schultern und steuerte den kleineren Mann auf ihre Kutsche zu. »Ich habe hier zu viele Freunde, und was sollte ich ausgerechnet im Zentrum dieser sauertöpferischen Gottesmänner anfangen? Ich würde in Bantor dahinsiechen.«

Dom seufzte erneut, zuckte die Achseln und gab sich geschlagen. Ergeben ließ er sich von seinem Freund in die Kutsche schieben.

Arcole machte es sich auf der mit Samt und Plüsch bezogenen Sitzbank bequem. Der Zweispänner ruckte an und rollte, von den beiden gleichfarbigen Pferden gezogen, über den Schotterweg und weiter zu der gepflasterten Straße. Sie passierten das Stadttor und trafen vor dem Hotel ein, in dem Arcole Zimmer für sich und Dom gemietet hatte. Es gehörte zu den besten Häusern am Platz. Mit seinen farbigen Holzvertäfelungen und den Kristallüstern erinnerte es an die Zeiten vor der Restitution, bevor Evander die umliegenden Länder erobert und die Autokratie ihre Gouverneure und Milizen eingesetzt hatte, Marionettenspieler, die die Fäden einer gezähmten und machtlosen Oberschicht zogen, die jetzt nur noch dem Namen nach herrschte. *Sieht man einmal von den wenigen Familien ab, die gute Kontakte zu den wahren*

Herrschern pflegen und ihr Gehör finden könnten, wenn sie nur laut genug jammern, dachte Dom, als die Kutsche davonfuhr und sie das luxuriöse Foyer betraten.

»Frühstück?« riß ihn Arcole, der ihm eine Hand auf die Schulter gelegt hatte, aus seinen düsteren Gedanken. »Ich gestehe, daß ich vor Hunger fast umkomme.« Er schien das Duell bereits vergessen zu haben. *Fällt es ihm wirklich so leicht, den Umstand zu akzeptieren, daß er gerade einen Mann getötet hat?* fragte sich Dom. Aber er schwieg und nickte nur.

Als sie ihren üblichen Tisch ansteuerten, verstummten die Gespräche der anderen Gäste einen Moment lang und setzten dann lauter als zuvor wieder ein. Neugierige Blicke wandten sich ihnen zu. *Das heißt, eigentlich gelten sie Arcole,* dachte Dom. In einigen Gesichtern entdeckte er Bewunderung, in vielen anderen Mißbilligung. Es war allgemein bekannt im Hotel Dumoyas, daß Arcole Blayke an diesem Morgen ein Duell ausgetragen hatte, und noch vor dem Mittag würde die ganze Stadt wissen, daß der Vicomte Ferristan tot war. Dom sah, wie hier und da Geld den Besitzer wechselte, und es erstaunte ihn, daß einige Leute immer noch dumm genug waren, um auf Arcoles Niederlage zu setzen.

Arcole verbeugte sich, lächelte unbekümmert und murmelte nach allen Seiten Grüße. Sein Lächeln wurde von mehr als einer Dame mit einer unausgesprochenen Einladung in den Augen erwidert. Auch Dom nickte den Gästen grüßend zu und gab belanglose Höflichkeitsfloskeln zum Besten, aber das war nur eine Formalität. Alle Aufmerksamkeit galt seinem Gefährten. Das überraschte ihn keineswegs, und es ärgerte ihn auch nicht mehr wie früher. Er sah nicht schlecht aus, aber Arcole verfügte über ein Charisma, das bloße Attraktivität bei weitem überstieg, auch wenn er mit letzterer ebenfalls reichlich gesegnet war.

Der Gott hatte ihn mit mehr als nur Geschicklichkeit im Umgang mit dem Schwert und den Karten bedacht, und was ihm an gesundem Menschenverstand fehlte, machte er durch Charme und Witz wieder wett, durch Bildung und ... Dom hatte sich gelegentlich damit vergnügt, eine Liste über Arcoles vorteilhafte Eigenschaften aufzustellen, und es war eine ziemlich lange Liste geworden.

Sie erreichten ihren Tisch und ließen sich von einem Kellner behilflich sein, Platz zu nehmen. Arcole bestellte eine Flasche des funkelnden Weins, für den Levan berühmt war, Dom begnügte sich mit Kaffee. Sie einigten sich auf gehackte und scharfgewürzte Nieren, Kedgeree, frisches Obst und geröstetes Weißbrot. Während sie aßen – Arcole mit dem angekündigten Appetit –, war sich Dom der Blicke bewußt, die ständig in ihre Richtung wanderten.

»Alle machen sich Gedanken über deine Zukunft«, sagte er, »über die Schritte, die das Haus Ferristan unternehmen wird.«

»Welche Schritte sollten das sein?« erkundigte sich Arcole. »Luis war der einzige ordentliche Schwertkämpfer der Ferristans. Glaubst du, sie werden irgendeinen Söldner anwerben?«

Seinem Lächeln nach zu urteilen, amüsierte ihn die Vorstellung, und daß ein angeheuerter Schwertkämpfer ihn besiegen könnte, schien er für absurd zu halten. Dom schüttelte seufzend den Kopf.

Arcole spülte einen Mundvoll Nieren mit einem Schluck Wein hinunter, tupfte seine Lippen mit einem Taschentuch ab und sagte: »Ich habe dem jungen Alleyn Silvestre für heute Mittag ein Kartenspiel versprochen. Leistest du uns Gesellschaft?«

»Du hast einen Termin bei deinem Schneider«, erinnerte ihn Dom.

»Natürlich.« Arcole schob den leeren Teller von

sich. »Aber dafür bleibt genug Zeit, bevor ich Alleyn um sein Geld erleichtere.«

»Und für heute abend haben wir eine Einladung der Herzogin.«

»Die gute Madelyne, ja.« Arcole nickte feierlich. »Das habe ich nicht vergessen, aber ich bezweifle, daß ich lange dafür benötigen werde, Alleyns Geldbörse zu leeren.«

»Herzogin Fendralle wäre eine wertvolle Verbündete«, gab Dom zu bedenken. »Sollte Graf Ferristan irgendeine Anklage gegen dich vorbringen, könnte sich ihre Zuneigung als äußerst nützlich erweisen.«

»Ihre Zuneigung? Schlägst du mir etwa vor, mit ihr ins Bett zu gehen, Dom?« Arcole hob die Brauen in gespielter Verblüffung. »Hör mal, sie ist fast alt genug, um meine Mutter sein zu können, und mit ihrer Schönheit ist es auch nicht weit her! Und was ist mit dem Herzog?«

»Ein Ehemann«, murmelte Dom, »hat dich bisher nicht aufhalten können.«

»Das ist schon richtig«, bestätigte Arcole fröhlich, »aber ich denke, ich lasse die Finger von Madelyne.«

»Raspelst du dann wenigstens ein bißchen Süßholz mit ihr?« fragte Dom. »Und was den jungen Silvestre angeht, könntest du ihn nicht das eine oder andere Spiel gewinnen lassen?«

»Dom«, sagte Arcole, »du machst dir zu viele Sorgen. Ich versichere dir, Ferristans Tod wird keine Probleme verursachen. Duelle haben eine lange Tradition in Levan. Die Autokratie wird die kleine Auseinandersetzung heute morgen gar nicht beachten. Also, sollen wir jetzt zu meinem Schneider gehen?«

Als sie ins Hotel zurückkehrten, wurden sie bereits von Alleyn Silvestre und dessen Begleitern erwartet, doch noch bevor die Karten verteilt werden konnten, erregte eine allgemeine Unruhe im Foyer Doms Aufmerksamkeit. Die Spieler bemerkten nichts davon, bis er die scharlachroten Uniformen der Milizionäre im Eingang des Spielsalons entdeckte und warnend hüstelte.

Arcole sah sich um. Dom deutete auf den Hauptmann, der sich an der Spitze einer zehnköpfigen Gruppe ihrem Tisch näherte. Alle Männer außer dem Offizier, der nur einen Säbel, eine Pistole und einen Ausdruck grimmiger Entschlossenheit zur Schau trug, waren mit Musketen bewaffnet.

»Arcole Blayke?« fragte der Hauptmann. Arcole legte sein Blatt auf den Tisch. »Ich habe einen Haftbefehl gegen Euch.«

»Was wird mir vorgeworfen?« Arcoles Tonfall verriet, daß er die Angelegenheit für einen Irrtum hielt.

Der Offizier fingerte mit finsterer Miene in seiner Säbeltasche herum und brachte ein Dokument zum Vorschein, auf dem das wuchtige Siegel der Autokratie prangte. Er entfaltete das Dokument und verkündete: »Euch wird vorgeworfen, in den frühen Morgenstunden des heutigen Tages den Tod von Vicomte Luis Ferristan herbeigeführt zu haben. Und aufgrund dieses Verbrechens …«

»Ein Verbrechen? Es war ein Duell! Und es wurde regelgerecht ausgetragen.« Arcole war ehrlich empört.

Der Hauptmann ignorierte seinen Protest. »Ihr gesteht vor Zeugen, den Vicomte erschlagen zu haben?«

»Das Duell wurde in Anwesenheit von Zeugen ausgefochten«, warf Dom ein. »Ich bin einer von ihnen, und es gibt noch andere.«

»Sieh an«, sagte der Hauptmann. »Und die werden

alle zu gegebener Zeit ihre Aussagen machen können. Wer seid Ihr?«

»Dom Freydmon«, erwiderte Dom.

Der Offizier nickte. »Zweifellos werdet Ihr bei der Verhandlung anwesend sein, Sieur Freydmon. In der Zwischenzeit«, er wandte sich wieder Arcole zu, »werdet Ihr mich begleiten, Sieur.«

»Das ist lächerlich!« rief Alleyn Silvestre. »Ganz Levan weiß, daß Arcole sich in einem fairen Kampf mit Luis Ferristan duelliert hat. Er hätte es nicht anders gewollt.«

Arcole lächelte ihm zu. »Ich danke Euch.«

»Habt Ihr den Kampf beobachtet?« wollte der Hauptmann wissen. Silvestre schüttelte den Kopf.

»In diesem Fall rate ich Euch, Eure Zunge zu hüten, oder aber Ihr begleitet diesen Duellanten ins Gefängnis.«

»Ins Gefängnis?« Arcole sprang auf, seine rechte Hand berührte den Griff seines Rapiers. »Ihr wollt mich wie einen gewöhnlichen Verbrecher einsperren?«

Dom stieß eine Warnung aus, als die zehn Milizionäre ihre Musketen hoben und auf Arcoles Brust richteten.

»Oder Euch erschießen, wenn Ihr nicht friedfertig mit uns kommt«, sagte der Hauptmann.

»Ich habe kein Verbrechen begangen«, protestierte Arcole. »In Gottes Namen, ist das die evanderanische Gerechtigkeit?«

»Ihr stellt das Recht Evanders in Frage?« Die Augen des Hauptmannes hefteten sich drohend auf Arcoles Gesicht. »Wollt Ihr diese Verunglimpfung der Liste Eurer Vergehen hinzufügen?«

»Ich beteuere meine Unschuld.« Arcoles Hand schloß sich um den Griff seines Schwertes.

»Arcole, nicht!« beschwor ihn Dom. »Geh mit ihnen. Ich besorge dir einen Anwalt.«

»Euer Freund ...« – dem Hauptmann gelang es, das Wort wie eine Beleidigung klingen zu lassen – » ... gibt Euch einen vernünftigen Rat. Also, händigt Ihr mir jetzt freiwillig Eure Klinge aus, oder muß ich sie Euch gewaltsam abnehmen?«

»Ihr allein wärt dazu nicht in der Lage, Sieur«, sagte Arcole spröde. »Ruft Eure Männer zurück und versucht es.«

»Das Leben eines Offiziers der Miliz Gottes zu bedrohen, ist ein weiteres Verbrechen, das mit der Todesstrafe geahndet werden kann«, erwiderte der Hauptmann.

»Er hat Euch nicht bedroht«, beschwichtigte Dom. »Das war lediglich ein Angebot.«

»Darüber wird das Gericht entscheiden«, versprach der Offizier. »Nun, Sieur, ich werde langsam ungeduldig. Fügt Ihr Euch, oder wollt Ihr hier und jetzt sterben?«

»Du hast keine Chance, Arcole!« sagte Dom eindringlich. »Geh mit ihnen. Bestimmt kann dich ein Anwalt bis zum Sonnenuntergang wieder auf freien Fuß setzen.«

»Und wir müssen doch auf der Abendgesellschaft der Herzogin erscheinen, was?« Arcoles Lächeln war zuversichtlicher, als sich Dom fühlte. »Das möchte ich wirklich nicht versäumen. Also, schaffen wir diese lächerliche Angelegenheit aus der Welt?«

Er löste die rechte Hand von seinem Rapier, öffnete die Gürtelschnalle mit der linken und reichte dem Hauptmann die Waffe. Der Offizier nahm sie entgegen und deutete mit einem Nicken zur Tür, wo sich eine Mengenmenge versammelt hatte.

Dom war dankbar, daß die Milizionäre darauf verzichteten, seinem Freund Handschellen anzulegen oder ihn zu fesseln.

»Meine Herren.« Arcole verbeugte sich vor dem

jungen Silvestre und seinen Begleitern. »Es scheint, als würdet Ihr Euer Geld heute behalten können.«

»Wir werden es in einen Anwalt investieren«, sagte Silvestre.

Arcole lächelte und wandte sich dem ungeduldigen Hauptmann zu. »Würdet Ihr mir dann bitte den Weg weisen?«

Der Offizier starrte ihn finster an, gab seinen Männern ein Zeichen, die Musketen schußbereit zu halten, und verließ den Spielsaal im Marschschritt. Dom sah dem Zug hinterher, bevor er drängend fragte: »Alleyn, könnt Ihr mir den Namen eines zuverlässigen Anwalts nennen?«

Wenigstens, dachte Arcole, hat Dom den Wärter bestechen können, so daß ich nicht ungepflegt und schäbig wie ein gewöhnlicher Verbrecher vor Gericht erscheinen muß. Tatsächlich fand er, daß er der bestgekleidete Mann im Saal war, als er sich auf der kastenförmigen Anklagebank umblickte – abgesehen von den Handschellen und Fußfesseln. Sie verhinderten, daß seine Hemdsärmel elegant herabfallen konnten, und wahrscheinlich hinterließen sie auf seinen glänzenden Lederstiefeln Kratzer, die nicht mehr zu beseitigen sein würden. Aber das spielte keine Rolle; sobald diese lästigen Formalitäten erledigt waren, würde er sich der gesamten Kleidung entledigen. *Ich werde eine kleine Feier veranstalten,* überlegte er, als die Gerichtsbeamten ihre Plätze einnahmen und der Gerichtsdiener die Anwesenden zur Ruhe rief, *und dabei alle Erinnerungen an dieses ärgerliche Zwischenspiel rituell verbrennen.* Das würde bestimmt amüsant werden, und während die Anklage gegen ihn verlesen wurde, stellte er bereits im Geist eine Gästeliste zusammen.

» ... und hat in dem Wissen, der überlegene

Schwertfechter zu sein, so seine Ermordung geplant. Worauf plädiert Ihr?«

Arcole wurde sich bewußt, daß die Frage an ihn gerichtet war. Er starrte den Ankläger an und dachte dabei, daß der Mann keinen Geschmack bei der Auswahl seines Schneiders bewies. Oder aber die Herrscher Levans bezahlten ihre Beamten so schlecht, daß sie es sich nicht leisten konnten, sich anständig zu kleiden. Er runzelte die Stirn und antwortete: »Nicht schuldig, selbstverständlich.«

Der Ankläger lächelte. Seinem Aussehen nach zu urteilen war er ein Levanite, einer dieser Opportunisten, die wie der alte Ferristan um die Gunst der Evanderaner buhlten. Arcole schielte zu dem Grafen hinüber und begegnete einem derart haßerfüllten Blick, daß er sich fragte, ob der alte Mann den Verstand verloren hatte. Ferristan mußte doch verstehen, daß sein Sohn bei einem Duell gestorben war, eine Sache der Ehre, die ihm, als Nachfahre einer der ältesten Familien Levans, eigenlich geläufig sein sollte. In besseren Zeiten – die mit der Eroberung Levans durch Evander untergegangen waren – hätte man nie zugelassen, daß diese Angelegenheit derart aufgebauscht wurde.

Doch zu Arcoles Befremden war genau das geschehen, und jetzt starrte Raymone aus dem Hause Ferristan, der einen eingeölten weißen Bart trug, ihn so finster an, als wäre er ein tollwütiger Hund, den man auf der Stelle erschlagen mußte, bevor er seine ansteckende Krankheit weitergeben konnte. Reichte es denn noch nicht, daß die Miliz ihn wie einen gemeinen Verbrecher verhaftet hatte? Und hatte man ihn nicht darüber hinaus – eine weitaus größere Entwürdigung – mit Ketten an den Füßen in eine dreckige Zelle gesteckt, die nach Urin und Erbrochenem stank? War er nicht gezwungen gewesen, einen Fraß herunterzuwürgen, den er nicht einmal dem niedrigsten Diener zugemutet hätte? War ihm nicht erst, nachdem der treue Dom einen unverschämt hohen Geldbetrag bezahlt hatte, gestattet worden, sich zu rasieren, zu baden und seine Kleidung zu wechseln?

Und jetzt klagte man ihn des Mordes an?

Es war lächerlich. Die Falten auf seiner Stirn vertieften sich, und ein Ausdruck der Empörung erschien auf seinem Gesicht. Er riß den Blick von Raymone los und ließ ihn durch den Gerichtssaal wandern.

Zwei Angehörige der Miliz bewachten die Tür, zwei weitere standen hinter ihm, obwohl das kastenförmige Pult, in dem er stand, mit magischen Symbolen beschriftet war, die er als äußerst wirksam erkannte. Der Richter und seine beiden Beisitzer waren Evanderaner, der Gerichtsdiener und der Vertreter der Anklage Levaniten. Es gab keine Geschworenen, das hatte die Autokratie abgeschafft, aber dem Angeklagten wurde ein eigener Rechtsbeistand bewilligt. Arcoles Anwalt war ein junger Mann mit einem bläßlichen, angespannt wirkenden Gesicht, der eine Perücke trug. Seine Bewegungen waren nervös, als stünde er selbst unter Anklage. Was in gewisser Weise sogar zutraf, wie Arcole vermutete. Die neuen Herrscher Levans hatten wenig übrig für Menschen, die sich nicht klaglos ihre Autorität unterwarfen. Vielleicht war dieser Anwalt – Arcole konnte sich nicht an seinen Namen erinnern – mutiger, als er aussah. Bestimmt war er nicht der einzige Anwalt, den Dom hatte finden können und der bereit gewesen war, diesen Fall zu übernehmen.

»Erscheint Euch diese Vorgehensweise belustigend?« Die Stimme des Richters klang nörgelnd, sein rosiges Gesicht verdunkelte sich gereizt.

Arcole schüttelte den Kopf. »Ich finde sie sinnlos«, sagte er.

Dom zuckte zusammen. Der Verteidiger erhob sich hastig. »Euer Ehren, wenn Ihr gestattet …«

Der Richter machte eine auffordernde Handbewegung, worauf sich der Anwalt verbeugte und fortfuhr: »Mein Klient wurde in Levan geboren, Euer Ehren, und hier gemäß den Sitten und Gebräuchen seiner Heimat erzogen. Zu diesen Sitten zählt es, daß Fragen der Ehre durch ein Duell geregelt werden.«

»Er hat meinen Sohn ermordet!« schrie Raymone Ferristan.

Der Richter verzichtete darauf, ihn zur Ruhe zu rufen, und sagte statt dessen: »Levan steht jetzt unter dem Schutz der Autokratie, und in Evander werden Fragen der Ehre *nicht* auf eine solch gewalttätige Art und Weise geregelt.«

»Natürlich, Euer Ehren.« Der Anwalt verneigte sich erneut. Arcole kam es so vor, als würde er sich winden. »Die Autokratie führt uns auf einen zivilisierteren Pfad, aber trotzdem … alte Sitten und Gebräuche sterben nur langsam.«

»Wenn er Streit hatte«, sagte der Richter, »hätte er damit jederzeit vor Gericht gehen können. Das ist die zivilisierte Methode, nicht diese blutigen Schlägereien, zu denen Ihr Levaniten greift.«

»Es war keine Schlägerei«, widersprach Arcole.

Der Richter musterte ihn einen Moment lang mit Augen, die so kalt und glänzend wie die eines Raben waren, und sagte dann geringschätzig zu den Milizionären, die hinter Arcole standen: »Sollte der Angeklagte die Verhandlung noch einmal unterbrechen, knebelt ihn.«

Arcole öffnete den Mund, um zu protestieren und zu fragen, ob das die *zivilisierte* evanderanische Gerechtigkeit wäre, aber sein Anwalt kam ihm zuvor und gab ihm hastig ein Zeichen zu schweigen.

»Bitte verzeiht meinem Mandanten, Euer Ehren. Er

hat keine Erfahrung mit den Gepflogenheiten vor Gericht. Er wollte Euch nicht beleidigen.«

»Aber er tut es trotzdem«, stellte der Richter fest. »Fahrt fort.«

»Der auf so bedauerliche Weise verschiedene Vicomte Ferristan hatte bei einer Partie Petanoye eine beträchtliche Summe an Sieur Blayke verloren«, begann der Anwalt mit der Schilderung der Hintergründe.

Arcole war versucht hinzuzufügen, daß der Tote ein bemerkenswert schlechter Spieler gewesen war, aber Dom schüttelte warnend den Kopf und verzog das Gesicht. Also verschluckte Arcole seinen Einwurf und beschränkte sich aufs Zuhören.

»Er hatte sich im Verlauf des Spiels stark betrunken und wurde beleidigend«, berichtete der Anwalt weiter. »Ich habe eidesstattliche Aussagen über diesen Vorfall, falls Ihr sie Euch ansehen möchtet.«

Der Richter winkte, worauf der Gerichtsdiener ihm die Unterlagen brachte. Nach einem flüchtigen Blick in die Papiere schob er sie beiseite.

»Wo sind die Zeugen?« erkundigte sich der Ankläger. »Ohne Zeugen sind eidesstattliche Aussagen bedeutungslos.«

»So ist es«, bestätigte der Richter.

Der Verteidiger sah zu Raymone Ferristan hinüber. »Ich fürchte, Euer Ehren, die Zeugen sind nicht verfügbar. Drei sind auf ihre Landsitze gereist, zwei sind unpäßlich, und einer ist einfach verschwunden.«

»Dann werde ich ihre Aussagen nicht anerkennen«, erklärte der Richter. »Diese eidesstattlichen Erklärungen sind wertlos.«

Der junge Anwalt seufzte, der Graf des Hauses Ferristan dagegen lächelte jetzt. Bei Gott! dachte Arcole. Der alte Bastard hat sie bestochen oder eingeschüchtert! Kein Wunder, daß ich hier außer Dom keine Freunde habe. Er spürte, wie seine Zuversicht ein wenig zu bröckeln begann.

»Sieur Freydmon ist anwesend«, sagte der Anwalt.

Dom stand auf, aber der Ankläger rief: »Euer Ehren, Dom Freydmon ist als Partner des Angeklagten bekannt. Sie sind langjährige Komplizen ...«

»Einspruch, Euer Ehren!« unterbrach ihn Arcoles Anwalt. »Sieur Freydmon ist ein geachteter Mann. Die Andeutung, er sei ein *Komplize* ...«

Der Richter schnitt ihm mit einer Handbewegung das Wort ab und wandte sich Dom zu. »Ist das wahr?«

»Daß ich sein Freund bin?« fragte Dom zurück. »Ja. Ich kenne ihn seit mittlerweile sieben Jahren.«

»Dann befinde ich diesen Mann als Zeugen für ungeeignet«, verkündete der Richter. »Jede seiner Aussagen wäre durch seine Freundschaft mit dem Angeklagten voreingenommen. Setzt Euch, Sieur Freydmon.«

Dom stand noch einen Moment lang mit offenem Mund und einem ungläubigen Gesichtsausdruck da. Erst als er sich bewußt wurde, daß der Richter ihn mit kalten Augen anstarrte, nahm er wieder Platz. Arcole aber fühlte, wie sein Optimismus weiter bröckelte.

»Der Vicomte wurde immer unhöflicher«, fuhr der Verteidiger fort, müde wie ein Mann, der eine schwere Last einen Hügel hinaufrollt, »und beleidigte Sieur Blayke schwer. Er erging sich in verleumderischen Spekulationen über die Herkunft meines Mandanten und stellte seine Ehre in Frage ...«

»Alles Hörensagen!« unterbrach ihn der Ankläger. »Das sind lediglich unbewiesene Behauptungen. Wenn keine diese Vorwürfe bestätigenden Zeugenaussagen vorliegen, fordere ich das Gericht auf, nur die Worte des Beschuldigten zu berücksichtigen. Und Vicomte Luis Ferristan ist nicht hier, um sich gegen diese Unterstellungen zu verteidigen.«

»Nein«, sagte der Richter nachdenklich, »das ist er nicht.«

»Euer Ehren, wenn Ihr nicht bereit seid, die eidesstattlichen Versicherungen und Sieur Freydmons Zeugenaussage zuzulassen …«, warf Arcoles Anwalt hilflos ein.

»Ich wende das Gesetz an, nicht mehr«, fiel ihm der Richter scharf ins Wort. »Bezichtigt Ihr mich, einen Fehler zu machen?«

Das Lächeln des Grafen Ferristan wurde breiter und wilder. Arcoles Zuversicht verflüchtigte sich endgültig und machte wachsendem Zorn Platz. *Das ist eine Farce,* dachte er. *Raymone und dieser verdammte evanderanische Richter arbeiten Hand in Hand.*

»Nein, Euer Ehren«, hörte er seinen Anwalt eilig versichern. »Nichts dergleichen.«

»Dann präsentiert Eure Beweise.«

»Es gibt nicht mehr viel, was ich sonst noch anführen könnte«, sagte der Anwalt resigniert. »Sieur Blayke ist in Levan wohlbekannt als ein ehrenhafter Mann. Er wurde noch nie mit einer solchen Anklage konfrontiert. Es ist allgemein bekannt, daß der Vicomte ihn beleidigt und zum Duell herausgefordert hat. Sieur Blayke hat gehandelt, wie es jeder Mann von Ehre in seiner Situation getan hätte, und die Herausforderung angenommen. Alles andere wäre einer Beleidigung des Hauses Ferristan gleichgekommen. Ich versichere Euch, Euer Ehren, daß das Duell fair ausgefochten wurde. Es waren Zeugen anwesend …«

»Euer Ehren.« Der Ankläger stürzte sich auf den letzten Satz wie ein Terrier auf eine Ratte. »Ich hege nicht den geringsten Zweifel, daß Sieur Freydmon einer dieser angeblichen Zeugen ist. Wo sind die anderen?«

Bestochen oder durch Drohungen gezwungen, nicht auszusagen, dachte Arcole.

»Wenn Ihr mir etwas Zeit gewähren würdet«, bat der Anwalt, »könnte ich sie ausfindig machen.«

»Zu spät«, sagte der Richter knapp. »Wenn sie nicht sofort verfügbar sind, gestatte ich keinen weiteren Aufschub. Habt Ihr sonst noch etwas vorzubringen?«

Der Verteidiger schüttelte den Kopf, und der Richter winkte dem Ankläger, vorzutreten.

»Ich werde nicht viel von Eurer Zeit in Anspruch nehmen, Euer Ehren«, versprach der Vertreter der Anklage. »Ich habe nur ein paar einfache Fragen an Arcole Blayke und glaube, daß dieses Verfahren danach schnell abgeschlossen werden kann.« Er drehte sich zu Arcole um. »Ihr seid als Spieler und Duellant bekannt, nicht wahr?«

Arcole sah auf den schmalgesichtigen Mann hinab. »Ich verfüge über eine gewisse Geschicklichkeit im Umgang mit den Karten und der Klinge.«

»Bestreitet Ihr Euren Lebensunterhalt durch das Glücksspiel?«

Arcole zuckte die Achseln. »Aye.«

»Und Ihr habt zahlreiche Duelle ausgefochten?«

Arcole nickte.

»Wie viele?«

»Ich habe sie nicht gezählt.«

»Zwei? Ein Dutzend? Zwanzig? Hundert?«

»Weniger als hundert. Vielleicht fünfzig.«

»Und alle gewonnen?«

Ein kaltes Lächeln umspielte Arcoles Lippen. Er hatte die Hoffnung aufgegeben, nicht aber seinen Stolz. »Ich bin hier, oder?«

»Also habt Ihr möglicherweise bis zu fünfzig Männer getötet. Das läßt darauf schließen, daß Ihr auf diesem Gebiet sehr erfahren seid. Wart Ihr Soldat?«

»Ich habe für Levan gekämpft«, sagte Arcole.

Der Ankläger lächelte. »Während der Restitution? Habt Ihr dort ebenfalls Männer getötet?«

Arcole nickte nur. Es schien ihm sinnlos, ein weiteres Wort zu verlieren.

»Euer Ehren.« Der Vertreter der Anklage wandte sich dem Richtertisch zu. »Luis, der Vicomte des Hauses Ferristan, hatte nur drei Duelle in seinem jungen Leben ausgetragen, und er war nie Soldat. Ich gebe zu bedenken, daß der Beklagte Fähigkeiten besitzt, die diesen Zweikampf zu einer unfairen Angelegenheit gemacht haben. Der Angeklagte hätte die Herausforderung ablehnen können, aber da er wußte, daß er im Vorteil war, hat er sich in seiner Siegesgewißheit auf das Duell mit dem bedauernswerten Vicomte eingelassen. Es war nichts weniger als Mord, Euer Ehren, und ich ersuche das Gericht, Arcole Blayke dieses Verbrechens für schuldig zu befinden.«

Der Richter nickte. »Habt Ihr noch etwas zu sagen?« fragte er Arcole.

Arcole hatte einen bitteren Geschmack im Mund und war versucht auszuspucken. Raymone strahlte triumphierend, der Ankläger wirkte zuversichtlich. Arcoles Anwalt hatte die Augen niedergeschlagen, Dom starrte entgeistert vor sich hin. Der Richter wartete mit offensichtlicher Ungeduld.

»Nein«, erwiderte Arcole, »außer daß dies eine Schmierenkomödie und das Haus Ferristan gänzlich ohne Ehre ist.«

»Dann ist es meine Pflicht als Bediensteter der Autokratie, das Urteil zu verkünden«, sagte der Richter. »Arcole Blayke, ich befinde Euch des Mordes für schuldig und verurteile Euch hiermit zum Tode.«

GEBRANDMARKT

»Du hast was getan?«

Die Ketten um Arcoles Fußgelenke rasselten, als er ruckartig aufstand. Dom wich überrascht zurück, so wütend war die Stimme seines Freundes, so zornig sein Gesicht. Einen Moment lang glaubte er, Arcole würde ihn schlagen, doch seine Faust zerteilte nur die Luft, und dann schüttelte er den Kopf, die Augen ungläubig geweitet.

»Ich hielt es für das beste«, sagte Dom. »Ich dachte, du würdest dich freuen. Zumindest ...«

»O Dom.« Jetzt klang Arcoles Stimme müde, und seine Schultern sackten herab. »Was hast du getan? Warum hast du mich nicht vorher gefragt? Warum nicht wenigstens das?« Er ließ sich auf die Holzbank sinken und lehnte sich mit dem Rücken gegen die schmutzige Wand, ohne auf sein Hemd zu achten.

»Ich hatte nur wenig Zeit und nicht mehr viel Geld«, erklärte Dom. »Bei Gott, Arcole, es kostet mich jedes Mal fünfzehn Goldguineas, dich zu besuchen. Und der größte Teil unseres Geldes wurde vom Gericht konfisziert ...«

»Vom Gericht gestohlen!« knurrte Arcole. »Ich sage dir, Dom, mit der Gerechtigkeit ist es heute in Levan genauso schlecht bestellt wie mit der Ehre.«

»Wie dem auch sei«, fuhr Dom fort, der sich der unerbittlich verrinnenden Minuten deutlicher als Arcole bewußt war. Man bekam nicht viel davon für fünfzehn Goldguineas. »Der Großteil unserer Ersparnisse wurde für die Gerichtskosten und als Entschädigung für das Haus Ferristan beschlagnahmt ...« – er ignorierte Arcoles abfälliges Schnauben –, »... und was ich davon retten konnte, wollte ich zu deinem Wohl verwenden.«

»Und jetzt ist es weg?«

Als Dom nickte, legte Arcole den Kopf in den Nacken und stöhnte. Dann vergrub er das Gesicht in den Händen. »Dom, was hast du mir angetan?« murmelte er durch die Finger.

»Dir das Leben gerettet«, erwiderte sein Freund. »Ich dachte, du würdest dich darüber freuen.«

Arcole hob wieder den Kopf, und im ersten Moment war sein Gesicht kaum wiederzuerkennen. In seinen Augen, die von dunklen Ringen umgeben waren, fehlte das gewohnte Funkeln. Bartstoppeln sprossen auf seinem Kinn und den Wangen, und sein sonst so sorgfältig frisiertes Haar war fettig und ungekämmt. Dann lächelte er, und Dom sah einen Anflug des alten sardonischen Humors aufblitzen.

»Ist noch etwas Geld übrig?«

»Ein paar Guineas«, sagte Dom.

»Wovon wirst du dann leben? Hast du genug?«

Dom machte eine wegwerfende Handbewegung. »Ich komme schon zurecht. Du bist es, über den wir uns Gedanken machen müssen.«

»Ich?« Arcole lachte leise, ein zynisches Geräusch. »Mein Schicksal ist besiegelt, oder?«

»Ich dachte, du würdest dich freuen«, wiederholte Dom. »Sie wollten dich hängen.«

»Damit hatte ich mich schon abgefunden, alter Freund. Aber das ...« Arcole schüttelte den Kopf. »Und es gibt keine Möglichkeit für dich, das Geld zurückzubekommen?«

Dom starrte ihn ungläubig an, und bevor er etwas erwidern konnte, beantwortete Arcole seine eigene Frage.

»Nein, natürlich nicht. Dieser gottverdammte evanderanische Richter würde es niemals zurückgeben, nachdem es einmal in seinen diebischen Taschen gelandet ist.«

»Er hat die Dokumente bereits unterzeichnet«, sagte Dom.

Arcole nickte, nicht so sehr wie ein Mann, der gerade noch dem Schlimmsten entgangen war, sondern eher wie ein Verdammter. Im Gericht hatte er mehr Fassung gezeigt, dachte Dom. Er schien sich leichter mit dem Tod als mit diesen Nachrichten abfinden zu können. »Sie hätten dich gehängt und deine Leiche baumeln lassen«, sagte er vorsichtig. »Die Krähen hätten dir das Fleisch von den Knochen gepickt. So lautete das Urteil – dafür hatte Raymone vom Hause Ferristan gesorgt.«

»Dann riskierst du seinen Zorn«, stellte Arcole fest. »Wenn das bekannt wird, wird er wahrscheinlich versuchen, dich umbringen zu lassen.«

»Ich weiß. Ich werde im Morgengrauen nach Tarramor abreisen. Dort wird er mich nicht aufspüren können. Ich habe dort Freunde …«

»Wovon wirst du leben?«

Es schien seltsam, daß Arcole sich trotz seiner Situation darüber Gedanken machte, aber es war typisch für ihn.

Dom zuckte die Achseln. »Ich kann als Lehrer arbeiten … für was auch immer. Ich werde schon etwas finden. Vielleicht …« – er brachte ein trauriges Lachen zustande – »… vielleicht schreibe ich ja ein Buch über deine Heldentaten.«

»Tauch für eine Weile unter«, riet ihm Arcole. »Das Haus Ferristan hat einen langen Arm und Raymone ein ebenso langes Gedächtnis. Dieser alte Bastard.«

»Zumindest wirst du ihm einen Strich durch die Rechnung machen können«, sagte Dom.

»Aye.« Arcole lächelte flüchtig. »Weißt du, was sie mit mir machen werden?« fragte er nach einer Weile.

Dom nickte. Er wollte es nicht aussprechen. Ihm schien alles besser zu sein, als gehängt zu werden, aber er war nicht wie sein Freund.

»Verbannte werden gebrandmarkt«, sagte Arcole. »Männer auf der Wange, Frauen auf der Schulter.«

»Aber du wirst leben«, erwiderte Dom leise. »Ist das nicht wenigstens etwas? Das ist bestimmt besser als der Galgen.«

»Ist es das?« fragte Arcole in einem Tonfall, der Dom furchtbar vernünftig vorkam. »Sie werden mir ihr Zeichen aufdrücken wie ... wie einem gewöhnlichen Verbrecher! Wie einem Straßenräuber, einem Wegelagerer. Sie werden mich in den Laderaum eines stinkenden Schiffes stecken und mich über das Meer der Schmerzen nach Salvation verfrachten – in die Wildnis! *Und ich werde nie mehr zurückkehren*! Ist das wirklich besser, Dom?«

Dom schluckte. Beinahe wünschte er sich, er hätte nicht so viel Geld und Zeit investiert – verbunden mit der Gefahr für ihn, sobald Ferristan davon erfuhr –, um das Leben seines Freundes zu retten. Doch dann ergriff Arcole seine Hand und lächelte.

»Dom, ich weiß, du hast getan, was du für das Beste gehalten hast. Verzeih mir, wenn ich undankbar erscheine. Es ist nur so, daß ich bereit war zu sterben, aber nicht, im Exil zu leben. Ich kann mir keine Zukunft als Zwangsarbeiter in der Wildnis vorstellen.«

»Vielleicht ist es gar nicht so schlimm«, sagte Dom und gab sich Mühe, ebenfalls zu lächeln. »Es gibt dort wenigstens eine Stadt. Sie heißt Grostheim.«

»Sieh an.« Arcole verlieh seiner Stimme einen Tonfall gelangweilten Interesses. »Und glaubst du, es gibt Spielsalons in diesem Grostheim? Meinst du, man wird mir erlauben, die eine oder andere Partie Petanoye zu spielen? Finden dort vielleicht auch Tanzabende statt?«

»Es tut mir leid«, murmelte Dom traurig.

Plötzlich lachte Arcole belustigt auf und schlug seinem Freund herzhaft auf die Schulter. »O Dom, Dom, ich bin es, der sich entschuldigen sollte, nicht du. Du hast dich in Gefahr gebracht, um mir das Leben zu retten, und ich vergelte es dir mit Verwünschungen und Spott. Verzeih mir.« Er stand auf und verbeugte sich. »Wahrscheinlich werde ich mit der Zeit dort gut zurechtkommen und dir dankbar sein. Aber leg jetzt diese Trauermiene ab und akzeptiere meinen Dank und meine aufrichtige Entschuldigung.«

»Das tue ich.« Dom zwang seine Lippen zu der Annäherung eines Lächelns. »Nicht daß die Entschuldigung nötig gewesen wäre.«

Arcole kehrte zu seiner Bank zurück. »Also, wann breche ich zu diesem großen Abenteuer auf?«

»Morgen, soweit ich weiß«, sagte Dom. »Zuerst auf dem Landweg nach Bantar und von dort aus weiter mit dem Schiff.«

»Dann ist dieser Besuch also unser Abschied«, stellte Arcole fest.

»Aye«, bestätigte Dom. »Übermorgen wird Raymone erfahren, daß man dich nicht gehängt hat, aber dann bist du schon unterwegs, und er hat keine Möglichkeit mehr, irgend etwas dagegen zu unternehmen.«

»Und du wirst auf dem Weg nach Tarramor sein. Möge es dir dort gut ergehen, alter Freund.«

Dom nickte. Es schien nicht mehr viel zu sagen zu geben, und er konnte bereits den Schließer kommen hören. So wenig Zeit für fünfzehn Goldguineas. Er reichte Arcole die Hand, der sie drückte und seinen Freund dann umarmte. Beinahe hätte er an Arcoles Schulter geweint, aber das würde die Situation nur noch schlimmer machen, und so erwiderte er die Umarmung nur eine Weile stumm, bevor er sich wieder aus ihr löste.

»Möge Gott dich beschützen, Arcole.«

»Besser, als er es bisher getan hat, hoffe ich«, sagte Arcole grinsend.

Der Schließer hüstelte vernehmlich vor der Zelle. Dom wollte noch etwas sagen, aber ihm fiel nichts mehr ein, und er wußte, daß er weinen *würde*, wenn er den Abschied noch länger herauszögerte. Also verneigte er sich, als befänden Arcole und er sich in einem vornehmen Salon, und trat durch die Zellentür, die der Schließer für ihn aufhielt. Er hörte, wie sie hinter ihm wieder scheppernd zufiel und sich der Schlüssel im Schloß drehte, und da konnte er die Tränen nicht mehr zurückhalten, denn er wußte, daß er Arcole nie mehr wiedersehen würde.

Allein in seiner Zelle rieb sich Arcole geistesabwesend über die Wange und fragte sich, wie sich das rotglühende Eisen auf seinem Fleisch anfühlen würde. *Ich werde es schon sehr bald erfahren*, dachte er, *und das Brandmal wird mich für den Rest meines Lebens kennzeichnen. Ich werde es nie vor den wachsamen Blicken der verdammten Autokratie verbergen können.* In diesem Moment verfluchte er Evander mit all seinen Priestern, Inquisitoren und Milizionären, und er schwor sich, sie zur Strecke zu bringen, sollte sich ihm jemals die Gelegenheit bieten, und er würde lachen, wenn sie vor ihm zu Boden sanken.

Der Zeitpunkt seiner Zeichnung kam früh genug – am Morgen des nächsten Tages –, und das war ihm lieber, als noch länger warten zu müssen.

Der Schließer erschien in Begleitung von vier Milizionären, die Arcole festhielten, obwohl er sich nicht wehrte. Sie drehten ihm die Arme auf den Rücken und fesselten sie mit Handschellen, die durch eine Kette mit schweren Fußringen verbunden waren, so daß Arcole gezwungen wurde, mit kurzen Schritten vorwärtszustolpern. Von zwei Milizionären flankiert, die seine Oberarme umklammert hielten, und von zwei weiteren gefolgt, betrat er ein niedriges, dunkles Gewölbe, in dem ein Kohleherd rot glühte und ein Mann in versengter und schmieriger brauner Lederkleidung mit seinen Brandeisen hantierte.

In den Boden war ein Stuhl aus Holz und Metall mit einer hohen Lehne eingelassen, über dessen Funktion kein Zweifel bestand. Bevor die Milizionäre ihn in seine Richtung schieben konnten, setzte sich Arcole unaufgefordert schlurfend in Bewegung.

»Ich wünsche Euch einen guten Tag, Foltermeister.« Er nickte dem Mann freundlich zu und registrierte befriedigt, daß der Bursche ihn, verblüfft über seinen beiläufigen Tonfall, mit offenem Mund anglotzte. »Soll ich hier Platz nehmen?«

Der Folterer nickte dümmlich und warf den Milizionären einen fragenden Blick zu, als müßte er sich vergewissern, daß der Gefangene auch wirklich ungefährlich war. Drei der Männer bedachten Arcole beinahe widerwillig mit einem bewundernden Lächeln, der vierte Milizionär grinste höhnisch. »Deine Stimme wird anders klingen, wenn Du das Eisen spürst«, versprach er.

»Meinst du?« Arcole war fest entschlossen, nicht zu schreien.

»Haltet ihn fest!« befahl der Milizionär.

Zwei seiner Kameraden packten Arcole an den Armen, während ihr Sprecher einen Schlüssel hervorzog und dem Gefangenen die Handschellen abnahm.

Die Männer drückten Arcole in den Stuhl und befestigten dunkle Eisenbänder um seine Hand- und Fußgelenke. Dann schlangen sie einen Ledergurt um seine Brust und einen zweiten um seine Stirn, so daß sein Kopf unbeweglich gegen die hohe Rückenlehne gepreßt wurde.

»Er ist bereit.«

Sie traten zurück. Der Milizionär, der mit Arcole gesprochen hatte, grinste in grausamer Vorfreude, die anderen beobachteten das Geschehen mit stoischer Ruhe. Der Folterer streifte schwere Schutzhandschuhe über und zog ein Brandeisen aus dem Feuer, dessen Stempel im düsteren Licht hellrot glühte. Arcole biß die Zähne so fest zusammen, daß sie knirschten; er würde nicht schreien.

Er schloß die Augen, als sich der Folterer vor ihm aufbaute und er die Hitze des Eisens spürte, das sich seinem Gesicht näherte.

Die Schmerzen waren so überwältigend, daß er den Schrei doch nicht unterdrücken konnte. Er hörte ihn gellend von den steinernen Wänden widerhallen, roch den scharfen Gestank von verbranntem Fleisch und war dankbar für die Dunkelheit, die ihn umfing.

Er erwachte übergangslos, obwohl er am liebsten noch weiter in der tröstlichen Finsternis verweilt hätte. Aber Kälte und Nässe verwehrten ihm diese Zuflucht, und er spuckte prustend aus, als ihm bewußt wurde, daß ihm irgend jemand einen Kübel Wasser ins Gesicht geschüttet hatte. Ein Hand umfaßte sein Kinn und hielt seinen Kopf fest, während eine andere Hand Salbe auf seine verbrannte Wange schmierte. Die stechenden Schmerzen ebbten zu einem dumpfen Pochen ab. Er öffnete die Augen und sah die vertrauten Gesichter der vier Milizionäre, die ihn mit ruhiger Gleichgültigkeit musterten.

»Jetzt bist du nicht mehr so tapfer, was?«

Arcole erkannte den Wortführer und zwang sich zu einem Lächeln, das sein Gesicht aufplatzen zu lassen schien. »Hast du einen Spiegel?« Seine Stimme war belegt, und jede Silbe sandte schmerzhafte Pfeile durch seinen Schädel. »Vielleicht begründe ich eine neue Mode.«

Der Milizionär starrte ihn finster an, seine Kameraden grinsten. Dann zogen sie Arcole unsanft auf die Beine, schlossen die Handschellen wieder um seine Gelenke, wenn auch diesmal nicht mit den Armen auf dem Rücken, und führten ihn ab.

Er hatte angenommen, sie würden ihn in seine Zelle zurückbringen, und das wäre fast so etwas wie eine Gnade gewesen, denn er fühlte sich sehr schwach und hätte sich gern auf seiner Bank ausgestreckt, um eine Weile zu schlafen, doch statt dessen führten sie ihn über einen langen Korridor und eine Treppe hinauf durch einen Torbogen, der auf einen Innenhof hinausging. Ein blauer Himmel wölbte sich über hohen Mauern, und irgendwo sang ein Vogel. Nach dem stinkenden Kerker roch die Luft frisch und sauber. Tautropfen glitzerten auf dem Steinpflaster, als er von seiner Eskorte zu einem Wagen dirigiert wurde.

Es war ein Fahrzeug, wie er es häufig in den Straßen von Levan gesehen hatte, schwarz gestrichen, mit hohen verstärkten Wänden, einem stabilen Dach und nur einem kleinen Fenster in der Hintertür, das mit einem Metallgitter gesichert war. Ein Gefangenentransporter. Arcole hätte nie gedacht, daß er einmal selbst in einem solchen Wagen fahren würde.

Die Milizionäre blieben stehen, als er unbeholfen eine kleine Stufenleiter hinaufstieg und den Transporter betrat. Der Gestank nach allen erdenklichen Körperflüssigkeiten, der ihm im Inneren entgegenschlug, ließ ihn eine Grimasse schneiden. Er wurde auf eine schmale Sitzbank gedrängt. Ein Wärter löste ein Ende der Kette, die seine Handschellen verband, und befestigte es an einem Ring, der in die Wand über seinem Kopf eingelassen war. Die Milizionäre machten kehrt, und Arcole sah sich um.

Fünf andere Gefangenen musterten ihn mit der gleichgültigen Teilnahmslosigkeit von Verlorenen. Alle trugen Brandmarken, auf ihren Wangen prangte der Buchstabe E, das verfluchte Symbol des Exils. Bei seinem Anblick zuckte Arcole unwillkürlich zusammen.

»Nicht allzu hübsch, was?«

Der Mann, der ihn angesprochen hatte, war ein riesiger und massiger Bursche. Sein schmutziger schwarzer Bart und die Gefängnisblässe bildeten einen lebhaften Kontrast zu der roten Brandnarbe. Arcole betete, daß er nicht genauso schrecklich aussah.

»Nein«, erwiderte er. »Ich denke, zur Zeit würde wohl keiner von uns einen Schönheitspreis gewinnen.«

Der Bärtige lachte hustend. »Was hast du ausgefressen?« erkundigte er sich.

»Ich habe einen Mann getötet«, sagte Arcole.

Sein Nachbar war nicht beeindruckt. »Ich auch. In einer Taverne. So ein Bastard ist mit einem Messer auf mich losgegangen, also habe ich ihm das Genick gebrochen. Sie hätten mich gehängt, wenn sie nicht Sklaven in Salvation bräuchten.«

»Salvation«, knurrte Arcole. »Der Inbegriff von Rettung und Erlösung. Wohl kaum für uns.«

»Immer noch besser als gehängt zu werden, was?« fragte der Riese.

»Meinst du?« fragte Arcole zurück.

Sein Leidensgefährte glotzte ihn an, als hätte er den Verstand verloren. »Zu leben ist allemal besser als zu sterben, oder?«

»Hängt ganz davon ab, was für ein Leben man führt«, sagte Arcole.

»Bist du etwa so 'n Philosoph?« wollte der Riese wissen. So wie er das Wort aussprach, klang es eher wie *Fill–u–suff*.

Arcole schüttelte den Kopf und sog scharf die Luft ein, weil die ruckhafte Bewegung seine Wange brennen ließ. »Nein. Ich bin … ich war«, korrigierte er sich, »ein Lebemann und Müßiggänger.«

Der Riese lachte wiehernd. Im Gegensatz zu Arcole schien er dabei keinerlei Schmerzen zu verspüren. »Jetzt nicht mehr!« krähte er. »Ein Lebemann und Müßiggänger, was? Wird nicht weit her sein mit Müßiggang in Salvation, Freund. Harte Arbeit ist alles, was dich da erwartet – genau wie den Rest von uns. Nichts als harte Arbeit, bis du völlig ausgebrannt bist, und dann stirbst du. Lebemann und Müßiggänger, hah!«

Er lehnte sich zurück und grinste durch seinen struppigen Bart. Arcole schloß die Augen und wünschte sich inbrünstig, er wäre irgendwo anders. In diesem Moment hätte er den Galgen einigen Wochen in dieser Gesellschaft vorgezogen.

Dann wurde die Tür zugeschlagen, und im Inneren des Wagens herrschte urplötzlich Dunkelheit. Ein Schlüssel drehte sich schabend im Schloß. Der Wagen wackelte, als der Kutscher auf seinen Sitz kletterte, mit der Peitsche knallte und sich die Pferde ins Geschirr stemmten. Das Gefährt ruckte an. Die Milizionäre bildeten eine berittene Eskorte um den Gefangenentransporter, gedämpft klang das Klappern von Hufen auf. Der Wagen rollte über den Gefängnishof und durch die Tore, die Arcole nicht sehen konnte. Die Räder holperten auf dem Kopfsteinpflaster. Irgend jemand wimmerte, ein anderer Gefangener begann, unmelodisch zu summen. Arcole schloß die Augen und richtete sich auf eine äußerst unerfreuliche Reise ein.

Davyd blickte sich in der scheunenartigen Halle um und beobachtete seine Mitgefangenen. Sie unterschieden sich kaum von den Menschenmengen, die sich in den abgelegeneren Gassen von Bantar herumtrieben, sah man einmal davon ab, daß sie Hand- und Fußfesseln trugen und alle gebrandmarkt waren. Sein eigenes Brandmal tat mittlerweile nicht mehr weh, aber die Handschellen scheuerten ihm die Haut wund. Hätte ich meine Dietriche, dachte er, würde es mir nicht allzu schwerfallen, die Dinger zu entfernen. Doch selbst ohne Handschellen hätte ihn das Mal auf seiner Wange sofort verraten. Nicht einmal Julius würde jemandem Unterschlupf gewähren, der das Zeichen der Verbannung trug.

Nein, jetzt war er verdammt, und es bestand keine Hoffnung auf Rettung. Davyd schniefte geräuschvoll und versuchte, sich einzureden, daß er noch Glück gehabt hatte, daß es weitaus schlimmer hätte kommen können. Hätte die Autokratie entdeckt, daß er ein Träumer war, wäre er wahrscheinlich auf der Stelle lebendig verbrannt worden. Aber alle Mühe war umsonst; die Angst, die ihn jetzt plagte, war fast genauso schlimm. Schon bald würde er aus diesem stabilen, sicheren, auf *festem Boden* stehenden Gebäude herausgetrieben und auf ein Schiff verfrachtet werden, das auf dem *Wasser* schwamm. Dann würde das Schiff die Anker lichten, den Hafen verlassen und auf das offene Meer hinausfahren. Seine Segel würden sich im Wind blähen und es westwärts treiben, ins Meer der Schmerzen und noch weiter, dorthin, wo es nichts als den endlosen Ozean gab. Ein Ozean, der von Ungeheuern wie den Kreaturen aus seinen Träumen bevölkert war.

Er begann zu zittern und versuchte vergeblich, die Traumbilder aus seinem Kopf zu vertreiben. Das Zittern steigerte sich zu einem Schlottern, das seine

Zähne klappern ließ, und gegen seinen Willen liefen ihm Tränen über die Wangen. Davyd zog die Knie hoch, schlang die Arme um sie, so gut es seine gefesselten Hände gestatteten, kniff die Augen zu und schaukelte hin und her, verfolgt von den Bildern der Ungeheuer, die auf ihn warteten, wie er *wußte*.

Es dauerte eine Weile, bevor er sich der sanften Hände bewußt wurde, die seine zuckenden Schultern streichelten, und die leise Stimme vernahm, die ihm beruhigende Worte zuflüsterte, wie er sie seit Tante Dorys Tod nicht mehr gehört hatte. Ohne darüber nachzudenken, was er tat, drehte er sich zu ihr um und ließ sich in die tröstenden Arme sinken, schmiegte sich an den warmen Körper, der ihm einen Moment lang Zuflucht vor seinen Ängste gewährte.

»Schon gut, schon gut. Es ist gar nicht so schlimm, nicht wahr? Du mußt nicht weinen, bitte, weine nicht. Es ist gar nicht so schlimm.«

»Doch«, nuschelte er, und beinahe hätte er hinzugefügt: ich weiß es, weil ich davon geträumt habe. Aber die Gewohnheit, diese Fähigkeit vor allen anderen geheimzuhalten, hatte sich so tief in ihn eingebrannt, daß er nur tonlos wiederholte: »Doch, es ist so schlimm.«

»Ich werde auf dich aufpassen«, versprach die Stimme, und da öffnete Davyd die Augen und blinzelte die Tränen fort, um zu sehen, wer ihn tröstete.

Die junge Frau war nicht viel älter als er, fast noch ein Mädchen, und er fand, daß sie wie ein Engel aussah, wie eine der geschnitzten und vergoldeten Statuen in den Kirchen, die er nur so selten besucht hatte. Ihr ovales Gesicht wurde von goldenen Locken eingerahmt, die trotz ihrer Unordnung irgendwie den Eindruck erweckten, als wären sie kunstvoll frisiert worden. Ihre Augen waren groß und blau wie Kornblumen, und auch ihr Mund war groß, die

Lippen voll und rot. Sie erschien Davyd geradezu unglaublich schön. Plötzlich wurde er verlegen und rückte ein Stückchen von ihr ab.

»Ich heiße Flysse«, sagte sie lächelnd. »Und du?«

»Davyd Furth«, erwiderte er und schniefte. Er bemerkte, daß seine Tränen dunkle Flecken auf ihrer Bluse hinterlassen hatten, die früher einmal weiß gewesen war. »Und es ist schlimm.«

Einen Moment lang nahm ihr Gesicht einen traurigen und verlorenen Ausdruck an, doch dann kehrte ihr Lächeln und mit ihm die Zuversicht zurück. »Die Schiffe überqueren ständig den Ozean«, sagte sie. »Sie kommen und gehen und sind wirklich ziemlich sicher.«

»Sie sinken«, behauptete Davyd.

»Woher weißt du das?« fragte sie sanft.

»Meine Mam ist ertrunken«, sagte er rauh. Selbst jetzt, nach all den Jahren, fiel es ihm schwer, darüber zu sprechen, aber es war die einzige vernünftige Erklärung, die er ihr geben konnte. Er durfte seine Träume nicht erwähnen, die Visionen von Wasser, die ihn seit seiner Kindheit quälten, und die durch die Art, wie seine Mutter gestorben war, in ihrer furchtbaren Bedeutung noch verstärkt wurden. »Sie ist mit einem Fischerboot aufs Meer hinausgefahren«, fügte er hinzu. »Es hat einen Sturm gegeben, und sie ist ertrunken. Daher weiß ich das!«

»Oh … das tut mir leid.«

Davyd zuckte die Achseln und schluckte vernehmlich. »Das ist lange her. Ich kann mich kaum noch an sie erinnern, aber es hat mir angst gemacht.«

»Wir werden auf einem großen Schiff fahren«, versuchte Flysse, ihn zu beruhigen. »Viel größer als ein Fischerboot. Das ist bestimmt sicher.«

»Auf dem Ozean?« Er schüttelte betrübt den Kopf. »Da gibt es Stürme und Seeungeheuer. Und manchmal gibt es Flauten. Dann müssen alle verhungern, oder sie werden verrückt, weil sie kein Wasser mehr haben.«

»Woher weißt du das?« fragte sie erneut.

»Weil ich es eben weiß«, sagte er trotzig. »Woher weißt du, daß es nicht so ist?«

»Ich habe in einer Taverne gearbeitet, in die manchmal auch Matrosen gekommen sind«, erklärte sie.

»Matrosen lügen viel.«

»Und auch Schiffskapitäne, die geachtet sind und nicht lügen, haben mir davon berichtet. Und wenn sie mir von ihren Reisen erzählen konnten, dann müssen sie den Ozean unbeschadet überquert haben, oder?«

Er dachte eine Weile darüber noch, runzelte die Stirn und zuckte die Achseln. Flysse hatte noch immer die Arme um ihn gelegt, wenn auch nicht mehr so fest, und er wollte nicht, daß sie ihn losließ, aber sie sollte ihn auch nicht für einen heulenden Feigling halten, obwohl das schwer war, denn er hatte immer noch große Angst. »Ich denke, schon«, räumte er ein. »Aber ich möchte trotzdem nicht aufs Meer hinausfahren.«

Sie lachte, nicht spöttisch, sondern sanft, und es erinnerte ihn an das Lachen von Tante Dory, wenn er ihr von seinen kindlichen Ängsten erzählt hatte. Es war ein besänftigendes Geräusch, und er spürte einen Anflug von Ärger in sich aufkeimen. Er war kein kleines Kind mehr, das sich mit beruhigenden Worten und einem Lachen abspeisen ließ.

»Ich bin kein Feigling«, sagte er.

»Nein, das habe ich auch nicht von dir gedacht.«

Das ließ ihn sich etwas besser fühlen. Zwar argwöhnte er, daß sie das nur sagte, um ihn zu besänftigen, aber dafür mochte er sie noch lieber.

»Um die Wahrheit zu sagen, ich habe auch Angst«, gestand Flysse.

Sofort vergaß Davyd seine Tränen und die Tatsache,

daß er einige Jahre jünger als sie war. Er richtete sich gerade auf. »Ich werde dich beschützen«, versprach er.

»Danke«, sagte sie, und ihre Stimme klang aufrichtig. »Vielleicht können wir uns ja gegenseitig beschützen.«

»Ja.« Er nickte eifrig. »Wie war noch mal dein Name?«

»Flysse. Flysse Cobal.«

Sie reichten sich die Hände und schüttelten sie, so gut es die Handschellen zuließen, um ihre Abmachung zu besiegeln. Es tat gut, einen Freund in der Not zu finden.

»Wann, glaubst du, werden wir ...« Davyd zögerte. Er wollte immer noch nicht über die unmittelbare Zukunft nachdenken. »Wann werden wir in See stechen?«

»Schon bald, habe ich von einem Wärter gehört«, sagte Flysse. »Sie warten nur noch auf ein paar andere Gefangene. Wenn sie eintreffen, werden wir aufbrechen.«

»Ich hoffe, sie lassen sich noch viel Zeit. Je länger, desto besser.«

Darüber mußte Flysse lachen. Es war ein seltsam unpassendes Geräusch an diesem traurigen Ort, wie die Musik eines Leierkastens auf einem Friedhof. Davyds Lächeln wurde ehrlicher. Er sah, wie einige Leute zu ihnen herübersahen. Die meisten Gesichter wirkten irritiert, als zweifelten sie an dem Verstand der beiden, und da begann Davyd ebenfalls zu lachen, laut und herausfordernd.

Vielleicht bin ich ein bißchen verrückt, dachte er, denn die Erinnerungen an seine Träume blieben, und er wußte ohne jeden Zweifel, daß sie die Wahrheit vorhersagten. Gefahr erwartete sie auf dem offenen Meer. Er fragte sich, ob er seiner neuen Freundin davon erzählen sollte, aber aus Gewohnheit entschied er sich dagegen. Sein bisheriges Leben war mehr von

Mißtrauen als von Vertrauen beherrscht worden, und ihm kam der Gedanke, daß Flysse sich ihre Freiheit erkaufen könnte, indem sie einen Träumer verriet. Wahrscheinlich war das eine gemeine Unterstellung, aber trotzdem … Es war klüger, er hielt vorläufig noch den Mund. Wenn er ihr völlig vertraute, dann vielleicht, aber nicht jetzt. Noch konnte ihn eine allzu sorglose Bemerkung vor dem Meer retten, nur um ihn statt dessen ins Feuer zu schicken. Es war eine unerfreuliche Wahl, aber im Feuer war ihm der Tod gewiß. Auf dem Meer dagegen … Nun, seine Träume kündigten zwar entsetzliche Dinge an, aber sie sagten nicht direkt seinen Tod voraus. Also bestand vielleicht noch Hoffnung, und daran klammerte er sich wie ein Ertrinkender an einen Strohhalm.

Zwei weitere Tage vergingen voller Unbehagen und Ungewißheit. Die Gefangenen wurden verpflegt, wenn auch schlecht, und durften sich in der Halle frei bewegen, aber die meisten blieben dort hocken, wo sie sich gleich nach der Ankunft niedergelassen hatten, als hätten sie ihr eigenes kleines Grundstück an diesem traurigen Ort abgesteckt. Immer wenn die Wachen das Essen brachten, strömte ein Schwall Luft durch die kurz geöffneten Torflügel, die nach See, Teer und nassen Tauen roch und die Gefangenen daran erinnerte, daß sie sich im Hafenviertel befanden. Davyd vermutete, daß die Halle einmal ein Lagerschuppen gewesen war. Überlagert vom Gestank ungewaschener Körper, konnte er schwach die exotischen Gerüche von Gewürzen und Tabak wahrnehmen. Die wenigen Fenster waren hoch in den Wänden angebracht und sehr schmutzig. In gewisser Weise ist es immer noch ein Warenlager, dachte er, nur besteht sein Inhalt jetzt aus Menschen – lebende Ware, die darauf wartete, über das Meer verschifft zu werden. Ohne Flysse hätte er vielleicht den Verstand verloren.

Sie behielt entschlossen ihre Fröhlichkeit bei, so daß er gezwungen war, mit ihr Schritt zu halten und so zu tun, als würde er sich nicht mehr fürchten. Er hoffte, daß sie zusammenbleiben konnten, nachdem sie Salvation erreicht hatten – falls sie die Fahrt durch das Meer der Schmerzen überlebten.

Was Flysse betraf, war sie dankbar für die Gesellschaft dieses merkwürdigen Jungen und – auch wenn sie es sich nicht anmerken ließ – genauso schockiert wie fasziniert von seinen Geschichten über Raubzüge und Einbrüche, geplünderte Taschen und aufgebrochene Schlösser. Er gab ohne jede Scham zu, ein Dieb zu sein, und war sogar stolz auf seine einschlägigen Fähigkeiten, was ihr, die sie anständig erzogen worden war, einige Sorgen bereitete. Aber wenn er von seiner traurigen Kindheit erzählte, von einer Mutter, die er kaum gekannt hatte, und von der Frau – Tante Dory –, bei der er aufgewachsen war, konnte sie nur Mitleid mit ihm empfinden. Für sie war er eher das unglückliche Opfer eines bedauernswerten Schicksals als ein echter Verbrecher. In Cudham hätte er ein Zuhause finden können, einen Schlafplatz und ehrliche Arbeit. Vielleicht wäre es nur eine Nische in einem Heuschober gewesen, aber die Menschen in ihrem Dorf hätten dafür gesorgt, daß er ausreichend zu essen und Kleidung bekam, und ihn nicht einfach seinem Schicksal überlassen.

Es machte sie traurig, auf diese Art an ihr Zuhause erinnert zu werden, denn sie wußte, daß sie Cudham nie wiedersehen würde, und wahrscheinlich würden auch ihre Eltern nie von ihrem Schicksal erfahren. Sie fragte sich, ob sie ihre Tochter für tot halten oder – was schlimmer wäre – glauben würden, sie hätte sie, verführt vom Leben in der großen Stadt, einfach vergessen. Vermutlich würde die Nachricht über die Verbannung ihrer Tochter nicht bei ihnen ankommen, und bei dieser Vorstellung hatte sie Mühe, die Tränen zurückzuhalten. In diesen Momenten war es Davyd, der sie mit seinen farbigen Geschichten über kühne Raubzüge und seltsame Leute tröstete, die Flysse ziemlich bizarr erschienen, so daß sie bald schon wieder lächelte und gebannt seinen Erzählungen lauschte.

So verging die Zeit, bis gegen Mittag des dritten Tages die restlichen Verbannten eintrafen.

Davyd und Flysse waren gerade in ein Gespräch vertieft. Flysse erzählte vom Sommerjahrmarkt in Cudham, was für Davyd fast wie ein Märchen klang. Sie verstummte, als die Türflügel geöffnet und sechs Männer in die Halle getrieben wurden. Sie waren unrasiert, schmutzig und nicht sehr sicher auf den Beinen, als hätten sie das Laufen verlernt. Die Türen fielen hinter ihnen scheppernd wieder ins Schloß, und die Männer sahen sich blinzelnd im schummrigen Licht der Halle um.

Fünf von ihnen waren wie gewöhnliche Arbeiter gekleidet, der sechste dagegen wie ein vornehmer Herr. Obwohl seine Jacke schmutzig, seine Stiefel zerkratzt und sein Kinn so stoppelbärtig wie das aller anderen war – abgesehen von einem riesigen Burschen, dessen Gesicht fast hinter einem mächtigen Bart verschwand –, gelang es ihm irgendwie, eine Aura der Eleganz auszustrahlen, die ihn deutlich von den anderen Männern unterschied. Er musterte seine Umgebung aus schmalen Augen, die Lippen geschürzt, als gefiele es ihm überhaupt nicht, wo er hineingeraten war. Flysse glaubte, noch nie in ihrem Leben einen derart attraktiven Mann gesehen zu haben.

»Ich frage mich, was er getan hat, um hier bei uns zu landen«, sagte Davyd.

Flysse errötete, da sie dachte, sie hätte ihn zu direkt angestarrt, aber dann bemerkte sie, daß nicht nur sie den Neuankömmling aufmerksam beobachtete. Schließlich war er der einzige, der so kostbare Kleidung trug und durch die Art, wie er sich ein bißchen hochmütig umsah, völlig fehl am Platz wirkte.

»Sieht wie ein feiner Pinkel aus«, murmelte Davyd. Er kicherte. »Und wenn er die Nase weiter so hoch trägt, wird sie ihm bestimmt bald irgend jemand einschlagen.«

Das hätte Flysse sehr bedauert, denn sie fand, daß er eine sehr schöne Nase hatte.

»Hübsche Kleidung«, stellte Davyd fest und beobachtete den Fremden, der sich auf der Suche nach einem freien Platz seinen Weg durch die Gefangenen bahnte. »Ich frage mich, ob er etwas Geld mitbringen konnte.«

»Wie sollte er?« fragte Flysse. Sie wandte sich Davyd zu, ohne den Mann dabei völlig aus den Augen zu lassen, und ertappte sich bei der Hoffnung, er würde einen Platz ganz in ihrer Nähe finden. Doch dann schalt sie sich selbst für diesen albernen Gedanken. Er war eindeutig ein vornehmer Herr, den ein hartes Los getroffen haben mußte und der sie keiner Beachtung für würdig befinden würde.

»Es ist möglich«, versicherte ihr Davyd aus den Tiefen seiner weltlichen Weisheit. »Alles hängt nur davon ab, wen man kennt, welche Freunde man hat.«

»Und was würde ihm das Geld nützen?«

Davyd zwinkerte ihr zu. »Damit kann man die Wachen bestechen, damit sie einem mehr zu essen oder leichtere Arbeit und solche Dinge besorgen.«

Flysse nickte und dachte nicht zum ersten Mal, daß sie auf diesem Gebiet völlig ahnungslos war.

»Aber ich schätze, daß er keines hat«, fuhr Davyd fort. »Ein feiner Pinkel wie der ... Also, wenn der Geld hätte, hätte er sich bestimmt rasieren oder die Stiefel putzen lassen ...«

Eine Spur von Bedauern klang in seiner Stimme mit, und Flysse sah ihn aufmerksam an. »Und wenn er Geld hätte?« fragte sie. »Was hättest du davon?«

»Nicht ich, *wir*«, korrigierte Davyd und wackelte mit den Fingern.

»Du würdest ihm die Taschen ausräumen?« Flysse war schockiert.

Davyd grinste und zuckte ungerührt die Achseln. »Wahrscheinlich nicht, solange ich diese Handschellen trage«, sagte er bedauernd. »Aber wenn sie weg wären ...«

»Du würdest sein Geld stehlen?« Flysse runzelte vorwurfsvoll die Stirn, was wiederum einen verblüfften Ausdruck auf Davyds Gesicht hervorrief.

»Ich würde unsere Reise gern so angenehm wie möglich machen«, erklärte er. »Was ist daran falsch?«

»Es wäre Diebstahl«, sagte Flysse.

»Das ist es, was ich mache«, erwiderte Davyd. »Ich bin ein Dieb.«

»Und du siehst ja, wohin dich das gebracht hat«, gab Flysse streng zurück.

»Aye.« Davyds Augen wanderten aufmerksam durch die Halle. »Hierhin, wo ich nicht mehr viel zu verlieren habe. Außer vielleicht ...« – sein Blick richtete sich wieder auf den Fremden – » ... mein Leben.«

»Nein!« Plötzlich fühlte Flysse Angst in sich aufsteigen. Sie wollte ihren neugefundenen Freund nicht verlieren. »Das darfst du nicht! Versprich es mir!«

Davyd beobachtete noch immer den Mann. Er schüttelte geistesabwesend den Kopf. »Ich bezweifle, daß ich überhaupt eine Chance bekommen würde, selbst wenn er Geld hätte. Schau ihn dir an. Siehst du, wie er sich bewegt?«

Flysse kam seiner Aufforderung nach. Sie fand, daß

sich der Unbekannte äußerst geschmeidig bewegte. »Ich wette, er ist ein Duellant«, hörte sie Davyd in ihr Ohr flüstern. »Er hat diese gewisse Art an sich.« Sie hatte keine Ahnung, wie ein Duellant aussah.

»Wenn ich recht habe, würde er einen guten Freund für uns abgeben«, sagte Davyd. »Und wir könnten einen Freund gut gebrauchen.«

Es erschien Flysse äußerst unwahrscheinlich, daß einem solch vornehmen Herrn daran gelegen sein könnte, sich mit einem flegelhaften Dieb und einem Tavernenmädchen anzufreunden, aber noch bevor sie ihre Befürchtung äußern konnte, rief Davyd: »Hallo, Sieur! Hier bei uns ist noch eine Menge Platz frei!«

Der Mann sah zu ihnen herüber. Als sich ihre Blicke begegneten, errötete Flysse wieder und schlug die Augen nieder.

»Ein Lächeln wäre jetzt hilfreich«, flüsterte Davyd.

Sie weigerte sich, den Kopf zu heben oder zu antworten, und das nächste, was sie sah, waren die Stiefeln des Fremden direkt vor ihr.

»Madam, gestattet Ihr, daß ich mich zu Euch geselle?« fragte eine tiefe Stimme, als säße sie nicht auf dem Boden einer schäbigen Halle voller gebrandmarkter Gefangenen, sondern in einem eleganten Salon.

»Natürlich, Sieur, seid uns willkommen«, hörte sie Davyd sagen. »Ich bin Davyd, Davyd Furth. Das ist Flysse Cobal.«

Sie nahm undeutlich eine Bewegung wahr, und als sie den Kopf hob, verbeugte sich der Mann vor ihr. Irgend jemand in der Halle lachte.

»Ich bin Arcole Blayke. Ihr gestattet?«

Flysse nickte und brachte ein zustimmendes Murmeln hervor.

»Ich danke Euch«, sagte Arcole Blayke und setzte sich neben sie.

»Nun, was hat Euch hierhergebracht, Sieur Blayke?« erkundigte sich Davyd.

»Ich habe einen Mann in einem Duell getötet«, erwiderte Arcole. Er lachte bitter. »Unglücklicherweise hatte er einen mächtigen Vater.«

»So etwas hatte ich mir gedacht.« Davyds Stimme klang triumphierend. »Ihr seid ein Duellant.«

Arcole nickte feierlich. »Und du?«

»Ein Dieb«, sagte der Junge.

Der Gesichtsausdruck des Mannes ließ vermuten, daß er über diese Auskunft nicht sehr erfreut war. »Und was war Euer Verbrechen, Mistress Cobal?«

»Sie hat einen Leutnant der Gottesmiliz geschlagen«, antwortete Davyd für sie. »Er hat sie belästigt und wollte sie verführen, und da hat sie ihm die Nase gebrochen und die meisten Zähne zertrümmert.«

Arcole neigte anerkennend den Kopf und schenkte ihr ein strahlendes Lächeln. »Dann möchte ich Euch gratulieren, Mistress. Eine solche Tat verdient Beifall.«

Flysse konnte nicht anders, sie mußte das Lächeln erwidern und spürte, wie ihre Wangen heiß wurden.

»Ihr seid kein Evanderaner«, vermutete Davyd.

»Nein, ich komme aus Levan«, sagte Arcole.

»Und ...«, begann Davyd, doch dann verstummte er, als sich die Türen erneut öffneten und eine Gruppe Milizionäre erschien, die von einem Hauptmann angeführt wurde.

»Aufstehen!« rief der Offizier. »Eure Reise nach Salvation hat begonnen.«

DIE WÜRFEL SIND GEFALLEN

Während der gesamten Ratsversammlung verspürte Morrhyn einen nagenden Zweifel. Chakthis Gesichtsausdruck verunsicherte ihn, die Miene des Akamans erschien ihm irgendwie verschlagen, und er verstand nicht, warum der Tachyn die Debatte so in die Länge zog. Das drängendste Problem war ohne Frage, wie die Antwort aller Stämme auf Coluns erschreckende Neuigkeiten ausfallen sollte, und nicht die unbedeutenden Punkte, die Chakthi ansprach. Welchen Stellenwert hatten Weiderechte und umstrittene Grenzen angesichts einer möglicherweise bevorstehenden Invasion? Es war, als wollte der Tachyn die Versammlung weiter hinauszögern, während alle anderen sie lieber beendet hätten. Und warum hatte Vachyr nicht seine übliche Position hinter seinem Vater eingenommen? Morrhyn registrierte den wachsenden Verdruß der anderen Clanführer über die scheinbar endlose Aufreihung nebensächlicher Angelegenheiten, aber da er um das empfindliche Gleichgewicht der Loyalitäten wußte, schwieg er.

Schließlich war es der korpulente Yazte, der aussprach, was alle dachten. Er hob eine Hand, als sich Chakthi weitschweifig über einen Bach ausließ, der das Weideland der Tachyn begrenzte, und fragte unverblümt: »Kann das nicht warten? Weiß der Schöpfer, wir haben sehr viel wichtigere Entscheidungen zu fällen und noch über viele Dinge nachzudenken.«

»Deshalb möchte ich diese unbedeutenderen Punkte aus der Welt geräumt haben, damit sie uns nicht ablenken, wenn wir zu den schwerwiegenderen Problemen kommen«, erklärte Chakthi.

»Und ich möchte ins Bett gehen«, erwiderte Yazte. »Mir tun die Ohren von all diesem Gerede weh, und ich will noch privat mit Kahteney sprechen. Vergiß nicht, die Wakanishas wollen morgen ihren Traumrat abhalten.«

Chakthi nickte. »Ich habe es nicht vergessen.« Er lächelte schmierig. »Weshalb es bestimmt besser ist, wenn ihre Konzentration nicht durch lästige Kleinigkeiten beinträchtigt wird.«

Yazte schnaubte, schüttelte den fleischigen Kopf und sah Racharran hilfesuchend an.

Der Commacht zuckte diplomatisch die Achseln. Er wollte Chakthi nicht reizen.

Yazte runzelte unwillig die Stirn und wandte sich Juh zu. »Was meinst du, Bruder? Wirst du nicht auch langsam müde?«

Juh lächelte auf seine bedächtige Art und neigte den Kopf. »Es steht mir nicht zu, meinem Bruder das Wort zu verbieten, aber ich denke, wir sollten diese unwichtigeren Dinge vertagen.«

»Stimmen wir darüber ab?« fragte Tahdase.

»Ich stimme dafür, schlafen zu gehen«, sagte Yazte. »Ich schlage vor, alle kleineren Probleme an einem anderen Tag zu diskutieren.«

Juh nickte und hob zustimmend die Hand. Tahdase schloß sich ihm an. Racharran hob ebenfalls die Hand. Hadduth flüsterte mit Chakthi, worauf der Akaman der Tachyn lächelte und sagte: »So sei es.« Morrhyn verbarg sein Erstaunen. Er spürte, daß dort irgend etwas vor sich ging, das er nicht deuten konnte.

Er verließ die Versammlung an Racharrans Seite. Lhyn löste sich aus der Menge und gesellte sich zu ihnen. Colun begleitete die kleine Gruppe.

Der Grannach war mürrisch. »Mein Magen schmerzt, weil er nichts zu tun hat«, beschwerte er sich. »Und ein Krug Tiswin wäre auch nicht verkehrt.«

Lhyn lachte und versprach ihm, daß er beides bekommen würde.

»Normalerweise redet Chakthi nicht so viel«, sagte Racharran. »Ich frage mich, was ihm heute abend die Zunge geschmiert hat.«

Morrhyn schüttelte ratlos den Kopf. »Irgend etwas an seinem Verhalten war merkwürdig. Es kam mir so vor, als würden Hadduth und er ein Geheimnis teilen. Und außerdem war Vachyr nicht da.«

»Nein.« Racharrans Augen wurden schmal. Er sah seine Frau mit plötzlich erwachtem Mißtrauen an. »Rannach hat die Versammlung kurz nach Coluns Bericht verlassen. Hast du ihn gesehen?«

»Ich vermute, daß unser Sohn es eilig hatte, zu seiner Braut zurückzukehren«, erwiderte sie. »So wie es jedem frischverheirateten Mann gehen würde.«

Racharran nickte. »Mag sein.«

Sie erreichten das Lager der Commacht, und er warf einen Blick zu Rannachs Zelt hinüber. Der Mond schien hell, das Zelt zeichnete sich als dunkler Umriß im Gras ab. In seinem Eingang war undeutlich der Schein eines Feuers zu sehen. »Sein Pferd ist weg«, knurrte Racharran beunruhigt. »Und das von Arrhyna ebenfalls.«

Morrhyn spürte, wie sich alle seine Befürchtungen plötzlich zu einem harten Klumpen in seinem Bauch zusammenballten.

»Wahrscheinlich machen sie einen Ausritt im Mondschein«, sagte Lhyn und stieß ihrem Mann einen Ellbogen in die Rippen. »Du hattest früher auch einmal so romantische Ideen.«

Racharran ignorierte die Stichelei mit gerunzelter Stirn.

»Bedeutet das, daß ich weiter hungern muß?« erkundigte sich Colun bekümmert.

»Nein.« Lhyn bedachte ihren Mann mit einem

mißbilligenden Seitenblick. »Laß uns zu unserem Zelt gehen, und ich sorge dafür, daß du etwas in den Magen bekommst. In der Zwischenzeit wird mein argwöhnischer Mann um das Zelt seines Sohnes herumschleichen, und wenn er rot vor Verlegenheit zurückkommt, werden wir über seinen Gesichtsausdruck lachen.«

»Und es gibt Tiswin?« hakte Colun nach.

»Und Tiswin«, bestätigte Lhyn. Sie versetzte Racharran einen Schubs. »Willst du dich selbst zum Narren machen, Mann? Oder läßt du die Kinder allein?«

»Kümmere du dich um Colun«, sagte Racharran, ohne sie anzusehen. »Wenn alles in Ordnung ist, komme ich gleich nach. Morrhyn?«

Der Akaman und der Wakanisha setzten sich in Bewegung. Morrhyn stöhnte, als er bemerkte, daß die Eingangsplane nicht verschnürt war. Racharran fluchte und schob sie mit der Schulter beiseite. Was er im Inneren des Zeltes entdeckte, entlockte ihm einen lauteren und deftigeren Fluch.

Das ist der Grund, weshalb Chakthi uns so lange hingehalten hat, wurde Morrhyn mit furchtbarer Gewißheit klar. Um seinem vom Schöpfer verdammten Sohn mehr Zeit zu geben. Verflucht seien sie beide! Er umklammerte Racharrans Arm und hielt ihn zurück, als der Akaman sich umdrehte und davonstürmen wollte.

»Das kannst du nicht machen! Denk nach! Selbst wenn Vachyr verschwunden ist, welchen Beweis haben wir, daß er irgend etwas damit zu tun hat? Willst du Chakthi ohne einen eindeutigen Beweis anklagen?«

»Denkst du, daß das nicht sein Werk ist?« wollte Racharran wissen.

Morrhyn baute sich vor seinem Akaman auf und

legte ihm beide Hände auf die Schultern. »Doch.« Er fühlte sich wie ein Mann, der sich einem wütenden Büffel in den Weg stellt. »Aber wir haben trotzdem keinen Beweis.«

»Was für einen Beweis brauchen wir denn noch?« Racharran stemmte sich gegen den Wakanisha. »Sollen wir warten, bis Rannach Vachyr quer über seinem Sattel liegend zurückbringt?«

»Wenn er ihn lebend zurückbringt, dann ja«, sagte Morrhyn eindringlich. »Bete darum, daß er ihn nicht tötet! Wenn du jetzt durch die Zelte der Tachyn stürmst, gibst du Chakthi nur einen Anlaß für schlimmere Beleidigungen, und das zu Recht!«

Eine Weile stand Racharran, am ganzen Körper zitternd, da und versuchte, sich an Morrhyn vorbeizuschieben, dann sackten seine Schultern kraftlos herab, und er nickte wie betäubt. »Wir sitzen in der Falle, was?« Er hob das Gesicht flehend dem mondhellen Himmel entgegen. »O beim Schöpfer! Hätte Rannach doch bloß auf mich gehört und sich eine andere Braut gesucht ...«

»Aber das hat er nicht getan«, unterbrach ihn Morrhyn. »Er hat Arrhyna gewählt und sie mit dem Segen des Rates geheiratet. Wenn Vachyr sie entführt hat, wird er von dem Matakwa verdammt werden.«

»Sofern er dann noch lebt.« Racharrans Gesicht wirkte eingefallen im Mondlicht. »Aber sollte Rannach ihn innerhalb der Grenzen der Begegnungsstätte töten, würde es mein Sohn sein, der verdammt wird.«

»Er hat sein Wort gegeben«, sagte Morrhyn.

Ein bellendes Lachen entschlüpfte Racharrans zusammengepreßten Lippen. »Wenn irgend jemand Lhyn geraubt hätte und ich würde ihn finden, glaubst du, ich würde mich an ein solches Versprechen erinnern? Könntest du es?«

Beinahe hätte Morrhyn die Frage mit einem Nein

beantwortet, aber statt dessen sagte er: »Gebe der Schöpfer, daß sich Rannach daran erinnert.«

Sie waren geborene Krieger, erfahren in der Jagd und gelegentlichen Clankriegen. Sie konnten eine Fährte lesen und – mit dem Segen des Schöpfers – die gejagte Beute überlisten. Aber Vachyr verfügte über die gleichen Fähigkeiten. Zudem hatte er den Vorteil, schnell und rücksichtslos reiten zu können, nur darauf bedacht, seine Spuren zu verwischen und zu entkommen, während seine Verfolger die Spur in der Dunkelheit finden und sie von denen der anderen Reiter trennen mußten. Da sich das gesamte Volk der Matawaye zum Matakwa eingefunden hatte, war das Land um die Begegnungsstätte herum mit unzähligen Hufabdrücken übersät, und so sahen sich die jungen Krieger gezwungen, langsamer und vorsichtig zu reiten, wollten sie Vachyrs Fährte nicht verlieren.

»Da!« Bakaan, der sich gebückt hatte, um das zertrampelte Gras zu untersuchen, richtete sich wieder auf. Er machte eine ausholende Handbewegung, die die zahlreichen Fährten umfaßte. »Ich schätze, eine Gruppe Tachyn hat ihn hier getroffen und sich dann in Zweiergruppen in alle Himmelsrichtungen zerstreut.«

Hadustan beugte sich in seinem Sattel vor und betrachtete seinerseits den Boden. »Stets in Pärchen«, murmelte er. »Und seht, da drüben.« Er deutete auf mehrere Haufen Pferdemist. »Sie haben hier längere Zeit auf ihn gewartet.«

»Das ist Chakthis Werk!« Rannach sprach den Namen des Tachyn wie einen Fluch aus. »Vachyrs Vater muß ihm geholfen haben. Er hat Krieger ausgeschickt, um die Spur seines Sohnes auszulöschen.«

»Dann ist alles im voraus geplant worden«, sagte Zhy. »Und vielleicht stoßen sie später wieder zusammen, so daß wir es gleich mit mehreren Krieger zu tun bekommen. Mit wie vielen ... zwei Händen?«

»Willst du damit sagen, wir sollten umkehren?« fragte Bakaan.

Zhy schüttelte den Kopf. »Nein, nur daß wir vorsichtig sein müssen.«

»Zehn Krieger sind zuviel.« Rannach hielt den Hengst, der, von der Unruhe seines Herrn angesteckt, nervös tänzelte, an kurzen Zügeln. »Das Fehlen von zehn Kriegern während der Ratsversammlung wäre aufgefallen.«

»Wie denn unter so vielen Leuten?« erkundigte sich Zhy.

Rannach dachte einen Moment lang nach. »Chakthi würde eine solche Aufgabe nur seinen vertrauenswürdigsten Männern übertragen«, sagte er schließlich. »Und die habe ich alle an den Feuern gesehen.«

»Was soll das heißen?« fragte Bakaan.

Im Mondlicht war es schwer zu entscheiden, ob Rannach nachdenklich die Stirn runzelte oder wütend das Gesicht verzog. Vielleicht tat er beides. »Daß Chakthi bereits früher am Tag Männer ausgeschickt hat, um die Spuren seines Sohnes zu verschleiern«, erklärte er. »Sie haben sich hier versammelt, damit es so aussieht, als hätten sie auf Vachyr gewartet, und sind dann paarweise in verschiedene Richtungen davongeprescht. Vachyr ist erst später erschienen und in der Hoffnung, seine Verfolger zu verwirren, gleich weitergeritten.«

Er sprang aus dem Sattel, warf Bakaan die Zügel des Hengstes zu und umrundete ungeduldig den zertrampelten Boden.

»Seht ihr? Diese Hufabdrücke hier sind älter, härter.« Rannach bückte sich und berührte die Vertiefungen vorsichtig mit den Fingerspitzen. »Die hier sind frischer, und eins der Tiere hatte kleinere Hufe ... wie

Arrhynas Stute.« Er deutete nach Norden. »Vachyr reitet in diese Richtung.«

»Bist du dir sicher?« fragte Bakaan.

»Ich bete zum Schöpfer, daß ich mich nicht täusche«, erwiderte Rannach. Er sprang in den Sattel, stieß dem großen Pferd die Fersen in die Weichen und galoppierte in die Nacht hinaus.

Lhyn war nicht glücklich über Racharrans Entscheidung, und ihre Unzufriedenheit schloß Morrhyn mit ein. Er wand sich unbehaglich unter ihrem anklagenden Blick.

»Allein?« Sie verlieh ihrem Ärger mit der Schöpfkelle Ausdruck, klatschte ihnen den Eintopf so schwungvoll in die Schüsseln, daß sie sie mit beiden Händen festhalten mußten, damit ihnen nicht die heiße Fleischbrühe ins Gesicht spritzte. »Ihr schickt ihm keine Krieger hinterher? Um ... um ihn zu beschützen? Oder ihn davon abzuhalten, Vachyr zu erschlagen?«

Colun, der bereits seinen zweiten Teller und den zweiten Krug Tiswin leerte, strahlte gutgelaunt. »Er ist ein Krieger, oder?« fragte er unbekümmert. »Er ist der Sohn meines alten Freundes – ihm wird schon nichts zustoßen.«

»Sei still!« Lhyn brachte den Anführer der Grannach mit einem einzigen wütenden Blick zum Schweigen. »Iß, trink deinen Tiswin und halt den Mund! Wir sprechen hier über meinen Sohn!«

Colun rülpste und zuckte die Achseln. »Verzeih mir«, sagte er und schenkte sich Tiswin nach.

»Ich habe es dir doch erklärt, oder?« Racharran schielte hilfesuchend zu seinem Wakanisha hinüber. »Es ist so, wie Morrhyn gesagt hat; wenn ich Rannach Reiter hinterherschicke, könnte Chakthi mir später vorwerfen, an allem beteiligt gewesen zu sein, was vielleicht passieren wird.«

»Und wenn Rannach getötet wird?« fragte Lhyn. »Oder wenn er Vachyr tötet? Was dann?«

»Wenn er Vachyr tötet, dann werden wir wahrscheinlich Krieg mit den Tachyn bekommen, und das zu einem Zeitpunkt, an dem wir Frieden brauchen und uns gegen diese Eindringlinge verbünden müssen. Ich denke, Chakthi hat die Entführung klug geplant.«

Lhyn ließ sich neben dam Feuer nieder. »Und wenn unser Sohn stirbt?«

Ihre Stimme war mindestens so heiß wie die Flammen.

»Er ist nicht allein«, wagte Morrhyn einen Einwand. »Seine Kameraden begleiten ihn, Bakaan und diese beiden anderen, Hadustan und Zhy.«

»Und hat Chakthi Krieger ausgeschickt, um sie aufzuhalten?«

Sieht so die Ehe aus? fragte sich Morrhyn. Führt sie zu diesem zornigen Austausch gegensätzlicher Ansichten? Ist es das, was passiert, wenn man Kinder hat? Wie schwer muß es für Racharran sein, zwei Funktionen zu erfüllen, als Vater und als Akaman seines Clans.

»Ich bezweifle, daß Chakthi dieses Risiko eingehen würde«, sagte er.

Lhyn starrte ihn an, und er fühlte sich an eine Löwin erinnert.

»Ich denke, daß Chakthi die Entführung mit Vachyr abgesprochen hat, es aber nicht riskieren wird, andere Krieger auszusenden«, fügte er hinzu. »Vermutlich reitet Vachyr allein, während Rannach seine Kameraden bei sich hat und ...«

»... und wahrscheinlich Vachyr töten wird«, ließ Lhyn nicht locker. »Um dann dafür verdammt zu werden, die Waffenruhe des Matakwas gebrochen zu haben.«

Morrhyn senkte den Kopf. Es war schwer, das in ihren Augen lodernde Feuer zu ertragen.

»Sollte es dazu kommen, wird der Rat bestimmt Verständnis zeigen«, sagte Racharran. »Beim Schöpfer, Vachyr hat die Braut unseres Sohnes geraubt! Dafür muß er verurteilt werden!«

»Worauf wir Commacht uns dann im Krieg mit den Tachyn befinden würden«, erwiderte Lhyn kalt. »Was wir, wie ihr beide betont, unter allen Umständen vermeiden müssen.« Ihr eisiger Blick wanderte von ihrem Mann zu Morrhyn.

»Es gibt keine andere Möglichkeit.« Racharrans Stimme klang dumpf und kraftlos. »Wie wir gesagt haben, Chakthi hat uns die Hände gebunden.«

»Oh, Chakthi ist schlau und gerissen«, schnaubte Lhyn verächtlich. »Er hat uns also die Hände gebunden, ja? Und wenn Vachyr unseren Sohn erschlägt?«

»Dann werde ich vor den Rat treten müssen und verlangen, daß Vachyr als Brauträuber und Mörder verurteilt wird.« Racharrans Tonfall erinnerte Morrhyn daran, daß sie beide nicht mehr jung waren. Es war eine Stimme, in der die Last der Jahre und der Verantwortung mitschwang. »Aber ich darf nicht vergessen, daß ich der Akaman der Commacht bin und unser Clan – das gesamte Volk – sich einer unbekannten Bedrohung ausgesetzt sieht.«

»Und unser Sohn?« fragte Lhyn.

»Rannach ist nur ein Mann. Der Schöpfer möge mir helfen, aber sollte es nötig sein, werde ich ihn opfern müssen.«

»Deinen eigenen Sohn?«

Ihr Mann senkte den Kopf. Als würde er von einem furchtbaren Gewicht niedergedrückt, dachte Morrhyn, das er mit trauriger Ergebenheit akzeptiert.

»Ja«, sagte Racharran.

Wie als Kommentar rülpste Colun lautstark, kippte seitlich auf die Felle und verschüttete den Rest seines Tiswins.

Die Fährte führte nordwärts in die steinige Geröllandschaft der Vorberge. Der Mond überzog die Felsnadel des Schöpferberges mit der Farbe ausgebleichter Knochen. In den Wäldchen, die die langgestreckten Felsausläufer säumten, beschwerten sich Eulen mit leisen Rufen über die nächtliche Ruhestörung. Der Nadelteppich unter den Bäumen war weich und federte, so daß kaum ein Hufabdruck zurückblieb. Vachyr war nicht dumm.

Doch das galt auch für seine Verfolger.

Überall gab es verräterische Spuren zu entdecken: hier einen abgebrochenen Zweig, da einen Kratzer auf einer Wurzel, dort eine mit Wasser gefüllte Vertiefung. Die Krieger folgten der Fährte in das allmählich ansteigende Gelände, wo der felsige Untergrund weiß im Mondlicht schimmerte und sich nur hier und da ein Hufabdruck auf einem Kiesstreifen fand, entlang trockener Bachläufe, in denen ihnen umgedrehte Steine, deren feuchte Unterseiten blau und schwarz glänzten, den Weg wiesen, in einem weiten Bogen durch die Hügel, der im Morgengrauen zu einer geraden Linie wurde, die wieder abwärts in südöstliche Richtung an den äußersten Ausläufern der Begegnungsstätte entlangführte und wahrscheinlich das Grenzgebiet der von den Tachyn und Commacht beanspruchten Weidegründe durchqueren würde, bevor sie das für Vachyr sicherere Gebiet seines eigenen Clans erreichte.

Rannach trieb seine Gefährten unerbittlich an und gestattete ihnen nur eine kurze Rast, um die Pferde zu tränken und ein wenig zu verschnaufen. Er ritt, als wären ihm Dämonen auf den Fersen.

Schließlich nahm der östliche Horizont den rosa Farbton einer leeren Muschelschale an. Der Mond verblaßte beinahe widerwillig hinter den Bergen im Westen. Die aufgehende Sonne tauchte das Land in Gold und Rot. Weiße Wolkenfetzen trieben über den heller werdenden Himmel. Vögel stimmten ihre Morgenlieder an, Insektenchöre fielen in die Gesänge ein.

Die Fährte bog nach Osten ab, die Hufabdrücke verrieten die Müdigkeit der Pferde.

»Bald haben wir ihn«, sagte Bakaan. »Er wird langsamer.«

Rannach hob seine Lanze. Die Sonnenstrahlen ließen die von den Grannach geschmiedete Spitze funkeln. »Ja, bald«, knurrte er. Es war die Stimme eines jagenden Wolfes, der seine Beute gewittert hatte.

»Denk an dein Versprechen«, ermahnte ihn Bakaan.

»Mein Versprechen Arrhyna gegenüber?« fragte Rannach rauh. »Oder das, das ich meinem Vater gegeben habe?«

Bakaan hob die Schultern. »Besser, wir erwischen ihn lebendig, oder? Damit er erfährt, wie es ist, erniedrigt zu werden ...«

Rannach sah seinem Freund direkt in die Augen, ohne zu antworten.

»Er reitet nicht direkt auf das Gebiet der Tachyn«, sagte Hadustan und deutete mit seiner Lanze auf die im Morgentau glitzernde Doppelspur. Sie führte direkt auf ein dichtes Kiefern- und Ahornwäldchen zu, das sich im Licht des jungen Tages dunkelgrün von der Grassteppe abhob. »Ich denke, er hat vor, uns dort abzuschütteln, aber wenn wir schnell um das Wäldchen herumreiten ...«

» ... könnten wir seine Spur verlieren«, fiel ihm Rannach ins Wort.

»Oder ihn überholen«, gab Hadustan zurück.

»Er könnte kehrtmachen«, erwiderte Rannach. »Dann würde er uns entkommen.«

»Dies ist deine Jagd, Bruder«, sagte Bakaan. »Es ist deine Entscheidung, aber ich glaube, daß Hadustan recht hat.«

Rannachs Hände umklammerten unschlüssig die Lanze und die Zügel. Er ließ den Kopf sinken. Eine Weile ruhte sein Kinn auf seiner Brust, während er nachdachte, dann sah er wieder auf. »Wir nähern uns dem Wäldchen«, verkündete er. »Es könnte sein, daß Vachyr uns beobachtet. Also ...« Er dachte erneut nach und fuhr dann fort: »Es ist kein allzu großer Wald, nicht wahr? Also, Bakaan, beziehst du hier Stellung für den Fall, daß er umkehrt? Zhy und Hadustan, ihr bewacht die Flanken. Ich schlage einen Bogen und nehme mir die andere Seite vor.«

»Und wenn wir ihn entdecken?« erkundigte sich Zhy. »Vergiß nicht, daß wir uns noch immer auf dem Boden der Begegnungsstätte befinden.«

»Befreit Arrhyna aus seiner Gewalt!« fauchte Rannach wie ein zorniger Löwe. »Wie ihr das macht, ist mir egal. Aber befreit sie!«

»Ich bezweifle, daß er sie einfach gehen lassen wird«, sagte Zhy.

»Wenn wir ihn finden, fordern wir ihn ruhig auf, sie freiwillig herauszugeben. Und wenn er sich weigert ...« Hadustan hob demonstrativ die Lanze und drehte sie so, daß die Spitze im Licht aufblitzte.

»Sollte es dazu kommen, dann werde ich behaupten, ich hätte ihn getötet«, erklärte Rannach. »Ich werde die Verantwortung übernehmen.«

»Das werden wir nicht zulassen, Bruder«, sagte Bakaan.

»Wenn Vachyr durch meine Hand fällt«, warf Hadustan ein, »möchte ich mich dessen rühmen.«

Rannach schüttelte den Kopf, jetzt etwas ruhiger. Er lächelte. »Ich könnte mir keine treueren Freunde oder bessere Brüder wünschen. Aber sollte jemand zur Rechenschaft gezogen werden, dann beanspruche ich die Verantwortung für alles, was geschehen ist, für mich. Seid ihr damit einverstanden?«

»Die Zeit verrinnt.« Zhy warf einen Blick in den Himmel. »Reiten wir weiter, oder bleiben wir hier und palavern?«

»Wir reiten!« rief Rannach und stieß seinem Hengst die Fersen in die Weichen.

Der Morgen dämmerte warm herauf, so launisch, wie es im Mond des Neuen Grases häufig geschah; am einen Tag empfindlich kühl, am anderen lau wie im Sommer. Morrhyn trat aus seinem Zelt, ließ sich die Sonne ins Gesicht scheinen und starrte in den Himmel, über den weiße Häufchenwolken trieben, wie eine Herde schneeweißer Büffel, die durch eine blaue Steppe galoppierte. Die einzigen Vögel, die er sah, waren die Krähen, die sich wie jedes Jahr auf der Begegnungsstätte versammelten. Kein böses Omen, und er hatte auch nicht geträumt. Er war müde in seine Felle gesunken und mit der Hoffnung erwacht, daß Rannach und Vachyr noch lebten und es keinen Anlaß für einen Krieg zwischen den Tachyn und den Commacht geben würde.

O Schöpfer, betete er, den Blick auf den Schöpferberg gerichtet, kann es nicht so sein? Kannst du ihnen nicht die Hände binden und ihren Zorn besänftigen?

Er erwartete keine Antwort. Die Wege des Schöpfers waren rätselhaft, und wenn die Gottheit ihn hörte, würde ihre Antwort ebenso rätselhaft ausfallen und nicht in Form von klar verständlichen Worten erfolgen.

Der Wakanisha seufzte, spuckte ins Gras und machte sich daran, sein Frühstück zuzubereiten. Er glaubte nicht, daß er heute morgen mit Lhyns Gastfreundschaft rechnen durfte.

Rannach jagte seinen Hengst im Galopp am Waldrand entlang. Während seine langsamer reitenden Gefährten hinter ihm zurückblieben, sagte er sich, daß Hadustan vermutlich recht hatte. Die Weidegründe der Tachyn lagen voraus, und der vom Schöpfer verfluchte Entführer seiner Frau würde sich dort in Sicherheit bringen wollen. Er würde sich nicht auf das Gebiet der Begegnungsstätte wagen, nicht mit einer geraubten Frau in seiner Gewalt.

Der junge Commacht konnte das kräftige Herz des Hengstes zwischen seinen Beinen schlagen fühlen. Sein eigenes Herz hatte sich diesem Pulsschlag angepaßt. Das Blut dröhnte ihm heiß und schwer in den Schläfen, vertrieb den Hunger und die Müdigkeit. Alles, was Rannach verspürte, waren verzweifelte Hoffnung und lodernde Wut. Das Versprechen, das er seinem Vater gegeben hatte, war vergessen. Seine Braut war geraubt worden, ein Verbrechen, das nur durch Blut gesühnt werden konnte.

Die Sonne hatte die Hälfte ihres Weges zum Zenith zurückgelegt, als Rannach das andere Ende der Waldinsel erreichte und sein Pferd zügelte. Das Gras erstreckte sich glatt und grün zu einem nahegelegenen Fluß, der blau und silbern glitzerte. Weiden neigten sich über das Ufer, Fischreiher wateten durch das Wasser. Krähen flatterten in krächzenden Schwärmen aus dem Unterholz auf. Rannach ließ den Blick forschend über die Bäume schweifen, bevor er sein Pferd herumzog und im Schritt auf den Fluß zusteuerte, bis es nicht mehr keuchte und sich sein Herzschlag beruhigte. Dabei betete er, daß er sich nicht geirrt hatte und Vachyr erscheinen würde. Er sprang aus dem Sattel, ließ den Hengst saufen und stillte seinen eigenen Durst. Dann spritzte er sich Wasser ins Gesicht und beschwor sich, Vachyr am Leben zu lassen, sofern er sich beherrschen konnte.

Es würde ihm nicht leichtfallen, nicht nach dem, was Vachyr getan hatte. Aber falls es ihm gelang … Ja, vielleicht war es besser, ihn gefangenzunehmen und auf den Sattel seines eigenen Pferdes zu schnallen, anstatt ihn zu töten. Wahrscheinlich war es besser, ihn seiner Würde zu berauben und der Verdammung durch das Matakwa auszusetzen … durch das gesamte Volk. Zu sehen, wie er und sein Vater verurteilt wurden. Und das Racharran gegebene Versprechen einzuhalten.

Vorausgesetzt, Vachyr hatte Arrhyna nichts zuleide getan. Dann würde er ihn nicht verschonen.

Er schwang sich wieder in den Sattel und ritt zu dem kleinen Wald zurück.

Die Krähen, die diesmal aus dem Gehölz aufstiegen, suchten nicht lediglich neue Futterplätze. Sie erhoben sich in Wellen, die sich dem Waldrand näherten, als würden sie von sich nähernden Reitern aufgescheucht werden. Rannach ergriff seine Lanze und umklammerte den Schild fester mit der linken Hand, den Blick unverwandt auf die Bäume und das Unterholz gerichtet.

Vachyr tauchte auf.

Er ritt einen haselnußbraunen Wallach, der müde dahintrottete, und hielt die Zügel von Arrhynas gescheckter Stute in der Hand.

Rannachs Frau lag, an Händen und Füßen gefesselt, quer über ihrem Sattel. Ihr kastanienfarbenes Haar hing lose herab und verhüllte ihr Gesicht wie ein Schleier.

Rannach hob seine Lanze und rief: »Ho! Brauträuber!«

Der Tachyn brachte sein Pferd zum Stehen. Er sah erschöpft und zornig aus. Lange Kratzspuren zogen sich über seine Wangen. Arrhynas Stute trottete auf das Wasser zu, als er ihre Zügel freigab.

»Du hast mich also gefunden.«

»Ja«, sagte Rannach, »und jetzt werde ich dich zurückbringen, damit alle erfahren, was du bist.«

Vachyrs Lippen verzogen sich zu einem gehässigen Lächeln. »Und damit ich ihnen erzählen kann, was ich mit deiner Frau gemacht habe? Wird dich das mit Stolz erfüllen?«

Rannachs Blick folgte der Stute, die sich jetzt auf gleicher Höhe mit ihm befand. Arrhyna hob den Kopf. Der Haarvorhang teilte sich vor ihrem Gesicht, und er sah, daß es mit blauen Flecken und Prellungen übersät war. »Töte ihn«, flüsterte sie mit geschwollenen Lippen.

»Ich habe sie gehabt!« rief Vachyr. »Gestern nacht habe ich sie genommen!«

Rannach wartete, bis sich die Stute hinter ihm befand, dann sprang er aus dem Sattel, lief zu ihr und packte die herabbaumelnden Zügel. Er durchschnitt Arrhynas Fesseln, ließ sie vorsichtig zu Boden gleiten, nahm sie in die Arme und strich ihr das Haar aus dem zerschundenen Gesicht. Es tat ihm weh, die Prellungen und Quetschungen anzusehen.

»Ich habe mich gewehrt«, sagte Arrhyna leise. »Beim Namen des Schöpfers, ich schwöre, ich habe gegen ihn gekämpft!«

»Ich weiß«, erwiderte Rannach gepreßt. »Dafür wird er sterben.« Jeder Gedanke, Vachyr lebend in das Lager zurückzubringen, war ausgelöscht, von seiner Wut verbrannt. Er schwang sich auf den Falben und hob die Lanze.

Vachyr lachte. »Vergiß nicht, wir befinden uns hier immer noch in den Grenzen der Begegnungsstätte.«

»Kämpf oder stirb!« rief Rannach.

»Wenn du mich verletzt, wird man dich dafür verdammen, während des Matakwas Blut vergossen zu haben«, erwiderte Vachyr. »Und sollte es dir gelingen, mich lebend zurückzubringen, wird Schande über deine Braut kommen. Hör zu! Laß mich gehen, und ich verrate kein Wort über den Spaß, den ich mit ihr gehabt habe. Was meinst du dazu?«

Rannach warf einen kurzen Blick zu Arrhyna hinüber. Ihre Lippen bewegten sich, und auch wenn er durch das Rauschen des Blutes in seinen Ohren nicht verstehen konnte, was sie sagte, erkannte er jede einzelne Silbe. »Töte ihn!«

»Ja!« schrie er und stieß dem Hengst die Fersen in die Weichen.

Vachyr schirmte seine Brust mit dem Schild ab und hob die Lanze. Der Wallach preschte los. Beide Pferde waren für den Kampf ausgebildet und erreichten nach wenigen Sätzen ihre Höchstgeschwindigkeit. Rannach und Vachyr waren erfahrene Krieger. Sie lenkten ihre Tiere nur mit Knien und Fersen, die Schilde abwehrbereit erhoben, die Speere zum Stoß ausgerichtet.

Rannach fing Vachyrs Lanze mit seinem Schild ab und lenkte sie über seine Schulter hinweg, während er gleichzeitig auf den Bauch des Tachyn zielte. Vachyr verdrehte den Körper im Sattel und benutzte seinen Schild, um den Stoß abzublocken, aber die Spitze verfehlte ihn nicht gänzlich. Sie fuhr ihm quer über den Brustkorb und hinterließ einen blutenden Schnitt, so daß er beinahe aus dem Sattel kippte.

Der Schwung trieb sie auseinander. Beide rissen ihre Pferde herum und griffen erneut an.

Diesmal traf Rannachs Lanze seinen Gegner in die Leistengegend. Vachyrs Waffe durchbohrte den Schild des Commacht und ritzte ihm die Schulter auf. Rannach nahm den heißen Schmerz nur am Rande wahr. Er war völlig auf Vachyrs Gesicht konzentriert, das sich zu einem furchtbaren Grinsen verzerrte. Er sah, wie der Tachyn aus dem Sattel gehoben und über die Hinterhand des Wallachs geschleudert wurde, während er an dem Lanzenschaft entlangzugleiten schien. Die Spitze drang aus seinem Rücken hervor. Rannach riß den Speer mit einem Ruck aus Vachyrs Körper und schleuderte den jungen Krieger ins Gras, während er an ihm vorbeijagte. Er brachte den Hengst zum Stehen und ließ ihn herumtänzeln.

Vachyr stemmte sich mühsam auf Händen und Knien hoch. Seine Hose und der Boden zwischen seinen Beinen waren dunkel vor Blut. Sein Kopf hing kraftlos herab, und er schnaufte wie ein verwundeter Büffel. Aus seinem Mund tropften blutige Speichelfäden.

»Sieh mich an!« schrie Rannach, und als Vachyr langsam den Kopf hob, fügte er hinzu: »Für Arrhyna!«

Er galoppierte auf den Tachyn zu, bohrte ihm den Speer durch die Brust und nagelte ihn wie einen Käfer im Gras fest.

Noch bevor der Hengst stehenbleiben konnte, sprang Rannach bereits aus dem Sattel, eilte zu Arrhyna und schlang die Arme um sie. Behutsam, um ihr nicht weh zu tun, streichelte er ihr Haar und das zerschlagene Gesicht.

»Ich bin beschmutzt, Mann«, sagte sie.

Er schüttelte den Kopf. »Nicht in meinen Augen.«

Sie schmiegte sich schutzsuchend an seine Brust und flüsterte: »Er hat mich gezwungen.«

»Seine Schuld, nicht deine«, erwiderte Rannach sanft.

»Was willst du dem Rat erzählen? Wenn das Matakwa Auskunft verlangt?«

»Daß Vachyr dich geraubt und verschleppt hat. Und daß ich ihn dafür getötet habe.«

Sie hob den Kopf und blickte ihm in die Augen. »In den Grenzen der Begegnungsstätte?«

Als er wieder ihr zerschundenes Gesicht sah, hatte er Mühe, die Tränen zurückzuhalten. Er nickte. »Ja. Und sollte ich dafür verdammt werden, dann war es das wert. Um dich aus seiner Gewalt zu befreien.«

»Ich muß ihnen alles erzählen«, sagte Arrhyna, »damit das Volk weiß, weshalb du ihn erschlagen hast.«

Rannach zögerte einen Moment lang – es galt, die Ehre zu bedenken, Mißbilligung und Tratsch –, doch dann lächelte er. »Alles, was für mich zählt, ist, daß ich dich wiederhabe. Wenn du meinst, über das reden zu müssen, was dir widerfahren ist, dann sei es so. Aber ich verlange es nicht von dir. Du mußt nur sagen, daß Vachyr dich entführt hat und ich dich aus seiner Gewalt befreit habe. Das ist alles, was für mich wichtig ist.«

Arrhyna sah ihm lange in die Augen. »Ich bin glücklich, einen solchen Ehemann zu haben.«

»Und ich bin glücklich, dich meine Frau nennen zu dürfen«, erwiderte er lächelnd.

WAS DIE ZUKUNFT BRINGT

Morrhyn kaute eine Pahéwurzel. Die Droge begann zu wirken, sein Gaumen und seine Zunge wurden taub. Er sah zu, wie Hazhe eine Schöpfkelle voll Wasser auf die glühenden Steine schüttete, und es war, als bewegte sich der Träumer der Aparhaso in Zeitlupe. Der Dampf stieg wallend empor, nicht schneller als eine träge Wolke am Sommerhimmel. Hazhe begegnete seinem Blick und lächelte feierlich, sein gauhaariger Kopf nickte in einem gemächlichen Rhythmus. Morrhyn erwiderte das Lächeln. Er lehnte sich gegen das mit Leder bespannte Zeltgerüst und sah sich langsam in der Traumhütte um.

Die Wände des Wa'tenhya glühten in der Morgensonne. Duftender Dampf erfüllte das Zeltinnere. Kahteney hockte rechts von Morrhyn. Seine Augen hatten sich bereits umwölkt, sein Mund war erschlafft. Zu Morrhyns Linken strahlte Isten entrückt, hinter ihm nickte Hazhe immer noch rhythmisch. Hadduth saß auf der anderen Seite der Glut, die Augen geschlossen. Morrhyn fragte sich, wieviel der Wakanisha der Tachyn über Arrhynas Entführung wußte, inwieweit er sie selbst geplant hatte. Vermutlich war es Chakthis Idee gewesen, aber wahrscheinlich hatte Hadduth die Einzelheiten ausgearbeitet. Früher oder später, dachte Morrhyn, mußte es zwangsläufig zur Konfrontation kommen. Wie er Racharran gesagt hatte, war die Entführung klug geplant worden und bot keinen Anhaltspunkt für Anschuldigungen, die nicht eine Beleidigung beinhaltet hätten.

Die Taubheit in Morrhyns Mund weitete sich auf seinen Schädel aus, umfaßte seinen Geist, und er kippte langsam nach hinten weg. Seine Augen wurden groß. Er konnte sie nicht mehr schließen, während vor ihnen die Bilder seines Traums abliefen, den er jetzt mit allen Wakanishas des Matakwas teilte.

Racharran saß mit Colun vor seinem Zelt. Der Grannach hatte sich völlig von seiner Trunkenheit erholt – eine Fähigkeit, um die ihn Racharran beneidete. Zu ihnen hatten sich sechs weitere Steinmenschen gesellt, die begierig darauf waren, von ihren Erfahrungen mit den fremdartigen Eindringlingen zu berichten. Lhyn, die noch nicht bereit war, ihrem Mann zu verzeihen, beschäftigte sich im Inneren des Zeltes. Hin und wieder kam sie kurz hervor, um Decken auszuschütteln oder Felle abzubürsten. Dann warf sie mißbilligende Blicke zu den Männern hinüber.

Der Akaman behielt eine würdevolle, wenn auch etwas nervöse Miene bei. Es fiel ihm nicht leicht, er sorgte sich nicht weniger als Lhyn um ihren Sohn. Während Angehörige seines Clans kamen und gingen, um mit ihm über Coluns Neuigkeiten und die Ansichten des Rates zu sprechen, überlegte er, ob es nicht besser wäre, Chakthi aufzusuchen und mit dem Tachyn über Frieden und Eintracht zu reden. Aber er bezweifelte, daß Chakthi ihn überhaupt anhören würde, und er brachte es nicht über sich, einem Mann, den er verabscheute, in der Position des Bittstellers entgegenzutreten.

Also blieb er sitzen, hörte seinen Leuten zu, erläuterte ihnen, was er wußte und glaubte, beobachtete sie, wie sie Colun und den anderen Grannach lauschten und wieder gingen.

Er wußte, daß sie bald wiederkommen und ihm ihre Meinungen mitteilen würden, damit er die Ansichten aller Commacht später dem Rat überbringen konnte.

Sein Blick fiel auf das Traumzelt, das auf einem Felsvorsprung über der Begegnungsstätte errichtet worden war. Es stand abseits, damit die Wakanishas während ihrer Zeremonie nicht gestört wurden, näher an den Hängen des Schöpferberges, wo weitausladende Zedern Schatten spendeten. Im Hintergrund ragte der spitze Felsgipfel des heiligen Berges in den Himmel.

Racharran fragte sich, wovon die Wakanishas unter dem Einfluß des Pahés träumten, und mit welchen Antworten sie das Wa'tenhya verlassen würden. Bei dem Gedanken spürte er Angst in sich aufsteigen.

Da waren Feuer und schreckliche Reiter auf Bestien, unter deren stampfenden Tritten das Gras aufloderte, mit Kiefern voller mächtiger Zähne, die beutehungrig mit lautem Klacken aufeinanderschlugen. Die Reiter waren in alle Regenbogenfarben gekleidet, die wunderschön hätten aussehen müssen und es doch nicht taten. Statt dessen wirkten sie bösartig und bedrohlich wie ein von Wirbelstürmen heimgesuchter Himmel, als hätte sich gesundes Fleisch durch Verwesung mit schmutzigen Farben überzogen. Sie trugen Stangen, von denen klappernde Totenschädel herabhingen, deren Augenhöhlen genauso leer waren wie die Blicke der Reiter. Münder öffneten sich zu lautlosem Gelächter und triumphierenden Schreien, die aus einer einzigen furchtbaren Botschaft bestanden: »Wir kommen!«

Vor ihnen erhob sich eine Bergwand, die Morrhyn noch nie gesehen hatte, aber irgendwie wußte er trotzdem, daß es die andere Seite der steilen Hänge war, die Ket-Ta-Witko umgaben, so wie sie die Whaztaye einst gesehen haben mußten. Doch es gab keine Whaztaye in seinem Traum, nur die unerbittlich vorrückenden Fremdlinge, die wie eine grauenhafte helle Flut den Bergen entgegenrollten.

Morrhyn erzitterte in seinem Trancezustand. Er wäre am liebsten aufgewacht – die Vision erfüllte ihn mit Ehrfurcht und Angst –, aber er wußte, daß er nicht aufwachen durfte, daß er die Bilder ertragen und zum Wohle des gesamten Volkes so viel Wissen aus ihnen ziehen mußte, wie er nur konnte. Er wußte, daß seine Stirn schweißbedeckt war, und der Schweiß war so kalt wie der Wind im Mond des Gefrorenen Grases und so heiß wie die Sonne im Mond der Reifen Beeren. Angst erfüllte ihn.

Rannach wickelte Vachyrs Leichnam in die Decke des Tachyn, während Arrhyna im Fluß badete. Er fragte sich, was geschehen würde, wenn er den Toten zur Begegnungsstätte zurückbrachte, und es fiel ihm schwer, sich deswegen Sorgen zu machen. Er hatte seine Braut wiedergefunden und Vachyr in einem ehrlichen Kampf erschlagen. Wie konnte man ihm daraus einen Vorwurf machen? Sollte man ihn anklagen, die Waffenruhe gebrochen zu haben, würde das Matakwa seine Lage bestimmt verstehen. Vachyr hatte seine Braut geraubt, und das war das größere Vergehen gewesen.

Er wartete, bis Arrhyna ihr Bad beendet hatte, und lud die Leiche auf Vachyrs Pferd. Dann half er Arrhyna in den Sattel und bestieg seinen Hengst.

»Möchtest du das wirklich tun?« fragte Arrhyna, als er die Zügel von Vachyrs Tier ergriff. »Möchtest du wirklich zurückkehren? Du solltest dir lieber sicher sein.«

»Ja, wie ich dir bereits gesagt habe«, erwiderte

Rannach. »Aber du brauchst nicht über das zu sprechen, was Vachyr dir angetan hat.«

»Trotzdem hat er es getan.«

»Liebst du mich?« fragte Rannach.

»Ja«, sagte Arrhyna. »Mehr als mein Leben.«

»Dann spielt es keine Rolle, was er getan hat. Wichtig ist nur, daß du mich liebst und daß ich dich liebe.«

Arrhyna lächelte.

Rannach stieß seinem Hengst die Fersen in die Weichen. Vachyrs Wallach schnaubte protestierend über die tote Last auf seinem Rücken, und sie ritten auf die Waldinsel zu.

»Ich kann die Worte der Grannach nicht anzweifeln.« Racharran deutete auf die gedrungenen Steinmenschen, die einen Kreis um ihn bildeten. »Wenn Colun sagt, daß die Whaztaye ausgelöscht worden sind, dann sehe ich keinen Grund, ihm zu widersprechen. Es ist meine Überzeugung, daß ein Volk im Anmarsch ist, das das Tor durchbrechen kann, und ich glaube, daß wir Vorkehrungen treffen müssen. Aber du mußt deine eigenen Schlüsse ziehen. Sprich mit den Grannach, wenn du willst, und sag mir später, was du mir raten würdest.«

Zeil nickte. »Ja, das ist weise. Chakthi hätte nicht so offen gesprochen.«

»Ich bin nicht Chakthi«, entgegnete Racharran heftiger als beabsichtigt.

»Nein«, sagte Zeil, »und ich danke dir nochmals dafür, mich in deinen Clan aufgenommen zu haben. Hast du irgendwelche Neuigkeiten über unsere Tochter?«

Racharran schüttelte den Kopf. »Nein, nur das, was auch du weißt – daß sie entführt worden ist und Rannach die Verfolgung aufgenommen hat. Wenn es neue Nachrichten gibt, wirst du sie genauso schnell wie ich erfahren.«

Zeil neigte den Kopf. »Ich danke dir.«

Seufzend sah Racharran zu Lhyn hinüber, die sich mit dem Feuer beschäftigte. Der Tag neigte sich dem Ende entgegen, die untergehende Sonne tauchte die Hänge des Schöpferberges in rotes Licht. Im Osten ging der Mond in einem enzianblauen Himmelsstreifen auf, wie eine Träne auf einer Decke. Krähen suchten lärmend ihre Nistplätze auf, Fischreiher flogen mit trägen Schwingenschlägen heimwärts. Über der Begegnungsstätte hing der Rauch von zahllosen Kochfeuern, der würzige Geruch nach gebratenem Fleisch erfüllte die Luft, die vom Lärm der Menschen widerhallte. Alles war so, wie es sein sollte und immer gewesen war, außer …

Außer, daß er hier zusammen mit Grannach saß, die beängstigende Nachrichten gebracht hatten.

Außer, daß die Wakanishas noch immer dort oben in ihrer Traumhütte berieten.

Außer, daß sein Sohn verschwunden war, vermutlich, um Vachyr zu töten und die Commacht dadurch in einen Krieg mit den Tachyn zu stürzen.

Außer, daß seine Frau ihn ignorierte …

Er erhob sich, gab Colun ein Zeichen, auf seinem Platz zu bleiben, und ging zu Lhyn. Sollte der Grannach eine Weile die unerfreulichen Fragen beantworten.

»Ich bitte dich um Verzeihung«, sagte er und legte ihr zaghaft eine Hand auf die Schulter. »Ich wollte nicht …« Er machte eine ratlose Geste, unsicher, was er sagen sollte und wie Lhyn antworten würde. »Ich möchte nicht, daß unserem Sohn etwas zustößt, aber …«

»Ich weiß.« Sie drehte sich zu ihm um. »Ich war wütend. Ich hatte Angst, Rannach könnte …«

»Das ist immer noch möglich.«

»Ja.« Lhyn rückte näher an ihn heran, schmiegte sich an ihn und legte ihre Wange auf seine Brust. »Aber du bist der Akaman der Commacht und mußt an den gesamten Clan denken. Ich habe nur an unseren Sohn gedacht.«

»Ich wünschte, es wäre nicht so«, sagte Racharran leise.

»Aber so ist es.« Zum ersten Mal an diesem Tag lächelte sie. »Und jetzt tu deine Pflicht, ja?«

Racharran küßte sie flüchtig auf die Wange und dankte dem Schöpfer dafür, eine so verständige Frau zu haben. Dann kehrte er an seinen Platz zurück, um weiter mit seinen Commacht zu sprechen.

Es erwies sich als unmöglich, eine Übereinkunft zu erzielen. Alle Wakanishas hatten den Traum geteilt, und keiner zweifelte an seinem Wahrheitsgehalt, doch über seine Deutung und seine Auswirkungen auf das Volk herrschte Uneinigkeit.

Hadduth beharrte darauf, daß die Eindringlinge jenseits der Berge bleiben würden und das Schicksal der Whaztaye das Volk nichts anging, daß die Menschen im Westen den Schöpfer wahrscheinlich irgendwie erzürnt hätten und dafür bestraft worden wären. Zu glauben, diese Kreaturen könnten das Tor durchbrechen, deutete er mit einem verstohlenen Seitenblick auf Morrhyn an, sei eine Beleidigung des Schöpfers, dessen Wächterberge bestimmt jede Gefahr von den Mataway fernhalten würden. Es wäre am besten, erklärte er, auf den Schöpfer zu vertrauen und nichts zu unternehmen.

Isten unterstützte ihn. Es war ein zurückhaltendes Argument, und der Träumer der Naiche neigte von seinem Naturell her zur Vorsicht.

Morrhyn wies den Vorwurf der Blasphemie von sich und bemühte sich, die Verachtung zu verbergen, die er für Hadduth empfand. Die Neuigkeiten seien von den Grannach überbracht worden, die persönlich gegen die Eindringlinge gekämpft hätten, stellte er klar, und gewiß zweifelte niemand die Redlichkeit des Steinvolkes an. Sollten diese Fremdlinge in Ket-Ta-Witko einfallen, gab er zu bedenken, wäre das nicht eine Beleidigung des Schöpfers? Wäre es nicht die Pflicht des gesamten Volkes, sich der Horde entgegenzustellen?

Kahteney pflichtete ihm bei und fügte hinzu, daß die Weigerung, Vorkehrungen zu treffen, als Versäumnis der Mataway betrachtet werden könnte, die ihnen vom Schöpfer auferlegte Pflicht zu erfüllen, auf jeden Fall aber als Verrat an ihren Freunden, den Grannach.

Morrhyn musterte Hazhe, der bisher nur schweigend zugehört hatte. Der Träumer der Aparhaso nickte feierlich und erklärte, daß der Traum viel Stoff zum Nachdenken aber keine offensichtlichen Anworten geliefert hätte. Sie bräuchten mehr Zeit, die Bedeutung der Vision zu ergründen, sagte er.

Das war die einzige Übereinstimmung, die die Wakanishas erzielen konnten.

Die Dunkelheit war längst hereingebrochen, als sie das Wa'tenhya verließen und den Berghang zu den Lagern ihrer Clane hinabstiegen. Morrhyn fühlte sich von einer Mutlosigkeit ergriffen, die von der traurigen Gewißheit durchtränkt war, daß die Zukunft das Volk der Mataway unvorbereitet vorfinden würde.

HEIMKEHR UND ANKLAGE

Der Abend dämmerte bereits, als Rannach wieder auf seine Gefährten stieß.

Hadustan war der erste, und seine Miene ähnelte der Zhys und Bakaans, als sie Arrhyna und den auf dem Rücken des Wallachs festgezurrten Leichnam sahen. Auch die Worte, mit denen sie die beiden begrüßten, unterschiedenen sich nicht sehr voneinander. »Schwester, es ist gut, dich in Sicherheit zu wissen« und »Also hast du ihn getötet, Bruder ...« und »Ich wünschte, ich hätte den Kampf sehen können.« Alle vermieden es sorgsam, die Prellungen und blauen Flecken in Arrhynas Gesicht zu erwähnen, und erkundigten sich nur, ob es ihr gut ginge, oder fragten sich laut, wie sie wohl die Zeit mit Vachyr überstanden hatte. Es war, als hätten sie alle begriffen, daß sie mit dem heutigen Tag einen Schritt getan hatten, der wahrscheinlich die Zukunft eines jeden nachhaltig verändern würde, und sie überließen Rannach die Entscheidung, wohin der weitere Weg sie führen mochte.

Sie schlugen ihr Lager dicht am Waldrand auf und ließen Vachyrs Leiche, eingewickelt in seine Decke, ein Stückchen abseits des Feuers liegen. Keiner verlor ein Wort über den nächsten Tag. Nachdem sie gegessen hatten, legten sie sich schlafen, und jeder fragte sich, wie die Ratsversammlung reagieren würde.

Die Pferde waren erschöpft von der langen Jagd. Rannach schlug ein gemächliches Tempo auf dem Heimweg ein. Niemand hatte es allzu eilig, vor den Rat der Häuptlinge zu treten. Die Regeln des Ahsatye-Patiko waren gebrochen worden, und alle vier

Krieger würden – unabhängig von den Gründen, die zum Bruch dieser Regeln geführt hatten – in irgendeiner Form bestraft werden. Ohne das Wissen seiner Gefährten hatte Rannach sich vorgenommen, die volle Verantwortung für das Geschehen zu übernehmen, schließlich war er es gewesen, der Vachyr getötet hatte. Er sagte sich, daß niemand Arrhyna einen Vorwurf machen konnte, aber Bakaan und die anderen mußten mit Chakthis Zorn rechnen. Der Akaman der Tachyn würde mit Sicherheit versuchen, sie in seine Forderung nach Vergeltung miteinzubeziehen. Rannach hatte beschlossen, sie vor Chakthis Groll zu schützen, indem er die Wut des Tachyn allein auf sich lenkte. Er warf einen flüchtigen Blick auf den Wallachfalben, der Vachyrs Leichnam trug, und dankte im Geist dem Schöpfer, daß es zu dieser Jahreszeit noch keine Fliegen gab. Vachyr war schon zu Lebzeiten ein äußerst unangenehmer Bursche gewesen, und selbst im Tod machte er noch Ärger.

Der Mond des Neuen Grases war voll und stand fast im Zenith, als sie die Begegnungsstätte erreichten. Er schien hell aus einem wolkenlosen Himmel und überzog die Flanken des Schöpferberges mit der Farbe ausgebleichter Knochen, ergoß sein bleiches Licht über die Zelte, die sich wie schlafende Büffel dunkel im Gras ausbreiteten.

Im gesamten Lager herrschte eine seltsame Stille, das Flackern der Zentralfeuer kündete von einer langen Debatte, an der alle Mataway teilnahmen. Diskussionen über Coluns Bericht, dachte Rannach, über die Schlüsse, zu denen der Traumrat gelangt war, und über die individuellen Meinungen, die die Clanmitglieder ihren Akamans mitgeteilt hatten. Er fragte sich, welche Auswirkungen seine Ankunft auf die Debatte haben würde.

Sie hielten am Rand des Lagers der Commacht, und

Rannach wurde sich bewußt, daß alle auf seine Entscheidung warteten.

»Ich möchte es so schnell wie möglich hinter mich bringen«, sagte er. »Laßt uns zuerst die Pferde versorgen, und dann …« Er sah zu den Feuern im Zentrum der Begegungsstätte hinüber. »Treffen wir uns bei meinem Zelt?«

Bakaan nickte wortlos und führte sein Pferd fort, gefolgt von Zhy und Hadustan. Rannach und Arrhyna gingen schweigend zu ihrem Zelt. Die Eingangsplane war fest verschnürt, und als sie sie öffneten, sahen sie, daß die Unordnung beseitigt worden war. Es brannte sogar ein kleines Feuer, als wären sie erwartet worden.

»Lhyns Werk«, sagte Arrhyna leise.

Rannach nickte. »Du mußt dir das nicht ansehen. Du kannst hier auf mich warten.«

Arrhyna schüttelte den Kopf. »Ich bin ein Teil dieser Geschichte, oder? Und ich bin deine Frau. Was mit dir geschieht, geschieht auch mit mir.«

»Es werden harte Worte fallen«, warnte Rannach. »Es wird wahrscheinlich häßlich werden.«

Arrhyna zuckte die Achseln.

»Möchtest du dich umziehen?« fragte Rannach. »Dich etwas zurechtmachen?«

»Nein.« Sie sah ihm direkt in die Augen. »Die Leute sollen sehen, was Vachyr mir angetan hat.«

»Wie du willst«, sagte er, pflockte ihre Pferde an und verstaute seine Waffen im Zelt. Dann warteten sie, bis die drei jungen Krieger zurückkehrten, die jetzt ernst und gedrückt wirkten. Das Lachen und die scherzhaften Prahlereien, die ihren Heimweg begleitet hatten, waren angesichts dessen, was ihnen bevorstand, vergessen.

Rannach nahm die Zügel von Vachyrs Pferd. »Also, gehen wir?«

Arrhyna blieb dicht an seiner Seite, als sie sich auf

den Weg machten, der sie durch das Zeltlager der Commacht führte, stumm beobachtet von einigen Alten, die zu Hause geblieben waren, um die Kinder zu hüten. Sie durchquerten den Bach und marschierten zwischen den Zelten der Tachyn hindurch weiter zum Versammlungsplatz.

Die Menge teilte sich, als sie erschienen, ein Raunen machte die Runde, und noch bevor sie den inneren Kreis des Rates erreicht hatten, wußten alle Anwesenden, daß Rannach und seine Gefährten zurückkehrt waren, und niemand zweifelte daran, welche Last der haselnußbraune Wallach auf seinem Rücken trug.

Rannach hörte einen lauten Schrei und vermutete, daß Chakthi soeben die Nachricht erfahren hatte. Er entdeckte seine Mutter, die mit großen Augen neben Zeil und Nemeth stand. Lhyn hob eine Hand, als wollte sie ihn berühren, traute sich aber nicht so recht. Er lächelte ihr zu und begrüßte sie mit einem Nicken.

»Danke, daß du dich um unser Zelt gekümmert hast«, sagte Arrhyna und fügte an ihre Eltern gewandt hinzu: »Es geht mir gut, seid ganz ruhig.« Lhyn versuchte ein Lächeln und machte eine hilflose Geste, Zeil legte seiner Frau einen Arm um die Schulter.

Die älteren Krieger öffneten den Kreis und winkten die vier jungen Männer und Arrhyna hindurch. Ein lastendes Schweigen machte sich breit.

Rannach entbot den versammelten Akamans und Wakanishas einen formellen Gruß und sagte in die Stille hinein: »Ich bitte um Vergebung für diese Störung, aber ich hielt es für das beste, sofort zu kommen. Ich habe Vachyr getötet.«

Yazte von den Lakanti saß ihm am nächsten, und Rannach glaubte, ihn murmeln zu hören: »Keine schlechte Nachricht«, aber er war sich nicht sicher, denn im selben Moment zerriß ein zweiter Schrei Chakthis die Nacht.

Der Tachyn war aufgesprungen. Er stierte fassungslos den Wallach und dessen Last an. Hadduth stand mit undurchschaubarer Miene direkt hinter ihm.

»O Schöpfer, steh uns bei«, flüsterte Morrhyn.

Rannach blickte seinen Vater an. »Vachyr hat mir keine andere Wahl gelassen.«

Er sah, wie Racharrans strenge Züge starr wurden. Der Akaman schloß einen Moment lang die Augen, dann öffnete er sie wieder und starrte seinen Sohn an, als stünde ein Fremder vor ihm. Vielleicht blickte er aber auch durch ihn hindurch auf eine schreckliche Zukunft, die er sich nicht hatte vorstellen wollen.

»Mein Sohn ist tot!« heulte Chakthi. »Blut wurde während des Matakwas vergossen ... ich verlange Vergeltung!«

Rannach führte das Pferd durch den inneren Kreis. Es scheute vor den Feuern und Chakthis Gebrüll, aber Rannach packte das Halfter fester und hielt dem Akaman der Tachyn die Zügel hin. »Das ist das Pferd deines Sohnes. Es trägt seinen Leichnam. Er ist in einem fairen Kampf gestorben.«

Chakthi starrte auf die Zügel, auf das in die Decke gehüllte Bündel über dem Sattel. Seine Lippen zogen sich so weit zurück, daß sein Zahnfleisch sichtbar wurde, und zwischen seinen zusammengebissenen Zähnen drang ein Fauchen wie von einem Vielfraß hervor. Er hob die Hände und sprang Rannach an.

Rannach blieb ruhig stehen und machte keine Anstalten, sich zu wehren, als Chakthi ihm die Finger in die Kehle krallte. Arrhyna schrie auf. Plötzlich waren Yazte und Tahdase da, zerrten den tobenden Tachyn zurück und riefen seinen Kriegern zu, ihren Akaman festzuhalten. Rannach hustete und massierte seinen Hals. Er fragte sich, wieso Racharran so reglos da saß.

Der alte Juh erhob sich und breitete die Arme aus.

Sein runzliges Gesicht war vom Schock gezeichnet. »Haltet ein! Ich beschwöre euch, haltet ein!« Die endlosen Debatten hatten seine Stimme heiser gemacht, und das Alter ließ sie krächzen, aber sie war immer noch kräftig genug, um jeden der Anwesenden zu erreichen. »Keine Gewalt mehr! Nicht hier! Es hat schon genug gegeben!«

Yazte und Tahdase übergaben Chakthi an seine Krieger, die ihn nervös festhielten, während Hadduth ihm eindringlich irgend etwas ins Ohr flüsterte. Der Lakanti und der Naiche blieben abwartend in seiner Nähe stehen, bis sich Chakthi ein wenig beruhigt hatte. Er löste die Bänder, mit denen die Decke umwickelt war, starrte in das Gesicht seines toten Sohnes und berührte es. Dann reichte er die Zügel einem Krieger, der das Pferd davonführte. Yazte und Tahdase kehrten zu ihren Plätzen zurück, Chakthi benötigte länger, um sich wieder hinzusetzen. Seine Augen, die wie Kohlen in der Nacht glühten, saugten sich an Rannach förmlich fest.

»Ich denke, wir müssen vorerst alle andere Fragen zurückstellen«, sagte Juh, »und uns ...« Er zögerte. Sein Gesicht spiegelte seine Abscheu wider. »... mit dieser anderen Sache befassen. Dies ist eine sehr ernste Angelegeneit.«

»Es ist ein Bruch des Gesetzes, des Gebotes!« stieß Chakthi rauh hervor. »Mein Sohn wurde während des Matakwas ermordet. Sein Blut wurde vergossen, und Blut schreit nach Blut!«

Zum ersten Mal meldete sich Racharran zu Wort. »Es war kein Mord.« Er starrte den Akaman der Tachyn mit versteinertem Gesicht an und bedachte Rannach mit einem flüchtigen Seitenblick. »Vachyr ist in einem fairen Kampf gefallen, wie mein Sohn sagt.«

»Dein Sohn!« Chakthi schleuderte die Worte wie

eine Verwünschung hervor. »Vachyr wurde ermordet, *dein* Sohn lebt.«

Racharran preßte die Lippen zu einem dünnen Strich zusammen. Morrhyn berührte seinen Ellbogen und sprach so leise mit ihm, daß Rannach nicht verstehen konnte, was der Wakanisha sagte. Der Akaman der Commacht wandte sich Juh, Tahdase und Yazte zu. »Hören wir alle Beteiligten an, damit wir ein klareres Bild der Ereignisse bekommen?«

»Ja!« stimmte ihm Yazte sofort mit lauter Stimme zu. »Wir müssen die ganze Geschichte erfahren!«

Tahdase neigte zustimmend den Kopf. Seine Augen huschten umher wie die eines Mannes, der sich vor seiner Verantwortung fürchtete und Hilfe bei den anderen suchte.

»Ich bin einverstanden«, sagte Juh. »Chakthi, mein Bruder, ich betrauere deinen Verlust, aber wir müssen uns die vollständige Geschichte anhören, bevor wir ein Urteil fällen können.«

Er wartete, bis der Tachyn finster nickte, und wandte sich dann den vier jungen Kriegern und Arrhyna zu, auf denen die Augen aller Anwesenden ruhten. »Wer spricht zuerst?«

»Vachyr hat meine Braut geraubt«, sagte Rannach. »Sie hat kein Verbrechen begangen, und auch meine Brüder haben nichts mit Vachyrs Tod zu tun. Ich allein habe ihn erschlagen.«

»Nein!« protestierte Bakaan. »Wir sind alle gleichermaßen beteiligt.«

Juh hob eine Hand. »Sprecht einer nach dem anderen.« Er sah Rannach an. »Deine Braut wurde geraubt?«

»Ja«, bestätigte Rannach.

»Dann soll sie zuerst sprechen«, sagte Juh.

Arrhyna tastete nach Rannachs Hand. Der feste Druck seiner Finger gab ihr Mut. »Rannach hat Vachyr aufgefordert, sich zu ergeben«, begann sie, »aber Vachyr …« Sie schüttelte den Kopf, verbarg ihr Gesicht hinter einem Haarschleier. »Vachyr hat damit geprahlt …«

Rannach zog sie an sich und brachte sie zum Schweigen. »Vachyr wollte sich nicht ergeben«, sagte er. »Er hat … mir Lügen erzählt. Er mich auf eine Art beleidigt, die ich nicht hinnehmen konnte. Ich habe die Beherrschung verloren und ihn angegriffen.«

»Erst nachdem …« Wieder zog Rannach Arrhyna an sich, aber diesmal löste sie sich von ihm und weigerte sich zu schweigen. »Nein, Rannach, laß es mich klar und deutlich aussprechen, damit alle verstehen, was passiert ist.« Sie hob den Kopf und blickte den Akamans der Reihe nach in die Augen. »Ich schwöre im Namen des Schöpfers, daß alles, was ich sage, wahr ist. Vachyr hat mich mit Gewalt aus unserem Zelt verschleppt, und obwohl ich mich gewehrt habe, konnte ich ihn nicht davon abhalten. Er hat mich geschlagen, zuerst im Zelt und später wieder, und als ich um zweiten Mal zu mir gekommen bin, hat er …« Sie erschauderte.

»Du mußt es nicht erzählen«, sagte Rannach.

Arrhyna versteifte sich. »Doch. Ich muß. Beim … beim zweiten Mal war er über mir. Ich habe gekämpft, so gut ich konnte, aber er ist – er war – zu stark für mich, und ich war von den Schlägen benommen …«

Als sie geendet hatte, konnte sie ihre Mutter weinen hören.

Juh deutete auf Rannach, der berichtete, wie er Arrhynas Verschwinden entdeckt und beschlossen hatte, sie zu befreien. Bakaan, Hadustan und Zhy, versicherte er, hätten ihn nur begleitet, um ihm zu helfen, die Spur des Entführers aufzunehmen – mit der Absicht, ihn lebend zurückzubringen. Er erzählte, daß die Spur von anderen Reitern unkenntlich gemacht worden war, wie sie sie trotzdem wiedergefunden hatten und wie es zu der abschließenden Begegnung mit Vachyr gekommen war.

»Diese Sache mit den Spuren«, wandte sich Juh an Chakthi, »die Hilfe bei Arrhynas Entführung, wußtest du davon?«

Chakthi schüttelte den Kopf. »Weder von den Spuren noch von irgendeiner Entführung.« Er spuckte die Worte förmlich aus. »Ich sage, dieser Commacht hat meinen Sohn allein aus purer Bosheit umgebracht.«

Juh runzelte die Stirn. »Aus Bosheit? Verzeih, Bruder, aber das ergibt keinen Sinn. Warum hätte Rannach so etwas tun sollen? Sicher, sie haben beide um dieselbe Frau geworben, aber Arrhyna hat sich für Rannach entschieden. Wieso sollte er einen Groll gegen Vachyr hegen?«

Der Tachyn zuckte die Achseln und bedachte Arrhyna mit einem hämischen Grinsen. »Vielleicht wollte dieses Flittchen seine Decke mit mehr als nur einem Mann teilen. Vielleicht hat sie meinen Sohn verführt, und ihr Ehemann hat sie zusammen erwischt.«

»Nein!« rief Racharran.

Arrhyna umklammerte Rannachs Hand, als er sich auf Chakthi stürzen wollte.

»Er lügt!« brüllte Zeil aus der Menge heraus. »Ich kenne meine Tochter!«

Beinahe wurde Arrhyna durch Rannachs Schwung von den Beinen gerissen. Sie krallte die andere Hand in sein Haar und hielt ihn an einem Zopf fest, so daß sein Kopf zurückgerissen und in ihre Richtung gedreht wurde.

»Nicht!« beschwor sie ihn. »Merkst du nicht, was er versucht?«

Kräftige Hände legten sich auf seinen Arm, und er hörte seinen Vater ihm ins Ohr flüstern: »Deine Frau ist klug. Befolge ihren Rat.«

Trotzdem kämpfte Rannach weiter, um so mehr, weil er den Eindruck hatte, daß sich ein heimlicher Triumph in Chakthis Lächeln stahl. Racharran schlang ihm einen Arm um den Hals und umklammerte sein Handgelenk.

»Wenn du meine Frau noch einmal beleidigst«, krächzte Rannach heiser, »bringe ich dich um wie deinen elenden Sohn.«

»Jetzt bedroht er *mich*!« tönte Chakthi laut. »Er ist verrückt! Was wäre ihm nicht zuzutrauen?«

Yazte kam Racharran und Morrhyn zu Hilfe, und gemeinsam rangen sie Rannach nieder.

»Junge, du tust dir keinen Gefallen mit diesem Verhalten«, flüsterte Racharran drängend. »Jetzt beruhige dich!«

»Würdest du es zulassen, daß meine Mutter derartig beleidigt wird?« fauchte Rannach seinen Vater an.

Racharrans Gesicht war einen Moment lang reglos wie ein Stein, dann schüttelte er den Kopf. Rannach war zu wütend, um zu bemerken, wie sich ein Schatten über die Augen seines Vaters legte.

»Warum erlaubst du Chakthi dann, so etwas zu tun?« keuchte Rannach.

Der Akaman seufzte. »Es steht mehr auf dem Spiel, als dir bewußt ist. Vertrau mir.«

»Dir vertrauen?« Rannach starrte seinen Vater feindselig an, und einen Augenblick lang glaubte Racharran, sein Sohn würde ihm ins Gesicht spucken. »Du hörst dir widerspruchslos die Beleidigungen dieses Hurensohnes an und verlangst von mir, dir zu vertrauen?«

Schmerzen und Trauer ließen Racharrans Gesicht altern. Er warf Morrhyn einen hilfesuchenden Blick zu.

»Rannach!« beschwor ihn der Wakanisha. »Das geht weit über bloße Beleidigungen hinaus. Das gesamte Volk ist in Gefahr, und Chakthi hat irgend etwas mit dieser Entwicklung zu tun. Wenn du die Mataway liebst, wenn du die Commacht und Arrhyna liebst, dann zügle deine Wut und vertrau deinem Vater!«

Noch immer wehrte sich Rannach gegen die Männer. »Nur wenn er mich unterstützt!« Seine Stimme klang rauh, als würde Stahl über Stein schaben. »Nur wenn er aufsteht und diesen Hurensohn einen Lügner nennt!«

Morrhyn drückte ihm eine Hand auf den Mund, und Rannach biß zu.

»Wenn ihr eure Diskussion fortsetzen wollt«, klang eine dunkle Stimme hinter ihnen auf, »dann überlaßt ihn uns. Wir halten ihn für euch fest.«

Die Grannach waren kaum halb so groß wie ein erwachsener Commacht, aber als einer die Arme des jungen Kriegers packte und Colun sich auf seine Beine setzte, erfuhr Rannach am eigenen Leib, wie kräftig sie waren. Ein dritter hockte sich auf seinen Rücken, eine Hand auf seine Schulter gelegt, bereit, ihm notfalls den Mund zuzuhalten. Rannach sträubte sich noch eine Weile, aber genausogut hätte er gegen Felsbrocken ankämpfen können. Er war dankbar, daß sich Arrhyna besorgt neben ihn setzte, und in diesem Moment haßte er seinen Vater und auch Morrhyn, weil sich der Wakanisha auf Racharrans Seite geschlagen hatte. Beinahe wünschte er, er wäre nicht zurückgekehrt, sondern als Abtrünniger in die Berge gezogen, irgendwohin, wo er ehrenhaft hätte leben können, ohne auf das Geflecht gesellschaftlicher Zwänge Rücksicht nehmen zu müssen, die hier herrschten. Er hätte jederzeit sein Leben für das Volk und seinen Clan geben, doch hier und jetzt gab es für ihn nur Scham und Schande.

Trotzdem blieb ihm nichts anderes übrig, als

zuzuhören, und sobald er versuchte, zu protestieren oder zu widersprechen, legte sich ihm eine schwielige Hand auf den Mund, so daß er nach Luft schnappen und reglos unter dem unbarmherzigen Gewicht der Grannach liegenbleiben mußte. Also schwieg er, während Bakaan und nach ihm Hadustan und Zhy von der Verfolgung Vachyrs berichteten. Danach bestritt Chakthi jegliche Verwicklung in die Ereignisse und erneuerte seinen Vorwurf, daß Vachyr heimtückisch umgebracht worden war, vermutlich von allen vier Kriegern gemeinsam, und daß Arrhyna sich wahrscheinlich jedem einzelnen hingegeben hatte. Es war eine widerwärtige Tirade, und Rannach schwor sich, Chakthi eines Tages dafür zu töten.

Als der Tachyn endlich verstummte, saßen die Akamans eine Weile schweigend da. Jeder winkte seinen Wakanisha zu sich. Die jüngeren ließen Juh den Vortritt, der aufgrund seines Alters in diesen Angelegenheiten das erste Wort hatte. Er musterte Arrhyna, die tapfer neben ihrem Mann saß, und schüttelte langsam den Kopf. »Ich denke, der Kummer hat die Zunge meines Bruders geführt«, sagte er behutsam. »Das ist zwar verständlich, aber dieser Frau gegenüber kaum gerecht. Wäre sie ein solches Flittchen, hätte Vachyr sie dann heiraten wollen? Gibt es hier irgend jemanden, der ihr eine derartige Schamlosigkeit bescheinigen will?«

»Nur ihre Tugendhaftigkeit!« klang Zeils Stimme aus der Gruppe der Commacht auf.

Juh gab Arrhyna ein Zeichen, sich zu erheben und vorzutreten. »Vergib mir«, bat er, als sie in der Mitte des Kreises stand, »ich will deine Keuschheit nicht anzweifeln, aber diese Sache muß endgültig geklärt werden, um auch das letzte Mißverständnis auszuräumen.«

Arrhyna nickte, und Juh winkte Hazhe zu sich.

Der Träumer der Aparhaso stand steifbeinig auf und ging zu Arrhyna. Er deutete auf den heiligen Berg. »Wir befinden uns hier direkt unter den Augen des Schöpfers«, sagte er. »Dies ist ein heiliger Ort, an dem jeder, der lügt, den Zorn des Schöpfers auf sich ziehen muß. Schwörst du in seinem Angesicht, daß du keusch bist?«

»Im Namen des Schöpfers, ja«, antwortete Arrhyna ohne das geringste Zögern. »Ich bin ... Vor Rannach habe ich keinen anderen Mann gekannt, und seit meiner Heirat keinen anderen als ihn. Außer ...« Tränen rannen ihr über die Wangen, und Rannach bäumte sich unter den Grannach auf, um zu ihr zu eilen. »Vachyr hat mich mit Gewalt genommen und mich geschlagen, bis ...« Ihr Blick richtete sich auf Chakthi. »Schau dir sein Gesicht an, und du wirst die Wunden sehen, die ich ihm bei meinem Versuch, mich gegen ihn zu wehren, zugefügt habe!«

»Ich befinde sie für glaubwürdig«, verkündete Hazhe.

»Damit gebe ich mich nicht zufrieden!« rief Chakthi. »Sie lügt! Das ist eine Verschwörung der Commacht, damit der Mord an meinem Sohn ungesühnt bleibt!«

Ein lauter werdendes Raunen lief durch die Menge, als wäre ein Köder auf einen See geworfen worden und Fische stiegen zur Wasseroberfläche empor.

»Das ist keine einfache Angelegenheit«, meldete sich Juh wieder zu Wort. »Es besteht kein Zweifel, daß ein Verbrechen begangen wurde, sogar zwei. Sind meine Brüder einverstanden, sich meine Gedanken dazu anzuhören, und wir entscheiden dann, welche Maßnahmen wir treffen?«

Er wartete, bis alle ihre Zustimmung bekundet hatten, dann erhob er sich und trat in die Mitte des Kreises. Im Feuerschein und Mondlicht wirkte sein Gesicht wie aus Stein gemeißelt. »Es ist meine Überzeugung«, begann er, »daß Vachyr durch den Verlust der Frau, die er heiraten wollte, den Verstand verloren hat. Ich glaube, daß er Arrhyna geraubt hat, was unverzeihlich war und ein abscheuliches Verbrechen ist.«

Chakthis lautes Nein ignorierte er ebenso wie Yaztes begeistertes Ja.

»Aber ein Unrecht kann nicht durch ein anderes gerichtet werden.« Die Augen des Alten richteten sich einen Moment lang auf Rannach. »Und es kann auch nicht bestritten werden, daß das Vergießen von Blut während des Matakwas ebenfalls ein Verbrechen ist. Rannach hat Vachyr getötet, obwohl die Waffenruhe des Matakwas ihn zum Frieden verpflichtet hat. Damit hat er gegen das Ahsa-tye-Patiko verstoßen.«

»Wofür er sterben muß!« schrie Chakthi.

Juh ignorierte den Einwurf, so wie er es auch zuvor getan hatte. »Zwei Verbrechen, das erste gesühnt, das zweite ... Darüber müssen wir sprechen.« Er kehrte zu seiner Decke zurück und setzte sich, als Racharran verlangte, gehört zu werden.

Der Akaman der Commacht nahm den Platz des Sprechers ein, den Kopf einen Moment lang gesenkt. Dann blickte er auf, und seine Augen wanderten langsam über die Runde. »Rannach ist mein Sohn«, sagte er, »und ich bestreite nicht, daß er starrköpfig ist, aber ich schwöre beim Schöpfer, bevor wir zu diesem Matakwa kamen, wo er, wie ich wußte, Arrhyna bitten würde, seine Frau zu werden, hat er mir sein Wort gegeben, jede Entscheidung des Rates in dieser Angelegenheit zu akzeptieren und nicht die Hand gegen Vachyr zu erheben.«

»Soviel zu den Versprechen der Commacht«, zischte Chakthi.

»Ich vertraue seinem Wort«, fuhr Racharran unbeirrt fort, »und ich versichere euch, was er getan hat,

hat er nur getan, weil ihm keine andere Wahl geblieben ist. Würde irgend jemand hier ...« – er drehte sich langsam herum, und sein Blick umfaßte alle versammelten Krieger – »... der feststellt, daß seine Frau geraubt wurde, sich nicht auf die Jagd nach dem Entführer machen? Würde irgend jemand hier, der entdeckt, daß sie verprügelt wurde, ihren Peiniger nicht töten wollen?«

»Das Ahsa-tye-Patiko!« keifte Chakthi. »Sollen wir das Gebot mißachten? Zählt das Gesetz nicht länger?«

»Dein Sohn hat Arrhyna geraubt. Das Verbrechen wurde von ihm begangen. Rannach hat nur getan, was auch jeder andere ehrenhafte Krieger tun würde.« Racharran ließ den Blick erneut über die Menge wandern. »Ist das nicht die Wahrheit?«

»Ja!« rief Yazte als erster, und sein Ruf wurde von anderen aufgegriffen, bis die Versammlungsstätte von lautem Geschrei widerhallte und die Vögel in ihren Schlafbäumen unruhig flatterten.

»Dann bitte ich den Rat, Nachsicht mit meinen Sohn zu üben«, schloß Racharran, als wieder Ruhe eingekehrt war. »Hätte Vachyr Arrhyna nicht entführt, hätte es kein Verbrechen gegeben. Die Schuld an allem, was passiert ist, trägt allein Vachyr.«

Chakthi erhob sich, um Racharran zu widersprechen, aber Hadduth hielt ihn am Arm fest und flüsterte ihm etwas ins Ohr, und der Akaman der Tachyn ließ sich wieder auf seine Decke sinken.

Yazte betrat den Platz des Sprechers. »Ich stimme meinem Bruder Racharran zu«, sagte der untersetzte Lakanti. »Daß Chakthi seinen Sohn verloren hat, ist traurig, aber das Verbrechen *wurde* von Vachyr begangen. Rannach hat nur das getan, was auch ich oder jeder andere Mann an seiner Stelle getan hätte. Ich meine, wir sollten ihn nicht dafür bestrafen.«

»Mein Sohn ist tot!« heulte Chakthi auf.

»Dann sollten wir uns auf einen Blutpreis einigen«, schlug Yazte vor. »Laßt uns den Preis festsetzen und die Angelegenheit damit aus der Welt schaffen. Wir haben andere Probleme zu erörtern.«

»Der Tod meines Sohnes ist also nicht von Bedeutung?« fragte Chakthi aufgebracht.

»Lassen wir den Rat einen Blutpreis bestimmen«, wich Yazte einer direkten Antwort aus.

»Nein!«

Yazte zuckte die Achseln, hob resigniert die Arme und sah Juh an, der sich zu Tahdase umdrehte und fragte: »Willst du sprechen, Bruder?«

Der junge Akaman der Naiche flüsterte kurz mit Isten, bevor er nervös aufstand. »Ich bin ebenfalls der Meinung, daß Vachyrs Tat verwerflich war.« Er sah sich hastig um, seine Augen huschten von einem Gesicht zum anderen. »Es war ein Verbrechen, Rannachs Braut zu rauben, aber wie mein Bruder Juh sagt, kann ein Unrecht nicht durch ein anderes gerechtfertigt werden. Und wie mein Bruder Chakthi sagt, ist Blut während des Matakwas vergossen worden, und Wiedergutmachung muß geleistet werden.«

»Ich fordere Rannachs Hinrichtung!« schrie Chakthi.

»Der Rat soll einen Blutpreis festsetzen, den ich bezahlen werde«, schlug Racharran vor. »Aber wie kann irgend jemand den Tod meines Sohnes verlangen?«

Tahdase sah Juh hilflos an.

»Das ist nichts, was wir leichtfertig oder übereilt entscheiden können«, sagte der alte Akaman. »Wenn meine Brüder einverstanden sind, schlage ich vor, daß wir darüber beraten. Außer ...« Er nickte in Racharrans und Chakthis Richtung. »Außer, daß zwei Väter direkt betroffen und deshalb befangen sind. Ich sage, weder Racharran noch Chakthi dürfen ein Mitspracherecht in dieser Frage haben, nur wir, die wir nicht unmittelbar davon berührt werden.«

Tahdase nickte sofort, Yazte warf Racharran einen kurzen Blick zu, bevor er ebenfalls zustimmend den Kopf neigte.

»So soll es geschehen«, sagte Racharran vorsichtig.

Chakthi flüsterte erneut leise mit Hadduth und erklärte sich dann mit dem Vorschlag einverstanden.

»Dann werden wir drei also das Problem diskutieren und anschließend unsere Entscheidung bekanntgeben«, verkündete Juh.

»Wann?« wollte Chakthi wissen.

Juh seufzte. »Diese Versammlung dauert schon lange an, und wir haben noch viel zu besprechen. Wollen wir darüber schlafen? Yazte und Tahdase sollen morgen früh zu meinem Zelt kommen. Am Abend werden dann alle Clane unsere Entscheidung erfahren.«

Chakthi bekundete sein Einverständnis durch ein Grunzen. »Und was geschieht bis dahin?« erkundigte er sich. »Wird der Mörder bewacht, oder läßt sein Vater ihn frei herumlaufen?«

Racharran spannte sich an, aber er bewahrte die Beherrschung und entgegnete nichts auf diese bösartige Unterstellung.

Juhs Miene verriet seinen Unwillen. Er sah Racharran an. »Dein Wort genügt uns, Bruder. Sorgst du dafür, daß dein Sohn morgen abend zur Urteilsverkündung vor dem Rat erscheint?«

»Das werde ich«, versprach Racharran.

»Damit bin ich zufrieden«, sagte Juh.

Chakthi schien widersprechen zu wollen, aber Hadduth hielt ihn zurück, und so nickte der Akaman nur knapp.

»Dann werden wir also morgen zum Sonnenuntergang alle wieder hier zusammenkommen«, erklärte

Juh, »und diese Angelegenheit zu einem Abschluß bringen.«

Die Grannach ließen Rannach auf ein Nicken seines Vaters hin los. Rannach stand auf und legte Arrhyna einen Arm um die Schultern. Er fühlte sich völlig verwirrt und ein bißchen ängstlich. Es kam ihm so vor, als stünde er am Rand einer tiefen Schlucht und ruderte mit den Armen, um nicht das Gleichgewicht zu verlieren, und er war sich nicht sicher, ob es sich bei diesem Abgrund um seinen Tod oder um die Liebe und den Haß handelte, die er – beide untrennbar miteinander verbunden – für seinen Vater empfand.

»Wirst du bei uns bleiben?« fragte Racharran.

»Ja, wenn dir mein Wort noch etwas gilt.«

»Dein Wort war immer gut für mich. Aber du bist wie ein ungezähmtes Pferd. Es ist schwer zu sagen, wen du als nächsten treten wirst.«

Krieger der Commacht umringten sie, und so abgeschirmt, machten sie sich auf den Rückweg zu ihrem Lager.

»Ich dachte, du hättest mich verraten«, sagte Rannach. »Aber dann hast du gesprochen, und ich ...«

Racharran seufzte. Sein Blick fiel auf den untergehenden Mond und kehrte dann zum Felsgipfel des Schöpferberges zurück, der sich knochenbleich und kahl vor dem dunklen Himmel abzeichnete. »Glaubst du, ich würde dich nicht lieben?«

Rannach fühlte sich überrumpelt. Er machte eine hilflose Geste.

»Du bist mein Sohn, mein Blut«, erklärte Racharran ernst. »Außerdem bist du ein Krieger der Commacht, und der Clan ist ebenfalls mein Blut. Meine Verantwortung gilt beiden. Das ist die Bürde eines Akamans.«

Rannach runzelte verunsichert die Stirn. »Ich habe Vachyr in einem fairen Kampf getötet«, sagte er.

»Ich weiß, daran habe ich nie gezweifelt. Und wahrscheinlich hätte ich an deiner Stelle genauso gehandelt.«

»Warum dann …?«

»Weil ich der Akaman der Commacht bin«, fiel ihm Racharran müde ins Wort. »Weil ich an den Clan und das ganze Volk denken muß und uns Ereignisse bevorstehen, die mir angst machen.«

Es war das erste Mal, daß Rannach seinen Vater von Angst sprechen hörte, und das machte ihm ebenfalls angst. Er musterte Racharrans Gesicht und wollte eine Frage stellen, aber der Akaman brachte ihn mit einer kurzen Handbewegung zum Schweigen. »Nicht jetzt. Wenn wir in unserem Zelt angekommen sind, werden wir essen und Tiswin trinken, und dann erzähle ich dir alles.«

Rannach nickte, zog Arrhyna fester an sich und folgte seinem Vater in einigen Schritten Abstand. Dabei bemerkte er, wie Morrhyn an der Bißwunde in seiner Hand saugte, und er bat den Wakanisha um Entschuldigung.

»Halb so schlimm.« Morrhyn zuckte die Achseln, aber sein Gesichtsausdruck erschien Rannach gequält und sorgenvoll. »Das heilt schon wieder. Obwohl du, weiß der Schöpfer, kräftige Zähne hast.«

Die Bemerkung ließ Rannach lächeln, aber es reichte nicht zu einem Lachen.

In Racharrans Zelt herrschte Gedränge. Lhyn empfing ihren Sohn mit einem Lächeln. Sie umarmte ihn und Arrhyna, dann beschäftigten sich die beiden Frauen am Feuer. Colun griff nach dem Tiswinkrug und schenkte die Becher voll. Racharran wandte sich

Morrhyn zu und bat ihn, noch einmal von den Ergebnissen des Traumrates zu berichten. »Du mußt das erfahren«, sagte er zu Rannach, »damit du verstehst, weshalb wir unbedingt Frieden brauchen.«

Sein Tonfall verhieß nichts Gutes. Rannach nickte und setzte sich, während Morrhyn über die Vision und die anschließende Diskussion der Wakanishas sprach. Als der Träumer geendet hatte, erzählte Racharran von der Debatte der Akamans, die durch Rannachs Rückkehr so abrupt unterbrochen worden war, und von seiner – und Morrhyns – Furcht, daß das Volk den Eindringlingen zum Opfer fallen könnte, wenn es zerstritten war und sich die Clane nicht durch Friedens- und Treueschwüre zu einer Einheit zusammenschlossen.

»Aber wenn das so ist«, warf Rannach ein, nachdem er alles gehört hatte, »dann haben Hadduth und Chakthi dem Waffenstillstand zugestimmt. Wie konnten sie das tun, wenn sie von Vachyrs Verbrechen wußten und wahrscheinlich auch in seine Flucht eingeweiht waren?«

»Jetzt zeigst du Vernunft«, stellte Racharran fest und fügte ein wenig bedauernd hinzu: »Wenn auch leider etwas spät.«

Rannach brauste auf. »Was hätte ich denn sonst tun sollen? Was hätte ich tun können? Meine Frau war entführt worden!«

»Du hättest die Sache dem Rat vortragen können«, erwiderte Racharran, »damit Vachyrs Verbrechen von Anfang an bekannt gewesen wäre. Hätte der Rat Reiter ausgeschickt, wäre Vachyr vielleicht lebend gefaßt worden, und Chakthi hätte gar nicht erst die Möglichkeit gehabt, dich anzuklagen.«

Rannach starrte seinen Vater eine Weile an und ließ schließlich den Kopf sinken. »Ich habe nicht nachgedacht«, gab er widerstrebend zu. »Alles, waran ich denken konnte, war, daß Arrhyna entführt worden war und ich sie befreien mußte.«

»Und jetzt«, gab Racharran zurück, »müssen wir einen Preis dafür bezahlen.«

»Ich vermute, daß es sich um eine gut durchdachte Falle handelt«, sagte Morrhyn. »Ich frage mich, ob Chakthi nicht darauf gebaut hat, daß Vachyr die Flucht gelingen würde, was wahrscheinlich zum Krieg geführt hätte. Und wenn Vachyr lebend geschnappt worden wäre? Nun, dann hätte Chakthi einfach jede Mitwisserschaft ableugnen können. Und im Fall von Vachyrs Tod wäre das ebenso das Ende des Friedens gewesen – ohne daß man Chakthi dafür verantwortlich machen könnte.«

Rannach musterte den Wakanisha entgeistert. »Du meinst, Chakthi hätte mit dem Leben seines eigenen Sohnes gespielt?«

»Das ist es, was ich glaube.« Morrhyn seufzte, die Stirn in tiefe Falten gelegt. »Ich vermute, daß die ganze Geschichte von Hadduth und Chakthi aus Haß auf die Commacht ausgebrütet worden ist.«

»Aber ...« Rannach breitete in hilfloser Verwirrung die Arme aus. »Wenn deine schlimmsten Befürchtungen zutreffen, würde das bedeuten, daß er diesen Eindringlingen in die Hände spielt.«

Morrhyn nickte.

»Wie kann er so etwas tun?« wollte Rannach wissen. »Ist er verrückt?«

»Vielleicht.« Morrhyn zuckte die Achseln. »Daß er uns Commacht nicht mag, ist allgemein bekannt. Darüber hinaus hat er während des Matakwas erleben müssen, wie die Pläne seines Sohnes gescheiterten und Zeil und Nemeth in unseren Clan aufgenommen wurden. Vielleicht war das mehr, als er ertragen konnte.«

»Aber mit dem Leben seines eigenen Sohnes zu spielen?« Rannach schüttelte fassungslos den Kopf.

»Und das, obwohl alle Matawaye gleichermaßen bedroht werden?«

»Hast *du* an das Volk gedacht, als du deine Lanze auf Vachyr gerichtet hast?« fragte Morrhyn nachsichtig.

Rannach senkte beschämt den Kopf.

»Ich denke, es schwärt ein Gift in Chakthi und in Hadduth«, sagte Morrhyn. »Es verdirbt sie. Vielleicht ...« Er zögerte, schloß einen Moment lang die Augen, und sein Gesicht wirkte ausgezehrt. »Vielleicht hängt es irgendwie mit diesen fremdartigen Eindringlingen zusammen.«

Lhyn stieß ein Keuchen aus und krallte eine Hand in die Schulter ihres Mannes. Arrhyna schmiegte sich enger an Rannach, als würde der kalte Hauch eines Alptraums durch das Zelt wehen, als machte sich ein schwarzer und bedrohlicher Nebel breit.

»Aber wie dem auch sei«, sagte Racharran schwer, »wir haben unmittelbarere Probleme. Morgen wird ein Urteil verkündet werden, und ich muß es akzeptieren, wie es auch ausfällt.«

»Nein!« Lhyns Finger bohrten sich in Racharrans Fleisch. »Rannach hat ehrenhaft gehandelt!«

»Aber trotzdem das Gesetz gebrochen«, stellte Racharran nüchtern fest. »Er hat während des Matakwas Blut vergossen.«

»Hätte er es nicht getan, wäre ich jetzt bei Vachyr«, sagte Arrhyna, »wahrscheinlich auf den Weidegründen der Tachyn. Was wäre dann geschehen?«

»Krieg mit den Tachyn.« Racharrans Stimme klang hohl. »Sofern Chakthi es gewollt hätte.«

»Werden Juh und die anderen das nicht auch erkennen?« fragte Lhyn. »Werden sie nicht sehen, wie Chakthi wirklich ist?«

»Vielleicht.« Ihr Mann senkte den Kopf, als wäre das Gewicht, das auf ihm lastete, zu schwer für seinen

Hals. »Aber ohne einen Beweis wissen sie nur, daß Vachyr getötet wurde und Rannach die Tat gestanden hat. Daß das Ahsa-tye-Patiko mißachtet worden ist.«

Rannach richtete die Schulter auf und fragte, so ruhig er konnte: »Wie wird ihr Urteil lauten? Werden sie meinen Tod beschließen?«

Er ignorierte Arrhynas entsetzten Aufschrei, wie auch Racharran den seiner Frau ignorierte. »Vielleicht werden sie die Umstände bedenken«, sagte sein Vater. »Vielleicht kann Yazte Juh und Tahdase überzeugen. Vielleicht werden sie meine Bitte berücksichtigen und ein mildes Urteil fällen.«

»Und wenn es nicht so ausfällt?« fragte Rannach.

Racharran sah seinem Sohn ins Gesicht. »Ich bin der Akaman der Commacht. Ich muß ihr Urteil akzeptieren, wie immer es auch lauten mag.«

DAS URTEIL

Der Mond stand hoch über der Begegnungsstätte, an diesem Abend von dunklen über den Himmel jagenden Wolken verschleiert, so daß Licht und Schatten durch das Lager tanzten. Funken stiegen von den Feuern der Ratsversammlung auf und schlossen sich dem wilden Tanz an. Die Matawaye, die sich eingefunden hatten, um das Urteil der Akamans zu vernehmen, gaben keinen Laut von sich. Es war, als hielte das Matakwa den Atem an, als wüßte es von der schwerwiegenden Bedeutung des bevorstehenden Ereignisses.

Alle Männer und Frauen der Clane hatten von morgens bis abends darüber diskutiert, wie sie entscheiden würden, hätten sie mit Juh, Yazte und Tahdase im Zelt des Häuptlings der Aparhaso beraten.

Es war ein Tag wie kein anderer in der Geschichte des Volkes. Die normalerweise festliche Atmosphäre des Matakwas war angespannt und düster. Racharran wies seine Krieger an, in der Nähe ihrer Zelte zu bleiben und nirgendwo hinzugehen, wo ihre Wege die der Tachyn kreuzen könnten. Chakthi schlich ruhelos zwischen seinen Leuten herum. Eine Schicht aus weißem Trauerlehm bedeckte seine wolfartigen Züge wie eine starre Maske. Er hatte gelobt, daß sein Sohn bis zur Urteilsverkündung in seinem Zelt liegenbleiben und erst bestattet werden würde, nachdem Gerechtigkeit geübt worden war.

Niemand wußte genau, wo das sein würde. Bisher war noch nie irgend jemand während des Matakwas eines gewaltsamen Todes gestorben, und niemand konnte mit Sicherheit sagen, ob das Ahsa-tye-Patiko es gestattete, den Leichnam eines auf solche Art Verstorbenen in den Bäumen der Begegnungsstätte aufzubahren. Die Tachyn fragten sich, ob Chakthi Vachyr in die heimischen Weidegründe zurückbringen würde, um ihn in den Bestattungswäldern der Ahnen zur letzten Ruhe zu legen, aber ihr Akaman äußerte sich nicht dazu. Alles, was er tat, war, lautstark Vergeltung zu fordern und sich Asche auf das lose herabfallende Haar zu streuen. Hadduth, dessen Gesicht ebenfalls mit weißen Streifen bemalt war, folgte ihm wie ein Hund direkt auf dem Fuß.

Seinem Vater zuliebe und gemäß seines Versprechens blieb Rannach größtenteils in seinem Zelt. Wenn er badete oder sich um sein Pferd und das Arrhynas kümmerte, wurde er von einer Eskorte älterer Krieger begleitet. Seinem Gesicht war keine Angst anzumerken. Arrhyna bemühte sich, ihre Furcht zu verbergen und die Tränen zurückzuhalten, die hervorzubrechen drohten, als ihre Eltern sie besuchten oder Lhyn sich mit ihr zu einem vertraulichen Gespräch vor das Zelt setzte.

Als wären ihm urplötzlich die Augen geöffnet worden, begriff Rannach, was es wirklich bedeutete, Akaman eines Clans zu sein. Er sah die kaum verhüllte Angst in den Augen seiner Mutter und den Schmerz im Gesicht seines Vaters, und er wußte, daß Lhyns Furcht allein ihm galt, ihrem Sohn, während Racharran sich nicht nur um ihn, sondern auch um die Commacht und das gesamte Volk der Mataways sorgen mußte. Diese Verantwortung schien Rannach eine furchtbare Bürde zu sein.

»Es tut mir leid«, sagte er zu seinem Vater, als sich der Zeitpunkt näherte, an dem sich seine Zukunft entscheiden würde.

Racharran verzog die Lippen zu einem schmalen Lächeln. »Mir auch.«

»Wie auch immer das Urteil ausfallen mag, ich werde es akzeptieren«, versprach Rannach.

Sein Vater nickte und wandte das Gesicht dem Berg des Schöpfers zu. Der steile Felsgipfel war in das Licht der untergehenden Sonne getaucht, die Flanken glühten rot, als bluteten sie. »Ich weiß, daß du tapfer bist«, sagte Racharran. »Und ich wünschte, du würdest auch verstehen, in welcher Lage wir uns befinden.«

»Ich glaube, das tue ich«, erwiderte Rannach.

»Zu einem anderen Zeitpunkt und an einem anderen Ort«, begann Racharran, »sähe die Sache ganz anders aus. Hätte Colun nicht diese Nachrichten gebracht und Morrhyn nicht seine Träume gehabt ...«

»Es tut mir leid«, wiederholte Rannach. »Ich verstehe.«

Racharran lächelte erneut, diesmal wärmer und voller Stolz. »Du hast Mut.« Er nahm Rannachs rechte Hand in die seinen. »Du bist immer mutig gewesen, und ich war immer stolz auf dich, aber ich muß über dein Schicksal hinaus denken. Verstehst du das?«

»Jetzt schon.«

»Ich kann das Urteil nicht anfechten«, sagte Racharran.

Es klang wie ein Abschied. Rannach hörte ein Keuchen aus dem Hintergrund, wo Arrhyna saß und nähte. »Ich weiß. Ich würde dich nicht darum bitten.«

»Ich werde alles tun, was in meiner Macht steht«, erklärte Racharran. »Aber die Mataways dürfen nicht zerstritten und uneinig sein, sollten sich Morrhyns schlimmste Befürchtungen bewahrheiten.«

»Nein.« Rannach drückte die Hände seines Vaters fester. »Ich verstehe.«

Die Lehmschicht hatte Chakthis Gesicht in eine undurchschaubare Maske verwandelt. Nur seine Augen, die starr auf Rannach gerichtet waren, verrieten seinen Haß. Das Haar, matt und mit Asche verklebt, fiel ihm offen über die Schulter hinab und verlieh ihm das Aussehen eines Racheengels, den der Schöpfer geschickt hatte, um seinen Tribut einzufordern.

Und wenn Chakthi ein Todesengel ist, dachte Rannach, dann ist Hadduth sein Schutzgeist, der neben seinem Herrn sitzt und ihm Ratschläge zuflüstert. Das Gesicht des Wakanishas war durch Lehm und Asche entstellt, als wäre Vachyr sein Sohn gewesen und Chakthis Verlust sein eigener. Doch Rannach unterdrückte die Verachtung, die er für die beiden Männer empfand. Er hatte seinem Vater ein Versprechen gegeben, das er nicht brechen würde, Racharran zuliebe und um seiner Ehre treu zu bleiben.

Sein Vater saß dem Tachyn gegenüber, Morrhyn, Lhyn, Zeil und Nemeth an seiner Seite. Die beiden Frauen hatten die Arme um Arrhyna gelegt. Colun hockte inmitten seiner Grannach, eine Ansammlung lebendig gewordener Felsen, deren bärtige Gesichter reglos wie in Stein gemeißelt waren. Hinter ihnen standen Bakaan, Zhy und Hadustan, die durch ihre Rolle in diesem Drama eine Sonderposition einnahmen. Juh, Tahdase und Yazte mit ihren Träumern vervollständigten den inneren Kreis. Und um sie herum wartete die schweigende Menge.

Juh erhob sich und trat in die Mitte des Kreises, wo Rannach stand. Er mußte den Kopf heben, um dem jüngeren Mann in die Augen sehen zu können. Rannach konnte die Miene des Akamans nicht deuten. Der Aparhaso zog die Decke über seinen Schultern zurecht, drehte sich langsam einmal um die eigene Achse und sprach so laut, daß ihn alle Anwesenden verstehen konnten.

»Wie es vereinbart wurde, habe ich mich lange mit Tahdase von den Naiche und Yazte von den Lakanti beraten, und wir sind zu einer Entscheidung gekommen. Sind alle hier bereit, unser Urteil anzuerkennen?«

Rannach war der erste, der mit ja antwortete, sein Vater der zweite.

»Sofern es gerecht ist«, sagte Chakthi langsamer und rätselhaft.

Juhs Augen richteten sich auf den Tachyn. »Du warst damit einverstanden, Bruder. Willst du jetzt widersprechen?«

Chakthis Lippen zuckten, in der Lehmschicht auf seinem Gesicht entstanden unzählige winzige Risse, die seine Züge noch mehr verzerrten. Hadduth berührte ihn am Ellbogen und flüsterte ihm etwas ins Ohr, worauf Chakthi den Kopf sinken ließ. Sein Haar legte sich wie ein Schleier über die weiße Lehmmaske. »Ich werde euer Urteil anhören«, sagte er.

Juh betrachtete die Antwort offenbar als Zustimmung und wandte sich Rannach zu.

»Dies ist unser Urteil, das wir nicht leichten Herzens gefällt haben. Es gibt viele Argumente, die sowohl für als auch gegen dich sprechen. Es kann nicht bestritten werden, daß du das Gesetz gebrochen hast ...«

»Das Gesetz ist klar«, drang Chakthis Stimme wie ein geisterhaftes Stöhnen hinter seiner Maske hervor. »Es verlangt seinen Tod.«

Juh ignorierte den Einwurf. »... doch ebensowenig kann bestritten werden, daß Vachyr das Gesetz durch die Entführung deiner Frau übertreten hat, und wir glauben ihrer Aussage. Deshalb wurde das erste Verbrechen zweifellos von Vachyr verübt.«

Rannach stand stocksteif da. Er spürte einen Hoffnungsfunken in sich aufkeimen, wie die Funken, die von den Feuern in den dunklen Nachthimmel aufstiegen.

»Also gibt es hier einen gewissen Ausgleich«, fuhr Juh fort. »Es ist unsere Überzeugung, daß du nicht gegen das Gebot verstoßen hättest, wäre es nicht zuvor von Vachyr verletzt worden. Aber ...« – er hob eine Hand, als wollte er einem Widerspruch zuvorkommen – »... trotzdem gilt, was ich früher schon gesagt habe: Das eine Unrecht darf nicht durch das andere gerechtfertigt werden.«

Der Hoffnungsfunke in Rannach erlosch wieder.

»Unser Bruder Chakthi fordert deinen Tod«, sagte Juh. »Dein Vater hat ihm einen Blutpreis angeboten. Chakthi hat das Angebot abgelehnt. Er möchte, daß du stirbst. Was sagst du dazu?«

Rannach war überrascht. Er hatte die Verkündung des Urteils erwartet und sich in der Annahme, daß die Entscheidung bereits getroffen worden war – so oder so –, auf seinen Tod vorbereitet. Damit, daß er um seine Meinung gefragt werden würde, hatte er nicht gerechnet.

Er musterte Juh, konnte aber keine Arglist in den Augen des Alten entdecken, nur Geduld und Bedauern, und er widerstand der Versuchung, sich zu seinem Vater umzudrehen. »Ich habe Vachyr in einem ehrlichen Kampf getötet«, erwiderte er vorsichtig. »Ich habe ihm gesagt, ich würde ihn ins Lager zurückbringen, um ihn dort für sein Verbrechen zur Rechenschaft zu ziehen, aber er hat mich verhöhnt und meine Wut angestachelt. Also habe ich meine Lanze ergriffen und ihn getötet.«

»Und womit hat er dich verhöhnt? Worum ging es?«

»Um Beleidigungen.« Rannach warf einen kurzen Blick in Arrhynas Richtung. »Ich möchte nicht darüber sprechen.«

Arrhyna löste sich aus Nemeths und Lhyns Armen und sprang auf. »Vachyr hat damit geprahlt, mich vergewaltigt zu haben!«

»Du bist ein Mann von Ehre«, sagte Juh so leise, daß nur Rannach ihn verstehen konnte, und fuhr dann mit lauter Stimme fort: »Dies ist unser Urteil: Rannach vom Clan der Commacht hatte einen triftigen Grund, Vachyr vom Clan der Tachyn zu töten. Deshalb werden wir ihm nicht das Leben nehmen. Aber es war falsch von ihm, während des Matakwas Blut zu vergießen, und deshalb haben wir entschieden, Rannach aus den Zelten des Volkes zu verbannen. Er soll fortgehen und allein leben. Niemand soll ihm beistehen, weder sein eigener noch ein anderer Clan. Und sollte er noch einmal die Weidegründe der Mataway betreten, hat er sein Leben verwirkt. So lautet unser Urteil, und so soll es geschehen.«

Rannach nahm die Entscheidung mit einer stummen Verbeugung an.

Chakthi sprang auf. »Nein!« kreischte er. »Ich fordere seinen Tod! Ich akzeptiere dieses Urteil nicht!«

Hadduth packte Chakthi am Hemd, doch der Akaman ließ sich nicht zum Schweigen bringen. Er schlug die Hand des Wakanishas zur Seite, marschierte zu Rannach und Juh und starrte sie wutentbrannt an. Juh schob sich zwischen ihn und Rannach, Racharran und Yazte erhoben sich hastig. Sogar der zurückhaltende Tahdase war aufgesprungen.

»Er muß hingerichtet werden!« Der Lehm um Chakthis Mund platzte auf, Schaum quoll zwischen seinen Lippen hervor, Feuer loderte in seinen Augen. »Er hat meinen Sohn umgebracht, und dafür verlange ich seinen Tod!«

Juh ließ sich nicht einschüchtern. »Das Urteil wurde verkündet, Bruder.«

Chakthi hob eine Hand. Krieger der Tachyn und

Commacht stürmten vor. Die Männer der Lakanti eilten zu Yazte, die der Naiche zu Tahdase und die der Aparhaso zu Juh. Laute Stimmen schwirrten durch die Nacht wie die Funken, die von den Feuerstellen aufwirbelten. Männer brüllten, Frauen kreischten, Hunde begannen zu bellen, und in den Pferchen wieherten die Pferde.

Es war eine Ratsversammlung wie keine zuvor.

Nur Rannach blieb ruhig inmitten des Aufruhrs und fragte sich, ob der Tod der Verbannung nicht vorzuziehen wäre. Er sah Chakthis wutverzerrtes Gesicht, in dem die Lehmschicht aufgebrochen war, unter der der Tachyn seine wahren Gefühle bisher verborgen hatte, er sah den haßerfüllten Blick des Akamans und Juh, der ihn wie ein lebendes Schild mit seinem Körper abschirmte. Dann waren sein Vater, Yazte und Tahdase da, und ihre Männer bauten sich vor den Kriegern der Tachyn auf. Chakthis Faust schoß vor und landete wuchtig in Juhs Gesicht. Der alte Mann stolperte. Rannach fing ihn auf und schob sich zwischen ihn und Chakthi. Er fühlte harte Schläge auf seinen Hinterkopf und seine Schultern niederprasseln, bevor der wie wahnsinnig tobende Akaman zurückgedrängt wurde.

»Ich danke dir«, sagte Juh. »Du kannst mich jetzt loslassen.«

Rannach überließ ihn der Obhut der Aparhaso. Die Krieger der fünf Clane standen einander gegenüber. Juh betastete seine geprellte Wange, zog die Decke fester um seine Schultern, als bliese ihm ein eisiger Wind entgegen, und trat zwischen die erregten Parteien.

»Ist es schon so weit gekommen?« Trotz seines Alters dröhnte seine Stimme laut und kräftig. »Habt ihr den Willen des Schöpfers vergessen? Haben wir uns in eine Meute raufender Hunde verwandelt?«

Von seinem Zorn getrieben, wichen die Krieger langsam zurück. Hadduth zerrte an Chakthis Hemd, wachsam, als hätte er es mit einem tollwütigen Hund zu tun. Racharran ergriff den Arm seines Sohnes. Yazte und seine Lakanti bildeten einen schützenden Wall zwischen den Commacht und den Tachyn.

»Das Urteil wurde gefällt und verkündet!« rief Juh. »So war es vereinbart, und die Entscheidung ist bindend. Rannach wird diesen Ort bis zum morgigen Sonnenuntergang verlassen und die Weidegründe des Volkes nicht mehr betreten, oder sein Leben ist verwirkt!«

Er sah zu Chakthi hinüber, ein alter Mann, der inmitten seiner Krieger kleinwüchsig erschien. »Und jeder, der diesen Beschluß anficht oder dagegen verstößt, verletzt das Ahsa-tye-Patiko. Rannach muß bis zum morgigen Sonnenuntergang verschwunden sein. Niemand darf ihn jagen oder versuchen, ihn aufzuhalten. So soll es bis zum Ende dieses Matakwas sein!«

Chakthi erwiderte Juhs Blick und rief nicht minder laut: »Dieses Matakwa ist hiermit beendet! Es herrscht kein Frieden mehr! Jetzt gibt es nur noch Krieg!«

Juh stieß ein Keuchen aus und hob eine Hand, als wollte er Chakthi berühren. »Was sagst du da, Bruder? Dein Kummer hat deine Zunge überwältigt, und ich bitte dich, deine Worte zu überdenken. Wir haben noch viel zu diskutieren, zum Wohle des ganzen Volkes.«

Chakthi stierte den älteren und kleineren Mann aus glühenden Augen an. Seine Lippen verzogen sich zu einem Grinsen, das höhnisch und wütend zugleich war, die Lehmmaske bröckelte weiter. »Ich sage, daß es hier keine Gerechtigkeit gibt.« Er machte eine wegwerfende und verächtliche Geste. »Ich sage, daß ich nicht mehr dein Bruder bin ... es sei denn, du gibst mir Rannach!«

»Unser Urteil wurde verkündet, Bruder«, wich Juh einer direkten Antwort aus, »und ich bitte dich, im Namen des Schöpfers, es zu akzeptieren.«

»Nein!« heulte Chakthi.

»Geht lieber«, drängte Yazte Racharran. »Nimm deinen Sohn und geht schnell, bevor es zu einem Kampf kommt!«

Racharran zögerte, dann nickte er und gab seinen Leuten ein Zeichen, den Feuerkreis zu verlassen. Hinter ihnen hallte wütendes Geschrei durch die Nacht.

Es war ein Matakwa wie keins zuvor.

Arrhyna klammerte sich weinend an Rannach fest, während sie davoneilten. Über Lhyns Wangen liefen Tränen. Racharrans Miene war starr und gefaßt. Morrhyn warf einen Blick zurück auf den Tumult, den sie hinter sich ließen. Sein Magen schien sich vor Anspannung zu einem kalten Klumpen zusammengekrampft zu haben. Nemeth und Zeil waren bleich und nervös. Colun und seine Grannach mußten fast rennen, um mit den längerbeinigen Commacht Schritt halten zu können.

Als sie sich dem Zelt des Akamans näherten, verließen die Tachyn bereits den Kreis der Ratsfeuer und stürmten, von Chakthi und Hadduth angeführt, lärmend durch ihr Lager. Kinder begannen zu weinen, Hunde kläfften wie wild. Racharran hielt kurz inne und gab seinen Kriegern Anweisung, entlang des Baches Posten zu beziehen, um vorbereitet zu sein, sollte Chakthi in seiner Wut einen Angriff auf die Commacht befehlen. Yazte tauchte mit dreißig bis vierzig Kriegern der Lakanti, Naiche und Aparhaso auf, die um das Lager der Tachyn herumrannten, um zu den Truppen der Commacht zu stoßen.

»Ho, Bruder!« Das Gesicht des Lakanti war vor Anstrengung gerötet, er schwenkte eine fleischige Hand. »Der alte Juh meinte, wir sollten als Wachen fungieren.«

Racharran verzog unwillig das Gesicht. »Wir brauchen keine Wächter, Bruder. Wir können uns selbst verteidigen.«

»Juh ist ein vorsichtiger Mann.« Yazte keuchte, er war es gewohnt, zu reiten und nicht zu rennen. »Aber in diesem Punkt stimme ich ihm zu. Chakthi ist verrückt geworden, und sollte sein Clan von diesem Irrsinn angesteckt werden, wäre es besser, wenn er es mit uns statt mit deinen Kriegern zu tun bekommt, um weitere gegenseitige Beleidigungen und Handgreiflichkeiten zu vermeiden. Er glaubt – und ich denke, er hat damit recht –, daß Chakthi es nicht wagen wird, alle Clane anzugreifen.«

Racharrans Augen wurden schmal.

»Das ist weise«, mischte sich Morrhyn ein. »Weiß der Schöpfer, wir haben schon genug Probleme, auch ohne daß es zu weiterem Blutvergießen kommt.«

»Also gut«, knurrte Racharran nach einem Blick auf die Zelte der Tachyn. »Aber jetzt möchte ich zuerst mit meinem Sohn sprechen und …« Ein Schatten huschte über sein Gesicht und verdunkelte es, wie die Wolken, die über den Mond jagten. »Und Vorkehrungen für seinen Aufbruch treffen.«

»Um ihn möglichst schnell in Sicherheit zu bringen, was?« Yazte deutete mit einem Nicken in Richtung der Tachyn. »Wahrscheinlich wird Chakthi schon bald Reiter ausschicken, um ihn zu jagen.«

»Das Urteil lautet, daß bis zum Ende des Matakwas niemand die Hand gegen ihn erheben oder ihn verfolgen darf«, sagte Morrhyn.

Yazte grinste verkniffen. »Das Matakwa *ist* beendet. Chakthi zieht mit seinem Clan ab.«

»Das kann er nicht tun!« Morrhyn starrte den Lakanti entgeistert an. »Was ist mit den Eindringlingen? Was ist mit der Waffenruhe?«

Der korpulente Akaman zuckte die Achseln und schnitt eine Grimasse. »Kahteney wird es dir erklären, ich bleibe besser hier. Ho, Kahteney! Wo bist du?«

Der Wakanisha der Lakanti löste sich aus der Menge der Krieger, packte Morrhyn am Arm und zog ihn beiseite, während Racharran und die anderen weitergingen.

»Chakthi verläßt das Matakwa«, berichtete er. »Die Tachyn brechen ihr Lager noch heute nacht ab, und niemand kann Chakthi davon abbringen. Er hat Rannach und allen Commacht Rache geschworen.«

»O Schöpfer!« Morrhyn drehte sich zu dem großen weißen Gipfel des heiligen Berges um. Die Felszinne wurde von dahinjagenden Wolken verdunkelt, als verhüllte der Berg sein Antlitz. Das Wechselspiel von Mondlicht und Schatten auf den steilen Hängen erweckte den Eindruck herabrinnender Tränen. »Was für ein Irrsinn ist das?«

»Der Irrsinn der Tachyn, Chakthis Wahnsinn. Hör zu, nachdem ihr verschwunden seid, hat er noch einmal Rannachs Tod gefordert, und ich denke, er hätte Juh wieder geschlagen, hätten ihm nicht einige Krieger den Weg versperrt. Juh, Tahdase und Yazte haben versucht, ihn zur Vernunft zu bringen, aber ein verwundeter Löwe läßt sich nicht besänftigen, oder? Er wird die Versammlungsstätte noch heute nacht verlassen und hat das Matakwa damit für beendet und Rannach für vogelfrei erklärt. Darüber hinaus hat er versprochen, gegen die Commacht in den Krieg zu ziehen, sobald er Vachyr bestattet hat.«

Morrhyn wollte antworten, doch der Träumer der Lakanti kam ihm zuvor. »Du mußt Rannach über die Lage informieren und Racharran beraten. Sag ihnen, daß die Lakanti auf ihrer Seite stehen, aber auch nur sie. Sie sollen wachsam und vorsichtig sein, denn Chakthi ist wahnsinnig geworden, und ich fürchte, er wird vor nichts zurückschrecken.«

»Aber die Waffenruhe!« rief Morrhyn. »Die Eindringlinge!«

»Die Waffenruhe besteht nicht mehr«, erwiderte Kahteney, »und die Eindringlinge? Hadduth und Chakthi bestreiten jede Gefahr, Juh und Tahdase wiegeln ab.« Er stieß ein bitteres Lachen aus. »Sollten sich unsere Befürchtungen bewahrheiten, mein Freund, droht dem gesamten Volk schreckliche Gefahr.«

Morrhyn blickte erneut zum Berg des Schöpfers hinüber, dessen Gipfel immer noch von Wolken verhüllt war. *Der schlimmste aller Fälle ist eingetreten,* dachte er, *als hätte ein Alptraum Gestalt angenommen.* Er ergriff Kahteneys Hand. »Du hast recht, ich muß Racharran informieren. Ich danke dir, mein Freund.«

Kahteney nickte, die Lippen zu einem unglücklichen Lächeln verzogen. »Wir Lakanti stehen euch bei. Geh jetzt.«

»Ja.« Morrhyn drehte sich um und hastete auf das Zelt seines Akamans zu.

Hinter ihm, auf der anderen Seite des Baches, brüllten Krieger der Tachyn Beleidigungen und Drohungen. Er betete, daß niemand diese zerbrechliche Grenze überschritt. An diesem Abend war schon genug Unheil angerichtet worden.

»Würde er es wirklich wagen?«

Morrhyn betrachtete Lhyns tränenüberströmtes Gesicht und wünschte, er könnte ihr mehr Trost spenden, aber sie war nicht seine Frau, und er wollte nicht lügen. Also senkte er den Kopf und sagte: »Kahteney hält es für möglich, und ich denke, er hat recht.«

Racharran sah seinen Sohn eindringlich an. »Du mußt uns heute nacht noch verlassen. Sofort!«

»Ich habe keine Angst vor Chakthi«, erwiderte Rannach. »Ich möchte nicht wie ein feiger Hund vor diesem Hurensohn davonlaufen.«

Racharran holte tief Luft und stieß sie dann langsam wieder aus. Er unterdrückte die Wut und Enttäuschung, die seine Antwort scharf klingen zu lassen drohten. *Mein Sohn*, dachte er, *ist wie ein gerade ausgewachsener junger Büffelbulle, heißblütig und aufbrausend, sich nur seiner Kraft, seines Verlangens und seines Stolzes bewußt*. »Ginge es nur um Chakthi«, sagte er mit erzwungener Ruhe, »würde ich dich im Kampf gegen ihn unterstützen. Aber er wird nicht allein sein. Er wird im Rudel jagen, wie der Hund, der er ist, und nicht einmal du kannst es mit allen Tachyn gleichzeitig aufnehmen.«

»Dann gib mir Krieger mit«, verlangte Rannach. »Oder laß mich ...«, sein Blick glitt über seine Verwandten und Freunde, die an der Feuerstelle saßen. »Laß mich auf die Weidegründe der Commacht zurückkehren.«

Sein Vater schüttelte den Kopf und vermied es dabei, Lhyn anzusehen. »Das kann ich nicht tun. Du hast das Urteil gehört.«

»Chakthi hat es abgelehnt«, sagte Rannach. »Ist es dann noch bindend?«

»Ich dachte, du hättest begriffen«, seufzte Racharran. »Du hast mir gesagt, du hättest verstanden.«

»Das war damals. Jetzt ist jetzt.«

Racharran seufzte erneut. »Du hast es *nicht* verstanden. Aus dir spricht der Überschwang der Jugend ohne Weitsicht. Ehre ist Ehre. Ich habe meine Vorstellung von Ehre, Chakthi die seine.«

»Chakthi besitzt überhaupt keine Ehre«, fauchte Rannach.

»Nein.« Racharran schüttelte den Kopf. »Aber ich und du, wir haben sie. Und deshalb sind wir an Versprechen gebunden, die Männer wie Chakthi ignorieren. Das Urteil wurde verkündet. Wir müssen es annehmen, oder wir verlieren unsere Ehre.«

Rannach runzelte die Stirn und dachte darüber nach. Arrhyna, die neben ihm saß, hatte sich eine Hand auf den Mund gepreßt und kämpfte gegen die Tränen an.

»Es gibt noch mehr zu bedenken«, sagte Morrhyn. »Die Tachyn brechen ihre Zelte ab, das Matakwa ist beendet. Chakthi hat uns Krieg versprochen; sollen wir riskieren, auf dem Heimweg von ihm überfallen zu werden? Unser Clan sollte lieber wieder in seinem eigenen Land sein, bevor die Tachyn angreifen. Du mußt schnell verschwinden, Rannach, wie dein Vater sagt, und du mußt allein gehen. Das Ahsa-tye-Patiko ist bereits gebrochen worden, und sollte sich Racharran dem Urteil widersetzen, würden wir den Schöpfer zweifellos noch mehr erzürnen. Ich denke, wir werden sein Wohlwollen in der nächsten Zeit bitter benötigen.«

Er hielt den Blick fest auf den jungen Mann gerichtet, um nicht Lhyns Gesichtsausdruck sehen zu müssen, aber er konnte seine Ohren nicht vor ihrem gequälten Stöhnen verschließen, und es schnitt ihm wie ein Messer ins Fleisch.

»Wir Grannach sind nicht durch das Urteil gebunden«, klang plötzlich Coluns grollende Stimme auf, als schöbe sich ein Felsblock knirschend über Geröll. »Juh hat nur davon gesprochen, daß niemand aus dem Volk der Matawaye Rannach Hilfe gewähren darf. Ist das nicht so, Träumer?«

»Ich denke ... ja«, sagte Morrhyn überrascht. »Worauf willst du hinaus?«

Colun zuckte die Achseln und bespritzte sich dabei

das Hemd mit Tiswin. »Daß Rannach mit uns kommt. Das Matakwa ist vorbei, und diese Narren verschließen ihre Augen vor der Gefahr, die Ket-Ta-Witko droht. Es gibt keinen Grund für uns, noch länger hier zu verweilen, also werden wir gehen. Rannach soll uns begleiten. Wir werden ihn beschützen, sollte Chakthi versuchen, etwas gegen ihn zu unternehmen.« Sein Bart klaffte auseinander, als er die Zähne zu einem wölfischen Grinsen entblößte. »Soll er nur versuchen, Krieger der Grannach anzugreifen.«

»Du willst ihn mit in eure Stollen nehmen?« fragte Racharran.

»Vielleicht nicht das, aber hoch in die Berge, in die Wildnis, die ihr nicht betretet. Dort wäre er auch vor Chakthi sicher.«

»Es müßte noch heute nacht geschehen«, sagte Racharran. Er sah Rannach an. »Bist du damit einverstanden?«

»Habe ich eine andere Wahl?«

»Deine andere Wahl wäre der Tod«, erwiderte Racharran.

Sie blickten einander eine Weile in die Augen, dann senkte Rannach den Kopf. Lhyn stieß einen unterdrückten Schrei aus, in dem sich Qual und Erleichterung mischten.

»Ich komme mit dir«, sagte Arrhyna.

»Es wird nicht leicht werden«, gab Rannach zu bedenken. »Dir würde es im Clan besser ergehen.«

»Ich bin deine Frau, und du bist mein Mann«, erklärte Arrhyna nüchtern.

»Ja.« Rannach lächelte und nahm ihre Hand. »So soll es sein.«

»Da wäre noch etwas, falls du damit einverstanden bist«, sagte Racharran.

»Was?« Rannach runzelte Stirn. »Habe ich noch nicht genug Zugeständnisse gemacht?«

Racharran machte eine resignierte Geste und warf Morrhyn einen Seitenblick zu. »Du könntest unser Wachposten sein. Sollten diese Eindringlinge die Berge überwinden, könntest du uns benachrichtigen.«

»Und gegen das Urteil verstoßen?« Rannach verlieh seiner Stimme einen empörten Tonfall. »Das Gesetz brechen, indem ich in die Steppe zurückkehre?«

Der Akaman ging nicht auf den Spott ein. Er nickte feierlich. »Sollten diese Eindringlinge kommen, wird das Urteil mit Sicherheit vergessen sein. Früh genug Nachricht zu erhalten, würde einen Verstoß gegen den Ratsbeschluß nebensächlich erscheinen lassen.« Er sah Morrhyn fragend an.

Der Wakanisha schürzte nachdenklich die Lippen. »Dies sind merkwürdige Zeiten«, sagte er. »Das Ahsatye-Patiko gibt uns keine Richtlinien für eine solche Situation. Aber ... ja, ich denke, es wäre so. Es würde zum Wohle des gesamten Volkes geschehen, nicht wahr?«

»Sogar zum Wohl von Chakthi und seinen Tachyn?« fragte Rannach.

»Würdest du sie der Gefahr aussetzen wollen, die ich befürchte?« fragte Morrhyn zurück.

Rannach dachte einen Moment lang nach, dann grinste er. »Es wäre mir lieber, wenn ich Chakthi eigenhändig töten könnte.«

»Dann lautet deine Antwort also ja?«

Rannach nickte.

Sein Vater lächelte traurig. »Wollen wir dann euer Zelt abbauen und alles für eure Abreise vorbereiten?«

»Wie mein Akaman befiehlt«, erwiderte Rannach.

»Kann ich mich vorher noch von meinen Eltern verabschieden?« fragte Arrhyna.

»Natürlich«, sagte Rannach. »Aber beeil dich, ja?«

Arrhyna erhob sich, umarmte Lhyn und eilte hinaus. Rannach drückte seine Mutter fest an sich und flüsterte: »Wir werden uns wiedersehen. Ich dachte, ich müßte heute nacht sterben, aber jetzt glaube ich, daß der Schöpfer mir wohlgesonnen ist und ich überleben werde.«

Lhyn umfaßte sein Gesicht mit beiden Händen. »Ich bete für dich, mein Sohn. Ich bete darum, daß wir uns in besseren Zeiten wiedersehen.«

Sie küßte ihn auf die Wange und ließ ihn los. Morrhyn sah, daß sie mühsam die Tränen zurückhielt. Fast hätte er selbst geweint. Die Ordnung der Welt schien in Trümmer zu fallen, und er wußte nicht, inwieweit er Rannach dafür verantwortlich machen sollte, inwieweit Chakthi, sich selbst oder sogar – er vollführte eine Schutzgeste – den Schöpfer. Er stand auf und ergriff Rannachs Hände.

»Was auch immer es wert sein mag, du hast meinen Segen. Der Schöpfer möge über dich wachen und dich sicher nach Hause zurückführen.«

»Danke.« Rannach drehte sich zu Colun um. »Also, gehen wir?«

Der Grannach brummte und leerte seinen Becher. »Packt euer Zelt zusammen und holt eure Tiere. Wir werden bereit sein.«

Rannach nickte und gab seinem Vater die Hand. Sie sprachen kein Wort, aber jeder verstand den anderen. Rannach verließ das Zelt.

Bakaan, Hadustan und Zhy warteten auf ihn, und als er ihnen mitteilte, daß er abreisen würde, boten sie ihm an, ihn zu begleiten.

»Nein«, sagte er. »Ihr habt das Urteil gehört. Keine Unterstützung. Ich möchte nicht, daß ihr für mein Vergehen leiden müßt.«

Sie versuchten, ihn zu überreden, aber er blieb standhaft, und so begnügten sie sich damit, ihm beim Packen zu helfen.

Die Vorbereitungen waren schon bald abgeschlossen, die Zeltplane und ihre gesamte Habe auf zwei Packpferden festgezurrt, der braune Hengst und Arrhynas gescheckte Stute gesattelt. Rannach verstaute seine Waffen. Lhyn brachte Proviant, Arrhyna erschien in Begleitung von Zeil und Nemeth, die einen niedergeschlagenen Eindruck machten.

»Verzeiht mir, daß ich euch eure Tochter so schnell fortnehme«, bat Rannach Arrhynas Eltern.

»Es ist nicht deine Schuld.« Zeil bedachte das Lager der Tachyn mit einem finsteren Blick. »Dafür ist Chakthi verantwortlich. Geht mit meinem Segen.«

»Und kehrt sicher zu uns zurück«, fügte Nemeth hinzu.

Rannach verbeugte sich. »Solange ich lebe, wird Arrhyna nichts zustoßen«, versprach er. »Das schwöre ich.«

Colun und seine Grannach trabten herbei. Alle trugen Waffen.

Racharran legte seinem Sohn die Hände auf die Schultern. »Geht jetzt, und möge der Schöpfer mit euch sein. Wir werden eure Spur verwischen und Chakthi so lange wie möglich aufhalten.«

»Aber ohne Blut zu vergießen, ja?« konnte sich Rannach einen Seitenhieb nicht verkneifen. Er umarmte seinen Vater, bevor Racharran antworten konnte, dann seine Mutter und schwang sich in den Sattel. Arrhyna bestieg ihre Stute und nahm die Zügel der Packpferde, die Bakaan ihr reichte.

»Also.« Colun hob eine Hand. »Ich danke euch für eure Gastfreundschaft. Sollten wir weitere Neuigkeiten erfahren, werde ich sie euch irgendwie zukommen lassen. Lebt wohl.«

Er schwenkte seine Axt. Die Grannach stellten sich in einer Reihe vor den Pferden auf, Colun an ihrer Spitze, und fielen in einen Laufschritt, dessen Geschwindigkeit Rannach überraschte. Der junge

Krieger sah kurz zu seiner Frau hinüber, warf seinen Eltern und seinen Freunden einen letzten Blick zu und trieb seinen Hengst an.

Sie ließen das Lager schnell hinter sich und trabten auf das Gebirge zu, in dessen Mitte der Berg des Schöpfers noch immer von dunklen Wolken verhüllt wurde.

IN DER FREMDE

Die Grannach schlugen einen beschwerlichen Pfad ein, und gegen Ende des ersten Tages erreichten sie eine Stelle, die bisher nur von den Wakanishas aufgesucht worden war. Colun ließ ein paar Männer zurück, um den Weg, den sie gekommen waren, im Auge zu behalten, und stellte Wachen auf, als sie ihr Lager in einem kleinen Talkessel aufschlugen, dessen Felswände den Schein des Feuers abschirmten. Der Rastplatz war so gewählt, daß notfalls ein einzelner Mann ausreichen würde, um mögliche Verfolger auf dem Berghang zu entdecken. Rannach bemerkte, daß Colun auch die oberen Hänge beobachten ließ, als träfe er nicht nur Vorsichtmaßnahmen gegen Chakthi, sondern befürchtete auch eine Gefahr aus der entgegengesetzten Richtung, und das machte Rannach mehr als alles andere klar, wie ernst die Grannach es mit ihrer Warnung meinten.

Sie standen mit dem ersten Morgengrauen auf und setzten den Aufstieg fort. Die Pfade waren teilweise so schmal, daß Rannach und Arrhyna immer wieder gezwungen wurden, aus den Sätteln zu steigen und die Pferde, die an die weiten Ebenen von Ket-Ta-Witko gewöhnt waren und die Kletterei überhaupt nicht mochten, an den Zügeln zu führen. Ohne die Tiere wären die Grannach viel schneller vorangekommen, denn sie bewegten sich so sicher und geschickt wie Bergziegen, während die Pferde häufig strauchelten und sich sträubten.

»Ihr solltet eure Pferde lieber zurücklassen«, schlug Colun gegen Mittag vor, als sie Rast machten. »Sie werden den Weg zu den Herden eures Clans allein finden. Ihr würdet den Weg zu Fuß leichter fortsetzen können.«

Rannach betrachtete den rotbraunen Hengst, der neben Arrhynas Stute Gras zupfte, und schüttelte den Kopf. »Ich habe dieses Pferd einen vollen Mond lang gejagt, bis ich ihm die Schlinge um den Hals werfen konnte, und es hat mich einen weiteren Mond gekostet, es an den Sattel zu gewöhnen. Ich werde es nicht so einfach aufgeben.«

»Sie halten uns auf«, sagte Colun.

»Und wenn Chakthi sie auf ihrem Rückweg entdeckt?« Rannach deutete hangabwärts. »Dann wüßte er, in welcher Richtung er suchen muß.«

»Chakthi!« Colun spuckte verächtlich aus. »Er folgt uns nicht.«

»Wie kannst du das wissen?« fragte Rannach.

»Das sind unsere Berge.« Colun machte eine ausholende Handbewegung, die die immer steiler und zerklüfteter werdenden Gipfel umfaßte, die von dem gewaltigen Massiv des Schöpferberges beherrscht wurden. »Wir Grannach wissen, wer hierher kommt und wieder geht. Außerdem ...« Er grinste schadenfroh. »Während ihr Flachländer gestern nacht geschlafen habt, haben mir meine Späher Nachrichten gebracht.«

»Nachrichten?« Rannach konnte seine Ungeduld nicht verbergen. Die Langatmigkeit der Grannach war bisweilen nervtötend.

Colun nickte und kaute gemächlich auf einem Stück Trockenfleisch herum. Rannach hatte Mühe, sich zu beherrschen und sich damit abzufinden, daß der Grannach erst weitersprechen würde, wenn er die Zeit für gekommen hielt. Arrhyna und er waren jetzt von den Steinmenschen abhängig. Ohne sie würde ihr Leben hier oben in Gefahr sein. Trotzdem war es nicht leicht für ihn, diese Lektion zu lernen.

Endlich schluckte Colun den Bissen herunter. »Ach, wie ich den Tiswin vermisse, den eure Leute machen. Wie auch immer ... Ja, meine Späher haben mir berichtet, daß dein Vater und Yazte die Idee hatten, das Ende des Matakwas mit Pferderennen zu begehen, die am Fuß der Vorberge stattgefunden haben. Die Naiche und die Aparhaso haben daran teilgenommen, und ...« Er griff nach dem Fleischbeutel und suchte sich ein weiteres Stück heraus. » ... und als die Krieger der Tachyn in Richtung der Berge reiten wollten, waren alle unsere Spuren längst bis zur Unkenntlichkeit zertrampelt. Jetzt zieht Chakthi mit seinen Leuten ab.«

»Er könnte trotzdem Kundschafter ausschicken«, sagte Rannach.

»Um eine alte Spur zu suchen, die mittlerweile längst kalt geworden ist?« Colun schüttelte den Kopf und lachte. »Und zudem führt sie noch über einen Weg, der für Pferde nicht gerade geeignet ist, weiß der Schöpfer.«

Rannach nickte und überlegte kurz. »Trotzdem möchte ich die Pferde behalten. Sollten die Eindringlinge in den Bergen auftauchen, werde ich ein Pferd brauchen, um meinem Vater die Nachricht zu überbringen. Aber können die Tiere dort oben überhaupt leben?« Er deutete auf die schroffen Hänge.

»Der Weg wird schwierig für sie werden«, erwiderte Colun, »aber wenn sie den Aufstieg schaffen, werden sie dort oben leben können. Wie du weißt, haben wir unsere eigenen Tiere.«

»Das wußte ich nicht.« Rannach lächelte entschuldigend. »Ich dachte, ihr Grannach würdet ausschließlich in euren Stollen leben.«

»Wie Maulwürfe, was? Oder wie Ratten?« Colun lachte dröhnend. Er riß die Augen weit auf und tastete blindlings um sich herum, als wollte er irgendein Tier nachzuahmen, das in unterirdischen Gängen lebte. »Die tief unter den Felsen in der Finsternis herumkriechen?«

Rannach nickte verlegen.

»Wir haben mehr als unsere Stollen«, sagte Colun. »Du wirst es noch sehen.«

Bevor Rannach ihm eine weitere Frage stellen konnte, sprang der Grannach auf und gab mit lauter Stimme den Befehl, den Aufstieg fortzusetzen.

Der Pfad wurde noch steiler, so daß Rannach und Arrhyna endgültig aus den Sätteln steigen und die Pferde mit Seilen die Steigungen heraufziehen mußten, während die Grannach die Tiere von hinten schoben. Es würde kein einfacher Abstieg werden, dachte Rannach, aber er rechnete nicht länger mit Verfolgern. Statt dessen machte sich eine andere Furcht in ihm breit, und er wünschte, er hätte sich ausführlicher mit Morrhyn unterhalten. Sie befanden sich mittlerweile in einer Region, die noch kein Matawaye aufgesucht hatte. Die Nachmittagssonne schien hell auf den Gipfel des Schöpferberges, und er mußte an die Geschichten über das Volk der fünf Clane und das Ahsa-tye-Patiko denken. Ihm wurde bewußt, daß er sich hier auf heiligem Boden befand. Es war keine verbotene Gegend, aber die Matawaye überließen dieses Land den Grannach, die in ihren Augen die Hüter der Pässe und des Tores waren. Kein Bewohner der Grasebenen stieg hier hinauf. Rannach hatte während des Matakwas Blut vergossen und gegen das Gebot verstoßen, und obwohl er glaubte, keine andere Wahl gehabt zu haben, fragte er sich, mit welchen Augen der Schöpfer seine Anwesenheit in der Nähe des heiligen Berges betrachten mochte.

Er richtete den Blick auf das gewaltige Massiv und vollführte eine Schutzgeste. Wenn ich blutbesudelt und sündhaft bin, dachte er, dann bestrafe mich, aber nicht meine Frau. Arrhyna ist unschuldig und hat keine Strafe verdient.

Doch der Berg gab ihm keine Antwort, auch wenn Rannach einen kreisenden Adler und eine Schar Raben entdeckte, schwarze Silhouetten vor dem azurblauen Himmel. Er fragte sich, ob er gerade ein Zeichen sah, das nur ein Wakanisha hätte deuten können. Sein Atem ging keuchend, und ihm war merkwürdig schwindlig. Das Licht schien hier oben heller zu sein, die Landschaft wirkte unglaublich klar, als brannten sich ihm die Hänge, Bäume und Felsblöcke in die Augen. Der Legende nach war das Erste Volk von diesem Berg nach Ket-Ta-Witko hinabgestiegen, nachdem es durch das Tor in diese Welt gekommen war. Die meisten Menschen hatten sich in den Grasebenen angesiedelt und sich in die Clane der Matawaye aufgespalten. Diejenigen, die beschlossen hatten, in den Bergen zu bleiben, waren die Grannach geworden. Rannach hatte nicht oft darüber nachgedacht – mit solchen Dingen beschäftigten sich die Träumer, nicht die Krieger –, aber es war ihm immer zweifelhaft erschienen, daß ein Volk, das die Weite der Steppe so sehr liebte, aus dem Gebirge gekommen sein sollte. Doch jetzt, da er dem Berg näher gekommen war, als es irgend jemand aus seinem Volk seit Menschengedenken getan hatte, geriet er ins Grübeln. Der Berg war so riesig, eine gewaltige Säule, die den Himmel zu stützen schien, majestätisch allein durch seine Ausmaße, und schon hier auf den Hängen des Vorgebirges kam sich Rannach winziger als eine Ameise vor.

Daß er stehengeblieben war, wurde ihm erst bewußt, als ein Grannach ihm zurief, er sollte weitergehen, es sei denn, er wollte sein schwerfälliges Pferd allein den Hang hinaufschleppen. Die rauhe Stimme dröhnte ihm in den Ohren, und er schüttelte benommen den Kopf, aber die Landschaft um ihn herum schimmerte immer noch unwirklich, und der Anblick des Felsgipfels nagelte ihn regelrecht fest. Er hatte das Gefühl, als wäre er zu einer unbeweglichen Statue geworden, für alle Zeit dazu verdammt, zum Berg des Schöpfers emporzustarren. Plötzlich legte sich Coluns Hand um sein Kinn und schüttelte ihn.

»Flachländer!« hörte er undeutlich die Stimme des Grannachs. »Ho, Rannach, gehst du jetzt endlich weiter, oder willst du hier stehen bleiben und in die Luft glotzen, bis du verhungerst?«

»Ich ...«, begann er und deutete mit einem zitternden Finger auf den fernen Gipfel.

»Ja«, sagte Colun ungeduldig. »Ich weiß. Und jetzt beweg dich!«

Es schien einfach unmöglich. Rannach warf einen Blick zurück und sah Arrhyna eingekeilt zwischen zwei Grannach, die sich um ihr Pferd und um die Lasttiere kümmerten. Ihre Augen waren genauso unnatürlich geweitet wie die seinen, ihre Miene wirkte entrückt.

Plötzlich durchzuckte ihn ein scharfer Schmerz. Er begriff, daß Colun ihm eine Ohrfeige versetzt hatte, und der Grannach war sehr kräftig. Rannachs Augen begannen zu tränen, einen Moment lang schien sich alles um ihn zu drehen, doch dann grunzte er, umklammerte die Zügel des Hengstes und setzte sich wieder in Bewegung.

In dieser Nacht wurde es sehr kalt. Sie schlugen ihr Lager in einer schmalen Schlucht auf. Ein dünner Strahl weiß schäumenden Wassers schoß aus schwarzem Fels hervor und schlängelte sich zwischen glattgeschliffenen Steinen hindurch, bevor er in Rinnsalen den Hang hinabtröpfelte. Moos wuchs auf dem Geröll, und kleine gedrungene Büsche krallten sich wie mit gekrümmten Fingern in den steinigen Boden.

Arrhyna schlief gleich nach dem Essen ein, während Rannach sich zwingen mußte, die Pferde zu striegeln und ihnen Decken umzulegen, um sie vor der Kälte zu schützen. Danach schmiegte er sich an seine Frau und war dankbar für die Wärme ihres Körpers, während er zu dem abnehmenden Mond hinaufstarrte.

Am Morgen wallten Nebelschwaden durch die Schlucht. Das Feuer flackerte kraftlos und qualmend vor sich hin und spendete nur wenig Wärme. Rannach fühlte sich elend, Arrhyna schien durch die Kälte wie betäubt. Tau glitzerte in den Mähnen der Pferde, die nervös tänzelten. Die Grannach, fröhlich und munter wie immer, unterhielten sich angeregt über die bevorstehende Heimkehr. Als Rannach in den Himmel spähte, sah er nur ein schmales graues Band, das kaum Sonnenlicht versprach, und er stellte sich darauf ein, daß sie tagelang durch dieses Zwielicht würden ziehen müssen, bevor sie die höheren Regionen erreichten, wo die Stollen begannen. Er fragte sich, ob sie nicht besser beraten gewesen wären, in der Steppe zu bleiben und es auf eine Begegnung mit den Tachyn ankommen zu lassen.

Und dann sah er zum ersten Mal mit eigenen Augen, zu welchen erstaunlichen Leistungen die Grannach fähig waren.

Sie verließen die Schlucht und mühten sich einen geschwungenen Felssims hinauf, der unter einem Felsüberhang und verkümmerten, vom Wind niedergedrückten Kiefern entlanglief. Nach Osten hin schien der Weg eine vollständige Kehre zu beschreiben und fast senkrecht nach oben zu führen. Rannach konnte sich beim besten Willen nicht vorstellen, wie die Pferde diesen Aufstieg bewältigen sollten. Colun, der den kleinen Zug anführte, blieb vor der Kehre stehen und wartete, bis die anderen zu ihm aufgeschlossen hatten. Er strahlte Rannach und Arrhyna an, als schwelgte er in Vorfreude auf einen großartigen Witz.

»Seht ihr?« fragte er und deutete auf eine nackte Felswand.

Rannach starrte den Fels erschöpft an und zuckte die Achseln.

»Was seht ihr?«

»Stein«, erwiderte Rannach nach einem kurzen Seitenblick auf Arrhyna. »Alles, was ich sehe, ist Stein.«

Colun nickte. »Ihr besitzt nicht die Augen eines Grannachs. Paßt auf und seht, was noch keiner aus eurem Volk jemals gesehen hat.«

Er legte beide Hände flach auf die Felswand und murmelte irgend etwas so leise mit gutturaler Stimme, daß weder Rannach noch Arrhyna ein Wort verstanden. Staunend sahen sie zu, wie der Fels zu zittern begann, als liefen Wellen über einen Teich, in den jemand einen Stein geworfen hatte, und sich eine Öffnung in der massiven Wand auftat. Rannach keuchte und umklammerte die Zügel, als sein Hengst vor dem unmöglichen Eingang in den Berg zurückscheute. Er zog den Kopf des nervösen Tieres herab und blinzelte ungläubig. Wo eben noch glatter grauer Fels gewesen war, klaffte jetzt ein halbkreisförmiges Loch, so groß, daß ein Pferd mühelos hindurchpaßte. In den Torbogen waren komplizierte Symbole eingemeißelt, und im Inneren des Tunnels leuchtete Licht, hell wie die Sonne und ohne eine erkennbare Quelle, das auf einen glatten Stollenboden fiel, der tief in den Berg hineinführte.

»Maulwürfe, was?« Coluns Grinsen wurde breiter. »Ratten, wie? Tretet ein und seht selbst.« Er durchquerte den Bogen und verneigte sich wie ein freundlicher Hausherr, der sich freute, daß es ihm gelungen war, seine Gäste zu überraschen.

Obwohl die Einladung Gastfreundschaft versprach

und Anlaß zu Hoffnung gab, verspürte Rannach einen merkwürdigen Widerwillen vor dem Tunnel. Er war an offenes Land gewöhnt, an die weiten Steppen und den Himmel über sich. Ein Blick auf Arrhyna verriet ihm, daß ihr ähnlich unbehaglich zumute war. Aber ihnen blieb keine andere Wahl, und so atmete er tief durch, ergriff die Hand seiner Frau und betrat den Stollen.

Anfangs sträubten sich die Pferde, doch dann ließen sie sich unter tatkräftiger Mithilfe der Grannach in den Berg führen. Colun blieb neben der bogenförmigen Öffnung stehen, und nachdem alle sie durchschritten hatten, sprach er erneut die geheimnisvollen Worte und berührte den Fels. Der blaue Himmel waberte und verdunkelte sich, als würde Nebel aufziehen, und wurde durch eine solide Felswand ersetzt.

Rannach sah sich um. Die Luft war wärmer, als sie es hätte sein sollen, und roch trocken. Er hätte nicht sagen können, woher das Licht kam, bestimmt nicht allein aus dem Gestein. Das unglaubliche Gewicht des Berges schien bedrohlich auf ihm zu lasten, und er war dankbar für die sanfte Berührung von Arrhynas Hand.

»Kommt.« Colun winkte ihnen zu und setzte sich in Bewegung, ohne sich zu überzeugen, ob sie ihm folgten.

In der reglosen Luft lag der Geruch von Feuerstein. Durch die Stille klang das Klappern der Hufe auf dem harten Boden unnatürlich laut, wie das Dröhnen respektloser Stimmen an einem heiligen Ort. Rannach eilte den Grannach hinterher, die zügig ausschritten, wobei er ununterbrochen ehrfürchtig um sich starrte. Der Weg, den er jetzt beschritt, war für ihn bisher nur eine Legende gewesen.

Irgendwann weitete sich der Gang. Colun verkündete, daß mittlerweile die Nacht hereingebrochen wäre und sie Rast machen würden. Rannach und Arrhyna gehorchten wie betäubt und kümmerten sich um die Tiere. Sie befanden sich in einem höhlenartigen Gewölbe. Es war unmöglich zu sagen, ob die Höhle natürlichen Ursprungs oder von den Grannach angelegt worden war. Vielleicht traf beides zu. Blaue Steinbänder liefen bogenförmig über die Wände, die mehr golden als weiß glänzten, und vereinigten sich an der Decke zu einem glitzernden edelsteinbesetzten Kreis. In der Mitte des glatten Bodens war ein von einer niedrigen Mauer eingefaßter dunkler Teich, der von aus blauem Stein herausgemeißelten Bänken umgeben wurde, dunkler als die bogenförmigen Felsbänder an den Wänden.

»Wir haben nicht mehr zu essen als das, was wir bei uns tragen«, sagte Colun, als wäre dies ein ganz gewöhnlicher Ort, der keine weitere Erwähnung verdiente, »aber schon morgen ...«

Er strahlte, ohne auszuführen, was er damit meinte. Sie fütterten die Pferde mit Stroh aus ihrem Reiseproviant und nahmen ein kaltes Abendessen zu sich, Trockenfleisch und Früchte, Marschverpflegung, die Lhyn und andere Commacht für sie zusammengestellt hatten.

»Habt ihr das alles selbst gemacht?« fragte Rannach.

»Im Laufe der Jahrhunderte.« Colun machte es sich auf einer Bank bequem. »Ich selbst war nicht daran beteiligt, aber alles hier ist unser Werk. Das Werk der Grannach und des Schöpfers.« Er vollführte eine Geste, die Rannach unbekannt war. »Ihr könnt hier unbesorgt und in Frieden schlafen.«

Das war leichter gesagt als getan. Es fiel Rannach schwer, mit dem Bewußtsein einzuschlafen, daß das Gewicht eines Berges auf ihm lastete, an einem Ort, an dem das Licht auf ein Wort Coluns hin bis auf ein mattes Glühen von der edelsteinbesetzten Höhlendecke erlosch, an dem kein Mond schien, keine Sterne funkelten und kein Lagerfeuer flackerte. Außerdem konnte er nicht neben Arrhyna schlafen. Jeder lag auf seinem eigenen Steinpodest, wie Götzenskulpturen zur letzten Ruhe aufgebahrte Leichname. Rannach war froh, als das Licht wieder heller wurde und die Grannach emsig ein kaltes Frühstück zubereiteten. Arrhyna, die die Pferde versorgte und sich danach ungeduldig kämmte, erging es offensichtlich nicht anders.

Der Tunnel zog sich in die Länge. Die Grannach trabten leichtfüßig dahin, gefolgt von den angespannten Matawaye und den durch die ungewohnte Umgebung verstörten Pferden, deren Hufe laut in der Stille klapperten. Der Marsch dauerte den ganzen Tag an, nur von einer kurzen Ruhepause unterbrochen, um eine Kleinigkeit zu essen. Die Wände des Tunnels blieben ständig gleichförmig, als zöge die kleine Gruppe durch einen endlosen Tag, der von der Magie der Grannach erschaffen worden war, als stieße sie immer tiefer in ein Gebirge vor, das sie nie mehr würde verlassen können, dazu verdammt, bis in alle Ewigkeit weiterzuziehen. Rannach begann sich zu fragen, ob das seine Strafe dafür war, daß er Vachyr erschlagen hatte.

Irgendwann endete der Tunnel unvermittelt vor einer weiteren nackten Wand. Wieder legte Colun die Hände auf den Fels, sprach die merkwürdigen Silben, und der Stein löste sich in Nichts auf. Rannach war einen Moment lang vom hellen Tageslicht geblendet, sein Verstand wie gelähmt. Er hörte Colun leise lachen und Arrhyna keuchen und wußte, daß sie genauso fassungslos wie er war. Als sich sein Blick wieder klärte, brachte er kein Wort hervor und konnte vor Verblüffung nur krächzen.

Jenseits des bogenförmigen Stollenausgangs erstreckte sich ein mit einem Geländer versehener Felssims, der auf ein Tal hinausging, das sich zwischen hohen Bergen dahinwand. Ringsum ragten Gipfel in die Höhe und verloren sich in dunstiger Ferne, wo sich der Berg des Schöpfers wie ein unfaßbar gewaltiger Wächter erhob. Um das Tal herum waren die Hänge sanfter, als wären die schroffen Bergflanken durch die Hand des Schöpfers selbst oder durch jahrhundertelange mühevolle Arbeit der Grannach geglättet worden. Sie wurden von bepflanzten Terassen gesäumt, von denen kleine Wasserläufe zwischen üppigen Hainen in die Tiefe stürzten. Der Talboden selbst war mit grünem Gras bedeckt, so dicht wie irgendwo in den Ebenen der Steppen. Die Bäche, die funkelnd die Hänge hinabströmten, vereinigten sich zu einem kleinen Fluß, der sich durch das Tal schlängelte, bis er vom Dunst verschluckt wurde. Waldinseln bildeten dunkle Tupfer im helleren Gras. Rannach entdeckte weidende Langhornschafe und Hirsche. Er hatte das Gefühl, als wäre ein Stück seiner vertrauten Grassteppe über die Berge geschafft und hier abgesetzt worden.

»Nicht nur Stollen, was?« Colun schlug ihm herzhaft auf die Schultern. Ein grollendes Lachen stieg aus seiner Kehle empor. »Nicht nur blinde Wühlerei und schmutziges Gestein, oder?«

Rannach schüttelte wie in Trance den Kopf. »Nein«, flüsterte er. Er sog staunend das unglaubliche Panorama in sich auf. Es war ein wunderschönes und großes Tal, dessen anderes Ende er nicht einmal erahnte.

»Wohnt dein Volk hier, Colun?« fragte Arrhyna.

»Wohnen ist die falsche Bezeichnung.« Der Grannach trat an das Geländer, das ihm bis zur Hüfte reichte, und machte eine ausholende Geste, die das gesamte Gebirgsmassiv umfaßte. »Wir haben überall in den

Bergen solche Täler. Hier bauen wir Getreide und Feldfrüchte an und züchten die Tiere, die uns mit Fleisch versorgen. Hierher kommen wir, um zu jagen oder einfach nur, um den Himmel, das Gras und die Wälder zu sehen, wenn uns danach zumute ist. Unsere eigentlichen Wohnungen befinden sich im Fels.«

Er drehte sich um und winkte die beiden Mataways zu sich. Sie schoben sich vorsichtig an das Geländer heran. Direkt hinter der niedrigen Steinmauer begann die steile Böschung.

»Aber ihr werdet euch hier einrichten«, fuhr Colun fort. »Hier habt ihr Wasser und Gras. Auf den Terassen findet ihr Getreide und mehr als genug Wild im Tal. Ihr werdet euch hier wohlfühlen, denke ich.« Seine Worte klangen beinahe wie ein Abschied.

»Wohin wirst du gehen?« wollte Rannach wissen.

»Ich muß mein Volk aufsuchen.« Das Gesicht hinter Coluns dichtem Bart verdüsterte sich, sein Lächeln verblaßte. »Ich muß berichten, was während des Matakwas geschehen ist, was euer Rat in Hinsicht auf die Eindringlinge beschlossen hat. Oder besser gesagt, was eure Leute nicht beschließen konnten.«

»Die Commacht stehen auf eurer Seite«, sagte Rannach. »Und die Lakanti auch.«

Colun stieß ein schnaubendes Lachen aus. »Das *würden* sie, abgesehen davon, daß dein Clan wahrscheinlich gegen Chakthis Tachyn kämpfen wird. Vielleicht mit Unterstützung der Lakanti, aber trotzdem durch einen unbedeutenden Krieg abgelenkt ist, während ... Ach!« Er schlug heftig mit einer Faust auf das Geländer. »Sollten die Fremden versuchen, unsere Berge zu durchqueren, werden wir gegen sie kämpfen. Vielleicht kommt es nicht soweit, vielleicht wird Chakthi getötet und eure Clane schließen Frieden. Das liegt jetzt allein in den Händen des Schöpfers.«

Rannach nickte. Er fühlte sich an seine Rolle in dem Geschehen erinnert. »Wenn sie kommen«, sagte er unbeholfen, »werde ich meinen Vater benachrichtigen. Dann werdet ihr Verbündete haben. Mit Sicherheit die Commacht und sehr wahrscheinlich auch die Lakanti.«

Colun gab ein Knurren von sich, ohne die Augen von der Talsohle zu nehmen. »Vielleicht, sofern sie nicht zu sehr damit beschäftigt sind, sich mit den anderen Clanen zu bekriegen. Aber würden sie uns rechtzeitig zu Hilfe kommen? Ich denke, niemandem von uns wird viel Zeit bleiben, sollte es diesen Kreaturen gelingen, unsere Verteidigungslinien zu durchbrechen. Ach, ich frage mich allmählich, ob ich nicht selbst Chakthi hätte herausfordern und meine Axt in seinen Schädel versenken sollen, um etwas Verstand in sein Hirn hereinzulassen.«

»Das ist mein Kampf!« erwiderte Rannach hitzig und fügte sofort etwas ruhiger hinzu: »Ich war es, der seinen Zorn erregt hat.«

»Nein.« Colun wandte dem Tal den Rücken zu und sah zu dem jungen Commacht auf. »An Chakthis Zorn ist nur er allein schuld. Hätte Vachyr nicht ...«, er bedachte Arrhyna mit einem kurzen Seitenblick und zuckte die Achseln. »Er hat dir keine andere ehrenhafte Wahl gelassen, als das zu tun, was du getan hast. Und Chakthi hat seinen Teil dazu beigetragen; er wußte von den Plänen seines Sohnes und hat sie gebilligt. Er trägt die Verantwortung für alles, was geschehen ist. Ich wünschte nur, deine Leute hätten das klarer erkannt, damit der Rat *Chakthi* und nicht dich verbannt hätte.«

Rannach quittierte den Zuspruch mit einem Lächeln. »Wäre dir Chakthi als Nachbar lieber gewesen?«

Coluns Gelächter hallte von den Felswänden wider. »Eher würde ich ein wildes Wolfsrudel an diesen Ort führen! Ich konnte Chakthi noch nie leiden. Kennst du die Geschichte nicht?«

»Ich weiß nur, daß mein Vater dich einen wahren Freund nennt. Und daß du all die Jahre immer in unsere Zelte gekommen bist.«

»Ihr Commacht«, sagte Colun, »macht den besten Tiswin. Aber das ist nicht der einzige Grund. Vielleicht erzähle ich euch die ganze Geschichte später. Jetzt sollten wir mit dem Abstieg beginnen.«

Er zog sich von dem niedrigen Geländer zurück, winkte seinen Leuten zu, und der kleine Zug setzte sich wieder in Bewegung.

Der Weg war breit und säuberlich aus dem Fels herausgeschlagen, aber trotz seiner Breite und dem glatten Boden schlängelte er sich in schwindelerregenden Serpentinen in die Tiefe. Rannach und Arrhyna führten die Pferde vorsichtig an den Zügeln, und beide waren erleichtert, als sie die Talsohle erreicht und endlich wieder Gras unter den Füßen hatten.

Die Sonne, die das Tal so hell beschienen hatte, berührte jetzt die Berggipfel. In der Tiefe breiteten sich Schatten aus, obwohl der Himmel noch immer leuchtend blau war. Nach einer Weile tauchten die ersten Sterne und der abnehmende Mond des Neuen Grases auf. Bei dem Gedanken, daß das Matakwa normalerweise mindestens bis zum Erreichen des Halbmondes angedauert hätte, fühlte Rannach Wehmut in sich aufsteigen. Er wußte nicht, wie es seinem Clan erging, und er konnte ihm nicht beistehen, wenn Chakthi angriff. Es wäre ihm eine Freude gewesen, den Akaman der Tachyn jetzt vor sich zu haben, ihn über den Schaft seiner Lanze hinweg anzuvisieren ... oder, besser noch, zu sehen, wie sich ihre Spitze in Chakthis Bauch bohrte.

Er vollführte eine verstohlene Schutzgeste und rief sich ins Gedächtnis, daß es seine Unbeherrschtheit gewesen war, die ihn an diesen Ort gebracht und seinen Clan in den Krieg getrieben hatte, und er schwor sich, Bußrituale durchzuführen und dem Schöpfer seine Reue zu demonstrieren, sobald er und seine Frau sich hier häuslich eingerichtet hatten. Doch zuerst würde er sich darum kümmern, daß es Arrhyna an nichts fehlte. Das schuldete er ihr für ihren Mut und alles, was sie hatte erleiden müssen. Ihr galt seine erste Sorge. Sie ging neben ihm, die Zügel ihrer gescheckten Stute in der Hand. Er lächelte ihr zu. Arrhyna erwiderte das Lächeln. *Wie tapfer sie ist,* dachte Rannach, *und was für ein Glück ich habe, ungeachtet aller Umstände, daß sie sich für mich entschieden hat.*

So wanderten sie eine Weile schweigend durch ihre neue Heimat, bis sie an einen Bach kamen und Colun verkündete, daß sie rasten würden. »Hier werden wir unser Nachtlager aufschlagen und euch morgen verlassen«, sagte er.

»Wirst du zu uns zurückkehren?« fragte Rannach.

»Zu gegebener Zeit.« Der Grannach nickte in Richtung des anderen Talendes. »Wie schon gesagt, ich muß mit meinem Volk sprechen, und ich weiß nicht, wie lange das dauern wird. Aber ich werde euch eine Nachricht schicken oder euch selbst einen Besuch abstatten. Also, was gibt es zu essen?«

Schon bald flackerte ein Feuer, und das Gepäck wurde nach den Zutaten für eine Abschiedsfeier durchwühlt. Rannach bestand darauf, das Abendessen aus seinem und Arrhynas Reiseproviant zuzubreiten, und versicherte den Grannach, daß er an einem so günstig gelegenen Ort die Vorräte problemlos durch die Jagd würde auffrischen können. Niemand erhob Einwände, nur Colun beklagte sich, daß sie keinen Tiswin hatten.

Nachdem alle gesättigt waren und sich im Gras um das Feuer räkelten, erkundigte sich Rannach bei

Colun nach der Geschichte, die der Grannach früher am Tag erwähnt hatte.

»Also ...« Colun gluckste belustigt. Es klang wie das Magengrollen eines hungrigen Bären. »Vielleicht sollte ich das nicht tun.«

Obwohl Rannach den kleinen gedrungenen Mann mochte, hätte er ihn in diesem Moment am liebsten gepackt und kräftig durchgeschüttelt. Allerdings war der Grannach zu stark für ihn und hätte ihn durch seine Kraft vermutlich in Verlegenheit gebracht. Also lächelte er nur und sagte: »Ich würde die Geschichte gern hören, es sei denn, es ist dir verboten, darüber zu sprechen ...«

»Es ist nicht verboten.« Ein versonnenen Grinsen verzog Coluns Mundwinkel. Er starrte ins Feuer. »Wir haben vereinbart, die Sache nicht weiter zu verbreiten, aus Angst davor ... die Beteiligten zu verärgern. Dein Vater ist ein taktvoller Mann, Rannach. Er denkt nicht nur an seinen eigenen Stolz.«

Rannach neigte zustimmend den Kopf. »Ich weiß. Trotzdem würde ich gern erfahren, worum es bei dieser geheimnisvollen Sache geht.«

»Vielleicht ...« Colun warf seinen Kameraden einen fragenden Blick zu. »Was meint ihr?«

Die Grannach grinsten. Ihre Gesichter erinnerten an pelzbedeckte Felsen. »Erzähl. Warum nicht? Es ist eine lustige Geschichte.«

»Bitte, Colun«, drängte nun auch Arrhyna. »Ich möchte sie hören.«

»Und deinem Lächeln«, gab Colun galant zurück, »kann ein Mann nur schwer widerstehen. Also gut, hört zu.

Es war bei meinem ersten Matakwa. Ich war gerade erst zum Creddan ernannt worden – das ist ein Titel, vergleichbar dem eines Akamans bei euch –, und du, Rannach, warst damals noch ein brabbelndes Baby, das von seiner Mutter herumgetragen wurde. Racharran war noch nicht lange Akaman der Commacht, und ich kannte ihn zu jener Zeit nur aus großer Entfernung.

Ich stieg also zur Begegnungsstätte hinab, voller Stolz über meinen neuen Status, und trank zum ersten Mal euren Tiswin. Und wie ich zu meiner Schande gestehen muß, trank ich mehr, als ich tatsächlich vertragen konnte.« Er schwieg einen Moment, als seine Kameraden lachten, und wartete, bis sich ihre Heiterkeit gelegt hatte. »Am nächsten Tag«, fuhr er fort, »fühlte sich mein Kopf so ähnlich an wie die Rassel, die du damals immer geschüttelt hast, und in meinem Bauch rumorte es. Also beschloß ich, ein bißchen spazieren zu gehen, um wieder einen klaren Kopf zu bekommen. Und worauf bin ich gestoßen?«

Wieder legte er eine kurze Pause ein und grinste. »Auf einen Bär von recht beachtlicher Größe, der noch nicht lange aus seinem Winterschlaf erwacht war. Auf einen Bär und einen gewissen Tachyn, dessen Namen ich damals noch nicht kannte. Wir begegneten uns auf einer Waldlichtung, nicht weit von der Begegnungsstätte entfernt – ich, der Bär und dieser Tachyn. Letzterer saß auf einem Pferd, aber das Tier geriet in Panik, und warf ihn ab. Als er sich wieder aufrichtete, entdeckte er das gleiche wie ich, nämlich daß der Bär nicht gerade bester Laune und offenbar wild entschlossen war, einen von uns zu verspeisen. Nur konnte er sich nicht entscheiden, ob er sich auf das Pferd, den Tachyn oder mich stürzen sollte.

Nun, das Pferd erleichterte ihm die Entscheidung, indem es floh – ein kluges Tier! –, was die Auswahl des Bären beschränkte. Ich überlegte, ob ich dem Beispiel des klugen Pferdes folgen sollte, sagte mir dann aber, daß der Bär mich bestimmt einholen würde. Außerdem betrachtete ich es als unmännlich, den

Tachyn mit dem Biest alleinzulassen. Ich trug keine Waffen bei mir, der Tachyn aber war auf der Jagd gewesen und hatte einen Bogen. Statt ihn jedoch zu benutzen, wie ich gedacht hatte, wirbelte er nach einem kurzen Blick auf den Bären herum und rannte davon. Als der Bär seine Verfolgung aufnahm, ergriff ich einen herabgefallenen Ast und schleuderte ihn auf das Tier.

Das hätte ich wohl besser nicht tun sollen, es wäre klüger von mir gewesen, den Feigling dem Bären zu überlassen. Aber ich bin nun mal ein Grannach, und wir Grannach kennen keine Furcht, also warf ich den Ast, worauf der Bär prompt kehrtmachte und mich angriff.

In diesem Moment – während ich mich noch fragte, wie schnell ich auf einen Baum klettern könnte und ob der Bär vielleicht nicht ein geschickterer Kletterer als ich wäre – kam dein Vater auf die Lichtung geritten. Er hatte sich Sorgen um mein Wohlergehen gemacht, wie er mir später erzählte, und sich auf die Suche nach mir begeben. Der Schöpfer sei gelobt dafür! Jedenfalls war auch er mit einem Bogen bewaffnet und spickte das Biest schneller mit Pfeilen, als ich jemals zuvor einen Menschen schießen gesehen hatte. Der Bär wandte sich ihm zu, und dein Vater lockte ihn über die Lichtung in den Wald hinein.

Ich rannte ihm hinterher und sah, wie er das Tier tötete. Später häuteten wir es und aßen sein Fleisch. Dein Vater schenkte mir das Fell, das deine Mutter gereinigt und gegerbt hatte.« Colun strahlte und strich über den Pelz auf seinen Schultern. »Das ist das Fell, und das ist der Grund, weshalb ich mit deinem Vater und mit dir befreundet bin.«

Das Feuer knisterte und spie Funken in den Nachthimmel.

»Und der Tachyn?« fragte Rannach.

»Na, das war natürlich Chakthi.« Colun grinste boshaft. »Nachdem der Bär tot war, zog mich dein Vater auf sein Pferd – was mir überhaupt nicht behagte! –, und wir kehrten auf die Lichtung zurück. Chakthi war immer noch dort. Sein Bogen lag im Gras, und er hockte hoch oben in einem Baum. Beim Schöpfer, er hatte sich wie ein Opossum an einen Ast geklammert, und es dauerte ziemlich lange, bis er wieder herabkletterte, obwohl dein Vater ihm versicherte, daß der Bär tot war. Ich habe ihn dabei beobachtet, und ich bin mir fast sicher, daß seine Hose naß war!«

Gelächter dröhnte durch die Nacht. Die Grannach rollten sich im Gras herum und hielten sich die Bäuche.

»Und dann?« fragte Rannach.

»Als der Diplomat, der dein Vater ist, versprach er Chakthi, daß niemand von dem Vorfall erfahren würde. Dann verpflichtete er auch mich zum Stillschweigen. Er sagte mir, daß ich nichts ausplaudern sollte, es sei denn, ich wollte mir den Akaman der Tachyn zum Feind machen. Anschließend fing er Chakthis Pferd ein und brachte es zurück auf die Lichtung. Danach ritten wir in euer Lager und tranken Tiswin.«

»Dann müßte Chakthi meinem Vater eigentlich dankbar sein«, sagte Rannach.

Coluns Lächeln erlosch. »Er *müßte*, aber er ist es nicht. Chakthi gehört zu der Sorte von Männern, die Dankbarkeit als eine unangenehme Schuld empfinden.«

»Das ist also der Grund für die Feindseligkeit, mit der Chakthi den Commacht begegnet?« fragte Rannach.

»Teilweise, denke ich.« Colun musterte Rannach und Arrhyna mit ernster Miene. »Genausowenig mag er mich oder irgendeinen anderen Grannach, denn wie dein Vater war auch ich Zeuge seiner Feigheit.«

Arrhyna runzelte die Stirn. »Aber Racharran hat ihm doch versprochen, die Geschichte nicht weiterzuerzählen, und Chakthi muß gewußt haben, daß auf Racharrans Wort immer Verlaß gewesen ist ...«

»Ich denke, was für Chakthi eher zählt, ist, daß wir *wissen,* wie er sich verhalten hat.« Colun zuckte die Achseln. »Daß wir ihn bleich vor Angst dort oben im Baum gesehen haben, nachdem er zuvor seinen Bogen weggeworfen hatte. Ich denke, so etwas nagt an einem Mann wie Chakthi, bis es zu einer schwärenden Wunde wird, die er nicht vergessen kann.« Er nickte, wie um seine eigene Einschätzung zu bestätigen, und blickte die beiden Matawaye erneut ernst an. »Ihr zwei seid jetzt die einzigen anderen aus eurem Volk, die von dieser Geschichte wissen. Morrhyn weiß nichts davon, auch nicht deine Mutter, Rannach. Verstehst du? Dein Vater steht zu seinem Wort.«

»Hätte ein Mann mir das Leben gerettet, hätte ich meine Schuld öffentlich verkündet«, sagte Rannach. »Ich hätte ein Fest zu seinen Ehren gegeben und ihn meinen Blutsbruder genannt.«

»Du bist nicht Chakthi«, erwiderte Colun. »Sein Geist beschreitet einen anderen Pfad. Ein anderes Gift hat von ihm Besitz ergriffen.«

»Die Eindringlinge?« Rannach folgte der Blickrichtung des Grannach. Die Berge erschienen ihm unüberwindlich, kalt und zerklüftet, wie gebleckte Fangzähne im Mondlicht. »Wie kann das möglich sein?«

»Woher soll ich das wissen?« Colun stocherte im Feuer herum und ließ die Flammen stärker auflodern. »Ich bin nur ein Creddan, kein Golan oder Wakanisha. Ich kann keine Zeichen oder Träume deuten. Aber ...« Seine massigen Schultern hoben und senkten sich in einem Seufzen. »Ohne Zweifel nähert sich eine wahnsinnige Meute den Grenzen dieses Landes, und mir scheint, daß der Wahnsinn auch euer Volk ergreift. Ach! Die Welt weiß, daß man dem Wort eines Grannach vertrauen kann, aber wer hat auf meine Warnungen gehört?«

»Mein Vater«, sagte Rannach. »Und Morrhyn. Und Yazte und Kahteney.«

»Während Chakthi und sein hündischer Träumer sie ignoriert haben.« Colun warf einen Stock ins Feuer, worauf Funken aufstiegen. »Der alte Juh und sein Wakanisha wiegeln ab, genau wie Tahdase und sein furchtsamer Träumer, die unterwürfig zu Juh aufsehen wie Welpen zum Leittier ihres Rudels. Und währenddessen …« Sein Blick strich wieder über die Berge. »Ist das kein Wahnsinn? Wenn ein wahrer Freund eine Warnung überbringt, hört ein kluger Mann ihn an und trifft seine Vorbereitungen, oder? Aber euer Rat hat nur gezittert und sich die Ohren zugehalten, wie Kinder, die ihre Augen verschließen, um sich nicht der Gefahr stellen zu müssen.«

Arrhyna erschauderte und rückte näher an ihren Mann heran. Colun bemerkte ihre Anspannung und brachte ein Lächeln zustande. »Hier seid ihr sicher. Sollte die Horde kommen, werdet ihr früh genug gewarnt werden, um die Berge verlassen zu können.« Er nahm den Kessel vom Feuer, schenkte die Becher voll, nippte an seinem Tee und seufzte wehmütig. »Ach, wie ich wünschte, das hier wäre Tiswin.«

Einer seiner Kameraden schmunzelte. »Zu Hause wartet Bier auf uns.«

»Das ist nicht das gleiche.« Colun schüttelte den Kopf und grinste die beiden Mataways an. »Von allen Dingen, die ihr Flachländer macht, ist der Tiswin meiner Meinung nach eure größte Errungenschaft.«

»Vielleicht kann ich hier welchen brauen«, sagte Arrhyna.

Coluns Miene hellte sich auf. »Glaubst du, das wäre

möglich? Könntest du das auch meiner Frau beibringen?«

»Ich weiß es nicht.« Arrhyna lächelte. »Ich muß zuerst die Gegend erforschen und nachsehen, ob hier die nötigen Zutaten wachsen. Aber wenn ich sie finde, ja, dann kann ich deiner Frau zeigen, wie Tiswin zubereitet wird.«

»Ich wußte gar nicht, daß du verheiratet bist«, warf Rannach ein.

»Schon seit dein Vater seine ersten Schritte gemacht hat.« Colun grinste über das ganze Gesicht. »Ich habe spät aber klug geheiratet. Marjia ist die schönste Frau in diesem Teil der Berge. Oder in irgendeinem anderen.«

Rannach fragte sich, wie alt der Grannach war. Er wußte, daß die Steinmenschen sehr langlebig waren, aber Colun schien die Vitalität eines jungen Mannes zu besitzen, weshalb er ihn für nicht älter, vielleicht sogar für jünger als seinen Vater gehalten hatte. Coluns Bemerkung ließ jedoch auf deutlich mehr Jahre schließen. Da es nicht der Art der Matawaye entsprach, viele Worte über das Alter zu verlieren, wandte sich Rannach einem anderen Thema zu. Es schien ihm angebracht, so viel wie möglich über ihre Gastgeber in Erfahrung zu bringen.

»Was ist ein ... Golan?«

»Jemand, dem der Schöpfer eine besondere Gabe verliehen hat.«

»Die Wakanishas wurden vom Schöpfer mit einer besonderen Gabe bedacht«, sagte Rannach. »Träumen eure Golans also auch?«

»Nein.« Colun leerte seinen Becher und schüttelte die letzten Tropfen hinaus. »Ihre Gabe ist die Magie, die es uns gestattet, das Gestein zu formen. Sie lesen seine Spuren, die Richtung seiner Bewegungen, und sie benutzen ihre Fähigkeiten, seine Eigenschaften zu enträtseln, um es für unsere Werkzeuge zu öffnen. Ihr Flachländer glaubt, der Fels wäre tot, aber das ist er nicht. Er lebt. Auf eine sehr langsame Art, zugegeben, und für jeden außer einem Golan schwer zu begreifen.«

Das schien Rannach kaum vorstellbar. »Sie benutzen ihre Magie, um die Stollen zu graben?« fragte er. »So wie den, durch den wir gekommen sind?«

»Um einen Zugang zu schaffen«, präzisierte Colun. »Um den Fels zu überzeugen, uns hindurchzulassen. Dann vervollständigen wir gewöhnlichen Grannach die Arbeit mit unseren Werkzeugen. Die Zugänge selbst sind das Werk der Golans. Ich kann es nicht besser erklären.«

»Ich würde gern einen dieser Golans kennenlernen«, sagte Rannach.

»Vielleicht wirst du das«, erwiderte Colun. »Sie pflegen nur wenig Kontakt zu anderen Menschen, aber wer weiß? Dies sind seltsame Zeiten. Zwei Flachländer sind gekommen, um in unseren Bergen zu leben, und Dunkelheit senkt sich über die Welt. Wer kann also voraussagen, welche Begegnungen demnächst stattfinden werden?«

Rannach hätte sich gern weiter über die Lebensweise der Grannach und die Welt jenseits des Gebirges unterhalten, aber als Colun herzhaft gähnte und verkündete, daß es Zeit sei zu schlafen, wußte Rannach, daß er heute keine weiteren Informationen von dem kleinen Mann erhalten würde.

Er schlang kurze Seile um die Vorderbeine der Pferde, so daß sie in Ruhe grasen, sich aber nicht zu weit vom Lager entfernen konnten, und breitete seine Decke neben Arrhyna aus. Es schien ihm unangemessen, ihr Zelt schon heute abend zu errichten, während ihre Gastgeber unter freiem Himmel schlafen mußten. Dann strich er seiner Frau über die Wange und bereitete sich auf seine erste Nacht in ihrem neuen Refugium vor. Das letzte, was er sah, bevor er einschlief, war der Gipfel des Schöpferberges, der wie ein Kegel aus gebleichten Knochen im Mondschein leuchtete.

Als er erwachte, war das Tal noch immer in Schatten gehüllt, und ihm wurde bewußt, daß die Morgendämmerung in diesen tiefen Bergtälern viel später hereinbrechen mußte, als er es von den Grasebenen gewohnt war. Er blieb noch eine Weile liegen und lauschte den Geräuschen des frühen Morgens. Vögel stiegen jubilierend in die Höhe, und irgendwo in der Ferne hörte er das heisere Röhren eines Rothirschs. Das schienen gute Jagdgründe zu sein, dachte er, und plötzlich verspürte er eine gewaltige Erregung bei der Erkenntnis, daß er sich hier an einem Ort befand, den kein Matawaye vor ihm jemals betreten hatte – als wären er und Arrhyna die ersten Menschen, vom Schöpfer aus Lehm erschaffen, um diese jungfräuliche Welt zu besiedeln. Er stand auf, schlang sich die Decke um die Schultern und schürte das Feuer. Eine große breite Bahn goldenen Lichtes durchschnitt den Himmel und ergoß sich über die Flanke des Schöpferberges, so daß der mächtige Gipfel in silbrigem Weiß erstrahlte, nicht mehr mattgrau wie ausgebleichte Knochen, sondern rein und hell wie neuerwachte Hoffnung. Rannach verneigte sich vor dem Massiv, vollführte eine demütige Geste und gelobte dem Schöpfer, ihm von jetzt an so gut zu dienen, wie es ihm möglich war, das Ahsa-tye-Patiko zu befolgen und seine Frau und sein Volk nach besten Kräften zu beschützen, selbst wenn es ihn das Leben kosten sollte.

Er schrak zusammen und war ein bißchen verlegen, als er auf einmal bemerkte, daß seine Reisegefährten mittlerweile ebenfalls erwacht waren und sich um das

Feuer drängten. Arrhyna ging zum Bach, wusch sich und kehrte zurück, um das Frühstück zuzubereiten.

Nachdem sie gegessen hatten, verkündete Colun, daß es Zeit war aufzubrechen. Rannach erkundigte sich, in welche Richtung sie gehen würden, und als der Grannach auf das unsichtbare Ende des Tales deutete, schlug er ihm vor, mit ihnen zu reiten.

»Bleib vorerst hier«, sagte Colun. »Stell dein Zelt auf und kümmere dich darum, daß es deiner Frau an nichts fehlt. Geh auf die Jagd, erforsch die Gegend. Mach dich mit dem Tal vertraut und such dir einen Platz, wo ihr bleiben wollt. Ich besuche euch wieder, sobald ich kann. Vielleicht zusammen mit Marjia ...« Er zwinkerte Arrhyna zu. »Damit du dein Versprechen einlösen kannst.«

»Das werde ich tun, falls hier die nötigen Zutaten wachsen«, versicherte sie.

»Ach, Tiswin!« Colun schmunzelte. »Ich bete darum, daß du alles findest, was du brauchst.«

Arrhyna lächelte.

»Soll ich nicht wenigstens ein Stückchen mit euch reiten?« fragte Rannach.

Colun zog ihn zur Seite und entfernte sich mit ihm ein paar Schritte vom Lager, bis sie außer Hörweite der anderen waren. »Schlagt euer Lager erst einmal hier auf, bevor ihr weiterwandert«, sagte er. »Und wenn ihr das tut, steigt nicht höher als bis dort hinauf.« Er deutete auf die Kiefern auf den obersten Terrassen. »Betrachtet das als die Grenze, die ihr nicht überschreiten solltet, ja?«

Rannach nickte. »Wie du willst. Aber warum?«

Der Grannach schnaubte geräuschvoll. »Ich bin nur einer von mehreren Creddans, so wie dein Vater nur ein Akaman ist. Dieses Tal wird von meinem Clan beansprucht, und es war meine Entscheidung, euch hierherzubringen. Möglicherweise ...« Er grinste verschämt. »Es könnte sein, daß nicht alle Grannach meine Entscheidung billigen, erst recht nicht, wenn ich ihnen von der Unentschlossenheit eures Rates berichte. Deshalb wäre es klüger, wenn ihr hierbleiben würdet, um keinen Ärger zu riskieren. Hier wird euch niemand etwas zuleide tun, aber einige Grannach könnten Anstoß daran nehmen, wenn ihr durch unsere Berge zieht.«

»Wie du willst«, entgegnete Rannach erneut. Auf einmal fühlte er sich nicht mehr so sicher.

Colun bemerkte die Skepsis des jungen Kriegers. »Hier wird euch nichts geschehen«, sagte er. »Ich hätte dich schon vorher gewarnt, aber ich wollte Arrhyna nicht beunruhigen. Sie hat in letzter Zeit bereits genug Ängste ausstehen müssen, nicht wahr?«

»Ja«, bestätigte Rannach. Er ergriff die schwielige Hand des Grannach. »Ich danke dir für alles, was du für uns getan hast, Colun. Ich betrachte es als eine Ehre, dich meinen Freund nennen zu dürfen.«

»Das beruht auf Gegenseitigkeit«, erwiderte Colun. »Du bist der Sohn deines Vaters.«

»Nur fehlt mir leider seine Weisheit.«

»Die wird sich wahrscheinlich noch einstellen.« Colun drückte Rannachs Hand kräftig. Es war, als würde ein Stein seine Knochen quetschen. »Die Zeit macht einige Männer weise, wenn sie lange genug leben. Ich denke, du wirst es noch lernen.«

»Das hoffe ich.«

»Der Schöpfer sei mit euch«, sagte Colun zum Abschied und wandte sich ab.

Kurz darauf brachen die Grannach auf.

Sie trotteten das Tal entlang zu einem Hain aus Wachholderbüschen, wo der kleine Fluß eine Biegung beschrieb und hinter dem Wäldchen verschwand.

»Ich glaube, ich könnte Tiswin aus diesen Beeren

machen«, drang Arrhynas Stimme in Rannachs Gedanken. »Was hat Colun dir gesagt?«

Rannach zuckte die Achseln. »Mir Lebewohl gewünscht.« Einen Moment lang überlegte er sich, ihr den Rest zu verschweigen, doch dann entschied er sich dagegen. Sie waren jetzt ein Paar und allein auf sich gestellt. Er wollte keine Geheimnisse vor ihr haben. Also berichtete er ihr von Coluns Warnung.

»Aber hier sind wir sicher, nicht wahr?« fragte sie, nachdem er geendet hatte.

»Das hat Colun gesagt.«

Arrhyna nahm seine Hand und lächelte ihn an. »Dann ist alles gut. Sollen wir jetzt unser Zelt aufbauen und mit unserem neuen Leben beginnen?«

»Dafür haben wir später noch Zeit genug«, sagte Rannach und schloß Arrhyna in die Arme.

ABREISE

Milizionäre mit drohend an den Musketen aufgepflanzten Bajonetten bildeten eine Zweierreihe entlang der Docks, die sich vom Lagerhaus bis zum Kai erstreckte, einen Korridor aus roten Umhängen, der von dem Land, das die Gefangenen für immer verließen, zu dem Schiff führte, das sie in eine ungewisse Zukunft bringen würde. Es war ein Schoner, die *Stolz Gottes*, und die Matrosen in der Takelage begrüßten den Zug der jämmerlich dahinschlurfenden Verbannten mit hämischen Rufen und Pfiffen. Ihre Schreie vermischten sich mit dem Kreischen der herabschießenden Seemöwen zu einem spöttischen Chor, doch Flysse schenkte ihnen keinerlei Beachtung. Sie war viel zu besorgt um Davyd, dessen Angst vor dem Wasser die vor den Milizionären noch zu übersteigen drohte. Die Soldaten duldeten keine Verzögerungen und benutzten mitleidlos die Kolben oder Bajonette ihrer Musketen, um die Zaudernden und Langsamen voranzutreiben, als handelte es sich bei den Verbannten um Vieh, das zur Schlachtbank geführt wurde. Vor Flysse drehte sich ein weinender Mann um. Sein Schluchzen verwandelte sich in einen Schmerzschrei, als sich ihm eine Bajonettspitze ins Hinterteil bohrte und Blut seine Hose rot färbte. Die Soldaten lachten wie über einen großartigen Witz. Flysse spürte Davyds Hand, die nach der ihren tastete und sie fest umklammerte. Sie betrachtete sein Gesicht und sah, daß sich seine Lippen vor den krampfhaft zusammengebissenen Zähnen spannten, während er stur vor sich hinstarrte. In diesem Moment erschien er ihr sehr jung und sehr ängstlich. Als sie einen Blick

»Dann erklärt es mir«, forderte er sie auf.

Flysses hatte den Eindruck, daß er sich nur aus Höflichkeit mit ihr unterhielt. Ihre aufgewühlten Gefühle schienen ihm gleichgültig zu sein, ihn sogar ein bißchen zu langweilen, als betrachtete er sie als minderwertig oder lästig. Sie schüttelte den Kopf und befürchtete, daß ihre Stimme mürrisch klang. »Nein, es ist gar nichts.«

Sie hörte ihn seufzen und sah, wie sich seine Brauen ein wenig hoben. Flysse verzog das Gesicht, drehte ihm den Rücken zu und änderte ihre Meinung über ihn. Er mochte zwar attraktiv sein, aber er war auch arrogant, und sie würde ihm keine Schwäche zeigen. Überall um sich herum konnte sie ihre Mitgefangenen hören. Einige unterhielten sich leise, andere weinten, wiederum andere rezitierten Gebete. Manche wälzten sich unruhig herum, so daß ihre Kojen knarrten. Außerdem waren da noch ungewohnte Geräusche, das Ächzen der Planken, das Klatschen von Wellen gegen den Rumpf, die Stimmen der Matrosen auf dem Deck. Sie vernahm das Trampeln von Stiefeln, leise gerufene Befehle und dann eine zunehmende Stille, die sie die Augen öffnen und sich aufsetzen ließ.

Ein Mann stieg die Treppe in den Frachtraum hinab. Seiner Uniform nach war er ein Offizier der Miliz Gottes, aber sie unterschied sich trotzdem von allen Uniformen, die Flysse kannte. Er trug nicht das gewohnte Scharlachrot, sondern eine dunkelblaue Jacke mit gekreuzten weißen Bändern, unter denen ein Schwert und eine Pistole in einem Holster steckten. Unter einen Arm hatte er sich einen Dreispitz mit einer roten und weißen Kokarde geklemmt. Eine Hand lag auf dem Kolben seiner Pistole. Es war schwer, sein Gesicht im Halbdunkel klar zu erkennen, aber Flysse sah, daß sein Haar blond und seine Züge regelmäßig waren. Er blieb ein paar Stufen vor dem

Ende der Treppe stehen und ließ den Blick durch den Frachtraum schweifen, während sich das Schweigen ausbreitete.

»Ich bin Tomas Var, Hauptmann der Marinesoldaten von der Miliz Gottes«, verkündete er, nachdem völlige Stille eingekehrt war. »Ich befehlige fünfzig Männer, deren Pflicht darin besteht, dieses Schiff vor allen Gefahren zu schützen – mögen sie von außen oder von innen kommen.«

Er schwieg, um den Gefangenen Zeit zu geben, die Bedeutung seiner Worte zu begreifen.

»Unsere Wächter, bei Gott«, hörte Flysse Arcole murmeln.

Var musterte die Gesichter, die ihn anstarrten, und fuhr fort: »Sollte irgend jemand Unruhe stiften oder auf die Idee kommen, eine Meuterei anzuzetteln oder andere Schwierigkeiten zu machen, werden meine Männer ihn erschießen. Ihr habt anstandslos alle Befehle zu befolgen, die ich, meine Männer oder Kapitän Bennan, der dieses Schiff kommandiert, euch erteilen. Wer sich diesen Befehlen widersetzt, wird ausgepeitscht. Wer die Hand gegen irgendeinen Soldaten oder Seemann erhebt, wird hingerichtet. Wer die Hand gegen seine Mitgefangenen erhebt, wird ausgepeitscht. Auch dulde ich keine Vergewaltigungen. Jeder, der sich einer Vergewaltigung schuldig macht, wird auf der Stelle die Peitsche zu schmecken bekommen.

Wenn ihr diese Regeln befolgt, wird die Reise für euch nicht allzu unangenehm werden. Aber vergeßt nie, daß ihr die Ausgestoßenen der ehrbaren Gesellschaft seid. Ihr seid Verbannte und besitzt keinerlei Rechte. Alles, was euch bleibt, ist die Mildtätigkeit, die wir euch zu gewähren bereit sind.

Ihr werdet zweimal täglich verpflegt werden, und sofern es das Wetter erlaubt, dürft ihr in Gruppen an

Deck kommen, um zu baden und euch die Füße zu vertreten ...«

Er erläuterte die Regeln, nach denen sie sich zu verhalten hatten, näher. Flysse hörte aufmerksam zu und versuchte, sich selbst davon zu überzeugen, daß die Vorschriften und die Anwesenheit der Soldaten für Ordnung und eine gewisse Sicherheit sorgen würden. Dieser Hauptmann, Tomas Var, schien ihr ein anständiger Mann zu sein, zu dessen Pflicht es gehörte, seine Fracht vollständig und möglichst heil in Salvation abzuliefern. Zumindest hoffte sie das ...

Arcole lauschte der schleppenden evanderanischen Stimme mit einem verhaltenen zynischen Lächeln. Fünfzig Marinesoldaten sollten mehr als ausreichend sein, um Ordnung und Disziplin unter den Verbannten aufrechtzuerhalten, und er zweifelte nicht daran, daß Var es ernst meinte, was das Auspeitschen und die Hinrichtungen betraf. Er wußte einigermaßen über die Marinesoldaten der Autokratie Bescheid. Sie waren die Speerspitze der evanderanischen Streitkräfte und darüber hinaus eine sehr schnelle Truppe gewesen, zweifellos fähige Soldaten und vermutlich nicht minder gute Wächter. Arcole konnte Flysses Optimismus nicht teilen. Für ihn repräsentierten Vars Männer dieselbe Autorität, die seine Heimat geschändet und ihn unrechtmäßig ins Exil geschickt hatte.

Er wartete, bis Var seine Ansprache beendet hatte und wieder die Stufenleiter hinaufgestiegen war, bevor er sich – soweit es seine Körpergröße gestattete – in seiner Koje ausstreckte und mürrisch auf die Holzbretter der Pritsche nur wenige Zoll über seinem Kopf starrte. Die Reise würde vermutlich lang und eintönig werden, und er fragte sich, wie viele der Gefangenen sie unbeschadet überstehen würden. Er konnte sich nicht vorstellen, daß sich alle Vars Regeln unterwerfen würden. Sollten die Männer, die ihn auf der Fahrt nach Bantar begleitet hatten, einen repräsentativen Durchschnitt der Verbannten bilden, dann teilte er diesen elenden Frachtraum mit einem Haufen von Rohlingen und Halunken. Abgesehen vielleicht von dieser jungen Frau, Flysse Cobal, obwohl auch sie so etwas wie ein lästiges Problem darstellte.

Es war ein automatischer Reflex gewesen, ihr mit dem jungen Dieb behilflich zu sein, und sie schien das als eine Art von Verbundenheit aufzufassen. Er hoffte, daß sie nicht versuchen würde, sich an ihn zu klammern. Das wäre ihm sehr peinlich. Sie war ziemlich hübsch, das mußte er zugeben, aber trotzdem war der Umgang mit einer Schankmagd – selbst mit einer, die einen Offizier der Gottesmiliz niedergeschlagen hatte – unter seiner Würde. Seine Freunde würden ihn dafür verachten, mit einem Mädchen von diesem Stand anzubändeln.

Der Gedanke entlockte ihm ein bitteres Grinsen. Sein einziger echter Freund war Dom gewesen, und all die anderen, die sich seine Freunde genannt hatten, würde er schon bald weit hinter sich gelassen haben. Er würde sie nie mehr wiedersehen, warum also sollte ihn ihre Meinung kümmern? Sie bedeutete ihm nichts, dachte er, abgesehen davon, daß sie seine eigene Einstellung widerspiegelte, und die ließ keine engere Beziehung mit einer Schankmagd zu, wie hübsch sie auch sein mochte. Er war Arcole Blayke, ein vornehmer und kultivierter Mann, und er mußte dieses Bild von sich selbst aufrechterhalten, wollte er nicht auf die gleiche Stufe wie das gewöhnliche Volk um ihn herum sinken. Außerdem war das Mädchen offensichtlich verletzlich, und sollte er zulassen, daß sie ihn als ihren Beschützer betrachtete, würde sie letztendlich nur eine Enttäuschung erleben. Er hatte nicht vor, eine emotionale Bindung mit irgend jemandem einzugehen, sondern lediglich, die langwierige Reise unbeschadet zu überstehen und das Beste aus seinem unerfreulichen Schicksal zu machen.

Das dürfte nicht allzu schwierig werden, sobald wir erst einmal in Salvation gelandet sind, dachte er. Das Land war garantiert eine Wildnis – weiß Gott, es lag auf der anderen Seite der Welt –, und für einen kultivierten Mann wie ihn mußte sich ganz einfach die eine oder andere Möglichkeit ergeben, selbst wenn er das Brandzeichen der Verbannung trug und jetzt ein Zwangarbeiter war. Er konnte lesen und schreiben, was bestimmt nicht viele seiner Leidensgenossen von sich behaupten konnten. Er war ein meisterhafter Schwertkämpfer, auch wenn er kaum annahm, daß die Evanderaner ihn auch nur in die Nähe einer solchen Waffe lassen würden. Er konnte Noten lesen und auf dem Cembalo spielen, und seine Stimme hatte allgemein als melodisch gegolten. Er war ein recht guter Boxer. Seine Fähigkeiten mit dem Zeichenblock und Wasserfarben waren mehr als nur durchschnittlich. Und dann war er natürlich noch äußerst geschickt im Umgang mit den Karten. Wenn in Salvation so etwas wie eine Stadt und große Gehöfte existierten, dann mußte sich auch eine gehobene Gesellschaft herausgebildet haben. Soweit er wußte, gab es einen Gouverneur, und er nahm an, daß die herrschende Schicht sich eine Art von Hofstaat leistete. Also würde ein Mann von seiner Herkunft dort mit Sicherheit eine entsprechende Anstellung finden. Vielleicht als Lehrer, irgend etwas in dieser Richtung. Selbst die unkultivierten Evanderaner konnten seine besonderen Fähigkeiten nicht einfach ignorieren, sondern würden sie bestimmt für etwas anderes als harte körperliche Arbeit einsetzen.

Er nickte vor sich hin, von der inneren Logik seiner

Gedanken überzeugt. Alles, was er jetzt tun mußte, war, die eintönige Reise zu überstehen und dann das Beste aus seinem Leben in Salvation zu machen. Zwar würde er es unter der Knute der Evanderaner und ohne die Hoffnung verbringen müssen, sein geliebtes Levan jemals wiederzusehen, aber sei es drum. Und vielleicht …

Arcole sah sich um und musterte die Passagiere im Frachtraum des Schoners. Weiß Gott, es waren eine ganze Menge. Vor ihnen waren schon andere über das Meer geschickt worden, und zweifellos würden ihnen noch etliche mehr folgen. Vielleicht würde es eines Tages mehr Verbannte als Evanderaner in Salvation geben, mehr geknechtete Diener als Herren. Und so könnte eines Tages … Der Gedanke erregte ihn. Es war eine faszinierende und fast schon beängstigende Vorstellung … Vielleicht würden sich die Verbannten eines Tages erheben, ihre Herren verjagen und sich Salvation selbst einverleiben.

Er verdrängte die Überlegungen, da er sich vor der Hoffnung fürchtete, die sie hervorriefen. Die Evanderaner beherrschten die Magie und hatten die entsprechenden Fähigkeiten aller anderen Völker gnadenlos ausgemerzt. Zweifellos hatten sie Magiekundige in Salvation stationiert, vielleicht sogar Inquisitoren, während die Verbannten über nichts dergleichen verfügten. Bestimmt gab es auch eine starke Garnison vor Ort. Es war vernünftiger, die Gedanken an eine Revolte vorläufig zurückzustellen, bis er ein klareres Bild des Lebens gewonnen hatte, das ihn auf der anderen Seite der Welt erwartete. Er mußte so viel wie möglich in Erfahrung bringen und dann entscheiden. Diese Vorgehensweise war der bei einem Duell nicht unähnlich. Man konnte einiges über seinen Gegner und dessen Ruf wissen, aber man erhielt erst Gewißheit über seine Stärken und Schwächen, nachdem man die ersten behutsamen Ausfälle, Finten und Tändeleien durchgeführt hatte. Also blieb man vorsichtig, lernte und sondierte, bis man die Fähigkeiten des Feindes einschätzen konnte. Erst dann ging man zum Angriff über.

Das mußte auch jetzt seine Strategie sein, und bis er möglichst viele Informationen über seine Gegner gesammelt hatte, würde er die Rolle des unterwürfigen Gefangenen spielen. Das würde ihm nicht leichtfallen, denn sein Haß auf Evander und die Autokratie brannte nach wie vor heiß in ihm, aber er würde sich nach Kräften bemühen. Und um das zu schaffen, konnte er kein Mädchen mit großen, schmachtenden Augen gebrauchen, das sich an seine Rockschöße klammerte, und erst recht keinen halbwüchsigen Dieb. Sollten sie weiterhin versuchen, ihn mit Beschlag zu belegen, würde er ihnen einen Dämpfer verpassen müssen.

Nachdem er seine Entscheidung getroffen hatte, lehnte er sich zurück und versuchte, sich zu entspannen.

Es war nicht einfach. Die Pritsche war zu kurz und kaum bequemer als die Bank in seiner Gefängniszelle, die Luft vom Gestank ungewaschener Leiber geschwängert, und die Geräuschkulisse ging ihm auf die Nerven. Arcole war es nicht gewohnt, sich unter solchen Leuten aufzuhalten. Er wünschte, er hätte ein Buch dabei, um sich durch Lesen ablenken zu können, und eine Duftkugel gegen den Gestank. Er sehnte sich nach einem ausgiebigen Bad und einem Spaziergang an Deck, doch eine Berührung des Brandmals auf seiner Wange erinnerte ihn sofort wieder daran, daß er selbst auf solche einfachen Annehmlichkeiten verzichten mußte, denn wie alle anderen war auch er ein Verbannter.

Nach einiger Zeit hörte er unvertraute Geräusche

aufklingen, Rufe an Deck und das Knarren der Schiffsplanken, und er spürte, wie sich der Schoner schwerfällig in Bewegung setzte. Obwohl er sich nicht mit der Seefahrt auskannte, nahm er an, daß das Schiff von seinem Liegeplatz in Bantars Hafen auf das offene Meer hinausgeschleppt wurde. Er bemühte sich, die verängstigten Schreie zu ignorieren, die das Schwanken und Schaukeln untermalten, und seine Verachtung über dieses würdelose Gejammer zu unterdrücken. Es war sinnlos, über das Unvermeidliche zu heulen und zu klagen. Jetzt kam es nur noch darauf an, das Beste aus seinem Schicksal zu machen. Er hoffte, daß er nicht seekrank werden würde.

Eine Weile lag er nur da und lauschte aufmerksam den verschiedenen Geräuschen, dann stand er auf und spähte zur der Ladeluke empor. Durch das Metallgitter konnte er einen Mast und Matrosen sehen, die behende wie Eichhörnchen durch die Takelage huschten. Plötzlich entfalteten sich die Segel mit einem klatschenden Laut, als würde ein Riese ein gewaltiges Bettlaken ausschütteln, und das Deck schlingerte unter seinen Füßen. Ohne darüber nachzudenken, umklammerte er den Rand der obersten Pritsche und spürte, wie sich eine Hand um die seine legte. Er hörte Flysse keuchen. Als er sich zu ihr umdrehte, blickte er in ihre unnatürlich geweiteten blauen Augen. Sie starrte ihn an, als erwartete sie von ihm Antworten auf unausgesprochene Fragen oder tröstende Worte.

»Wir scheinen unterwegs zu sein«, sagte er und zog die Hand zurück. »Wir verlassen den Hafen.«

Flysse schluckte mühsam und nickte. Arcoles Stimme klang gleichgültig und unterkühlt, und sie spürte, wie ihre Wangen heiß wurden. Sie hatte gehofft ... Nein. Was auch immer er ihr an Freundlichkeit entgegengebracht hatte, war nicht mehr als ritterliche Höflichkeit gewesen. Sie hatte kein Recht, mehr von ihm zu erwarten, und sie würde es auch nicht tun. Ihr Blick wanderte aufwärts, und sie staunte über die riesigen weißen Segelplanen, die sich vor dem Himmel über ihr bauschten, doch dann hörte sie Davyd stöhnen und beugte sich über den Rand ihrer Koje. Der Junge wand sich auf seiner Pritsche, als wäre er im Griff eines Alptraums gefangen.

Bei seinem Anblick vergaß sie ihr eigenes Unbehagen. Sie ignorierte Arcole, kletterte von ihrer Koje herab und lehnte sich über den jungen Dieb. Er packte ihre Hände und öffnete die Augen.

»Wir sind auf dem Meer«, krächzte er. »Möge uns Gott beschützen!«

»Wir haben gerade erst das Hafenbecken verlassen«, klang Arcoles Stimme hinter Flysses Schultern auf. »Das ist alles.«

»Aber wir fahren aufs Meer hinaus!« rief Davyd. »Wir werden alle ertrinken! Dort draußen gibt es Ungeheuer, die nur auf uns warten!«

»Seemannsgarn«, sagte Arcole.

»Es ist wahr«, jammerte Davyd. »Ich weiß es!«

Flysse drückte seine Hand. »Wir sind nicht in Gefahr, Davyd«, beruhigte sie ihn. »Wir müssen immer noch in Sichtweite von Evander sein, und wie jeder weiß, gibt es in diesen Gewässern keine Seeungeheuer. Außerdem haben wir Marinesoldaten mit Musketen und Schwertern an Bord. Sie werden uns vor allen Gefahren beschützen. Hast du nicht gehört, was der Hauptmann gesagt hat?«

Davyd schüttelte heftig den Kopf, aber Flysse wußte nicht, ob er ihr widersprechen oder ihr zu verstehen geben wollte, daß er die Ansprache des Hauptmannes nicht gehört hatte. Sie befürchtete, daß er sich übergeben würde, wenn seine Panik nicht bald nachließ. Ohne sich bewußt zu werden, was sie tat, drehte sie sich zu Arcole um und sah ihn forschend an.

Arcole wäre es lieber gewesen, er hätte diesem Blick ausweichen können, der ihn aufforderte, sich einzumischen und zu helfen – wenn auch nur dem Jungen und nicht ihr selbst zuliebe, und das erfüllte ihn gegen seinen Willen mit Bewunderung. Vielleicht, dachte er, ist diese Flysse Cobal besser als die anderen gewöhnlichen Leute, aus einem edleren Holz geschnitzt. Er wollte sie nicht bewundern, er hätte sie lieber gar nicht beachtet. Aber letztendlich war er ein Mann von Ehre, und kein ehrenhafter Mann konnte eine Dame in Not ignorieren, wie gering ihr gesellschaftlicher Stand auch immer sein mochte. Er seufzte und beugte sich über Davyd.

»Wie Mistress Cobal schon gesagt hat, sind Marinesoldaten an Bord, und ich habe auch Kanonen gesehen. Wahrscheinlich würden schon die allein ausreichen, alle Ungeheuer abzuwehren.« Er konnte nicht verhindern, daß ein leichtes Lächeln über sein Gesicht huschte. Seeungeheuer, also wirklich! »Und hast du nicht die magischen Symbole gesehen, mit denen das Schiff bemalt worden ist?«

Davyd schüttelte den Kopf. Möglicherweise erschauderte er auch nur. Arcole wußte nicht, was davon zutraf.

»Also, diese Symbole sind zweifellos dazu da, alle an Bord zu beschützen. Ich denke, diese Vorkehrungen sollten genügen, meinst du nicht?«

Der Junge gab einen unartikulierten Laut von sich, der eine Verneinung hätte sein können. Flysse schlang einen Arm um seine mageren Schultern und hielt ihn, wie sie vielleicht ein Baby halten würde. »Hast du gehört, Davyd?« fragte sie sanft. »Sieur Blayke sagt, daß wir in Sicherheit sind, und er muß es schließlich wissen, nicht wahr?«

Arcole fragte sich, wie das möglich sein sollte. Levan lag im Landesinneren und besaß keine Meeresküste. Das einzige Wasser, das er jemals überquert hatte, war das von Flüssen oder Seen gewesen, und auch das nur über Brücken oder mit kleinen Fährbooten. Mit Pferden und Städten kannte er sich aus, das offene Meer dagegen war ihm fremd. Er wünschte, Flysse würde ihn nicht so dankbar ansehen, aber der Junge hatte tatsächlich aufgehört zu zittern und starrte ihn an, als wäre er ein Quell allen Wissens.

»Wir sind eine wertvolle Fracht für die Evanderaner, oder?« fuhr er mit einem leisen Seufzen fort. »Verbannt und zur Zwangsarbeit verurteilt, das Eigentum der Autokratie, und die schützt ihren Besitz eifersüchtig. Ich bezweifle, daß sie es riskieren würde, uns oder dieses Schiff zu verlieren. Nein, Junge, du bist in Sicherheit.«

Jetzt waren zwei Augenpaare gebannt auf ihn gerichtet, als wäre er der Eckpfeiler, auf dem ihr Leben ruhte. Allmählich dämmerte ihm die Erkenntnis, daß Flysse kaum weniger Angst als Davyd hatte, ihre wahren Gefühle aber dem Jungen zuliebe verbarg. Dadurch stieg sie weiter in seiner Achtung, was ihn irgendwie irritierte. Er rang sich ein Lächeln ab und fügte hinzu: »Vertrau mir, ja? Du bist nicht in Gefahr.«

Ganz leise, weniger an Flysse oder Arcole, sondern vielmehr an sich selbst gerichtet, flüsterte Davyd: »Aber ich habe geträumt …«

»Was hast du geträumt?« fragte Flysse.

Davyd riß sich zusammen und schüttelte den Kopf. »Nichts. Nur ein Traum. Das war alles.«

Sein Gesicht, das bereits blaß gewesen war, wurde grau, als würde ihm irgend etwas, das er sogar noch mehr als das Wasser fürchtete, das Blut aus den Wangen treiben. Arcole sah, wie sich die Kiefernmuskeln des Jungen verkrampften. Davyd ließ den Kopf sinken und wandte den Blick ab. Als Spieler und Duellant verstand sich Arcole darauf, Gesichter zu lesen. Er kannte die kleinen unbewußten Zeichen, durch die sich ein Mann verriet, und er wußte, das Davyd irgend etwas vor ihnen verbarg. Was konnte es sein, das ihn mit noch mehr Entsetzen als die vermeintlichen Seeungeheuer erfüllte?

»Unsere Angst läßt uns manchmal träumen, Davyd«, sagte Flysse.

Der Junge nickte. »Ich habe Durst«, murmelte er, ohne aufzusehen.

Arcole hatte den Eindruck, daß Davyd nur von seinen Träumen ablenken wollte. Beinahe hätte er nachgehakt, doch Flysse warf ihm einen Blick zu und fragte: »Wäret Ihr so freundlich, Sieur Blayke?«

Er runzelte die Stirn, im ersten Moment unsicher was sie von ihm wollte – er war nicht daran gewöhnt, Botendienste für andere zu erledigen, doch dann nickte er knapp, erhob sich und ging zur Treppe, wo ein Wasserfaß stand, wie er sich erinnerte.

Das Deck schwankte jetzt stärker unter seinen Füßen. Er mußte sich dem Schlingern anpassen und den Blechbecher auf dem Rückweg vorsichtig balancieren. Mehrere der Passagiere wurden bereits seekrank, und er fragte sich, wie lange es dauern würde, bis der Laderaum nach Erbrochenem stank. Es gelang ihm, kein Wasser zu verschütten und das volle Gefäß Flysse zu überreichen. Sie lächelte ihm dankbar zu und führte den Becher an Davyds Lippen.

Der Junge trank, leckte er sich über die Lippen und preßte mit heiserer Stimme hervor: »Habt vielen Dank, Sieur Blayke.«

Arcole machte eine wegwerfende Geste und nahm ihm den leeren Becher ab. Als er ihn neben dem Wasserfaß verstaut hatte und zu den Schlafkojen zurückkehrte, schien sich Davyd ein wenig beruhigt zu haben. Oder aber es gelang ihm jetzt, seine Furcht besser zu kontrollieren. Jedenfalls zitterte er nicht mehr, auch wenn er immer noch Flysses Hand umklammert hielt, als wäre sie ein Fels, der ihm Halt in stürmischer See gab.

»Ihr seid sehr freundlich, Sieur Blayke«, sagte Flysse.

Arcole stieß ein unverbindliches Brummen aus. Es schien, als entwickelte sich eine Verbundenheit zwischen ihnen, ob es ihm nun gefiel oder nicht. Und er wurde das Gefühl nicht los, daß Davyd ihnen etwas verschwieg, was mit seinen Träumen zu tun hatte. Vermutlich würde es eine lange Überfahrt werden. Er betrachtete die Frau und den Jungen eine Weile schweigend und sagte schließlich: »Wir werden Gefährten auf dieser Reise sein, nicht wahr? Sollten wir da nicht besser auf die Formalitäten verzichten? Ich heiße Arcole.«

Und gegen seinen Willen konnte er nicht umhin, sich über Flysses Lächeln zu freuen.

FÜR DIE EHRE EINER DAME

Allmählich stellte sich eine gewisse Routine ein, während die *Stolz Gottes* mit gleichmäßiger Fahrt nach Westen segelte.

Jeder Verbannte erhielt eine Schüssel, einen Löffel und einen Becher. Kurz nach Anbruch der Morgendämmerung gab es die erste Mahlzeit. Von Soldaten bewachte Matrosen ließen Kübel mit Haferbrei in den Frachtraum hinab, und die Gefangenen stellten sich in Reihen auf, um sich ihren Anteil an dem ärmlichen Essen abzuholen. Es war eine dicke und fade Masse, aber nachdem vereinzelte Beschwerden mit Schlägen beantwortet worden waren, kam es zu keinen weiteren Klagen. Tagsüber durften die Passagiere in Gruppen von rund zwanzig Personen an Deck gehen, um sich zu waschen und sich ein wenig die Beine zu vertreten, soweit es der kleine Bereich des Schiffes zuließ, der für sie zugänglich war. Tomas Var ordnete an, daß Segelplanen aufgespannt wurden, damit die Gefangenen ihre Notdurft halbwegs ungestört verrichten konnten, aber die Matrosen sahen von der Takelage aus zu, wenn die Frauen an der Reihe waren. Als Arcole die Leibesübungen machte, die er in den Sporthallen von Levan gelernt hatte, erntete er spöttische Pfiffe sowohl von den Matrosen, als auch von seinen Mitgefangenen. Er ignorierte sie. Von diesen einfachen Leute war kaum zu erwarten, daß sie verstanden, womit sich ein kultivierter Mann wie er beschäftigte.

Gegen Sonnenuntergang wurden eine dicke Suppe und hartes Brot ausgegeben. Wenn die Verbannten Glück hatten, enthielt der Eintopf sogar ein paar

Fleischstücke. Den größten Teil des Tages mußten sie gezwungenermaßen unter Deck verbringen.

Und dort begannen sich Hierarchien herauszubilden.

Die Stärksten oder Rücksichtslosesten sammelten einen Kreis von Speichelleckern um sich, und diese Gruppen eroberten sich winzige Herrschaftsbereiche in der kleinen isolierten Welt des Laderaums. Sofern sie noch nicht die besten Regionen für sich beansprucht hatten, machten sie sich daran, sie für sich zu erobern. Wer zu schwach war, um sich ihnen entgegenzustellen, wurde in die ungemütlichsten Abschnitte direkt an den Schiffswänden vertrieben, wo sich die Luft kaum bewegte und der Weg zum Wasserfaß oder den Essenskübeln länger war. Einige wurden darüber hinaus gezwungen, eine Art Wegzoll in Form von Nahrung oder körperlichen Gefälligkeiten zu zahlen.

Arcole hatte nicht beabsichtigt, selbst in die Rolle eines Anführers zu schlüpfen – er hätte es vorgezogen, alleingelassen zu werden –, aber schon kurz nach dem Auslaufen des Schoners schlug ihm ein grobschlächtiger Bursche mit breiten Schultern aus Karyl Osters Gruppe vor, seinen luftigen Platz unter der Ladeluke zu räumen und den Jungen gleich mitzunehmen. Die Frau könnte er dagegen dalassen.

»Nein«, sagte Arcole. »Warum sollte ich das tun?«

»Weil ich es so will«, erwiderte der Mann, dessen Namen in Erfahrung zu bringen, Arcole sich nie die Mühe gemacht hatte.

Arcole ließ die Worte des anderen auf sich einwirken und lächelte. Die Situation war – wenn auch unter seiner Würde – der Herausforderung zu einem Duell nicht unähnlich, und ihm wurde klar, daß er sein Verhalten dieser veränderten Umgebung anpassen mußte. Immer noch lächelnd rammte er dem Mann die Faust in den Magen, und als sich der Bursche zusammenkrümmte, verpaßte er ihm zwei Schläge – sehr präzise gezielt, so wie es ihn der Lächelnde Jacques, seines Zeichens Berufskämpfer, gelehrt hatte – gegen den Schädel. Der Mann fiel wie ein nasser Sack zu Boden und stand nicht mehr auf. Arcole forderte die Lakaien des Schlägers auf, ihren Freund fortzuschaffen, was sie unverzüglich und mit unverkennbarer Nervosität taten. Danach versuchte niemand mehr, ihm diesen Bereich der Schlafkojen abspenstig zu machen, und Arcole fand sich in der Position eines Helden wieder.

Ohne jeden Zweifel betrachteten ihn Flysse und Davyd als einen solchen, und so rückten sie noch näher an ihn heran, was ihn einerseits irritierte, ihm andererseits jedoch schmeichelte.

Der Junge hatte sich mittlerweile etwas beruhigt, aber seine unterschwellige Angst war ihm immer noch deutlich anzumerken. Er aß und trank fast wie ein Automat, offenbar mehr aus Gewohnheit als aus Hunger und Durst, doch im Schlaf warf er sich nach wie vor auf seiner schmalen Pritsche herum und stieß unzusammenhängende Wortfetzen über Seeungeheuer und Tod und Verderben aus. Wenn er dann erwachte, bestritt er stets, die Augen niedergeschlagen und mit bleichem Gesicht, sich an seine Träume erinnern zu können.

An Flysse wandte er sich, um Trost zu finden, bei Arcole suchte er Schutz, und an Deck warf er ständig furchtsame Blicke auf das Meer.

Die Neugier veranlaßte Arcole, ihre Beziehung zu vertiefen. Er spürte, daß Davyd irgend etwas wußte, das er vor allen anderen verbarg, und sowohl um sich die zermürbende Langeweile zu vertreiben als auch aus pragmatischeren Gründen, beschloß er, das Geheimnis des Jungen zu ergründen.

Flysse wiederum stellte ihn vor ein ganz anderes Problem.

Er konnte weder ihre Schönheit noch das ignorieren, was sie voneinander trennte. Arcole respektierte ihren Mut – besonders die Tapferkeit, die sie veranlaßt hatte, einen Offizier der Miliz Gottes niederzuschlagen –, und er bewunderte die Art, wie sie ihre eigene Angst verbarg, um Davyd zu helfen, aber es gelang ihm nie zu vergessen, daß sie eine Schankmagd gewesen war. Auch wenn sie sich recht kultiviert ausdrückte und ihre Manieren für eine einfache Kellnerin ungewöhnlich gut waren – er nahm an, daß sie die Herrschaften des vornehmen Hauses imitierte, in dem sie früher gearbeitet hatte –, konnte er nicht gegen das Gefühl ankämpfen, daß sie eigentlich nicht seinem gesellschaftlichen Stand entsprach. Außerdem hatte er nicht vor, sich auf eine Beziehung einzulassen, die ihn zweifellos daran hindern würden, sich eine bessere Position in Salvation zu erkämpfen. Er betrachtete sowohl Flysse als auch Davyd als Fremdkörper, einfache Leute, die eher zufällig unter seine Fittiche geraten waren und die er nicht gänzlich verstand, als hätte er zwei Bedienstete aus dem Nachlaß eines anderen Haushaltes übernommen. Und doch, wenn er die Brandzeichen auf Davyds Wange und Flysses Oberarm sah, die gleichen Male, die auch er trug, erinnerte er sich daran, daß sie wie er Verbannte waren und es in den Augen der Autokratie keinen Unterschied zwischen ihnen gab.

Obwohl er sich fest vorgenommen hatte, seine Situation zu akzeptieren und das Beste aus ihr zu machen, fiel es ihm nicht leicht, sich mit seinen Schicksalsgenossen zu identifizieren, mit der menschlichen Fracht der *Stolz Gottes*. In vielerlei Hinsicht empfand er eine größere innere Verbundenheit mit den Marinesoldaten, die ihn bei seinen Übungen auf

Deck beobachteten und sehr viel besser als die Gefangenen verstanden, was er tat und damit bezweckte. Er hätte lieber mit Tomas Var gespeist – trotz der Tatsache, daß der Mann ein Offizier in der Gottesmiliz und zudem Evanderaner war –, als sich mit seiner Schüssel auf seine Koje zu setzen und in der Gesellschaft von Leute zu essen, die mit dem Akzent des gewöhnlichen Volkes sprachen und nach Schweiß und Erbrochenem stanken. Doch andererseits wurde er mit eben diesen Menschen ins Exil geschickt, wie sie trug er das Brandmal der Ausgestoßenen und würde sein Leben als Sklave und Zwangsarbeiter verbringen müssen. Und was seine heimlichen Hoffnungen betraf … nun, wahrscheinlich konnte es nicht schaden, Freunde unter den anderen Verbannten zu finden.

Außerdem waren da noch Davyds Träume, die seine Neugier ständig größer werden ließen.

Er wußte von den sogenannten Träumern. Die Autokratie merzte sie erbarmungslos aus, denn sie verfügten über einen Teil der magischen Kräfte, durch die Evander seine Kriege gewonnen hatte, eine größere Macht als die der Musketen und Schwerter, und sie wurde eifersüchtig von den Herrschenden gehütet. Es war keine Lüge aus Mitleid gewesen, als er Davyd von den magischen Symbolen erzählt hatte, die die *Stolz Gottes* schützten. Ihr Rumpf war mit Zeichen von großer Kraft bemalt, vermutlich von den Inquisitoren dort angebracht, den Stärksten aller magisch Begabten. Diese Symbole konnten einen Angreifer daran hindern, das Schiff zu entern, oder einen Verbannten davon abhalten, über Bord zu springen und sich zu ertränken, um so der Zwangsarbeit in Salvation zu entgehen. Sie würden selbst Seeschlagen fernhalten, sofern derartige Ungeheuer überhaupt existierten. Sie stellten die wahre Macht der Autokratie dar.

Doch es gab noch andere Kräfte, andere Formen der Magie, und das Träumen war eine davon. Die Träume waren verschlüsselte Prophezeiungen, und aus diesem Grund suchte die Autokratie alle Menschen außerhalb ihrer Reihen, die über diese Gabe verfügten, und verbrannte sie auf dem Scheiterhaufen.

Arcole war sich nicht sicher, ob Davyd diese Fähigkeit besaß. Er wußte nur, daß der Junge wiederholt von Träumen gesprochen und gleich darauf große Angst gezeigt hatte, sie überhaupt erwähnt zu haben. Sollte er tatsächlich ein Träumer sein, war seine Weigerung verständlich, sich zu diesen Visionen zu äußern, denn wenn man ihm auf die Schliche kam, würde er sofort hingerichtet werden. Aber wenn er wirklich ein Träumer war, machte ihn das zu einem potentiellen Verbündeten, mit Sicherheit zu einem nützlichen Werkzeug.

Auch wenn Arcole nicht glaubte, daß Flysse etwas von Davyds möglichen Fähigkeiten ahnte, hing der Junge doch sehr an ihr, was bedeutete, daß Arcole sie nicht ignorieren oder ihren Einfluß unterschätzen durfte. Er erkannte mit dem Instinkt eines geborenen Spielers, daß sie zwei Karten eines Blattes waren, die sich ergänzten, und wenn er sein Duell mit der Autokratie gewinnen wollte, würde er sie vielleicht beide brauchen.

Also ließ er es geschehen, daß sie ihn in die Position ihres Beschützers drängten, und das war, wie er sich selbst gegenüber eingestehen mußte, nicht nur unangenehm.

Flysse konnte sich nicht entscheiden, was sie von Arcole halten sollte. Sie war auf sein Angebot eingegangen, ihn mit seinem Vornamen anzusprechen, so wie auch er den ihren benutzte, und das hätte ihre

Freundschaft normalerweise festigen müssen. Aber sie war sich nicht einmal sicher, ob sie ihn überhaupt als einen Freund bezeichnen durfte. Irgendwie blieb er distanziert. Oh, er verhielt sich ihr gegenüber stets sehr höflich, und sie war ihm dankbar dafür, daß er die Führungsrolle übernommen hatte, aber irgend etwas an seiner Art verhinderte, daß sich eine echte Vertrautheit zwischen ihnen entwickelte. Es schien, als hätte er eine unsichtbare Mauer um sich herum errichtet, und wenn sie sich unterhielten – meistens waren es sie oder Davyd, die das Gespräch suchten –, hatte sie oft das Gefühl, daß er sie mit einer gewissen Herablassung behandelte. Das ärgerte sie, denn obwohl ihr bewußt war, daß er zu den vornehmen Kreisen der Gesellschaft gehört hatte, sah sie sich selbst als eine Frau, die Respekt verdiente, und sie fand, daß er ihr auf einer gleichberechtigteren Ebene hätte begegnen sollen. Doch ihre Verärgerung wurde durch die Dankbarkeit und das Wissen ausgeglichen, daß ihre Situation an Bord der *Stolz Gottes* ohne seinen Schutz garantiert weitaus schlimmer gewesen wäre.

Nicht daß sie die Umstände als angenehm bezeichnet hätte. Das Fehlen jeglicher Privatsphäre machte ihr zu schaffen, und die Verpflegung war nicht gerade gut. Jedesmal wenn sie badete, fürchtete sie die lüsternen Blicke der Matrosen in der Takelage, und die Pfiffe und anzüglichen Bemerkungen, wenn sie ihre Kleidung wusch, ließen sie erröten. Dann streifte sie die noch nassen Sachen schnell wieder über und war gezwungen, das Kratzen des mit Salzwasser vollgesogenen Stoffes auf ihrer Haut zu ertragen. Fast wünschte sie sich, sie wäre so schamlos wie einige der anderen Frauen, die die Matrosen bewußt mit ihrer Nacktheit reizten. Noch schlimmer jedoch waren die Nächte, wenn der Frachtraum von den Geräuschen kopulierender Paare widerhallte, und manchmal drängte sich ihr die Frage auf, wie sie sich verhalten würde, sollte sich Arcole ihr mit eindeutigen Absichten nähern.

Diese Gedanken und ihr Unbehagen behielt sie allerdings für sich, denn sie mußte Rücksicht auf Davyd nehmen.

Obwohl seine anfängliche Panik beim Besteigen des Schiffes verschwunden war, wußte sie, daß er immer noch große Angst hatte. Er bemühte sich nach Kräften, sich nichts anmerken zu lassen, aber tagsüber blieb er stets dicht bei ihr und Arcole, als würde ihre Gegenwart ihn beruhigen, und nachts konnte er nicht verbergen, daß er nach wie vor von furchtbaren Alpträumen heimgesucht wurde. Anfangs versuchte sie, ihn zu überreden, über seine Träume zu sprechen, und sie bemerkte, daß Arcole das gleiche tat, aber Davyd bestritt standhaft, sich erinnern zu können, was ihn dazu brachte, nachts im Schlaf zu schreien, und behauptete, es läge an seiner angeborenen Angst vor dem Meer.

Das schien Flysse eine überzeugende Erklärung zu sein, und da es Davyd offensichtlich äußerst unangenehm war, sich zu seinen Traumerlebnissen zu äußern, verzichtete sie darauf, das Thema erneut anzuschneiden. Doch ihr entging nicht, daß Arcole den Jungen immer wieder mit Fragen bedrängte, bis der junge Dieb zu stöhnen begann, sich den Kopf hielt und Flysse hilfesuchende Blicke zuwarf. In solchen Momenten wünschte sie, daß Arcole seine Bemühungen Davyd zuliebe aufgeben würde.

Eines Tages sprach sie ihn an Deck darauf an.

Er hatte gerade seine Übungen beendet und wusch sich. Flysse hielt sein Hemd. Ihr Blick wurde vom Muskelspiel seines Oberkörpers angezogen. Davyd stand etwas abseits und starrte wie betäubt auf das Meer hinaus, als rechnete er so fest mit dem

Auftauchen von Seeungeheuern, daß es sinnlos war, sich zu fürchten. Sie reichte Arcole das Hemd und sagte so leise, daß der Junge sie nicht verstehen konnte: »Ich möchte mit dir über Davyd sprechen. Warum befragst du ihn so hartnäckig zu seinen Träumen? Das regt ihn nur auf.«

Sie hatte den Eindruck, Interesse in seinen Augen aufflackern zu sehen. Es konnte kein Zweifel daran bestehen, daß sich seine Kiefernmuskeln kurz anspannten, doch dann zuckte er die Achseln und fragte: »Hältst du es denn nicht für besser, wenn sich ein Mann seinen Ängsten stellt?«

»Davyd ist kaum ein Mann«, erwiderte sie. »Er ist nur ein verängstigter Junge, und du beunruhigst ihn durch das ständige Nachbohren noch mehr.«

Arcole musterte sie eine Weile nachdenklich. »Meinst du nicht, er könnte seine Ängste abschütteln, indem er über sie spricht?«

Flysses Stirn legte sich in Falten. Arcole bemerkte, daß ihre Haut allmählich dunkler wurde und ihr Haar einen blaßgoldenen Farbton annahm. Einen Moment lang fragte er sich, wie sie in einem eleganten Kleid aussehen und wie ihre Stimme ohne den harten evanderanischen Akzent klingen würde. Dann schüttelte sie den Kopf. »Nein. Ich denke, seine Ängste sind zu tief in ihm verankert und werden es bleiben, bis er wieder einen Fuß an Land setzt.«

»Mag sein. Du glaubst also, daß seine Träume aufhören, sobald wir Salvation erreicht haben?«

»Bestimmt. Schließlich ist es das Meer, vor dem er sich fürchtet, oder?«

»Mag sein«, wiederholte sich Arcole.

»Was meinst du mit ›mag sein‹?« wollte Flysse wissen. »Wenn er sich vor dem Meer fürchtet, wird ihn fester Boden unter den Füßen wieder beruhigen.«

»Mag sein«, sagte Arcole ein drittes Mal.

Seine Einsilbigkeit verunsicherte sie und ärgerte sie ein wenig. »Warum interessierst du dich so sehr für seine Träume?« fragte sie.

Arcole runzelte die Stirn, dann erhellte ein Lächeln sein Gesicht. »Ich habe noch nie Zeit mit jemandem wie Davyd verbracht«, antwortete er aufrichtig. »Der Junge erweckt meine Neugier. Ich würde gern erfahren, warum er so intensiv träumt.«

Für Flysse klang das so, als betrachtete Arcole Davyd als eine Art Versuchskaninchen, das er aufgrund seiner Seltsamkeit wie ein Wissenschaftler untersuchte. »Ist Davyd für dich nur ein *Ding*, das du beobachtest?«

Ihre heftige Reaktion überraschte ihn. Einen Augenblick lang war er verlegen, denn ihr Vorwurf enthielt ein Quentchen Wahrheit. Außerdem beunruhigte es ihn, daß sie so wütend auf ihn war. Er mußte sie besänftigen, nicht aus persönlichen Gründen, wie er sich selbst einredete, sondern um nicht Gefahr zu laufen, eine potentielle Verbündete zu verlieren.

»Ich bitte dich um Verzeihung, Flysse«, sagte er und deutete eine Verbeugung an. »Ich erkenne jetzt, daß ich mich in meinem Versuch, dem Jungen zu helfen, ungeschickt verhalten habe. Wenn du wirklich glaubst, daß meine Fragen nach seinen Träumen dazu beitragen, seinen Zustand zu verschlimmern, werde ich ihm von jetzt an keine weiteren mehr stellen. Darauf gebe ich dir mein Wort.«

Er schenkte ihr ein zaghaftes Lächeln. Bei Gott, was für eine Rolle spielte es schon, sie verärgert zu haben? Doch gegen seinen Willen mußte er zugeben, daß er es bedauerte, nicht so sehr wegen des Risikos, eine Verbündete zu verlieren, sondern aus dem schlichten Grund, daß er sie lieber lächeln als ihn finster anstarren sah. Das Eingeständnis verunsicherte ihn, und er schob den Gedanken schnell beiseite.

Flysse zögerte einen Moment, dann erwiderte sie sein Lächeln. »Ich denke, das wäre das Beste«, sagte sie. »In Davyds Interesse.«

»Also soll es sein.« Arcole legte eine Hand auf sein Herz. »Ich werde ihm keine weiteren Fragen stellen.«

»Ich danke dir.«

Plötzlich zuckten sie beide zusammen, als Davyd einen Schrei ausstieß und so vehement von der Reling zurücksprang, daß er eine beachtliche Strecke durch die Luft segelte, bevor er auf das Deck prallte. Flysse und Arcole eilten zu ihm und hielten ihn fest. Davyd versuchte, flach auf dem Bauch liegend, über die Planken zu krabbeln.

»Ungeheuer!« Seine Stimme krächzte, er verdrehte die Augen, bis nur noch das Weiße zu sehen war. »Seeungeheuer!«

Arcole überließ ihn Flysses Obhut und trat an die Reling, wo sich eine kleine Gruppe versammelt hatte und, von Davyds Panik angesteckt, schreiend auf das Meer deuteten. Er starrte auf das Wasser. Die Wellen rollten tiefblau und grau dahin, und aus ihnen schossen ähnlich gefärbte Geschöpfe hervor, die neben dem Schoner dahinjagten oder sich wie lebendige Geschosse in die Luft katapultierten. Arcole spürte, wie sein Herzschlag kurz aussetzte und ihm eine Gänsehaut über den Rücken lief. Neben ihm kreischte eine Frau.

Ein Marinesoldat zu seiner Linken ließ seine Muskete sinken und lachte. »Delphine«, erklärte er. »Das sind nur völlig harmlose Delphine.«

Arcole kehrte zu Davyd zurück und berichtete, was der Soldat gesagt hatte. »Harmlose Delphine«, beruhigte er den zitternden Jungen. »So eine Art Fische, schätze ich. Jedenfalls keine Seeungeheuer.«

Davyd umklammerte Arcoles Handgelenk mit einer Kraft, die seinen ausgemergelten Körper Lügen strafte. »Sie werden kommen«, murmelte er. »Ich weiß, daß sie kommen werden. Ich habe es geträumt.«

In seiner Stimme schwang eine derart furchtbare Gewißheit mit, daß Arcole wünschte, er hätte Flysse nicht versprochen, Davyd nicht mehr mit Fragen zu bedrängen. Er sah zu, wie sie dem verängstigten Jungen das zerzauste Haar glättete und sanft auf ihn einflüsterte, und er sagte sich, daß er eine behutsamere Methode finden mußte, um Davyd zum Reden zu bringen.

Doch vorerst ergab sich keine weitere Gelegenheit, denn mehrere der wachhabenden Marinesoldaten waren auf den Jungen aufmerksam geworden und starrten ihn neugierig an. Arcole bemerkte, wie Davyds Panik von neuem wuchs, diesmal ausgelöst durch den Anblick der Soldaten. Einige lachten, und Davyd zwang sich, in ihr Gelächter einzustimmen, seine Furcht hinter einem verlegenen Grinsen und Kopfschütteln zu verbergen. Er ließ sich von Arcole und Flysse auf die Beine helfen, trank einen Schluck Wasser und tat so, als hätte er sich wieder beruhigt. Obwohl Arcole sah, daß Davyd das Hemd vor Angstschweiß am Körper klebte, verlor er kein Wort darüber, sondern beschränkte sich darauf, die Rolle des besorgten Freundes zu spielen. Es würde nicht einfach werden, aber er war fest entschlossen, das Geheimnis um die Träume des jungen Diebes zu enträtseln.

Mittlerweile näherten sie sich dem Meer der Schmerzen. Die Tage und Nächte wurden ständig wärmer, und die Passagiere legten ein Kleidungsstück nach dem anderen ab, wie Tiere, die ihren Winterpelz abstreiften. Je mehr die Hitze im Frachtraum zunahm, desto mehr nahm das Schamgefühl ab. Die kühneren

Frauen liefen nur noch in ihren Unterröcken herum, und die Emotionen paßten sich den gestiegenen Temperaturen an. Es freute Arcole zu sehen, daß Flysse sich der allgemeinen Schamlosigkeit nicht anschloß, auch wenn er nicht genau hätte sagen können, warum ihm das so wichtig war.

Und dann, in einer schwülheißen Nacht, änderte sich alles.

Arcole schlief in unruhigen kurzen Schüben, schweißgebadet und mit nacktem Oberkörper. Er hörte Davyd in der Koje über sich stöhnen, das Keuchen und die leisen Schreie der Kopulierenden und das Schnarchen der Verbannten, die das Glück hatten, trotz der Hitze tief und fest schlafen zu können. Der Dämmerzustand, in dem er sich befand, war der Wachheit näher als dem Schlaf, und so registrierte er die verstohlenen Schritte, die sich ihm näherten. Er öffnete die Augen und wollte gerade den Kopf heben, als sich ihm eine Hand auf den Mund preßte, zwei andere seine Handgelenke umklammerten und er abrupt aus seiner Koje gerissen wurde.

Im schwachen Sternenlicht, das durch die Ladeluke sickerte, sah er, daß ihn der Mann, den er am Anfang der Reise niedergeschlagen hatte, und ein anderer aus der gleichen Bande, gepackt hielten. Ein dritter lag auf dem sich windenden Davyd. Flysse schlief ahnungslos weiter.

Dann tauchte Karyl Osters bärtiges Gesicht dicht vor Arcole auf. Der Atem des Mannes stank nach verfaulenden Zähnen.

»Wir haben beschlossen, Sieur Blayke« – er sprach die Anrede wie eine Beleidigung aus – »nicht länger zu warten. Wir haben genug von deiner hochnäsigen Art, und da du es der Frau nicht besorgst, werden wir es tun. Zuerst ich und dann meine Kumpel. Und du darfst dabei zusehen. Was hältst du davon, häh?«

»Und ich nehme mir den Jungen«, sagte der vierte Mann, der Davyd festhielt.

Arcole versuchte, sich loszureißen, als sich Oster von ihm abwandte, aber die beiden, die seine Arme umklammerten, waren zu kräftig. Aus den umliegenden Kojen starrten Gesichter zu ihnen herüber, doch niemand kam Arcole zu Hilfe oder schlug Alarm. Wahrscheinlich fürchteten die Gefangenen sich mehr vor der unmittelbaren Rache Osters und seiner Schläger als vor einer Bestrafung durch Tomas Var.

Oster hielt Flysse mit einer Hand den Mund zu und zerrte sie mit einem einzigen Schwung aus ihrem Bett. Da sie schlief, trug sie lediglich einen Unterrock. Er rutschte hoch und entblößte ihre wohlgeformten Beine, als Oster sie auf den Boden legte, noch immer eine behaarte Hand auf ihren Mund gedrückt. Sie wehrte sich nach Leibeskräften, die Augen vor Wut und Entsetzen geweitet.

»Nimm's leicht, Mädchen, und das wird ein Vergnügen für dich werden«, sagte er mit einem lüsternen Grinsen. »Kämpf gegen mich, und ...« Er hob drohend eine Faust.

Flysse wehrte sich weiter, und Oster schlug zu.

In diesem Augenblick zerbrach etwas in Arcole. Es war ein seltsames Gefühl. Er hatte Männer in Duellen der Ehre getötet, aber stets mit kalter Präzision. Diesmal war es anders. Eine heiße rote Woge der Wut schien über ihn hinwegzuspülen und ihm zusätzliche Kräfte zu verleihen. Ohne sich richtig bewußt zu werden, was er tat, stampfte er mit der Ferse eines nackten Fußes heftig auf die Zehen von einem der Männer, die ihn gepackt hielten, und hörte das Knacken brechender Knochen. Der Mann heulte auf, und sein Griff lockerte sich so weit, daß Arcole einen Arm losreißen und zurückspringen konnte, wobei er den anderen Halunken gegen die Koje hinter sich schleuderte. Er rammte dem Kerl einen Ellbogen in die Rippen, und die Hand löste sich von seinem Mund. Noch immer an einem Arm festgehalten, trat er zu. Sein Fuß grub sich tief zwischen die Beine des ersten Mannes, der mit einem erstickten Schrei über Oster zusammenbrach. Der Griff des Bärtigen um Flysse lockerte sich, und sie nutzte die Gelegenheit, um ihm ihre Fingernägel in die Wange zu schlagen. Oster fauchte, schob seinen Lakaien von sich und schlug Flysse erneut.

Das stachelte den Zorn, der Arcole erfüllte, noch weiter an. Er wirbelte herum, wand seinen Arm aus den Händen des zweiten Mannes und ging auf ihn los. Nicht so, wie es ihn der Lächelnde Jacques gelehrt hatte, sondern in blinder Wut, nur von dem Verlangen erfüllt, seinen Gegner zu verletzen und ihm Schmerzen zuzufügen. Der Kerl keuchte, als Arcoles Fäuste auf seinen Rippen und in seinem Gesicht landeten, und hob hilflos die Arme. Arcole schlug sie zur Seite, umfaßte das blutende Gesicht mit beiden Händen, schmetterte den Kopf des Mannes gegen die Seitenkante der Koje, und noch während der Verletzte umkippte, wirbelte Arcole erneut herum, um sich auf Oster zu stürzen, das eigentliche Ziel seiner maßlosen Wut.

Der Riese stemmte sich gerade hoch und schlug nach Flysse, die einen seiner Arme umklammert hielt. Arcole sah, wie sich Davyd im Hintergrund aus dem Griff des letzten Angreifers löste und zu Boden sprang. Der Mann glotzte ihm dümmlich hinterher, drehte sich um und tauchte in den Schatten unter. Davyd stürzte sich auf Oster und wurde zurückgestoßen.

»Flysse, laß ihn los!« zischte Arcole. »Überlaß ihn mir!«

Oster grinste und wischte sich über seine zerkratzte Wange. »Aye, Mädchen, tu das. Und wenn ich mit diesem Schlappschwanz fertig bin, komme ich zu dir zurück. Ich werde ...«

Er brach mitten im Satz ab, als Arcoles Faust ihm die Zähne zertrümmerte. Oster spuckte Blut und stürmte vor. Er war einen guten Kopf größer als Arcole und von massiger, affenartiger Gestalt. In einer Sporthalle mit viel Bewegungsfreiheit wäre Arcole durch seine erlernten Kampftechniken im Vorteil gewesen, doch hier war die Ausgangsbasis eine andere. Der Raum zwischen den dreistöckigen Kojenreihen war schmal und Oster eindeutig der stärkere Mann. Andererseits loderte die Wut noch immer in Arcole, und was ihm an Masse und Reichweite fehlte, machte er durch seinen rasenden Zorn mehr als wett.

Als der grinsende Riese vorrückte, legte Arcole die Hände auf die Seitenbretter der obersten Kojen rechts und links des Ganges, ließ seinen Körper wie in einem Barren schwingen und stieß mit beiden Beinen zu. Er trat Oster wuchtig in die Brust, und der bärtige Mann kam zum Stehen. Ein fauliger Atemzug entwich seinen Lippen. Bevor er sich von dem Tritt erholen konnte, sprang Arcole auch schon wieder zu Boden, hechtete vor und hämmerte Oster die Fäuste systematisch in den Bauch. Die Schläge waren bewußt auf den Unterleib gezielt – der Lächelnde Jacques hätte den Angriff als regelwidrig und unsportlich bezeichnet. Oster gab einen blökenden Laut von sich und spuckte Blut und Speichel. Seine Arme wirbelten sich wie Dreschflügel. Arcole registrierte die Treffer kaum, als er Oster zwischen die Beine trat. Die Augen des Riesen weiteten sich. Er senkte den Kopf und krümmte sich instinktiv zusammen, um seine empfindlichen Körperteile zu schützen. Arcole krallte eine Hand in das schwarze Haar des Mannes, drückte Osters Kopf tiefer und ließ gleichzeitig das Knie hochschnellen.

Er spürte keine Schmerzen, als scharfkantige

Zahnstümpfe seine Haut aufschlitzten und sich in sein Fleisch gruben, nur wilde Befriedigung. Wieder stieß er Osters Kopf nach unten und schmetterte ihm das Knie ins Gesicht. Karyl Osters Nase brach mit einem knirschenden Geräusch, roter Schaum quoll aus ihr hervor. Die Hand noch immer in sein Haar verkrallt, zerrte Arcole ihn mit einem Ruck auf sich zu, so daß der größere Mann das Gleichgewicht verlor und auf die Knie fiel. Dann riß er Osters Kopf zur Seite, wie ein fleischgewordenes Metronom, das nach jedem Ausschlag gegen die massive Seitenwand einer Koje krachte. Obwohl sich Oster nicht mehr wehrte, hörte Arcole nicht auf, den Schädel, der sich plötzlich merkwürdig matschig anfühlte, immer weiter gegen die Seitenwand der Koje zu hämmern.

Undeutlich nahm er Flysses Stimme wahr, die ihm zurief aufzuhören, aber er ignorierte sie, bis sie ihm in den Arm fiel und ihr Gewicht seinen Schwung erlahmen ließ. »Arcole! Um Gottes willen, Arcole! Du hast ihn getötet!«

Er blinzelte und ließ Osters Kopf los. Der massige Mann fiel zu Boden, und Arcole sah die zertrümmerte Schläfe, das Blut – schwarz glänzend im Mondlicht –, das Osters Haar durchtränkte und aus einem Ohr sickerte. Flysse drückte sich an ihn, um ihn von weiteren Gewalttätigkeiten abzuhalten. Ohne darüber nachzudenken, nahm er sie in die Arme und fragte sich zerstreut, warum sie weinte.

»Arcole! O Gott, Arcole, was hast du getan? Was wird jetzt mit dir geschehen? Du kennst die Regeln!«

Seiner Meinung nach hätte er ein Lob dafür verdient, Abschaum wie Oster zu beseitigen, doch dann wurde ihm die Bedeutung von Flysses Worten bewußt. Er erinnerte sich genau an Vars Warnung: *Wer die Hand gegen seine Mitgefangenen erhebt, wird ausgepeitscht.*

Doch das konnte bestimmt nicht für ihn gelten, da er nur eingegriffen hatte, um Flysse zu beschützen, wie auch Davyd, der hinter Flysse stand, die Augen vor Bewunderung weit aufgerissen. Aber dann sagte er sich, daß die Regeln von der Autokratie aufgestellt worden waren, von Evander, und folglich würde auch er höchstwahrscheinlich bestraft werden. Er wußte nicht, ob er den entwürdigenden Vorgang des Auspeitschens würde ertragen können, denn diese Form der Bestrafung war eigentlich gewöhnlichen Verbrechern vorbehalten. Gegen seinen Willen stieg plötzlich ein bitteres Lachen in ihm auf, als ihm sein Irrtum bewußt wurde. In den Augen der Autokratie war er ein gewöhnlicher Verbrecher, ein Verbannter, der das Brandmal trug, zu lebenslanger Zwangsarbeit verurteilt. Er würde der Peitsche kaum entgehen. Seine Argumente waren für das evanderanische Militär mit Sicherheit genauso bedeutungslos wie seine Würde.

Also gut, dachte er, wenn es dazu kommt, werde ich es wie ein Mann ertragen. Er schob Flysse auf Armeslänge von sich und setzte ein sorgloses Lächeln auf. »Mistress, sollte ich dafür bestraft werden, Euch geholfen zu haben«, erklärte er wie ein Galan in vornehmen Kreisen, »dann wird es das wert sein.«

Sie starrte ihn lange wortlos an, als hätte er den Verstand verloren, dann zog sie ihn an sich und küßte ihn zu seiner Überraschung auf den Mund. Nicht weniger überraschte es ihn, wie sehr ihn diese Geste tröstete. Flysse errötete, wich einen Schritt zurück und zupfte an ihrem Unterrock, als merkte sie erst jetzt, wie unschicklich sie gekleidet war.

»Ich werde ihnen erklären, was passiert ist«, versprach sie.

»Ich auch«, warf Davyd ein. »Sie werden dich nicht auspeitschen, wenn sie alles erfahren.«

»Vielleicht nicht«, erwiderte Arcole. Er spürte etwas

Nasses und Glitschiges unter seinen nackten Füßen und trat zur Seite, als ihm klar wurde, daß er in Karyl Osters Blut stand. »Vielleicht haben diese Evanderaner doch noch einen Funken Ehre in sich.«

»Das wirst du schon sehr bald herausfinden«, sagte irgend jemand hinter ihm, und als er sich umdrehte, sah er, wie die Luke des Niederganges geöffnet wurde. Das flackernde Licht von Laternen fiel auf enen Trupp Marinesoldaten, die mit ihren Musketen im Anschlag die Treppe in den Frachtraum hinabstiegen.

»Was ist hier los?« klang eine Stimme auf, die Arcole als die von Tomas Var erkannte.

Es war keine leichte Entscheidung für Tomas Var. Er nahm an, daß ihm die Situation keine Probleme bereitet hätte, wäre er aus härterem Holz geschnitzt oder mitleidsloser gewesen, wie so viele seiner Offizierskameraden. Die Vorschriften, die den Transport von Verbannten regelten, waren eindeutig. Ein Gefangener hatte einen anderen getötet, einem zweiten den Schädelknochen und einem dritten den Fuß gebrochen. Zwei Zwangsarbeiter würden verkrüppelt in Salvation ankommen, ein dritter überhaupt nicht. Also hätte Var Arcole Blaykes Hinrichtung anordnen können, und auf jeden Fall mußte er ihn zumindest auspeitschen lassen. Kapitän Bennan empfahl die Höchstrafe von fünfzig Schlägen. Var hatte da seine Zweifel. Er konnte nicht umhin zu glauben, daß er an Blaykes Stelle ganz ähnlich gehandelt hätte.

Er hatte sich die Aussagen von Blaykes Gefährten – der potentiellen Opfer – angehört, und er akzeptierte ihre Darstellung, daß Oster und seine Schläger geplant hatten, sie zu vergewaltigen. Nachdem die beiden Verletzten den Namen ihres fehlenden Komplizen preisgegeben hatten und der Mann aus seinem Versteck hervorgezerrt worden war, hatten alle drei ein Geständnis abgelegt, um Gnade gebeten und behauptet, sich nur aus Angst vor Oster an dem nächtlichen Überfall beteiligt zu haben. Var hatte ohne das geringste Zögern verfügt, jedem Mann dreißig Peitschenschläge zu verabreichen. Im Fall des am schwersten Verletzten sollte die Strafe erst dann vollstreckt werden, sobald ihm der Schiffssanitäter attestieren hatte, daß er ausreichend genesen war, um die Tortur zu überleben.

Arcole Blayke aber stellte ein Problem dar. Var wußte, daß er ihn in irgendeiner Form bestrafen mußte, wollte er nicht riskieren, seine Autorität gegenüber den Gefangenen zu schwächen, doch es widerstrebte ihm, Kapitän Bennans Empfehlung zu folgen. Obwohl er sich dagegen sträubte, zollte er Blayke einen gewissen Respekt, und wenn er sich selbst gegenüber ehrlich war, mußte er einräumen, daß sie unter anderen Umständen und zu einer anderen Zeit vielleicht sogar Freunde hätten werden können. Er hatte die Akten aller an dem Vorfall beteiligten Gefangenen durchgelesen und festgestellt, daß die verhinderten Vergewaltiger genau das waren, was er in ihnen vermutet hatte – gewöhnliche Verbrecher, Straßenräuber und Mörder. Davyd Furth war ein Dieb. Var klammerte ihn aus. Die Frau allerdings, Flysse Cobal, hielt er für anständig und zu unrecht dazu verdammt, ins Exil geschickt zu werden – ein Gedanke, den er ganz schnell wieder als verräterisch verdrängte. Und was Arcole Blayke betraf, nun, das war ein Sonderfall.

Blayke war ein Mann von Ehre und vornehmer Herkunft. Daran hegte Var nicht den geringsten Zweifel. Das ließ sich aus seiner Art zu reden und aus seinen Umgangsformen schließen, selbst wenn es nicht aus seiner Akte hervorgegangen wäre. Auch hatte er nicht aus niederen Beweggründen gehandelt, sondern um eine Frau zu beschützen. Ohne das Brandmal der Verbannten auf seiner Wange hätte man seine Tat als ehrenhaft bezeichnen müssen.

Aber er *trug* das Brandmal, und er *war* ein Verbannter. Und deshalb *mußte* Var ihn bestrafen.

Der Hauptmann musterte den Gefangenen, der vor ihm auf dem Achterdeck stand. Blayke trug mittlerweile wieder seine Kleidung, die modisch geschnitten war, wenn auch zerknittert und durch die Umstände seiner Unterbringung etwas verschmutzt. Obwohl ihm ein Bart gewachsen war – den Verbannten war der Besitz jeglicher Klingen verboten und so die Möglichlichkeit genommen, sich zu rasieren –, gelang es ihm irgendwie, elegant zu wirken. Er wurde von zwei stämmigen Marinesoldaten flankiert, zehn weitere hatten rechts und links von ihm Aufstellung genommen. Blayke zeigte weder Reue noch Furcht. Da Var ihn bei seinen Übungen beobachtet hatte, wußte er, daß Blayke vermutlich zu den wenigen Gefangenen gehörte, die kräftig und gesund genug waren, um die kompletten fünfzig Peitschenhiebe der Höchststrafe überleben zu können. Er wollte ihn nicht zu fünfzig Hieben verurteilen, andererseits jedoch mußte er seine Pflicht erfüllen und durfte nicht zulassen, daß seine Autorität untergraben wurde.

»Ihr gesteht also, Karyl Oster erschlagen zu haben?« fragte er.

Arcole nickte. »Ich habe ihn getötet, ja.«

»Und Ihr habt Petyr Rayne schwere Verletzungen zugefügt?«

»Welcher war das?«

»Ihr habt ihm den Schädelknochen gebrochen.«

»Ach, der. Ja.«

»Außerdem habt Ihr Matrym Greene verletzt. Ihr

habt ihm einen Fuß gebrochen und ihn ... äh, entmannt.«

»Das ist richtig. Hätte ich mein Schwert gehabt, hätte ich sie alle getötet. Schneller und sauberer.«

Var wünschte, der Mann würde sich nicht so herausfordernd verhalten – und bewunderte ihn gleichzeitig dafür. »Ihr zeigt keine Reue, Blayke. Diese Männer sind – Oster war – Eigentum der Autokratie. Genau wie Ihr. Rayne und Greene werden wahrscheinlich Krüppel bleiben und dementsprechend weniger wert sein. Oster ist jetzt völlig wertlos.«

»Oster war bereits wertlos, bevor ich ihn getötet habe«, stellte Arcole ungerührt fest. Und dann sprach er Vars Dilemma offen aus. »Hättet Ihr Euch anders verhalten?«

Var konnte sich nicht entscheiden, ob er lächeln oder den Mann für seine Arroganz verfluchen sollte. Er kannte die Antwort auf Blaykes Frage genau – und durfte sich nicht zu ihr bekennen. »Solche Spekulationen sind irrelevant«, erwiderte er kühl. »Habt Ihr sonst noch etwas zu Eurer Verteidigung zu sagen?«

»Lohnt sich die Mühe überhaupt?« gab Arcole die Frage zurück. »Ich habe die evanderanische Gerechtigkeit schon einmal erlebt.«

Tomas Vars Gesicht lief dunkel an. Der Kerl sollte verflucht sein! Er übertrieb es. Und trotzdem ... Var fühlte mit ihm. Er schwieg einen Moment lang und zwang sich, nicht die Beherrschung zu verlieren. »Ich habe mit der Frau, Flysse Cobal, und mit Davyd Furth gesprochen. Beide haben sich für Euch eingesetzt. Sie sagen, diese Männer hätten sie vergewaltigen wollen, und Ihr hättet nur eingegriffen, um ihnen zu Hilfe zu kommen. Entspricht das den Tatsachen?«

»Ich hätte dem Geschehen kaum tatenlos zusehen und mich noch einem Mann nennen können«, sagte Arcole. »Erst recht nicht einen Mann von Ehre.«

»Also habt Ihr Eure Tat nur begangen, um die Frau und den Jungen zu beschützen?«

Arcole fragte sich, warum der Hauptmann die Angelegenheit nicht einfach hinter sich brachte, indem er die evanderanische Version von Recht und Gesetz verkündete. War es möglich, daß er nach einem Schlupfloch suchte? Konnte ein evanderanischer Offizier so ehrenhaft sein?

»Nun?« drängte Var.

»Also ... schön, ja«, erwiderte Arcole. »Oster und seine Schläger hatten vor, Flysse und Davyd zu vergewaltigen. Kein anständiger Mann hätte den beiden seinen Beistand verweigern können, ohne seine Ehre zu verlieren.«

»Nein«, murmelte Var mehr zu sich selbst als an Arcole gerichtet.

Neben ihm schnaubte Bennan verächtlich. Var schenkte ihm keine Beachtung und musterte Blaykes Gesicht. »Meine Befehle sind klar«, sagte er schließlich. »Ihr habt Eigentum der Autokratie beschädigt und die Hand gegen andere Verbannte erhoben. Die Strafe für dieses Vergehen ist das Auspeitschen.«

Er hörte Bennan voller Vorfreude kichern und kam zu dem Schluß, daß ihm der Kapitän alles andere als sympathisch war. »Andererseits«, fuhr er fort, »stelle ich fest, daß in diesem Fall mildernde Umstände zu berücksichtigen sind, die mich bewegen, das Strafmaß herabzusetzen. Ich verfüge hiermit, daß sich alle Verbannten auf dem Deck der *Stolz Gottes* einzufinden haben, um Eurer Bestrafung beizuwohnen. Diese wird aus zwölf Peitschenhieben bestehen und sofort vollstreckt werden.«

ÜBER DAS MEER DER SCHMERZEN

Alle Marinesoldaten hatten entlang der Reling Aufstellung genommen, als die Verbannten aus dem Frachtraum an Deck getrieben wurden. Es war kurz nach Mittag. Die Bajonette und die polierten Schnallen der in Habachtstellung aufgereihten Männer blitzten in der Sonne. Die Gefangenen drängten sich nervös zusammen, unsicher, was sie erwartete. Sie wußten nur, daß Karyl Oster tot, sein Leichnam der See übergeben worden war und die Marinesoldaten vier von ihnen abgeführt hatten. Auch Flysse und Davyd hatte keine Ahnung, welches Schicksal Arcole bevorstand. Sie waren von Tomas Var verhört und gleich darauf wieder unter Deck geschickt worden. Flysse lächelte Arcole ermutigend zu, als sie ihn in stolzer Haltung zwischen zwei Marinesoldaten mit ihren blauen Umhängen entdeckte, und starrte den Gefangenen, der Davyd bedroht hatte, finster an.

Davyd selbst war nervös. Er hatte deutlich weniger Vertrauen in die Gerechtigkeit der Autokratie als Flysse – dafür aber sehr viel mehr Erfahrung mit ihr – und zuckte nur die Achseln, als sie ihm zuflüsterte: »Es geht Arcole doch gut, nicht wahr? Sie werden ihn doch bestimmt nicht bestrafen, oder?«

Seine bösen Vorahnungen vertieften sich, als Matrosen den Befehl erhielten, einen gitterförmigen Lukendeckel aufzurichten und mit Seilen festzubinden.

Schließlich trat Tomas Var aus der Menge hervor. Er trug die vollständige Uniform der Miliz Gottes und den Dreispitz fest auf sein blondes Haar gedrückt. Die linke Hand auf den Griff seines Schwertes gelegt, stieg er ein paar Stufen der Treppe zum Achterdeck hinauf, bevor er stehenblieb und den Blick eine Weile stumm über die versammelten Verbannten, Matrosen und Soldaten wandern ließ. Dann begann er so laut zu sprechen, daß jeder ihn verstehen konnte.

»Vor euch seht ihr zwei Männer, die gleich die Strafe für ihre Verbrechen erhalten werden, die sie gegen die Autokratie verübt haben. Möge ihre Züchtigung euch allen ein abschreckendes Beispiel sein! Sollte sich irgend jemand unter euch mit dem Gedanken tragen, ähnliche Verbrechen wie die zu begehen, derer sich diese beiden schuldig gemacht haben, möge ihn das Los dieser Männer davon abhalten!«

Er legte eine kurze Pause ein, als ein Raunen durch die Menge lief. Davyd spürte, wie Flysse nach seiner Hand tastete und sie drückte.

»Zuerst sollt ihr erkennen, daß niemand auf diesem Schiff seiner Strafe entgehen wird«, fuhr Var fort. »Petyr Rayne und Matrym Greene wurden aufgrund ihrer Beteiligung an einer versuchten Vergewaltigung zu jeweils dreißig Peitschenhieben verurteilt, die sie erhalten werden, sobald der Schiffssanitäter bestätigt, daß sie sich wieder einigermaßen von ihren Verletzungen erholt haben. Vorerst wird nur Anton Gryme für seine Rolle bei diesem heimtückischen Verbrechen mit dreißig Schlägen gezüchtigt.«

Er deutete mit einem Nicken auf Gryme, und die Soldaten, die den Mann flankierten, schoben ihn auf das Lukengitter zu. Ein Sergeant, der seine Tunika abgelegt und die Hemdsärmel hochgerollt hatte, ließ die aufgewickelte Schnur einer schweren Peitsche auf die Planken fallen. Gryme leckte sich über die Lippen. Davyd sah den Schweiß, der dem Mann in Bächen über das Gesicht lief, und er empfand ein Gefühl wilder Befriedigung angesichts der bevorstehenden Auspeitschung.

Gryme tat einen unsicheren Schritt auf den Lukendeckel zu und schüttelte den Kopf, als wollte er die Realität seiner Situation leugnen. Ein Marinesoldat versetzte ihm einen Schubs. Plötzlich stieß Gryme einen klagenden Schrei aus und wirbelte herum. Er schlüpfte unter den ausgestreckten Armen der Soldaten hindurch und rannte heulend das Deck entlang. Einen Moment lang fragte sich Davyd, warum die an der Reling aufgereihten Musketiere nicht schossen, doch dann erkannte er den Grund, als Gryme die Treppe zum Vorderdeck emporhetzte und über Bord ins Meer hechten wollte.

Er schien gegen eine unsichtbare aber solide Wand zu prallen, eine magische Barriere, die durch die am Schanzkleid des Schiffes angebrachten Zaubersymbole erzeugt wurde. Mitten im Flug wurde er zurückgeschleudert und stürzte auf die Deckplanken. Gryme schrie erneut, sprang auf und rannte auf die andere Seite des Schiffes. Diesmal legte er die Hände auf die Reling und schob ein Bein hinüber. Als er das zweite nachziehen wollte, wurde er wieder zurückgestoßen. Er stöhnte vor hilfloser Verzweiflung und stemmte sich hoch. Seine Augen zuckten hektisch hin und her wie die eines Tieres, das nicht verstehen konnte, wie die Falle funktionierte, in der es gefangen war. Noch zweimal versuchte er, sich ins Meer zu stürzen, während sich ihm die beiden Männer aus seiner Eskorte mit zügigen Schritten näherten, und jedesmal war ihm der Fluchtweg versperrt.

»Eine weitere Lektion«, sagte Var, nachdem sie ihn zurückgebracht hatten und am Gitterrost festschnallten. »Keiner von euch kann entkommen, indem er über Bord springt. Die magischen Absperrungen sind zu stark. Sergeant, führt jetzt die Bestrafung durch.«

Obwohl Davyd nicht die geringste Sympathie für Gryme empfand, zuckte er jedesmal zusammen, wenn die Peitsche blutrote Streifen auf der bleichen Haut des Mannes hinterließ. Die schrillen Schreie des Unglücklichen dröhnten ihm in den Ohren. Er schielte zu Arcole hinüber, der die Prozedur mit einem grimmigen Gesichtsausdruck verfolgte. Der Gedanke, daß die grausame Peitsche schon bald in das Fleisch seines Freundes schneiden würde, ließ Davyd erschaudern, und er lächelte ihm mitfühlend zu.

Gryme hatte bereits das Bewußtsein verloren, bevor die Züchtigung vorüber war. Sein Körper hing schlaff herab. Ein Matrose übergoß seinen blutenden Rücken mit einem Schwall Salzwasser, und zwei Marinesoldaten schleiften den Ohnmächtigen fort.

»Und jetzt zu Arcole Blayke«, verkündete Var. Seine Stimme klang übernatürlich laut in der angespannten Stille. »Da dieser Mann seine Tat zum Schutz von anderen und nicht aus Eigennutz begangen hat, werde ich ihn nicht so hart bestrafen, wie ich es könnte. Trotzdem hat er Eigentum der Autokratie beschädigt, und deshalb verurteile ich ihn hiermit zu zwölf Schlägen.«

»Nein!« rief Flysse. »Das ist nicht gerecht!«

Davyd spürte, wie sie seine Hand fester umklammerte. »Arcole ist stark«, sagte er leise, »und zwölf Schläge sind nicht so schlimm.«

Flysse schüttelte den Kopf. »Nein«, stöhnte sie. Tränen liefen ihr über die Wangen, aber ihr Blick blieb fest auf Arcoles Gesicht gerichtet.

Arcole zögerte nicht eine Sekunde, als seine Eskorte ihm ein Zeichen gab vorzutreten. Er schlenderte geradezu lässig über das Deck, als würde er einen kleinen Spaziergang machen. Vor dem Lukendeckel blieb er stehen, streifte seinen Gehrock ab und hielt ihn einem der Marinesoldaten entgegen, als wäre der Mann sein Sekundant. Der Soldat starrte das Kleidungsstück verblüfft an, unsicher, wie er sich verhalten sollte.

»Irgend jemand soll ihm die Jacke abnehmen!« rief Tomas Var.

Davyd löste seine Hand aus Flysses Griff und eilte zu Arcole, bevor einer von Vars Männern reagieren konnte. Ein Soldat wollte sich ihm in den Weg stellen, aber Var winkte ihn zurück. »Nein, laßt den Jungen«, befahl er, und Davyd nahm Arcole die Jacke ab.

»Ich danke dir.« Arcole neigte den Kopf und lächelte Davyd zu. »Wärst du so nett, auch mein Hemd aufzubewahren? Ich möchte nicht, daß es grundlos beschmutzt wird.«

Davyd nickte. Arcoles bewundernswerte Tapferkeit machte ihn sprachlos. Er wartete, während der Ältere das Hemd auszog, faltete es sorgfältig zusammen und kehrte zu Flysse zurück, die den Blick nicht einen Moment lang von Arcoles Gesicht abgewandt hatte.

Arcole streckte sich gemächlich und bedachte den Sergeanten mit einem belustigten Lächeln. »Ich darf doch annehmen, daß die Anstrengung Euren Arm nicht ermüdet hat, Sergeant?« erkundigte er sich liebenswürdig.

Der Marinesoldat schüttelte grunzend den Kopf. Irgend jemand in der Menge kicherte nervös, ein anderer lachte lauthals. »Mutig gesprochen!« rief ein Matrose aus den Wanten herab. Gegen sein Willen huschte ein Lächeln über Tomas Vars Lippen, das er sofort wieder unterdrückte.

»Also, meine Herren.« Arcole trat vor den Lukendeckel, lehnte sich gegen das Metallgitter und hob die Arme. »Wollen wir anfangen?«

Die beiden Männer, die ihn eskortierten, fesselten seine Handgelenke an dem Gitter. Einer schob ihm einen Lederknebel zwischen die Zähne und sagte leise: »Beiß fest darauf. Das macht die Schmerzen ein bißchen erträglicher.«

Sie zogen sich zurück. Der Sergeant entrollte die

Peitsche und holte aus. Davyd spürte, wie sich Flysses Finger in seine Schulter bohrten. Die geflochtene Lederschnur klatschte auf Arcoles Rücken nieder, und Flysse stieß ein Keuchen aus, als spürte sie die Schmerzen am eigenen Leib. Davyd blieb stumm, aber jedesmal, wenn die Peitsche zuschlug, verzerrte sich sein Gesicht. Sie hinterließ lange, feuerrote Streifen auf Arcoles Haut, durch dessen Körper bei jedem Schlag ein krampfartiger Ruck lief. Er schrie nicht, wie Gryme es getan hatte, doch Davyd konnte deutlich sein ersticktes Ächzen hören.

Tomas Var beobachtete das Geschehen mit regloser Miene. Er registrierte befriedigt, daß der Sergeant seine Anweisungen befolgte und die Schläge vorsichtig so plazierte, daß sie nicht mehrmals die gleichen Stellen trafen, sondern sich gleichmäßig über den Rücken des Levaniten verteilten. Das machte es leichter für das Opfer und würde Blayke helfen, sich schneller von der Tortur zu erholen. Mehr konnte er nicht für den Mann tun, wenn er gleichzeitig seine Pflicht gegenüber der Autokratie erfüllen wollte.

Er sah, wie Kapitän Bennan die Züchtigung vom Ende des Achterdecks aus verfolgte, bemerkte den mißbilligenden Gesichtsausdruck des Schiffskommandanten und fragte sich, ob Bennan seine Unzufriedenheit im Logbuch notieren oder den Behörden nach seiner Rückkehr nach Evander über diesen Vorfall Bericht erstatten würde. Var hielt es für recht wahrscheinlich. Der Kapitän war im Grunde seines Herzens ein Leuteschinder.

Doch das war dem Hauptmann ziemlich egal. Die Bestrafung der Verbannten fiel wie ihre Betreuung in seinen Zuständigkeitsbereich, und sollten seine Vorgesetzten in der Miliz Gottes seine Entscheidung kritisieren, würde er seine Nachsicht damit rechtfertigen, daß er keinen Sinn darin sah, wertvolles Eigentum der Autokratie ohne zwingenden Grund zu beschädigen. Daß er so etwas Sympathie für Arcole Blayke empfand, brauchte niemand zu erfahren. Und daß er – beinahe – eine geistige Verwandtschaft mit dem Mann verspürte, wagte er sich nicht einmal selbst einzugestehen. Er war Offizier in der Gottesmiliz, Hauptmann der Marinesoldaten, er konnte auf eine baldige Beförderung hoffen, und er glaubte aufrichtig an die Autokratie. Arcole Blayke dagegen war ein Verbannter, ein verurteilter Verbrecher. Es stand Tomas Var nicht zu, die Rechtmäßigkeit des Urteils in Frage zu stellen. Ebensowenig hatte er einen Grund, darüber nachzugrübeln, ob Blayke und er unter anderen Umständen Freunde hätten werden können.

Und so sahen er und seine Männer der Bestrafung des Gefangenen mit stoischer Ruhe zu, während die Verbannten das Schauspiel mit nervösem Schweigen verfolgten, und keinem wurde bewußt, daß sie alle ein Gefühl teilten: Bewunderung für Arcole Blayke.

Arcole selbst verspürte nichts außer Schmerzen und Wut darüber, daß der Lohn für eine ehrenhafte Tat eine derart entwürdigende Auspeitschung sein konnte. Er biß mit aller Kraft auf den Knebel, fest entschlossen, den Evanderanern keine Schwäche zu zeigen, und es gelang ihm bedeutend besser, Haltung zu bewahren, als bei seiner Bekanntschaft mit dem Brandeisen, denn diesmal hielt ihn sein Zorn aufrecht, selbst nachdem der letzte Schlag erfolgt war und er die Prozedur überstanden hatte.

Daß es vorüber war, wurde ihm schlagartig bewußt, als sich ein Schwall Salzwasser über seinen Rücken ergoß, ein plötzlicher beißender Schmerz, der das Brennen seiner zerfetzten Haut überlagerte. Er keuchte und blinzelte, und erst da registrierte er, daß Tränen seine Sicht verschleierten und die Fesseln um seine Handgelenke entfernt worden waren. Er spuckte den Knebel aus, zwang sich zu einer aufrechten Haltung und trat ohne Hilfe von dem Gitterrost zurück.

Der Sergeant wickelte die Peitsche zusammen, das Gesicht starr und ausdruckslos wie das einer Statue, doch während er die geflochtene Lederschnur einrollte, murmelte er: »Das Salzwasser hilft. Es tut zwar weh, aber laß dir trotzdem mindestens einmal täglich damit von irgend jemandem die Wunden ausspülen.«

Arcole starrte ihn an. Der Mann erweckte den Eindruck, als hätte er kein Wort gesagt, selbst als er – fast ohne die Lippen zu bewegen – leise hinzufügte: »Du hast Glück gehabt. Der Hauptmann hat mich angewiesen, so behutsam wie möglich zuzuschlagen.«

Arcole wollte ihn nach dem Grund für diese Rücksichtnahme fragen, warum ein evanderanischer Offizier Mitleid mit einem verbannten Levaniten haben sollte, aber sein Mund war zu trocken, um die Worte zu formulieren, und die stämmige Gestalt des Sergeanten wurde plötzlich undeutlich, die Masten und die Gesichter der Zuschauer im Hintergrund begannen, sich wie ein schwerfälliges Karussell langsam um ihn zu drehen. Also beschränkte er sich auf ein Nicken und machte mit wackligen Knien einen Schritt in die Richtung, in der er Flysse und Davyd vermutete. Danach hatte er genug damit zu tun, sich auf den nächsten Schritt und den übernächsten zu konzentrieren, denn er war immer noch fest entschlossen, keine Schwäche zu zeigen.

Vor den beiden blieb er stehen. Davyd hielt die Jacke und das Hemd in den Händen, doch als er sie ihm reichen wollte, schüttelte Arcole den Kopf und krächzte: »Noch nicht. Ich möchte nicht ein gutes Hemd beschmutzen. Wenn mein Rücken verheilt ist ... Jetzt hätte ich gern etwas Wasser.«

Sofort eilte Davyd zum nächsten Wasserfaß. Arcole

blickte in Flysses entsetztes Gesicht und zwang seine Lippen, sich zu etwas zu verziehen, das entfernt an ein Lächeln erinnerte. »Dürfte ich mich einen Moment lang auf deine Schulter stützen? Ich fürchte, ich werde sonst gleich umkippen.«

Sie nahm seinen Arm und legte ihn sich vorsichtig um die Schultern. Arcole lehnte sich gegen sie. Es überraschte ihn, wie kräftig sie war. Er wartete, bis Davyd mit dem Wasser zu ihm zurückkehrte. Obwohl es lauwarm und abgestanden war, konnte er sich nicht erinnern, jemals zuvor in seinem Leben etwas so Köstliches getrunken zu haben.

»Ich denke, ich würde mich jetzt gern zurückziehen, sofern niemand etwas dagegen einzuwenden hat«, sagte er, nachdem er sich den Ledergeschmack aus dem Mund gespült hatte.

Davyd schob sich auf seine andere Seite, und auf beide gestützt, machte sich Arcole unsicher auf den Weg zum Frachtraum des Schoners. Die Menge teilte sich vor ihnen. Niemand sprach, alle beobachteten das Trio in gebannter Stille. Arcoles Beine fühlten sich gleichzeitig schwer wie Blei und substanzlos an. Jeder Schritt bedeutete eine gewaltige Anstrengung, als trüge er unmöglich schwere Stiefel, während seine Knie weich wie Gummi waren. Ohne Flysses und Davyds Hilfe wäre er mit Sicherheit gestürzt. Er wußte, daß er sogar zu schwach gewesen wäre, allein zu kriechen, und das stachelte seine Wut weiter an. Mühsam hob er den Kopf und bemerkte, daß Tomas Var ihn beobachtete. Die Miene des Hauptmannes war undurchschaubar. Arcole versuchte ein kurzes Lächeln und neigte den Kopf wie zu einem Abschiedsgruß. Es überraschte ihn, daß Var die Geste erwiderte.

Kurz darauf mußte er seine gesamte Aufmerksamkeit auf die Treppe konzentrieren, die jetzt zu einem ernsthaften Hindernis geworden war. Flysse stieg die Stufen vor ihm hinab, Davyd blieb hinter ihm, und gemeinsam gelang es ihnen, ihn unbeschadet in den Laderaum zu schaffen, wo er sich eine Weile ausruhen und Kraft schöpfen mußte, bevor er in der Lage war, die restliche Strecke zu seiner Koje zurückzulegen. Er war froh, sich zu Beginn der Reise die unterste ausgesucht zu haben, denn er bezweifelte, daß er in diesem Zustand auf eine höhere Pritsche hätte klettern können.

Selbst die geringste Bewegung rief höllische Schmerzen in seinem Rücken hervor. Arcole biß die Zähne zusammen, ließ sich mit dem Gesicht nach unten auf die Strohmatratze sinken und streckte sich aus. So war es ein bißchen besser; das Feuer, das in seinem Fleisch zu wüten schien, wurde zu einem gleichmäßigen Brennen. Er fragte sich, wie es Gryme ergehen mochte, und die Vorstellung, daß der Mann noch schlimmere Qualen erleiden mußte, war zumindest ein kleiner Trost.

»Können wir irgend etwas für dich tun?«

Arcole drehte den Kopf zur Seite und sah Flysse neben seiner Koje hocken. Ihre Augen waren riesig vor Sorge, vom Weinen gerötet und feucht.

»Ich glaube, nicht.« Es fiel ihm schwer, seine Gedanken in geordnete Bahnen zu lenken, er hätte lieber die Augen geschlossen und wäre in den Schlaf hinübergedämmert. »Der Sergeant hat gesagt, meine Wunden sollten täglich mit Salzwasser ausgespült werden. Davon abgesehen ...«

Daß ihm die Augen zugefallen waren, wurde ihm erst bewußt, als ihre Stimme erneut an sein Ohr drang.

»Arcole? Arcole, der Schiffssanitäter ist hier.«

Sein Blick fiel auf zwei Beine direkt vor seiner Pritsche. Ein Hosenbund spannte sich über einem fülligen Bauch. Da die Anstrengung, den Kopf zu heben, zu groß für ihn war, konnte er das Gesicht des Mannes nicht sehen, aber er fand, daß den Stiefeln eine Politur nicht schaden würde. Er stieß ein Grunzen aus.

Der Sanitäter antwortete ebenfalls mit einem Grunzen, und Arcole sah eine schwere Tasche, die auf dem Boden abgestellt und von plumpen, rosigen Fingern geöffnet wurde, die eine kleine Dose zutage förderten.

»Ich habe schon Schlimmeres gesehen«, klang eine gemütliche Stimme irgendwo über ihm auf. »Zum Beispiel bei diesem anderen Burschen. Also ...«

Arcole spürte, wie sein Rücken massiert wurde. Er nahm an, daß der Sanitäter ihm eine Heilsalbe auftrug, jedenfalls ließen die stechenden Schmerzen ein wenig nach.

»Das wird den Heilungsprozeß unterstützen. Wascht seinen Rücken morgen und danach jeden weiteren Tag einmal mit Meerwasser, bis er wieder gesund ist. Bis dahin sollte er sich am besten nicht bewegen.«

Die fleischigen Hände schoben die Salbendose in die Tasche zurück, schlossen sie und hoben sie aus Arcoles Blickfeld. An ihrer Stelle tauchten wieder Flysses Gesicht und dicht dahinter das von Davyd auf. Arcole versuchte, etwas zu sagen, aber seine Kehle war wie ausgedörrt, seine Augenlider schwer wie Blei. Silben oder gar ganze Wörter zu artikulieren, wäre zu anstrengend gewesen. Also lächelte er nur schwach und glitt in einen gnädigen Schlaf hinüber.

Als er erwachte, war der Frachtraum dunkel und mit den üblichen Geräuschen der Nacht erfüllt. In der Koje über ihm konnte er Davyd im Schlaf ächzen hören. Obwohl er unerträglich durstig war, blieb er reglos liegen und bemühte sich eisern, den Durst zu ignorieren, aber es gelang ihm nicht. Seine Kehle war staubtrocken. Er versuchte, sich aufzurichten. Die Schmerzen in seinem Rücken loderten erneut auf, und er stöhnte. Er hatte nicht gedacht, daß der gepreßte Laut inmitten all der anderen Geräusche zu hören sein könnte, aber fast im gleichen Moment senkte sich ein wohlgeformtes Bein vor ihm herab, und er sah Flysses in silbernes Mondlicht getauchtes Haar. Sie kniete sich auf den Boden vor seiner Pritsche und zog sich ein Tuch um die Schultern. Im bleichen Licht des Mondes erschien sie ihm wie ein Engel.

»Was ist los?« fragte sie leise. »Hast du Schmerzen?«

»Wasser«, brachte er krächzend mit spröden Lippen hervor.

Flysse nickte und war auch schon verschwunden. Arcole wollte sie zurückrufen – er fürchtete um ihre Sicherheit, da sie den nächtlichen Frachtraum ganz allein durchqueren mußte und er nicht in der Lage sein würde, sie notfalls zu beschützen –, aber es war bereits zu spät. Ihm blieb nichts anderes übrig, als zu warten und seine Hilflosigkeit zu verfluchen. Er konnte nur hoffen, daß die Auspeitschung eine abschreckende Wirkung auf die Schläger unter den Gefangenen gehabt hatte.

Dann war Flysse wieder da und hielt ihm eine randvoll mit Wasser gefüllte Kanne an die Lippen.

Es war nicht einfach, auf dem Bauch liegend zu trinken. Arcole wagte nur, den Kopf ein wenig anzuheben, denn jede andere Bewegung würde die Schmerzen neu entfachen. Obwohl er das Wasser am liebsten mit tiefen Zügen heruntergestürzt hätte, war er gezwungen, langsam zu nippen, doch Flysse war geduldig – geduldiger als er selbst –, und sie kniete neben ihm, bis er das Gefäß vollständig geleert hatte.

»Genug?« fragte sie. »Oder soll ich dir noch mehr holen?«

»Nein«, murmelte er. »Danke.«

Sie lächelte und strich ihm sanft über das Haar. Arcole erinnerte sich, wie sie Davyds Haar gestreichelt hatte, und er fragte sich, ob die Berührung für den Jungen genauso tröstlich gewesen war. Als sie wieder in ihre Koje kletterte, fiel sein Blick auf ihre Fesseln, und er spürte einen Anflug von Schuldbewußtsein. Ihre Beine waren sehr schlank und fest, und in seiner Erinnerung spürte er immer noch die Berührung ihres Körpers, als er sie nach seinem Kampf mit Karyl Oster in den Armen gehalten hatte.

In den folgenden Tagen wurde die bisherige Rollenverteilung gründlich auf den Kopf gestellt. Flysse und Davyd pflegten den hilflosen Arcole. Sie brachten ihm Essen und Wasser und schleppten einmal täglich einen Eimer voll Meerwasser in den Frachtraum, um die Wunden auf seinem Rücken auszuspülen. Einer von beiden blieb ständig in seiner Nähe und unterhielt sich mit ihm, wenn ihm danach zumute war, oder wachte schweigend neben ihm, während er schlief, aber er war nie allein, wenn er erwachte. Mit der Zeit nahm er ihre Gegenwart als gegeben hin und hätte seine Gefährten vermißt, wären sie weniger fürsorglich gewesen.

Davyd war noch häufiger bei ihm als Flysse, denn der Junge schien ohne ihn nur widerwillig an Deck zu gehen, als wäre Arcole so etwas wie ein Glücksbringer für ihn geworden. Das gab Arcole ausreichend Gelegenheit, Davyds Träume zur Sprache zu bringen – ganz behutsam, da er sein Versprechen Flysse gegenüber nicht vergessen hatte und sich schuldig fühlte, es zu brechen. Er sagte sich, daß seine Nachforschungen in ihrer aller Interesse wären und Davyds Gabe – sofern er wirklich ein Träumer war – ihnen allen zugute kommen würde. Trotzdem achtete er sorgsam darauf, seine Fragen beiläufig klingen zu lassen, so daß es beinahe schien, als würde sich Davyd ihm aus freien Stücken offenbaren, ohne dazu überredet worden zu sein.

»Wie schläfst du mittlerweile?« erkundigte er sich, obwohl er den Jungen nach wie vor jede Nacht im Schlaf stöhnen und schreien hören konnte. »Noch immer Alpträume?« fügte er hinzu, als Davyd den Kopf schüttelte und die Augen niederschlug.

Diesmal nickte der junge Dieb nur stumm.

Arcole lachte. »Du erinnerst dich doch bestimmt noch, wie Gryme versucht hat, über die Reling zu springen, oder? Hast du nicht die Magie gesehen, die ihn daran gehindert hat? Starke Magie, nicht wahr?«

Es war ein langwieriger Prozeß, doch Arcole hatte kaum etwas anderes zu tun, während die *Stolz Gottes* in das Meer der Schmerzen einfuhr und der Ostwind allmählich erstarb. Je tiefer der Schoner in die südlichen Breitengrade vorstieß, desto häufiger wurde es erforderlich, die Langboote zu Wasser zu lassen, um das Schiff in Schlepptau zu nehmen. Dann wurden die Ruderboote mit Gefangenen bemannt, und bewaffnete Marinesoldaten bezogen an Bug und Heck Posten. Arcole und Davyd blieben von dieser Packerei verschont, ersterer, weil er sich längst noch nicht von der Auspeitschung erholt hatte, letzterer, weil er zu jung und mager für diese anstrengende Arbeit war. Immer wenn das Schiff gezogen wurde, war der Frachtraum fast menschenleer, und es fiel Arcole leichter, Davyd auszuhorchen.

»Bisher ist uns nichts zugestoßen«, sagte er. »Du kannst doch nicht immer noch glauben, daß wir in Gefahr sind.«

Davyd zuckte die Achseln. Er wich Arcoles Blick aus, starrte auf die Planken zwischen seinen Füßen und murmelte leise: »Es wird etwas passieren. Ich weiß es.«

»Dann sollte ich am besten schnell wieder gesund werden, damit ich euch beschützen kann«, erwiderte Arcole.

Seine Worte ließen Davyd lächeln, aber seine Miene blieb mutlos, als wüßte er nur zu gut, daß es sinnlos war, an den Warnungen seiner Träume zu zweifeln. »Was geschehen soll, das geschieht auch«, sagte er.

»Wie kannst du dir da so sicher sein?« wollte Arcole wissen.

»Weil ich davon geträumt habe«, flüsterte Davyd kaum hörbar.

»Und deine Träume werden wahr?« hakte Arcole nach. »Immer?«

Davyd nickte, als wünschte er, es wäre nicht so. »Immer«, bestätigte er, und dann wurde ihm plötzlich bewußt, daß er gerade ein Geständnis abgelegt hatte, das ihn auf den Scheiterhaufen bringen konnte. Er stieß ein Keuchen aus, schluckte mühsam, leckte sich über die trockenen Lippen und starrte Arcole aus gequälten Augen an.

»Ich hatte mich schon gefragt ...«, sagte Arcole. »Aber ... wenn sich deine Träume immer als wahr herausstellen, warum bist du dann überhaupt erwischt worden? Haben sie dich damals nicht gewarnt?«

Der Junge senkte wortlos den Kopf. Arcole interpretierte die Geste sowohl als Zustimmung als auch als Zeichen, daß Davyd resigniert und sich in ein unentrinnbares Schicksal ergeben hatte. Einen Moment lang schämte er sich dafür, ihm so etwas angetan zu haben. »Ich werde niemandem etwas davon verraten«, versprach er. »Niemandem, Davyd! Darauf gebe ich dir mein Ehrenwort!«

»Ich habe von Gefahr geträumt«, berichtete Davyd,

ohne aufzublicken. »Ich wußte, daß ich diese Truhe nicht hätte aufbrechen sollen, aber ich hatte kein Geld mehr. Also bin ich das Risiko eingegangen … und geschnappt worden.«

»Und jetzt träumst du von Gefahren aus dem Meer.«

Davyd nickte. Langsam, als lastete ein gewaltiges Gewicht auf ihm, hob er den Kopf und sah Arcole ins Gesicht. »Tante Dory hat mir eingeschärft, niemandem von meinen Träumen zu erzählen. Menschen wie ich werden verbrannt.«

»Nur wenn sie entdeckt werden.« Arcole beugte sich vor und nahm die Hand des Jungen. »Vertraust du mir, Davyd?«

»Natürlich«, sagte Davyd mit einer so schlichten Selbstverständlichkeit, daß sich Arcole beschämt fühlte. »Du hast mich gerettet. Und auch Flysse. Ohne dich hätten diese Bastarde uns …« Er erschauderte, die Lippen angeekelt verzerrt.

»Dann glaube mir auch jetzt, wenn ich dir verspreche, daß dein Geheimnis bei mir sicher aufgehoben ist«, sagte Arcole. »Das schwöre ich dir bei meiner Ehre.«

»Ich glaube dir, Arcole.«

»Kein Mensch wird jemals etwas davon erfahren. Nicht einmal Flysse.«

»Ich denke nicht, daß das jetzt noch eine Rolle spielt«, sagte Davyd. »Ich habe von Seeschlangen geträumt, also werden sie kommen. Und dann …«

Er seufzte. Vielleicht war es auch ein ersticktes Schluchzen. Arcole wußte nur, daß dieser abgebrühte Dieb im Moment nichts weiter als ein verängstigtes Kind war, durch seine ungewöhnliche Begabung zu einem Leben in Furcht und Heimlichtuerei verdammt. Er drückte Davyds Hand und lächelte ihn mit einer Zuversicht an, die er selbst nicht länger verspürte.

»… dann müssen sie zuerst die magischen Symbole überwinden, durch die das Schiff geschützt wird. Außerdem die Kanonen und die Marinesoldaten. Ich glaube, daß wir selbst gegen Seeschlangen gewappnet sind.«

»Wirklich?«

Arcole nickte feierlich. »Wirklich.«

»Und du wirst niemandem von meiner Gabe erzählen?« Davyd zögerte kurz. »Nicht einmal Flysse?«

»Nicht einmal ihr«, versprach Arcole. Er setzte einen gekränkten Gesichtsausdruck auf. »Zweifelst du etwa an meinem Ehrenwort?«

Davyd schüttelte den Kopf und blickte ihn so ernst an, daß Arcole sich ein leises Lachen nicht verkneifen konnte. »Es wird unser Geheimnis bleiben.«

»Danke.« Endlich lächelte Davyd wieder, als wäre die Last seines Geheimnisses dadurch, daß er es jetzt mit jemandem teilte, leichter geworden.

Als Flysse in den Frachtraum zurückkehrte, fand sie den Jungen neben Arcoles Koje mit einem Gesichtsausdruck vor, wie sie ihn noch nie zuvor bei ihm gesehen hatte. Seit ihrer ersten Begegnung war er ihr noch nie so ruhig und gelöst erschienen. Und Arcole … sie konnte seine Miene nicht richtig deuten. Irgendwie wirkte er zufrieden und verlegen zugleich, als hätte er gerade irgendeine gute Tat vollbracht, die er lieber geheimhalten wollte. Die beiden erweckten beinahe den Eindruck, als wären sie Vater und Sohn, und Flysse fühlte sich fast wie ein Eindringling.

Die *Stolz Gottes* drang langsam tiefer in das Meer der Schmerzen vor. Es kam zu keinen weiteren Übergriffen unter den Verbannten. Abgesehen von der drohenden Auspeitschung waren sie durch das kräftezehrende Rudern so erschöpft, daß ohnehin niemand mehr die Energie aufgebracht hätte, Schwierigkeiten zu machen. Wenn sie nicht gerade ruderten, aßen und schliefen sie, und langsam – wie die Fahrt des Schoners – schritt Arcoles Genesung voran.

Er hatte schon früher Verwundungen erlitten, einmal durch einen Stich mit dem Rapier und zweimal durch Pistolenkugeln, aber damals war er von renommierten Ärzten behandelt worden und hatte sich in einer luxuriösen Umgebung von seinen Verletzungen erholen können. Der treue Dom hatte für ihn gesorgt, und er war regelmäßig von Freunden besucht worden. Selbst damals hatte er es kaum erwarten können, wieder gesund zu werden, und hilflos in der schweißtreibenden Hitze des Frachtraumes liegen zu müssen, strapazierte seine Geduld bis zur Unerträglichkeit. Kaum daß er wieder aus eigener Kraft aufstehen und sich bewegen konnte, kehrte er an Deck zurück. Flysse drängte ihn, noch zu warten, aber er ignorierte sie ebenso wie das Stechen und Ziehen der allmählich verheilenden Wunden und machte Witze über seinen Zustand, als sei er ein Schwerstbehinderter und kaum in der Lage, für sich selbst zu sorgen. Was nicht weit von der Wahrheit entfernt war, auch wenn er es nicht zugab und seine Schmerzen mit einem sorglosen Lächeln überspielte. Er bezweifelte, daß er Flysse und Davyd damit täuschen konnte, aber sie taten so, als glaubten sie ihm, und dafür war er ihnen dankbar. Andererseits tat es ihm wirklich gut, die Sonne auf dem Rücken zu spüren, und er hätte es nicht viel länger im Frachtraum des Schoners ausgehalten, ohne verrückt zu werden.

Und er wollte das Meer beobachten, um eine Bestätigung für Davyds Gabe zu erhalten.

Sie hatten nicht mehr über die besondere Fähigkeit des Jungen gesprochen, und Flysse erfuhr nichts von ihrem Gespräch. Es war ein Geheimnis zwischen ihnen beiden, und wenn Flysse eine Veränderung in ihrem Verhältnis bemerkte, schob sie es darauf, daß Arcole seine Vorbehalte dem jungen Dieb gegenüber endlich abgelegt hatte und ihn akzeptierte.

Tatsächlich hatte sich seine Einstellung gewandelt. Er gestand sich ein, Davyd und Flysse Dank für ihre aufopfernde Pflege zu schulden, und er stellte fest, daß er sie nicht mehr mit Herablassung betrachtete, sondern als ihm gleichwertig. Ihm wurde bewußt, daß er seit seiner Trennung von Dom keine loyaleren Freunde mehr gefunden hatte und die Reise ihn zunehmend veränderte. Zu seiner Überraschung ertappte er sich bei der Hoffnung, daß sie nach ihrer Ankunft in Salvation nicht auseinandergerissen werden würden.

Und täglich beobachtete er das Meer.

Es hatte sich in eine eintönige riesige Fläche ohne Dünung und Wellen verwandelt, die sich leer und blau in alle Himmelsrichtungen bis zum Horizont erstreckte.

Die Segel hingen meistens schlaff herab, und wenn einmal eine Brise aufkam, war sie heiß und zu schwach, um das Schiff voranzutreiben. Den Ruderern in den Langbooten gelang es kaum, die glatte Wasseroberfläche aufzuwühlen. Die *Stolz Gottes* schien sich nicht zu bewegen, sondern in einer zeitlosen Vorhölle festzusitzen. Nahrung und Wasser wurden rationiert. Zum ersten Mal zog Arcole die Möglichkeit in Betracht, daß sie verhungern oder verdursten könnten, und ihm drängte sich der Gedanke auf, daß ein Beweis für die Zuverlässigkeit von Davyds Träumen eine willkommene Unterbrechung dieser Monotonie sein würde.

Langsam kehrten seine Kräfte zurück. Sein Rücken verheilte, und auch wenn er die Narben bis zu seinem Tod behalten würde, schmerzten die Wunden nicht mehr. Er nahm sein Training wieder auf, anfangs vorsichtig, doch mit ständig wachsender Intensität. Davyd leistete ihm dabei Gesellschaft und begann mit den Übungen, die seine mageren Muskeln stärkten. Nach einer Weile bat er Arcole, ihm die Bedeutung der scheinbar sinnlosen Bewegungen zu erklären, die diesen Übungen folgten. So lernte er, während die Tage ereignislos verrannen, zu boxen und die Grundlagen der Kunst des Fechtens – obwohl letzteres ohne Schwerter nicht einfach war.

Einmal kam Tomas Var während ihres Trainings vorbei und sah ihnen eine Weile zu. »Euer Rücken ist verheilt, oder?« erkundigte er sich, als sie eine Pause einlegten.

Arcole nickte. »Ja«, bestätigte er, unsicher, was er von dem Interesse des Offiziers halten sollte.

»Gut«, sagte Var und fügte hinzu: »Ihr bringt dem Jungen bei zu kämpfen?«

Wieder antwortete Arcole mit einem einsilbigen ja. Er fragte sich, ob er diesem Evanderaner dankbar sein sollte.

»Wer hat Euch gelehrt?« fragte Var, und als Arcole ihm sagte, daß er mit dem Lächelnden Jacques trainiert hatte, nickte der Offizier, als wüßte er die Leistung des Mannes zu würdigen. »Ich schätze, er hat gute Arbeit geleistet«, sagte er mit einem flüchtigen Lächeln und schlenderte weiter.

»Wer ist der Lächelnde Jacques?« wollte Davyd wissen, nachdem der Hauptmann verschwunden war.

»Ein Berufskämpfer«, erwiderte Arcole. »Ein berühmter Boxer.«

»Ich dachte, du wärst ein Duellant und Spieler«, sagte Davyd.

»Ich war ein Herr der feinen Gesellschaft«, erklärte Arcole mit gespielter Förmlichkeit. »Ja, ich habe Karten gespielt und einige Duelle ausgefochten, aber weißt du nicht, daß ein Mann in diesen vornehmen Kreisen mehrere solche Fertigkeiten beherrscht?«

Davyd grinste. »Ich weiß nicht viel über die Leute der feinen Gesellschaft. Außer daß sie meistens dicke Geldbörsen mit sich führen.«

Noch vor wenigen Wochen hätte Arcole eine solche Bemerkung alles andere als amüsant gefunden, jetzt mußte er darüber lachen. Flysse, die die beiden aus dem Schatten eines schlaff herabhängenden Segels beobachtete, lächelte. Sie erschienen ihr beinahe wie eine Familie. Es war trotz aller Einschränkungen eine gute Zeit. Sicher, sie hätte gern mehr zu essen und zu trinken gehabt, sich unbeobachtet waschen und gelegentlich die Kleidung wechseln können, aber die sich entwickelnde Freundschaft munterte sie auf. Arcole hatte sich verändert, sein Verhalten ihr gegenüber verärgerte sie nicht mehr, und manchmal dachte sie insgeheim, daß sie ihn nicht würde abweisen können, sollte er versuchen, in ihre schmale Koje zu steigen.

Sie trat an die Reling, als der Junge und der Mann ihre Übungen wieder aufnahmen, und starrte auf das eintönige Meer hinaus. Nur daß es nicht mehr eintönig war … In der hitzeflirrenden Ferne entdeckte sie einen dunklen Streifen, der vorher nicht da gewesen war. Einen Moment lang wollte sie einen Schrei ausstoßen, doch dann dachte sie an Davyds Alpträume und fürchtete, ihr Schrei könnte seine Panik von neuem anstacheln. In letzter Zeit – seit Arcole ihn akzeptiert hatte – war er ruhiger geworden, als hätte er gelernt, seine Angst vor dem Meer zu beherrschen. Sie wollte ihn nicht grundlos erschrecken, also blieb sie stumm. Die Dunkelheit am Horizont schien keine Bedrohung darzustellen.

Plötzlich klang der Ruf eines Matrosen aus dem Krähennest über ihr auf: »Seetang! Seetang!«

Die Hektik, die die Meldung auslöste, beunruhigte Flysse. Sie warf Arcole, der jetzt neben ihr stand, einen Arm kameradschaftlich um Davyds Schultern gelegt, einen verunsicherten Blick zu. Matrosen eilten zu ihren Posten, Marinesoldaten luden die Kanonen.

»Was ist das?« fragte sie.

Arcole schüttelte ratlos den Kopf. Soweit es ihn betraf, handelte es sich lediglich um Seetang, wenn auch in gewaltigen Mengen. Er spürte Davyd erschaudern, grinste ihm aufmunternd zu und drückte ihn fester an sich.

Der Schoner glitt langsam auf den Seetang zu, und gegen Abend wurde klar, daß es weitaus mehr als nur ein einzelnes treibendes Feld war. Es erstreckte sich bis zum Horizont und strömte einen schwefligen Gestank aus, schlimmer als ein Misthaufen, der jeden Winkel des Schiffes durchdrang. Nach Einbruch der Dunkelheit glomm der Tang in einem unheimlichen grünlichen Licht. Er bildete eine dichte Masse, durch die sich die Ruderer in den Langbooten mühsam hindurchkämpfen mußten, und als sie an Bord zurückkehrten, stanken sie penetrant nach dem Zeug. Auch die Nacht brachte keine Erleichterung, denn Kapitän Bennan befürchtete offenbar, von dem Pflanzenteppich eingeschlossen zu werden und befahl, daß die Ruderboote rund um die Uhr bemannt blieben, um die *Stolz Gottes* weiter westwärts zu schleppen.

Am nächsten Tag lag das Schiff in einem Meer aus grünem Seetang, dessen Oberfläche so fest erschienen, als könnte man sie trockenen Fußes überqueren. Krabben huschten auf den Pflanzen herum, große mißgebildete Kreaturen mit häßlichen Scheren. Sie machten Jagd auf Würmer, die sich wanden und eine ölige Flüssigkeit ausschieden, wenn die Krabben sie packten. Die Besatzung und die Passagiere wickelten sich Tücher und Stoffstreifen um Nase und Mund, um sich gegen den Gestank zu schützen. Niemand wusch sich, keiner hatte Lust, mit diesem Wasser in Berührung zu kommen. Im Bug der Langboote standen Männer mit Bootshaken, um eine Schneise in dem Seetangfeld freizuräumen.

Am schlimmsten aber waren die Schiffswracks, die immer zahlreicher auftauchten.

Sie wirkten wie Exponate in einem makaberen Meeresmuseum, veralterte und neuere Schiffe, die in dem Pflanzenteppich feststeckten. Ihre Takelage hing zerfetzt von Masten herab, deren Anblick unangenehm an Skelette erinnerte. Tang klebte an den Rümpfen und wucherte über die Seitenwände, so daß einige Schiffe eher wie lebende organische Gebilde als wie hölzerne Konstruktionen von Menschenhand anmuteten, Geschöpfe dieser fremdartigen See. Auf manchen fanden sich menschliche Überreste in dem Pflanzendickicht, Totenschädel und Brustkästen, durch die sich Ranken wie gräßliche Verzierungen gewunden hatten. Andere Schiffe waren neueren Jahrgangs und ragten stolz aus dem Seetang auf, als wären sie erst vor kurzem hier gestrandet, aber alle waren leer. Vermutlich hatten die Besatzungen in einem Akt der Verzweiflung versucht, der Falle mit ihren Beibooten zu entkommen.

Die *Stolz Gottes* bewegte sich mit quälender Langsamkeit voran, Zoll für Zoll. Die Ruderer in den Langbooten waren schnell erschöpft und mußten in immer kürzeren Intervallen ausgewechselt werden. Selbst die Matrosen kamen an die Reihe, und auch Arcole, mittlerweile ausreichend genesen, wurde zum Ruderdienst eingeteilt.

Das machte Davyd angst. Er war überzeugt, daß seine Träume schon bald wahr werden würden, und fürchtete um Arcoles Sicherheit, denn die offenen Boote waren praktisch schutzlos. Flysse mußte ihm ständig Mut zusprechen, und jedesmal, wenn Arcole nach einer Ruderschicht wieder an Bord kletterte – schweißgebadet und durchdringend nach Seetang stinkend –, lächelte Davyd erleichtert, als sei sein Freund lebend aus einer furchtbaren Schlacht zurückgekehrt. Auch Flysse fühlte sich keineswegs sicher, das tat niemand auf der *Stolz Gottes*, denn der Pflanzendschungel drohte, sie für alle Zeiten in seinem erbarmungslosen Griff festzuhalten.

Die Anspannung auf dem Schoner wuchs mit jedem Tag, was nicht zuletzt daran lag, daß die Kanonen ununterbrochen bemannt blieben und Entermesser an die Matrosen ausgegeben wurden, als rechnete die Besatzung mit einer noch größeren Gefahr als der durch den Seetang.

Wäre Arcole von den Anstrengungen nicht permanent so erschöpft gewesen, daß er nur noch essen und schlafen wollte, bis er in eins der Langboote zurückkehren mußte, hätte er Davyd wahrscheinlich nach dessen Träumen befragt. Doch er kam erst gar nicht dazu, und so verschwieg ihm Davyd, daß sich seine Visionen intensiviert hatten. Auch hielt es Tomas Var nicht für erforderlich, mit den Gefangenen zu sprechen, außer wenn er sie in die Ruderboote schickte. Schließlich waren es ja nur Verbannte.

AUS DUNKLEN TIEFEN

Der Teppich aus Seetang blieb auch während der nächsten Tage dicht und schloß sich sofort wieder hinter der *Stolz Gottes*, als wollte er jede Spur ihrer Anwesenheit auslöschen. In Fahrtrichtung erstreckte er sich scheinbar bis zum Ende der Welt. Die Zahl der in seinem Griff gefangenen Wracks nahm ab, je weiter sich der Schoner mühevoll vorwärtskämpfte, bis schließlich nur noch eine grüne, von Krabben wimmelnde Tangschicht zu sehen war. Und dann, als es bereits schien, als wären sie dazu verdammt, für alle Ewigkeiten durch diese furchtbare See zu segeln, begann die fremdartige Vegetation, allmählich wieder dünner zu werden. Das hätte eigentlich ein Anlaß zur Erleichterung sein müssen, doch statt dessen registrierte Arcole, daß die Anspannung bei Vars Marinesoldaten und Kapitän Bennans Matrosen sogar noch wuchs. Die Kanonen blieben ständig bemannt, und die Seeleute beobachteten den Ozean mit erhöhter Wachsamkeit. Bennan schickte zusätzliche Spähposten in die Mastkörbe. Die Offiziere trugen Schwerter und Pistolen, als träfen sie Vorkehrungen gegen einen Überfall.

Arcole verfolgte das alles mit einer merkwürdigen Faszination. Er verriet Flysse oder Davyd nichts von seinen Beobachtungen, aber ihm war klar, daß sich die Besatzung des Schoners auf irgendeine Gefahr vorbereitete, und er fragte sich immer häufiger, ob sich Davyds düstere Prophezeiungen schon bald bewahrheiten würden. Seiner Einschätzung nach hätten die Ungeheuer, von denen der Junge träumte, eher in dem dichten Seetangfeld als in seinen Randbereichen hausen müssen, die wahrscheinlich demnächst wieder dem offenen Meer Platz machen würden. Trotzdem blieb er skeptisch. Fast hoffte er, Davyds Alpträume würden Gestalt annehmen und damit den unwiderruflichen Beweis für die Echtheit seiner Gabe liefern, denn Arcole war noch immer davon überzeugt, irgendwann von den Fähigkeiten des Jungen profitieren zu können.

Eines Tages, während der Teppich aus Seetang zunehmend löchriger wurde und das Schiff wieder Fahrt aufnahm, winkte ihn Davyd zur Seite. Er lockerte den Stoffstreifen, den er sich um Nase und Mund gewickelt hatte, damit Arcole ihn besser verstehen konnte. Sein Gesichtsausdruck allein war Warnung genug.

»Ich glaube, daß es jetzt bald passieren wird«, flüsterte er, nachdem er sich mit verstohlenen Blicken vergewissert hatte, daß niemand sie belauschte.

»Deine Seeschlange?« Arcole sah ihn besorgt an. »Bist du sicher?«

»Nicht über den genauen Zeitpunkt.« Davyd hob hilflos die Schultern, die Augen unverwandt auf das Meer gerichtet. »Das verraten mir die Träume nicht. Nur daß … irgend etwas … näherkommt.«

Arcole spürte, wie ihm ein kalter Schauder über den Rücken lief, als begännen die Narben vor Anspannung zu prickeln. Wie Davyd beobachtete er aufmerksam den Seetang, der unter der erbarmungslos vom Himmel herabbrennenden Sonne grün schillerte. Die Pflanzen hoben und senkten sich gemächlich in einer schwachen Dünung. Er vermutete darin die Vorboten einer Meeresströmung und eines stärkeren Wellenganges, was bedeutete, daß die Tangfelder demnächst enden mußten.

»Kannst du dich nicht etwas klarer ausdrücken?« fragte er mit unbeabsichtigter Schärfe, eine Reaktion auf Davyds Unruhe und die Anspannung unter der Schiffsbesatzung und den Soldaten. Er lächelte besänftigend. »Was wird die Bestie tun?«

»Ich weiß es nicht«, erwiderte Davyd. »Ich weiß nur, daß wir in Gefahr sind.«

Arcole legte ihm eine Hand auf die Schulter. »Dann halte dich am besten bereit«, riet er. »Aber ich versichere dir nochmals, daß dieses Schiff über gute Schutzvorkehrungen verfügt.«

»Ich hoffe, sie reichen aus«, murmelte Davyd.

Flysse kam herbeigeschlendert. Arcole rang sich ein Lächeln ab. »Setz ein fröhlicheres Gesicht auf, ja?« bat er Davyd leise. »Wir wollen Flysse doch nicht beunruhigen.«

Davyd versuchte es, aber das Lächeln erschien Arcole eher gequält.

»Was ist los mit dir, Davyd?« fragte Flysse.

Der Junge verbarg sein Unbehagen, indem er sich den Stoffstreifen wieder um Mund und Nase wickelte. »Der Gestank«, behauptete er. »Er macht mich krank.«

Er ist ein geschickter Lügner, dachte Arcole anerkennend.

»Das geht uns allen so«, sagte Flysse. »Aber bestimmt nicht mehr lange. Die Matrosen sagen, daß wir das Tangfeld schon bald durchquert haben werden.«

»Das glaube ich auch. Seht ihr?« Arcole deutete auf den schwankenden Pflanzenteppich. »Das Zeug bewegt sich und wuchert längst nicht mehr so dicht. Ich denke, daß es schon in kurzer Zeit hinter uns liegen wird.«

Alle drei betrachteten den in der schwachen Dünung dümpelnden Seetang. Und so waren sie unter den ersten, die das aus der Tiefe auftauchende Ungeheuer entdeckten.

Anfangs schien es lediglich eine größere Welle zu sein, die auf das Schiff zulief. Dann erhöhte sich seine

Geschwindigkeit, und fast zeitgleich mit dem Warnruf des Beobachtungspostens im Krähennest hob sich ein monströser Kopf aus dem Wasser.

Flysse stieß einen schrillen Schrei aus. Davyd stöhnte, als wären seine schlimmsten Alpträume Wirklichkeit geworden. Arcole keuchte, packte die beiden und zog sie von der Reling fort. Er bezweifelte, daß irgendein Bereich des Schiffes Sicherheit vor einem solchen Ungeheuer bieten würde, aber sein Instinkt drängte ihn, so viel Abstand zwischen sich und die Seeschlange zu legen, wie es das Deck zuließ.

Ihr Kopf war dem eines Pferdes nicht unähnlich, nur sehr viel größer, mit toten gelben Augen unter hervortretenden Knochenwülsten und langen Kiefern voller sägeartiger Fänge in einem scharlachroten Maul, das groß genug war, um einen Menschen mit einem einzigen Bissen zu verschlingen. Büschel ölig glänzender Tentakeln hingen wie ein obszöner Bart von den Lefzen der Bestie herab. Ein blaugrüner Schuppenkamm, der sich deutlich von dem dunkleren graublauen Schlangenhals abhob, erstreckte sich von ihrem Nacken bis zu dem breiten Rücken. Ohne Vorwarnung schoß das gewaltige Ungeheuer auf das Schiff zu.

Eine Kanone entlud sich dröhnend, und einen Moment lang verhüllte der Pulverdampf die Kreatur, dann sah Arcole, wie die Kugel eine Fontäne aus Wasser und Tang hinter dem Monstrum aufsteigen ließ. Eine zweite Kanone wurde abgefeuert und verfehlte ebenfalls ihr Ziel.

»Verschwindet unter Deck!« rief Arcole und schob Flysse und Davyd in Richtung der Frachtraumluke. Sie sträubten sich, als fühlten sie sich in seiner Nähe sicherer, und er drängte sie gewaltsam auf die Treppe zu. »Flysse, um Gottes willen, geht nach unten! Dort dürfte es ungefährlicher sein!«

Er wartete, bis sie die Treppe erreicht hatten, zwei hilflose Gestalten inmitten einer schreienden panischen Menge, und hoffte, daß sie im Frachtraum die Sicherheit finden würden, die es an Deck nicht gab. Arcole verstand selbst nicht, wieso er ihnen nicht folgte. Er sah wieder auf das Meer hinaus, als eine Salve Musketenschüsse ertönte, und erhaschte einen flüchtigen Blick auf die Seeschlange, bevor sie unter den Schoner tauchte.

Die *Stolz Gottes* erbebte, als die Bestie über ihren Kiel schrammte. Einen Moment lang peitschte ein in gezackten Flossen auslaufender Schwanz die Wasseroberfläche auf der Backbordseite, während Arcole fassungslos sah, wie der Kopf der Kreatur gleichzeitig über der Steuerbordreling aufragte. Der schlangenartige Körper schien lang genug zu sein, um sich einmal um das Schiff wickeln zu können. Das Ungeheuer riß das Maul auf. Eine Kanone dröhnte, das Geschoß streifte die Flanke der Seeschlange und zog einen roten Streifen über ihre Haut, aber die Wunde schien sie nicht ernsthaft verletzt zu haben, sondern nur ihre Wut zu steigern. Der riesige Kopf stieß blitzschnell vor, die Kiefer schlossen sich um einen Kanonier und hoben den kreischenden Mann in die Höhe. Sein Kamerad wurde durch die Luft geschleudert, als die Seeschlange ihre Beute schüttelte, so wie ein Terrier eine Ratte schütteln mochte, den Hals zurückzog und ihr Opfer hinunterwürgte. Der Schrei des Kanoniers endete wie abgeschnitten. Wieder schoß der Kopf vor, und gleichzeitig feuerte eine Gruppe Marinesoldaten ihre Musketen aus so kurzer Distanz auf das Ungeheuer ab, daß alle Kugeln ihr Ziel trafen. Doch nicht eine einzige konnte die schuppige Haut durchdringen, alle prallten harmlos von ihr ab wie Kieselsteine vom Fell eines angreifenden Bullen. Drei weitere Soldaten wurden von der Bestie niedergestreckt. Der

Morgen war erfüllt vom Dröhnen der Kanonen, dem Krachen der Musketen und den Schreien der Gefangenen, Matrosen und Soldaten.

Arcole kauerte neben dem Mittelmast. Ihm wurde bewußt, daß die magischen Symbole, die das Schiff schützen sollten, keinerlei Wirkung auf diese furchtbare Kreatur hatten. Sie schien immun gegen Magie zu sein und schlug zu, wo immer sie wollte, unbeeindruckt von Schutzzaubern, Musketen oder Kanonen.

Und dann war sie wieder verschwunden. Für eine Weile machte sich eine unheimliche Stille breit.

Plötzlich begannen die Männer in den Langbooten zu schreien. Sie ruderten hektisch auf den Schoner zu, als der riesige Kopf direkt neben ihnen auftauchte, sich die Kiefer des Ungeheuers um eins der zerbrechlichen Boote schlossen und es hoch in die Luft hoben. Die Männer sprangen verzweifelt ins Meer. Holzplanken barsten knirschend unter dem gewaltigen Druck der Kiefer, genauso leicht wie die Knochen der Unglücklichen, die die Seeschlange erwischte. Immer höher schob sie sich aus dem Wasser, zerbiß das Langboot in zwei Teile und ließ sich auf das zweite fallen, das augenblicklich versank, vom Gewicht des Ungeheuers in die Tiefe gerissen. Eine Handvoll Überlebende aus dem ersten Boot versuchten, die *Stolz Gottes* schwimmend zu erreichen, doch sie verhedderten sich hoffnungslos in dem klebrigen Seetang, und dann tauchte das Ungeheuer wieder zwischen ihnen auf wie ein gräßlicher Feinschmecker, der kleine Leckerbissen aus einer reich gedeckten Tafel auswählte.

Ein paar Männer schafften es, die Taue zu erreichen, die vom Bug des Schoners herabhingen. Arcole eilte zur Spitze des Schiffes, um ihnen zu Hilfe zu kommen. Er konnte einen an Deck ziehen, doch plötzlich wuchs die Seeschlange so dicht vor ihm in die Höhe, daß er den salzigen und fauligen Gestank ihres Atems roch. Einen Herzschlag lang starrte er in ein glasiges gelbes Auge, dann schnappten die Kiefer zu, und er kippte nach hinten weg, einen in Höhe des Ellbogens abgetrennten Arm in der Hand. Er schleuderte das blutende Körperteil von sich und krabbelte auf Händen und Knien rückwärts, überzeugt, daß die Bestie gleich wieder zuschlagen würde.

Statt dessen tauchte sie ab, nur um kurz darauf auf der Backbordseite des Schoners zu erscheinen. Das Schiff erbebte unter ihrem Aufprall, als der riesige Kopf wie ein Rammbock zustieß, die Fänge in das Schanzkleid schlug und das Deck zu zertrümmern drohte.

Arcole wagte sich wieder zum Bug vor, aber er entdeckte keine weiteren Überlebenden mehr, nur zerfetzte Leichen, die zwischen dem aufgewühlten Seetang und den Trümmerstücken der Langboote trieben. Als er heckwärts hastete, feuerte erneut eine Kanone aus kurzer Distanz. Diesmal schien die Kreatur eine ernsthafte Verletzung erlitten zu haben, denn sie stieß einen schrillen, jaulenden Laut aus und krümmte sich. Ihr Körper ringelte sich zusammen, hob sich krampfhaft zuckend aus dem Wasser und ließ einen Regen stinkenden Seetangs auf den Schoner niederprasseln. Die *Stolz Gottes* schaukelte wild, als sich die Seeschlange ins Meer zurückfallen ließ, unter dem Kiel hinwegschwamm und wieder auf der anderen Seite auftauchte.

Das Ungeheuer stieg noch höher als zuvor aus dem Wasser und schnappte nach Sparren und Querbalken, die so mühelos zwischen seinen Kiefern zersplitterten wie ein Zahnstocher zwischen den Fingern eines Mannes. Ein Aussichtsposten, der sich in die kümmerliche Deckung im Krähennest des Hauptmastes verkrochen hatte, wurde von dem riesigen Maul erfaßt. Die Seeschlange ließ ihn und dann sich selbst mit dem Oberkörper auf das Deck fallen. Mehrere Männer wurden unter ihrem Gewicht zerquetscht, andere von den mit Krallen besetzten Flossen verletzt, die über die Planken scharrten. Das Ungeheuer schlängelte sich wie ein gigantischer Wurm aus dem Meer, bis sein gesamter Körper auf dem Schoner lag und der Schwanz über das Deck peitschte. Die *Stolz Gottes* drohte zu kentern, als sich die Bestie über sie hinwegwälzte, auf der anderen Seite wieder in Meer glitt, unter dem Seetang verschwand und eine Spur der Zerstörung aus Schleim, Blut und zermalten Leichen hinter sich zurückließ.

Arcole entdeckte eine Muskete vor seinen Füßen, die ein Marinesoldat fallengelassen hatte, der sich stöhnend einen gebrochenen Arm hielt. Er hob die Waffe auf und nahm dem Soldaten das Pulverhorn und einen Beutel mit Kugeln ab. Die Muskete schien völlig nutzlos gegen ein solches Monstrum zu sein, aber sie vermittelte ihm trotzdem ein gewisses Gefühl der Sicherheit. Arcole hielt sie fest umklammert, blickte sich hastig um und fragte sich, aus welcher Richtung die Schlange das nächste Mal angreifen würde.

Weiter achtern auf dem Deck bellte Tomas Var Befehle und sammelte seine Männer um sich. Arcole rannte zu ihnen.

Var bemerkte die Muskete in den Händen des Strafgefangenen und nickte beifällig. Daß er ein Offizier und Arcole ein Verbannter war, der von Gesetz wegen keine Waffe hätte tragen dürfen, schien jetzt, da sie alle dem Tod ins Auge sahen, keine Rolle mehr zu spielen.

»Feuert in Salven!« befahl er. »Dieses gottverdammte Biest scheint gepanzert zu sein, aber …«

»Musketenkugeln können es nicht verletzen!« fiel ihm Arcole ins Wort, ohne darüber nachzudenken, mit wem er sprach. »Benutzt die Kanonen!«

»Wie?« Var ignorierte Arcoles anmaßendes Verhalten. »Das verdammte Ding bewegt sich zu schnell, als daß meine Leute vernünftig zielen könnten.«

»Was, wenn es wieder an Bord kriecht?« fragte Arcole. »Was, wenn wir die Kanonen nach innen ausrichten würden?«

Var schüttelte den Kopf. »Sollte es noch einmal auf die *Stolz Gottes* kriechen, würde es uns wahrscheinlich versenken. Außerdem ...« Vielleicht hatte er hinzufügen wollen, daß sie nicht genug Zeit hatten, die Kanonen zu wenden, aber ihm blieb nicht einmal die Zeit, den Satz zu beenden, denn genau in diesem Augenblick stieß die Seeschlange durch die Wasseroberfläche und griff erneut an.

Der Hauptmann führte seine kleine Streitmacht im Laufschritt zum Schanzkleid. Dort, wo sich die Bestie hatte fallen lassen, waren die Reling zerbrochen, das Deck zerkratzt und die Planken gesplittert. Eine Kanone war aus ihrer Halterung gerissen worden, die Kanoniere lagen tot neben ihr. Die Soldaten drängten sich zusammen und richteten ihre Musketen auf das Ungeheuer, das jetzt wütend auf das Schiff zuschoß, offensichtlich fest entschlossen, es wieder zu rammen.

»Zielt auf den Kopf!« rief Var. »Achtung ... Feuer!«

Die Musketen krachten. Das Ungeheuer glitt rasend schnell durch den Pflanzenteppich, und wenn es verletzt war, ließ es sich jedenfalls nichts davon anmerken. Arcole hielt es für wahrscheinlich, daß es über eine rudimentäre Intelligenz verfügte oder schon früher Schiffe angegriffen hatte, denn beim Dröhnen der Schüsse tauchte es unter, als wüßte es, daß die Waffen gefährlich waren. Var schickte seine Männer zur gegenüberliegenden Reling, da er den nächsten Angriff aus dieser Richtung erwartete. Arcole wollte dem Befehl gerade Folge leisten, doch dann fiel sein Blick auf ein Tau neben der beschädigten Kanone, und in seinem Kopf begann eine abenteuerliche Idee, Gestalt anzunehmen. Wahrscheinlich war es unmöglich, sie in die Tat umzusetzen, und zweifellos gefährlich, aber sollte sein Plan scheitern, würde das Schiff sinken und mit ihm alle an Bord ertrinken, sofern sie nicht vorher von der Seeschlange verschlungen wurden. Arcole dachte an Davyd und Flysse. Sie hatten ein besseres Schicksal verdient.

Er ließ die Muskete fallen und hob das Tau auf. Es war eins von den Seilen, mit denen die Matrosen die Segel hißten oder einholten, und er hoffte, daß es stabil genug für sein Vorhaben war. Mit fliegenden Fingern schlang er ein Ende um die beschädigte Kanone, verknotete es und formte eine große Schlinge aus dem anderen Ende. Das Dröhnen der Musketen und Kanonen ließ ihn gerade noch rechtzeitig herumwirbeln, um zu sehen, wie die Seeschlange über der Steuerbordreling auftauchte und sich ihre Kiefer um die Schultern eines Marinesoldaten schlossen. Var sprang mit erhobenem Schwert vor und wurde zurückgeschleudert, als die Kreatur ihren Kopf schüttelte. Arcole hob die Schlinge an und sah sich hastig um. Das Tau war schwer – zu schwer, als daß er seinen Plan allein würde durchführen können. Als die Bestie wieder im Meer verschwand, eilte er zu Var.

Der Hauptmann sah ziemlich mitgenommen aus. Er hatte seinen Dreispitz verloren, und sein Hemd war mit Blut und Schleim getränkt. Eine seiner Schläfen wies eine häßliche Platzwunde auf, aber er wirkte eher wütend als verängstigt. Arcole tippte ihm auf die Schulter und erläuterte ihm seinen Plan.

Var starrte ihnen einen Moment lang ungläubig an. »Warum nicht?« fragte er schließlich. »Wir haben nichts mehr zu verlieren.«

»Ich schaffe es nicht allein«, sagte Arcole. »Ich brauche mindestens noch einen Mann.«

»Ihr habt ihn gefunden«, erwiderte Var und winkte seinen Sergeanten zu sich.

Arcole hatte geglaubt, der Hauptmann würde dem Unteroffizier befehlen, ihm zu helfen, aber Var überraschte ihn, indem er dem Sergeanten das Kommando über die Musketiere übertrug. Wieder erbebte der Schoner, als die Seeschlange seinen Kiel rammte.

Zwischen dem Haupt- und dem Fockmast war ein kleines Beiboot vertäut. Var rief den Matrosen zu, es zu Wasser zu lassen. Die Männer glotzten ihn an, als hätte er den Verstand verloren, und er mußte sie anschnauzen, seinem Befehl Folge zu leisten. Arcole benötigte die Hilfe eines Mannes, um einen Teil des aufgerollten Taus abzuwickeln und in das Dinghi zu verfrachten. Dann kletterte er zusammen mit Var an Bord.

Das Beiboot nahm Seetang und Wasser auf, als es ins Meer klatschte und heftig schaukelte. Arcole hielt die Schlinge, während Var die Ruder ergriff. Sie entfernten sich ein Stück von der *Stolz Gottes*.

»Gott steh uns bei!« keuchte Var heiser.

Arcole war kein religiöser Mann, aber er schloß sich dem Stoßgebet an. Sie konnten jede Hilfe brauchen, die eine höhere Macht ihnen gewährte. Trotzdem wagte er kaum auf einen Erfolg ihrer Verzweiflungstat zu hoffen.

»Da!« schrie er, als der Kopf der Seeschlange auftauchte. »Haltet Euch bereit!«

Var ließ die Ruder fallen und griff nach dem Tau. Die Männer rückten auseinander, der eine zum Bug, der andere zum Heck, so daß sich die Schlinge über die gesamte Länge des Bootes erstreckte.

Obwohl das Gesicht des Ungeheuers zu keiner Mimik fähig war, hatte Arcole den Eindruck, daß es gierig grinste, unmittelbar bevor es wieder abtauchte. Nur der Rückenkamm ragte noch einen Herzschlag lang über die Wasseroberfläche, dann war auch er verschwunden. Arcole hoffte, daß die Schlange auf die gleiche Weise wie zuvor angreifen würde.

Stille kehrte ein. Die Zeit schien sich zu Minuten zu dehnen. Vars Gesicht war bleich, seine Augen zuckten hin und her und suchten den Pflanzenteppich ab. Er umklammerte das Tau so fest, daß seine Fingerknöchel weiß hervortraten. Arcoles Hände waren glitschig vor Schweiß.

Plötzlich geriet das Wasser in Aufruhr, und das Beiboot erzitterte. Dann wurde es in die Höhe geschleudert, und der Rumpf zerbarst zwischen den Kiefern der Bestie. Ihr Kopf hob sich weiter ... und schob sich durch die Schlinge.

Arcole ließ das Tau los, als Zähne, länger als eine Säbelklinge, dicht vor ihm zusammenschlugen. Der Atem der Kreatur überlagerte sogar den Gestank des Seetangs, und Arcole würgte, während er hilflos durch die Luft wirbelte. Dann schlug er klatschend auf der Wasseroberfläche auf. Seetang und Dunkelheit umfingen ihn. Eine Zeitlang war er völlig orientierungslos und rechnete damit, jeden Augenblick von den furchtbaren Kiefern der Seeschlange zerquetscht zu werden.

Übergangslos durchstieß sein Kopf die aufgewühlte Schicht aus Seetang, und er sah den strahlendblauen Himmel über sich. Er spuckte brackiges Wasser aus und riß sich klebrige Pflanzenstränge aus dem Gesicht. Das Ungeheuer stieg immer noch in die Höhe, die Schlinge um seinen Hals zog sich zu. Arcole entdeckte die *Stolz Gottes* zu seiner Rechten. Neben ihm tauchte Vars mit Seetang übersäter Kopf auf. Bruchstücke des Beibootes regneten herab. Die Seeschlange schien in den Himmel steigen zu wollen, und als sie schließlich wieder zurückfiel, erzeugte die Wucht des Aufpralls eine riesige Welle, die Arcole auf den Schoner zuschob. Das Schiff schien schrecklich weit entfernt zu sein, und er befürchtete, daß die Bestie ihn erwischen würde, bevor er es erreichen konnte. Er begann, unbeholfen durch den zähen Pflanzenteppich zu schwimmen.

Var erreichte das Schiff vor ihm und wartete am Fuß der Strickleiter, die die Matrosen herabgeworfen hatten, um Arcole zu helfen. Sie hangelten sich gemeinsam empor, von ihrer Verzweiflung angetrieben.

Über ihnen straffte sich das Tau. Ein Soldat stieß einen Warnschrei aus. Sie preßten sich flach gegen den Schiffsrumpf, als sich eine Gruppe aus Soldaten und Matrosen mit ihrem Gewicht gegen die beschädigte Kanone stemmte und sie über Bord stieß. Das schwere Geschütz fiel aufspritzend ins Wasser und versank.

Arcole und Var kletterten an Deck, drehten sich keuchend um und beobachteten die Seeschlange. Die Bestie schlug wütend um sich, wie ein gigantischer Fisch an einer Angelschnur, behindert durch das Gewicht der sinkenden Kanone. Es war nicht schwer genug, um das Ungeheuer mit sich in die Tiefe zu ziehen, aber es erfüllte den Zweck, den Arcole beabsichtigt hatte – zumindest hoffte er das.

Var hustete, noch nicht in der Lage, ein verständliches Wort hervorzubringen, und gab den Kanonieren mit einer Handbewegung den Befehl zu feuern.

Zwei Kanonen auf der Backbordseite waren noch intakt, und jetzt hatten die Schützen ein leichteres Ziel. Sie visierten sorgfältig, während sich das Ungeheuer wie eine Sprungfeder krümmte und streckte und wild an dem Tau zerrte. Die erste Kanone entlud sich dröhnend, die Kugel traf genau und riß eine blutende Wunde in die Flanke der Seeschlange. Kurz darauf feuerte die zweite, und aus einer weiteren Wunde spritzte Blut über den aufgewühlten Seetang. Die

Bestie kreischte vor Schmerzen. Auf dem Schiff wurden Jubelschreie laut. Wieder und wieder dröhnten die Kanonen, und auch wenn die eine oder andere Kugel das sich windende Ungeheuer verfehlte, trafen so viele, daß die Bewegungen der tobenden Kreatur allmählich erlahmten und ihre blaugraue Haut mit roten Wunden gesprenkelt wurde. Schließlich trieb sie reglos inmitten des Pflanzenteppichs und starrte den Schoner aus trüben Augen unverwandt an. Noch dreimal feuerten die Kanonen. Die Seeschlange öffnete ein letztes Mal das riesige Maul und versank.

Arcole starrte lange auf den blutbesudelten Tang und wartete auf ein erneutes Auftauchen der Bestie. Es schien ihm einfach unvorstellbar, daß sie tatsächlich tot sein sollte. Doch alles, was sich zeigte, waren die Würmer, die sich über die Pflanzen schlängelten, um sich am Blut und verstreuten Fleischfetzen gütlich zu tun.

Ein Hand legte sich auf seine Schulter, und als er sich umdrehte, sah er Var, der ihn breit angrinste. »Bei Gott, ich dachte schon, wir wären tot«, sagte der Hauptmann. »Das war ein verrücktes Wagnis!«

»Aber es hat funktioniert«, erwiderte Arcole.

»Allerdings!« Var schlug ihm herzhaft auf die Schultern. »Bei Gott, Sieur Blayke, Ihr habt uns alle gerettet.«

Einen Moment lang gab es nichts, was sie trennte, nur die aus einer geteilten Gefahr erwachsene Freundschaft. Sie waren zwei Männer, die Seite an Seite dem Tod ins Antlitz geblickt und überlebt hatten. Arcole erwiderte Vars Grinsen und ergriff die ihm dargebotene Hand. Auf einmal wurden sie von Soldaten und Matrosen umringt, die Var lauthals zustimmten.

Selbst Kapitän Bennan kam herüber, um seine Glückwünsche auszusprechen. Arcole spürte, wie ihm eine Decke um die Schultern gelegt wurde. Er drehte sich um und sah Vars Sergeanten hinter sich. Das sonst so ausdruckslose Gesicht des bulligen Mannes war zu einem breiten Lächeln verzogen.

»Das verlangt nach einer Feier!« verkündete Var. »Sergeant, alle Anwesenden haben sich einen kräftigen Schluck verdient!«

Der Unteroffizier salutierte und bedachte Arcole mit einem demonstrativen Blick, die Brauen fragend erhoben. Var nickte. »*Alle*, Sergeant.«

Mittlerweile wagten sich die ersten Verbannten wieder aus dem Frachtraum hervor, und als sie sahen, daß die Seeschlange verschwunden war, brachen auch sie in Jubel aus.

Flysse und Davyd schoben sich vor, entdeckten Arcole inmitten der Soldaten und Matrosen und zögerten. Arcole bemerkte seine Gefährten und winkte sie zu sich. Die Marinesoldaten machten ihnen bereitwillig den Weg frei. Arcole schloß die beiden in die Arme.

»Ist die Schlange fort?« fragte Davyd.

Arcole nickte und grinste den Jungen an. Flysse, in deren Augen Freudentränen glänzten, schmiegte sich dicht an ihn, doch dann rümpfte sie die Nase und verzog angewidert das Gesicht. Erst jetzt wurde Arcole bewußt, daß er völlig durchnäßt und mit Seetang bedeckt war und fürchterlich stank. Er lachte, und Var stimmte mit ein.

Der Sergeant erschien mit einem großen Krug. Rum wurde ausgeschenkt, doch als Var seinen Becher zu einem Trinkspruch hob, warf Kapitän Bennan einen vorwurfsvollen Blick in Arcoles Richtung: »Das ist kaum angemessen, Hauptmann«, sagte er.

»Mag sein ...« Var prostete Arcole zu. »Ich trinke trotzdem auf sein Wohl. Ob Verbannter oder nicht, er hat uns alle gerettet.«

Bennans Miene verdüsterte sich weiter. Er schüttelte den Kopf. »Ich kann mich einem solchen Verhalten nicht anschließen.« Er drehte sich brüsk um, gab seinen Becher einem der Soldaten und kehrte an seinen Platz am Steuer zurück, von wo aus er das Geschehen mit unverhohlener Mißbilligung verfolgte.

Var ignorierte ihn, hob seinen Becher und rief: »Auf Sieur Blayke!« Die Marinesoldaten und nicht wenige der Matrosen stimmten in den Ruf ein.

Arcole leerte seinen Becher in einem Zug. Der Rum war stark, aber er schien keine Wirkung auf ihn zu haben, außer ihn von innen zu wärmen. Der Sergeant schenkte ihm nach, kaum daß er ausgetrunken hatte. Arcole hob seinerseits den Becher und sagte: »Auf Hauptmann Tomas Var.«

In diesem Augenblick erschien es überhaupt nicht merkwürdig, das Gefangener und Wächter einander zuprosteten.

Doch es dauerte nicht lange, da begann sich die allgemeine Stimmung kaum merklich zu verändern. Eine Art von Unsicherheit machte sich breit. Die Gefahr war vorüber, und jetzt mußten sie alle wieder in die Zukunft schauen.

Tomas Var räusperte sich. »Ich muß mich umziehen«, sagte er, »und ich könnte mir vorstellen, daß auch Ihr trockene Kleidung bevorzugen würdet.«

Arcole zuckte die Achseln. »Unglücklicherweise war es mir nicht möglich, meine Garderobe mit an Bord zu bringen.«

»Natürlich.« Var lächelte etwas verlegen. »Verzeiht mir, ich habe nicht nachgedacht.« Er verzog das Gesicht, als ränge er mit einer schwierigen Entscheidung. »Aber ich kann nicht zulassen, daß Ihr diese stinkenden Sachen tragen müßt, Sieur Blayke. Wenn Ihr mich in meine Kabine begleiten würdet, werde ich Euch frische Kleidung zur Verfügung stellen.«

Diese Großmütigkeit überraschte Arcole. Er verbeugte sich und murmelte einen Dank. Var machte eine wegwerfende Geste und winkte Arcole zu, ihm zu folgen.

Die Kabine des Offiziers war klein und spartanisch eingerichtet. Er öffnete eine Truhe und entnahm ihr ein Hemd, eine Hose und frische Unterwäsche. Zwei Matrosen schleppten einen Kübel voll Meerwasser herein, das abgekocht und mittlerweile etwas abgekühlt war, ein Luxus, den Arcole nicht erwartet hatte. Er wusch sich eifrig den Gestank des Seetangs von der Haut.

»Dies ist eine unangenehme Situation«, sagte Var. »Ich wünschte, wir hätten uns unter anderen Umständen kennengelernt.«

»Die Karten fallen, wie sie wollen«, erwiderte Arcole. »Es liegt an uns, was wir aus ihnen machen.«

Var nickte traurig. »Ich habe in dieser Angelegenheit kaum eine Wahl.« Wie um seine Worte zu unterstreichen, knüpfte er eine saubere Uniformjacke zu.

»Nein, wohl kaum«, sagte Arcole.

»Aber was Ihr getan habt ...« Vars Gesicht nahm einen nachdenklichen Ausdruck an. »Das wird nicht vergessen werden. Wenn wir Salvation erreichen, werde ich den Gouverneur über Eure Tapferkeit informieren.«

»Dafür danke ich Euch.« Arcole neigte ernst den Kopf, doch plötzlich grinste er. »Und ich schätze, daß Kapitän Bennan ihm von Eurem Verhalten mir gegenüber berichten wird.«

Var schnaubte. »Bennan ist ein sturer Bursche, ohne Zweifel.«

»Und wie werden Eure Vorgesetzten darauf reagieren, wenn sie erfahren, daß Ihr einen Verbannten mit in Eure Kabine genommen habt?« erkundigte sich Arcole. »Daß Ihr auf sein Wohl getrunken und ihn neu eingekleidet habt?«

Einen Moment lang wirkte Var verunsichert, dann zuckte er die Achseln. »Sie können es aufnehmen, wie sie wollen. Und mit Sicherheit werden sie die Tatsache berücksichtigen, daß Ihr ihnen ein Schiff gerettet habt.«

Arcole war nicht so zuversichtlich, was den Gerechtigkeitssinn der Autokratie betraf, aber er enthielt sich einer entsprechenden Bemerkung. Var schien sich in einer redseligen Stimmung zu befinden, und jetzt galt es, Informationen zu sammeln, die sich später vielleicht als nützlich erweisen mochten.

»Die magischen Symbole am Schanzkleid der *Stolz Gottes* haben die Bestie überhaupt nicht abgeschreckt«, bemerkte Arcole beiläufig.

»Nein.« Var reinigte sein Schwert mit einem Tuch. »Diese Symbole auf den Transportschiffen dienen dazu, die Gefangenen an der Flucht zu hindern, nicht Ungeheuer aus den Tiefen des Meeres abzuwehren.«

»Dann sind wir also doch nicht so wertvoll für die Autokratie, wie ich dachte«, sagte Arcole im Plauderton. »Ich habe uns für eine kostbare Fracht gehalten.«

»Oh, Salvation braucht seine Diener.« Arcole fragte sich, ob es Bitterkeit war, die er aus Vars Stimme heraushörte. »Aber an Verbannten herrscht kein Mangel, und Zauber zu wirken, die ein Schiff dieser Größe schützen können, ist sehr aufwendig. Was für eine Rolle spielt es da schon, wenn einige ein nasses Grab finden?«

»Und was ist mit der Besatzung und Euren Marinesoldaten?« wollte Arcole wissen.

Var lachte schnaubend. »Wir gehen das gleiche Risiko wie die Sträflinge ein. Und Begegnungen mit Seeschlangen sind nicht allzu häufig.«

»Das scheint mir ...« Arcole zögerte. Er war unsicher, wie weit er Var dazu bringen konnte, vertrauliche Informationen preiszugeben. »Die Autokratie scheint nicht sonderlich um Euer Wohlergehen besorgt zu sein.«

»Wir tun unsere Pflicht.« Der Hauptmann schob sein Schwert in die Scheide und sah Arcole direkt an. »Und ich fürchte, ich habe vielleicht schon zuviel gesagt. Verzeiht mir, aber ich habe einiges zu erledigen, und Ihr ...« Er verstummte, jetzt wieder verlegen.

» ... ich bin ein Verbannter«, beendete Arcole den Satz für ihn.

»Ja.« Var fingerte an seiner Säbeltasche herum. Es war unverkennbar, daß er sich hin- und hergerissen fühlte zwischen der Flucht in Formalitäten und dem Wunsch, das merkwürdige kameradschaftliche Verhältnis, das sich zu entwickeln begann, nicht zu zerstören. »Ihr versteht? Ich kann nicht ...« Er hob die Schultern. »Ich wünschte, es wäre anders, aber ich muß Euch in den Frachtraum zurückschicken. Doch Ihr habt mein Wort, daß ich nicht vergessen werde, was Ihr getan habt.«

Arcole verbeugte sich. Er hatte nichts anderes erwartet und vielleicht sogar mehr als erhofft bekommen. Also verließ er Vars Kabine, sah sich um und ging zu Flysse und Davyd, die an Deck auf ihn gewartet hatten.

Die Reparaturarbeiten hatten bereits begonnen. Verbannte ersetzten die zerbrochene Reling und besserten die beschädigten Planken aus. Die Toten waren säuberlich aufgereiht und mit Segeltuchplanen abgedeckt worden. Var erschien an Deck und hielt mit Kapitän Bennan eine kurze Trauerzeremonie ab, nach der die Leichen über Bord geworfen wurden. Während all der Zeit blieben Flysse und Davyd ständig bei Arcole, wie um sich zu vergewissern, daß er tatsächlich noch lebte. Hätte er über sich selbst nachgedacht, hätte er vielleicht die gleiche überraschte Erleichterung verspürt, aber er beschäftigte sich mit dem, was ihm Var verraten hatte, nämlich daß die *Stolz Gottes* und folglich auch alle anderen Transportschiffe – zumindest nahm Arcole das an – nicht gegen einen Angriff von außen magisch geschützt waren. Und mit der Erkenntnis, daß Tomas Var, auch wenn er gehorsam seine Pflicht erfüllte, nicht ganz glücklich über seine Aufgabe zu sein schien. Das bot Stoff genug für weitere Überlegungen.

Außerdem wußte Arcole jetzt, daß sich Davyds Träume wirklich bewahrheiteten. Noch war er sich nicht sicher, wie er diese Informationsbruchstücke zu einem Gesamtbild zusammenfügen sollte, aber als der Spieler, der er war, spürte er instinktiv, daß er die Karten nicht aus der Hand geben durfte.

Sobald er sich ungestört mit dem Jungen unterhalten konnte, bat er ihn, ihm von allen weiteren Träumen zu erzählen. Davyd versprach es ihm. Mehr als je zuvor war Arcole ein Held für ihn.

Das gleiche galt für Flysse. Sie hatte kaum etwas von dem Kampf gegen die Seeschlange mitbekommen und erst hinterher von Arcoles tollkühner Tat erfahren. Während sie mit den anderen Verbannten unter Deck ausharrte, befürchtete sie, daß sie alle sterben würden, und mit Überraschung wurde ihr bewußt, daß sie weniger Angst um ihr eigenes oder Davyds als um Arcoles Leben hatte.

Wieviel er ihr bedeutete, erkannte sie erst, als sie wieder an Deck kam und ihn lebend inmitten der Soldaten und Matrosen sah. Auf einmal klopfte ihr das Herz im Hals, und sie mußte sich zurückhalten, um sich ihm nicht in die Arme zu werfen und sich fest an ihn zu drücken. Als er sie umarmte, fiel es ihr schwer, sich zu beherrschen und ihm nicht ihre Gefühle zu offenbaren, aus Angst, ihn damit in Verlegenheit zu bringen und abzuschrecken. Ihm zu sagen, daß sie ihn liebte, wäre zu aufdringlich gewesen, aber sich selbst gegenüber gestand sie ein, daß es die Wahrheit war. Sie liebte Arcole Blayke.

Davyds Alpträume endeten mit dem Tod der Seeschlange. Das Meer beunruhigte ihn immer noch, es erschien ihm unnatürlich, in einer Nußschale über unergründlichen Tiefen zu treiben, aber es gelang ihm, sich damit abzufinden. Da er von weiteren Alpträumen verschont blieb, war er überzeugt, daß dem Schiff keine Gefahr mehr drohte, und seine einzige Angst bestand jetzt darin, Arcole könnte eine achtlose Bemerkung entschlüpfen, die ihn, Davyd, zum Flammentod auf dem Scheiterhaufen der Inquisitoren verurteilen würde. Doch diese Angst war unbedeutend. Er vertraute Arcole, wie er niemandem außer Tante Dory vertraut hatte.

Hätte er darüber nachgedacht, wäre ihm vielleicht sogar bewußt geworden, daß der Platz, den Tante Dory in seinem Leben eingenommen hatte und der seit ihrem Tod verwaist war, jetzt von Arcole und Flysse ausgefüllt wurde. Sie waren so etwas wie Adoptiveltern oder ältere Geschwister für ihn. Er hatte so lange allein gelebt, ohne einen echten Freund, und sich nur mit Hilfe seiner Schläue und seiner geschickten Finger durchs Leben geschlagen, daß es eine Freude war, Arcole und Flysse kennengelernt zu haben. Deshalb weigerte er sich beharrlich, über die bevorstehende Landung und eine mögliche Trennung nachzudenken.

Wenn sich ihm trotzdem einmal solche düsteren Gedanken aufdrängten, verwarf er sie sofort wieder und sagte sich, daß Grostheim zu klein sein mußte, als daß sie sich aus den Augen verlieren könnten. Manchmal malte er sich ihr gemeinsames Leben dort aus, stellte sich vor, daß Arcole und Flysse heiraten und ihn adoptieren würden. Und auch wenn es nicht dazu kam, würde er sie bestimmt oft genug besuchen können. Dafür würde Arcole sorgen.

Davyds Vertrauen in Arcole war grenzenlos. Er konnte sich nicht vorstellen, daß es irgend etwas gab, das Arcole nicht zustandebringen würde. Bei Gott, er hatte die Seeschlage erschlagen! Er hatte Flysse davor bewahrt, vergewaltigt zu werden, und selbst die Marinesoldaten – treue Diener der Miliz Gottes – hatten ihm wie einem Helden zugejubelt. Sogar Hauptmann Var begegnete ihm jetzt mit Respekt und hatte versprochen, sich für ihn einzusetzen, sobald sie ihr Ziel erreichten hatten. Davyd hoffte, Arcole würde es so einrichten, daß sie zusammenbleiben konnten. Von seiner Bewunderung geblendet, kam ihm nie in den Sinn, daß Arcole vielleicht ganz andere Pläne verfolgen könnte.

So fuhr die *Stolz Gottes* weiter durch das Meer der Schmerzen, kämpfte sich langsam durch die letzten Ausläufer des Seetangfeldes und nahm Geschwindigkeit auf, nachdem sie den Pflanzenteppich hinter sich gelassen hatte und auffrischende Winde ihre Segel blähten. Es kam zu keinen weiteren Angriffen von Seeschlangen, auch wenn drei der Ungeheuer gesichtet wurden und die Kanonen vorsorglich ununterbrochen besetzt blieben. Hätte Davyd gewagt, über seine Träume zu sprechen, hätte er Tomas Var gesagt, daß keine Gefahr mehr für das Schiff bestand, aber Arcole war der einzige, der von seiner Gabe wußte. Also beschränkte sich Davyd darauf, das Meer zu beobachten und eine Verzagtheit vorzutäuschen, die er längst nicht mehr empfand.

Und eines Tages, als sich der Himmel wolkenlos über das endlose blaue Meer spannte, segelten drei

Seemöwen über das Schiff hinweg, und die Matrosen sprachen aufgeregt über die bevorstehende Landung. Schon am nächsten Tag lag ein dunkler Schatten über dem westlichen Horizont, und wieder einen Tag später kam die Küste von Salvation in Sicht.

DIE LANGE NACHT BRICHT HEREIN

Der Mond des Neuen Grases war zu einer schmalen Sichel zusammengeschrumpft, wie ein in der Schlacht eingebeulter Schild, als die Commacht zu ihren heimischen Weidegründen zurückkehrten. Der Clan war eine Weile in Begleitung der anderen Stämme geritten und dann, nachdem die Aparhaso und die Naiche ihrer Wege gezogen waren, noch eine Strecke mit Yaztes Lakanti. Doch nach einigen Tagen gabelte sich der Pfad, und die Stärke der beiden Clane halbierte sich. Nach dieser Trennung war der Akaman der Commacht noch wachsamer. Er hatte das Versprechen Chakthis nicht vergessen, und er kannte den maßlosen Zorn des Anführers der Tachyn. Racharran ließ die Schwachen und Wehrlosen besonders aufmerksam von seinen Kriegern bewachen, schickte Späher und Kundschafter voraus und schützte die Kolonne zusätzlich durch eine bewaffnete Nachhut. Trotz Yaztes Versprechen, den Commacht beizustehen, verlief die Reise in gedrückterer Atmosphäre, als es früher üblich gewesen war. Racharran hielt ständig Ausschau nach Anzeichen für einen Hinterhalt, während er gleichzeitig hoffte, daß Chakthi wieder zur Vernunft kommen würde.

Eine vergebliche Hoffnung, wie er wußte, aber er klammerte sich trotzdem an sie.

Einige Tage, nachdem sich die Wege der Clane getrennt hatten, ritten die Commacht durch eine grasbewachsene Schneise, die von hohen Eichen gesäumt wurde und zu einem Fluß hinabführte. Die Sonne neigte sich dem Horizon entgegen und ließ die Baumwipfel rot glühen. Der Clan bildete einen langen Zug mit den Kundschaftern als Vorhut und einem Trupp wachsamer Krieger als Nachhut, während der Flankenschutz, durch den Wald zu beiden Seiten eingeengt, nicht ausschwärmen konnte.

Plötzlich brachen Reiter aus dem Unterholz hervor. Auf ihren Schilden prangte das Büffelkopfemblem der Tachyn, und ihre Gesichter trugen Kriegsbemalung: schwarze und rote Streifen und weiße Farbtupfer auf den Wangen. Sie feuerten mit gellendem Kriegsgeschrei eine Salve Pfeile ab, die gleich bei der ersten Angriffswelle drei Krieger des Begleitschutzes durchbohrten und aus den Sätteln warfen. Kurz darauf waren sie auch schon wieder, immer noch laut heulend, im Wald untergetaucht. Die Commacht hatten ihrerseits zwei Angreifer getötet, doch dann kam eine zweite Welle von vorn, die den Hauptzug von der Vorhut trennte und mit einem Pfeilhagel eindeckte, bevor sie sich in den Schutz der Bäume zurückzog.

Racharran zog seinen Clan zusammen, ließ ihn von den Kriegern umringen und drängte ihn, sich dem Fluß im Galopp zu nähern. Er herrschte die jungen Männer an, die den Angreifern folgen wollten, und befahl ihnen, die Flanken zu schützen. Bis sie den Fluß erreichten, hatten sich die Tachyn aus dem Staub gemacht.

Vier Commacht waren tot und etliche mehr verwundet. Ein Hund schnappte jämmerlich jaulend nach dem rot- und schwarzgestreiften Schaft eines Tachynpfeiles, der zwischen seinen Rippen hervorragte, und ein Krieger erlöste ihn mit einem Axthieb aus seinem Elend. Alle blickten Racharran ratsuchend an.

Alles, was der Akaman tun konnte, war, sie anzuweisen, ihre Zelte dicht beieinander direkt am

Flußufer aufzuschlagen, der ihnen von hinten Schutz bieten würde, und einen Ring von Kriegern um das Lager herum Posten beziehen lassen, während andere Krieger dazu eingeteilt wurden, die Pferde zu bewachen. Die jungen Männer und nicht wenige der älteren Krieger sprachen sich dafür aus, die Verfolgung der Feinde aufzunehmen. Sie deuteten – völlig zu Recht – darauf hin, daß es ein offener Bruch des Gebotes war, einen Clan anzugreifen, der sich auf dem Heimweg vom Matakwa befand. Hatte Chakthi sich durch diese Tat nicht eigenmächtig über den Willen des Schöpfers hinweggesetzt? wollten sie wissen. Letzteres konnte Racharran nur bejahen, aber eine Verfolgung lehnte er ab. Wenn Chakthi beschlossen hatte, das Ahsa-tye-Patiko zu ignorieren, so war das allein seine Sache, machte er ihnen klar, aber die Commacht würden sich nicht auf die gleiche Weise die Hände besudeln. Auch ihre Frage, ob sie denn auf dem gesamten Heimweg weitere Überfälle der Tachyn würden befürchten müssen, konnte er nur bejahen und sie auffordern, nur in Notwehr zu den Waffen zu greifen. »In unserem eigenen Land bindet uns das Gebot nicht mehr die Hände«, fügte er hinzu. »Sollten wir dort angegriffen werden, wird das Krieg bedeuten.«

Das gefiel seinen Männern, denn der heimtückische Überfall hatte ihre Gemüter auf eine Art erhitzt, die nur durch Blut gekühlt werden konnte, und sofort begannen sie, sich ausführlich darüber zu unterhalten, wie viele Tachyn sie töten und auf welche Weise sie Vergeltung an ihnen üben würden.

Racharran überließ sie resigniert ihren Rachephantasien. Seine Zuversicht war auf den Nullpunkt gesunken, denn mittlerweile gab auch er dem so sehnlich erhofften Frieden keine Chance mehr. Alle Vernunft war von Chakthis loderndem Zorn verzehrt worden. Chaos würde sich ausbreiten, obwohl das

Volk Einigkeit und Klugheit bitter nötig gehabt hätte. Der Akaman schlenderte ein Stückchen vom Lager fort. Der abnehmende Mond überzog das frische Grün des Grases mit Silber, der Fluß strömte schnell zwischen seinen Ufern dahin und murmelte dabei unablässig, als führte er ein Zwiegespräche mit sich selbst und der Nacht. Racharrans Blick wanderte über die patrouillierenden Wachposten, weiter zu den Bäumen und noch weiter in die Ferne, wo der Berg des Schöpfers wie eine dunkle verschwommene Säule den Himmel zu stützen schien. Er fragte sich, wie es Rannach und Arrhyna ergehen mochte und welche neuen Schrecken Colun bei seiner Heimkehr vorfinden mochte.

Hinter ihm klangen leise Schritte auf. Er wirbelte herum, die Klinge aus Grannachstahl in der Hand.

»Ho, ich bin's nur!« Morrhyn hob beruhigend die Hand. »Glaubst du etwa, ein Tachyn würde sich so nahe an das Lager heranwagen?«

Racharran schüttelte den Kopf und schob die Waffe in die Scheide zurück. »Dieses ständige Gerede über Krieg macht mir Sorgen.« Er winkte den Wakanisha zu sich. »Wollen wir ein paar Schritte gemeinsam gehen?«

Morrhyn schloß sich seinem Freund an. »Ich hätte von diesem Überfall träumen sollen«, murmelte er.

In Racharrans Lachen schwang nicht die Spur von Heiterkeit mit. »Wir hätten deine Gabe nicht gebraucht, um das vorherzusehen.« Er bedachte den Träumer mit einem Seitenblick. »Ich *wußte*, daß Chakthi verrückt genug ist, um das Gebot zu brechen. Trotzdem mußten Menschen sterben.«

»Das war nicht deine Schuld«, sagte Morrhyn. »Du hast alles getan, was du konntest.«

»Ich habe zu sehr gehofft«, erwiderte Racharran. »Ich habe zu viel Vertrauen in die Vernunft der

Menschen gesetzt. Ich habe gehofft, Chakthi hätte noch einen Rest von Ehre in sich.«

»Weil du ein guter und ehrenhafter Mann bist«, erklärte Morrhyn. »Männer wie du sehen in anderen immer das Gute. Ihr wünscht es euch so sehr, daß ihr ihre Schwäche überseht.«

»Und deshalb mußten meine Leute sterben.« Racharran bückte sich, hob einen Stein auf und warf ihn ins Wasser. »Sind solche ›guten‹ Männer zum Akaman geeignet?«

»Ja«, sagte Morrhyn aus tiefster Überzeugung. »Ihr haltet euch an das Gebot und wollt nur das Beste für den gesamten Clan, für alle Matawaye. Auf diese Einstellung müssen wir unsere Hoffnung aufbauen, denn ich denke, daß jeder Bruch des Ahsa-tye-Patiko den Schöpfer erzürnt, und wir werden sein Wohlwollen in den kommenden Tagen bitter benötigen.«

Racharran brummte etwas Unverständliches und schlang sich die Decke enger um die Schulter, als bliese ihm ein kalter Wind entgegen, obwohl die Nacht mild war. Der Mond des Neuen Grases würde schon bald vergehen und als Mond der Tanzenden Fohlen wiedergeboren werden. »Und was haben wir zu erwarten? Noch mehr Überfälle? Weitere Tote auf dem Heimweg? Bis die jungen Männer die Geduld verlieren und vielleicht rebellieren? Und was dann? Krieg mit den Tachyn? Ausgerechnet in einer Situation, in der wir über das nachdenken sollten, was Colun berichtet hat, um uns auf das Schlimmste vorzubereiten?«

Antworten auf diese Fragen zu finden, war schwer. Morrhyn seufzte. »Vielleicht ... sogar wahrscheinlich. Ich denke, daß ein blinder Wahnsinn Ket-Ta-Witko erfaßt hat. Es ist, als würde ...« Er zögerte und warf einen Blick auf das ferne Massiv des Schöpferberges. »... als würde ein dunkler Wind durch das Gebirge wehen, der unseren Geist besudelt und uns verrückt macht. Du und Yazte, ihr seht die drohende Gefahr. Die anderen aber sind wie kleine Kinder, die sich unter ihren Decken verkriechen, um dort auf das Ende der Nacht zu warten.«

»Wird es denn eine lange Nacht werden?« fragte Racharran. »Und wird sie jemals wieder enden?«

Morrhyn schloß einen Moment lang die Augen. *Vielleicht wäre es gar nicht so schlecht*, dachte er, *mir selbst eine Decke über den Kopf zu ziehen und mich wie ein kleines Kind zu verhalten*. Aber das konnte er nicht tun, er war der Wakanisha der Commacht, so wie Racharran ihr Akaman war. Sie mußten beide ihre Pflicht erfüllen. »Ich vermute, daß es eine sehr lange Nacht werden wird, und ich weiß nicht, ob und wann sie endet.«

Racharran blieb stehen. An dieser Stelle beschrieb der Fluß eine Biegung, die Uferböschung fiel steil zu einer flachen Sandbank ab. Der Akaman setzte sich, ließ die Beine baumeln und forderte Morrhyn mit einer Geste auf, neben ihm Platz zu nehmen. »Was verraten dir deine Träume über diese lange Nacht?«

»Nichts.« Morrhyn breitete hilflos die Arme aus. »Ich habe seit unserer Zeremonie in dem Wa'tenhya überhaupt nicht mehr geträumt.«

Racharran musterte das Gesicht des Wakanishas. Sein eigenes wirkte hart und kantig im bleichen Mondlicht. Morrhyn fiel es schwer, seinem Freund in die Augen zu sehen. Obwohl sie keinen Vorwurf enthielten, fühlte er sich doch wie ein Angeklagter. »Seit damals schlafe ich wie ein Kind – entweder tief und fest, oder aber ich wache immer wieder vor Angst auf«, fügte er hinzu. »Dabei weiß ich nicht einmal, was mich aufgeweckt hat. Es ist nichts hier oben.« Er klopfte sich gegen die Schläfe, als könnte er so irgendeine Barriere in seinem Kopf durchbrechen. »Keine Träume, keine Warnungen … nur Furcht.«

Der Akaman nickte wortlos. Er starrte auf den Fluß hinaus, der unbeeindruckt von ihrer Anwesenheit und ihren Sorgen dahinfloß, wie die verstreichende Zeit, die sich ständig verändert und doch immer gleich bleibt.

»Ich habe Angst«, fuhr Morrhyn fort. »Ich fühle mich hilflos, als wäre ich ein Krieger, der ohne Waffen in einem dunklen Wald einen menschenfressenden Löwen jagt. Ich weiß, daß das Tier da ist … irgendwo … aber ich kann es weder sehen, noch hören oder riechen. Ich weiß nur, daß es mich beobachtet und darauf wartet, sich auf mich zu stürzen.«

Er spürte, wie Racharran ihm eine Hand auf die Schulter legte und sie drückte. »Vielleicht ändert sich das, wenn wir wieder zu Hause sind«, sagte der Akaman.

»Vielleicht.« Morrhyn lächelte traurig. »Doch von welchem Nutzen bin ich für den Clan bis dahin? Ein Träumer ohne Träume. So nutzlos wie ein blindes Pferd.«

Racharrans Hand drückte fester zu. »Ein blindes Pferd kann immer noch eine Last tragen, mein Freund.«

»Nur ist es in einer Schlacht wenig hilfreich, oder?«

»Ihr Wakanishas kämpft nicht wie die Krieger. Eure Aufgabe ist weitaus schwieriger.«

»Ich habe Angst.« Morrhyn schwieg eine Weile, so daß Racharran nicht sagen konnte, ob der andere nur eine einfache Tatsache ausgesprochen hatte, oder ob er eine tiefergehende Furcht damit meinte. »Ich fürchte, daß wir alle in den kommenden Tagen werden kämpfen müssen. Gegen Menschen oder … irgend etwas anderes. Und meine Waffen sind meine Träume. Ohne sie bin ich … was? Wirklich nutzlos.«

»Nein!« Racharran schüttelte seinen Freund, so wie er vielleicht ein störrisches Kind schütteln würde. »Du bist, was du bist – der Wakanisha der Commacht! Nicht nur unser Träumer, sondern auch der Deuter des Gebotes. Du interpretierst das Ahsa-tye-Patiko, und ich denke, daß ich dabei in nächster Zeit deine Hilfe dringend benötigen werde.«

»Das Ahsa-tye-Patiko?« Morrhyns ruhelos herumtastenden Finger fanden ein lockeres Grasbüschel zwischen seinen Knien. Er riß es heraus und warf es in das Wasser knapp hinter dem Uferstreifen. Es sog sich langsam voll und dümpelte eine Weile fast auf der Stelle vor sich hin, dann wurde es von der Strömung erfaßt und fortgetragen. »Ich frage mich, ob das Volk das Ahsa-tye-Patiko nicht gänzlich vergißt«, sagte er und brachte es nicht fertig, Racharran dabei ins Gesicht zu sehen. »Chakthi mißachtet es ohne jeden Zweifel, Vachyr hat es gebrochen. Rannach wurde dazu getrieben ...« Er biß sich auf die Zunge. »Verzeih mir, alter Freund.«

Racharran schüttelte den Kopf. »Es gibt nichts, was ich dir verzeihen müßte, denn was du sagst, ist die Wahrheit. Rannach *hat* getan ... was du sagst.«

»Aus gutem Grund.«

»Ja, aber die Auswirkungen seiner Tat waren alles andere als gut. Und selbst wenn Chakthi die ganze Geschichte geplant hat – oder vielleicht auch nur Vachyr –, ist das Ergebnis doch das gleiche, oder? Das Matakwa hat im Chaos geendet, und wir alle gehen getrennte Wege, obwohl wir gerade jetzt Harmonie bräuchten. Aber trotzdem müssen wir an dem Gebot festhalten. Sollen die Tachyn es vergessen, wir Commacht dürfen es nicht tun.«

»Du siehst die Dinge geradlinig«, sagte Morrhyn. »So gerade wie ein Pfeil.«

»Weil ich sie einfacher als du sehe«, gab Racharran zurück. »Den Bogen spannen und den Pfeil auf die Sehne legen? Das ist einfach, jeder Krieger kann das.

Aber was ist mit dir? Du hast die schwierige Aufgabe, Bruder. Du bist derjenige, der mit dem Schöpfer spricht und seinen Willen für uns übersetzt.«

»Abgesehen davon, daß das Träumen ein Teil dieses Prozesses ist.« Morrhyn versuchte vergeblich, das Grasbüschel wiederzufinden, das er in den Fluß geworfen hatte. Er fragte sich, ob es mit der Strömung weitergetrieben oder gesunken war.

»Das ist *ein* Teil deiner Aufgabe, ja. Doch ein anderer ist die Wahrung des Ahsa-tye-Patikos, und diesen Teil deiner Pflicht kannst du immer noch erfüllen.«

»So wie ein blindes Pferd noch immer seine Last tragen kann?« fragte Morrhyn.

»Wenn du so willst«, erwiderte Racharran. »Es ist eine Bürde, die getragen werden muß. Ich denke, daß ich deine Stärke brauche, wenn die Krieger unruhig werden.«

»Sie gehört dir«, sagte Morrhyn. »Was immer sie wert ist.«

»Sie ist eine Menge wert«, versicherte Racharran. »Sollen wir jetzt die Posten kontrollieren und dann etwas essen? Ich glaube, Lhyn hat noch einen frischen Krug Tiswin in ihren Vorräten. Es sei denn, Colun hat ihn vor unserer Abreise gefunden.«

Morrhyn lächelte und nickte zustimmend. Die beiden Männer erhoben sich und kehrten ins Lager zurück, wo die ersten Feuer aufflackerten. Keiner wußte, was der nächste Morgen bringen würde.

Sie überquerten den Fluß, nachdem eine Vorhut auf der anderen Seite Stellung bezogen hatte und Krieger auf dieser Seite Wache hielten. Es kam zu keinem weiteren Angriff, und am frühen Vormittag hatten alle übergesetzt. Sogar die Getöteten wurden mitgenommen, um sie auf den Bäumen ihres Heimatlandes zur letzten Ruhe zu betten. Die Commacht beeilten sich so sehr, wie es einem ganzen Clan möglich war, doch angesichts der alten Leute, kleiner Kinder, Pferdeherden, schwer beladener Lasttiere und Schleppbahren kamen sie nicht allzu schnell voran. Racharran ließ sie vorsichtshalber frühzeitig rasten, sobald sie eine Stelle erreichten, die leicht zu verteidigen war, und jede Nacht patrouillierten Wachen um das Lager. Trotzdem näherten sie sich unbeirrbar ihren heimischen Weidegründen, so wie sich ein Schiff einem fernen Leuchtfeuer nähert, und diesem Ziel galt ihre ganze Hoffnung.

Eines Tages wichen die mit Birken und Lärchen bewachsenen Hügelzüge weiter auseinander, und vor ihnen breitete sich eine weite Ebene aus. Der Himmel war metallischblau, von hohen Wolkenstreifen durchzogen, wie von im Wind flatternden Schweifen galoppierender Pferde. Im Süden graste eine kleine Büffelherde. Die Bullen bildeten einen Ring um die Kühe und Kälber, als ihnen der Wind die Witterung des Clans zutrug. Racharran führte den Zug an, den Schild über dem linken Arm, die Lanze mit der Spitze aus Grannachstahl in der Rechten, den Bogen und einen mit Pfeilen gefüllten Köcher auf den Rücken geschnallt. An diesem Morgen hatte er schon während des Frühstücks sein Messer gewetzt. Dies war nicht die Art, wie er gewöhnlich nach Hause zurückkehrte. Eine große Last schien sich auf seine Schultern und seine Seele gelegt zu haben. Doch wie sehr er es auch bedauerte, er wußte, daß er nichts daran ändern konnte und sich mit der Situation abfinden mußte, so wie er Morrhyn gedrängt hatte, die Bürde zu akzeptieren, die ein Wakanisha zu tragen hatte.

Er erblickte die Tachyn, als sein Clan die letzten Ausläufer der Hügelkämme erreichte und sich die weite Ebene vor ihnen öffnete. Das Land fiel zu einem schnell dahinströmenden kleinen Fluß ab, der sich tief in die Erde gegraben hatte und die Grenze zu den Grassteppen der Commacht bildete. Auf der langgestreckten Hügelkette zu seiner Rechten zählte er zwanzig Krieger, die ihre Pferde gemächlich dahintrotten ließen, und als er nach links sah, noch einmal zwanzig Tachyn, die sich ebenfalls dem Tempo der Commacht angepaßt hatten. Sie machten keinerlei Anstalten, die Heimkehrer anzugreifen, aber ihre Eskorte stellte eine Beleidigung dar, als wollten sie die Commacht ihrerseits zu einem Angriff provozieren. Vierzig Krieger würden kaum ausreichen, den Clan zu besiegen oder auch nur aufzuhalten, aber sie konnten mehr Unheil anrichten, als Racharran hinzunehmen bereit war. Er fragte sich, was sie vorhatten, ob sich vielleicht noch mehr Krieger hinter den letzten Bodenwellen versteckten. Das Ahsa-tye-Patiko verbot ihm, den ersten Schlag zu führen, und ihm war nur zu gut bewußt, daß der Wildbach vor ihnen ein ernstzunehmendes Hindernis darstellte. Der kleine Fluß und die Hügelketten zu beiden Seiten schränkten ihre Bewegungsfreiheit stark ein.

Seine Krieger umringten ihn mit unruhig tänzelnden Pferden, drängten ihn zum Angriff und versicherten ihm, daß sie diese Schwächlinge mit Leichtigkeit würden hinwegfegen können.

»Nein!« herrschte er sie an. »Wir sind immer noch durch das Gebot gebunden! Sucht Morrhyn und bringt ihn zu mir!«

Ein Mann preschte den nervösen Zug entlang zu Morrhyn, der an Lhyns Seite ritt, und kehrte mit ihm zu Racharran zurück.

Der Akaman deutete mit seiner Lanze auf die Tachyn und dann auf das Flüßchen vor ihnen. »Zwanzig auf jeder Seite«, sagte er, »und wahrscheinlich noch einmal so viele weiter voraus. Ich möchte nach Möglichkeit einen Kampf vermeiden, aber vielleicht lassen sie uns keine andere Wahl. Was meinst du dazu?«

Morrhyn erkannte den wahren Grund hinter Racharrans Frage. Ihm war klar, weshalb der Akaman ihn hatte holen lassen. Um die Position und Autorität des Wakanishas zu stärken. Während der letzten Nächte hatten die ungeduldigen Krieger verstohlen miteinander getuschelt, daß ihr Träumer seine Kraft verloren hätte und sie nicht länger vor zukünftigen Gefahren würde warnen können. Auch jetzt konnte er die Zweifel und den Unwillen in den ihm zugewandten Gesichtern sehen.

»Das Ahsa-tye-Patiko ist in diesem Punkt eindeutig«, sagte er. »Jedem Clan muß die sichere Heimreise gewährt werden. Sich dieser Forderung zu widersetzen, hieße, gegen das Gebot zu verstoßen und den Zorn des Schöpfers zu riskieren.«

»Chakthi verstößt nach Belieben gegen das Gebot!« klang eine Stimme unter den Kriegern auf, die Morrhyn als die von Bakaan erkannte. »Sollen wir durch seine Willkür sterben?«

»Wir sind Commacht!« rief Racharran scharf. »Wenn du den Willen des Schöpfers mißachten willst, kannst du dich den Tachyn anschließen!«

Morrhyn sah, wie Bakaan mürrisch das Gesicht verzog und den Kopf senkte. »Noch greifen sie nicht an«, stellte er fest.

»Noch nicht.« Racharran warf erneut einen Blick zum Fluß. »Aber wenn wir die Furt erreichen?«

Hilf mir, Schöpfer, dachte Morrhyn. Sollte ich dich erzürnt haben, dann bestrafe mich und nicht den ganzen Clan. »Das wäre mit Sicherheit eine günstige Gelegenheit für einen Angriff«, sagte er laut. »Aber warum zeigen sie sich uns dann vorher? Ich frage mich, ob Chakthi nicht einen anderen Plan verfolgt.«

»Und wie könnte der aussehen?« erkundigte sich Racharran.

Morrhyn drehte sich im Sattel um, musterte die Tachyn auf den Hügeln und den Fluß vor ihnen. »Vielleicht ...« Er ordnete seine Gedanken, ohne zu wissen, ob der Schöpfer ihm diese Idee eingegeben hatte, oder ob es seine Intuition war. »Vielleicht versucht Chakthi, seine Schuld auf mehrere Schultern zu verteilen. Niemand hat ihn während des letzten Angriffs gesehen, oder?« Er blickte in die Runde. Die Männer schüttelten die Köpfe. »Vielleicht ist das die gleiche Vorgehensweise wie bei Arrhynas Entführung – Chakthi könnte versuchen, uns in eine Falle zu locken, um hinterher zu behaupten, daß seine Hände sauber seien und diese Krieger ohne sein Wissen gehandelt hätten. Vielleicht möchte er uns dazu bringen, das Gebot zu brechen.«

Einer der Männer stieß ein bellendes Lachen aus. »Was spielt das noch für eine Rolle?« rief er. »Ob sie uns gleich hier oder erst an der Furt überfallen, die Wehrlosen werden in jedem Fall darunter leiden müssen. Warum greifen wir nicht an?«

Eigentlich hatte Morrhyn erwartet, daß Racharran die Frage beantworten würde, aber der Akaman schwieg und überließ es dem Wakanisha, seine Zurückhaltung zu begründen.

»Es ist, wie Racharran gesagt hat«, erwiderte Morrhyn. »Wir sind Commacht, wir respektieren den Willen des Schöpfers. Soll sich Chakthi die Hände blutig machen, wir werden es nicht tun.«

»Also sollen wir wie hilflose Rehe in unser Verderben laufen?« fragte derselbe Krieger wie zuvor.

Racharran wollte etwas sagen, aber Morrhyn kam ihm zuvor und legte ihm kurz eine Hand auf den Arm. Der Akaman hatte ihm diese Bürde aufgelastet, und nun würde er sie tragen, so gut er konnte.

»Es ist gut möglich, daß sie uns von sich aus nicht angreifen werden«, sagte er. »Ich kann mir vorstellen, daß sie uns zu einem Angriff provozieren wollen, um dann später behaupten zu können, wir hätten den ersten Schritt getan.«

»Ich wäre dazu bereit!« rief der Krieger. »Den ersten Schritt zu tun!«

Die anderen kommentierten seinen Einwurf mit Zustimmung und lautem Beifall. Währenddessen näherte sich der Zug langsam der Furt. Morrhyn wußte, daß er etwas unternehmen mußte, um die wütenden Krieger davon abzuhalten, das Ahsa-tye-Patiko in den Schmutz zu ziehen. Wieder ließ er den Blick über die Tachyn streifen, die herausfordernd ihre Lanzen schwenkten. Der Wind trug ihre Beleidigungen herüber.

»Nein!« stieß er hervor. »Ich bin es, der hier den ersten Schritt macht!«

Seine Stimme war laut und fest. Die Krieger verstummten. Racharran starrte ihn fragend an.

»Ich werde zu ihnen gehen und sie fragen, was sie vorhaben«, erklärte Morrhyn.

Er hatte Angst. Wahrscheinlich werden mich die Tachyn umbringen, dachte er, und dann schämte er sich für seine Feigheit. Wenn er jetzt nicht handelte, würden die Commacht vermutlich angreifen, und das Gebot würde noch stärker mit Füßen getreten werden. Er grub seinem Pferd die Fersen in die Seiten.

Racharran versuchte, ihn aufzuhalten. »Du reitest nicht allein«, sagte er.

»Doch, ich allein.« Morrhyn zwang sich zu einem Lächeln. »Ich glaube, nicht einmal Chakthis Krieger würden einen Wakanisha töten«, log er.

Und wenn sie es doch tun, was für eine Rolle spielt das schon? dachte er. *Wenn ich nicht mehr träumen kann, wozu bin ich dann noch gut? Ganz egal, was Racharran sagt. Aber sollte ich Erfolg haben, werde ich das Ahsa-tye-Patiko stärken und vielleicht die Hitzköpfe unter unseren jungen Männern dazu bringen, den Willen des Schöpfers zu befolgen.* Er sah Racharran in die Augen, dann lenkte er sein Pferd an dem des Akamans vorbei und trieb es zu einem langsamen Galopp an. »Warte hier!« rief er so beherrscht wie möglich über die Schulter zurück.

Es war ein warmer Tag. Trotzdem fror Morrhyn, als er die anderen hinter sich ließ. Sein Magen fühlte sich hohl an. Ein Blick auf die Hügel rechts und links zeigte ihm, daß sich die Tachyn seinem Tempo anpaßten. Als er sich dem kleinen Fluß näherte, ritten sie die flachen Hänge hinab und schwenkten auf ihn zu. Er konnte keine weiteren Krieger entdecken. Kurz vor der schmalen Furt zügelte er sein Pferd. Die Tachyn umringten ihn, und er mußte das Tier beruhigen, das seine Furcht roch und nervös zu tänzeln begonnen hatte. Obwohl seine Kehle trocken war, verspürte er das Bedürfnis auszuspucken. Er unterdrückte es und versuchte, sich ruhig zu verhalten, während er damit rechnete, daß sich ihm jeden Moment ein Pfeil in den Rücken, die Seite oder die Brust bohren würde. Vielleicht aber würde er auch durch eine Lanze sterben, die sich ihm in den Bauch grub und ihn aus dem Sattel warf.

Statt dessen jagten die Tachyn im Kreis um ihn herum, wieder und wieder, und er hatte genug damit zu tun, nicht die Kontrolle über sein Pferd zu verlieren. Sie schrien und verhöhnten ihn, riefen ihm zu, die Commacht wären Feiglinge und fürchteten die mächtigen Tachyn so sehr, daß sie statt ihrer Krieger einen Träumer geschickt hätten. Einige kamen nahe genug an ihn heran, um ihn zu schlagen. Morrhyn schwankte in seinem Sattel, zuckte unter ihren Hieben zusammen und wartete darauf, daß sie die Lust an diesem Ritual verloren.

»Warum tut ihr das?« fragte er, als sie ihre wilde Jagd beendeten und einen Kreis um ihn bildeten.

Einen Moment lang wirkten sie sprachlos. »Weil du ein Commacht und ein Feigling bist«, antwortete schließlich ein Krieger, den Morrhyn nicht kannte.

»Ich bin Morrhyn, der Wakanisha der Commacht«, sagte Morrhyn. »Wer bist du?«

»Ich heiße Dohnse«, erwiderte der Mann nach kurzem Zögern.

Morrhyn nickte. »Bist du einer von Chakthis Männern, Dohnse?«

Der Tachyn runzelte verwirrt die Stirn. »Natürlich.«

Der Wakanisha vermutete in Dohnse den Anführer dieses Trupps. Er starrte ihn eindringlich an. Es fiel ihm sehr schwer, die anderen Männer und ihre drohend geschwungenen Waffen zu ignorieren. »Und wo ist Chakthi?« fragte er.

»Er führt unseren Clan nach Hause«, sagte Dohnse. »Er bringt Vachyrs Leichnam heim.«

»Und Hadduth? Wo ist der Wakanisha der Tachyn?«

Die Falten auf Dohnses Stirn wurden tiefer, die farbigen Streifen der Kriegsbemalung in seinem Gesicht verzerrten sich. »Hadduth reitet mit dem Clan.«

»Er sollte bei euch sein«, sagte Morrhyn. »Um das Ahsa-tye-Patiko für euch auszulegen.«

Dohnse zog die Zügel straff an, worauf sein Pferd sofort zu tänzeln begann. Er verbarg sein Unbehagen hinter einer finsteren Miene. »Was ist mit dem Gebot, Commacht?«

»Wir befinden uns auf dem Heimweg vom Matakwa.« Morrhyn deutete mit einem Nicken in Richtung seines Clans, ohne Dohnses Gesicht einen Herzschlag lang aus den Augen zu lassen. »Und was das betrifft, ist das Ahsa-tye-Patiko eindeutig. Einen Clan auf der Heimreise anzugreifen, verstößt gegen den Willen des Schöpfers.«

Es war schwer, die Mimik des Tachyn unter der Kriegsbemalung und dem grimmigen Gesichtsausdruck zu deuten, aber Morrhyn hatte den Eindruck, einen Anflug von Scham erkannt zu haben.

Dohnse schüttelte seine Lanze und dann den Kopf. »Rannach hat das Ahsa-tye-Patiko verletzt, indem er Vachyr getötet hat.«

»Ja«, räumte Morrhyn ein, »aber Vachyr hat es zuerst durch Arrhynas Entführung verletzt. Und die Ratsversammlung hat über Rannachs Bestrafung entschieden. Jetzt lebt er allein in der Wildnis.« Er deutete nach Westen zu den verschwommenen Umrissen des Gebirges und dem blaß schimmernden Berg des Schöpfers. »Jetzt liegt es an dem Schöpfer zu entscheiden, ob Rannach leben darf oder sterben muß. So wie er entscheidet, was mit denjenigen geschieht, die seinen Willen mißachten. Bist du bereit, das zu akzeptieren, Dohnse? Wirst du den Zorn des Schöpfers in Kauf nehmen?«

Dohnse warf einen Blick auf das ferne Gebirge und vollführte eine Schutzgeste. »Chakthi hat euch den Krieg erklärt«, sagte er, jetzt nicht mehr so selbstsicher. »Warum sollte ich dich nicht töten?«

»Weil du dann gegen das Ahsa-tye-Patiko verstoßen und mit Sicherheit das Mißfallen des Schöpfers erregen würdest, Dohnse«, entgegnete Morrhyn. »Das sage ich dir als Wakanisha. So ist es! Was das angeht, ist das Gebot eindeutig. Wenn du es brichst, wirst du dir den Zorn des Schöpfers zuziehen. Du und alle anderen, die sich seinem Willen widersetzen. Willst du diesen Zorn ganz allein auf dich nehmen? Oder wirst du zu Chakthi und Hadduth zurückkehren und sie bitten, sich ihrem Teil der Verantwortung zu stellen?«

Dohnse kaute eine Weile auf seiner Unterlippe herum, während sein Pferd sich unruhig im Kreis drehte.

»Warum sollte ich auf deine Worte hören, Morrhyn von den Commacht?« knurrte er schließlich.

»Vielleicht, weil ich allein zu euch gekommen bin, um mit euch über das Ahsa-tye-Patiko zu sprechen und eine Möglichkeit zu finden, wie ihr den Zorn des Schöpfers vermeiden könnt«, erwiderte Morrhyn. »Vielleicht, weil ich nicht möchte, daß durch die Mißachtung des Gebotes noch mehr Blut vergossen wird.«

»Unsere Clane befinden sich im Krieg, Träumer«, sagte Dohnse. »Wie sollte es da möglich sein, weiteres Blutvergießen zu verhindern?«

Fast hätte Morrhyn geseufzt, aber er vermutete, daß die Tachyn das als ein Zeichen von Schwäche interpretieren und ihn töten würden. Dann würden sich die Commacht auf diese fehlgeleiteten Männer stürzen und das Ahsa-tye-Patiko gänzlich zerschmettern. Er nahm all seinen Mut zusammen. »Vielleicht ist das nicht möglich. Aber wenn ihr jetzt Menschen tötet, verdammt ihr euch selbst in den Augen des Schöpfers, und dieses Schicksal möchte ich euch ersparen. Euch und meinem Clan.«

»Du spinnst ein Netz aus klugen Worten.« Dohnse schüttelte wütend seine Lanze, doch Morrhyn glaubte, eine Spur von Unsicherheit in den Augen des Kriegers zu entdecken. »Ich bin Chakthis Gefolgsmann. Ich gehorche meinem Akaman.«

»Der nicht hier ist«, stellte Morrhyn nüchtern fest. »Und deshalb später behaupten kann, sich nicht die Hände schmutzig gemacht zu haben, sollte es zu einem tödlichen Kampf zwischen uns kommen. Weder er noch Hadduth, nicht wahr? Das Risiko liegt allein bei dir und deinen Männern, und nur ihr werdet die Vergeltung des Schöpfers zu spüren bekommen.«

Er sah, wie Dohnses Verunsicherung wuchs. »Hör mich an, Dohnse«, drängte er. »Es gibt eine Möglichkeit, dieses Problem zu umgehen. Eine Möglichkeit, wie ihr eure Ehre bewahren könnt, ohne eine Bestrafung des Schöpfers befürchten zu müssen.«

»Wie?« fragte Dohnse widerwillig. »Was für eine Möglichkeit soll das sein?«

Morrhyn deutete auf den Fluß. »Das ist die Grenzlinie zwischen unseren Weidegründen. Laßt uns den Fluß überqueren – tut den Wehrlosen nichts zuleide –, dann ist dem Willen des Schöpfers Genüge getan. Sobald wir auf der anderen Seite sind, befinden wir uns auf dem Territorium der Commacht, und dann kann Chakthi gegen uns Krieg führen, ohne das Ahsatye-Patiko zu mißachten. Gewährt uns diese Bitte, und der Schöpfer wird euch nicht zürnen. Das versichere ich dir als ein Wakanisha.«

Dohnse dachte eine Weile nach. »Darüber muß ich erst mit meinen Männern sprechen«, sagte er schließlich.

Morrhyn nickte und tätschelte sein unruhiges Pferd, während sich die Tachyn berieten. Vor ihm murmelte gleichgültig der Fluß. Die Frühlingssonne strahlte hell aus einem blauen klaren Himmel, der mit weißen Wolkenstreifen durchzogen war. Morrhyn entdeckte einen Habicht, der im Aufwind schwebte, so reglos und still wie die Seele des Wakanishas, die vor Angst zu einem Eisklumpen erstarrt zu sein schien. Er war dazu verurteilt, hilflos auf Dohnses Entscheidung zu warten. Die Zeit schien sich endlos auszudehnen. Morrhyn konnte sein Herz schlagen hören. Wenn die Tachyn meinen Vorschlag akzeptieren, dachte er, dann gibt es vielleicht doch noch ein bißchen Hoffnung, einen Rest von Ehre. Er sah, wie der Habicht herabstieß, im selben Moment, als Dohnse sich an ihn wandte.

»Es soll so geschehen, wie du sagst.« Der Tachyn deutete mit seiner Lanze auf die Furt. Er schien sich innerlich hin- und hergerissen zu fühlen, vermutlich zwischen seiner Angst vor Chakthi einerseits und dem Schöpfer andererseits. »Eure Wehrlosen und all eure feigen Krieger dürfen den Fluß überqueren. Wir werden euch nicht angreifen.«

»Ich danke dir.« Morrhyn neigte den Kopf. »Es ist gut zu wissen, daß es immer noch Ehre unter Chakthis Kriegern gibt.«

Dohnse verzog das Gesicht und spuckte in das zertrampelte Gras. »Überspann den Bogen nicht, Träumer.« Er schwenkte seine Lanze. »Geh und sag deinen Leuten, daß sie mit meiner Erlaubnis passieren können.«

Morrhyn verlor keine Zeit, riß sein Pferd herum und stieß ihm die Fersen in die Seiten. Die Tachyn vor ihm wichen auseinander. Sie sahen ihm wütend und finster hinterher. Während des ganzen Weges spürte Morrhyn ein unangenehmes Prickeln im Rücken, doch er widerstand der Versuchung, sein Tier zum Galopp anzutreiben oder sich umzusehen.

»Sie sagen, daß wir ungefährdet passieren dürfen«, berichtete er Racharran.

Ein Krieger – schon wieder Bakaan, dachte er – schnaubte abfällig. »So, tun sie das? Wir könnten sie mit Leichtigkeit über den Haufen reiten.«

»Sind da noch mehr Tachyn?« fragte Racharran. »Könnte das eine Falle sein?«

Morrhyn schüttelte den Kopf. »Das glaube ich nicht. Jedenfalls habe ich keine weiteren Krieger gesehen. Ich habe mit ihnen über die Ehre und das Gebot gesprochen.«

Racharran nickte. »Das war mutig von dir«, sagte er absichtlich laut. »Also ...« Er hob die Lanze und winkte seinem Clan zu, sich wieder in Bewegung zu setzen. »Wir werden den Fluß friedlich überqueren. Kein Mann soll das Gebot verletzen.«

Er trieb sein Pferd an, und die Commacht strömten

wie eine menschliche Flut zwischen den Hügelkämmen auf den Fluß zu. Es war immer gut, wieder nach Hause zu kommen, um so mehr nach allem, was sich in letzter Zeit ereignet hatte. Und selbst wenn ihnen ein Krieg bevorstand, würden sie ihn zumindest auf ihrem eigenen Territorium ausfechten können, das von den Gebeinen und dem Blut ihrer Ahnen gedüngt wurde und ihnen Kraft gab.

Die Kolonne näherte sich vorsichtig dem Ufer, aufmerksam von den Kriegern bewacht, die an den Flanken und am Ende des Zuges patrouillierten und ein schützendes Spalier bildeten, als die Frauen, die Kinder und die Alten die Furt durchquerten. Die Tachyn verschwanden in den Wäldern. Dohnse hielt Wort.

Während Morrhyn am Ufer wartete und zusah, wie die Pferdeherde und die Hunde das Wasser aufspritzen ließen, schob sich Lhyn neben ihn. Sie ritt ein geschecktes Pony und führte einen Rotschimmel am Zügel, der eine Schleppbahre mit ihrem Zelt und all ihrer Habe zog, die sie und Racharran zum Matakwa mitgenommen hatten. Die Silbersträhnen in ihrem Haar glänzten im hellen Sonnenlicht und betonten das Gold. Obwohl ihr Gesicht noch immer die Trauer um den Verlust ihres Sohnes widerspiegelte, lächelte sie.

»Das war sehr mutig von dir«, sagte sie. »Ich hatte Angst um dich.«

»Ich habe Racharran gesagt, daß sie es nicht wagen würden, einem Wakanisha etwas zuleide zu tun«, erwiderte er. Zu wissen, daß sie sich Sorgen um ihn gemacht hatte, tat ihm wohl.

»Du hättest dich täuschen können«, gab sie zu bedenken. »Schließlich handelt es sich bei diesen Kriegern um Chakthis Männer.«

Er zuckte die Achseln und wünschte, er könnte einfach einen Arm ausstrecken und sie liebkosen. Ihm war, als würden solche Momente der Gefahr seine Sinne schärfen und ihn, nachdem sie vorbei waren, unruhig machen, so daß er sich nach körperlicher Nähe sehnte. Er wünschte, er könnte Lhyn in die Arme schließen, er wünschte, es wäre sein Zelt, das auf der Schleppbahre lag, und seine Decke, unter die Lhyn diese Nacht schlüpfen würde. In diesem Augenblick hatte er das Gefühl, sie mehr zu begehren als jemals zuvor in seinem Leben.

»Ich habe mich auch gefürchtet«, gestand er mit einem kläglichen Lächeln. »Ich hatte Angst, sie würden mich töten. Aber ...« Er zuckte erneut die Achseln.

»Aber was?« wollte Lhyn wissen. Sie beugte sich vor und strich ihm mit den Fingern über den Handrücken.

Die sanfte Berührung ließ ihn erschaudern. Es kam ihm so vor, als könnte er den Pulsschlag ihres Blutes fühlen. Er war überzeugt, daß sie spürte, was in ihm vorging, daß sie sehen mußte, was seine Augen ihr sagten, und um seine Gefühle zu verbergen, ließ er sein Lächeln breiter werden. »Einige von ihnen respektieren den Willen des Schöpfers immer noch.«

»Dann bleibt uns noch Hoffnung«, sagte Lhyn. »Solange es noch solche Männer unter den Tachyn gibt. Und Männer wie dich bei uns.«

»Vielleicht.« Es wäre ihm lieber gewesen, sie hätten dieses Gespräch gar nicht erst begonnen, und er hoffte, daß sie ihn mit seinen Gedanken alleinließ. Es war schwer, die Frau eines anderen Mannes zu lieben.

In diesem Moment kam Racharran durch den Fluß zurückgeprescht, und Morrhyn war dankbar, als der Akaman Lhyn auf die andere Seite brachte. Kurz darauf hatten alle Commacht und die Nachhut den Fluß überquert und befanden sich wieder auf den heimischen Weidegründen.

Die Tachyn schlugen noch dreimal zu, während die Commacht weiter zu ihren Sommerweiden zogen. Der Mond des Neuen Grases verabschiedete sich, und die Nächte wurden nur von den Sternen erhellt, bis der Mond der Tanzenden Fohlen an Kraft gewann. Die Commacht wehrten die Angriffe ab, ohne daß sie weitere Tote zu beklagen hatten und ohne ernsthafte Verwundungen zu erleiden. Trotzdem blieben die Überfälle eine unmißverständliche Mahnung, daß Chakthis Rachedurst längst noch nicht gestillt war.

Und noch immer blieben Morrhyns Träume aus. Es war, als würde sich ein dunkler Schleier auf ihn herabsenken, sobald er nachts unter seine Decken kroch. Wie er Racharran erzählt hatte, schlief er entweder tief und fest wie ein Baby, oder aber er schreckte immer wieder hoch, ohne zu wissen, was ihn geweckt hatte, nur daß es irgend etwas Furchtbares gewesen war.

Sobald sie die relative Sicherheit der Sommerweiden erreicht hatten, errichtete er sein Schwitzzelt. Dort verbrachte er lange Nächte, in denen er versuchte, Verbindung zum Schöpfer und der Traumwelt aufzunehmen, die ihm verriet – oder ihm hätte verraten sollen –, was in der realen Welt geschehen würde. Doch alles, was er fand, waren Schweiß und leere schwarze Nächte. Er kaute Pahéwurzeln, aber er konnte trotzdem nicht träumen, und allmählich begann er zu fürchten, daß der Schöpfer ihm seine Gabe genommen hatte und er nutzlos für seinen Clan und das gesamte Volk der Matawaye geworden war. Er fragte sich, ob er seine Pflichten vernachlässigt hatte, oder ob ihm seine Träume irgendwie von Coluns Eindringlingen gestohlen worden waren, doch er fand keine Antwort. Alles, was er wußte, war, daß er nicht mehr träumte und seinen Clan nicht mehr vor Gefahren warnen oder beraten konnte. Da wurde ihm klar, daß die Angst, die er vor Dohnse verspürt hatte, gegenüber dem, was er jetzt empfand, geradezu lächerlich gewesen war.

Und in dem Maß, in dem die Dunkelheit in seinem Inneren wuchs, nahm der Krieg mit den Tachyn an Härte zu, als wäre das eine irgendwie untrennbar mit dem anderen verbunden, oder als würde beides durch eine noch größere Dunkelheit verursacht, die sich wie eine bösartige Dämmerung auf Ket-Ta-Witko herabsenkte.

Racharran führte seinen Clan tief in das Territorium der Commacht, wo sie zu normalen Zeiten geschützt waren, fern von den Grenzbereichen. Nach einer Weile, als keine weiteren Angriffe erfolgten und sich bei den Commacht allmählich ein trügerisches Gefühl der Sicherheit einstellte, teilte sich der Clan wie üblich in kleinere Familienverbände auf, die zu ihren bevorzugten Weideplätzen zogen.

Es war nicht die Art der Matawaye, große Schlachten zu schlagen. In der Regel kam es zu kurzen Scharmützeln, schnellen Überfällen und Hinterhalten. Kleine Kriegertrupps drangen in das Gebiet eines anderen Clans vor, schlugen zu und verschwanden sofort wieder. Gewöhnlich ging es dabei um Pferde, umstrittene Weidegründe und Jagdrechte. Daß Chakthi seine Leute nur aus persönlichen Rachegelüsten in den Krieg schickte, war etwas, das die Commacht kaum nachvollziehen konnten. Und doch tat er genau das. Er selbst führte die Trupps an, das Gesicht mit den Farben des Krieges und der Vergeltung bemalt, den Schild als Zeichen der Trauer um seinen Sohn geschwärzt. Das Haar trug er immer noch offen, mit Asche und Schmutz verschmiert. Alle, die ihn sahen und die Begegnung überlebten, berichteten hinterher, daß er den Anblick eines Geistes oder eines

Dämons bot. Auch folgte seine Kriegsführung keinem Muster, mit dem der Clan vertraut war. Er stieß mit großen Kriegerverbänden tief in die Weidegründe der Commacht vor, und nachdem er zugeschlagen hatte, kehrte er nicht etwa auf das Territorium der Tachyn zurück, sondern setzte seinen Feldzug so erbarmungslos fort wie ein Präriefeuer, das sich ungebremst durch die Steppe fraß. Ebensowenig verschonte er diejenigen, die gemäß des Ahsa-tye-Patikos als tabu galten. Frauen, Kinder und Greise – die Wehrlosen – fanden den Tod. Er vergiftete Quellen mit Aas und staute Bäche mit Dämmen auf, die er aus den Kadavern getöteter Pferde errichtete. Wo Feldfrüchte wuchsen, ließ er sie zertrampeln und vernichten. Wenn er keine Commacht fand, schlachtete er das Wild ab und ließ das Fleisch der Tiere verrotten. Es war ein Krieg, wie ihn die Commacht nie kennengelernt hatten und der sie mit Furcht und Haß erfüllte.

Und noch immer konnte Morrhyn nicht träumen, mußte sich – soweit es ihm möglich war – auf die Rolle des Ratgebers beschränken.

Er schlug dem Akaman vor, die verstreuten Familienverbände wieder zusammenzuziehen, um die Tachyn allein durch die Größe des Clans von weiteren Überfällen abzuschrecken. Das war noch nie zuvor geschehen, doch sie kämpften einen für sie neuen Krieg, und so sandte Racharran Reiter aus, worauf sich alle Commacht zu einer riesigen Verteidigungsstreitmacht vereinten.

Schon das allein führte zu Problemen, denn durch die große Menge an Pferden auf engem Raum war das Gras schnell abgeweidet, und sie mußten häufig wie Nomaden weiterziehen. Die Anwesenheit so vieler Menschen an einem Ort vertrieb das Wild, wodurch die Jäger gezwungen wurden, sich weit von ihrem Lager zu entfernen, um Büffel und Hirsche zu erlegen, was sie wiederum für die marodierenden Tachyn leichter angreifbar machte.

Es schien, als wäre Chakthis Irrsinn auf seinen gesamten Clan übergesprungen, und Morrhyn fragte sich, welcher Wahnsinn von Hadduth Besitz ergriffen haben mochte, daß der Wakanisha der Tachyn dem schrecklichen Treiben keinen Einhalt gebot. Doch das empfand Morrhyn angesichts seiner eigenen Probleme als beinahe nebensächlich.

Trotz der immer wieder von Racharran demonstrativ geäußerten Unterstützung, schwand Morrhyns Rückhalt unter den Commacht wie Wasser, das ihm durch die Finger rann. Er konnte nicht träumen, er konnte nicht vor Überfällen oder vergifteten Wasserlöchern warnen, keine Hinweise darauf geben, in welchen Gegenden die Büffelherden und Hirsche abgeschlachtet oder vertrieben worden waren. Der Clan begann zu murren, zuerst die hitzköpfigen jungen Männer, doch es dauerte nicht lange, bis sich ihnen die älteren Krieger anschlossen.

Hin und wieder hörte er sie untereinander tuscheln. »Der Schöpfer hat ihm seine Gabe genommen ...« Oder: »Wozu ist ein Träumer gut, der nicht träumen kann ...?« Oder »Er hat keinen Nachfolger bestimmt ...« Wenn sie dann bemerkten, daß er in der Nähe war, wandten sie sich verlegen ab, doch ihre geflüsterten Worte hallten ihm noch lange in den Ohren nach, und er fühlte sich beschämt. Er kam sich so vor, als ließe er sein Volk im Stich.

Als die jungen Männer und mehr als nur ein paar der älteren Krieger offen davon sprachen, in das Land der Tachyn einzufallen und ihre Lager anzugreifen, so wie es Chakthis Krieger mit den Commacht taten, versuchte Morrhyn, sie davon abzuhalten. Er wies sie mit Nachdruck auf das Ahsa-tye-Patiko hin und erklärte ihnen, wie wichtig es war, das Gebot auch weiterhin zu befolgen. Er wiederholte, was er bereits zu Racharran gesagt hatte, daß sie Commacht waren und sich nicht auf eine Stufe mit den Tachyn begeben durften, um nicht das Mißfallen des Schöpfers zu erregen. Sie erwiderten, daß sie ihrer Meinung nach schon genug Unrecht erlitten und Chakthis Vorgehen alle Maßnahmen rechtfertigen mußte, die sie ergriffen. Worauf Morrhyn ihnen nur entgegenhalten konnte, daß ein Unrecht nie ein anderes rechtfertigte, was sie überhaupt nicht befriedigte. Einige wagten es sogar, ihn unverblümt zu fragen, ob er ohne seine Träume überhaupt noch in der Lage wäre, den Willen des Schöpfers richtig zu interpretieren. An diesem Punkt schritt Racharran ein und warf seine gesamte Autorität in die Waagschale, um ihnen solche Gegenangriffe zu verbieten. Doch gerade durch sein Machtwort untergrub er ungewollt die ohnehin schon schwache Position des Wakanishas noch weiter. Morrhyn hatte das Gefühl, daß er unaufhaltsam zu einem substanzlosen Schatten wurde, je mehr der Clan den Glauben an ihn verlor. Auch er selbst zweifelte immer stärker an sich, als würde er von einer Flut davongespült, die er weder kontrollieren noch verstehen konnte. Er wurde zunehmend schwermütig.

Er verbrachte lange Tage im Schwitzzelt, betete zum Schöpfer um Hilfe und Erleuchtung, doch alles, was ihm antwortete, waren Schweigen und Dunkelheit. Er kaute Pahéwurzeln, bis Lhyn und Racharran ihn aufsuchten, zuerst einzeln, dann gemeinsam, und ihn anflehten, damit aufzuhören, da sie befürchteten, die hohen Dosen der Droge könnten seine Sinne vollständig lähmen und seinen Geist zerstören.

»Was für eine Rolle spielt das denn jetzt noch?« fragte er. »Wenn ich nicht träumen kann, *sind* meine Sinne gelähmt, und ich bin nutzlos.« Er lachte bitter. »Wie war das mit dem blinden Pferd, über das wir gesprochen haben? Ich bin noch nutzloser. Ich bin zu einem Nichts geworden.«

»Du bist unser Wakanisha«, sagte Racharran, während Lhyn Morrhyn den Schweiß von der fiebrigen Stirn und der Brust wischte.

Vor noch nicht allzu langer Zeit hätten ihn diese Berührungen erregt, doch jetzt verspürte er nur noch eine furchtbare Erschöpfung, Schmerzen und eine unaussprechliche Leere. Er war so verzweifelt und schwach, daß er hilflos neben dem Feuer lag und nur verschwommen wahrnahm, wie Lhyn seinen schweißnassen Körper trockenrieb und ihm Fleischbrühe einflößte, die er nur trank, weil sie ihn dazu zwang.

»Ich bin ein Träumer ohne Träume«, flüsterte er. »Die Leute sprechen über mich, wenn sie glauben, ich würde es nicht hören.«

»Ich werde mit ihnen reden«, erbot sich Racharran.

Morrhyn schüttelte den Kopf. »Nein. Sie sagen nur die Wahrheit. Warum sollten sie auch nicht? Ich verrate sie.«

»Nein!« rief Lhyn. »Du tust, was du kannst!«

Er stieß ein mattes Lachen aus und stemmte sich mühsam hoch. »Was ich tun kann, ist nicht gerade viel, was?« Es kam ihm so vor, als würde Dunkelheit seine Seele umschlingen. Wie sehr er sich auch bemühte, das Licht zu finden, es schien von irgend etwas verschluckt worden zu sein oder vor ihm zu fliehen. Er nahm Lhyn die Schüssel aus der Hand, leerte sie in einem Zug und gab sie ihr zurück. Sie füllte sie erneut aus dem Topf, den sie mitgebracht hatte, und hielt sie ihm entgegen. Morrhyn starrte die Brühe an und schüttelte den Kopf. Er hatte keinen Hunger.

»*Das* wäre Verrat, Morrhyn«, sagte Lhyn. »Nichts zu essen und zuzulassen, daß du schwach wirst, wenn wir deine Stärke brauchen. Iß!«

Er musterte sie stumm und fragte sich, wie es möglich war, daß sein Wohlergehen ihr so viel bedeutete, nachdem er nutzlos geworden war und sie ihren Sohn verloren hatte. Sein Blick wanderte weiter zu Racharran, der mit überkreuzten Beinen neben der Feuerstelle saß. Der Akaman wirkte bedrückt, seine Augen waren schmal vor Sorge. Morrhyn nahm die Schüssel.

»Ich habe Reiter zu den Lakanti geschickt und Yazte um Unterstützung gebeten«, sagte Racharran.

Ein Wärmegefühl breitete sich in Morrhyns Bauch aus, als er die Brühe trank. Er fühlte sich schwach und elend, und er wußte weder, wie lange er schon in seinem Schwitzzelt lag, noch wann er zum letzten Mal Nahrung zu sich genommen hatte.

»Wir können die Hilfe der Lakanti zweifellos gebrauchen«, murmelte er. »Aber wohin wird uns das führen? In einen noch wilderen Krieg? Zu noch mehr Toten?«

»Ich hoffe, es führt dazu, daß wir Chakthi besiegen«, erwiderte Racharran.

»Oder daß wir noch tiefer im Chaos versinken?« Morrhyn ließ sich von Lhyn eine Decke um die Schultern legen. »Ich spüre den Anbruch einer langen Nacht.«

»Was meinst du damit?« wollte Racharran wissen.

Der Wakanisha trank die Fleischbrühe mit kleinen Schlucken. Sie weckte seine Kräfte, vielleicht waren es aber auch die Sorgen dieser wahren Freunde, die seine Energie zurückkehren ließen. Letztendlich spielte es keine Rolle; er spürte, wie sich sein Geist ein wenig aus der Dunkelheit erhob, als hätte er lange Zeit in einem tiefen Schacht gelegen und sähe auf einmal Handgriffe in einem schwachen Schimmer, die ihm zeigten, wie er sich wieder zum Licht emporziehen konnte.

»Daß uns dieser Krieg blind für den anderen

macht«, erklärte er vorsichtig. »Daß wir gegen die Tachyn kämpfen und sich drei Clane im Krieg befinden werden, wenn Yazte uns Krieger schickt. Wird Chakthi dann versuchen, sich mit den Naiche oder Juhs Aparhaso zu verbünden?«

»Ich glaube nicht, daß ihm das gelingen würde, ebensowenig wie uns«, sagte Racharran. »Ich denke, daß sich sowohl Juh als auch Tahdase lieber aus dieser Auseinandersetzung heraushalten werden.«

Morrhyn schüttelte den Kopf, und sofort wurde ihm schwindlig. Er schloß einen Moment lang die Augen und sammelte seine chaotisch durcheinanderwirbelnden Gedanken, bevor er antwortete. »Ich denke, das macht keinen großen Unterschied. Colun hat uns von dem Krieg berichtet, den die Whaztaye verloren haben. Er hat uns gesagt, daß das Unmögliche wahr geworden ist und was die Grannach befürchten, nämlich daß die Eindringlinge durch das Gebirge brechen und in Ket-Ta-Witko einfallen werden. *Und wir haben seine Warnungen ignoriert!* Wir hatten schließlich unsere eigenen Probleme, nicht wahr? Wir haben uns damit beschäftigt, daß Vachyr Arrhyna entführt hat und dafür von Rannach getötet worden ist.«

Racharrans Miene wurde verkniffen. »Wofür Rannach bestraft wurde.«

»Wofür er bestraft wurde, richtig«, wiederholte Morrhyn. »Und haben wir uns nicht schon damals gefragt, welche Rolle Chakthi und Hadduth dabei gespielt haben? Welche Dunkelheit sie erfaßt haben muß, daß sie ein derart großes Risiko eingegangen sind? Daß Chakthi wahrscheinlich das Leben seines eigenen Sohnes aufs Spiel gesetzt hat, um einen Grund zu haben, gegen uns losschlagen zu können?«

»Ich verstehe nicht, worauf du hinauswillst«, gestand Racharran.

Lhyn saß schweigend da, den Blick starr auf Morrhyns Gesicht gerichtet, als erwartete sie, dort Antworten zu finden, von denen er selbst nicht wußte, ob er sie geben konnte.

»Ich habe mich von Anfang an gefragt, ob es nicht eine viel größere Dunkelheit ist, die Chakthi umfangen hat. Erinnere dich, wie das Matakwa geendet hat – in Chaos und Haß. Jetzt kämpfen wir einen Krieg, wie wir ihn noch nie erlebt haben. Die Tachyn haben das Ahsa-tye-Patiko vergessen, und selbst unsere eigenen jungen Männer sprechen bereits davon, das Gebot zu ignorieren. Ich denke, daß überall in Ket-Ta-Witko Chaos herrscht – und welcher Zeitpunkt wäre besser für eine Invasion geeignet?«

Er leckte sich die trockenen Lippen, als er Lhyn zusammenzucken sah. Racharran ballte die Hände zu Fäusten.

Morrhyn fragte sich, ob der Schöpfer seine Zunge lenkte, oder ob es nur seine eigenen schlimmsten Befürchtungen waren.

»Ich kaue Pahéwurzeln und kann trotzdem immer noch nicht träumen«, fuhr er fort. »Mein Geist ist umwölkt, in meinem Kopf hat sich Dunkelheit ausgebreitet. Die Tachyn ignorieren das Gebot und alle Sitten. Was ist das anderes als das völlige Chaos? Was, wenn sich Coluns Warnungen bewahrheiten?«

Wieder ballte Racharran die Hände zu Fäusten, die Rechte um das Messer aus Grannachstahl geschlossen, das er ständig bei sich trug. Lhyn beugte sich vor und berührte seinen Arm. Mit der anderen Hand strich sie sich nervös über die Kehle. »Was meinst du damit?« fragte sie wie schon ihr Mann vor ihr.

»Daß der Wahnsinn über uns hereingebrochen ist«, erwiderte Morrhyn. »Und ich fürchte, daß es noch schlimmer werden wird.«

Lhyns Hand krallte sich um seinen Arm. Er ließ die

Schüssel fallen. Die Fleischbrühe ergoß sich zwischen seinen Beinen auf den Boden.

»Wakanisha, wenn das deine feste Überzeugung ist, was sollen wir dann tun?« wollte Racharran wissen.

Fast hätte er die Achseln gezuckt und gesagt: »Ich bin ein Wakanisha, der nicht mehr träumen kann – warum fragst du ausgerechnet mich?« Doch er konnte sich nicht einfach aus seiner Verantwortung stehlen; er war der Wakanisha der Commacht, und wenn er seine Pflicht erfüllen wollte, mußte er sie uneingeschränkt akzeptieren, oder er würde wirklich ein Nichts sein, seinen Clan und das gesamte Volk verraten. Er wünschte, es wäre nicht an ihm, diese Bürde zu tragen, er könnte sie einfach abstreifen und davonlaufen, doch es gab niemanden, dem er sie hätte übergeben können. Also werde ich sie wie ein blindes Pferd schleppen und auf die Instinkte vertrauen müssen, die mir geblieben sind. Aber wohin und mit welchem Ziel?

Der Eingang des Schwitzzeltes zeigte nach Westen, in die Richtung der von hier aus unsichtbaren Berge. Zwar war er geschlossen, aber einen Moment lang kam es Morrhyn so vor, als würden seine Augen so scharf, daß er durch die Lederplane und über die Steppe hinweg, über die Wälder, Hügel, Täler und Flüsse in die Ferne schauen konnte, wo der Berg des Schöpfers aufragte. Es war, als erblickte er den gewaltigen Gipfel, der sich hell vor dem Himmel abzeichnete, als wäre der Berg zu ihm gekommen und würde ihn rufen. Für einen flüchtigen Augenblick erinnerte er sich, wie Gahyth ihn zum Träumer erklärt und ihm die Geheimnisse offenbart hatte, die allein den Wakanishas vorbehalten waren.

»Morrhyn?« drang Lhyns Stimme in sein Bewußtsein.

»Was ist mit dir?« fragte Racharran.

Plötzlich lächelte Morrhyn, ein schwaches und verkniffenes Lächeln. »Ich muß fortgehen«, sagte er.

Es schienen nicht seine Lungen zu sein, nicht seine Kehle, Stimmbänder und Lippen, die die Wörter formten, sondern die eines anderen. Vielleicht die des Schöpfers. *Wahrscheinlich,* dachte er, *ist das anmaßend von mir,* aber trotzdem drang jedes einzelne Wort klar und deutlich aus ihm hervor, und noch während er die Worte sprach, wußte er bereits, daß er sie nicht aufhalten und sich nicht weigern konnte, diesem Ruf zu folgen. Er unterlag dem Zwang einer Macht, die er nicht verstand oder auch nur verstehen wollte; sie war einfach zu stark für ihn. Es war, als würde er an den Handgriffen aus der Grube emporklettern, die er vor seinem inneren Auge gesehen hatte, dem Licht der Hoffnung entgegen, angetrieben von Angst und Zuversicht zugleich, so daß er die Schmerzen ignorierte und selbst dort weiterkletterte, wo keine Griffe vorhanden waren, wo er sich nur auf seine eigene ungenügende Kraft verlassen mußte. Jetzt gab es kein Zurück mehr, nur noch ein Vorwärts zu …

Er konnte es nicht benennen, wußte lediglich, daß es so geschehen mußte, weil er sonst weniger als nichts sein würde.

»Ich muß zum Berg des Schöpfers gehen«, sagte er.

»Nein!« rief Racharran. »Nicht jetzt! Wir brauchen dich hier!«

Morrhyn lachte und erhob sich. Die Decke rutschte von seinen Schultern, als er zum Zelteingang ging und die Plane zur Seite schob. Die Abenddämmerung war hereingebrochen. Der Mond der Tanzenden Fohlen schrumpfte, der Himmel war voller Sterne. Das Lager wurde vom Schein der Koch- und Wachfeuer erhellt, und er hörte die Stimmen der Commacht, die wie Funken durch die Nacht schwirrten. Gelächter, das Schnattern der Kinder, das Bellen der Hunde und das

Schnauben der Pferde. Morrhyn fühlte, wie sich eine tiefe Liebe in ihm ausbreitete, und gleichzeitig erfüllte ihn eine schreckliche Angst, all das nie mehr wiederzusehen. Er trat ins Freie. Eine Hand legte sich auf seine nackte Schulter, und als er sich umdrehte, blickte er direkt in Racharrans Augen. Lhyn stand neben ihrem Mann. Auf ihrem Gesicht zeichnete sich eine Vielzahl von Gefühle ab, wie er sie seit der Verbannung ihres Sohnes nicht mehr bei ihr gesehen hatte. Er lächelte die beiden an.

»Ich muß zum Berg des Schöpfers gehen«, wiederholte er. »Hier bin ich von keinem Nutzen. Dort aber ...«

Wieder blickte er in die Richtung des fernen Gebirges. Die kurze Vision stellte sich nicht mehr ein, aber die Erinnerung war immer noch lebendig, und Morrhyn wußte, daß er keine andere Wahl hatte, als dem Ruf zu folgen.

»Ich denke, dort könnte ich Antworten finden.«

ZUFLUCHT

Der Mond der Haarigen Pferde stand tief über dem Gebirgstal und tauchte es in gelbliches Licht. Ein schwacher Sommerwind strich durch die Bäume, die auf den Terrassenhängen wuchsen, und ließ ihr Laub leise rascheln, untermalt vom Murmeln des Baches. Die Luft war warm. Nachtigallen sangen und Eulen riefen. Es war eine wunderschöne Nacht. Rannach fühlte sich entspannt und friedlich.

Er hob den Kopf ein wenig aus dem mondbeschienenen Gras, in dem er lag, und sah zu Arrhyna auf. Der Schein des Lagerfeuers betonte ihre makellosen Gesichtszüge, das Mondlicht zauberte Silberfunken in ihr Haar. Sie bemerkte Rannachs Blick und lächelte.

»Woran denkst du?« fragte sie.

»Daran, daß ich großes Glück habe«, erwiderte er. »Der Schöpfer ist gut zu mir.«

»Zu uns«, sagte sie und betrachtete den gewaltigen Gipfel, der die umliegenden Berge beherrschte. Dann schlug sie die Augen nieder und starrte ins Feuer.

»Und woran denkst du?« erkundigte sich Rannach seinerseits. Ihm war nicht entgangen, daß sie irgend etwas vor ihm verbarg.

Arrhyna hob den Kopf und löste den Blick von den tanzenden Flammen. »Daß wir uns glücklich schätzen können, aber …« Sie zögerte und nagte einen Moment lang an ihrer Unterlippe, als wäre sie unschlüssig, ob sie wirklich weitersprechen sollte. Rannach forderte sie mit einer Geste auf fortzufahren. »… aber daß unsere Freunde und Verwandten nicht so reich gesegnet wurden. Ich frage mich, wie es ihnen geht.«

Rannach setzte sich auf, schlug die die Beine übereinander und stützte die Ellbogen auf seine Knie. Er zuckte die Achseln. »Du bist jetzt mein Clan«, sagte er. »Mein Vater hat meiner Verbannung zugestimmt, also bin ich eigentlich kein Commacht mehr.«

»Er ist immer noch dein Vater.« Arrhyna runzelte mißbilligend die Stirn. »Und was ist mit deiner Mutter? Und mit meinen Eltern?«

Einen Moment lang verdüsterte sich Rannachs Gesicht. Manchmal änderte sich seine Laune so schnell, daß er ihr angst machte. Er war wie ein ungezähmtes Pferd, wie ein wilder Hengst, dessen Willen noch nicht gebrochen worden war, um einen Sattel zu tragen, der um sich trat und biß, statt einen Reiter auf seinem Rücken zu akzeptieren. Wenn es eine Konstante in ihm gab, dann war das seine unbestreitbare Liebe zu ihr. Arrhyna wußte, daß er seine Mutter liebte, ebenso wie seinen Vater, auch wenn diese Liebe von widerstreitenden Gefühlen überlagert war, als wäre Racharran – wieder mußte sie an einen Hengst denken – das ältere und sein Sohn das jüngere Pferd in einer Herde, heißblütig und stolz und … Sie war sich nicht sicher, wie sie es nennen sollte. Neidisch? Ehrgeizig? Oder einfach nur jung? Sie konnte es nicht bestimmen. Dazu war er zu sprunghaft.

»Wahrscheinlich sind sie in Sicherheit«, sagte er. »Der Clan müßte jetzt die Sommerweiden erreicht haben, und bis dahin ist es ein langer Ritt für die Tachyn. Vermutlich wird Chakthi große Reden schwingen und sonst nichts tun. Und selbst wenn die Lage schlimmer sein sollte, was könnte ich schon tun? Ich bin verbannt worden und wäre nach meiner Rückkehr vogelfrei.«

»Nein!« Arrhyna schüttelte heftig den Kopf. Das Mondlicht funkelte in ihrem Haar, das sich wie ein Fächer ausbreitete. Plötzlich hatte sie Angst, daß Rannach wirklich gehen könnte. »Ich sage nicht, daß du zurückkehren sollst. Ich frage mich nur, wie es den anderen geht.«

Er zuckte erneut die Achseln und lachte. »Ich habe nicht vor, die Berge zu verlassen. Warum sollte ich das tun?« Er machte eine weitausholende Handbewegung, die das Tal und Arrhyna umfaßte. »Alles, was ich will, finde ich hier. Ich habe dich und reichhaltige Jagdgründe. Dies ist ein guter Ort.«

Arrhyna nickte. »Aber was ist mit Coluns Nachrichten?«

Der Grannach hatte sie seit ihrer Ankunft in dem Tal nicht oft besucht. Nachdem er mit seinen Leuten weitergezogen war, hatten Rannach und Arrhyna wochenlang die Grenzen ihrer neuen Heimat erforscht, bevor sie sich für einen festen Lagerplatz entschieden hatten. Das Tal war so groß, daß es einen ganzen Clan hätte beherbergen und mit Nahrung versorgen können.

Manchmal erschien es den beiden Matawaye, als wären sie in eine jungfräuliche Welt gekommen, die außerhalb von Ket-Ta-Witko lag. Sie hatten ihr Zelt auf einer Landzunge errichtet, die von der U-förmigen Schlaufe des kleinen Flusses gebildet und von einem Weidenhain abgeschirmt wurde, wo saftiges Gras bis zum Ufer reichte. Rannach ging auf die Jagd, Arrhyna pflanzte Feldfrüchte an. Sie waren glücklich. Die Monde gingen ins Land, einer nach dem anderen starb, um seinen Nachfolger zu gebären. Es war eine gute und unbeschwerte Zeit, frei von Schwierigkeiten wie denen, die dazu geführt hatten, daß sie von ihrem Volk ausgestoßen worden waren. Rannach hatte seine Verbannung anfangs mit einer stoischen Gleichgültigkeit ertragen, hinter der er, wie Arrhyna wußte, seinen Schmerz verbarg, aber auch dieser Kummer verflog in dem Maß, in dem er sich mit seinem neuen Leben abfand und zur Ruhe kam. Sie selbst wünschte sich nichts anderes, als bei ihm zu sein. Ein Leben ohne ihn wäre für sie unvorstellbar gewesen. Es erschien ihnen beiden perfekt, und hätten sie die Welt jenseits der Berge und ihrer idyllischen Zuflucht völlig vergessen können, wäre es wahrscheinlich wirklich vollkommen gewesen.

Doch dann, als der Fette Mond verblaßte, kehrte Colun zurück und berichtete von den Eindringlingen, die sich in gewaltigen Scharen in den Vorbergen sammelten und mittlerweile offenbar das gesamte Land der Whaztaye beherrschten.

»Und wie sieht es in den Ländern dahinter aus?« fragte er, ohne wirklich eine Antwort zu erwarten. »Woher kommen sie? Wer oder was sind sie?«

Rannach zuckte hilflos die Achseln. »Woher soll ich das wissen? Ich habe sie noch nie gesehen. Können eure Golans nichts dazu sagen?«

»Die Golans sprechen mit dem Stein, nicht mit den Träumen«, erwiderte Colun. »Nein, sie wissen es nicht. Aber ich weiß, was ich gesehen habe.« Seine Miene war so düster, wie seine Stimme klang.

»Werden sie eure Verteidungslinien durchbrechen?« wollte Arrhyna wissen.

Der Grannach hob die Schultern. »Noch nicht. Und sollten sie es versuchen, steht ihnen ein harter Kampf bevor. Aber es sind so viele. Sie lagern in den Vorbergen, als hätten sie sich dort niedergelassen oder würden auf irgend etwas warten. Ihre Tiere hüten sie auf den Steppen im Tiefland. Weiß der Schöpfer, diese Kreaturen, die sie reiten, übersteigen mein Vorstellungsvermögen.«

»Reiten sie denn keine Pferde?« fragte Rannach.

Colun schüttelte den Kopf. »Was sie reiten, sind eher Löwen als Pferde. Ich habe dir doch erzählt, sie hätten die Whaztaye erschlagen, nicht wahr? Das war ein Irrtum – ihre Tiere fressen die Whaztaye!«

Er erschauderte. Arrhyna spürte, wie Eiseskälte sie durchdrang, ihren Körper und ihre Welt.

Rannach runzelte die Stirn, als könnte er Colun nicht glauben. »Sie reiten Löwen?«

»Keine Löwen«, korrigierte Colun, »sondern löwenähnliche Geschöpfe, die so aussehen, als wären Löwen, Pferde und Echsen miteinander gekreuzt worden. Sie durchstreifen die Ebenen und machen Jagd auf die Schafe der Whaztaye … und auf alle anderen Lebewesen, in deren Adern Blut fließt. Und ihre Reiter halten die überlebenden Whaztaye in Ställen und verfüttern sie an ihre Bestien. Sie sind wie eine Krankheit, die über das Land hereingebrochen ist. Beim Schöpfer, neben ihnen nimmt sich Chakthi geradezu wie ein Heiliger aus!«

»Was sind sie?« fragte Arrhyna.

Colun konnte nur den Kopf schütteln, zuckte die Achseln und sagte ihr, daß weder er noch sonst jemand aus seinem Volk das wüßte.

»Woher weiß du dann das alles?« fragte Rannach.

»Wir beobachten sie«, erklärte Colun. »Von den Bergen aus, in die unsere Golans neue Stollen für unsere Späher getrieben haben.« Wieder schüttelte er den Kopf. »Und das sind keine angenehmen Beobachtungen.«

»Ist das denn nicht gefährlich?« erkundigte sich Rannach. »Könnten die Fremden eure Stollen nicht entdecken?«

»Möglich.« Colun wirkte beunruhigt. »Aber es ist besser, wenn wir wissen, was sie tun, oder? Und sollten sie die Eingänge tatsächlich finden, können wir das Gestein auf sie herabfallen lassen.«

»Und glaubst du, sie werden die Stollen finden?« fragte Arrhyna.

»Nur wenn sie die Augen eines Grannach haben«, erwiderte Colun. »Das gleiche gilt für die Hochpässe, die jetzt streng bewacht werden. Wenn alles gutgeht ...« – er warf einen Blick auf den heiligen Berg und vollführte eine ehrfürchtige Geste – »... wird der Schöpfer uns beschützen.«

»Wenn alles gutgeht, dann ja«, warf Rannach ein. »Aber wenn nicht?«

»Dann werden wir einen blutigen Krieg kämpfen«, sagte Colun. »Aber nicht in nächster Zeit. Ihr werdet auf jeden Fall früh genug gewarnt. Jetzt aber ...« Er beendete das Thema mit einer wegwerfenden Handbewegung und sah Arrhyna eindringlich an. »Wie steht es mit dem Tiswin?«

Es fiel ihr schwer, die Beklommenheit abzuschütteln, die seine Nachrichten hervorgerufen hatten, aber es gelang ihr, ein Lächeln zustandezubringen. »Ich denke, ich kann dir Tiswin machen, wenn die Wacholderbeeren reif sind.«

»Und wann wird das sein?« fragte der Grannach eifrig.

»Im Mond der Reifen Beeren.« Trotz ihrer Beunruhigung mußte sie bei seinem sehnsüchtigen Gesichtsausdruck lächeln. »Und dann müssen wir noch bis zum Winter warten, damit die Beeren ausreichend Zeit haben zu gären.«

»Ach!« Colun verzog das Gesicht. »So lange?«

Arrhyna lachte über seinen übertrieben zur Schau gestellten Kummer. »Ich dachte, ihr Grannach wärt ein äußerst geduldiges Volk.«

»Das sind wir auch«, versicherte er. »Aber Geduld ist Geduld, und Tiswin ist Tiswin. Und ich hatte gehofft, ich würde meinen eigenen Vorrat bekommen, wenn ich euch Flachländer in dieses Tal bringe.«

»Das wirst du«, versprach sie. *Wenn der Schöpfer uns Zeit genug gewährt*, fügte sie in Gedanken hinzu.

Coluns Besuch hatte einen Schatten auf ihre Idylle geworfen, den zu vergessen sie sich nach Kräften bemühten. Das fiel ihnen nicht allzu schwer, denn sie waren verliebt, allein in einer für sie neuen Welt, und sie hätten ohnehin nichts tun können, um Einfluß auf die Ereignisse jenseits des Tales zu nehmen. Also gewöhnten sie sich allmählich an ihr glückliches neues Leben und verzichteten in stummem Einvernehmen darauf, über den dunklen kalten Wind zu sprechen, der von Westen her über die Berge zu wehen schien und vielleicht irgendwann seinen Weg in die Grasebenen von Ket-Ta-Witko finden würde. Trotzdem war er da und strich wie der Atem des Mondes der Kahlen Bäume über den Eingang ihres Zeltes, als versuchte er, bei ihnen einzudringen, und auch wenn sie nicht darüber sprachen, ließ er sie tief im Inneren frösteln, denn ein Teil von ihnen dachte immer noch gelegentlich an die Welt jenseits des Tales. Es war, als lauerte ein Schatten im Hintergrund, gerade am Randes ihres Blickfeldes, der jedesmal davonhuschte, wenn sie ihn genauer ins Auge fassen wollten, aber immer in der Nähe blieb, verborgen wie ein verstohlen durch die Nacht schleichender Vielfraß, unsichtbar, aber trotzdem ständig *anwesend*.

Doch es gab auch eine Unbeschwertheit, ein unbekümmertes Vergessen der Dunkelheit und der Schrecken, die in ihr lauern mochten. Ein solcher Lichtstrahl war Marjia. Sie erschien in Coluns Begleitung, als der Mond der Tanzenden Fohlen bereits wieder abnahm. Rannach fand, daß sie einem Vollmond nicht unähnlich war, rundlich und strahlend, wie ein goldhaariger Felsblock in ein verschwenderisch besticktes Hemd und einen munter schwingenden Rock gekleidet. Ihre Locken waren mit glitzernden Silbernadeln hochgesteckt, das breite Gesicht wurde von fröhlich funkelnden blauen Augen und einem

Mund von der Farbe junger Rosenknospen beherrscht, der ständig zu lächeln schien.

Sie betrat das Lager so lebhaft und munter wie eine emsige Honigbiene, küßte Arrhyna und Rannach herzhaft auf beide Wangen – sie mußten sich tief zu ihr hinabbeugen, um sich umarmen zu lassen – und forderte Colun ungeduldig auf, die mitgebrachten Geschenke auszupacken: Nähnadeln, einen Kamm, einen reich verzierten Spiegel aus poliertem Metall und ein schmales Messer zum Abschaben von Häuten für Arrhyna, sowie ein Messer und eine kleine Axt, die schärfer und stabiler als seine eigenen waren, eine größere Anzahl Pfeilspitzen und eine neue Lanzenspitze für Rannach.

»In diesem Jahr konnten wir kaum Tauschhandel treiben«, erklärte sie. »Deshalb haben wir viel zu verschenken.«

Ihre Großzügigkeit machte Rannach verlegen. »Wir haben nichts Vergleichbares anzubieten«, sagte er. »Ihr beschämt uns.«

»Ach was!« Marjia wischte seine Entschuldigung mit einer unbekümmerten Handbewegung beiseite und stieß Colun einen Ellbogen in die Seite. »Ihr habt meinem Mann Tiswin versprochen, oder? Und mir das Geheimnis seiner Zubereitung. Das ist Geschenk genug. Weiß der Schöpfer, sobald ich diese Kunst beherrsche, kann ich meinen Mann glücklich machen – und habe darüber hinaus etwas, um mit Trunkenbolden wie ihm Handel treiben zu können.«

»Ich bin kein Trunkenbold«, sagte Colun so würdevoll wie möglich, obwohl er lachen mußte.

»Aber ganz verrückt nach Tiswin, oder?« stichelte Marjia und wandte sich an Arrhyna, bevor er etwas darauf erwidern konnte. »Sollen wir uns um das Essen kümmern und diesen beiden Zeit für ihre Männergespräche lassen?«

Arrhyna hätte sich lieber angehört, welche Neuigkeiten Colun zu berichten hatte, aber offensichtlich wollte Marjia sie aufmuntern, und da Arrhyna wußte, daß Rannach sie später ausführlich informieren würde, folgte sie bereitwillig der winzigen Frau und ließ sich von ihr mit belanglosen Plaudereien unterhalten, während sie das Essen zubereiteten.

Marjia war noch nie zuvor einem Flachländer begegnet – nur die Männer der Grannach nahmen am Matakwa teil –, und es fiel ihr schwer zu glauben, daß Arrhyna allein in Rannachs Gesellschaft glücklich sein könnte. Ihr eigenes Volk hauste dicht gedrängt in unterirdischen Enklaven, was Arrhyna furchtbar erschien. Obwohl Marjia ihr versicherte, daß die Siedlungen beleuchtet waren, erschauderte Arrhyna bei dem bloßen Gedanken, unter diesen unvorstellbaren Steinmassen leben zu müssen, wo Familien in übereinandergestapelten Wohnungen und Häusern auf engstem Raum zusammengepfercht wohnten. Auf der anderen Seite erschien Marjia die Lebensweise der Matawaye in Zelten unter freiem Himmel nicht weniger befremdlich.

»Der Himmel ist ja wirklich schön«, sagte sie, während sie mit ihren plumpen Fingern geschickt das von Arrhyna gesammelte Gemüse putzte und zerteilte. »Es tut gut, hin und wieder ins Freie zu gehen. Aber ...« Sie warf einen kurzen Blick auf den Baldachin aus Sternen und Mond, der sich über ihnen wölbte, und erschauderte ihrerseits. »Ich möchte nicht die ganze Zeit hier draußen sein. Es ist so ... offen.«

Arrhyna nickte und mußte zugegen, daß sich ihre beiden Völker in ihrer Einstellung grundlegend voneinander unterschieden.

»Aber was für eine Rolle spielt das schon?« Marjia strahlte. »Wir alle sind Kinder des Schöpfers, nicht wahr? Und wenn er es für richtig hält, daß ihr über die offenen Ebenen wandert und wir in den Bergen wohnen, dann ist das so, wie es sein soll.«

Arrhyna lächelte und stimmte ihr aus vollem Herzen zu. Sie mochte die Frau auf Anhieb. Bei ihrem Anblick mußte sie unwillkürlich an die Steine denken, die die alten Leute ihres Volkes in ihren Feuerstellen erhitzten und nachts unter die Schlaffelle legten, damit sie ihnen im Winter Wärme spendeten. Marjia war genauso rund, kompakt und voller Wärme wie diese Steine.

Als sie am nächsten Tag mit ihrem Mann abreiste, stellte Arrhyna fest, daß sie ihr fehlte. Dieser erste Besuch hatte ihr viel Freude bereitet, und es schien ihr, als hätte Marjia ein kleines Vakuum zurückgelassen. Eine Zeitlang erinnerte sich Arrhyna wehmütig an das Miteinander in den Clanen, an ihre Nachbarn und gemeinsam geteilte Pflichten, an all die Dinge, die die Frauen der Matawaye zusammen erledigten. Aber sie hatte Rannach, und schon bald war der Anflug von Trauer wieder vergessen.

Sie erkundigte sich, welche Neuigkeiten Colun mitgebracht hatte. Rannach zuckte die Achseln und erzählte ihr wenig Neues. Die Eindringlinge sammelten sich weiter im Vorgebirge, und die Grannach beobachteten sie immer noch. Das war alles. Arrhyna und Rannach fragten sich, was die Fremden antreiben mochte und ob sie versuchen würden, die Berge zu überqueren, doch angesichts ihrer Isolation konnten sie darüber nur müßige Spekulationen anstellen. So blieb ihnen nichts weiter übrig, als zum Schöpfer zu beten, die Eindringlinge aufzuhalten, und ihr einsames Leben wieder aufzunehmen.

Auch die nächsten Besuche Coluns und Marjias lieferten keine Antworten auf ihre Fragen. Die Grannach kehrten zurück, als der Mond der Reifenden Kirschen voll über den Gipfeln stand, und dann wieder im

Mond der Reifen Beeren, aber sie brachten keine neuen Nachrichten. Es war, als befände sich die gesamte Welt in einem Wartezustand, oder als wäre das Abwehrbollwerk des Schöpfers unüberwindlich für die Eindringlinge. Trotzdem lag die häßliche Ahnung in der Luft, daß *irgend etwas* bevorstand, das Gefühl, als schliche noch immer ein räuberischer Vielfraß gerade am Rand des Lichtkreises herum, den ihr Lagerfeuer in der Dunkelheit warf.

Doch es erwies sich als zunehmend leichter, die nagenden Zweifel zu verdrängen. Die Eindringlinge unternahmen nichts, und so wandten sich die Gespräche der Matawaye und der Grannach erfreulicheren Dingen zu.

Den größten Raum nahm die Herstellung des versprochenen Tiswins ein. Colun hatte auf Arrhynas Bitte Töpfe und Kessel mitgebracht. Er und Marjia beteiligten sich daran, Wachholderbeeren zu pflücken und andere benötigte Kräuter zu sammeln. Arrhyna erläuterte Marjia die Mengenverhältnisse und die Methoden der Zubereitung. Anfangs erschien es ihr merkwürdig, einer Frau, die alt genug war, um ihre Großmutter oder vielleicht sogar ihre Urgroßmutter zu sein, etwas beizubringen, das sie selbst von ihrer Mutter gelernt hatte, aber Marjia war eine so wißbegierige Schülerin – und wurde von ihrem erwartungsvollen Ehemann ständig gedrängt, sich alles genau einzuprägen –, daß Arrhyna den Altersunterschied schon bald vergaß und nur noch die Gesellschaft der Grannachfrau genoß. Gemeinsam bereiteten sie das Gebräu so weit vor, daß der Gärungsprozeß einsetzen konnte, und lachten über Coluns langes Gesicht, als Arrhyna ihm erklärte, daß der Tiswin erst im Mond des Gefrorenen Grases oder sogar noch später fertig sein würde.

»Ach, so lange!« Er seufzte dramatisch und verzog

das zerfurchte Gesicht in übertriebener Enttäuschung. Doch dann hellte sich seine Miene wieder auf. »Wäre es denn möglich, jetzt schon mal ein kleines Schlückchen zu probieren?«

»Nur wenn du dir den Magen verderben möchtest«, erwiderte Arrhyna. »Jetzt würde der Tiswin verfault schmecken und dir Übelkeit bereiten.«

Colun sackte wie ein trauriger Stein in sich zusammen und murmelte: »Dann, fürchte ich, muß ich mich wohl mit unserem Bier begnügen.«

»Das wirklich nicht schlecht ist«, sagte Rannach.

In einem Anbau neben dem Zelt waren Fässer mit Grannachbier verstaut, kleine Tonnen aus Holzbrettern, die mit Metallbändern zusammengehalten wurden, fremdartige Behälter für die beiden Mataways, die keine solchen Fässer kannten. Arrhyna nahm an, daß sie sich gut zur Aufbewahrung von Fleisch eignen würden. Colun hatte sie in einem Handkarren mitgebracht, den Marjia und er wie zwei stämmige Ponys zogen. Der Karren war für Rannach und Arrhyna genauso interessant wie die Bierfässer. Die Mataways waren nie auf die Idee gekommen, Holz zu runden Scheiben zu schneiden und mit Achsen zu verbinden, die wiederum unter großen Kästen befestigt wurden. Sie transportieren all ihre Besitztümer auf Pferden oder Schleppbahren. Räder zu benutzen, war für sie ein ebenso neuer Gedanke, wie das Reiten für die Grannach.

»Das würde Reisen erheblich erleichtern«, stellte Rannach fest und berührte die Räder des Karrens, als wären es heilige Gegenstände. »Man könnte ein Pferd vor einen solchen Karren spannen und ihn sehr viel schneller als eine Schleppbahre ziehen.«

»Wahrscheinlich«, stimmte ihm Colun ohne großes Interesse zu. »Was meinst du, sollen wir jetzt ein Faß öffnen?«

Rannach hatte Gefallen an dem Bier gefunden und bestand darauf, daß ihre Gastgeber im Gegenzug Hirschfelle und Fleisch annahmen. Es war eine Zeit, in der beide Seiten voneinander lernten, nur getrübt durch die unausgesprochenen bösen Vorahnungen – und noch etwas anderes.

Es war Arrhyna, die es zuerst ansprach. »Wir sind eure Gäste in diesem Tal, und ihr seid immer willkommen in unserem Zelt«, sagte sie etwas nervös, aus Angst, sie könnte die Grannach beleidigen, und hätte Marjia sie nicht neugierig angestrahlt, hätte sie das Thema wahrscheinlich sofort wieder fallengelassen. »Aber außer euch beiden besucht uns niemand. Warum kommen keine anderen Grannach zu uns?«

Es folgte ein kurzes Schweigen. Colun und Marjia wechselten einen Blick, als führten sie ein stummes Zwiegespräch, das ihnen irgendwie unangenehm war.

»Nicht allen seid ihr hier willkommen«, erwiderte Colun schließlich ganz offen. »Einige meinen, es wäre falsch von mir gewesen, euch hierherzubringen, und ihr solltet in das Tiefland zurückgeschickt werden. Manche behaupten, ich hätte gegen die Ordnung verstoßen – ihr nennt es das Ahsa-tye-Patiko –, als ich euch erlaubt habe, euch in diesem Tal niederzulassen. Sie sagen, eure Anwesenheit würde den Schöpfer beleidigen und unsere Abwehr schwächen.« Er hob die Schultern, als wollte er sich für die Meinung der anderen entschuldigen.

Marjia lachte. »Das sind Narren! Sollten denn Freunde einander in schlimmen Zeiten nicht beistehen? Wie könnte der Schöpfer daran Anstoß nehmen?«

»Trotzdem behaupten das einige«, sagte Colun.

»Sollen wir lieber wieder gehen?« fragte Rannach. »Ich möchte nicht, daß ihr unseretwegen in Schwierigkeiten geratet.«

»Ach was!« Colun wischte das Angebot mit einer weitausholenden Handbewegung beiseite. »Dieses Tal gehört den Javitz, und ich bin ihr Creddan. Es sind andere Familien – neidische Familien –, die so etwas sagen.«

»Aber es kommen auch keine anderen ... Javitz, richtig? ... um uns zu besuchen«, stellte Arrhyna fest.

Colun lächelte etwas gequält. »Ich möchte niemanden vor den Kopf stoßen, solange ich es vermeiden kann. Die Familien debattieren immer noch darüber, ob meine Entscheidung richtig war, ohne zu einem Ergebnis zu kommen, aber bis dahin ...« Er zuckte die Achseln und griff nach seinem Krug.

»Mein tapferer Mann möchte dafür sorgen, daß ihr in Sicherheit seid, und das tut er auch«, fuhr Marjia an seiner Stelle fort. »Doch er muß auch das Wohlergehen unserer Familie berücksichtigen, und deshalb versucht er, die Verantwortung für ein mögliches Fehlverhalten ganz allein auf sich zu nehmen. Sollten die anderen zu dem Schluß gelangen, daß seine Entscheidung falsch war, sollen keine Angehörigen der Javitz außer ihm darunter leiden müssen.«

»Und was ist mit dir?« wollte Arrhyna wissen.

Marjia kicherte, und ihre rundliche Gestalt zuckte, als würde ein Felsblock wackeln. »Ich hege nicht den geringsten Zweifel daran, daß er richtig gehandelt hat. Und wenn ich dafür verdammt werde, dann soll es eben so sein.«

»Was wird geschehen, wenn die Entscheidung gegen euch ausfällt?« fragte Rannach.

Colun grinste. »Wer weiß? Bisher ist noch nie ein Flachländer hier gewesen. Es ist keine einfache Entscheidung.«

»Und deshalb wird es noch sehr lange dauern, bis sie feststeht«, fügte Marjia fröhlich hinzu. »Die Ältesten werden das Für und Wieder in endlosen Debatten diskutieren, und bis sie ihr Urteil gefällt haben, werdet ihr zwei wahrscheinlich längst alt und grau sein.«

»Trotzdem möchte ich nicht, daß ihr wegen uns Ärger bekommt«, sagte Rannach. »Wenn es besser wäre, daß wir gehen, dann werden wir das tun ...«

»Schluß damit!« fiel ihm Marjia ins Wort. »Wir wollen nichts mehr davon hören. Nicht wahr, Mann?«

»Richtig. Ihr seid unsere Freunde und Gäste der Javitz. Ich würde ...« Colun setzte sich gerade auf, und wäre er ein Hund gewesen, hätte er wahrscheinlich angriffslustig das Nackenfell gesträubt. »Ich würde das als eine Beleidigung betrachten. Tatsächlich ...« Seine Miene wurde so hochmütig, wie es einem Felsblock möglich war. »Ich verbiete euch sogar, uns zu verlassen, und auch alle weiteren Gespräche darüber.«

Es sei denn, dachte Arrhyna, während sie ihn dankbar anlächelte und den Blick flüchtig über den gewaltigen Berg des Schöpfers wandern ließ, *wir alle werden gezwungen, das Gebirge zu verlassen und wie die Whaztaye vor der unheimlichen Bedrohung zu fliehen, die jenseits dieser Bergketten lauert*. Aber sie verbarg diese düsteren Gedanken hinter einem Lächeln, das aufrichtig war, denn sie hatte das Gefühl, noch nie so treue Freunde wie diese beiden Grannach gefunden zu haben.

So verstrich die Zeit in einem Wechselbad aus idyllischem Frieden und ängstlicher Besorgnis. Die Tage gingen ineinander über, die Monde wuchsen und schrumpften, unbeeindruckt von den Belangen der Menschen. Manchmal betrachtete Arrhyna das Tal als eine sichere Zuflucht, eine Insel inmitten eines großen Stromes, die von der Flut bedrängt wurde, aber den Wellen immer noch standhielt. Dann wieder erschien es ihr wie ein schönes Gefängnis, in dem sie glücklich und zufrieden leben und die Außenwelt vergessen konnte.

Und wie steht es mit Rannach? fragte sie sich, während sie sein Gesicht im Schein des Mondes der Haarigen Pferde betrachtete. *Wie fühlt er sich? Geht etwas in ihm vor, das er mir verschweigt?*

»Was hältst du von Coluns Neuigkeiten?« erkundigte sie sich nach einem weiteren Besuch des Grannach.

Er zuckte die Achseln. »Noch hält das Bollwerk des Schöpfers stand, nicht wahr? Anscheinend sondieren die Eindringlinge das Terrain, aber sie können die Verteidigungslinien der Grannach nicht überwinden.«

»Wie Colun berichtet, dringen sie tiefer in die Berge vor, und einige Grannach sind bereits bei Kämpfen mit den Fremden in den Stollen und Pässen ums Leben gekommen.«

»Ich habe ihm angeboten, mit seinem Volk zu kämpfen«, erwiderte Rannach. »Colun hat das abgelehnt. Er sagt, seine Leute könnten die Stollen und Pässe verteidigen und bräuchten meine Hilfe nicht.«

»Aber was wäre, wenn ...?«

Rannach ergriff ihre Hand und hob sie vor den heiligen Berg, der im Licht des Mondes wie Silber schimmerte. »Das liegt in den Händen des Schöpfers. Entweder sein Bollwerk hält, oder es hält nicht. Im ersten Fall sind derartige Spekulationen überflüssig, im zweiten werde ich kämpfen.«

»Und was ist mit den Matawaye? Was ist mit den Grannach?«

»Ich werde kämpfen«, wiederholte Rannach. »Ich werde alles tun, was ich kann. Vorläufig aber bleibt mir nichts anderes übrig, als zu warten. Jetzt liegt unsere Zukunft in den Händen des Schöpfers.«

DIE REISE

Morrhyn lag der Länge nach ausgestreckt auf dem Hals seines Pferdes, eine Hand auf die Nüstern des Schecken gepreßt, und lauschte dem Hufschlag, der durch die von der Sonne erhitzte Erde dröhnte. Vor ihm stieg das Gelände sanft an, und er betete zum Schöpfer, daß die Senke ihn vor den Tachyn verbarg und sie ihn nicht entdeckt hatten, bevor er in Deckung gegangen war.

Eine Gruppe, die er auf fünfzehn bis zwanzig Krieger schätzte, kam aus dem Norden angeprescht. Ihre Gesichter trugen Kriegsbemalung. Er hatte sie gesehen, als er die Steigung hinaufgeritten war – schon zu weit vom Wald hinter sich entfernt, um eine Umkehr zu wagen, und ohne irgendein Versteck außer dieser flachen Bodenmulde, die ihn, so der Schöpfer wollte, ihren Blicken entziehen würde. Wenn nicht, war er verloren. Dann würden sie ihn töten, ob er nun ein Wakanisha war oder nicht.

Oder ein Narr, dachte er nicht zum ersten Mal. Vielleicht bin ich nur ein Narr, der einem Hirngespinst hinterherjagt, ein Träumer ohne Träume, der so oder so in den Tod reitet. Warum tue ich das? Warum habe ich mein Volk verlassen, um ... was eigentlich zu suchen?

Es war ein Vorhaben, das er sich nicht einmal selbst plausibel erklären konnte, und folglich erst recht nicht irgendeinem anderen. Kein Traum hatte ihn auf diese Reise geschickt, und er hatte auch kein Zeichen empfangen. Da war nur diese innere Gewißheit, die ihn erfüllte. Er wußte, daß er gehen mußte, aber da das seine einzige Begründung war und er sich viele vernünftige Argumente hatte anhören müssen, warum er bleiben sollte, konnte er einen leisen nagenden Zweifel nicht unterdrücken. Der Schöpfer schickte ihm keine Träume, die ihn führten – darauf konnte er sich nicht berufen –, und sogar während er seine Reisevorbereitungen traf, hatte er sich hin und wieder gefragt, ob es vielleicht eine andere Macht war, die ihn fortlockte, oder ob er ganz einfach den Verstand verloren hatte. Beim Schöpfer, es gab wirklich genügend einleuchtende Gründe, bei seinem Clan zu bleiben.

»Chakthi treibt sich in der Gegend herum«, hatte ihn Racharran gewarnt, »und ich kann keine Krieger erübrigen, um dich zum Gebirge zu begleiten.«

Morrhyn hatte traurig lächelnd den Kopf geschüttelt. »Ich hatte nicht vor, dich um eine Eskorte zu bitten, alter Freund.«

»Ich befürchte, daß die Tachyn jetzt nicht einmal einen Wakanisha respektieren werden«, sagte Racharran. »Wenn sie dich aufspüren, werden sie dich wahrscheinlich töten.«

Morrhyn zuckte die Achseln. »Ist das denn überhaupt noch von Bedeutung?«

»Ja!« Racharran starrte seinen Freund eindringlich an. »Für mich und den gesamten Clan. Wir brauchen dich.«

»Blinde Pferde laufen langsam und benötigen viel Pflege«, erwiderte Morrhyn. »In meinem derzeitigen Zustand bin ich nutzlos für den Clan. Wenn ich aber in die Berge gehe …«

»Falls du sie erreichst«, unterbrach ihn Racharran.

»Falls ich sie erreiche …«, räumte Morrhyn ein.

»Was dann?« Racharran deutete nach Westen und machte eine weitausholende Handbewegung, um die große Entfernung zu unterstreichen, die der Wakanisha würde zurücklegen müssen. »Angenommen, du kommst unbehelligt an den Tachyn vorbei und besteigst den heiligen Berg. Was dann?«

»Ich weiß es nicht.« Morrhyn blickte in die Richtung, in der sich das von ihrem Standort aus unsichtbare Gebirge erhob. Der Fette Mond war noch jung, eine schmale Sichel in einem Himmel, der so heiter war, daß er den Aufruhr Lügen strafte, der unter ihm herrschte. Die Sichel warf ihr silbernes Licht auf die dicht gedrängten Zelte der Commacht und das Waldland südlich des Lagers. In den Bäumen wurden jetzt viele Leichname aufgebahrt, und aus dem Lager waren die Totenklagen der Frauen zu hören. Es hatten erbarmungslose Kämpfe stattgefunden. »Ich weiß nur, daß ich gehen muß«, fügte Morrhyn hinzu.

»Und daß du uns allein lassen wirst«, sagte Racharran.

»Ich bin kein Krieger.« Es fiel Morrhyn schwer, dem Akaman in die Augen zu schauen. »Ich bin nur ein Wakanisha, der seiner Träume beraubt worden ist. Vielleicht ... wenn ich den Berg des Schöpfers aufsuche ...«

»Vielleicht!« Einen Moment lang verriet Racharrans Stimme seine Gereiztheit, wie ein halb aus der Scheide gezogenes und dann wieder zurückgeschobenes Messer. »Vielleicht und vielleicht und nochmals vielleicht. Kannst du mir keine besseren Gründe nennen?«

»Nein«, gestand Morrhyn und kam zu dem Schluß, daß er am besten möglichst schnell aufbrechen sollte.

»Wie willst du uns wiederfinden?« erkundigte sich Racharran resigniert. »Wenn du zurückkommst.« Die Art, wie er den letzten Satz aussprach, zeigte deutlich, daß er ernste Zweifel an der Rückkehr seines Freundes hegte.

»Wenn alles gutgeht«, erwiderte Morrhyn, »werde

ich meine Träume wiederfinden, und sie werden mir den Weg zu euch weisen.«

Es war ein Zeichen seines Vertrauens, daß Racharran nickte und einfach fragte: »Wann wirst du reiten?«

»Mit dem Sonnenaufgang«, sagte Morrhyn.

Am nächsten Tag war er aufgebrochen. Er hatte sein Lieblingspferd gewählt, einen Schecken, und ein paar wenige Vorräte hinter dem Sattel festgezurrt. Außer einem Messer und einem Bogen verzichtete er auf Waffen. Die Pfeile waren mit Spitzen versehen, wie sie für die Jagd und nicht für den Krieg benutzt wurden, denn er verspürte nicht den Wunsch zu kämpfen. Er hoffte, daß kein Tachyn seinen Weg kreuzen würde. Alles, was er wollte, war, unbehelligt den Berg des Schöpfers zu erreichen und die Antworten zu finden, die dort auf ihn warten – sofern es sie überhaupt gab. Denn wie sehr er sich auch bemühte, er konnte die Zweifel, die beharrlich in ihm nagten, nicht völlig abschütteln.

Schon während er mit Racharran und zwei Händen Kriegern zu den Grenzen der momentanen Weidegründen des Clans ritt, fühlte er sich, als wäre er allein. Ohne seine Träume kam es ihm so vor, als wäre ein Teil von ihm entfernt worden, eine so wichtige Eigenschaft, daß er sich als nicht mehr vollständig empfand. Er mußte an Menschen denken, die Gliedmaßen, das Augenlicht oder das Gehör verloren hatten, und es schien ihm, als wäre ihm das gleiche zugestoßen, als wäre er verstümmelt worden. In seiner Vorstellung glich er einem Jäger ohne linke Hand, die den Bogen halten konnte. Und so mußte er sich an die einzige Hoffnung klammern, die ihm blieb – daß die Gewißheit, die er verspürt hatte, tatsächlich das Versprechen von Erleuchtung und Zuversicht gewesen war, das er in den Bergen seine Träume wiederfinden würde, die Kommunikation mit dem Schöpfer, die ihn zu einem Wakanisha machte.

Aber es war schwer, den Glauben zu bewahren. Die Stimmen des Zweifels flüsterten unablässig in seinen Ohren, und er fragte sich, ob er einem Hirngespinst nachjagte, oder ob die fremdartigen Eindringlinge Ket-Ta-Witko irgendwie mit einem bösartigen Einfluß überschwemmten, der die Menschen verführte, sie verdarb und schwächte. Ihm blieb nichts anderes übrig, als an seiner Vision des heiligen Berges festzuhalten, auf den Schöpfer zu vertrauen und dem einmal eingeschlagenen Pfad zu folgen.

Morrhyn hörte das Trommeln der Hufe verklingen und fragte sich, wie lange er die Luft angehalten hatte. Furcht – diese Art von Furcht – war etwas, womit er kaum vertraut war. Er leckte sich die trockenen Lippen und wischte sich den Schweiß von der Stirn, während sich sein Pferd unwillig schnaubend hochstemmte. Vorsichtig führte er es den sanften Hang hinauf und wartete eine Weile am Rand der Senke, bis er sicher war, daß die Tachyn verschwunden waren. Dann stieg er in den Sattel und ritt weiter nach Westen.

Im Süden, in der Richtung, die die Reiter eingeschlagen hatten, hing eine Staubfahne in der Luft, und er fragte sich, ob die Tachyn gegen seinen Clan oder gegen die Lakanti in den Krieg zogen. Yazte hatte auf Racharrans Bitte um Hilfe mit dem Aussenden von Kriegertrupps geantwortet, die in das Weideland der Tachyn vorstießen. Doch es waren nicht genug; die Lakanti mußten sich um ihre eigenen Belange kümmern, um die Jagd, den Anbau von Feldfrüchten und den Schutz ihrer Grenzen vor Chakthis Wahnsinn.

Morrhyn wünschte, er hätte mit Kahteney sprechen können, aber das war nicht möglich gewesen, als hätte sich das Schicksal irgendwie verschworen, alle vernünftigen Gespräche und Verhandlungen zunichte zu machen und die ganze Welt ins Chaos zu stürzen.

Und die anderen Clane, dachte er, während er die sanfte Erhebung hinabritt und seinen Schecken auf einen Bach zutraben ließ, der von im hellen Sonnenlicht aufleuchtenden Erlen gesäumt wurde, haben sich entschieden, nichts zu sehen oder zu bemerken, sondern den Irrsinn einfach zu ignorieren. Juh hält seine Aparhaso aus allem heraus, und Hazhe ist keine Hilfe. Das gleiche gilt für Tahdase und Isten, die sich an Juh orientieren und zum äußersten Ende ihrer Weidegründe ziehen, als ginge sie dieser Krieg überhaupt nichts an. Wenn sie zu uns stoßen würden, um uns gegen Chakthis Verrücktheit beizustehen, dann könnte dem Wahnsinn vielleicht ein Ende gemacht und das Volk zu einer geeinten Streitmacht zusammengeschweißt werden.

Gegen was? flüsterte die Stimme des Zweifels ihm zu.

Gegen die Bedrohung aus den Träumen, die ich gehabt habe, antwortete er sich selbst.

Aber die waren nur sehr vage, und jetzt hast du überhaupt keine mehr. Du bist ein Träumer ohne Träume.

Coluns Warnungen, sagte er stumm. *Die Eindringlinge, die die Whaztaye besiegt und erschlagen haben.*

Die sich hinter dem Gebirge befinden, ferngehalten durch das Wort des Schöpfers. Zweifelst du jetzt daran? Zweifelst du am Ahsa-tye-Patiko? Stellst du dich selbst über den Schöpfer?

»Nein«, stöhnte er leise in die Mähne seines Pferdes. »Aber ich zweifle an den Menschen, an Chakthi und an dem, was über dieses Land gekommen ist.«

Das Gelände vor ihm verschwamm, und ihm wurde bewußt, daß Tränen seine Sicht verschleierten. Er wischte sie fort und beschwor sich, stark zu bleiben und sich nicht beirren zu lassen, weil es keinen anderen Weg für ihn gab. Er erinnerte sich an die Vision des Schöpferberges, und einen Moment lang spürte er wieder ihre Macht, die ihm die Kraft verlieh, sein Ziel weiterzuverfolgen, denn er wußte, daß er gar keine andere Wahl hatte.

Nachdem er den Bach durchquert hatte, ritt er die mit Erlen bestandene Böschung hinauf zum Rand einer weiten Ebene, auf der Büffel grasten. Die Herden wanderten jetzt nach Süden. In besseren Zeiten wären die Clane mit ihnen gezogen, Menschen und Tiere im Einklang mit der Natur, so wie es der Schöpfer bestimmt hatte. Jetzt blieben die Büffel allein. Die Commacht waren zu einem genügsamen Leben gezwungen, die Krieger hatten keine Zeit, den Herden zu folgen, da sie mit dem Kampf gegen Chakthi beschäftigt waren. Ohne einen Vorrat an Büffelfleisch würde es ein harter Winter werden.

Morrhyn staunte über die Größe der Herde und lenkte seinen Schecken in respektvollem Abstand um sie herum. Die Leitbullen hoben die massigen Köpfe und schnaubten drohend. Er ließ die Büffel hinter sich und ritt auf die offene Grassteppe hinaus. Eine niedrige Hügelkette begrenzte den fernen Horizont. Morrhyn vermutete, daß er sie gegen Anbruch der Dämmerung erreichen würde. Dort würde er sein Lager aufschlagen und Fallen auslegen. Wenn er schon kein Büffelfleisch essen konnte, würde er vielleicht wenigstens einen Hasen oder ein Rebhuhn fangen können.

Vielleicht würde er aber auch hungrig weiterreiten

müssen. »Vielleicht« und »würde«. Sein ganzes Leben schien mittlerweile davon bestimmt zu werden.

Wie sich herausstellte, erbeutete er zwei fette Hasen und aß ausgiebig, und als er am nächsten Morgen erwachte, keckerten Elstern in den Bäumen. Ein günstiges Omen? Er war sich nicht sicher. Ein lärmender Schwarm kreiste über ihm, ließ sich in den Zweigen nieder und beobachtete ihn aufmerksam. Morrhyn deutete die Anwesenheit der Vögel als ein gutes Zeichen. Doch als er das kleine Wäldchen verließ und auf das offene Grasland hinausritt, das in sanften Wellen zu einem weiten Tal abfiel und sich nach Westen bis zu einer weiteren Hügelkette erstreckte, die wie ein Schatten über dem Horizont lag, erblickte er einen Schwarm Krähen. Sie schossen auf ihn herab und kreisten mit lautem Krächzen so dicht über ihm, daß er sich in seinem Sattel duckte. Ein weiteres Zeichen, dachte er, das das gute Omen durch die Elstern wieder aufhob.

Er zügelte sein Pferd und betrachtete die Steppe, die sich vor ihm ausbreitete. Sie war sehr weit – vermutlich würde er den ganzen Tag brauchen, um sie zu überqueren –, flach und baumlos. Wenn die Tachyn ihn dort entdeckten, würde er sich nirgendwo verstecken können. Es wäre sein sicherer Tod.

Und spielt das eine Rolle? fragte er sich. Er verneigte sich demütig vor dem Schöpfer und stieß dem Schecken die Fersen in die Seiten.

Die Tachyn kamen aus dem Osten, fünf Reiter in gestrecktem Galopp, um ihn abzufangen.

Sie preschten durch ein ausgetrocknetes Flußbett mit lauten Schreien und erhobenen Lanzen auf ihn zu, und er trieb sein Pferd schneller an, obwohl er wußte, daß sie ihn einholen und mit ihren Lanzen würden durchbohren können. Einen Moment lang überlegte er, ob er zu seinem Bogen greifen sollte, und verwarf den Gedanken sofort wieder. Vielleicht würde es ihm gelingen, einen oder zwei der Angreifer zu erschießen – er war kein schlechter Schütze –, aber er würde trotzdem sterben müssen, ohne daß der Tod der Tachyn irgend etwas geändert hätte. Also ließ er Bogen und Köcher eingewickelt hinter seinem Sattel, zügelte sein Pferd und wartete auf die Krieger.

»Mein Leben liegt jetzt in deiner Hand«, sagte er an den Himmel gewandt, über den weiße Wolken trieben.

Der Wind ließ das hohe Gras rascheln und Morrhyns offenes Haar um das Gesicht flattern. Nur die Tatsache, daß es nicht zu Zöpfen geflochten war, kennzeichnete ihn äußerlich als Wakanisha, aber er bezweifelte, daß Chakthis Männer sich daran stören würden, sollten sie es bemerken. Wie Racharran ihn gewarnt hatte, würden sie ihn vermutlich genauso gnadenlos töten, wie sie die Schwachen und Wehrlosen abschlachteten.

Sein Pferd schnaubte nervös und stampfte mit den Hufen. Morrhyn hielt die Zügel straff angezogen in der Hand und zwang es stillzustehen, obwohl ihm das Herz in der Brust hämmerte und er spürte, wie der Wind den Schweiß auf seiner Stirn eisig werden ließ.

Die Tachyn kamen näher und drosselten ihr Tempo, als sie sahen, daß er keine Anstalten machte, seinen Bogen zu benutzen oder zu fliehen. Ein Mann ritt direkt auf ihn zu. Sein Gesicht und seine nackte Brust waren mit den Farbstreifen des Krieges bemalt. Er hob die Lanze und schwenkte sie seitlich herum, worauf die anderen noch langsamer wurden, bis ihre Pferde im Schritt gingen, und einen weiten Kreis um Morrhyn bildeten.

Der Anführer näherte sich ihm. Die Grannachspangen die die Enden seiner Zöpfe zierten, blitzten im Sonnenlicht auf. Er richtete die Lanze geradeaus und hielt erst an, als ihre Spitze Morrhyns Brust berührte.

»Du bist sehr mutig«, sagte er. »Oder verrückt.«

»Ich habe große Angst, Dohnse«, erwiderte Morrhyn. »Ob ich verrückt bin, weiß ich nicht. Vielleicht bin ich es.«

Die Augen des Kriegers wurden unter der Kriegsbemalung schmal. »Ich habe dir einmal das Leben geschenkt. Hast du geglaubt, dich für immer darauf verlassen zu können?«

»Nein.« Morrhyn lächelte verkniffen. »Aber ich habe auch nicht damit gerechnet, daß wir uns nochmals begegnen würden.«

Dohnse beugte sich ein wenig im Sattel vor, so daß die Spitze seiner Lanze sich in Morrhyns Hemd bohrte. Der Wakanisha blieb steif aufgerichtet sitzen. Er spürte, wie ihm irgend etwas kitzelnd die Brust und den Bauch hinablief, und er fragte sich, ob es Schweiß oder Blut war.

»Ich verstehe dich nicht«, sagte Dohnse.

Morrhyn widerstand der Versuchung, an sich herabzusehen, um sich zu vergewissern, wie weit die Lanzenspitze sein Hemd aufgeschlitzt und seine Haut geritzt hatte. Statt dessen begegnete er unbeirrt dem Blick des Tachyn. »Ich verstehe mich selbst kaum«, gestand er.

Dohnse runzelte die Stirn. »Du *bist* verrückt. Unsere Clane befinden sich im Krieg, und trotzdem reitest du allein? Warum hast du angehalten?« Er zog die Lanze ein Stückchen zurück und deutete damit auf den hinter Morrhyns Sattel festgeschnallten Bogen. »Warum kämpfst du nicht?«

»Es hat schon genug Blutvergießen gegeben«, erwiderte Morrhyn. »Ich möchte es nicht noch weiter vergrößern.«

Dohnses Miene wurde finster. »Bist du ein Feigling?«

Morrhyn zuckte wortlos die Achseln.

»Als du damals zu uns an die Furt gekommen bist, habe ich dich für mutig gehalten«, sagte Dohnse.

»Ich war um unseren Clan besorgt«, erklärte Morrhyn. »Das bin ich immer noch. Um die Commacht und um alle anderen Clane.«

»Ach! Du sprichst in Rätseln.« Dohnse ließ sein Pferd sich einmal um die eigene Achse drehen, so daß seine Lanzenspitze über die Krieger wanderte, die Morrhyn umringten. Dann richtete er die Waffe erneut auf den Wakanisha. »Du machst dir Sorgen um die Tachyn?«

»Um das ganze Volk«, sagte Morrhyn. »Um die Tachyn, die Aparhaso, die Naiche, die Lakanti und die Commacht. Und auch um die Grannach. Ich fürchte, daß etwas nach Ket-Ta-Witko kommt, das uns alle vernichten wird, wenn wir uns ihm nicht gemeinsam entgegenstellen.«

Die Lanzenspitze senkte sich ein wenig, und Morrhyn spürte einen Anflug von Hoffnung aufflackern.

»Du meinst die Warnung der Grannach?« fragte Dohnse. »Die Träume?«

»Ja«, bestätigte Morrhyn.

»Hadduth hat uns das erklärt«, sagte Dohnse. »Die Träume haben *diesen* Krieg prophezeit.«

»Und Coluns Warnung?«

»Ist für uns ohne Belang. Die Grannach haben von Ereignissen jenseits unserer Grenzen gesprochen. Wir vertrauen auf den Schöpfer und das Ahsa-tye-Patiko. Wir glauben, daß der Schöpfer die Eindringlinge aufhalten wird – falls es sie überhaupt gibt.«

»Hat Hadduth das gesagt?« erkundigte sich Morrhyn, und als Dohnse nickte, fügte er hinzu: »Glaubst du denn, das Ahsa-tye-Patiko wäre noch nicht gebrochen worden? Vielleicht schwächt das unsere Verteidigung.«

»Es war Rannach, der gegen das Gebot verstoßen hat«, knurrte Dohnse.

»Und Vachyr«, erinnerte ihn Morrhyn.

Einen Moment lang wirkte Dohnse beunruhigt. »Vachyr hat dafür mit seinem Leben bezahlt. Rannach dagegen lebt immer noch.«

»In der Verbannung, als Ausgestoßener. Sollte er jemals zurückkehren, wäre sein Leben verwirkt.«

»Aber Vachyrs Leichnam liegt aufgebahrt in den Bäumen«, sagte Dohnse. »Die Raben fressen sein Fleisch.«

Morrhyn nickte. »Die Raben fressen das Fleisch von vielen anderen Getöteten. Es wird ein harter Winter werden. Und wenn der Wille des Schöpfers gänzlich mißachtet wird, werden die Eindringlinge die Berge vielleicht wirklich überwinden. Und was dann?«

»Dann werden wir gegen sie kämpfen. Aber zuerst fordern wir die Blutschuld von euch Commacht ein.«

»Es wurde bereits ein hoher Blutpreis bezahlt«, sagte Morrhyn. »Von uns und von euch. In den Zelten meines Clans weinen die Frauen, Kinder trauern um ihre Väter, Männer um ihre Frauen. Soll so unsere Zukunft aussehen, Dohnse? Sollen wir einander bekämpfen, bis dein oder mein Clan restlos ausgelöscht ist? Und wenn diese Eindringlinge tatsächlich kommen, sollen wir sie gemeinsam bekämpfen oder jeder Clan einzeln für sich?«

»Ich ...« Dohnse ließ die Lanze eine Handbreit sinken und schüttelte den Kopf. »Ich weiß es nicht. Das sind Fragen, die die Wakanishas und Akamans beantworten müssen. Ich bin nur ein Krieger und befolge Chakthis Befehle.«

»Ich denke, daß du mehr als nur Chakthis Gefolgsmann bist«, entgegnete Morrhyn. »Ich halte dich für einen Mann von Ehre. Das habe ich gedacht, als du uns erlaubt hast, die Furt zu durchqueren.«

»Ach!« Dohnse ließ sein Pferd tänzeln. »Ich habe dafür bezahlt! Chakthi war gar nicht erfreut darüber.«

»Aber es war trotzdem eine ehrenhafte Entscheidung.«

»Mag sein.« Dohnse beruhigte sein Pferd und drückte Morrhyn erneut die Lanzenspitze auf die Brust. »Aber mir selbst habe ich damit einen schlechten Dienst erwiesen.«

»Und dem Schöpfer vielleicht einen guten.«

»Du webst ein Netz aus Worten.« Der Druck der Lanze nahm zu. »Du versuchst zu entkommen. Warum sollte ich dich nicht töten? Mein Ansehen bei Chakthi wird steigen, wenn ich ihm deinen Kopf bringe.«

»Wahrscheinlich würde es das.« Morrhyn staunte, daß es ihm gelang, so klar und deutlich zu sprechen, obwohl seine Kehle trocken und seine Zunge vor Furcht wie betäubt war. Er schwitzte am ganzen Körper, trotzdem war ihm eiskalt, und es kostete ihn Mühe, das Zittern zu unterdrücken. »Das würde Chakthi ein gewisses Vergnügen bereiten.«

»Ein großes Vergnügen«, sagte Dohnse. »Der Kopf des Wakanishas der Commacht? Ich denke, Chakthi würde ein Fest für mich geben.«

Morrhyn überraschte sich selbst mit seinem Lachen. *Vielleicht*, dachte er, *bin ich wirklich verrückt geworden.* »Mein Kopf wäre eine armselige Trophäe. Ein leerer Kopf ohne Träume. So nutzlos wie ein Eimer mit einem Loch.«

»Du lügst!« stieß Dohnse hervor.

»Nein. Ich kann nicht mehr träumen. Das ist der Grund, weshalb ich hier bin.«

»Du solltest lieber schneller sprechen«, riet Dohnse, »denn ich bin deine Wortspinnerei leid. Ich denke, ich werde dich gleich töten.«

»Ich habe keine Träume mehr«, sagte Morrhyn müde und fragte sich, ob es nicht besser wäre, wenn der Tachyn ihn erstach. Dann hätte alles ein Ende für ihn. »In mir ist nur Dunkelheit. Ich bin hier, weil ich zum Berg des Schöpfers reiten will. Ich hatte ... eine Vision. Der Berg hat mich gerufen. Also habe ich meinen Clan verlassen, um zum Gebirge zu gehen. Ich hoffe, daß der Schöpfer mir dort meine Träume zurückgibt. Und vielleicht auch Antworten auf diesen Wahnsinn.«

»Was für ein Wahnsinn?« wollte Dohnse wissen. »Wir kämpfen im Namen Vachyrs für die Ehre der Tachyn.«

»Die Ehre der Tachyn?« Morrhyn spürte eine große Erschöpfung, als lastete ein gewaltiges Gewicht auf ihm, das ihn niederdrückte und betäubte. All die Worte – die von Dohnse und seinem eigenen Clan – schienen sich in einen diffusen Nebel der Bedeutungslosigkeit zu verwandeln, der um ihn herum wirbelte und wallte, ein Gerede um Kleinigkeiten, das die wichtigen Ereignisse erstickte, so daß niemand mehr sie wahrnahm und Vorkehrungen gegen sie ergriff. Einen Moment lang dachte er, daß es eine große Erleichterung sein müßte, einfach loszulassen, eine Erlösung, wenn Dohnse ihn mit seiner Lanze durchbohren und Chakthi seinen Kopf bringen würde. Doch er konnte seine Pflicht nicht vergessen, seine Verantwortung, und so sagte er: »Auch die Commacht kämpfen für ihre Ehre. Deshalb sterben die Wehrlosen, und Ket-Ta-Witko steht wie ein geblendeter Hirsch da, der die Pfeile der Eindringlinge erwartet.«

Er sackte in seinem Sattel zusammen, wartete auf

den tödlichen Stoß und fragte sich, wie es sich wohl anfühlen würde zu sterben. Doch zu seiner Überraschung ließ Dohnse die Lanze sinken.

»Du redet die ganze Zeit von diesen Eindringlingen und behauptest gleichzeitig, du könntest nicht mehr träumen«, sagte der Tachyn. »Woher kannst du das dann alles wissen?«

»Was sagt Hadduth denn dazu?« fragte Morrhyn. Er sah, wie Dohnses Augen wieder schmaler wurden und sich sein Blick umwölkte. Und dann hörte er die Unsicherheit in der Antwort des Kriegers.

»Was ich dir bereits gesagt habe, daß die Träume diesen Krieg prophezeit haben.«

»Prophezeit *haben*?« Morrhyn musterte Dohnses Gesicht und versuchte, die Mimik unter der Kriegsbemalung zu deuten. »Das waren alte Träume, Matakwaträume. Was ist mit denen, die Hadduth jetzt hat?«

Dohnse schüttelte so heftig den Kopf, daß seine Zöpfe flogen und die Haarspangen in der Sonne so hell wie die Lanzenspitze aufblitzten. Er gab keine Antwort.

Morrhyns Lippen verzogen sich widerwillig zu einem Lächeln, das weniger triumphierend als resigniert war. »Keine, was? Ist Hadduth so blind wie ich?«

Noch immer schwieg Dohnse, und das war Antwort genug.

»Hör mir zu, Dohnse!« drängte Morrhyn. »Hör mich an und entscheide dann, ob du mich töten sollst, aber, im Namen des Schöpfers, hör mich erst an!«

Dohnse zögerte, dann nickte er, und Morrhyn spürte, wie wieder ein Hoffnungsfunke in ihm aufkeimte. *Was nicht mehr ist als ein Fetzen trockenes Moos, das in einem tobenden Schneesturm glimmt*, dachte er. Aber es war alles, was ihm blieb. »Ich habe meine Träume verloren«, fuhr er fort, »und aus deinem Schweigen schließe ich, daß es Hadduth genauso ergeht. Töte mich, wenn ich mich irre, aber dann sage mir vorher, daß Hadduth noch träumt. Das erbitte ich von dir im Namen des Schöpfers!«

Der Tachyn wandte den Blick ab. Morrhyn sah ihn schlucken und ausspucken, und da wußte er – welche schreckliche Bestätigung –, daß er recht hatte.

»Also träumen die Wakanishas der Commacht und der Tachyn beide nicht mehr. Seltsam, oder? Als triebe eine dunkle Wolke durch Ket-Ta-Witko, die uns beiden unsere Gabe geraubt hat. Ist sie vielleicht über das Gebirge gekommen? Denk darüber nach, Dohnse! Ist es nicht merkwürdig, daß unsere Träume so kurz nach Coluns Warnungen ausbleiben? Und wenn Colun die Wahrheit gesagt hat ... Hast du jemals von einem Grannach gehört, der gelogen hat, Dohnse? Wenn also Colun nicht lügt, dann bedrohen die Eindringlinge die Pässe der Grannach und könnten über uns herfallen. Nicht nur über die Commacht oder die Tachyn, sondern über das gesamte Volk! Und was tun wir? Wir kämpfen – Tachyn gegen Commacht und Lakanti –, während sich die Aparhaso und die Naiche zurückziehen und so tun, als ginge sie das alles nichts an. Das Volk ist in sich zerrissen, Dohnse! Wie eine von Wölfen auseinandergejagte Hirschherde, eine leichte Beute für die Angreifer.«

»Worte«, sagte Dohnse abfällig, aber seine Stimme klang unsicher. »Geschickte Worte, um Vachyrs Tod zu rechtfertigen. Und um dein Leben zu retten.«

»Mein Leben?« Morrhyn warf den Kopf in den Nacken und lachte. »Mein Leben bedeutet gar nichts! Es gehört dir, wenn du willst, du würdest mir damit eine Last von den Schultern nehmen. Und Vachyrs Tod? Ich rechtfertige ihn nicht, außer dich daran zu erinnern, daß über Rannachs Bestrafung in der

Ratsversammlung während des Matakwas von allen Akamans entschieden wurde. Sogar von seinem eigenen Vater!«

Es folgte ein langer Moment des Schweigens, während Dohnse stumm auf seinem Pferd saß. Ein Schwarm Sommergänse flog über die Gruppe hinweg, ihre Rufe klangen laut in der gespannten Stille. Das Gras raschelte im Wind, Wolken zogen langsam wie die verrinnende Zeit über den Himmel, aus dem die Sonne heiß und gleichgültig strahlte.

Endlich nickte Dohnse. »So ist es.« Er blickte Morrhyn direkt an, und der Wakanisha entdeckte eine Frage in den Augen des Kriegers.

»Ich habe keine einfachen Antworten«, sagte Morrhyn. »Noch kann ich irgendwelche Versprechen machen. Alles, was ich weiß, ist, daß ich das Gefühl hatte, vom Berg des Schöpfers gerufen zu werden, und deshalb bin ich allein hier. Und wenn du meinst, mich töten zu müssen, dann tu es.«

Dohnse beugte sich seitlich aus dem Sattel und spuckte erneut aus. »Glaubst du das wirklich?« fragte er. »Daß diese Eindringlinge, vor denen uns die Grannach gewarnt haben, ihre Magie aussenden, um die Träume der Wakanishas zu stehlen?«

»Ich halte es für möglich«, erwiderte Morrhyn. »Ich weiß es nicht mit Sicherheit.«

»Und du willst zum heiligen Berg gehen, um es herauszufinden? Um deine Träume zurückzubekommen?«

Morrhyn nickte.

»Ich denke, du bist verrückt«, sagte Dohnse.

»Vielleicht bin ich das. Wie sollte *ich* das beurteilen können?«

»Es wäre ein Verstoß gegen das Gebot, einen Verrückten zu erschlagen. Und ich glaube wirklich, daß du verrückt bist.«

Morrhyn zuckte nur die Achseln.

»Es wird mir jede Menge Ärger einbringen, wenn Chakthi von dieser Begegnung erfährt«, sagte Dohnse, »aber ich werde mich nicht an dem Kopf eines Verrückten vergreifen.«

Ich danke dir, o Schöpfer, dachte Morrhyn.

»Geh!« stieß Dohnse rauh hervor. »Reite schnell und bete für mich.«

»Das werde ich«, versprach Morrhyn. Er lenkte seinen Schecken an Dohnses Grauschimmel vorbei, als der Tachyn seinen Männern zurief, den Wakanisha passieren zu lassen. »Dieser Commacht ist verrückt«, erklärte Dohnse den Kriegern, »und wenn wir ihn töten, werden wir mit Sicherheit das Mißfallen des Schöpfers erregen.«

Es gibt noch immer ein wenig Ehre in Ket-Ta-Witko, dachte Morrhyn, und deshalb besteht auch noch Hoffnung.

Der Fette Mond schwoll an, nahm wieder ab und wurde vom Mond der Reifenden Kirschen ersetzt. Morrhyn fragte sich, wieviel Zeit ihm noch blieb, wie es seinem Clan erging und ob er auf seinem Weg zum Berg des Schöpfers den Eindringlingen in die Arme reiten würde. Das wäre ein großartiger Witz, dachte er, so weit auf der Suche nach Antworten gekommen zu sein, nur um durch die Hand derjenigen zu sterben, die mich überhaupt erst zu dieser Reise getrieben haben.

Er verwarf den Gedanken wieder. Tief in seinem Inneren verspürte er noch immer die Gewißheit, die ihn schon vor dem Matakwa erfüllt hatte und durch Colun und seine Grannach bestätigt worden war, daß sich eine furchtbare Gefahr Ket-Ta-Witko näherte. Es war eine Gewißheit, die wie eine Wunde in ihm schwärte, die nicht heilen wollte, und jede Nacht betete er zum Schöpfer und flehte ihn an, ihm seine Träume wiederzugeben, damit er erführe, was die Zukunft bringen würde und wie er seinen Clan und das gesamte Volk der Matawaye am besten beraten konnte. Aber noch immer blieb sein Schlaf traumlos, so daß er ihn beinahe fürchtete, denn wenn er einschlief schien es ihm, als würde er blind werden, und hätten sein Körper und sein Pferd keiner Rast bedurft, wäre er ohne Pause weitergeritten. Er spürte, daß seine einzige Hoffnung darin lag, den heiligen Berg zu erreichen.

Und so hetzte er weiter, versteckte sich in Waldinseln, sobald er Reiter erblickte, eine Hand über die Nüstern seines Pferdes gelegt, während ihm sein eigener Atem laut in den Ohren dröhnte, oder er duckte sich in Bachläufe oder Bodenspalten, wenn Hufschlag oder Rufe der Feinde aufklangen, die er verschonen wollte. Er überquerte Bäche und Flüsse, umrundete Büffelherden oder ritt mitten durch sie hindurch. Oft litt er Hunger. Er begnügte sich mit dem, was er in seinen Fallen fing und an eßbaren Pfanzen fand und verzichtete darauf, Jagd auf Hirsche oder Wildschweine zu machen. Ohne seine Träume hatte er das Gefühl, von alptraumhaften Kreaturen gejagt zu werden, die ihm dicht auf den Fersen folgten und ihn unablässig antrieben, voller Verzweiflung einer sicheren Zuflucht entgegenzuhasten, von der er nicht einmal wußte, ob sie überhaupt existierte.

Er ließ die offenen Grasebenen hinter sich und erreichte das felsige Terrain, wo die Steppen in eine zerklüftete Gegend übergingen, in der die Wäldchen kleinen Hainen windgepeitschter Kiefern und nacktem Geröll wichen, auf dem nur Moos und kümmerliches Gras wuchs, das sein Pferd mit Widerwillem fraß, und die Bäche rostrot durch die von ihnen fortgeschwemmte Erde waren. Morrhyn trieb sich und seinen Schecken unbarmherzig weiter an, ausgezehrt und mager durch die lange Reise, und so durchquerten sie die karge Geröllandschaft und näherten sich schließlich den Grenzen der Versammlungsstätte.

Ein freundlicherer Landstrich, doch andererseits auch ein unerfreulicher Anblick, denn er erinnerte ihn an alles, was während des Matakwas passiert war. Morrhyn ließ sein Pferd auf den saftigen Weiden grasen. Das Licht des schrumpfenden Mondes überzog den Bach mit Silber. Er konnte deutlich sehen, wo die Feuer der Ratsversammlung die Erde geschwärzt und wo die Zelte der Matawaye gestanden hatten, und er fragte sich, ob es die letzte Zusammenkunft der Clane gewesen war, die er hatte erleben dürfen. Er betete, daß es nicht so war, daß der Schöpfer ihm Erleuchtung schenken und das Volk sich wieder friedlich im Geiste des Ahsa-tye-Patikos vereinigen und in Eintracht miteinander leben würde.

Doch er erhielt keine Anwort auf seine Gebete, und er fragte sich, ob all seine Anstrengungen und Entbehrungen vergeblich gewesen waren.

»Und wenn es so ist«, sagte er laut, worauf sein Pferd einen Moment lang den Kopf hob und ihn ansah, »dann werde ich den Preis für meine Anmaßung bezahlen. Dann werde ich den Berg besteigen und dort sterben.«

Sein Blick fiel auf den Berg des Schöpfers, der alle anderen Gipfel überragte, und er war nicht mehr sicher, ob er ihm Erleuchtung oder den Tod verkündete. Ohne das Lager der Matawaye ringsherum erschien ihm der Berg viel größer als während des Matakwas, eine gewaltige kalte Felsnadel, die in den Himmel ragte und ihn davor warnte, seine Flanken zu besteigen. Es würde ein beschwerlicher Aufstieg werden. Morrhyn wußte, daß er sein Pferd schon bald würde zurücklassen müssen. Er konnte den Berg nur allein und aus eigener Kraft erklimmen. Vielleicht würde er in eine Felsschlucht stürzen oder von einer Lawine begraben werden.

»Oder verhungern«, murmelte er, »oder erfrieren, wenn ich dort oben zu lange ausharren muß. Aber ...« Er verneigte sich demütig. »Ich werde es tun, so oder so.«

Fünf Tage lang rastete er am Rand der verlassenen Begegnungsstätte. Sein Pferd kam wieder zu Kräften, und er selbst konnte genug Hirsche und Kaninchen erlegen, um sich zu ernähren. Nachdem er sich einigermaßen erholt hatte, sattelte er den Schecken und ritt so tief in das Vorgebirge hinein, wie es das Gelände zuließ. Er vermutete, daß die Grannach einfachere Wege kannten, doch ohne ihre Hilfe blieb ihm nichts anderes übrig, als auf eigene Faust dort hinaufzusteigen, wo noch kein Matawaye vor ihm – außer vielleicht Rannach und Arrhyna – gewesen war. Schließlich erreichte er eine Region, in der die Felshänge wie gefrorene Wasserfälle vor ihm aufragten und steile Halden aus tückischem Geröll, das im Laufe der Zeit aus den Gestein herausgebrochen war, die Bergflanke bedeckten. Er nahm dem Pferd den Sattel und das Zaumzeug ab und ließ es frei.

Es tat ihm leid, sich von dem Tier zu trennen, und er hoffte, daß es den Weg zurück zu den guten Weidegründen in der Ebene finden würde. Er stemmte sich gegen das widerstrebende Pferd, schob es so herum, daß es hangabwärts blickte, und schlug ihm mit der flachen Hand auf das Hinterteil. Es schnaubte überrascht, trat ein wenig aus, verdrehte den Hals und starrte ihn an. Der Blick seiner dunklen Augen schien eine Anklage zu enthalten.

»Es tut mir leid«, sagte Morrhyn mit aufrichtigem Bedauern. »Du hast mir treu gedient, und ich wünsche dir alles Gute, aber du kannst mir nicht dorthin folgen, wohin ich jetzt gehen muß. Also ...«

Er schlug ihm erneut auf die Hinterhand. Der Schecke stieß einen protestierenden Laut aus, machte ein paar tänzelnde Schritte, blieb stehen und sah sich erneut um. Morrhyn hob einen kleinen Stein auf und schleuderte ihn auf das Tier.

Das Pferd wieherte leise, schüttelte den Kopf und trabte davon.

Der Wakanisha blickte ihm hinterher, einen zweiten Stein wurfbereit in der Hand, doch das Tier schien den Abschied akzeptiert zu haben und drehte sich nicht mehr um. Es lief den schmalen Pfad entlang, bis es hinter einer in der Sonne rötlich leuchtenden Felswand verschwunden war.

Danach fühlte sich Morrhyn sehr einsam. Der Wind pfiff lauter durch die Fels- und Geröllbrocken, als wollte er ihn verhöhnen. Morrhyn ließ den Blick über die Berghänge wandern, und es schien ihm, als riefen sie ihm eine stumme Warnung zu. Er kam sich winzig und hilflos vor, als er die wenigen Dinge zusammenschnürte, die er glaubte, tragen zu können: ein Bärenfell, seine Decke, einen Vorrat an Fleisch, ein Lasso und ein paar andere Kleinigkeiten. Den Sattel ließ er zusammen mit dem Bogen und dem Köcher voller Pfeile zurück. Dann schlang er sich das Bündel auf den Rücken und machte sich an den Aufstieg.

Um die Abenddämmerung klebte er wie eine Fliege auf einer nackten Felswand und fürchtete, jeden Augenblick den Halt zu verlieren und in die Tiefe zu stürzen, doch er glaubte, weiter oben einen Einschnitt gesehen zu haben, und konzentrierte sich nur darauf, ihn zu erreichen.

Er hatte sich nicht getäuscht, es gab tatsächlich

einen schmalen Kamin in der Wand. Diese Nacht verbrachte er eingeklemmt in dem engen Spalt und lauschte dem Wind, der sein trauriges Lied sang, kaute auf noch nicht völlig getrockneten Fleischstreifen herum und trank ein wenig Wasser. Er war sich nicht sicher, ob er überhaupt geschlafen hatte, als die ersten Sonnenstrahlen auf sein Gesicht fielen und er auf der Suche nach einem Ausweg tiefer in den Spalt hineinkroch. Hoch über sich hörte er Raben krächzen und fragte sich, ob sie sich über diesen Narren unterhielten, der sich ganz allein in das Gebirge vorgewagt hatte und dessen Fleisch sie schon bald fressen würden. Er fand eine Stelle, an der die Felsen aufgebrochen waren und Risse im glatten Gestein seinen tastenden Fingern Halt boten, und hangelte sich aus dem Kamin heraus auf den Steilhang, wo die Sonne ihn wärmte und der Wind ihm das Haar zerzauste. Sein Blick fiel über schroffe Gipfel, die vom Berg des Schöpfers überragt wurden. Er verneigte sich demütig vor dem gewaltigen Massiv und setzte seinen Aufstieg fort.

Wie ein primitives Geschöpf aus uralten Zeiten, das nur von seinem Instinkt angetrieben wurde, kletterte er weiter, wie ein blinder Wurm, der sich geistlos einer Wärmequelle nähert, oder wie ein neugeborener Welpe, der die Zitzen seiner Mutter sucht, allein beherrscht von seinem Hunger. Seine Hände begannen zu bluten, doch er ignorierte die Schnittwunden ebenso wie seine schmerzenden Muskeln, die abgebrochenen Fingernägel und die messerscharfen Felskanten, die sich ihm ins Fleisch bohrten. Immer weiter arbeitete er sich empor, über Klippen und steile Hänge, stolperte durch Felsrinnen und über Schotterhalden, die unter seinen Füßen nachgaben, watete durch Bäche, zu betäubt, um die eisige Kälte des Wassers wahrzunehmen. Oft stürzte er, zog sich Prellungen und Quetschungen zu, ohne auf die Schmerzen zu achten. Raben flatterten wie schwarze Silhouetten über den Himmel, in dem Adler ihre einsamen Kreise zogen. Manchmal entdeckte er Langhornschafe, die ihn aufmerksam beobachteten und sich viel sicherer als er durch die schroffe Bergwelt bewegten. Wenn er Holz fand, schlief er neben den wärmenden Flammen eines kleinen Feuers, fand er keins, fror er die ganze Nacht hindurch. Irgendwann wurde ihm bewußt, daß sein Fleischvorrat bedenklich schrumpfte und der Mond der Reifenden Kirschen von dem der Reifen Beeren abgelöst wurde. Sein Hemd und seine Hose lösten sich wie seine Haut in Fetzen auf. Nur eines veränderte sich nie, seine Entschlossenheit, den Berg des Schöpfers zu besteigen, der unverrückbar vor ihm aufragte.

Fast hatte er vergessen, weshalb er sich dieser Tortur unterzog, doch er verlor den Gipfel nie aus den Augen, und so mühte er sich unerbittlich weiter, frierend und hungrig, bis er die kleineren Berge überwunden und die Hänge seines eigentlichen Zieles erreicht hatte.

Als er wie betäubt aufblickte, war er überzeugt, wirklich den Verstand verloren zu haben.

Der Berg erhob sich majestätisch vor ihm und schien den Himmel zu berühren. Von seinem Standpunkt aus konnte Morrhyn den Gipfel selbst, der mit dem Firmament verschmolz, nicht mehr sehen. Die schneebedeckten Flanken, die in der Sonne glitzerten und leuchteten, blendeten seine Augen.

Er kauerte sich ehrfürchtig nieder, klein und zitternd, überwältigt von der Größe des Berges und der Anmaßung seines Vorhabens. Kein Mensch hätte sich jemals auf eine solche Reise begeben dürfen, zu der ihn sein Stolz und seine Eitelkeit getrieben hatten. Von seinen Träumen verlassen, war er dem Wahnsinn verfallen und hatte sich ein Recht herausgenommen, das kein Mensch für sich beanspruchen durfte. Auf diesem Berg war er weniger als ein Insekt, ein unwürdiges Nichts, das den Schöpfer durch seine bloße Anwesenheit beleidigte.

Aber trotzdem war er hier, und nachdem er so weit gekommen war, kletterte er weiter. Und am nächsten Tag, als er keinen Hunger mehr verspürte, keine Schmerzen, nicht einmal die unbarmherzige Kälte, die ihn bis ins Mark durchdrang und seine Zähne so heftig aufeinanderschlagen ließ, daß er glaubte, sie müßten zerspringen, entdeckte er eine Höhle.

Er konnte es kaum glauben, und er zweifelte immer noch an seinem Verstand, als er in sie hineinkroch. Es war ein Gang, der tief in den Berg hineinreichte. Auf den glatten Wänden wuchs Moos, das schwach glühte, als sich die Dämmerung über das Gebirge herabsenkte. Eine sprudelnde heiße Quelle, deren Wasser beißend schmeckte, spendete Wärme. Morrhyn trank und dankte dem Schöpfer für diese Zuflucht, dann breitete er seine Decke auf dem Boden aus, schlüpfte unter das Bärenfell und schlief ein.

Und in dieser Nacht träumte er.

EIN FURCHTBARES GEMETZEL

Colun stützte sich auf den Schaft seiner Axt, während Baran den magischen Gesang anstimmte. Er fühlte sich todmüde, sowohl körperlich als auch geistig, und der dröhnende Gesang des Golans wirkte auf ihn beinahe wie ein Schlaflied. Es wäre schön, dachte er, sich hinzulegen, die Augen zu schließen und ein bißchen zu schlafen. Aber dazu war keine Zeit, es sei denn, er wollte ewig schlafen. Der Druck der unheimlichen Eindringlinge war zu stark, und trotz aller Bemühungen der Golans würde es schon bald wieder zu neuen Kämpfen kommen. Baran mochte diesen Stollen verschließen, aber es war nicht der einzige Durchgang, und mit Sicherheit würden die Eindringlinge einige der vielen Pässe, Schluchten und Felsspalten entdecken und sie zu durchqueren versuchen. Schon jetzt drangen sie tiefer in die Festungen der Grannach vor, als es irgend jemand für möglich gehalten hätte, und sollten sie erst einmal in das Kernland vorstoßen … Colun grunzte und verdrängte diese furchtbare Vorstellung. Das durfte nicht geschehen! So einfach war das. Es hieße, die Welt auf den Kopf zu stellen, und das würde der Schöpfer bestimmt nicht zulassen.

Außer … War die natürliche Ordnung der Dinge nicht bereits durcheinandergeraten? War das Gleichgewicht der Welt nicht längst schon gestört? Diese Kreaturen waren aus dem Nichts erschienen und hatten die Whaztaye erobert. Und jetzt rückten sie in die Festungen der Grannach vor, in die heiligen Berge, wie eine Sturzflut, die sich durch alle Schluchten und Felsspalten ergoß und immer tiefer einsickerte, so erbarmungslos wie der Fluß der Zeit. Gab es wirklich irgend etwas, das sie aufhalten konnte?

Er wußte, daß die Fremden sterblich waren – seine blutverschmierte Axt bewies das nachdrücklich –, aber sie waren zäh und so zahlreich, und die Kräfte, über die sie verfügten, diese seltsamen Kreaturen, die sie ritten ... Colun spuckte einen Mundvoll Staub aus und schüttelte die Erinnerung ab. Sie *konnten* erschlagen werden, nur darauf kam es an. Und die Grannach waren vom Schöpfer dazu bestimmt worden, die Berge zu schützen. Sie würden das Vertrauen, das er in sie gesetzt hatte, nicht enttäuschen.

Der Creddan überwand seine Müdigkeit, richtete sich auf und betrachtete die Schneide der Axt. Sie wies Kerben auf und war mit dem Blut von Menschen und Tieren besudelt – sofern die Eindringlinge überhaupt menschlich waren. Er spuckte in ein Tuch und wischte damit das Blut von der Axt, bevor er einen Wetzstein aus der Tasche zog und die stumpf gewordene Schneide wieder schärfte.

Als er bemerkte, daß Barans Gesang verstummt war, sprang er auf und sah den Golan in seine Richtung hasten. Ein Geräuschorkan verfolgte den Steinformer, und Colun schüttelte den Kopf, als er den Druck in den Ohren spürte. Baran lief an ihm vorbei, und er schloß sich ihm an, nicht ohne einen kurzen Blick zurückzuwerfen. Hinter ihm ertönte ein furchtbares Dröhnen, und eine Staubwolke wirbelte auf, aus der einen Moment lang Flammenzungen hervorschossen. Dann prasselten größere scharfkantige Gesteinsbrocken von der Decke herab, und der Tunnel wurde von Dunkelheit verschluckt.

Die beiden Grannach kauerten sich hinter eine Biegung, die Rücken dem Schwall aus Staub und Gesteinssplittern zugewandt, eine Weile beinahe taub durch den Lärm, mit dem der Berg auf die Eindringlinge herabstürzte. Als sich der Staub ein wenig gesenkt hatte, wagten sie sich in den Stollen zurück und erblickten eine solide Wand aus Felsen vor sich, aus der eine schuppige Klaue mit messerlangen Krallen hervorragte.

»Ha!« Baran wischte sich grinsend den Schmutz aus dem Bart und spuckte Staub und Steinchen aus. »Ein paar von ihnen sind dort gestorben, was? Das wird ihnen eine Lehre sein!«

»Denen da vielleicht«, erwiderte Colun. »Aber dem Rest?«

Baran knurrte etwas Unverständliches und klopfte sich auf die Tunika, worauf eine weitere Staubwolke aufstieg. »Weiß der Schöpfer.« Er zuckte die Achseln. »Ich tue, was ich kann. Genau wie du.«

Colun spuckte ebenfalls ein Gemisch aus Staub und feinen Steinsplittern aus. »Einige behaupten, ich hätte das alles ausgelöst.« Er näherte sich neugierig der Barriere aus Felsbrocken und betrachtete die schuppige Klaue. »Sie meinen, Rannach und Arrhyna in die Berge zu bringen, wäre ein Verstoß gegen die Ordnung gewesen.«

»Ich weiß, und ich nenne das Schafmist!« Barans Stimme klang undeutlich. Er stocherte sich mit einem Finger im Mund herum, um klumpiges Gesteinsmehl herauszukratzen. »Kein Javitz sagt so etwas, und die anderen sind Trottel. Was auch immer diese Kreaturen sein mögen, sie haben uns schon vorher angegriffen. Und welchen Unterschied könnten schon zwei Flachländer machen?«

Colun zuckte schweigend die Achseln.

»Diese Kreaturen hatten es schon auf unsere Berge abgesehen, bevor du unsere Gäste in das Tal gebracht hast.« Baran beugte sich vor und untersuchte die aus den Felsen hervorragende Klaue. »Ich habe keine Ahnung, wer oder was die Fremdlinge sind – ebensowenig wie irgendein anderer Golan –, aber ich versichere dir, du trägst keine Schuld an ihrem Erscheinen. Die beiden Matawaye im Tal sind Flüchtlinge. Was könnte ihre Anwesenheit schon bewirkt haben? Außerdem wären wir unserer Pflicht gegenüber dem Schöpfer nicht gerecht geworden, indem wir ihnen unseren Beistand verweigert hätten.«

»Ich weiß es nicht«, murmelte Colun.

Baran wischte sich die Hände an seiner Tunika ab, als fürchtete er, sich durch die Berührung der riesigen Klaue besudelt zu haben, und schlug Colun kameradschaftlich auf die Schultern.

»Die Welt nimmt einen merkwürdigen Verlauf, mein Freund, und sobald das geschieht, suchen die Leute nach einfachen Antworten. Dieser ist schuld, sagen sie, jener ist verantwortlich. Hätte Colun nicht die Flachländer in die Berge gebracht, wären wir sicher, heißt es dann. Vielleicht wären wir sicher, wenn Kratz nicht Danskes Tochter fortgelockt oder Ogen nicht gegen Kyr gekämpft hätte. Hätte der Schöpfer uns nicht diesen Ort zugewiesen, wären wir jetzt vielleicht nicht in Gefahr. Hör nicht auf sie und vergiß dieses dumme Gerede. Es ist so, wie es ist, und wir müssen uns der Gefahr stellen, anstatt nach Schuldigen zu suchen.«

Colun lächelte. »Trotzdem sprechen einige davon, die Flachländer wieder fortzuschicken. Und das wäre Rannachs Tod. Ich möchte nicht, daß das geschieht. Er ist Racharrans Sohn, und ich mag ihn.«

»Kein Javitz verlangt das«, sagte Baran. »Und die beiden leben in einem Tal der Javitz, oder?«

»Richtig«, bestätigte Colun. Er warf einen kurzen Blick auf den Bergrutsch. »Aber wie lange werden sie dort noch sicher sein?«

»So lange, wie wir in unseren Bergen sicher sind«, erwiderte Baran. Er schmunzelte. »Hoffentlich noch lange genug, um diesen Tiswin zu brauen, von dem du erzählt hast. Den würde ich gern einmal probieren.«

»Das wirst du«, versprach Colun und fügte leiser hinzu: »Wenn die Zeit reicht.«

Baran nickte. Schweigend kehrten sie durch den erst kürzlich in den Berg getriebenen Stollen zu seinem Ausgang zurück, der sich in einer steilen Felswand befand. Die Öffnung war so niedrig, daß gerade ein Grannach bequem hindurchpaßte. Hinter dem Loch schmiegte sich ein schmaler Sims mit abgerundeten Kanten, der schräg abfiel, an den Hang, und von dort aus ging es so weit in die Tiefe, daß der Sturz vielleicht sogar die unheimlichen Reittiere der Eindringlinge töten würde. Und für den Fall, daß sie den Aufprall überlebten, war der Boden zusätzlich mit spitzen Felsblöcken bestückt worden.

Die Golans hatten hart gearbeitet, seit die Fremden zum ersten Mal in die geheimen Wege eingedrungen waren. Alle Grannach hatten hart gearbeitet. Sie waren die Verteidiger, die Hüter der Grenzen, mit denen der Schöpfer die Welt umgeben hatte.

Unterhalb des Geröllfeldes durchzog ein Hohlweg den Boden, der auf beiden Seiten von hohen Steinwänden umgeben war, an denen Vorsprünge entlangliefen. Dort hatten die Grannach Felsbrocken aufgestapelt, die sie auf die Fremdlinge herabfallen lassen konnten. Die Sonne stand genau im Zenith und warf weiches Licht auf die Steilwände, so daß sie warm wie Winterdecken schimmerten.

Aber unter diesen trügerisch weichen Decken liegen scharfe Zähne verborgen, dachte Colun, *die sich in die Unvorsichtigen schlagen werden.*

Er folgte Baran die abschüssige Treppe hinab, die sich am linken Ende des Simses in die Tiefe wand, von den Golans in aller Eile geschaffen und nicht besonders gut geglättet, aber bestimmt zu schmal, als daß die Tiere der Eindringlinge dort Halt würden finden können. Die Stufen führten eine Strecke fast senkrecht abwärts, beschrieben dann einen Bogen und mündeten in einen Tunnel.

Wie alle Stollen der Golans wurde auch dieser Tunnel durch Steinmagie erhellt. Die Wände des gewundenen Ganges leuchteten aus sich selbst heraus. Überall ragten Felszacken wie scharfe Dolche hervor, so niedrig und zahlreich, daß sich sogar die beiden kleinwüchsigen Grannach ducken und vorsichtig hindurchschlängeln mußten, um sich nicht an den Vorsprüngen zu schneiden. Colun konnte sich nicht vorstellen, wie eine der riesigen Kreaturen der Fremdlinge ein solches Labyrinth sollte durchqueren können, aber er mußte auch an die Hochpässe und die breiteren Stollen denken.

Er verspürte eine schreckliche Angst bei dem Gedanken, daß sich ihr Abwehrbollwerk als unzureichend erweisen könnte, daß die Eindringlinge sich wie eine erbarmungslose Flut durch all die kleinen Schluchten und Felsspalten wälzen und alles fortspülen würden, was sich ihnen dabei in den Weg stellte.

Der Gang führte aufwärts, beschrieb eine Kurve, fiel wieder ab und endete auf einem Sims oberhalb der Wohnkammern der Javitz. Dieser Sims war mit einer Mauer versehen und wurde bewacht. Junge Grannach in glänzenden neuen Rüstungen, mit Äxten, Langspeeren und Piken bewaffnet, deren Spitzen mit Widerhaken versehen waren, standen stolz auf ihren Posten neben dem Eingang. Keiner von ihnen hatte bisher einen der Fremdlinge zu Gesicht bekommen, und alle brannten darauf zu kämpfen. Colun erwiderte ihre Grüße mit einer furchtbaren Mischung aus Stolz und Trauer.

»Sie sind jung«, flüsterte Baran, als sie die gewundene Treppe hinabstiegen, »und du bist ihr Creddan. Sie werden dir in die ehrenvolle Schlacht folgen. So ist die Jugend nun einmal, tapfer und blutdürstig. Warst du das in diesem Alter nicht auch?«

»Ach!« Colun schüttelte seufzend den Kopf. »War ich das? Ich kann mich nicht mehr erinnern.«

»Du hast ziemlich hart gegen die Kraj gekämpft«, sagte Baran. »Zumindest soweit mich mein Gedächtnis nicht trügt. Als Janzi seine Männer gegen uns geführt hat ...«

Colun schnitt seinem Freund mit einer müden Handbewegung das Wort ab. »Das war damals. Ja, ich war jung und habe den Kampf für ruhmreich und ehrenhaft gehalten. Heute weiß ich es besser. Und ich weiß, daß wir es nicht mit einem Feind wie Janzi, sondern mit etwas Schlimmerem zu tun haben. Mit etwas weitaus Schlimmerem.« Er blieb stehen, legte die Hände auf das Treppengeländer und betrachtete das riesige Gewölbe unter ihnen. »Schau dir das an. Was siehst du?«

»Unser Zuhause. Die Höhlen der Javitz. Tapfere Leute, die es wert sind, verteidigt zu werden.«

»Ja.« Colun löste den Kinnriemen seines Helmes, ließ ihn vor seine Füße fallen und fuhr sich erschöpft mit den Fingern durch das verfilzte fettige Haar. »Tapfere Leute, meine und deine Leute. Ich bin ihr Creddan, und sie folgen mir. Manchmal kommt es mir so vor, als folgten sie mir bereitwillig wie die Schafe, vielleicht sogar zur Schlachtbank.«

Baran runzelte die Stirn. »Was meinst du damit?«

Colun schüttelte den Kopf. »Ich bin mir nicht sicher. Ich weiß nur, daß diese Fremdlinge uns bedrängen und ich die Pflicht habe, sie zu bekämpfen. Aber die Kraj behaupten, ich hätte die Eindringlinge durch meine Freundschaft mit den Flachländern herbeigelockt. Die Genji stimmen ihnen zu, und die anderen halten sich aus allem heraus.«

»Die Kraj mögen so etwas behaupten«, sagte Baran, »und die Genji? Sie sind wie Würmer zur Paarungszeit, völlig ineinander verknäult. Aber trotzdem bekämpfen sie die Eindringlinge. Wie alle anderen auch.«

»Weil die Fremden in unsere Berge vorstoßen.« Colun machte eine weitausholende Armbewegung, die die riesige Höhle und das Gebirge über ihm umfaßte. »Doch was, wenn sie einfach weiterziehen würden? Wenn sie unser Land nur durchqueren würden, um nach Ket-Ta-Witko zu gelangen, ohne uns etwas zuleide zu tun? Ich denke, einige der Familien würden das dulden.«

»Nein!« Baran schüttelte so heftig den Kopf, daß sich eine Staubwolke und ein Regen feiner Gesteinssplitter aus seinem Haar löste. »Vielleicht die Kraj und die Genji, wegen der alten Erinnerungen, aber bestimmt nicht die Basanga oder die Katjen.«

»Vielleicht nicht.« Colun stützte die Ellbogen auf das Geländer, legte das Kinn in die Hände und betrachtete trübsinnig das Gewölbe. Sein Blick wanderte die Reihen der wie Honigwaben an den Wänden angeordneten Häuser zu der gewölbten Felsdecke empor, von dort aus weiter zur obersten Häuserreihe auf der gegenüberliegenden Seite der Höhle, über die Gehwege, die sich an den Wänden entlangschlängelten und sich wie Spinnenweben freischwebend durch die von leuchtendem Moos erhellte Kaverne spannten. Durch die Mitte der Höhle floß ein Bach, der von fröhlich lachenden Kindern und Frauen gesäumt wurde, die Wäsche wuschen. »Aber das habe ich auch nicht von den Flachländern erwartet«, fuhr Colun fort. »Ich war mir sicher, sie würden sich zusammenschließen, als ich ihnen die Nachrichten überbracht habe, und was ist passiert? Sie haben angefangen, sich untereinander zu bekämpfen!«

»Du hast mir davon berichtet«, sagte Baran vorsichtig. »Aber das lag doch bestimmt an dieser Geschichte mit dem Mädchen Arrhyna und dem Tod von ... Vachyr, war das sein Name?«

Colun nickte. »Ja. Aber verstehst du denn nicht?«

»Nein«, gestand Baran. »Das sind Probleme der Flachländer, und die habe ich noch verstanden.«

»Mir erscheint das offensichtlich genug.« Colun seufzte. »Zumindest in einer Hinsicht. In einer anderen ...« Er zuckte die Achseln. »Ich habe die Flachländer vor dem Kommen der Eindringlinge gewarnt, und sie haben meine Worte einfach ignoriert und sich statt dessen zu streiten begonnen. Racharran und Yazte haben auf mich gehört, doch der Rest ...« Wieder zuckte er die Achseln. »Sie wollten lieber nichts davon wissen. Sie zitieren ihr Ahsa-tye-Patiko wie eine magische Beschwörungsformel und scheinen zu glauben, sie könnten der Gefahr entgehen, indem sie sie ignorieren.«

»Sie sind Flachländer«, sagte Baran. »Sie glauben, sie wären hinter unseren Bergen in Sicherheit.«

»Ja.« Colun neigte den Kopf, so langsam wie ein müdes Pferd. »Und wir Grannach, sind wir besser? Wir kämpfen zwar gegen die Eindringlinge, aber wir beharren darauf, es nur zum Wohle unseres eigenen Landes zu tun, weil wir die Hüter der Berge sind. Das ist unser einziger Grund. Die Kraj und die Genji vertreten eine Meinung, die Basanga und die Katjen eine andere. Dieses Verhalten ähnelt dem der Flachländer so sehr, daß es mir angst macht.«

»Was willst du damit sagen?« fragte Baran.

»Daß das alles so etwas wie einem schrecklichen Muster folgt«, seufzte Colun. »Daß eine Horde von Fremden uns bedrängt und zweifellos weiter nach

Ket-Ta-Witko ziehen wird, sollte es ihr gelingen, uns zu besiegen, und daß die Grannach untereinander genauso zerstritten wie die Matawaye sind. Als würde eine Art verdorbener Wind über uns hinwegwehen, der uns alle verwirrt und blendet, so daß wir uns streiten und diskutieren, während der Feind immer weiter an Boden gewinnt.«

Baran musterte Colun und runzelte die Stirn. Der Gesichtsausdruck seines Freundes erschien ihm fatalistisch, als hätte sich der Creddan bereits mit einer unvermeidbaren Niederlage abgefunden. »Wir haben uns immer gestritten«, sagte er. »Das liegt in unserer Natur. Aber dieser Streit betrifft nicht die Eindringlinge. Alle Familien kämpfen gegen sie.«

»Richtig.« Colun lächelte grimmig. »Aber *wie* kämpfen wir?«

Baran zögerte mit der Antwort, da er nicht wußte, ob Coluns Frage ernst oder rhetorisch gemeint war, doch als der andere schwieg, erwiderte er: »So wie wir immer gekämpft haben, jede Familie für sich.«

Colun nickte. »Genau. Jede Familie auf ihrem eigenen Territorium. »Als Javitz, Kraj, Genji, Basanga und Katjen, nicht als *Grannach*.«

»Wir sind alle Grannach«, sagte Baran verwirrt.

»Was kommt zuerst?« erkundigte sich Colun. »Die Grannach oder die Familie?«

»Das ist doch das gleiche«, behauptete Baran.

»Wirklich?« Colun fuhr sich mit schmutzigen Fingern durch den Bart. »Ich bin mir da nicht so sicher.«

»Ich verstehe dich nicht.«

»Angenommen, die Eindringlinge überwinden unsere Stollen«, murmelte Colun. »Angenommen, sie erreichen die Höhlen der Janitz. Würden uns die Kraj oder die Genji zu Hilfe kommen? Oder würden sie uns unserem Schicksal überlassen? Würden sie sagen, die Javitz fallen, weil ich Flachländer in die Berge gebracht habe, daß die Javitz für meine Verfehlungen bezahlen müssen und unser Schicksal sie deshalb nichts angeht?«

Baran schwieg einen Moment lang. »Sie würden uns bestimmt beistehen«, sagte er schließlich, doch es klang nicht sehr überzeugt.

»*Wir* würden ihnen helfen, wenn sie in Gefahr wären, aber ich frage mich, ob das auch im umgekehrten Fall zuträfe.«

»Sicher ...«, begann Baran, doch er beendete den Satz nicht, als ihm bewußt wurde, daß er keine vernünftige Antwort wußte und ihm der letzte Glaube fehlte.

»Das ist es, was ich meine, wenn ich von einem Grundmuster spreche, von einem bösartigen Wind. Hör zu, die Flachländer sind durch etwas gebunden, das sie das Ahsa-tye-Patiko nennen und das unserem Begriff der Ordnung entspricht. Doch dieses Ahsa-tye-Patiko ist während ihres Matakwas zusammengebrochen, und obwohl ich ihnen eine Warnung überbracht hatte, haben sie sich zerstritten und der größeren Gefahr keine Beachtung geschenkt. Es war, als könnten sie nicht mehr richtig sehen und nur noch ihre kleinlichen Streitereien wahrnehmen. Und ich fürchte, das gleiche könnte auch mit uns geschehen.«

»Willst du damit sagen, die Eindringlinge hätten uns verhext?« wollte Baran wissen. »Daß sie irgendeine Form von Magie gegen uns einsetzen?«

Colun seufzte. »Ich weiß es nicht, ich kann nur Vermutungen anstellen. Aber eins sage ich dir, mein Freund, ich glaube, daß wir zusammenstehen müssen und wahrscheinlich scheitern werden, wenn wir nicht als *Grannach* kämpfen, als ein einiges Volk.« Er stieß ein rauhes hurmorloses Lachen aus. »Und ich glaube außerdem, daß die anderen Familien meine Befürchtungen als unbegründet abtun werden. Oder so lange darüber diskutieren, daß die Eindringlinge uns überrollt haben werden, bevor eine Entscheidung getroffen worden ist.«

»Wir haben die Stollen noch immer unter Kontrolle«, sagte Baran, dem die Richtung dieses Gesprächs nicht behagte, beschwichtigend.

»Die Tunnel sind unter unserer Kontrolle«, stimmte ihm Colun zu, »aber wie lange noch? Die Fremdlinge sind schon tief in die Berge vorgedrungen, viel tiefer als alle anderen vor ihnen, und ihre Zahl ist gewaltig.«

Baran schüttelte unsicher den Kopf. »Ich weiß nicht, was ich dazu sagen soll. Du machst mir angst mit diesem Gerede.«

»Ich mache mir selbst angst«, erwiderte Colun. »Ach, vielleicht irre ich mich. Vielleicht hatte ich zuviel Zeit bei den Flachländern verbracht. Also ...« Er schob sich vom Geländer zurück, drückte ächzend den verkrümmten Rücken durch und klopfte dem Golan auf die Schultern. »Wie wäre es jetzt mit einem Schluck Bier, um uns den Staub aus den Kehlen zu spülen?«

Baran nickte eifrig. Es erschien ihm sehr viel leichter zu kämpfen, als über die abstrusen und beängstigenden Überlegungen seines Creddans nachzudenken.

Sie stiegen die große Treppe hinab und folgten dem gepflasterten Weg neben dem Bach, bis sie auf eine gewundene Straße stießen, die sich an den Honigwabenterrassen vorbei in die Höhe schraubte und auf eine Brücke mündete, die einen breiten Spalt im Höhlenboden überspannte. Von dort aus führte ein weiterer mit Mauern eingerahmter Weg zu Coluns Behausung.

Marjia erwartete sie lächelnd auf dem Balkon, und ihr Lächeln wurde noch breiter, als sie sah, daß ihr Mann unverletzt war.

»Ist alles gutgegangen?« fragte sie.

»Sie sind gestorben«, sagte Colun. »Baran hat die Tunneldecke über ihnen zum Einsturz gebracht. Es war eine Arbeit, die durstig macht.«

Marjia lachte und küßte ihn auf die Wange. »Das ist die Arbeit immer. Kommt mit, ich habe einen Fäßchen Bier und heißes Wasser für euch bereitgestellt.«

Sie winkte die beiden durch den niedrigen gewölbten Eingang in einen Vorraum, wo ein Kübel mit dampfendem Wasser auf einem Felspodest stand, neben dem Seife und frische Kleidung lagen.

»Zuerst einmal wascht ihr euch«, befahl sie. »Danach könnt ihr euren Durst stillen.«

Die beiden Männer gehorchten widerspruchslos. Colun legte seinen Helm und die Axt beiseite, und sie betraten einen weiteren großen Raum, der von einem sanften Goldton erfüllt wurde. Ein munter flackerndes Kaminfeuer untermalte das goldene Licht, das der gewachsene Fels verströmte, mit rötlichen Untertönen. Leuchtende Teppiche bedeckten den Boden. Vor dem Kamin standen zwei tiefe weichgepolsterte Sessel und ein Holztisch. Colun forderte Baran auf, Platz zu nehmen, und ging zu einer Wandnische, in der das Bierfäßchen stand. Er zapfte zwei Krüge voll und warf Marjia einen fragenden Blick zu. Sie sagte ihm, daß sie tiefer unten im Haus zu tun hatte, um das Essen zuzubereiten. Colun kehrte zum Tisch zurück, stellte die Krüge ab und ließ sich in den freien Sessel sinken.

Die Grannach tranken durstig. Keiner sprach, bis sie die Krüge geleert und Colun nachgeschenkt hatte.

»Diese … Befürchtungen … die dich beschäftigen«, brach Baran schließlich das Schweigen, »solltest du sie nicht zur Sprache bringen?«

Der Creddan wischte sich den Schaum von den Lippen. »Das habe ich bereits getan. Gleich nach meiner Rückkehr aus Ket-Ta-Witko habe ich alle Creddans benachrichtigt und ihnen meine Gedanken dargelegt. Sie sagten, sie würden sich meine Argumente durch den Kopf gehen lassen und mir zu gegebener Zeit Antwort geben. Ach, Baran, alter Freund! Du weißt, was ›zu gegebener Zeit‹ bei uns bedeutet.«

Baran nickte. »Wir Grannach waren von jeher ein bedächtiges Volk.«

»Aber jetzt vergeht die Zeit schneller als früher«, erklärte Colun. »Vielleicht sogar zu schnell! Ich befürchte, uns bleibt nicht mehr viel Spielraum, um langwierige Überlegungen anzustellen.«

»Du klingst schon wie ein Flachländer«, bemerkte Baran. »Überstürzt und voreilig.«

Colun schmunzelte. »Das meint Janzi auch. Er sagt, meine Besuche des Matakwas hätten ihre Spuren bei mir hinterlassen.«

Baran zuckte die Achseln. Wie sollte man uralte Traditionen kritisieren? Die Grannach führten ein langes und ruhiges Leben und neigten nicht zu spontanen Entscheidungen. Das war die Art der Flachländer, bei denen alles schnell gehen und sofort erledigt werden mußte, weil ihnen ganz einfach die Zeit fehlte, die Dinge gründlich zu überdenken. Sie flossen wie Wasser über das Gestein, das die Grannach waren. Der Golan fragte sich, ob das Gestein in Colun bereits durch das Wasser der Flachländer abgeschliffen worden war.

»Und wie denkst du über das alles?« erkundigte sich Colun.

Die Frage überraschte Baran, und er versteckte sich eine Weile hinter seinem Bierkrug, bevor er vorsichtig antwortete: »Ich denke, daß wir kämpfen müssen, so gut wir können.«

»Und wenn das bedeutet, mit den Traditionen zu brechen?«

Baran fühlte sich von Coluns Blick festgenagelt und schuldbewußt wegen seiner eigenen Zweifel. Er leerte seinen Krug. »Ich denke, diese Eindringlinge stellen eine Gefahr dar, wie sie uns noch nie zuvor begegnet ist«, sagte er zu Coluns Rücken, während der Creddan die Krüge wieder auffüllte. »Ich möchte nicht erleben, daß ihnen unsere Berge in die Hände fallen.«

Colun seufzte und wollte gerade etwas entgegnen, als ein Horn aufklang. Das Signal dröhnte laut draußen in der Höhle, leiser in Coluns Haus, aber trotzdem gebieterisch. Beide Männer sprangen sofort auf.

»Schon wieder?« stöhnte Baran. »So schnell?«

»Die Ereignisse überschlagen sich, mein Freund«, erwiderte Colun. »Und wenn wir uns den Veränderungen nicht genauso schnell anpassen …«

Er ließ den Satz unbeendet, ergriff seinen Helm und seine Axt und verließ zusammen mit Baran das Haus. Sie eilten über die Brücke und die Gehwege zum Schauplatz der nächsten Schlacht.

Der Tunnel war breit, ein Transportweg zwischen den verschiedenen Familienkavernen, die Decke zu niedrig, als daß die Bestien der Eindringlinge sich zu ihrer vollen Größe hätten aufrichten und ungehindert kämpfen können. Trotzdem richteten ihre zuschlagenden Klauen und die wie Schlangen vorschießenden, mit unzähligen scharfen Fängen besetzten Mäuler ein furchtbares Gemetzel in den Reihen der Grannach an. Und sie rückten unerbittlich vor, schlitterten und krabbelten so schnell durch den Stollen, daß die Golans ständig zurückweichen mußten, während sie versuchten, die Decke durch ihre Gesänge über den Angreifern einstürzen zu lassen. Und hinter den Kreaturen, unbehindert von der niedrigen Tunneldecke, folgten die Fremdlinge selbst in ihren Regenbogenrüstungen wie eine hell glitzernde Flut, die im Begriff war, alles mit sich fortzuspülen.

Colun schwang seine Axt, hieb sie in eine Klaue, die nach seiner Brust tastete, und lachte laut auf, als die Bestie die Krallen brüllend zurückzog. Sie hinkte auf drei Beinen weiter, und er sah, wie seine tapferen Krieger auf sie zustürmten und einschlugen. Einer wurde von ihren Kiefern gepackt und in die Höhe gerissen. Colun holte weit aus und ließ die Axt wuchtig auf die schuppige Schnauze niederfahren. Der Schlag war so heftig, daß die Kreatur das Maul öffnete und den Krieger davonschleuderte, doch der Grannach war bereits tot, seine Rüstung durch den Druck der furchtbaren Zähne durchbohrt. Colun riß die Axt frei und schlug erneut zu. Fauliger Atem blies ihm ins Gesicht. Er spürte die Wucht des Hiebs in seinem Arm und seinen Schultern, als hätte er einen Felsen getroffen. Die Bestie warf den gespaltenen Kopf hoch, kreischte schrill und krümmte sich so heftig zusammen, daß Colun die Axt aus der Hand gewunden wurde. Er sprang zurück, aber nicht schnell genug. Eine Klaue erwischte ihn und schleuderte ihn zu Boden – dem Schöpfer sei Dank, denn so entging er knapp der im Todeskampf wild um sich schlagenden Kreatur.

Irgend jemand riß ihn hoch und zerrte ihn mit sich tiefer in den Stollen hinein. Colun schüttelte die helfende Hand ab und ergriff die Axt eines Getöteten. Um ihn herum drehte sich alles, seine Sicht verschleierte sich. In seinen Ohren vermengte sich der Gesang der Steinformer mit dem Brüllen der unverletzten Bestien und dem Kreischen der sterbenden zu einem infernalischen Lärm. Er sah, wie die Kreatur, auf die er eingeschlagen hatte, umkippte, mit den Hinterbeinen austrat und mit den Vorderbeinen immer noch weiterzukriechen versuchte, während schon die nächste über ihren Körper hinwegkletterte. Colun wollte sich auf sie stürzen, wurde aber von mehreren Händen gepackt und mit Gewalt fortgeschleift, und dann gesellte sich ein dumpfes Grollen zum Brüllen der Ungeheuer, als die Decke unter dem Gesang der Golans einbrach. Eine Staubwolke fegte den noch unbeschädigten Tunnel entlang.

»... kurzes Stück. Wahrscheinlich nicht genug, um sie lange aufzuhalten.«

Colun schüttelte den Kopf und gähnte, um den Druck in seinen Ohren loszuwerden. Er blinzelte, bis er Barans Gesicht, dessen Mund sich fast lautlos bewegte, dicht vor sich erkannte.

»Was?« Seine eigene Stimme schien aus weiter Ferne zu kommen.

Baran beugte sich zu ihm vor. »Wir konnten nur ein kurzes Stück der Decke zum Einsturz bringen! Der Schöpfer sei uns gnädig, aber der Tunnel war zu stabil gebaut. Wahrscheinlich werden sie die Barriere schon bald geräumt haben.«

»Dann ziehen wir uns zurück.« Colun kniff die Augen zusammen. Allmählich klärte sich seine Sicht ein wenig. Im wallenden Staub konnte er undeutlich eine Masse aus Felstrümmern ausmachen, die den Gang verstopfte. Zwischen den großen Brocken rieselte feineres Geröll hervor, das sich wie eine Rampe vor der Barriere ausbreitete. »Laßt auch den Rest der Decke einstürzen, während sie diesen Haufen beseitigen.«

Baran nickte wortlos und winkte die anderen Golans zu sich.

Als sie ihren Sprechgesang anstimmten, rief Colun seine Krieger zu sich.

»Wir zerstören den Tunnel.« Er sah, wie sich ihre Augen ungläubig und entsetzt weiteten und zerbiß einen Fluch zwischen den Zähne. »Zieht euch zurück!«

Sie gehorchten und überließen die Golans ihrer Arbeit.

»Creddan!« Ein junger Grannach kam herbeigeeilt. »Colun! Sie kommen von allen Seiten!«

»Was?« Colun fühlte, wie sich Eiseskälte in seinem Bauch ausbreitete.

»Sie dringen in die Höhle ein«, meldete der Jüngling.

Einen Moment lang weigerte sich der Creddan, dem Halbwüchsigen zu glauben. Das war einfach unvorstellbar! Die Höhlen waren unangreifbar, gleichgültig, was er Baran vor kurzem noch erzählt hatte. Das würde der Schöpfer bestimmt nicht zulassen, das konnte er nicht dulden. Doch dann sah er das verzerrte Gesicht des jungen Grannach und wußte, daß es so war.

Die Welt war auf den Kopf gestellt worden, die Ordnung zerbrochen.

Er schulterte die geborgte Axt und begann zu rennen, dicht gefolgt von seinen Kriegern. Und während er rannte, wurde er nur von einem Gedanken beherrscht: Marjia, du darfst nicht sterben! Schöpfer, laß sie am Leben sein!

Was er vorfand, war das absolute Chaos.

Eindringlinge, deren Rüstungen in allen Regenbogenfarben schillerten, quollen in Massen aus den Stollen hervor, strömten die Treppen wie eine Sturzflut herab, schoben und stießen einander in ihrer Hast vorwärts, so daß einige von den Treppen fielen und auf den Felsboden prallten. Ihre Toten und Verwundeten schienen ihnen gleichgültig zu sein. Niemand kam ihnen zu Hilfe, die Unverwundeten liefen achtlos an ihnen vorbei oder trampelten sogar über sie hinweg, so daß die Gestürzten unter dem Gewicht der Nachfolgenden zerquetscht wurden. Einige blieben auf Balkonen und Brücken stehen, spannten ihre großen Bögen und deckten die Grannach unter ihnen mit einem Hagel langschaftiger Pfeile ein. Und aus den größeren Durchgängen drangen die Bestien hervor, fauchend und geifernd. Ihr Gebrüll mischte sich in die Kampfschreie der Javitz, das Jammern der Verwundeten und das Kreischen der Frauen und Kinder.

Colun sammelte seine Männer auf einem breiten, durch eine Brüstung geschützten Sims, von dem aus sie die gesamte Höhle überblicken konnten, um sich und versuchte, die Situation einzuschätzen. Er konnte Marjia nirgendwo entdecken und hatte auch nicht die Zeit, sie zu suchen, denn schon stürmte ein Haufen der Fremdlinge auf ihn zu, und er hob seine Axt, um sie gebührend zu empfangen.

Sie waren ungefähr so groß wie die Flachländer und in harte Panzer gehüllt, aber Größe ist nicht immer von Vorteil, und auch Rüstungen haben Schwachstellen. Colun brauchte sich nur zu ducken, um dem Schlag eines Langschwertes auszuweichen und seine Axt mit einem Hieb, in den er all seine Kraft legte, in das Knie des Angreifers zu graben.

Der Mann – Colun vermutete, daß es ein Mann war, auch wenn er es nicht mit Sicherheit wußte – stieß einen gellenden Schrei aus und fiel auf den Boden, als würde er vor dem Creddan knien. Colun schwang die Axt herum, und ein scharlachroter Helm, in dem noch immer der Kopf steckte, den er hatte schützen sollen, rollte über den Boden. Die gezackte Spitze einer Pike stieß nach Coluns Brust und zwang ihn zurückzuspringen. Er verdrehte den Körper, klemmte den Schaft der Pike zwischen den linken Arm und den

Brustkorb und ließ die Axt niederfahren. Die Schneide aus Grannachstahl durchtrennte die hölzerne Stange, und der Fremdling verlor das Gleichgewicht. Bevor er sein Langmesser ziehen konnte, hieb ihm Colun die Axt in den hellgelben Brustpanzer und brüllte triumphierend, als rotes Blut daraus hervorspritzte. Er stieß den Sterbenden zur Seite und suchte nach einem anderen Gegner.

Es gab keinen mehr. Der Sims war mit Gefallenen der Eindringlinge und Grannach übersät, doch während alle Fremdlinge tot waren, mußten die Grannach hilflose und hinkende Verwundete mit sich fortschleppen.

Colun ließ die nur leicht verwundeten Krieger zurück, damit sie sich um die Schwerverletzten kümmern konnten, und führte seine geschrumpfte Streitmacht im Laufschritt zur nächstgelegenen Brücke, auf der Bogenschützen der Fremden Stellung bezogen hatten. Die Grannach erledigten sie mit einem einzigen Angriff, wobei sie ebenso viele in die Tiefe stürzten wie mit ihren Waffen erschlugen.

Danach hielt Colun kurz inne und ließ den Blick durch die Kaverne wandern. Es waren nicht so viele Angreifer, wie er anfangs gedacht hatte. Ihre glitzernden Rüstungen, die hell das Licht reflektierten, täuschten das Auge und spiegelten ihm eine viel größere Anzahl vor. Das und vermutlich der bloße Umstand, daß es ihnen gelungen war, in die Höhle der Ahnen einzufallen. Jedenfalls quollen keine weiteren aus den Stollen hervor. Die Javitz trieben die verbliebenen Eindringlinge von den Brücken zurück oder stießen sie über die Brüstungen in die Tiefe. Überall auf den Wegen entlang des Baches lagen Leichen in schimmernden Rüstungen wie giftige Käfer.

Ein paar der Fremdlinge lebten noch und kämpften verbissen in kleinen Gruppen auf den Terrassen, von einem dichten Ring aus Grannachkriegern eingekreist. Colun nahm an, daß sie durch die Überzahl der Javitz schon bald aufgerieben werden würden.

Als sein Blick direkt nach unten fiel, entdeckte er drei überlebende Ungeheuer. Plötzlich brach ein lauter Schrei aus ihm hervor, und er rannte auf den nächsten abwärtsführenden Weg zu.

Marjia stand mit mehreren Frauen neben dem Bach, den Rücken einem Haus zugewandt, eine Pike in der Hand. Alle waren mit Lanzen und Schwertern bewaffnet, die sie den Gefallenen abgenommen hatten, und bildeten eine Barriere aus Stahl vor einer der Kreaturen. Die Bestie knurrte, fauchte und schlug nach ihnen, als wäre sie eine gigantische Alptraumkatze und die Gruppe der Grannachfrauen ein Igel mit stählernen Stacheln. Aus dem Eingang und den Fenstern des Hauses lugten Kinder mit vor Angst weitaufgerissenen Augen hervor. Noch während Colun zu seiner Frau hastete, erblickte er den Eindringling hinter der gräßlichen Kreatur, und in ihm stieg eine Ahnung auf.

Es handelte sich um eine Art von Symbiose, wurde ihm bewußt. Die monströse Bestie wurde irgendwie von dem Mann kontrolliert, als sei sie ein Kampfhund und er ihr Halter, der sie unbarmherzig antrieb. Seine Rüstung war nicht hell glänzend wie die seiner Gefährten, sondern schwarz mit karmesinroten Zeichen auf Brust und Rücken. Er trug eine lange Stange, die in einer mit einen Widerhaken versehenen Spitze endete, und obwohl er die Blutgier der Bestie gar nicht weiter hätte anstacheln müssen, bohrte er ihr immer wieder die Spitze ins Hinterteil, als wäre er mit dem Ausmaß des Gemetzels, das sie anrichtete, noch nicht zufrieden.

Colun sah überall Leichen auf dem Boden liegen, ein paar Männer, größtenteils aber Frauen, die bei ihrem Versuch, das Haus und die Kinder darin zu verteidigen, abgeschlachtet worden waren. Marjia stieß mit ihrer Pike nach der Bestie, und er sprintete verzweifelt los.

Er erreichte den Boden der Höhle und stürzte sich sofort auf den Eindringling in der dunklen Rückung. Seine Axt beschrieb einen gewaltigen Bogen und grub sich in den Rückenpanzer. Der Körper des Fremden zuckte krampfhaft und versteifte sich, seine Arme flogen hoch, die Stange entfiel seinen Händen. Colun schwang erneut die Axt und hieb sie diesmal in die Verbindungsstelle zwischen Schurzglied und Brustplatte.

Der Kopf des Mannes flog zurück, und Colun hakte die Schneide der Axt um den Hals des Eindringlings und riß ihn nach unten. Als der Fremde auf den Rücken fiel, versenkte Colun seine Axt in die Stirnpartie des pechschwarzen Helmes.

Im selben Moment brüllte die Bestie auf. Ihre Bewegungen wurden langsamer, als wäre sie selbst getroffen worden. Sie ließ von den Frauen ab und wandte sich, offensichtlich verwirrt, dem Grannach hinter ihr zu. Ihr schuppiger Schwanz peitschte über den Boden. Colun hechtete an dem weit aufgerissenen Maul vorbei, sprang auf eine Schulter der Kreatur und hieb ihr die Axt in das Rückgrat.

Das Ungeheuer richtete sich ruckhaft auf und schleuderte ihn durch die Luft, doch die anderen Krieger waren bereits da und griffen es von allen Seiten gleichzeitig an, schlugen und stachen auf es ein, bis es blutüberströmt zusammenbrach und starb. Colun stemmte sich mühsam hoch. Seine geprellten Gliedmaßen protestierten unter der Anstrengung. »Marjia?« rief er.

»Ich bin hier.« Sie eilte zu ihm und schlang die Arme um ihn. Seine Rippen schmerzten unter dem

Druck, aber er unterdrückte ein gequältes Stöhnen. »Das war sehr sehr tapfer von dir.«

»Jetzt bist du in Sicherheit«, sagte er.

Sie nickte und er sah, wie ihre Augen ängstlich die Kaverne absuchten. »Ja, aber wie viele sind umgekommen?«

»Ich weiß es nicht. Warte.« Colun rief seine Männer zu sich und erläuterte ihnen, was er vermutete, daß die Bestien von jeweils nur einem einzigen Mann kontrolliert wurden. »Versucht, zuerst die Eindringlinge in den dunklen Rüstungen und danach ihre Kreaturen zu erschlagen.« Dann wandte er sich seiner Frau zu. »Du bleibst hier, ja?« sagte er und kehrte in die Schlacht zurück.

Es war keine einfache Aufgabe, die verbliebenen Kreaturen und die Eindringlinge zu töten, und nachdem es vollbracht war, kümmerten sich die Javitz um ihre Verwundeten. Zu viele waren während der Kämpfe verletzt worden. Colun fragte sich, wie erfolgreich sie weitere Angriffe würden abwehren können – und wie es die Fremdlinge überhaupt geschafft hatten, so weit durch die Stollen vorzustoßen.

Die Antwort wurde ihm schon bald von Kundschaftern überbracht, die mit ein paar verletzten Grannach in die Wohnhöhle zurückkehrten. Die wenigen Überlebenden berichteten von einem plötzlichen und massiven Angriff durch so viele der Fremdlinge, daß sie nicht mehr die Zeit gefunden hatten, eine Warnung zu schicken. Sie waren gezwungen gewesen, auf ihren Posten auszuharren und bis zum Tod zu kämpfen.

»Wo sind sie jetzt?« fragte Colun einen Grannach, dessen linker Arm wahrscheinlich steif und dessen Gesicht für immer vernarbt bleiben würde. »Wenn sie so zahlreich waren, wohin sind sie dann verschwunden?«

Auch auf diese Frage erhielt er bereits kurze Zeit später eine Antwort, während die Krieger noch ihre Wunden leckten und Boten zu den anderen Familienhöhlen eilten, um Nachrichten auszutauschen. Er zuckte zusammen, als er die Berichte hörte.

Alle Kavernen waren überfallen worden, doch trotz der vielen Toten schien es sich bei den Angriffen lediglich um ein Ablenkungsmanöver mit dem Ziel gehandelt zu haben, die Familien in ihren Höhlen festzuhalten und von den Hochpässen abzuziehen.

Dort, so wurde berichtet, stießen die Eindringlinge weiter vor und sickerten in das Gebirge ein, so zahlreich, daß die Grannach nicht hoffen konnten, sie jemals zurückzuschlagen.

»O Schöpfer, steh uns jetzt bei!« Colun schloß einen Moment die Augen, als er die Neuigkeiten hörte. Dann öffnete er sie wieder. »Wir müssen über die Situation beraten. Alle Familien.«

»Du mußt dich ausruhen.« Marjia legte ihm eine Hand auf die Schulter. »Du hast dir ein paar Rippen gebrochen und mehr Prellungen zugezogen, als ich zählen kann.«

Colun tätschelte ihre Hand, obwohl ihm die Bewegung Schmerzen bereitete.

»Uns bleibt keine Zeit für Ruhe«, erwiderte er. »Es sei denn für die letzte Ruhe, die uns der Schöpfer eines Tages allen schenken wird, und dafür bin ich noch nicht bereit.«

»Wir Former könnten die Stollen versiegeln«, sagte Baran. »Alle, sollte es nötig sein. Um die Javitz sicher einzuschließen.«

»Ach, haben wir nicht schon darüber gesprochen?« Colun schüttelte den Kopf und ächzte. »Jede Familie für sich oder als ein vereintes Volk?«

Baran zuckte die Achseln. »Wir wären in Sicherheit. Die Javitz würden überleben.«

»Und die Außenwelt?« Colun wollte erneut den Kopf schütteln, besann sich jedoch eines besseren. »Sollen wir die einfach ignorieren? Sollen alle Grannach zu Maulwürfen werden, soll jede Familie sich in ihre eigene abgeschottete Höhle verkriechen? Sollen wir diese Fremdlinge weiterziehen und Ket-Ta-Witko erobern lassen?«

»Welche andere Wahl haben wir denn?« wollte Baran wissen.

»Das zu tun, was richtig ist«, erklärte Colun. »Sie als eine geeinte Armee bekämpfen.«

Die Creddans der anderen Familien teilten Coluns Meinung nicht.

Alle hatten Verluste erlitten, und nicht alle hielten die Überfälle auf ihre Höhlen lediglich für ein Ablenkungsmanöver.

»Wir haben sie einmal abgewehrt«, sagte Janzi, »und das können wir wieder tun.«

»Während sie unsere Pässe überqueren?« fragte Colun. »Und in Ket-Ta-Witko einfallen?«

»Vielleicht teilen nicht alle deine Zuneigung für die Flachländer«, gab Gort zu bedenken. »Warum sollten wir ihre Schlachten für sie schlagen?«

»Ist es nicht unsere Pflicht, diese Berge zu hüten?« erkundigte sich Colun.

»Das tun wir«, sagte Janzi. »Und das werden wir auch in Zukunft tun.«

»Nur das?« Colun sah die Creddans der Reihe nach eindringlich an. »Ich dachte, unsere Pflicht würde mehr umfassen.«

»Wir hüten die Berge«, gab Gort zurück. »Wir erfüllen unsere Pflicht dem Schöpfer gegenüber.«

»Die westlichen Tunnel sind versiegelt, oder?« fragte Daryk. »Also können uns die Fremden schwerlich noch einmal angreifen.«

»Es sei denn, sie durchqueren das Gebirge und kommen von Osten her zurück«, sagte Colun.

»Ach!« Janzi wischte den Einwand mit einer gereizten Geste beiseite. »Wie sollten sie die Berge überwinden können? Sie würden dort oben sterben.«

»Wie konnten sie denn in unsere Stollen eindringen?« hielt ihm Colun entgegen.

»Wir waren nicht auf sie vorbereitet«, behauptete Janzi. »Jetzt sind wir es.«

»Nicht auf sie vorbereitet?« Colun runzelte grimmig die Stirn. »Wir hatten sie doch schon lange genug bekämpft, oder?«

Janzi bewies wenigstens den Anstand, einen Moment lang verlegen dreinzuschauen. »Wir waren nicht auf so große Massen vorbereitet.«

»Vielleicht sollten wir alle Tunnel verschließen«, schlug Menas vor. »Sowohl die nach Westen, als auch die nach Osten.«

»Und dann verhungern?« fragte Colun. »Wir beziehen unser Fleisch aus den Tälern, nicht wahr? Wie auch unser Getreide. Willst du uns von unseren Nahrungsquellen abscheiden?«

Menas hob die Schultern.

»Was schlägst du vor?« erkundigte sich Daryk.

»Daß wir unsere Differenzen beilegen«, sagte Colun. »Daß wir als eine einzige Armee gemeinsam kämpfen.«

Janzi spuckte geringschätzig aus. »Und das zweifellos mit dir als Anführer.«

»Nein.« Diesmal dachte Colun rechtzeitig daran, lieber nicht den Kopf zu schütteln. »Ich sage nur, daß wir als eine Armee kämpfen müssen, wenn wir die Fremdlinge besiegen wollen.«

»Wir haben sie schon einmal besiegt«, sagte Gort. »Keiner der Eindringlinge in unseren Höhlen hat den Angriff überlebt.«

»Vorerst«, erwiderte Colun. »Aber glaubst du, sie werden uns in Ruhe lassen, wenn sie das Gebirge überquert haben? Ich versichere dir, sie werden umkehren und uns erneut angreifen.«

»Und ich sage dir, daß wir in unseren Höhlen vorläufig in Sicherheit sind«, gab Daryk zurück. »Die Fremden werden auf jeden Fall einige Zeit brauchen, um die Berge zu durchqueren, sofern ihnen das überhaupt gelingt. Also haben auch wir Zeit, das alles zu überdenken.«

»Wir haben keine Zeit mehr!« rief Colun.

»Ich finde, Daryk hat recht«, warf Menas ein. »Ich meine, wir sollten uns alles noch einmal gründlich durch den Kopf gehen lassen.«

»Beim Schöpfer!« Colun ballte die Hände in hilflosem Zorn zu Fäusten. »Was gibt es da zu überlegen? Wir werden angegriffen! Eindringlinge durchqueren unsere Berge! Was gibt es denn da noch zu überdenken?«

»Eine ganze Menge«, sagte Daryk.

»Ja«, pflichtete ihm Gort bei. »Ich schließe mich Daryk an. Ich sage, wir denken in Ruhe über alles nach und treffen keine vorschnellen Entscheidungen.«

Menas nickte zustimmend. »Und bis dahin sichern wir unsere Familienhöhlen ab.«

Colun seufzte und murmelte eine Verwünschung. Er sah dunkle und blutige Zeiten auf sie alle zukommen.

Und so geschah es nach Art der Grannach. Die Beratungen der Familien nahmen ihren langsamen und unerbittlichen Verlauf, beharrlich wie der Fels, in dem sie lebten. Während sie alle Argumente durchdachten, stießen die Eindringlinge immer tiefer in das Gebirge vor, überwanden die Hochpässe und näherten sich unaufhaltsam Ket-Ta-Witko. Die Grannach kämpften weiter gegen sie – nicht als vereinigte Streitmacht, wie es Colun wollte, sondern auf althergebrachte Art, jede Familie für sich –, und obwohl sie viele töteten, schienen immer mehr nachzurücken. Die Horde kümmerte sich nicht um ihre Verluste. Selbst wenn die Steinformer ganze Kolonnen unter Lawinen begruben oder Krieger große Felsblöcke auf sie hinabrollen ließen, zog die Horde weiter, sobald sich die Staubwolken gelegt hatten, kletterte mit der gleichen Zielstrebigkeit über das Geröll und die Leichen der Erschlagenen hinweg. Die Fremdlinge schienen unempfindlich gegen die Kälte in den Hochlagen und den Regen zu sein, der mit dem Fortschreiten des Jahres fiel, als wären sie seelenlose Erscheinungen ohne körperliche Beschränkungen oder irgendwelche Gefühle außer ihrer Blutrünstigkeit.

Colun befürchtete, daß es nur noch eine Frage der Zeit war, bis der Feind die Berge erobert hatte und sich die Grannach wie die Kaninchen in verschlossenen Bauten versteckten, wo sie untätig auf ihre Henker warteten. Und dann, dachte er, werden die Unheimlichen wahrscheinlich in Ket-Ta-Witko einfallen, gegen die Matawaye ziehen und so die Grannach aller Verbündeten berauben. Und obwohl er fest glaubte, das nicht zulassen zu dürfen, war er sich nicht sicher, was er dagegen unternehmen sollte, was er überhaupt tun *konnte*.

SCHICKSALE

Während der kurzen Phasen, in denen er erwachte und wußte, wo er war, konnte Morrhyn nicht begreifen, warum er immer noch lebte. Er hatte nichts zu essen, und obwohl die heiße Quelle ein wenig Wärme spendete, konnte sie die Kälte, die in die Höhle hineinsickerte, kaum fernhalten. Draußen schneite es. Wenn Morrhyn die Augen öffnete, konnte er den Schnee wie einen Schleier vor dem Höhleneingang sehen, aber ihm fehlte die Kraft – und vielleicht auch der Wille –, sich weit genug bis zum Eingang zu schleppen, um sich ein Bild davon zu machen, wie tief die Hänge verschneit waren oder welcher Mond am Himmel stand. So beschränkte er sich darauf, zur Quelle zu kriechen, ein paar kleine Schlucke des metallisch schmeckenden Wassers zu trinken, sich wieder in sein Bärenfell und die Decke zu wickeln und zu seinen Träumen zurückzukehren. Es war alles, was ihm blieb. Er hoffte, daß sein Pferd überlebte, was er von sich nicht glaubte, doch das war ihm egal. Sein Leben hatte keinerlei Bedeutung, es war nur ein winziger Funke unter vielen, der bereits zu erlöschen begann, je mehr die Kälte und der Hunger ihren Tribut forderten. Ihm schien, daß der Schöpfer den Tod nur von ihm fernhielt, damit er träumen konnte, und er wußte nicht, ob das eine Belohnung oder eine Strafe war.

Es war seltsam, daß er seine Gabe zurückbekommen hatte, nur um solche Schrecken zu erfahren. Er vermutete, daß der Schöpfer ihm die endgültige Erkenntnis gewährte und er in dieser Höhle sterben würde, sobald ihm das letzte Geheimnis offenbart worden war. Daß es ihm gelingen könnte, den Berg wieder hinabzusteigen und zu berichten, was er erfahren hatte – sofern dort unten überhaupt noch jemand lebte, um ihm zuzuhören –, konnte er sich nicht vorstellen, denn er war einfach zu schwach. Wahrscheinlich würden seine Gebeine, im Laufe der Zeit von ihrem Fleisch befreit, für alle Ewigkeit hier ruhen. Niemand würde sie heimbringen, denn kein anderer Mensch konnte so verrückt sein, hier hinaufzukommen.

Morrhyn wünschte, er könnte seinem Volk berichten, was er geträumt und erfahren hatte, aber das war ein altes Verlangen aus einem anderen Leben, das längst der Vergangenheit angehörte. Jetzt bestand seine Welt nur noch aus dieser Höhle und seinen Träumen. Im Rückblick erschien ihm seine beschwerliche Reise sinnlos und verblendet, die Anmaßung eines Träumers ohne Träume auf der Suche nach seiner persönlichen Daseinsberechtigung. Es kam ihm wie eine Ironie vor, daß sein Stolz mit all diesen Enthüllungen belohnt werden sollte und er mit den gewonnenen Erkenntnissen ganz allein sterben würde.

Er zog sich das Bärenfell über den Kopf, schloß die Augen und glitt im gleichen Moment in die Traumwelt zurück.

So mußte der Schöpfer sein Werk sehen. Morrhyn hatte den Eindruck, durch die Augen des Schöpfers zu blicken, alle Geschehnisse an allen Orten ohne die Barrieren der Zeit wahrnehmen zu können. Aber er war nicht der Schöpfer, sondern nur ein Mensch, und was er sah, war so grenzenlos, daß er es weder völlig begreifen noch ordnen konnte, zu umfangreich und unendlich komplex, um es mit seinem beschränkten Verstand zu erfassen. Es war, als würden Abbilder von Wissen durch seinen Kopf jagen, viel zu schnell, um alle bis auf einige wenige Fragmente festzuhalten.

Aber diese Fragmente …

Er sah, wie das Volk, das sich selbst die Zerstörer nannte, die Salzwüste durchquerte, die die Grenze zum Land der Whaztaye bildete. Er sah, wie die Tierführer ihre furchtbaren Kreaturen auf das Volk Jenseits der Berge hetzten, gefolgt von der Kriegerhorde. Er sah, wie die Whaztaye niedergemetzelt wurden und flohen, wie die Grannach ihnen in den Vorbergen Zuflucht gewährten. Vergebens, denn er konnte sehen, was die Zerstörer ihnen antaten (und wand sich vor Entsetzen in seinem Traum), und er wußte, daß den Matawaye, seinem eigenen Volk, das gleiche Schicksal bevorstand, als die Zerstörer in das Gebirge vordrangen, sich ihren Weg durch die Stollen der Grannach und die Hochpässe erkämpften …

… wo er sah, wie die Grannach von den Bestien und Zerstörern getötet wurden, wie Colun gegen die Invasoren kämpfte, die Einigkeit seines Volkes forderte und für sich eine Entscheidung traf, noch während sich die anderen Grannach untereinander stritten – so wie es Morrhyns eigenes Volk getan hatte und jeder Clan seinen eigenen Weg gegangen war, unwissend oder vorsätzlich blind gegenüber der größeren Gefahr …

… die zu den Kämpfen zwischen den Commacht und den Tachyn geführt hatte, die Morrhyn jetzt sah, als stünde er unsichtbar mitten im Schlachtgetümmel und könnte beobachten, wie Racharran ganz allein einen Trupp von Chakthis Kriegern angriff, während all seine Männer hinter ihm ausschwärmten um die Wehrlosen zu beschützen …

… und Rannach in einem Tal mit Arrhyna, wo Erlen neben einem kleinen Fluß wuchsen, Arrhyna, die schwanger war, wie Morrhyn wußte, was sie ihrem Mann verschwieg, weil sie fürchtete, daß er sie sonst zurück zu den Zelten der Commacht bringen und dort sterben würde …

Nur war es bereits zu spät dazu, denn die Zerstörer überquerten die Berge und würden schon bald die Commacht und alle anderen Clane angreifen und vernichten. Nur …

Da war ein Gebilde, das er nicht einordnen konnte, das auf mehr Wasser trieb, als er jemals gesehen hatte, ein Gebilde, das den Wind mit großen weißen Rechtecken wie zusammengefalteten Zelten einfing und Feuer aus Metallrohren gegen ähnliche Kreaturen spie, wie sie die Zerstörer benutzten, und auf diesem schwimmenden Ding …

… war ein Träumer, der …

… in ein unbekanntes Land reiste, der sich vor seiner Gabe fürchtete (was Morrhyn nicht begreifen konnte) und sie verleugnete …

… weil es in seiner Welt eine andere Art von Zerstörern gab, die …

Loderndes Feuer. Morrhyn erwachte schweißgebadet und zitterte sofort in der Kälte. Er wickelte das Bärenfell und die Decke fester um seinen ausgemergelten Körper und versank wieder in seinem Traum …

… der ihm zeigte, wie die Zerstörer die Berge überquerten, weil …

… das Ahsa-tye-Patiko ignoriert worden war, als Vachyr Arrhyna mit dem Segen seines Vater geraubt hatte und Chakthi von dem dunklen Wind verzehrt wurde, der aus dem Gebirge über die Ebenen wehte …

… und Rannach Vachyr getötet hatte, statt ihn lebend in seine Gewalt zu bringen, nur von seinem Stolz und seinem Haß erfüllt, von Arrhyna bedrängte, ihren Entführer zu erschlagen …

… was Chakthi wiederum zu seinen weiteren Taten getrieben hatte …

… und Hadduth – noch schrecklicher –, der von dem schwarzen Wind vergiftet war und nicht wußte, was er tat, abgesehen davon, daß er so blind wie alle anderen Träumer war, aber trotzdem …

Die Tachyn würden die Commacht aufreiben und vernichten, noch bevor die Zerstörer sich auf alle Matawaye stürzen konnten, es sei denn …

Es war, als würde der gleiche schwarze Wind über Morrhyns Traum hinwegfegen, so daß sich der Wakanisha im Schlaf fragte, ob die Zerstörer nicht mächtiger als der Schöpfer waren …

Er sah, wie sie das gesamte Volk der Matawaye vor sich hertrieben, die Commacht, die Tachyn, die Lakanti, die Naiche und die Aparhaso, so wie sie die Whaztaye vor sich hergetrieben hatten …

… wie das schwimmende Ding in einen Hafen einlief, Menschen aus seinen Bauch kamen und in ein Lager aus hölzernen Zelten gingen …

… und einige von ihnen wie Fackeln leuchteten, die einem verirrten Reiter in der Nacht den Heimweg weisen …

… und flohen vor …

Er war sich nicht sicher, wovor sie flohen. Vor den Zerstörern oder den Menschen? Es schien keinen Unterschied in den bösartigen Absichten zu geben, die er spürte.

Alles, was er wußte, war, daß drei dieser Menschen wie Leuchtfeuer in der Dunkelheit seines Traumes strahlten und daß er …

Er mußte sie finden, so wie ein Reiter, der sich im nächtlichen Nebel verirrt hat, nach den Lichtern seines Zuhauses Ausschau hält und den Schöpfer bittet, über die Schritte seines Pferdes zu wachen und es davor zu bewahren, in ein Loch oder einen Sumpf zu stürzen, es sicher heimkehren zu lassen.

Doch er wußte nicht, wie er sie finden sollte, denn sie stammten nicht von seiner Welt – er verstand nicht, wieso er das wußte, nur daß es so war –, sondern aus einer von zahllosen anderen Dimensionen, die an die seine grenzten, als wirbelten alle Welten umeinander, als existierte keine für sich allein, als stünden alle in einer ständigen Wechselbeziehung, so daß sie sich gemeinsam bewegten und einander ständig durchdrangen und gleich und doch wieder völlig verschieden waren …

… und daß seine und ihre Welt sich auf eine Art, die sein Vorstellungsvermögen überschritt, irgendwie treffen mußten, wenn sie die Zerstörer besiegen wollten …

… und daß es seine Aufgabe war, dieses Zusammentreffen herbeizuführen und er deshalb überleben mußte …

… was er nicht begriff, da er sich einfach nicht vorstellen konnte, wie er überleben sollte. Es mußte ihm bestimmt sein, hier in dieser Höhle zu sterben.

Zweifellos war das sein Schicksal: die Träume zu träumen, die die Welten offen vor ihm ausbreiteten und ihm die Vergangenheit und die Zukunft zeigten, als wäre dies das letzte Geschenk des Schöpfer an ihn, bevor er starb.

Aber er hatte längst noch nicht alles gesehen und erfahren.

Er kannte einige vergangene und einige zukünftige Ereignisse, aber so vieles lag immer noch hinter geheimnisvollen Schleiern verborgen …

Wer waren die Zerstörer? Woher kamen sie? Warum waren sie so bösartig, von dem unbarmherzigen Drang besessen zu zerstören?

Und diese Fremden, die so hell leuchteten, wer waren sie?

Plötzlich schien ihm, als erstrahlte ein Licht, und als er in die Quelle der Helligkeit schaute, sprach es zu ihm in Form von lautlosen Flammen. Er hörte es in seinen Nervenbahnen, im Mark seiner Knochen und dem Kern seines verlöschenden Lebens, und es sagte: *Wenn der Traum ausgeträumt ist, dann ziehe los und berichte ihnen. Suche sie. Geh und tu, was du tun mußt, wenn du stark genug bist. Entweder das, oder aber stirb mit deinem gesamten Volk.*

Er konnte sich der Stimme nicht verschließen, und so richtete er sich auf, hüllte sich in sein Bärenfell, kroch zum Höhleneingang und sah hinaus auf den Schnee, der auf die Felsgrate, Berggipfel und steile Talhänge fiel, zwischen denen sich Lichter bewegten, von denen er wußte, daß es die Lichter der Zerstörer waren, die ihren gewundenen Wegen nach Ket-Ta-Witko folgten, das sie erobern und verwüsten würden, nachdem sie alle Matawaye getötet hatten, es sei denn, er gehorchte der Flammenstimme.

Also kroch er zur Quelle zurück, trank und verspürte eine große Angst, denn er glaubte immer noch nicht, daß er den Abstieg überleben würde. Und selbst wenn es ihm irgendwie gelang, würden ihn die Zerstörer bestimmt entdecken und töten. Aber auch wenn er ihnen wider Erwarten entging, wie sollte er dann zu Fuß rechtzeitig zu seinem oder irgendeinem anderen Clan gelangen, um die Matawaye zu warnen?

Du hast die Reise hierher überlebt, sagte die Flamme, die hinter seinen Augen loderte. *Du wirst auch den Rückweg überleben, wenn du nur den Mut dazu aufbringst.*

Ich fürchte mich, antwortete er genauso lautlos. Ich fürchte mich sehr. Und welchen Sinn hätte es? Soll ich ihnen sagen, daß sie sterben werden?

Nein, erwiderte die Flamme. *Schlafe und verstehe.*

Und so sank er erneut in den Schlaf und träumte weiter. Von einer Antwort.

»Glaubst du, er lebt noch?« fragte Lhyn und fügte gleich darauf vorwurfsvoll hinzu: »Halt still, ich muß das verbinden.«

Racharran seufzte und hielt den verletzten Arm steif ausgestreckt, während seine Frau einen mit Moos gefüllten Verband um die Wunde wickelte. »Ich weiß es nicht«, sagte er. »Wie sollte ich? Er ist fortgegangen, als wir ihn am dringendsten gebraucht haben. Ich bin kein Träumer, der solche Fragen beantworten könnte.«

»Nein.« Lhyn verknotete die Bandage. »Du bist der Akaman der Commacht.«

»Was soll das heißen?«

Sie stopfte das überschüssige Moos in den Beutel zurück und sah ihrem Mann direkt ins Gesicht. »Wir verlieren zu viele der unseren. Zuerst unseren Sohn und dann Morrhyn. Wie viele noch?«

»Ich habe diesen Krieg nicht begonnen«, sagte Racharran. »Für all das ist Chakthi verantwortlich. Ich habe versucht, die Feindseligkeiten zu vermeiden, aber er läßt uns ununterbrochen von seinen Kriegern angreifen. Was bleibt mir anderes übrig, als zu kämpfen?«

»Du hättest Morrhyn zurückhalten können«, erwiderte Lhyn.

»Wie?« Racharran beugte den verbundenen Arm. Der Pfeil war tief eingedrungen, aber Racharran glaubte nicht, daß er seine Beweglichkeit verlieren würde. Es war nicht die erste Kriegsverletzung, die er sich zugezogen hatte. »Ich habe mein Bestes getan, aber er wollte nicht auf mich hören. Er hat behauptet, der Schöpfer hätte ihn gerufen. ›Ich denke, ich könnte dort Antworten finden‹, hat er gesagt. Er wollte es sich nicht ausreden lassen.«

»Du hättest ihn davon abbringen können. Ihm befehlen können, bei uns zu bleiben.«

»Was soll das?« wollte Racharran wissen. »Du scheinst dir mehr Sorgen um Morrhyn als um unseren eigenen Sohn zu machen.«

»Rannach hast du mit Colun fortgeschickt«, gab Lhyn zurück, »weil du gewußt hast, daß er und Arrhyna bei den Grannach in Sicherheit sein würden. Morrhyn ist dagegen allein losgezogen, obwohl die

Tachyn gegen uns Krieg führen, und er will zu einem Ort gehen, wo niemand zuvor gewesen ist.«

»Ich konnte ihn nicht aufhalten«, verteidigte sich Racharran. »Wie hätte ich das tun sollen?«

»Ich weiß es nicht«, gestand sie. »Ich weiß nur, daß ich Angst um ihn habe.«

»So wie ich.«

»Ich weiß. Es tut mir leid. Aber ...«

Racharran breitete die Arme aus. Lhyn schmiegte sich an seine Brust, und er hielt sie fest, dankbar für die tröstliche Berührung ihres Körpers. Der Verlauf der Ereignisse machte ihm angst, warf seine Vorstellung der Welt über den Haufen. Nichts schien mehr geordnet und dauerhaft zu sein, alles wirbelte wild durcheinander, als wütete ein gewaltiger unfühlbarer Sturm, und nur Lhyn war ein fester Ankerpunkt in diesem Orkan.

»Dies sind merkwürdige Zeiten«, sagte er.

»Ich verstehe sie nicht.« Lhyn fühlte sich ein wenig schuldig, daß sie sich mehr Sorgen um Morrhyn als um ihren eigenen Sohn machte. Es war, als hätte Morrhyns Weggehen eine Lücke in ihr hinterlassen, als hätte er etwas in ihr mitgenommen, von dem sie bis dahin nicht gewußt hatte, das es da gewesen war. Wahrscheinlich liegt es nur daran, dachte sie, daß Morrhyn ganz allein ins Unbekannte hinausgezogen ist, während Rannach in der Begleitung von Coluns Grannach fortgehen konnte und sich bei ihnen bestimmt in Sicherheit befindet. Morrhyn dagegen ...

Sie kuschelte sich enger an ihren Mann. »Ich habe Angst«, flüsterte sie.

»Die haben wir alle.« Er streichelte ihr über das Haar, verfolgte das Spiel des flackernden Lichtes in dem von silbernen Strähnen durchzogenen Gold, und für eine Weile tat er so, als wäre alles gut, als könnten sie entspannt in ihrem Zelt liegen, als gäbe es keinen

Krieg, keinen Hunger, nicht so viele Totengerüste in den Bäumen und keinen unmittelbar bevorstehenden Winter.

Doch er war der Akaman der Commacht, und die Flucht aus der Wirklichkeit war ein Luxus, den er sich nicht leisten durfte. Es gab zu viele Totengerüste in den Bäume, zu viele Witwen, die in ihren Zelten weinten. Der Mond der Fallenden Blätter stand über dem Lager, schon bald würde der Mond des Weißen Grases aufgehen, und sie hatten keine ausreichenden Vorräte für die kalten Monde anlegen können, denn da Chakthis Tachyn ständig auf dem Kriegspfad waren, blieb keine Zeit für die Jagd.

Racharran unterdrückte ein Seufzen, blickte an Lhyns Kopf vorbei ins Feuer und wünschte, Morrhyn wäre da. Auch ohne seine Träume war der Wakanisha ein Fels gewesen, auf den der Akaman sich hatte stützen können. Doch Morrhyn war fort, und Racharran konnte nicht wissen, ob sein alter Freund von den Tachyn getötet worden war, wie Lhyn befürchtete, ob er noch lebte oder verhungerte oder ... *Es ist, als wäre die ganze Welt verrückt geworden*, dachte er, *als würde sie auf den Kopf gestellt und von Mächten durchgeschüttelt, die ich nicht verstehe.* Chakthi dehnte seinen Krieg weit über die Zeit des Kampfes aus – normalerweise kämpfte nach dem Mond der Reifen Beeren niemand mehr –, und die Tachyn mußten genauso schlecht auf den Winter vorbereitet sein wie die Commacht. Ach, selbst Yazte hatte seine Krieger zurückgerufen, um sie auf die Jagd nach Büffeln zu schicken, die jetzt ihre Wanderungen in den Süden antraten, damit seine Leute Felle, Fleisch und nahrhaftes Mark für den Winter hatten. Er hatte sich entschuldigt, und Racharran konnte ihm keinen Vorwurf machen. Wie hätte er von den Lakanti verlangen können zu hungern, wenn die kalten Winde bliesen, das Gras hart und weiß war und die Tierherden nach Süden zogen? Ihm blieb nichts anderes übrig, als Yaztes Versprechen anzunehmen, daß die Lakanti den Commacht alle Vorräte schenken würden, die sie erübrigen konnten.

Als wäre mein Clan eine Witwe, dachte er bitter, *die auf die Mildtätigkeit von anderen angewiesen ist.*

Und von Juh und Tahdase, zu denen er Boten mit der Bitte um Beistand geschickt hatte, erhielt er keine Unterstützung. Statt dessen führten sie ihre Clane so weit wie möglich von den Schauplätzen der Kämpfe fort, als ginge sie der Krieg nichts an, sondern wäre lediglich ein Streit zwischen den Commacht und den Tachyn, was er nicht war, wie Racharran auch ohne Morrhyns Rat spürte. Er erinnerte sich, was Morrhyn über einen dunklen Wind gesagt hatte, der durch Ket-Ta-Witko wehte, und erschauderte.

»Was ist?« fragte Lhyn.

»Nichts.« Er zog die Felle höher und schloß seine Frau fester in die Arme. »Nur die Kälte.«

Eine Kälte, wie ich sie noch nie gespürt habe, dachte er, *als würde der Mond des Gefrorenen Grases aufgehen und mir seine eisigen Klauen in die Knochen schlagen.*

Er schloß die Augen, und ihm war, als könnte er sogar hier in seinem Zelt hören, was sich die Commacht über Morrhyn erzählten. Der Wakanisha habe seinen Clan verraten, flüsterten sie, er sei verrückt geworden, der Schöpfer habe sich von ihm abgewandt. Niemand sagte es ihm direkt ins Gesicht, aber er hörte die geraunten Bemerkungen, und er konnte kaum etwas dagegen unternehmen, denn Morrhyn *war* gegangen, und selbst Racharran fragte sich, ob das eine weise Entscheidung gewesen war. Als er darüber nachdachte, mußte er gegen seinen Ärger ankämpfen, denn er wünschte sich, der Wakanisha würde ihm beistehen, auch ohne die Gabe des Träumens. Morrhyn hätte zumindest das Ahsa-tye-Patiko – das Racharran immer mehr in Vergessenheit zu geraten schien – auslegen und seinem Akaman helfen können, die jungen Männer in Schach zu halten.

Sie waren ungehalten über seine Entscheidung, daß der Clan nach Möglichkeit alle Konflikte vermeiden sollte, und beharrten darauf, es wäre besser, Feuer mit Feuer zu bekämpfen und Chakthis Clan so anzugreifen, wie die Tachyn die Commacht angriffen. Einige hatten es versucht und auf eigene Faust Vorstöße in die Weidegründe der Tachyn unternommen. Nicht viele waren zurückgekehrt. Unter den Verschollenen waren Kameraden von Rannach gewesen – Zhy und Hadustan. Jetzt lagen ihre Gebeine, denen eine ehrenvolle Bestattung verwehrt wurde, im Land der Tachyn, und Baran hinkte, nachdem eine Lanze seinen Oberschenkel durchbohrt hatte, fluchte und murmelte mürrisch vor sich hin, daß Rannach einen besseren Führer als sein Vater abgeben würde.

Es war nicht leicht, sie unter Kontrolle zu halten, sie glichen jungen Büffelbullen, die darauf brannten, ihre Kraft zu erproben und ihren Mut unter Beweis zu stellen. Aber, beim Schöpfer, es wurde wahrlich schon genug gekämpft. Wo auch immer die Commacht hinzogen, selbst in den fernsten Grenzregionen ihres Territoriums hetzte Chakthi seine Krieger auf sie. Es schien, als hätte ihn der Kummer verrückt und blind für die Bedürfnisse seines eigenen Clans gemacht, als würde er von einem furchtbaren Haß verzehrt, der nur noch nach Vernichtung dürstete.

Racharran verstand den Akaman der Tachyn nicht. Wie konnte Chakthi den bevorstehenden Winter ignorieren, in dem sein Volk zweifellos würde leiden müssen, nur um seine Rachegelüste zu stillen? Er betete, daß die Kämpfe mit dem Mond des Weißen Grases enden würde, aber er bezweifelte es.

Seine Gedanken kehrten zu Rannach und Arrhynas

zurück, und er bat den Schöpfer, sie und Morrhyn zu behüten. Hätte Rannach doch nur auf ihn gehört und nicht um Arrhynas Hand angehalten, wäre dies alles nicht passiert. Und wäre Rannach zu ihm gekommen, gleich nachdem er von Arrhynas Entführung erfahren hatte, könnte Vachyr noch leben, und Chakthi würde keinen Grund haben, Krieg zu führen.

Racharran spürte Wut in sich aufsteigen, Zorn über den Stolz und die Halsstarrigkeit seines Sohnes, und gleich darauf schämte er sich seiner Gefühle. War Rannach denn nicht zur Begegnungsstätte zurückgekehrt, um sich ehrenhaft der Ratsversammlung zu stellen und seine Strafe zu akzeptieren? Nur hatte Chakthi in dem Urteil des Rates keine Bestrafung, sondern Rannachs Rettung gesehen. Er hatte die Schuld seines eigenen Sohnes ignoriert und Rannachs Blut verlangt.

Das Seufzen, das Racharran noch kurz zuvor unterdrückt hatte, brach jetzt aus ihm hervor. Die Wunde in seinem Arm pochte, und das Wissen, daß so viele Menschen litten und starben und ihm keine andere Lösung einfiel, als vor den Tachyn davonzulaufen, lastete wie ein schweres Gewicht auf ihm.

Lhyn stemmte sich auf einem Ellbogen hoch. »Was hast du? Tut dir der Arm weh?«

»Ein bißchen«, erwiderte er. »Unwichtig. Ich denke, wir werden das Lager morgen abbrechen müssen.«

»Schon wieder?« Sie überprüfte den Verband. »So schnell?«

»Wir müssen bald unser Winterlager aufschlagen.« Er drehte sich auf die Seite, damit Lhyn seinen Arm besser untersuchen konnte und um zu verhindern, daß sie die Sorgen in seinen Augen sah. »Wir können nicht ständig auf der Flucht sein.«

»Chakthi kann bestimmt nicht den ganzen Winter hindurch kämpfen«, sagte sie.

»Das hoffe ich. Aber … wenn der Schnee fällt, brauchen wir einen guten Lagerplatz.«

»Die Überwinterungsstätte?«

Er schüttelte den Kopf. »Die kennt Chakthi wahrscheinlich. Oder er ahnt zumindest, wo sie liegt. Nein, wir müssen uns dieses Jahr einen anderen Ort suchen.«

»Aber wir sind immer zur Überwinterungsstätte gezogen«, wandte Lhyn ein. »Jedes Jahr.«

»Dies ist kein Jahr wie die anderen.«

»Nein.« Sie berührte sein Gesicht. »Du trägst eine schwere Bürde, mein Mann.«

»Ich bin der Akaman der Commacht«, sagte Racharran. »Welche andere Wahl habe ich?« Außer wie Morrhyn davonzulaufen, dachte er und bereute den Gedanken sofort wieder.

»Wohin werden wir gehen?«

»Ich dachte an dieses Tal im Süden, an der Biegung des Flusses. Manchmal überwintern dort sogar Büffel.«

Lhyn nickte. »Ich denke, das wäre ein guter Ort.«

»Aber nicht auf direktem Weg. Wir werden vorsichtshalber eine Weile umherziehen, bis der Mond des Weißen Grases aufgeht. Dann suchen wir das Tal auf. Dort sollten wir in Sicherheit sein, so der Schöpfer es will.«

»So der Schöpfer es will«, wiederholte Lhyn. Sie drückte Racharran auf das Lager zurück. »Wirst du jetzt schlafen?«

»Bald. Aber noch nicht sofort.« Er beugte sich über seine Frau.

»Dein Arm …« sagte sie.

»Tut nicht mehr weh«, log er und schob sich unter dem Fell vor, als sie die Arme ausbreitete.

Vielleicht gelang es ihm wenigstens noch für Weile, der Wirklichkeit entfliehen.

Es war eine Antwort, die Morrhyn nicht völlig verstand, und vielleicht war es ja nicht einmal eine Antwort, sondern eher eine Möglichkeit, die sich aus dem ergeben konnte, was er und diejenigen taten, die ihm zuhörten. Er hatte keine Sicherheit und nahm an, daß dies die Art des Schöpfers war, nicht Gewißheit zu schaffen, sondern Türen zu möglichen Pfaden für die Menschen zu öffnen, die bereit waren, ihm und seinem Willen zu folgen, der das Ahsa-tye-Patiko war. Morrhyn fragte sich, wie viele ihn anhören würden und wie er sie erreichen sollte. Er fühlte sich immer noch zu schwach, um den Abstieg zu bewältigen, und selbst wenn er die Strapazen überlebte, mußte er noch die Weiten Ket-Ta-Witkos durchqueren, um die Botschaft zu verkünden. Und mittlerweile wimmelte Ket-Ta-Witko bestimmt vor Feinden, sowohl menschlicher als auch der dieser anderen Rasse, die sich die Zerstörer nannte.

Er erschauderte angesichts dessen, was ihm die Träume offenbart hatten, wer die Zerstörer waren und aus welchem Grund sie so vorgingen, wie sie es taten. Da war etwas Böses von so gewaltigen Ausmaßen, daß er es nicht vollständig erfassen konnte, so verwerflich, daß er es vorgezogen hätte, nicht darüber nachzudenken, sondern nur zu handeln.

Aber das erschien ihm unmöglich. Wahrscheinlich war es besser, wieder in die Traumwelt zu versinken und dort nach einer genaueren Antwort zu suchen. Also wusch er sich das Gesicht in der heißen Quelle, trank das metallisch schmeckende Wasser, wickelte das Bärenfell um seinen mageren Körper und versuchte zu schlafen. Doch der Schlaf wurde ihm verwehrt. Morrhyn lag wach auf seinem Lager, und das furchtbare Wissen schwirrte ihm im Kopf herum, bis er schließlich zu der ‹berzeugung gelangte, daß es einfacher sein würde, wieder aufzustehen und die Höhle zu verlassen. Wenn die schwere Aufgabe, die ihm aufgebürdet worden war, ihn umbrachte, dann würde er wenigstens von diesem schrecklichen Wissen erlöst werden. Und so erhob er sich mit zitternden Beinen, stolperte zum Höhleneingang und sah auf eine tief verschneite Welt hinaus, in der er kaum würde überleben können.

Von der gewölbten Decke des Eingangs hingen Eiszapfen herab. Das warme Wasser, das aus der Höhle herausfloß, fräste ein Stück weit einen schmalen Kanal durch den Schnee, bevor es zu einer glitzernden Eisfläche gefror. Die Sonnenstrahlen wurden so gleißend hell von der verschneiten Landschaft reflektiert, daß sie ihn blendeten und ihm schmerzhaft in die Augen stachen. Er zog sich zurück und überlegte sich, ein Feuer zu entzünden und sich das Gesicht mit Holzkohle einzureiben, um nicht schneeblind zu werden, doch dann erinnerte er sich, daß es hier oben weit und breit kein Brennholz gab.

Und auf einmal wurde ihm bewußt, daß er die lange Zeit in der Höhle ohne ein Feuer und ohne Nahrung unmöglich hätte überleben dürfen. Eigentlich müßte er längst schon tot sein. Kein Mensch konnte in dieser Höhe existieren, ohne Nahrung und bei diesen eisigen Temperaturen. Und doch *lebte* er. Er glaubte nicht, daß er zu einem Geist geworden war, denn er konnte die Wärme der Quelle fühlen und das mineralhaltige Wasser schmecken, und er fröstelte in der kalten Luft, die über den Höhleneingang strich, spürte den Wind auf seinem Gesicht. Als er sich mit dem Messer ins Handgelenk stach – ein letzter Test, um ganz sicherzugehen –, fühlte er die Schmerzen und sah ein paar Bluttropfen aus der Wunde hervorquellen. Bestimmt empfanden Geister weder Schmerzen, noch konnten sie bluten. Also war er kein Geist, sondern ein lebendiger Mensch. Er verstand nicht, wie das möglich war. Nur der Schöpfer konnte ein solches Wunder vollbracht haben. Es mußte einen Grund dafür geben, warum er ihn am Leben erhielt.

Weil er mir eine Aufgabe übertragen hat, dachte Morrhyn widerstrebend. Der Schöpfer hat mich vor dem Tod bewahrt, damit ich den Menschen eine Botschaft überbringe. Oder zumindest gibt er mir eine Chance, ihnen mitzuteilen, daß eine Rettung möglich ist. Also liegt alles weitere bei ihnen und bei mir.

Es schien ihm eine gewaltige und beängstigende Verantwortung zu sein, eine wahrscheinlich unlösbare Aufgabe. Aber war er nicht zu diesem Ort gekommen, um Antworten zu finden? Und hatte er sie nicht erhalten? Durfte er sich jetzt seiner Pflicht entziehen?

Er konnte es nicht, denn das würde bedeuten, den Schöpfer, sich selbst und das gesamte Volk zu verraten.

Und so hüllte sich Morrhyn in sein Bärenfell, verneigte sich demütig und machte sich an den unmöglichen Abstieg.

LANDUNG

Wären die Verbannten nicht im Frachtraum der *Stolz Gottes* eingesperrt gewesen, als sich das Schiff Salvation näherte, hätten sie eine Küste aus gelblichen Dünen gesehen, die sich nach Norden und Süden bis zum Horizont erstreckten und sich landeinwärts wie Wellen an einem mit Kiefern bestandenen Höhenzug brachen. Unter Deck aber konnten sie nur Vermutungen anstellen, was sie draußen erwartete, als der Schoner den Kurs änderte und Kapitän Bennan den Bug auf die Einfahrt zur Bucht der Erlösung ausrichtete, wo sie schon bald von Bord gehen und ihren endgültigen Bestimmungsort erreichen würden. An Deck hätten sie die Landzungen sehen können, die die Bucht sichelförmig umschlossen und so zu einem geschützten Ankerplatz machten, und die bedrohlich kompakten hölzernen Stadtmauern Grostheims neben der Mündung des Restitutionsflusses. So aber spürten sie nur, daß sich die Bewegung des Schiffes veränderte, und sie konnten hören, wie die Matrosen freudige Rufe ausstießen, froh darüber, endlich einen sicheren Hafen anlaufen zu können. Es war nicht leicht für die Gefangenen, untätig im Halbdunkel des Frachtraumes zu warten, den Geräuschen zu lauschen und sich zu fragen, wie das Ziel ihrer Verbannung wohl aussehen mochte, das jetzt nicht mehr in weiter Ferne lag, sondern sich unmittelbar jenseits der Planken des Rumpfes befand.

Arcole, der durch die Ladeluke hinaufspähte, sah, wie die Segel gerefft wurden. Die Fahrt des Schoners verlangsamte sich, bis er, nur noch durch seinen eigenen Schwung getrieben, träge weiterglitt. Dann klangen Rufe auf. Seile wurden zu unsichtbaren Ruderbooten geworfen, die die *Stolz Gottes* ins Schlepptau nahmen, bis sie schließlich mit einem leichten Beben und ächzenden Planken gegen ein starres Hindernis stieß, in dem Arcole eine Kaimauer vermutete.

Der Lärm und die Geschäftigkeit an Bord nahmen zu. Das Schiff wurde vertäut und die Laufplanke ausgefahren. Die *Stolz Gottes* kam seufzend und knarrend zur Ruhe, als wäre sie dankbar, ihre Reise beendet zu haben, und noch immer blieb den Verbannten nichts anderes übrig, als hilflos zu warten.

Arcole lächelte Davyd und Flysse aufmunternd zu und täuschte eine Zuversicht vor, die er nicht wirklich empfand. »Jetzt entscheidet sich unsere Zukunft, was? Es wird sich bestimmt merkwürdig anfühlen, nach so langer Zeit wieder festen Boden unter den Füßen zu haben.«

Beide schwiegen und beschränkten sich auf ein nervöses Lächeln. Ihre Blicke huschten zwischen ihm und der Ladeluke hin und her. Schließlich wurde das Lukengitter geöffnet und die Verbannten an Deck gerufen. Die Milizionäre befahlen ihnen, sich in geordneten Reihen aufzustellen.

Nach dem Halbdunkel im Frachtraum erschien die Sonne besonders hell, und der Wind brachte eine willkommene Abkühlung mit sich. Arcole sah sich um und erblickte eine sanfte Hügellandschaft, dichte Wälder in der Ferne, einen breiten Fluß, der sich silbern glitzernd im Landesinneren verlor, und an seinem Ufer den Ort Grostheim. Er hatte nicht gewußt, was er von der Siedlung in dieser Wildnis erwarten sollte, natürlich keine Stadt, wie er sie aus Levan kannte, aber bestimmt nicht diese Festung. Sie war völlig aus Holz erbaut und von hohen Palisaden umgeben, die mit magischen Symbolen versehen und von Wachtürmen gekrönt waren, auf denen die

Mündungen von Kanonen gähnten. Die Sonne ließ die Bajonette patrouillierender Soldaten aufblitzen. Die eigentlichen Gebäude der Stadt lagen hinter den Festungsmauern verborgen. Von einem massiven Tor führte eine hölzerne Straße zum Kai hinunter, auf der Arcole die roten Mäntel der regulären Miliz inmitten der blauen Umhänge von Vars Marinesoldaten entdeckte. Ein Troß derb gekleideter Männer, die alle das Brandmal der Verbannung auf der Wange trugen, trottete auf die Festung zu. Es war schwer, sich die Anlage als eine Stadt vorzustellen. Arcole fragte sich, warum diese Befestigungen nötig waren, wenn Salvation wirklich ein menschenleeres Land war, wie es die Allgemeinheit glaubte. Vielleicht entsprach diese Bauweise aber auch nur der evanderanischen Art.

Am Pier standen Tomas Var und Kapitän Bennan. Sie unterhielten sich mit zwei Fremden. Einer der beiden Unbekannten trug die scharlachrote Tunika der Miliz. Die Epauletten und die Litze seiner Uniform wiesen ihn als Major aus. Arcole vermutete, daß es sich um den Garnisonskommandanten von Grostheim handelte. Der andere – wahrscheinlich der Gouverneur – saß in einen Segeltuchstuhl, umgeben von vier livrierten Dienern. Während Arcole die Gruppe beobachtete, warfen die Männer kurze Blicke in Richtung des Schoners, und er sah Var gestikulieren, aber weder konnte er hören, worüber sie sprachen, noch ihre Mienen deuten.

Schließlich kehrte Var an Bord zurück und erteilte den Verbannten den Befehl, an Land zu gehen. Er blickte Arcole kurz in die Augen, sprach ihn aber nicht an. Dann setzte er sich zusammen mit dem rotgekleideten Offizier an die Spitze des Gefangenenzuges und marschierte zügig auf die Stadttore zu.

Wie Arcole erwartet hatte, fühlte es sich merkwürdig an, wieder über festen Boden zu laufen, der sich überhaupt nicht bewegte. Arcole hatte sich so sehr an das ständige Schwanken des Decks gewöhnt, daß er im ersten Moment fast stolperte. Er spürte, wie Flysse seinen Arm umklammerte, und legte seine Hand um ihren Ellbogen. Davyd schob sich auf ihre andere Seite, und so näherten sie sich gemeinsam dem Ort, den das Schicksal ihnen bestimmt hatte.

Als sie das Tor durchquerten, sah Arcole Laufstege entlang der oberen Stockwerke, die die Wachtürme miteinander verbanden. Überall waren Kanonen und schwenkbare Geschütze aufgebaut, als bereitete sich Grostheim auf einen Krieg oder eine Belagerung vor. Alle Gebäude innerhalb der Festungsmauern waren aus Holz erbaut, lediglich die Schornsteine bestanden aus Stein. Holz war offenbar im Überfluß vorhanden. Die Siedlung unterschied sich von allen Städten, die Arcole jemals gesehen hatte. Sie machte einen fremdartigen Eindruck auf ihn. Es war unmöglich zu sagen, welche Gebäude Wohnhäuser waren und welche anderen Zwecken dienten. Alle zeichneten sich durch die gleiche grobe Einförmigkeit aus, als wäre ganz Grostheim eine einzige riesige Baracke.

Seine Aufmerksamkeit richtete sich auf die Leute, an denen sie vorbeimarschierten. Die Zwangsarbeiter unter den Männern waren leicht durch die Brandmale auf ihren Wangen zu identifizieren. Diejenigen, die weder ein Brandzeichen aufwiesen noch Uniformen trugen, waren vermutlich zivile Bedienstete der Autokratie oder Abenteurer, die ihr Glück in der Kolonisierung einer neuen Welt versuchten. Die wenigen Frauen, die Arcole sah, ließen sich in zwei deutlich voneinander getrennte Kategorien unterteilen, in die Bessergekleideten, die den Gefangenentroß mit einer Mischung aus Neugier und Abscheu beobachteten, und die ärmlicher gekleideten Frauen, die die Neuankömmlinge gleichgültig oder mitleidig musterten. Er vermutete, daß letztere wie Flysse das Zeichen des Exils auf den Oberarmen trugen. Wahrscheinlich würde er noch eine ganze Menge über diesen Ort lernen müssen.

Schließlich erreichten sie einen rechteckigen Platz, der auf einer Seite von einer Kirche begrenzt wurde – die Funktion dieses Gebäudes war im Gegensatz zu den anderen sofort zu erkennen –, vor der ein Priester stand, der sie leidenschaftslos betrachtete. Von dort aus wurden sie weiter durch eine schmale Straße getrieben, die vor einer großen Baracke endete, einem Lagerschuppen oder einer Scheune, deren Vorderseite mit magischen Symbolen bemalt war. Der Major am Kopf der Kolonne hob einen Arm, worauf der Zug anhielt, und stieg die drei Stufen zur Veranda des Gebäudes hinauf.

»Ich bin Major Alyx Spelt«, verkündete er. Arcole fragte sich, wieso es die Offiziere der Autokratie stets für erforderlich erachteten, ihre Namen zu nennen. »Ich kommandiere die Miliz Gottes in Grostheim, und ihr steht vorläufig unter meiner Obhut. Dies ...« – er deutete auf das Gebäude hinter sich – »... wird für eine Weile eure Unterkunft sein. Man wird euch schon bald euren Besitzern zuteilen, aber bis dahin werdet ihr hierbleiben. Ihr werdet Essen und Wasser bekommen, Decken liegen schon für euch bereit.«

Danach erläuterte er ihnen die für sie gültigen Verhaltensregeln. Arcole hörte nur mit einem halben Ohr zu und konzentrierte sich statt dessen auf das Aussehen des Mannes.

Spelt war im mittleren Alter, in seine Schläfen mischte sich das erste Grau. Sein Gesicht war dunkel gebräunt und von tiefen Linien durchzogen. Er hatte graue Augen und buschige Brauen und machte auf Arcole den Eindruck, als sei er aus dem gleichen Holz wie ganz Grostheim geschnitzt, kantig und verwittert.

Neben einem Säbel trug er einen Pistolengurt, und während er sprach, trommelten seine Finger unablässig auf die silberbeschlagenen Griffschalen. Arcole bemerkte, daß die Finger des Offiziers mit Tabakflecken verfärbt und die Nägel abgekaut waren. Er vermutete, daß Major Alyx Spelt innerlich unter einer großen Anspannung stand, die er hinter einer disziplinierten Fassade zu verbergen versuchte.

Als Spelt seine Ansprache beendet hatte, zogen zwei Soldaten die Torflügel auf. Die Neuankömmlinge wurden wie eine Viehherde in die Scheune getrieben. Das Gebäude ähnelte dem Lagerhaus, das ihre letzte Unterkunft in Evander gewesen war, als wären sie keine Menschen, sondern eine Ware, die bis zu ihrer endgültigen Auslieferung verstaut wurde. Der Boden bestand aus festgestampfter Erde, auf der wahllos verstreute Decken lagen. In zwei Wände waren hohe Fenster ohne Glasscheiben eingelassen. Das einfallende Licht reichte gerade aus, daß die Gefangenen einander erkennen konnten. Der hintere Bereich der Halle wurde durch eine hölzerne Trennwand abgeteilt. Dem scharfen Geruch nach zu urteilen, befanden sich dort offene Latrinen. Rechts und links des Eingangs standen zwei Wassertonnen, daneben türmten sich Geschirr und primitiv geformte Krüge aus gebranntem Ton, die nicht gerade sauber waren.

Arcole führte Flysse und Davyd zu einem Platz in der Nähe des Tors. Auf Grund der Reputation, die er an Bord der *Stolz Gottes* erworben hatte, erhob niemand Einspruch, als er und seine Gefährten Decken zusammensuchten und ihre Schlafstellen einrichteten. Er fragte sich, wie kalt die Nächte hier sein mochten und wie lange sie in diesem Schuppen würden ausharren müssen, bevor man sie ihren – wie hatte Spelt sich ausgedrückt? – ›Besitzern zuteilen‹ würde. Arcole hoffte, daß die Fürsprache, die Var ihm zugesagt hatte, den Gouverneur zu seinen Gunsten beeinflussen würde. Wenn alles gutging, konnte er vielleicht eine halbwegs angenehme Arbeit finden, mehr über diesen Ort in Erfahrung bringen und dann … Nein, er durfte seine Hoffnungen nicht zu hoch schrauben. Das wäre das gleiche, als würde man von der ersten gewonnenen Runde Petanoye bereits auf den Sieg der gesamten Partie schließen. Das Klügste, was er jetzt tun konnte, war, geduldig zu bleiben, so viele Informationen wie möglich zu sammeln und erst dann zu entscheiden, wie er sein Blatt ausspielte.

Tomas Var nahm das Glas entgegen, das ihm ein Diener reichte, und wartete in respektvollem Schweigen, während der Gouverneur demonstrativ gemächlich seine Pfeife stopfte. Sie hatten sich in ein Zimmer zurückgezogen, das Wyme als sein ›Heiligtum‹ bezeichnete, wie Var vermutete, um sich ungestört unterhalten zu können. Kapitän Bennan war in einen anderen Raum geführt worden, wo sich Celinda, die Frau des Gouverneurs, um ihn kümmerte, während Major Spelt seinen Pflichten in der Stadt nachging. Wyme hatte erklärt, daß er noch vor dem Essen eine Zusammenfassung von Vars Bericht hören wollte, und so saß der Hauptmann jetzt in einem übertrieben gepolsterten Sessel vor einem gewaltigen Schreibtisch. Beide Möbelstücke waren – wie die gesamte Einrichtung des Anwesens – aus Evander importiert worden, und Var konnte nicht umhin, sich Gedanken über die Transportkosten zu machen. Es wäre bestimmt einfacher und billiger gewesen, die Möbel vor Ort anfertigen zu lassen. Aber das, vermutete er, entsprach nicht Wymes Stil.

Er war Andru Wyme bisher erst einmal begegnet

und hatte ihn schon damals nicht sonderlich gemocht. Auch jetzt fand er keinen Grund, seine Einstellung zu ändern. Wahrscheinlich täuschte er sich in dem Mann, denn Wyme stand bei der Autokratie in hohem Ansehen. Seine Stellung in Grostheim sprach für ihn. Nur die vertrauenswürdigsten Vertreter der Autokratie erhielten einen solchen Posten, der praktisch dem eines Herrschers über den Westkontinent entsprach. Trotzdem empfand Var den Gouverneur als aufgeblasen. Daß Wyme ihn jetzt warten ließ, hielt er für Absicht, eine Methode seinen höheren Rang gegenüber dem einfachen Hauptmann zu betonen. Und die Art, wie er seine Diener einkleidete – mit Brokat verzierte Wämser und Schuhe mit Silberschnallen, was einen merkwürdigen Kontrast zu den Brandmalen auf ihren Wangen bildete –, erschien Var affektiert. Wyme mochte seine Pflicht ernstnehmen, aber seine Bequemlichkeit war ihm offensichtlich noch wichtiger. Ein flüchtiger Gedanke ging Var durch den Kopf und ließ ihn lächeln. Arcole Blayke müßte sich hier eigentlich fast zuhause fühlen.

»Amüsiert Euch irgend etwas?« Wyme zündete seine Pfeife mit einem langen Streichholz an und inhalierte tief.

»Ich mußte gerade an einen der Verbannten denken, einen äußerst bemerkenswerten Mann«, sagte Var und deutete auf den Raum. »Einer, der, wie ich annehme, eher eine solche Umgebung als den Frachtraum eines Gefangenenschiffes gewohnt ist. Ich würde gern mit Euch über ihn sprechen, mit Eurer Erlaubnis.«

»Später.« Wyme wedelte das Streichholz aus und warf es achtlos fort. Der Diener an seiner Seite bückte sich sofort und hob es auf. Einen Moment lang hing Schwefelgeruch in der Luft. »Zuerst möchte ich Euren Bericht hören.«

Var nickte gehorsam. Arcole Blayke würde darin ohnehin eine große Rolle spielen.

Als er geendet hatte, stieß Wyme ein unverbindliches Brummen aus. Seine dichten Brauen über den hängenden Augenlidern hoben sich. »Er hat Euch beeindruckt, was?« fragte er ausdruckslos.

»Er hat das Schiff gerettet«, stellte Var fest. »Ich glaube, ohne seine Geistesgegenwart und seinen Mut hätte die Schlange uns versenkt. Auf jeden Fall wären etliche Menschen mehr umgekommen.«

Wyme gab dem Diener ein Zeichen, die Gläser zu füllen, bevor er antwortete. »Trotzdem hat er einen Mann getötet und zwei weiteren bleibende körperliche Schäden zugefügt. Damit hat er Eigentum der Autokratie beschädigt. Ein Vergehen, das nicht ignoriert werden kann.«

»Er hat nur gekämpft, um andere, die ebenfalls Eigentum der Autokratie sind, gegen einen Angriff zu verteidigen«, erwiderte Var vorsichtig. »Und er wurde für seine Tat bestraft.«

»Mit zwölf Peitschenhieben?« Wyme drehte das Glas zwischen seinen dicken Fingern hin und her und kostete genießerisch das Bukett. »Kaum eine angemessene Strafe.«

»Sie erschien mir ausreichend. Ich war der Meinung, daß er ehrenhaft gehandelt hat.«

»Ehrenhaft?« Wyme hob die Augenbrauen und lachte abfällig. »Mein lieber Hauptmann Var, dieser Mann ist ein *Verbannter*. Wollt Ihr etwa andeuten, diese Leute hätten eine Vorstellung davon, was Ehre ist?« Sein Tonfall und sein Gesichtausdruck verrieten deutlich, daß er den Gedanken für absurd hielt.

Var hielt den Blick auf den Gouverneur gerichtet und beobachtete dabei verstohlen den Diener aus den Augenwinkeln. Die Miene des Mannes blieb reglos, als wäre er taub für die Beleidigung.

»Blayke schon, würde ich sagen. Jedenfalls ist er kein gewöhnlicher Verbrecher. Soweit ich erfahren habe, galt er in Levan als ein kultivierter Mann, der sogar Umgang mit aristokratischen Kreisen gepflegt hat.«

»Vielleicht in Levan.« Wyme machte eine wegwerfende Handbewegung. »Aber dies hier ist Salvation, und dieser Bursche – Blayke, sagt Ihr? – hat wie alle anderen ein Brandzeichen im Gesicht. Folglich *ist* er ein Verbrecher.«

»Trotzdem ...« Var zögerte. Einerseits fühlte er sich dem Versprechen verpflichtet, das er Arcole gegeben hatte, andererseits wollte er den Gouverneur nicht verärgern, indem er ihn zu sehr bedrängte. »Daß er das Schiff gerettet hat, spricht zu seinen Gunsten, oder?«

»Mag sein«, räumte Wyme ein. »Aber es wäre nicht richtig, dieses Gesindel aufzuwerten. Weiß Gott, das ist der Abschaum der Menschheit.« Er schnaubte verächtlich, ohne den gebrandmarkten Mann an seiner Seite überhaupt zu registrieren. »Ihr sagt, er hätte gewisse kultivierte Qualitäten?«

»Die hat er zweifellos«, versicherte Var.

»Dann werde ich ihn für den Posten eines Leibdieners in Betracht ziehen.« Wyme hob sein Glas. »Was haltet Ihr von diesem Wein?«

»Er ist ausgezeichnet.« Var ging bereitwillig auf den Themenwechsel ein. Er hatte sein Versprechen gehalten, mehr konnte er für Arcole Blayke nicht tun. »Der Weinanbau floriert?«

»Größtenteils.« Wyme schürzte die wulstigen Lippen, seine Miene verdüsterte sich. »Wir werden uns während des Essen darüber und über andere Dinge unterhalten. Würdet Ihr mir jetzt erzählen, was sich zu Hause in letzter Zeit ereignet hat?«

Var fragte sich, warum gerade ein Schatten über das

fleischige Gesicht des Gouverneurs gehuscht war. Er begann, von Evander und den unterworfenen Ländern zu berichten, und als er geendet hatte, verkündete ein Gong, daß das Abendessen bereit war.

Der Speisesaal des Gouverneurs war verschwenderisch eingerichtet und mit Kristallkerzenhaltern, Vorhängen aus feiner Spitze, Silberbesteck und kostbarem Prozellangeschirr ausgestattet. Hinter jedem Stuhl an dem langen, mit einem Damasttuch bedeckten Tisch standen Diener. Var wurde der Platz neben Celinda zugewiesen, ihm gegenüber saßen Alyx Spelt und Kapitän Bennan. Andru Wyme nahm am Kopfende der Tafel Platz.

Anfangs verlief die Unterhaltung enttäuschend für den Hauptmann. Er spürte, daß ein Thema ausgeklammert wurde, während sie Neuigkeiten austauschten. Celinda wollte von ihm und Kapitän Bennan alles über die neueste Mode und den letzten Tratsch in Evander erfahren, Dinge, die die Besucher kaum interessierten. Spelt und Wyme beteiligten sich mit unverbindlichen Bemerkungen an dem Gespräch, aber Var konnte den düsteren Gesichtsausdruck des Gouverneurs nicht vergessen und fragte sich, wann er den Grund dafür erfahren würde.

Seine Neugier blieb ungestillt, bis sich Celinda zurückzog und die Männer ihren Pfeifen und dem schweren Likörwein überließ, den die *Stolz Gottes* mitgebracht hatte. Der Tisch wurde bis auf eine Karaffe abgedeckt und die Diener fortgeschickt. Erst dann schnitt Wyme das Thema an, das Var so brennend interessierte, und obwohl sie ungestört waren, senkte er die Stimme, als befürchtete er, irgend jemand könnte ihn belauschen.

»Es gibt beunruhigende Neuigkeiten«, verkündete er. »Wie es scheint, sind wir nicht die einzigen Bewohner Salvations.«

Auf der anderen Seite des Tisches verschluckte sich Bennan an seinem Portwein und hustete. Var keuchte und ließ seine Pfeife sinken. »Aber ich dachte …« Er schüttelte die Verblüffung ab, die diese unerwartete Nachricht in ihm hervorgerufen hatte. »Es ist doch allgemein bekannt, daß niemand sonst Anspruch auf dieses Land erhebt.«

»Das ist es, was die Allgemeinheit *glaubt.*« Spelts Stimme klang spröde, und obwohl er genauso leise wie Wyme vor ihm sprach, schien jedes seiner Worte so laut wie ein Musketenschuß zu dröhnen. »Aber offenbar entspricht das nicht den Tatsachen. Wir haben Hinweise auf andere Bewohner gefunden.«

»Blutige Hinweise«, fügte Wyme hinzu. »Wir teilen dieses Land mit Wilden.«

LEIBEIGENSCHAFT

Wie eine Viehherde auf dem Weg zum Markt wurden die Verbannten durch die Straßen Grostheims zu einem eingezäunten Platz getrieben, scharf bewacht von den Milizionären. Die Sonne brannte heiß vom Himmel herab. Nirgendwo gab es Schatten. Menschen sammelten sich entlang des Zaunes und taxierten die Neuankömmlinge abschätzend. Auf einer Seite des Platzes erhob sich ein schattiger Pavillon, für die herrschende Schicht der Stadt errichtet, wie Arcole vermutete. Dort entdeckte er Tomas Var, den Major der Gottesmiliz, den Mann, den er für den Gouverneur hielt, und noch einige Leute mehr, ebensoviele Frauen wie Männer. Abgesehen von den Offizieren, deren Uniformen sich in den letzten Jahren nicht verändert hatten, waren alle Bürger Grostheims altmodisch gekleidet. Arcole fragte sich, ob Var sein Versprechen gehalten hatte, und ob die Fürsprache des Hauptmannes sich günstig für ihn auswirken würde. Davyd, der neben ihm stand, sah sich nervös um. Flysse fingerte unruhig an ihrem Halstuch herum, die Augen zu Boden gerichtet. Sie wirkte so verzagt, daß Arcole ihr beinahe die Hand gehalten hätte.

Für die Leute außerhalb der Umzäunung schien diese Zusammenkunft ein festlicher Anlaß zu sein. Sie diskutierten lautstark über die vermeintlichen Vorzüge einzelner Verbannter. Arcole fühlte sich an eine Pferdeauktion erinnert, an der er einmal teilgenommen hatte, nur daß er sich diesmal in der Rolle eines der Tiere wiederfand, eine Situation, die ihm gar nicht behagte. Schließlich hob der Gouverneur gebieterisch eine Hand, und sofort kehrte Stille ein. Er sprach kurz mit Spelt, worauf der Major einen Befehl bellte. Ein paar Soldaten traten vor und drängten die Gefangenen zu einer Art Rondell, wo sie den Zuschauern wie Vieh vorgeführt wurden. Arcole mußte seinen Zorn unterdrücken und sich zwingen, eine friedfertige Miene aufzusetzen.

Als er an dem Pavillon vorbeikam, sah er, wie sich Var zu dem Gouverneur vorbeugte. Der Mann nickte und deutete träge auf den Verbannten. Ein Milizionär tippte Arcole auf die Schulter und gab ihm ein Zeichen, den Kreis zu verlassen. Arcole hörte, wie Davyd vernehmlich die Luft einsog und Flysse einen gepreßten Schrei ausstieß. Es fiel ihm schwer, ihnen in die Augen zu sehen, als er dem Soldaten zum Rand des Pferches folgte.

»Du hast Glück«, murmelte der Milizionär. »Der Gouverneur hat dich ausgewählt, ein leichtes Leben für dich.«

Arcole antwortete nicht. Er wartete stumm darauf, daß sich auch das Schicksal seiner Gefährten entschied.

Anscheinend war die erste Wahl dem Gouverneur und seiner Gefolgschaft vorbehalten, denn während die Verbannten ihre Runden drehten, sonderten die Soldaten mehrere von ihnen aus und brachten sie zu Arcole. Es überraschte ihn, wie sehr er sich freute, daß sich Flysse unter ihnen befand, und er erwiderte ihr Lächeln, als sie an seine Seite trat. Und als sich schließlich auch Davyd zu ihnen gesellte, fragte er sich, ob das Schicksal es so bestimmt hatte, daß sie zusammenblieben.

Dann kamen die einfacheren Bürger Salvations an die Reihe, sich ihre neuen Diener auszusuchen.

Der Kreis der Gefangenen wurde immer dünner, bis alle ihre Besitzer gefunden hatten und das Ritual der Rekrutierung von Leibeigenen endete. Die

Verbannten folgten ihren neuen Herren durch die Straßen. Arcole fragte sich, ob der Gouverneur auch Flysse und Davyd für seinen Haushalt ausgesucht hatte, doch dann trat ein großer dünner Mann aus dem Pavillon und winkte den Jungen zu sich.

Davyd zögerte und ergriff Arcoles und Flysses Hände. »Wir werden uns wiedersehen«, sagte er, als wäre es eine Feststellung und eine Frage zugleich.

Arcole nickte und zwang sich zu einem Lächeln. »Zweifellos. Das scheint ja kein allzu großer Ort zu sein, was?«

»Paß gut auf dich auf, Davyd«, flüsterte Flysse mit bebender Stimme.

»Nun, Junge?« Der dünne Mann winkte erneut, aber er wirkte nicht übermäßig ungeduldig. »Verabschiede dich von deinen Freunden und folge mir.«

»Geh schon«, drängte Arcole. »Du solltest deinen neuen ... Arbeitgeber lieber nicht verärgern.« Er brachte es nicht über sich, das Wort ›Besitzer‹ auszusprechen.

Davyd nickte und schluckte mühsam. Dann wandte er sich seinem Käufer zu.

»Ich bin Rupyrt Gahame«, sagte der dünne Mann. »Du wirst mich mit ›Master‹ oder mit ›Sieur Gahame‹ ansprechen. Wie heißt du?«

»Davyd Furth, Sieur Gahame.«

Gahame nickte, als wäre er mit der Antwort zufrieden, und ging davon, ohne sich umzusehen. *Offensichtlich hält er es für selbstverständlich,* dachte Arcole, *daß Davyd ihm wie ein dressierter Hund folgt.* Der Junge warf ihm und Flysse einen letzten Blick zu, dann richtete er die Schultern auf und trottete dem Mann hinterher. Arcole sah zu, wie das ungleiche Paar verschwand, und war sich dabei kaum bewußt, daß Flysse seine Hand hielt. Es schien ihm auf eine seltsame Art völlig normal, daß sie es tat.

Er drehte sich um und ließ seinen Blick über den Pavillon schweifen. Der Gouverneur unterhielt sich immer noch mit Spelt und Var. Neben ihm saß eine rothaarige Frau in einem Kleid, das schon seit Jahren außer Mode war. Sie winkte einen Mann zu sich. Anscheinend erteilte sie ihm irgendwelche Anweisungen, denn er verbeugte sich und machte sich unverzüglich auf den Weg zum Pferch.

Das Zeichen auf seiner Wange wies ihn als Leibeigenen aus, seine Kleidung als Diener. Über einem Hemd aus grob gewobener Baumwolle trug er ein grellrotes Wams voller Brokat und Schnurbesatz. Die Hosenbeine endeten in Wadenhöhe und waren über weißen Strümpfen verschnürt, die in mit Zinnschnallen verzierten Schuhen steckten. Arcole musterte die Uniform mit Abscheu.

Der Diener blieb vor Arcole und Flysse stehen. »Ihr kommt mit mir«, sagte er. »Ich bin Nathanial. Wie heißt ihr?«

»Mein Name ist Arcole Blayke«, stellte sich Arcole vor, »und das ist Mistress Flysse Cobal.«

Nathanial gluckste. »Nein, hier nicht, mein Freund. Du heißt schlicht und einfach Arcole, und sie schlicht und einfach Flysse.« Er beäugte die junge Frau lüstern. »Auch wenn man sie nun wirklich nicht als schlicht und einfach bezeichnen kann.«

Er sah, daß Arcoles Gesicht dunkel anlief, und sein Lächeln verschwand. »War nicht böse gemeint, Freund Arcole. Wenn sie zu dir gehört, geht das klar. Aber Leute wie wir haben keine Nachnamen. Nur die, die unsere Herren uns erlauben. Also, kommt jetzt, bevor Madame euch hier rumtrödeln sieht. Wäre nicht gut, sie gleich am ersten Tag zu verärgern.«

Er führte sie aus der Umzäunung heraus durch Straßen, die von Holzhäusern gesäumt wurden, von denen keins mehr als zwei Stockwerke hoch war.

Grostheim, dachte Arcole, ist wirklich ein ausgesprochen rustikaler Ort. »Der Gouverneur persönlich hat uns ausgewählt?« erkundigte er sich.

»Dich hat er selbst ausgesucht«, erwiderte Nathanial. »Dieser Marinehauptmann hat dich ihm empfohlen. Sagt, du hättest das Schiff gerettet, wirklich. Die Geschichte würd' ich später gern mal hören, ja.« Er bedachte Arcole mit einem prüfenden Blick und zwinkerte dann Flysse zu. »An Flysse hier hat Madame Gefallen gefunden. Glaubt, sie hätte das Zeug für eine Zofe, wirklich.«

Also hatte Var sein Versprechen gehalten. *Er ist ein Ehrenmann*, dachte Arcole, *obwohl er Evanderaner ist.* »Und was soll ich werden?«

Nathanial zuckte die Achseln. »Das weiß ich noch nicht so genau. Höchstwahrscheinlich ein Leibdiener, es sei denn, Wyme schickt dich zur Arbeit in den Stall oder so was.«

»Wyme?« fragte Arcole.

»Gouverneur Andru Wyme«, erklärte Nathanial. »Herrscher über diese Kolonie von Gottes Gnaden. Und mit ein bißchen Hilfe von seinen Freunden ... ein Bruder von ihm ist so was wie ein hochgestelltes Mitglied der Autokratie. Egal, das Leben in seinem Anwesen ist leichter als in vielen anderen Häusern. Das heißt, solange man ihn oder Madame nicht verärgert.«

»Kennst du einen Mann namens Rupyrt Gahame?«

Flysses Frage überraschte Arcole. Er war im Moment mehr daran interessiert, möglichst viel über Wyme und dessen Haushalt in Erfahrung zu bringen.

»Er ist Händler«, sagte Nathanial. »Hat eine Lizenz, Waffen und so'n Zeugs an die Siedler im Hinterland zu vertreiben. Warum?«

»Er hat einen Freund mitgenommen.«

»Diesen kleinen Rotschopf?« Nathanial nickte.

»Dann hat er Glück gehabt. Es gibt schlechtere Herren als Sieur Gahame.«

Arcole runzelte die Stirn. Flysses Sorge rief ein leichtes Schuldgefühl in ihm hervor, nicht mehr an Davyds Wohlergehen gedacht zu haben. »Gahame hat hier ein Geschäft?«

»Ein Lager und ein Büro in Grostheim«, bestätigte Nathanial, »aber er reist viel im Landesinneren herum.«

Arcole nickte und verbarg seine Enttäuschung. Ihm kam der Gedanke, daß sich vielleicht eine Möglichkeit zu Flucht ergeben könnte, wenn Gahame das Hinterland mit seinen leibeigenen Dienern bereiste. Vielleicht wäre es besser gewesen, Gahame hätte ihn statt Davyd ausgewählt. »Was gibt es im Hinterland?«

»Farmen, Weinberge, ein paar Mühlen. Sonst nur noch Wildnis.«

»Und in der Wildnis?« Arcole bemühte sich, die Frage beiläufig klingen zu lassen.

»Was gibt's da?« Nathanial kratzte sich das struppige dunkelbraune Haar. »Weiß ich auch nicht so genau. Hauptsächlich Wald, habe ich gehört. Wilde Tiere, sagen die Leute. Habe ich nie gesehen, und will ich auch gar nicht sehen. Bin nur einmal auf der anderen Seite der Mauern gewesen.«

Arcole blickte auf. Die hölzernen Stadtmauern überragten alle anderen Gebäude bei weitem, und überall auf den Laufstegen waren deutlich die roten Mäntel der Milizionäre zu erkennen. Plötzlich erschienen ihm die Palisaden wie Gefängnismauern. »Du gehst nie hinaus?« fragte er.

»Wozu?« Nathanial warf ihm einen verblüfften Blick zu. »Ich würde nicht auf einem Bauernhof oder in den Weinstöcken arbeiten wollen. Nein, das wäre nichts für mich. Ich bin in Avanache geboren und habe keine Lust, das Land kennenzulernen.«

»Wie lange bist du schon hier?«

»Fast acht Jahre.«

»Und in dieser Zeit hast du die Stadt nur einmal verlassen?« Arcole war entsetzt.

Nathanial nickte gutgelaunt. »Ja, wenn man die kurzen Ausflüge zum Hafen nicht mitzählt. Ich bin hier ganz zufrieden, ich weiß, wann ich es gut getroffen habe. Das wirst du mit der Zeit auch noch lernen, mein Freund. Du wirst schon lernen, das Beste aus deiner Situation zu machen.«

Das glaubte Arcole nicht, jedenfalls nicht so, wie es sich Nathanial vorstellte. Der Bursche schien sich damit abgefunden zu haben, ein Leibeigener zu sein, ohne an Rebellion zu denken. Das werde ich nicht tun, schwor sich Arcole – bei Gott, ich nicht! Er lächelte grimmig und wandte sich wieder dem Diener zu.

»Ich habe Schutzzauber an den Mauern gesehen. Sollen sie uns hier festhalten?«

»Das wäre zwecklos«, sagte Nathanial. »Niemand flieht von hier.«

»Niemand versucht es?«

»Zwecklos«, wiederholte Nathanial. »Hier gibt es nichts außer der Wildnis. Und dahin würde nur ein Verrückter gehen. Wahrscheinlich würde er von wilden Tieren aufgefressen werden oder verhungern. Ein paar haben es früher mal versucht. Major Spelt und seine Rotmäntel haben sie zurückgebracht, sie auspeitschen lassen und ihnen dann harte Arbeit zugeteilt.«

»Warum werden die Mauern dann verhext?« wollte Arcole wissen.

»Aus reiner Gewohnheit, schätze ich.« Nathanial zuckte die Achseln. »Als die Leute Grostheim errichtet haben, wußten sie noch nicht, daß niemand in Salvation lebt, also haben sie die magischen Zeichen dort angebracht, so für alle Fälle. Aber jetzt, also, es gibt hier ja nicht mal einen Inquisitor, der die Symbole erneuern könnte. Sie sind nie ausprobiert worden. Soweit ich weiß, wirken sie nicht einmal.«

»Woher weißt du, das die Wildnis menschenleer ist?« fragte Arcole.

»Liegt doch auf der Hand, oder?« fragte Nathanial zurück. »Seit Grosts Zeiten roden die Leute den Wald, und sie haben nie auch nur die geringste Spur von anderen Menschen gefunden. Nein, da draußen gibt es nichts außer Bäumen und wilden Tieren.«

»Und niemand unternimmt Forschungsreisen ins Landesinnere?« Arcole fürchtete schon, Nathanial mißtrauisch zu machen, indem er ihn mit zu vielen Fragen bedrängte, aber der Diener schien es nicht zu bemerken, oder aber sich nicht daran zu stören. Vielleicht nahm er ganz einfach an, seine Schicksalsgefährten hätten Angst, und er versuchte, ihnen Mut zu machen, vielleicht aber stellten alle Neuankömmlinge die gleichen Fragen.

»Wozu? Das bereits gerodete Land versorgt uns mit allem, was wir brauchen, also gibt es keinen Grund, tiefer ins Landesinnere vorzustoßen. Jedenfalls nicht, bevor noch mehr Siedler hier eintreffen.« Er kicherte selbstironisch und berührte dabei demonstrativ das Brandmal auf seiner Wange. »Oder bis Evander mehr von uns losschickt, um den Wald zu roden.«

Arcole erwiderte das Lachen, um den anderen zu ermutigen fortzufahren, auch wenn er keineswegs belustigt war. »Und die Farmen und Höfe? Werden dort Leibeigene beschäftigt?«

»Wer sonst sollte die Arbeit tun?« Nathanial bedachte Arcole mit einem mitleidigen Blick. »Wie ich schon gesagt habe, du hast es gut getroffen.«

»Versuchen sie denn nie zu fliehen?«

»Hörst du mir denn gar nicht zu, Freund?« Nathanial lachte erneut. »*Es gibt hier keinen Ort, an den man fliehen könnte.* Gott, selbst wenn es jemand versuchen würde – wenn die Rotröcke ihn nicht schnappen würden und er davonkäme –, jenseits der Farmen gibt es nichts als Gott weiß wie viele Meilen Wildnis. Und dann ist da noch Wymes Zauberei.«

»Wymes Zauberei?« fragte Arcole scharf.

»Aye«, bestätigte Nathanial. »Der Gouverneur hat die Hexergabe. Nicht so wie ein Inquisitor, das nicht, aber sie ist stark genug, um einen Mann ...« – er warf Flysse einen Seitenblick zu – »... oder eine Frau zu verzaubern. Der Gouverneur belegt jeden, der Stadt verläßt, mit so einem Bann. So kann der Major alle, die zu fliehen versuchen, ganz leicht zu Strecke bringen.«

Arcole spürte, wie Flysse seine Hand fest umklammerte, und er segnete sie dafür, daß sie die Frage stellte, die ihm selbst auf der Zunge gelegen hatte. »Wird Davyd dann verhext werden?«

»Wenn Sieur Gahame beschließt, ihn mit hinauszunehmen, ja«, erwiderte Nathanial, der fälschlicherweise annahm, ihre Angst würde ihrem eigenen Wohlergehen gelten. »Aber du brauchst dir keine Sorgen zu machen, Wyme verhext nur diejenigen, die nach draußen gehen. Es strengt ihn zu sehr an, schätze ich.«

Eine weitere Information, die Arcole sich sorgfältig einprägte. Daß Davyd verhext werden könnte, beeinträchtigte seine noch verschwommenen Pläne. Er schob den Gedanken vorläufig beiseite und verzichtete auf weitere Fragen, während er und Flysse Nathanial durch die Straßen folgten.

Wenn dem Diener Arcoles plötzliche Schweigsamkeit aufgefallen war, ließ er sich nichts davon anmerken. Er plauderte munter weiter über das Leben in Grostheim und die Vorzüge, die es mit sich brachte, in Wymes Diensten zu stehen, als wollte er sein gesamtes Wissen in einer einzigen ausführlichen Ansprache loswerden. Unter den Leibeigenen des Gouverneurs nahmen einige eine höhere Stellung ein, erläuterte er, denen sich die anderen Diener unterzuordnen hatten, in erster Linie der Majordomus Benjamyn, die Haushälterin Chryselle, die Köchin Dido und Fredrik, der Aufseher der Stallknechte. Er nannte noch ein paar andere Namen, aber Arcole achtete kaum darauf. Nathanials Monolog zwang ihn zu der Erkenntnis, daß er selbst zu einer dieser Gestalten geworden war, deren Existenz er bisher stets als ganz selbstverständlich hingenommen hatte: ein Diener, ein Gesichtsloser. Er strich sich über die Narbe auf seiner Wange. Wut stieg in ihm auf, und es kostete ihn Mühe, eine friedfertige Miene beizubehalten und die Bemerkung zu verschlucken, daß er nicht der Lakai eines anderen Mannes war. Hier war er genau das, und wenn er sich nicht in diese Rolle fügte, würde er unter seiner Anmaßung leiden müssen. Es war ein unerträglicher Gedanke, und er schwor sich stumm, daß er diesen würdelosen Zustand nicht länger als unbedingt nötig ertragen würde.

Schließlich blieb Nathanial vor einem brusthohen, mit Rosen bewachsenen Zaun stehen, hinter dem sich Rasenflächen und Blumenbeete ausbreiteten. Eine breite Zufahrt führte zu einem Säulengang an der Vorderseite eines großen Anwesens. Es war im Stil eines evanderanischen Herrensitzes erbaut, bestand jedoch vollständig aus Holz, so daß es Arcole an eine pompöse Jagdhütte erinnerte, wie sie ein reicher Mann aus einer Laune heraus mitten im Wald errichten lassen mochte.

»Das Anwesen des Gouverneurs«, verkündete Nathanial. »Nein, nein!« fügte er hastig hinzu, als Arcole Anstalten machte, durch das offene Tor zu treten. »Wir dürfen den Vordereingang nicht benutzen. Auf der Rückseite gibt es einen Dienstboteneingang.«

Es mutete Arcole seltsam an, ein Haus von der

Rückseite her zu betreten. Er schüttelte das Gefühl der Erniedrigung ab und folgte Nathanial um den Zaun herum zu einem bescheideneren Tor, das auf einen Hinterhof führte. Dort hingen Kleidungsstücke zum Trocknen an einer Wäscheleine, und drei Frauen mit hochgekrempelten Hemdsärmeln, die die Brandmale auf ihren Oberarmen entblößten, schufteten über dampfende Wäschetröge gebeugt. Sie sahen auf, als Nathanial Arcole und Flysse durch den Hof führte, sprachen sie aber nicht an und hielten auch nicht in ihrer Arbeit inne.

Nathanial brachte die Neuankömmlinge in ein Wirtschaftsgebäude, wo weitere Diener mit den mannigfaltigen Arbeiten beschäftigt waren, die in den Aufgabenbereich des Haushaltspersonals fielen. Arcole hatte noch nie zuvor einen Fuß in diesen Bereich eines Hauses gesetzt oder sich Gedanken über die Tätigkeit der Dienerschaft gemacht. Er sah sich um und registrierte, daß alle Männer ähnlich wie ihr Führer gekleidet waren. Die Frauen trugen einheitliche Dirndl mit weißen Hemden unter grünen Miedern.

Am anderen Ende der Halle erhob sich ein weißhaariger Mann mit einem zerfurchtem Gesicht, in dem eine stumme Frage stand. Seine Kleidung entsprach der der anderen Männer, doch sein Hemd, das am Hals von einem Seidentuch zusammengehalten wurde, bestand aus einem feineren Stoff, und seine Schuhe waren mit Schnallen aus poliertem Silber verziert.

Nathanial verbeugte sich eifrig. »Benjamyn, das sind die beiden, die der Herr ausgesucht hat. Sie heißen Arcole und Flysse.«

Benjamyn nickte und befahl Nathanial mit einer Handbewegung, ein Stückchen zurückzutreten. Er schien sich bereits im Herbst seines Lebens zu befinden, aber die Augen, die Arcole und Flysse aufmerksam musterten, waren klar, und er hielt sich betont aufrecht. Das Brandmal auf seiner Wange war so alt, daß es sich kaum noch abzeichnete. Er ließ sich Zeit mit seiner Musterung und machte dabei ununterbrochen leise schnalzende Geräusche mit der Zunge, als hakte er im Geist einen Punkt nach dem anderen ab.

»Ich bin Benjamyn, der Aufseher dieses Haushalts«, sagte er schließlich. »Hat Nathanial euch erzählt, wie die Dinge hier laufen?«

Arcole nickte. »Das hat er.« Er runzelte die Stirn, als er sah, wie Flysse einen Knicks vollführte. Alte Gewohnheiten legt man nur schwer wieder ab, dachte er, und genauso schwer fällt es, sich neue anzueignen.

»Dann wißt ihr, daß ihr euch nach dem Herrn und der Herrin nach meinen Anordnungen zu richten habt«, fuhr er fort. »Seid stets gehorsam und erfüllt eure Pflicht, und ihr werdet feststellen, daß das Leben in diesem Haus recht angenehm sein kann. Was sind eure Fähigkeiten?«

Arcole zögerte. Er hatte erwartet, mit Wyme zu sprechen und die Gelegenheit zu bekommen, ihm seine verschiedenen Talente so schildern zu können, daß der Gouverneur ihm eine angemessene Tätigkeit zuwies. Darauf, daß ein Diener ihn befragen würde, war er nicht vorbereitet gewesen. Bisher hatten sich seine Gespräche mit Bediensteten darauf beschränkt, Wünsche zu äußern, die in Wirklichkeit Befehle waren. Zu seiner Erleichterung antwortete Flysse vor ihm.

»Ich habe in einer Taverne bedient«, sagte sie. »Davor habe ich als Dienstmädchen einer Dame und auf dem Hof meiner Eltern gearbeitet.«

Benjamyn nickte, seine Zunge schnalzte unablässig. »Dann taugst du vielleicht zur Zofe. Aber ich denke, du fängst besser in der Küche an, wenn Dido damit einverstanden ist.«

Er richtete seine leuchtend schwarzen Augen auf Arcole und hob erwartungsvoll die Brauen. »Und du, Arcole?«

»Ich …« Arcole zuckte hilflos die Achseln. Plötzlich erschien ihm der Katalog seiner Fertigkeiten alles andere als vorteilhaft. »Ich gelte als fähiger Kartenspieler, ich spiele Cembalo und Spinett, ich kann zeichnen und malen, ich boxe recht gut, und ich kann mit einem Schwert und einer Pistole umgehen.«

Irgend jemand kicherte. Ein paar der Falten in Benjamyns Stirn vertieften sich. Es war unmöglich zu beurteilen, ob er lächelte oder mißbilligend das Gesicht verzog. »Das ist alles schön und gut für einen Mann der feinen Gesellschaft«, sagte er. »Aber welche *nützlichen* Fähigkeiten hast du?«

Beinahe hätte Arcole ihn darauf hingewiesen, daß er ein Mann der feinen Gesellschaft *war*, aber er verschluckte die Bemerkung. Seine Herkunft war jetzt bedeutungslos, und es würde ihm in dieser seltsamen neuen Umgebung vermutlich nur schaden, sie hervorzuheben. »Ich kann reiten«, fügte er hinzu. »In Levan hieß es, ich hätte Geschick mit Pferden.«

Benjamyns Zunge schnalzte lauter. »Dann, denke ich, wirst du deinen Dienst im Stall antreten. Nathanial, bring ihn zu Fredrik. Flysse, du kommst mit mir.«

Er drehte sich um. Flysse sah Arcole beinahe mitleidig an.

Ein Stallbursche? dachte Arcole wie vor den Kopf geschlagen. *Ich soll ein Stallbursche werden?* Er wollte Benjamyn hinterherlaufen und protestieren, doch Nathanial hielt ihn am Arm fest.

»Keine Widerrede«, flüsterte der braunhaarige Mann. »Sonst könnte der alte Benjamyn dafür sorgen, daß dir eine wirklich unerfreuliche Zeit bevorsteht.«

Arcole konnte sich kaum etwas Unerfreulicheres vorstellen, als in einem Stall zu arbeiten, aber er beherzigte die Warnung. Bestimmt würde er bald schon in eine höhere Position aufsteigen. Es wäre unklug, jetzt schon zu rebellieren. Außerdem könnte es sich als nützlich erweisen, Zugang zu Reittieren zu haben. Also setzte er eine friedfertige Miene auf und ließ sich von Nathanial aus dem Wirtschaftsgebäude herausführen.

Sie überquerten den Hof und näherten sich einem Schuppen, der nach Pferden roch. Auf einer Bank saßen zwei Männer in Lederwesten, die Zuggeschirr polierten. Ein dritter Mann kam auf einen Ruf Nathanials aus dem Stall hervor.

»Fredrik, das ist Arcole. Benjamyn schickt ihn.«

Fredrik beäugte Arcole ebenso ausgiebig wie der Majordomus. Er war etwas jünger, ein kleiner Mann mit O-Beinen und ergrauendem Haar, das er mit einem blauen Band zu einem Pferdeschwanz zusammengebunden hatte. Sein Gesicht war dunkel wie altes Leder.

»Schön.« Die krummen Beine verliehen ihm einen watschelnden Gang. »Du kennst dich also mit Pferden aus, was?« Seinem Akzent nach zu urteilen, stammte er aus Levan.

Arcole nickte. »Ich verfüge über ein gewisses Geschick.«

»Du bist Levanite?« Fredrik legte den Kopf schief.

»Das bin ich«, erwiderte Arcole, der glaubte, einen Freund gefunden zu haben.

Der Vorarbeiter der Stallknechte machte seine Hoffnung sofort wieder zunichte. »Rechne deswegen nicht mit einer bevorzugten Behandlung, ja? Unsere Herkunft hat hier nichts zu bedeuten. Wir sind alle Verbannte.« Er tippte sich zur Bekräftigung seiner Worte auf die Wange. »Zeig mir deine Hände.«

Arcole streckte die Hände aus. Fredrik überprüfte sie und gluckste belustigt. »Schon mal ein Pferd gestriegelt?« Arcole nickte. »Und schon mal dein eigenes Zaumzeug gereinigt?«

Arcole schüttelte den Kopf.

»Du wirst es lernen«, versprach Fredrik. Er wandte sich den beiden Knechten zu, die den Neuankömmling stumm beobachtet hatten. »Wyllem, besorg ihm seine Arbeitskleidung und weis ihn ein.«

Der Angesprochene erhob sich, streckte seine hagere Gestalt und winkte Arcole zu sich. »Und was warst du, bevor man dich nach Salvation geschickt hat?« erkundigte er sich.

»Ein Mann der feinen Gesellschaft«, sagte Arcole.

»Nun, das bist du hier nicht.« Wyllem schmunzelte. »Womit hast du dir dein Brandmal verdient?«

»Ich habe einen Mann in einem Duell getötet.«

Wyllem wirkte keineswegs beeindruckt. »Ich habe ein Schwein gestohlen.« Er kicherte. »Danach habe ich es getötet und gegessen.«

Es schien ihn nicht sonderlich zu bekümmern, daß sein Diebstahl ihn nach Salvation gebracht hatte. Arcole fragte sich, ob alle Verbannten ihr Schicksal so bereitwillig akzeptierten. Er fühlte sich wie betäubt. Nach den langsam verstreichenden Tagen an Bord des Schoners überschlugen sich die Ereignisse jetzt geradezu. Schweigend folgte er dem Stallknecht zu einem kleinen Anbau.

»Hier schlafen wir.« Wyllem öffnete die Tür des Schuppens, in dem vier Liegen auf einem kahlen Lehmfußboden standen. Er deutete auf das andere Ende des Raumes, das durch eine Trennwand abgeteilt war. »Dort ist Fredriks Quartier. Also, ich schätze, Bertrans Sachen müßten dir passen.« Er kramte eine Hose und ein Wams aus einer Truhe neben einer der Pritschen hervor.

»Was ist denn aus Bertran geworden?« wollte Arcole wissen.

»Er ist gestorben.« Wyllem grinste über Arcoles Gesichtsausdruck. »Aus Altersschwäche, falls du befürchtet hast, er hätte Fieber gehabt.«

Arcole hoffte, daß die Kleidungsstücke nach Bertrans Tod gewaschen worden waren. Wenigstens durfte er sein eigenes Hemd und seine Stiefel anbehalten und mußte nicht die entwürdigende Uniform der Hausbediensteten tragen.

»Paßt«, verkündete Wyllem zufrieden, nachdem sich Arcole umgezogen hatte. »Gehen wir an die Arbeit.«

Sie kehrte zu der Bank zurück, und Wyllem stellte Arcole den anderen Stallknecht vor, einen schweigsamen Evanderaner namens Gylbert, dessen Begrüßung sich auf ein unverbindliches Grunzen beschränkte.

Während Arcole Leder abbürstete und Zuggeschirr polierte, erfuhr er, daß Wyme vier Pferde und eine elegante Kutsche besaß, die allerdings nur selten benutzt wurde, zum Beispiel wenn der Gouverneur ins Landesinnere reiste oder eine offizielle Zeremonie anstand.

»Dann führt Fredrik die Zügel«, erklärte Wyllem, »und wir anderen werden herausgeputzt und spielen die Kutschenwache.«

»Hat der Gouverneur keine Reitpferde?« fragte Arcole.

»Wozu?« Wyllem schüttelte den Kopf und runzelte die Stirn. Dann kicherte er. »Natürlich, das kannst du ja nicht wissen ... Unser Herr ist verkrüppelt, kann kaum richtig auf den Beinen stehen. Im Haus humpelt er auf Krücken herum, und wenn er in die Stadt will, läßt er sich von vier kräftigen Burschen in einer Sänfte tragen. Die Herrin hat auch eine, die beiden einzigen Sänften in Grostheim, extra aus Evander importiert.«

Er schien stolz auf dieses Monopol zu sein, als fühlte er sich durch die Bedeutung seines Herrn selbst aufgewertet. Arcole fand diese Einstellung merkwürdig, und er fragte sich, ob alle Diener das Gefühl hatten, der Glanz des Gouverneurs würde auf sie abfärben. Vielleicht zum ersten Mal wurde ihm das ganze Ausmaß seiner Situation bewußt. Unzählige Meilen trennten ihn von seiner Heimat, nicht nur in geografischer Hinsicht hatte er eine völlig neue Welt betreten. In diesem Moment hätte er beinahe Dom für dessen gutgemeinten Einsatz verflucht, der ihn vor der Hinrichtung bewahrt hatte, nur um ihn an diesen Ort zu bringen. Aber nun war er hier und mußte das Beste aus seiner Lage machen, selbst wenn es bedeutete, ein Fremder in einer fremden Welt zu sein. Er erkannte, daß er noch eine ganze Menge lernen mußte, daß das Wissen, das er sich durch den Kontakt zu Flysse und Davyd angeeignet hatte, erst der Anfang gewesen war.

»Und verhext er euch ... uns ... wenn er außerhalb von Grostheim herumreist?« fragte er.

»Nathanial hat dir von der Gabe unseres Herrn erzählt, was?« Wyllem lächelte. »Nein, uns nicht. Wahrscheinlich, weil er diese Mauern nie ohne eine Schwadron von Major Spelts Milizionären verläßt. Überflüssig, seine Zauberkräfte einzusetzen, wenn eine Musketenkugel dich an der Flucht hindern kann, oder? Außerdem gibt es ohnehin keinen Ort, an den man fliehen könnte. Hat Nathanial dir das nicht auch erzählt?«

»Doch«, erwiderte Arcole, »das hat er. Er hat gesagt, da draußen würde es nur Wildnis geben.«

»Na bitte«, sagte Wyllem. »So ist die Lage.«

»Ja.« Arcole seufzte. »So ist die Lage.«

»Hier wirst du schlafen.« Gahame deutete auf eine Ecke des Lagerhauses, die durch einen Stapel Kisten abgetrennt worden war. Auf dem Boden lagen Decken und eine Matratze. »Im Hof gibt es eine Pumpe. Da kannst du dich waschen. Du ißt zusammen mit den anderen. Ist das da deine einzige Kleidung?«

»Ja, Sieur Gahame.« Davyd ließ den Blick durch seine Unterkunft wandern. Er hoffte, daß in dem Lager keine Ratten hausten. Zumindest gab es ein Fenster, das auf den Hof hinausging.

»Schön, dann werden wir sehen, was wir für dich auftreiben können«, sagte Gahame. »Ich möchte nicht, daß meine Diener in stinkenden Lumpen herumlaufen.«

»Nein, Sieur Gahame«, gab Davyd gehorsam zurück, obwohl er nicht fand, daß seine Kleidung stank oder übermäßig zerlumpt war.

»Was deine Aufgaben betrifft ...« Gahame schwieg einen Moment lang. »Warum bist du verbannt worden?«

Davyd zögerte. »Ich wurde bei dem Versuch zu stehlen erwischt, Sieur Gahame ...«

Der dünne Mann nickte nachdenklich. »Solche Dummheiten solltest du bei mir lieber nicht versuchen, klar?« Sein Tonfall war sanft, aber Davyd konnte die versteckte Drohung deutlich hören. Er schüttelte heftig den Kopf.

»O nein, Sieur Gahame, daß würde ich nie tun. Es war nur so, daß ich fast verhungert wäre ...«

Gahame starrte ihn durchdringend an. »Konntest du keine anständige Arbeit finden?«

Wieder schüttelte Davyd nachdrücklich den Kopf. »Arbeit ist schwer zu finden in Bantar, Sieur. Zumindest für einen Waisenjungen wie mich.« Er bemühte sich um einen angemessen niedergeschlagenen Gesichtsausdruck und beschloß, daß ein bißchen Wahrheit nicht schaden konnte. »Ich hätte vielleicht betteln können, aber das wollte ich nicht.«

»Das spricht zu deinen Gunsten«, stellte Gahame

fest. »Aber eins möchte ich wissen: Wenn du ein Waisenkind warst, warum hat man dich dann nicht in einem Armenhaus untergebracht?«

»Ich weiß es nicht, Sieur«, sagte Davyd, was mehr oder weniger der Wahrheit entsprach. »Es ist einfach nicht dazu gekommen, und ich hatte kein Geld, und … na ja …« Er zuckte hilflos die Achseln.

»Stehlen ist eine Sünde«, erklärte Gahame. »Bist du gläubig, Davyd?«

Davyd nickte eifrig, wobei er verschwieg, woran er glaubte.

»Dann wird es dich freuen zu hören, daß ich meinen Dienern erlaube, den Gottesdienst zu besuchen. Ich erlaube es nicht nur, ich bestehe sogar darauf.«

»Oh …«, murmelte Davyd. »Gut. Das freut mich, Sieur Gahame.«

Das war eine absolute Lüge, denn der bloße Gedanke erfüllte ihn erneut mit einem Entsetzen, das er kaum verbergen konnte. In Bantar hatte er um die Kirchen genau wie um die Inquisitoren und die Milizionäre stets einen großen Bogen gemacht, aus Angst, die Priester könnten in der Lage sein, seine Traumgabe zu entdecken. Vielleicht sah das hier anders aus, aber trotzdem ängstigte ihn die Vorstellung, eine Kirche zu betreten. Er steckte in einem Dilemma; wollte er das Wohlwollen Gahames gewinnen, mußte er der Aufforderung seines Herrn, am Gottesdienst teilzunehmen, zwangsläufig Folge leisten. Weigerte er sich, könnte Gahame mißtrauisch werden, und dann würde man ihm ohnehin auf die Schliche kommen. Davyd wünschte, Arcole wäre hier, um ihm einen Rat zu geben, wie er sich verhalten sollte, aber jetzt war er auf sich allein gestellt und mußte sich auf seine eigene Geistesgegenwart verlassen.

»Was ist los, Junge?« hörte er Gahame fragen. »Du bist plötzlich ganz blaß.«

Davyd zwang seine Lippen, sich zu einem schwachen Lächeln zu verziehen. »Ihr seid zu gütig, Sieur«, murmelte er. »Ich hatte nicht so viel Freundlichkeit erwartet.«

»Ich tue nicht mehr als jeder gottesfürchtige Mann«, sagte Gahame bescheiden, aber Davyds Antwort schien ihn zu freuen. »Und jetzt zu einem anderen Punkt. Verfügst du über irgendwelche besonderen Fähigkeiten, die in meinem Geschäft von Nutzen sein könnten?«

Kaum, dachte Davyd, es sei denn, du brauchst jemanden, um Schlösser zu knacken oder Geldbeutel zu stehlen. »Ich fürchte, nein, Sieur«, antwortete er. »Welcher Art sind Eure Geschäfte?«

»Natürlich, woher solltest du das wissen?« Gahame lächelte, ein Wohltäter, der stolz auf seinen Erfolg war. »Ich besitze die Lizenz des Gouverneurs, die Einwohner Salvations mit Waffen und Eisenwaren allgemeiner Art zu beliefern. Jeder in diesem Land, der eine Muskete, Kugeln, Schießpulver oder Werkzeug, wie Äxte, Pflugscharen und dergleichen benötigt, muß zu mir kommen. Oder ich suche ihn auf.«

»Ihr unternehmt Reisen außerhalb Grostheims?« Das war eine unangenehme Vorstellung für Davyd. Er kannte sich mit Städten aus, nicht mit dem Land, das ihm irgendwie gefährlich erschien. Soweit es ihn betraf, würde er es vorziehen, innerhalb der schützenden Mauern dieser kleinen Stadt zu bleiben, selbst wenn er dadurch das Risiko einging, daß ein Priester seine Traumgabe entdeckte. Ihm fiel nachträglich auf, daß er die respektvolle Anrede vergessen. »Herr«, fügte er respektvoll hinzu.

Dem Händler schien der kleine Patzer nicht aufgefallen zu sein, aber er bemerkte Davyds Unbehagen. »Es gibt keine Gefahren in Salvation«, versicherte er mit einem ermutigenden Schmunzeln. »Es sei denn, ein paar der seltsamen wilden Tiere wagen sich aus dem Wald hervor, und selbst die können wir problemlos abschießen. Nein, Junge, sei ganz unbesorgt, meine Waffen sind nur für die Jagd gedacht. Außerdem werde ich dich ohnehin noch nicht auf Reisen mitnehmen. Bis du dich besser eingelebt hast, werde ich eine Arbeit hier in der Stadt für dich finden. Du wirst dich schon nicht langweilen, das verspreche ich dir.«

Davyd nickte unterwürfig.

»Also gut«, sagte Gahame. »Komm mit, ich stelle dir die anderen Diener vor.« Er machte kehrt und marschierte davon, dicht gefolgt von Davyd.

Dieser Rupyrt Gahame scheint ein ganz anständiger Gebieter zu sein, dachte Davyd. *Abgesehen von der Sache mit der Kirche habe ich es bei ihm ganz gut getroffen. Wie mag es wohl Flysse und Arcole ergehen? Und wann werde ich sie wiedersehen?*

Flysse folgte Dido, wobei sie sich fragte, wie die Frau nur so dünn sein konnte. Mistress Banlyn, die die Küche im *Fliegenden Pferd* geleitet hatte, war, rücksichtsvoll ausgedrückt, eine stattliche Frau gewesen. Dido dagegen, die Herrin der Küche in diesem Anwesen, war hager. Sie machte auf Flysse den Eindruck, als würde sie kaum einen Bissen essen. Ihre blasse Haut spannte sich straff über hervortretende Knochen, was ihr ein furchteinflößendes Aussehen verlieh. Durch ihr schmales Gesicht wirkte sie streng und mürrisch, aber bisher hatte sie Flysse sehr freundlich behandelt.

Als Benjamyn sie zu der Köchin gebracht hatte, war sie sehr nervös gewesen – ähnlich wie damals bei ihrer ersten Begegnung mit der Herrin des *Fliegenden Pferdes* –, und so hatte sie nur einen Knicks vollführt und schweigend zugehört, wie der Majordomus sie der hageren Frau vorstellte. Doch nachdem er wieder gegangen war, begrüßte Dido sie warmherzig und zeigte ihr persönlich das Zimmer, das sie sich mit den drei anderen Küchengehilfinnen und den fünf Dienstmädchen teilen würde. Es erschien Flysse weder schlechter noch besser als ihre Unterkunft in der Taverne, und das Dirndl und die Unterkleidung, die sie tragen mußte, empfand sie nicht als entwürdigend. Für sie war es ganz selbstverständlich, daß das Dienstpersonal sich einheitlich zu kleiden hatte. Sie vermutete, daß Arcole damit sehr viel größere Probleme haben würde, er war eine so niedrige gesellschaftliche Stellung nicht gewöhnt. In dieser Hinsicht kam sie mit ihrer neuen Rolle wahrscheinlich besser zurecht. Schließlich unterschied sich ihre Arbeit hier kaum von der, die sie in Evander getan hatte.

Sie hörte aufmerksam zu, als Dido ihr ihren Aufgabenbereich und die Gepflogenheiten in dem Anwesen des Gouverneurs erläuterte. Solange ihr nicht Benjamyn oder Chryselle direkte Anweisungen gaben – was unwahrscheinlich war, da sie zur Zeit auf der untersten Stufe in der Hierarchie des Dienstpersonals stand und deshalb kaum von den beiden beachtet werden würde, wie Dido erklärte –, hatte sie sich in allen Belangen nach der Köchin zu richten. Sie hatte regelmäßig zu baden – Dido duldete keine schmuddeligen Helferinnen in der Küche – und darauf zu achten, daß ihre Kleidung stets sauber war. Der Wohnbereich des Hauses war für sie tabu, aber sie durfte sich frei in der Küche und auf den Höfen bewegen. Sie hatte sich züchtig zu verhalten – es gab sechs Hausdiener und mit Arcole jetzt drei Stallburschen, die wahrscheinlich versuchen würden, mit ihr anzubändeln, da sie ein hübsches kleines Ding war, wie Dido unumwunden zugab. Sie hatte ihre Schmeicheleien und Annäherungsversuche zu ignorieren, und sollte einer der Männer sie in seine Unterkunft locken wollen, hatte sie ihn zurückzuweisen und die Aufdringlichkeiten Dido oder Benjamyn zu melden.

»Schläft Arcole bei den anderen, drüben beim Stall?« fragte sie.

Dido musterte sie mit einem wissenden Blick. »Ist er dein Schatz?« fragte sie zurück.

Flysse errötete heftig und erzählte der Köchin alles, was sich an Bord der *Stolz Gottes* zugetragen hatte, wobei sie lediglich verschwieg, daß sie mittlerweile sicher war, sich Hals über Kopf in Arcole verliebt zu haben.

Die dürre Frau nickte, als verstünde sie das nur zu gut. »Er scheint ein bemerkenswerter Mann zu sein«, sagte sie. »Ein vornehmer Herr? Nun, mein Mädchen, laß nicht zu, daß dein Herz deinen Verstand beherrscht. Es waren die Aufmerksamkeiten eines *Ehrenmannes*, die mich nach Salvation gebracht haben.« Sie verlieh dem Wort Ehrenmann eine abfällige Note.

»Arcole ist keiner von dieser Sorte!« protestierte Flysse.

Dido ignorierte den Einwand. »Alle Männer sind gleich«, behauptete sie, »und dein Arcole ist auch nur ein Mann. Außerdem ist er jetzt kein vornehmer Herr mehr. Hier ist er nichts weiter als ein Verbannter unter vielen, und es wird sich noch herausstellen, ob er besser oder schlechter als die anderen ist. Du wirst nicht zu ihm gehen, hast du verstanden?«

»Ja.« Flysse nickte und errötete erneut bei der Vorstellung, sich heimlich zu Arcole zu schleichen. Trotzdem konnte sie es sich nicht verkneifen zu fragen: »Aber werde ich ihn manchmal sehen können?«

»Das wird sich kaum vermeiden lassen«, erwiderte Dido, »denn du wirst oft genug draußen auf dem Hof Töpfe schrubben, und das Dienstpersonal nimmt das

Essen gemeinsam ein. Außerdem ist da noch die Kirche.«

»Die Kirche?«

»Allerdings. Dies ist ein gottesfürchtiges Haus, und unser Herr erlaubt uns, jeden Sonntag die Morgenmesse zu besuchen. Spätestens dort wirst du Arcole sehen. Aber keine Liebkosungen oder ähnlichen Unfug, hörst du?«

»Ich werde mich gut benehmen«, versprach Flysse. Dann schoß ihr ein anderer Gedanke durch den Kopf. »Wird Davyd auch dort sein?«

»Der Junge vom Schiff?« Dido nickte. »Master Gahame ist ein gottesfürchtiger Mann, also wird auch der Bursche in die Kirche gehen. Dein junger Freund hat Glück gehabt, einen solchen Herrn zu finden.«

Das freute Flysse, und Dido schien so nett zu sein, daß sie eine weitere Frage wagte. »Werden wir uns vielleicht auch bei anderen Gelegenheiten treffen?« Sie hoffte, Davyd öfter sehen zu können.

»Andere Gelegenheiten?« Dido hatte offensichtlich Mühe, die Frage zu verstehen. »Was für andere Gelegenheiten meinst du?«

»Ich dachte ...« Flysse zögerte. Die Begriffsstutzigkeit der Köchin verunsicherte sie. »Ich habe mich gefragt, ob ich ihn nicht irgendwo in der Stadt sehen könnte.«

»In der Stadt?« wiederholte Dido langsam. Dann lachte sie. »Weiß Gott, kleines Fräulein, du wirst ziemlich lange nicht in die Stadt gehen. Das ist ein Privileg. Wußtest du das nicht? Es wird ein paar Jahre dauern, bevor du dir das verdient hast.«

Mit einem Mal fühlte Flysse ihren Mut sinken. Sollte sich ihre ganze Welt für die nächsten Jahre nur auf dieses Anwesen beschränken? »Aber Nathanial ...«, begann sie ängstlich.

»Nathanial ist ein Leibdiener«, erklärte Dido, »und

er arbeitet schon seit Jahren für unseren Gebieter. Er hat sein Vertrauen errungen, und deshalb darf er manchmal in die Stadt gehen, so wie Benjamyn oder ich. Aber du? Nein, kleine Flysse, du wirst erst dann einen Fuß auf die andere Seite des Zaunes setzen, wenn du dir dieses Vorrecht verdient hast. Arbeite nur tüchtig und bewähre dich, und dann ...« Sie lächelte gütig, als brächte sie Flysse ein Geschenk dar. »Nun, vielleicht wird man dir in ein paar Jahren erlauben, zum Markt zu gehen oder andere Besorgungen in der Stadt zu erledigen.«

Flysse schluckte und mußte plötzlich gegen ihre Tränen ankämpfen. Diese so liebenswürdige Frau empfand es offensichtlich nicht als ungewöhnlich oder falsch, eingesperrt zu sein. Im Gegenteil, sie betrachtete die Aussicht auf ein winziges Stückchen Freiheit sogar als eine Belohnung, für die es sich zu kämpfen lohnte. Flysse nahm an, daß das der Preis der Verbannung und der Leibeigenschaft war, und es schien ihr ein furchtbarer Preis zu sein. Sie versuchte, sich mit dem Gedanken zu trösten, daß sie dieses komfortable Gefängnis wenigstens mit Arcole teilte. Irgendwie würde sie es bewerkstelligen, sich mit ihm zu treffen – selbst auf die Gefahr hin, erwischt und bestraft zu werden – und so viel Zeit wie möglich in seiner Nähe zu verbringen.

Also wischte sie die Tränen fort, zog ihr Dirndl an und folgte Dido in die Küche und den ersten Tag ihres neuen Lebens.

ÜBERRASCHUNGEN

Der Herbst wich dem Winter, und in Grostheim fiel der erste Schnee. Für Arcole war es eine willkommene Erlösung aus der Eintönigkeit seines Lebens als Leibeigener. Als sich die Straßen aus festgestampftem Lehm in zähen Schlamm verwandelten, gab Gouverneur Wyme seine Sänfte zugunsten der Kutsche auf. So war Arcole nicht mehr zu endlosen Arbeitsschichten im Stall verdammt, und auch wenn er eine Uniform tragen mußte, die er als absolut lächerlich empfand, trug er sie wenigstens außerhalb des Anwesens. Gemeinsam mit Fredrik und den anderen Stallburschen wurde er dazu eingeteilt, Wyme oder die Frau des Gouverneurs auf Fahrten durch die Stadt zu begleiten. Er vermutete, daß es diese Abwechslung war, die ihn davor bewahrte, den Verstand zu verlieren.

Die Monate waren quälend langsam für ihn vergangen. Er hatte seine Hoffnung aufgegeben, sofort befördert zu werden – wahrscheinlich war das die richtige Bezeichnung – und in eine Position aufzusteigen, in der er Gouverneur Wymes Aufmerksamkeit erregen konnte, und sich statt dessen stoisch mit seinem Leben als Stallknecht abgefunden. In der Folgezeit bemühte er sich nach Kräften, sich mit seinen Schicksalsgefährten anzufreunden. Ihm war bewußt geworden, daß unter der Dienerschaft eine ebenso starre Hierarchie wie in den Kreisen der feinen Gesellschaft existierte und er zur Zeit auf der untersten Stufe dieser Leiter stand. Es war eine harte Lektion, die er lernen mußte. Er tröstete sich damit – was ihn selbst überraschte –, daß er wenigstens Flysse regelmäßig sehen konnte. Sie trafen sich während der Mahlzeiten, die alle Bediensteten gemeinsam einnahmen, und häufig auf den Höfen, wenn sie hinausgeschickt wurde, um dort anspruchslose Arbeiten zu verrichten. Sie zu sehen, munterte ihn stets auf, und in ihrer Gegenwart war sein Lächeln aufrichtig. Manchmal konnten sie kurz mit Davyd sprechen, was allerdings selten geschah. Soweit Arcole wußte, war der Junge recht zufrieden bei seinem Herrn und benutzte seine geschickten Finger jetzt dazu, defekte Werkzeuge und Waffen zu reparieren. Arcole speicherte diese Information zusammen mit allen anderen ab, die sich später einmal als nützlich erweisen mochten. Er glaubte nicht länger daran, Gleichgesinnte unter den Verbannten zu finden, und hatte seine vage Idee aufgegeben, eine Rebellion anzuzetteln. Die Leibeigenen schienen sich mit ihrem Schicksal abgefunden zu haben, und daß sie sich gegen ihre Unterdrücker erheben würden, war in etwa so wahrscheinlich wie ein Aufstand von Schafen gegen ihre Schafhirten. Jetzt konzentrierten sich seine Gedanken nur noch darauf zu fliehen, auch wenn er keine Vorstellung hatte, wie er das bewerkstelligen sollte. Trotzdem, wenn Davyd Zugang zu Waffen hatte … Arcole hoffte, irgendwie eine Möglichkeit zu finden, sich ausführlicher mit dem Jungen unterhalten zu können.

Und dann, als eine Schneeschicht die Dächer Grostheims überzog und der Wind eisig aus dem Norden blies, veränderte sich die Situation schlagartig. Es kam Arcole so vor, als hätte man ihm verdeckte Karten gegeben, und er würde beim Umdrehen der ersten beiden feststellen, daß er den Kaiser und den Monarchen hatte und nur noch die Königin und die Herzogin bräuchte, um die Partie zu gewinnen – was unwahrscheinlich, aber nicht unmöglich war.

Zuerst kam es zu einer Grippeepidemie. Sie brach so plötzlich und heftig wie der eisige Wind über Salvation herein und verschonte auch die Dienerschaft von Wymes Haushalt nicht. Zimmermädchen und Leibdiener lagen mit hohem Fieber in ihren Betten, und diejenigen, die sich als resistent gegen die Grippe erwiesen, mußten um so härter arbeiten, oft sogar für zwei. Arcole war froh, daß Flysse nicht krank wurde, doch noch mehr freute er sich, als Benjamyn ihn zu sich rief.

»Du verfügst über so etwas wie gute Manieren, oder?« Der Majordomus saß in einem Stuhl, die Hände um eine Tasse mit heißer Rinderbrühe gelegt. Eine Kette aus Knoblauchzehen, die ihn vor der Grippe schützen sollte, zeichnete sich unter seinem gestärkten Hemd ab. »Beherrschst du die gesellschaftliche Etikette?«

»Das glaube ich schon«, erwiderte Arcole. »In Levan habe ich mich in den Kreisen der feinen Gesellschaft bewegt.« Das schien jetzt schon ein Leben lang zurückzuliegen.

Benjamyns Zunge stieß schnalzend gegen seine Zähne. Er starrte Arcole durchdringend an. »Also, kennst du den Unterschied zwischen einer Fisch- und einer Fleischgabel?« fragte er.

»Natürlich«, sagte Arcole.

»Daran ist überhaupt nichts natürlich.« Der Alte deutete auf einen Besteckkasten, der vor ihm auf dem Tisch stand. »Dann leg das Besteck ordentlich zurecht.«

Neugierig geworden, befolgte Arcole den Befehl, und als er die Messer, Gabeln und Löffeln in der richtigen Reihenfolge um die Teller herum angeordnet hatte, schnalzte Benjamyn erneut mit der Zunge, vielleicht eine Art von anerkennendem Kommentar. »Und jetzt die Gläser.«

Arcole kam auch diesem Befehl nach.

Benjamyn nickte zufrieden. »Ich denke, du bist geeignet.«

»Wozu?« wollte Arcole wissen.

»Für die Arbeit im Haus. Wir haben zu viele Kranke und brauchen Hausdiener. Hol deine Sachen aus dem Stall, ja? Von jetzt an wirst du hier schlafen.«

Arcole unterdrückte ein Lächeln und eilte hinaus zu dem Schuppen, den er sich mit den anderen Stallknechten teilte. Fredrik schnitt eine Grimasse, als er von der plötzlichen Beförderung erfuhr, enthielt sich aber jedes Kommentars, während Arcole seine wenigen Habseligkeiten zusammenpackte und in das Haus zurückkehrte.

Seiner neuen Stellung gemäß erhielt Arcole das Wams und die Schuhe der Hausdiener, die ihm genau wie die Kleidungstücke der Stallknechte mißfielen. Man zeigte ihm seine neue Unterkunft, die bequemer als die vorherige war, auf jeden Fall wärmer und geräumiger, nachdem die Kranken von den Gesunden getrennt und in andere Zimmer einquartiert worden waren. An diesem Abend bediente er Gouverneur Wyme und dessen Frau, und obwohl er es als erniedrigend empfand, während des Essens stumm und reglos im Hintergrund stehen und sofort vorspringen zu müssen, wenn er gerufen wurde, um ein Glas aufzufüllen oder einen leeren Teller abzuräumen, sagte er sich, daß die Veränderung seines Aufgabenbereichs ihm nur helfen konnte, seine verschwommenen Pläne weiter voranzutreiben. Wenigstens befand er sich jetzt in Wymes unmittelbarer Nähe. Und später, nachdem der Herr und die Herrin ihr Mahl beendet hatten und die Diener ihr Abendessen einnehmen durften, erfuhr er, daß auch Flysse in der Hierarchie der Leibeigenen aufgestiegen war.

»Ich wurde dazu eingeteilt, die Herrin zu bedienen«, berichtete sie ihm. »Lynda ist krank geworden, und jetzt soll ich als Zofe arbeiten.«

»Das ist eine Ehre«, erklärte Dido, »auch wenn es für mich bedeutet, daß ich jetzt mit weniger Küchenhelferinnen auskommen muß.«

»Ich hoffe nur, daß sie etwas taugt«, sagte Chryselle. »Wenn du mich enttäuschst, Fräulein ...«

Arcole sah, wie sich Flysse der Haushälterin zuwandte und ihre Miene eine Mischung aus Unterwürfigkeit und Eifer widerspiegelte. Er wünschte, sie würde nicht so demütig aussehen, so bemüht, einen guten Eindruck zu machen. Fast hätte er sich für sie eingesetzt, doch zu seiner Überraschung kam ihr Dido zu Hilfe.

»Unsere junge Flysse ist ein gutes Mädchen«, versicherte die Köchin, »und wenn sie für dich ebenso tüchtig arbeitet, wie sie es für mich getan hat, wirst du keinen Grund finden, dich zu beklagen, Chryselle.«

»Das werden wir ja bald sehen, was?« erwiderte die Haushälterin. »Weiß Gott, wir alle haben durch diese verfluchte Epidemie eine zusätzliche Bürde zu tragen.«

So kam es, daß Arcole und Flysse schneller in der Rangordnung der Dienerschaft aufstiegen, als es unter normalen Umständen geschehen wäre, und Arcole fand sich in einer Position wieder, die es ihm ermöglichte, eine weitere Karte zu seinen Gunsten umzudrehen.

Eines Tages bediente er Wyme in dessen Arbeitszimmer. Die Fensterläden waren fest verschlossen, weil es draußen stürmte, und die schweren Vorhänge zugezogen. Im Kamin prasselte ein Feuer. Arcole stand im Hintergrund bereit, die Befehle seines Gebieters auszuführen, wie ein Glas Wein einzuschenken oder ein abgebranntes Streichholz zu entfernen. Diese entwürdigende Tätigkeit wäre noch unangenehmer für ihn gewesen, hätte er dadurch nicht die Gelegenheit bekommen, einen Blick auf die Dokumente zu werfen, in denen Wyme las. Der Gouverneur schien gar nicht auf den Gedanken zu kommen, daß sein neuer Diener lesen und schreiben könnte. Arcole vermutete, daß nur wenige der anderen Verbannten über diese Fähigkeiten verfügten, vielleicht war er sogar der einzige. Außerdem wußte er mittlerweile aus eigener Erfahrung, daß die Leibeigenen für ihre Gebieter gesichtslos waren, nichts weiter als nützliche anonyme Arbeitskräfte, deren Gegenwart man als selbstverständlich hinnahm. Jetzt empfand er ein leises Schuldgefühl angesichts der Erkenntnis, daß er Bedienstete früher auf die gleiche herablassende Weise behandelt hatte. Doch das würde er nie wieder tun, versprach er sich, während er unauffällig auf Wymes Schreibtisch schielte und in den dort ausgebreiteten Papieren las.

Die meisten behandelten alltägliche Probleme – Tabellen und Aufstellungen über Getreidevorräte und Weinstöcke, Produktionsberichte, Anforderungen von den Farmen im Hinterland nach mehr Zwangsarbeitern –, doch ein Stückchen daneben lag eine Karte des bisher erforschten Gebietes. Grostheim war darauf markiert, ebenso die Höfe im Landesinneren, die Flüsse, die die gerodeten Flächen begrenzten, und die unerforschte Wildnis auf der anderen Seite. Arcole nahm sich vor, eine Kopie davon anzufertigen, sobald sich ihm eine Gelegenheit bot. Wahrscheinlich würde Wyme das Fehlen von ein oder zwei Blatt Papier nicht bemerken. Eine Abschrift der Karte zu besitzen, könnte sich später einmal als sehr nützlich erweisen.

Seine Gedanken wurden durch die Ankunft Major Spelts und eines jungen Lieutnants unterbrochen, den

Benjamyn als Rogyr Stantin vorstellte. Der Lieutnant erweckte den Eindruck, als hätte er einen harten Ritt hinter sich. Er sah besorgt aus. Spelts Miene wirkte grimmig.

»Es gibt schlechte Neuigkeiten«, verkündete der Major und bedachte Arcole mit einem mißbilligenden Blick.

Wyme registrierte die stumme Aufforderung. »Arcole, bring uns noch zwei Gläser und laß uns dann allein«, befahl er.

Arcole brachte die Gläser und unaufgefordert auch eine Tabakdose. Er verbeugte sich, als Wyme ihn mit einer knappen Handbewegung fortschickte, und zog sich in die Küche zurück. Dort hing eine Reihe von Glocken, mit denen Diener herbeigerufen werden konnten, jede mit dem entsprechenden Zimmer beschriftet, in dem die Klingelschnur endete. Arcole wartete und fragte sich, was für schlechte Neuigkeiten es sein mochten, die die Milizionäre Wyme überbrachten. Er vermutete, daß es sich um weitere Berichte über die Auswirkungen der Grippewelle oder um Anforderungen nach zusätzlichen Arbeitskräften handelte, um blockierte Straßen freizuräumen. Doch sollte das der Fall sein, überlegte er, warum hatte Spelt dem Gouverneur dann ein Zeichen gegeben, ihn fortzuschicken? Was mochten der Major und der Lieutnant zu berichten haben, das nicht an die Ohren der Diener dringen durfte? Die Glocke läutete, und er kehrte in Wymes Arbeitszimmer zurück.

Spelt und Stantin waren verschwunden. Wyme saß mit versteinerter Miene allein da. Ein Weinglas stand unbeachtet neben seinem Ellbogen. Drei erkaltete Pfeifen lagen auf dem Schreibtisch. Die Luft war so verqualmt, daß man sie fast hätte schneiden können.

»Hilf mir auf«, sagte Wyme.

Arcole beugte sich vor, hob den Gouverneur aus

seinem Sessel und reichte ihm die Krücken. Dann geleitete er ihn in ein Wohnzimmer und half ihm, in einem Armsessel vor dem Kamin Platz zu nehmen.

»Wein«, befahl der Gouverneur. »Und dann richte meiner Frau aus, daß sie zu mir kommen soll.«

»Soll ich Euer Arbeitszimmer aufräumen, Sieur?« erkundigte sich Arcole fürsorglich, nachdem er eine Karaffe und zwei Gläser auf den Tisch gestellt hatte, ganz der pflichtbewußte Diener. »Es vielleicht ein bißchen durchlüften?«

Wyme nickte geistesabwesend. Er schien tief in Gedanken versunken zu sein. Arcole spürte, daß die von den Offizieren überbrachten Nachrichten ernster Natur gewesen sein mußten. Er eilte zur Frau des Gouverneurs, überbrachte ihr die Botschaft ihres Mannes und suchte dann das Arbeitszimmer auf.

Die Gläser und die Pfeifen einzusammeln, war eine Sache von wenigen Momenten. Arcole deponierte sie neben der Tür und trat wieder an den Schreibtisch, wo er zwischen den diversen Unterlagen nach einem leeren Blatt Papier suchte, um eine Kopie der Landkarte anzufertigen. Dabei bemerkte er, daß sie nachträglich verändert worden war. Um ein Gehöft, das als *Thirsk Farm* bezeichnet wurde, hatte Wyme mit roter Tinte einen Kreis gezogen und daneben die Zahl 3 geschrieben. Der neue Eintrag war mit feinem Sand bestreut, und Arcole vermutete einen Zusammenhang mit dem Besuch der Milizionäre. Neugierig geworden, beugte er sich vor und überprüfte die Karte genauer. Es gab zwei ähnliche Eintragungen, die allerdings schon älter waren, mit Zahlen versehene Kreise, in denen *Defraney Mühle* und *Clawson Farm* stand. Arcole fragte sich, was die Kreise und die Zahlen zu bedeuten hatten. Er entdeckte ein weiteres Blatt Papier neben der Karte, das ebenfalls mit Sand bestreut worden war. Die Tinte darunter war noch nicht völlig getrocknet.

Vermutlich handelte es sich um Notizen, die der Gouverneur während der Unterredung mit Spelt und dem Lieutnant angefertigt hatte. Wäre ihm bekannt gewesen, daß Arcole lesen konnte, hätte er ihn mit Sicherheit nicht allein das Arbeitszimmer betreten lassen.

Arcole vergaß seine ursprüngliche Absicht und begann zu lesen.

Ganz oben auf dem Blatt stand in einer verschnörkelten Handschrift das Wort *Angriff.* Die folgenden Notizen hatte Wyme in einem persönlichen Code verfaßt, der jedoch einfach zu entschlüsseln war. Arcole runzelte die Stirn. Sein Herzschlag beschleunigte sich, als er die Anmerkungen des Gouverneurs las.

Neben die Ziffer 1 hatte Wyme geschrieben: *Clwsn Fm; Sommer. Zrstrt: Alle Vrrät weg. Keine Spur.* Darunter standen die Ziffer 2 und der ebenso kryptische Kommentar: *Defrny Mühle; Sommer. Niedrgbrnnt: kein Übrlbdn. Keine Spur.* Ein Strich teilte das Blatt, darunter die verstümmelten Worte: *Ptrll find kein Spur. Wildnis? Spelt sprcht v Wldn.* Ein zweiter Strich, gefolgt von der Ziffer 3 und den verschlüsselten Anmerkungen: *Thrsk Farm; Herbst. Niedrgbrnnt: kein Übrlbdn. Keine Spur.* Daneben hatte Wyme ein großes Fragezeichen gemalt und hinzugefügt: *Wer sind sie? Spelt schlgt mil. Expdtn vor.* Die Notizen endeten mit einem weiteren Fragezeichen.

Arcole, der sich nicht ganz sicher war, was er da entdeckt hatte, legte die Blätter an ihren ursprünglichen Platz zurück. Soweit er es anhand von Wymes Notizen beurteilen konnte, waren drei Gehöfte im Hinterland überfallen und zerstört worden, und es hatte keine Überlebenden gegeben. Ein Blick auf die Karte zeigte ihm, daß alle drei eingekreisten Orte dicht am Waldrand lagen. Major Spelt schien die Überfälle für das Werk von Wilden zu halten und vorgeschlagen zu haben, eine militärische Expedition auszuschicken.

Wenn er recht hatte, dachte Arcole, war Salvation nicht das menschenleere Land, für das es allgemein gehalten wurde.

Irgendwo – vermutlich in den Urwäldern – mußten andere Menschen leben, die den Kolonisten der Autokratie feindlich gesinnt waren.

Es war eine erschreckende Vorstellung. Salvation galt als Evanders Vorposten in dieser neuen Welt, als das Sprungbrett, von dem aus die Autokratie schließlich die gesamte Wildnis erobern würde. Doch wenn es hier bereits Einwohner gab, die sich den Neuankömmlingen entgegenstellten ... Arcole stieß einen leisen Pfiff aus. Unzählige Gedanken schwirrten ihm durch den Kopf.

Wenn Menschen in der Wildnis lebten, war es dann nicht möglich, daß sie Flüchtlinge willkommen heißen würden? Könnten sie geflohene Verbannte nicht als Verbündete in ihrem Kampf gegen Evander betrachten? Arcole trat von dem Schreibtisch zurück. Wenn er zu lange fortblieb, bestand die Gefahr, daß seine Abwesenheit auffiel. Um seiner Rolle als pflichtbewußter Diener gerecht zu werden, zog er die Vorhänge zur Seite und öffnete die Fensterläden. Kalte Luft strömte herein, genauso elektrisierend wie die soeben gemachten Entdeckungen. Ihm blieb jetzt keine Zeit mehr, die Karte zu kopieren, aber das würde er irgendwann später nachholen können. Er fragte sich, welche Schlußfolgerungen man aus den Überfällen ziehen konnte. Sie wurden vor der Öffentlichkeit geheimgehalten, wahrscheinlich aus Furcht vor einer Panik. Aber wie lange würde das Geheimnis noch gewahrt werden können, wenn Spelt eine militärische Expedition zusammenstellte? Oder wenn es zu weiteren Überfällen kam? Wie würden die Bürger Grostheims auf diese Nachrichten reagieren?

Während Arcole frisches Brennholz in den Kamin

schob, überlegte er, wie er seine Entdeckungen benutzen konnte.

Für sich allein betrachtet, schienen sie wertlos, solange er nicht an weitere Informationen gelangte, die – davon war er überzeugt – Wyme lieber geheimhalten wollte. Es würde sich höchstwahrscheinlich als gefährlich erweisen, dieses Wissen bekannt zu machen, es sei denn, er konnte irgendwie Kontakt zu diesen geheimnisvollen Wilden aufnehmen. Plötzlich brach all der unterdrückte Haß auf Evander und die Autokratie wieder über ihn herein. Er stieß den Feuerhaken mit Wucht in den Kamin, worauf eine Funkenwolke aufstieg. Vor seinem inneren Auge sah er brennende Hütten, ganz Grostheim in Flammen. Er war nicht allein! Auch wenn seine Mitgefangenen lammfromm geworden waren, gab es offenbar doch noch Menschen in diesem neuen Land, die sich der Autorität Evanders nicht beugten. Mit ihnen würde er bestimmt Gemeinsamkeiten finden können. Nur wie sollte er das anstellen? Wie konnte er Kontakt mit ihnen aufnehmen? Er legte den Feuerhaken zur Seite, schloß die Fensterläden und zog die Vorhänge wieder zu, während sich seine Gedanken überschlugen.

Er dachte an Davyd. Der Junge arbeitete für Rupyrt Gahame, dessen Lager laut Davyd voller Waffen war. Was, wenn es gelang, Gewehre zu stehlen? Waffen müßten ein geeignetes Geschenk sein, um sich Freundschaft zu erkaufen. Und Kenntnisse über Grostheim – soweit ein Stallbursche sie erwerben konnte – würden ebenfalls hilfreich sein, sollten diese mysteriösen potentiellen Verbündeten die Festung selbst angreifen wollen.

Arcole atmete tief durch und zwang sich zur Ruhe. Er durfte nichts überstürzen und nicht zulassen, daß sein Haß auf Evander, den er zu beherrschen geglaubt hatte, erneut unkontrolliert in ihm aufloderte.

Vorläufig hieß es, nicht die Geduld zu verlieren. Jetzt verfügte er über Wissen, und Wissen war eine gefährliche Waffe, wenn er nur eine Gelegenheit fand, sie einzusetzen. Er mußte warten – weiß Gott, das war etwas, das man als Leibeigener lernte – und noch mehr Informationen sammeln. Und vor allen Dingen mußte er eine Möglichkeit finden, sich ausführlich mit Davyd zu unterhalten.

Er sammelte die schmutzigen Gläser und die Pfeifen zusammen und kehrte zu seiner Arbeit zurück, wieder in der Maske des unterwürfigen Dieners.

»Geht es dir gut?« Flysse musterte ihn besorgt. »Bereitet dir irgend etwas Kummer?«

»Nein.« Arcole schüttelte den Kopf und lächelte beruhigend. »Ich habe nur nachgedacht.«

»Worüber?«

Sie saßen allein in der Küche, Mitternacht war längst vorüber. Alle anderen in Wymes Anwesen schliefen – tief und fest, wie Arcole hoffte, denn momentan fiel es ihm und Flysse zu, den Gouverneur und dessen Frau zu bedienen, sollten sie aufwachen und nach irgend etwas verlangen. Er fand es widerwärtig, Wyme den Nachttopf ans Bett zu bringen, und nicht viel erfreulicher, ihm auf einen gereizten Befehl hin mitten in der Nacht einen Becher Glühwein oder heiße Schokolade zu servieren. Doch bisher hatte keins der Glöckchen geklingelt, und Arcole war der Gedanke gekommen, daß dies der ideale Zeitpunkt wäre, Wymes Karte zu kopieren. Soweit er wußte, wurde das Arbeitszimmer durch keinerlei magische Vorrichtungen geschützt. Wozu auch, wenn die Papiere für die Diener ohnehin nur bedeutungslose Kritzeleien enthielten?

Fast hätte er sein Vorhaben in die Tat umgesetzt, doch Flysses Anwesenheit ließ ihn zögern. Er wollte sie nicht in seinen Plan einweihen, teils aus Angst, daß sie ebenfalls bestraft werden würde, sollte man ihn erwischen, teils aus Angst, daß sie versuchen würde, ihn davon abzuhalten, oder versehentlich etwas ausplaudern könnte. Und so grübelte er darüber nach, unter welchem Vorwand er sich eine Weile zurückziehen konnte. Sollte Wyme ihn tatsächlich rufen, während er sich im Arbeitszimmer des Gouverneurs aufhielt, benötigte er eine vernünftige Erklärung, wenn Flysse ihn suchte, um ihm Bescheid zu geben, daß seine Dienste benötigt wurden.

Er steckte in einer Zwickmühle. Einerseits wollte er sie keinem Risiko aussetzen und konnte ihr immer noch nicht ganz vertrauen, andererseits würde er wahrscheinlich ihre Hilfe brauchen.

»Also, verrätst du mir, was dich beschäftigt?« hörte er sie fragen. »Oder sind deine Gedanken geheim?«

»Nein«, log er und legte sich eine Ausrede zurecht. »Ich habe nur darüber nachgedacht, wie gemütlich es hier ist. Das ganze Haus schläft, und wir zwei sind allein. Als wären wir ein altes Ehepaar in unserer eigenen Küche.«

Er deutete mit einer unbestimmten Geste auf den nur spärlich erhellten Raum, in dem der große Küchenherd behagliche Wärme spendete. Es war tatsächlich eine heimelige Atmosphäre. Arcole hatte es sich in dem Armsessel bequem gemacht, der normalerweise Benjamyn vorbehalten war, einen Becher mit dampfender Schokolade in der Hand. Flysse saß in Chryselles bevorzugtem Sessel. Sie hätten wirklich ein seit vielen Jahren verheiratetes Ehepaar sein können, das noch eine Weile gemütlich in seiner Küche saß und den Tag ausklingen ließ, bevor es zu Bett ging. Arcole war sich nicht sicher – vielleicht lag es nur am

Glühen des Herdes –, aber er glaubte, daß Flysse errötete.

»Ja«, erwiderte sie leise, und er sah, wie sie den Blick senkte und die Lider niederschlug.

Plötzlich wirkte sie nervös, als hätten seine Worte und ihre Antwort sie auf unsicheres Terrain geführt, das zwar nicht direkt gefährlich war, aber auf dem sie sich vorsichtig bewegen mußte. Er wartete, daß sie noch etwas sagte, aber sie schwieg, wich seinem Blick aus und beschäftigte sich damit, den ausgefransten Saum eines Rocks auszubessern.

Arcole runzelte irritiert die Stirn. »Was ist los, Flysse?«

Sie schüttelte stumm den Kopf und nähte weiter, ohne aufzusehen.

»Habe ich dich irgendwie verletzt?«

»Nein«, entgegnete sie genauso leise wie zuvor, und als sich Arcole etwas vorbeugte, sah er, daß ihre Wangen feucht waren und glänzten.

Es dauerte einen Moment, bevor er begriff, daß sie weinte, und dann handelte er, ohne nachzudenken. Er stand auf, setzte sich auf die Tischkante neben ihr und umfaßte ihr Kinn mit einer Hand, um ihr Gesicht anzuheben. Sie sträubte sich eine Weile, doch dann ließ sie zu, er ihr den Kopf in den Nacken legte, und er sah die Tränen, die ihr langsam über die Wangen liefen. Er wollte sie fortwischen, doch als seine Finger ihre Haut berührten, erschauderte sie und wich zurück.

»Was hast du?« fragte er. »Ist dir meine Berührung unangenehm?«

Sie schüttelte heftig den Kopf und schniefte unterdrückt. »Nein, Arcole«, sagte sie hilflos. »Ganz bestimmt nicht.«

»Was dann?« Er berührte ihre Wange, und diesmal sträubte sie sich nicht und wich auch nicht zurück, sondern gab nur einen leisen unartikulierten Laut von sich.

Der Rock, erst zur Hälfte fertiggenäht, rutschte ihr vom Schoß und fiel zu Boden. Flysse hob den Kopf und blickte Arcole in die Augen. Sie war wie gelähmt, aber sie wollte ihm nicht sagen, was seine beiläufige Bemerkung und seine Berührung in ihr ausgelöst hatten. Das mußte er selbst herausfinden, er mußte die Worte zuerst aussprechen. Sie selbst brachte es nicht fertig, aus Angst, er könnte sie zurückweisen, ihr Geständnis könnte ihn verjagen, und das würde sie nicht ertragen.

Arcole starrte sie an. Sie war bezaubernd in ihrem Kummer, und dann erkannte er plötzlich, daß sie schon immer wunderschön gewesen war. Hielt er sich selbst noch immer für einen vornehmen Herrn und sie für ... für was eigentlich? Bestimmt nicht für eine gewöhnliche Dienerin, denn sie war alles andere als gewöhnlich. Und wenn sie eine Dienerin war, unterschied sie sich an diesem Ort nicht durch ihren Stand von ihm.

Ihre gesellschaftliche Stellung war dieselbe. Wäre sie so prunkvoll wie eine Dame gekleidet, welches Bild würde er dann von ihr haben? Abgesehen von der Geziertheit der vornehmen Frauen, die er kennengelernt hatte, war sie ihnen ebenbürtig. Mehr als ebenbürtig, denn sie war mutig und freundlich, sanft und mitfühlend.

Ihm wurde bewußt, daß er ihre Charaktereigenschaften aufzählte und der Vergleich mit allen Frauen, die er in Levan gekannt hatte, vorteilhaft für sie ausfiel.

Er sah ihr in die Augen, und zum ersten Mal erkannte er die Wahrheit, als hätte ihr tränenverschleierter Blick den Vorhang seiner Blindheit zur Seite gezogen.

»O Flysse«, flüsterte er und beugte sich, wie von einem fremden Willen gelenkt, über sie.

Flysse war völlig wehrlos. Sie schloß die Augen, als sich sein Gesicht dem ihren näherte, und dann schienen sich ihre Arme wie von allein um seinen Hals zu legen. Einen Moment lang strich sein Atem heiß über ihren Mund, dann berührten sich ihre Lippen.

Arcole hielt sie in den Armen, und eine Zeitlang vergaß er alles andere um sich herum, während er sie küßte und den Druck ihres Körpers gegen den seinen fühlte. Es war lange her, seit er zuletzt eine Frau in den Armen gehalten hatte, erst recht eine, die ihn liebte. Und daß Flysse ihn liebte, konnte er jetzt nicht mehr ignorieren. Die Zeichen waren immer da gewesen – ihre Blicke und Worte, ihr Lächeln –, Signale, die ihm schon früher ihre wahren Gefühle hätten verraten müssen, auf der *Stolz Gottes* und hier in Wymes Anwesen, doch er hatte sie nicht beachtet. Er war viel zu sehr mit seinem eigenen Schicksal und seinen Plänen beschäftigt gewesen, um die Zeichen zu erkennen, hatte sich zu sehr an die kokettierende Art der Damenwelt Levans gewöhnt. Flysse dagegen war von ihrem Wesen her völlig aufrichtig, sie verzichtete auf Verstellungen und Künstlichkeit. Ein solches Benehmen war Arcole nicht vertraut.

Als sie sich ein wenig voneinander lösten, betrachtete er ihr Gesicht erneut. Ihre Tränen waren einem strahlenden Lächeln gewichen. »Arcole …«, hauchte sie, und er drückte sie wieder an sich.

Daß seine Finger nach den Schnürbändern ihres Mieders tasteten, wurde ihm erst richtig bewußt, als sie seine Hände zurückschob. Er war erregt, und er wollte sie jetzt, ohne einen Gedanken an die Zukunft zu verschwenden. Wäre sie wie eine der Frauen aus Levan gewesen, mit denen er ein Verhältnis gehabt hatte, würden sie einander bereits ausziehen. Aber sie waren nicht in Levan, und Flysse war keine dieser Frauen. Sie war, wie er mit hilfloser Verwirrung erkannte, viel zu anständig.

»Nein, Arcole«, sagte sie, und er erwiderte wie betäubt: »Flysse, verzeih mir.«

Dann lachten sie beide, und obwohl er sie immer noch begehrte, wußte er, daß er warten mußte.

Worauf? fragte eine tückische Stimme in ihm, die zu dem Teil seiner Persönlichkeit gehörte, der immer noch ein Glücksspieler und Duellant war, dessen einschlägiger Ruf so manche vornehme Dame aus einer anderen Welt verführt hatte. Doch er kannte die Antwort: Er mußte warten, bis sie verheiratet waren. Diese zweite Stimme gehörte zu dem Arcole, den die Verbannung und die mit Flysse verbrachte Zeit verändert hatte. Sie war keine Frau der gehobenen Gesellschaft Levans, die ihm freizügig ihre Gunst schenkte und für die eine gemeinsam verbrachte Nacht nicht mehr bedeutete, als der Ausritt auf einem neuen Pferd. Sie war … einzigartig. Er zog sie wieder an sich, wobei er diesmal auf seine Hände achtete, und er akzeptierte die Tatsache, daß er sie nur im Ehebett besitzen würde, auf eine ehrbare und *anständige* Art und Weise.

Die Vorstellung ließ ihn beinahe auflachen. Arcole Blayke, Schwertfechter und Spieler, erwog ernsthaft, eine in die Verbannung geschickte Schankmagd zu heiraten? Das hätte seine Freunde mit Sicherheit belustigt. Aber dann schoß ihm ein anderer Gedanke durch den Kopf: Welche Freunde? Niemand außer Dom war nach seiner Verhaftung ein persönliches Risiko eingegangen, um ihm zu helfen, alle hatten versucht, ihre eigene Haut zu retten. Seine Heiterkeit verflog genauso schnell, wie sie gekommen war. Flysse sah in ihm nur … was eigentlich? Nur einen Mann, der das Mal der Verbannten auf der Wange trug, nahm er an. Wahrscheinlich würde sie Dom gefallen. Und eine Heirat ... Hatte er wirklich nie daran gedacht? Wäre das so schlecht? Die Alternative war eindeutig. Er konnte Flysse haben oder nicht, er konnte sie heiraten oder auf sie verzichten.

Plötzlich überkam ihn ein Gefühl schrecklicher Einsamkeit. Es überraschte ihn, sich einzugestehen, wie schwer es ihm fallen würde, die Konsequenzen zu ertragen, wenn er sie jetzt zurückwies. Wie sollte er in ihrer Nähe leben und sie täglich sehen, wenn er sie nie mehr in den Armen halten, sie nie wieder küssen durfte? Damit würde er sich jetzt nicht mehr abfinden können. Außerdem bestand die Möglichkeit, daß sie sich einem anderen zuwandte. Es gab genug Diener unter dem Dach des Gouverneurs, die ihr jetzt schon begehrliche Blicke zuwarfen, und sie hatten ihr nur deshalb noch keine Anträge gemacht, weil Flysse ihnen bisher stets unmißverständlich die kalte Schulter gezeigt hatte. Und weil – mit einmal Mal begriff er – allen anderen klar war, daß sie sich zu ihm hingezogen fühlte. Nur er allein hatte es nicht erkannt. Plötzlich mußte er lachen.

»Was ist?« fragte Flysse. Ihr Atem strich warm über seine Wange. »Belustige ich dich?«

»Nein«, beteuerte er, jetzt wieder völlig ernst. »Ich lache über mich selbst. Über meine Blindheit. Weil ich nicht sehen konnte, was schon lange so offen erkennbar gewesen ist.«

»Daß ich dich liebe?«

»Ja.« Er wußte, daß in ihrer Frage noch eine andere verborgen war, die nach einer Antwort verlangte, von der er nicht genau wußte, ob er sie wirklich völlig aufrichtig geben konnte.

Wenn sie sein Zögern bemerkt hatte, ließ sie sich jedenfalls nichts anmerken. »Anfangs habe ich dich für hochmütig gehalten«, sagte sie, und als er die Stirn runzelte, fügte sie hinzu: »Ich habe gedacht, du würdest dich als viel zu vornehm betrachten, um mich überhaupt wahrzunehmen.«

»Das habe ich auch«, flüsterte er schuldbewußt.

»Ich dachte, du würdest dich mir überlegen fühlen und mich für unter deiner Würde halten.«

»O Flysse, du bist nicht unter meiner Würde«, versicherte er voller Überzeugung. »Du bist unter niemandes Würde. Du hast genauso viel Würde wie irgendeine vornehme Dame. Weiß Gott, mehr als die meisten, die ich kennengelernt habe.«

Sie lächelte über das Kompliment. »Ich glaube, daß du nicht immer dieser Ansicht gewesen bist.«

»Nein«, gestand er. »Aber du hast mich eines Besseren belehrt. Du hast mir die Augen geöffnet.«

»Als du dich mit Davyd angefreundet hast, da habe ich angefangen, dich anders zu sehen«, sagte sie. »Damals, und dann wieder, als du uns im Frachtraum der *Stolz Gottes* zu Hilfe gekommen bist.«

Die Erinnerung löste erneut einen Anflug von schlechtem Gewissen in ihm aus, denn hatte er seine Motive, sich mit dem Jungen anzufreunden, nicht vor ihr geheimgehalten? Wenn ich ihr das erzähle, dachte er, muß ich ihr auch alles andere erzählen, von Davyds Träumen und meinen noch vagen Fluchtplänen. Und dann? Er hatte die Vorstellung verdrängt, sie mitzunehmen, wenn – *falls* – seine Pläne Früchte tragen sollten.

Ein weiterer verführerischer Gedanke kam ihm in den Sinn. Verheiratetem Dienstpersonal wurde ein eigenes Zimmer bewilligt. Diese Abgeschiedenheit würde es ihm erleichtern, Wymes Karte zu übertragen und die Papiere und Dokumente aufzubewahren, die er vielleicht kopieren mußte.

Doch dann mußte er Flysse in alles einweihen. Und wie würde sie darauf reagieren? Würde sie darauf bestehen, ihn zu begleiten und ihm damit drohen, ihn anderenfalls zu verraten? Oder würde sie das gleiche Druckmittel anwenden, um ihn zu zwingen, bei ihr in Grostheim zu bleiben? Sie war mutig, daran bestand nicht der geringste Zweifel. Aber von ihr zu verlangen, mit ihm in die Wildnis zu gehen, ihr Leben zu riskieren und sich auf ein Wagnis einzulassen, von dem er zugeben mußte, daß es – sofern es sich überhaupt als durchführbar erwies – sehr gefährlich, auf jeden Fall aber äußerst anstrengend sein würde ... wollte er das wirklich?

Es gelang ihm nicht, seine Gedanken völlig vor ihr zu verbergen. Er fragte sich, ob er unter ihrem Einfluß seine Fähigkeit verlor, sich zu verstellen und seine Umwelt zu täuschen, als Flysse sagte: »Irgend etwas beunruhigt dich wieder, Liebster.«

»Ja.« Er verfluchte sich selbst und das Unrechtssystem der Autokratie, das ihn in diese Lage gebracht hatte und ihn zwang, Flysse gegenüber nicht aufrichtig zu sein. Sie verdiente es, die Wahrheit zu erfahren, aber er brachte es noch nicht über sich, sie in seine Pläne einzuweihen. Er redete sich ein, daß es noch zu früh dazu war, daß er lieber noch eine Weile warten und sie besser kennenlernen sollte, und wußte im gleichen Moment, daß er das Problem nur aufschob. Wieder einmal fühlte er sich in einer Zwickmühle gefangen.

»Was hast du?« wollte sie wissen.

Seine Antwort war nicht einmal eine direkte Lüge. »Ich frage mich, was wir jetzt tun sollen.«

Ihre Reaktion war ungekünstelt. Sie versteifte sich ein wenig in seinen Armen, und ihr Lächeln verlor etwas von seinem Glanz. »Ist das nicht deine Entscheidung?«

»Wie meinst du das?« fragte er mit dem unbehaglichen Gefühl, Hals über Kopf eine Wahl treffen zu müssen, die er lieber noch eine Weile herausgezögert hätte.

Flysse löste sich von ihm, und er mußte sie an den Ellbogen festhalten, damit sie sich nicht völlig zurückziehen konnte. Er wollte sie nicht verlieren, doch ebensowenig wollte er sich jetzt schon festlegen.

»Ich weiß nicht, wie deine vornehmen Damen sich in einem solchen Fall verhalten«, sagte sie. »Ich bin nur eine einfache Frau …«

»Das bist du ganz und gar nicht«, unterbrach er sie und versuchte, das Thema zu wechseln, während er sich fragte, wieso ihn die Situation so beunruhigte. War das Liebe, sich so schuldig zu fühlen, weil er sie täuschte? Er wünschte, sie würde ihn nicht auf die Probe stellen, denn er bezweifelte, daß er ihr jetzt noch weh tun konnte. Sie schien auf eine Art Macht über ihn zu haben, die er nicht gänzlich verstand. Auf jeden Fall verstand er nicht, wie es so plötzlich geschehen konnte, daß er fürchtete, sie zu verletzen oder ihre Hoffnung zu zerschlagen. Er fragte sich, ob er sich tatsächlich in sie verliebt hatte, ohne es zu bemerken. Plötzlich hatte er Angst. Liebe war etwas, womit er nicht vertraut war.

»Nein.« Sie schüttelte seine Hände ab und zog sich einen Schritt zurück. Ihr Gesichtsausdruck war gleichzeitig entschlossen und ängstlich, und als er ihr folgen wollte, hob sie eine Hand und forderte ihn damit wortlos aber unmißverständlich auf, Abstand zu halten. »Bitte, kein süßliches Wortgeplänkel, Arcole. Spar dir das für deine vornehmen Damen auf. Was mich angeht, möchte ich von dir nichts als die Wahrheit hören.«

»Flysse …« Er spürte, daß sich dieses Gespräch einem Punkt näherte, den er noch nicht zu akzeptieren bereit war, aber er wollte sie auch nicht verlieren. Das würde zu schmerzhaft sein.

»Nein, bitte, laß mich aussprechen.« Sie wich weiter zurück, bis ihr Gesicht im Schatten lag und er ihr Mienenspiel nicht mehr erkennen konnte. »Glaube mir, wenn ich dir sage, daß ich eine einfache Frau bin. Ich wurde anständig erzogen. Ich habe nichts vorzuweisen, außer, daß ich meine Ehre verteidige, und das hat mich hierhergebracht. Weil ich mich gegen die Aufdringlichkeiten eines Mannes gewehrt habe ...«

»Armnory Schweiz?« fiel ihr Arcole ins Wort. Er sprach den Namen voller Abscheu aus. »Du vergleichst mich mit diesem Tier?«

»Nein ... und – verzeih mir – ja. Er wollte nur eines von mir. Willst du etwas anderes?«

»Ich bin nicht Armnory Schweiz!« fauchte Arcole wütend. »Du beleidigst mich mit diesem Vergleich!«

»Das will ich nicht. Es sei denn, deine Absichten sind die gleichen.«

»Das sind sie nicht!« protestierte Arcole. »Sie sind ganz anders!«

»Was willst du dann von mir?«

Wäre er ganz ehrlich gewesen, hätte er geantwortet: »Ich will mit dir schlafen, ich möchte dich haben, jetzt, morgen und jeden weiteren Tag, solange ich hier bin, ohne über die Entscheidung nachzudenken, die ich eines Tages werde treffen müssen.«

Aber damit, das war ihm klar, würde er sie verlieren, und plötzlich wußte er mit absoluter Sicherheit, daß er sie nicht verlieren wollte. Es war, als säße er an einem Spieltisch, und die Entscheidung über Sieg oder Niederlage hing einzig und allein von einer einzigen verdeckten Karte ab, die er nur noch umzudrehen brauchte. Nun, schließlich war er ein Spieler, oder? Und vielleicht ein verliebter Mann dazu.

»Flysse, ich bitte dich, mich zu heiraten«, sagte er. Es überraschte ihn, daß es ihm gelang, den Satz so klar und so endgültig auszusprechen. Er war sich nicht ganz sicher, woher die Worte kamen.

»Das werde ich, Arcole.« Sie löste sich aus dem Schatten, der ihr Gesicht verborgen hatte, und er sah ihr Lächeln, das strahlend, glücklich und ernst zugleich war.

Wieder trat er einen Schritt auf sie zu, und diesmal winkte sie ihn nicht zurück, sondern öffnete die Arme. Arcole hatte das Gefühl, noch nie in seinem Leben so geküßt worden zu sein. Auf jeden Fall war diese Situation neu für ihn, und während er sich noch fragte, was er da tat und wohin das alles führen sollte, wußte er gleichzeitig, daß es genau das war, was er wollte.

Die Karte war aufgedeckt worden, aber der Einsatz hatte sich verändert. Seltsam, dachte er, wie glücklich mich das macht.

»Also, was tun wir jetzt?« murmelte er in ihr Haar. »Ich habe nicht vor, deine Ehre zu beschmutzen«, fügte er hastig hinzu, »aber wie soll es jetzt mit uns weitergehen?«

Nachdem die Würfel gefallen waren und er sich entschieden hatte, wollte er nicht länger als unbedingt nötig warten. Flysses Küsse waren süß und voller Versprechen – fast mehr, als er ertragen konnte –, und wenn er sie erst nach der Hochzeit besitzen durfte, dann wollte er diesen Schritt so schnell wie möglich tun.

»Wir müssen zu Benjamyn gehen und ihn fragen«, sagte sie. »Er wird unseren Herrn dann bitten, uns seine Einwilligung zur Heirat zu geben. Wenn der Gouverneur einverstanden ist, kommt ein Priester in das Haus, um die Zeremonie durchzuführen.«

»Du hast das schon alles vorgeplant, was?« Gegen seinen Willen mußte Arcole schmunzeln. »Warst du dir deiner Sache denn so sicher?«

Flysse beugte sich ein wenig in seinen Armen zurück, um ihm in die Augen sehen zu können, und errötete zauberhaft. »Nicht sicher«, erwiderte sie lächelnd. »Aber ich habe darauf gehofft.«

»Gute Frau.« Er lachte. »Du nimmst wirklich kein Blatt vor den Mund.«

»Wäre ich dir anders lieber?«

»Nein, Flysse, bestimmt nicht. Ich möchte dich genau so, wie du bist.« Es war die Wahrheit, und Arcole verblüffte sich selbst mit der Antwort auf eine unausgesprochene Frage, die er vor kurzem noch hatte vermeiden wollen. »Ich liebe dich – so wie du bist.«

Und auch das meinte er ehrlich, oder zumindest so ehrlich, wie es ihm möglich war. Er wußte nicht genau, was Liebe eigentlich war, aber wenn es bedeutete, so zu empfinden, wie er es bei dem Gedanken tat, sie an einen anderen zu verlieren oder sie täglich zu sehen und zu wissen, daß er sie nicht haben konnte, wenn es diese Erregung war, die er verspürte, während er sie in den Armen hielt und sich vorstellte, die Nächte mit ihr zu verbringen, ja, dann liebte er sie wirklich. Doch wenn es bedeutete, mit ihr zusammen hierzubleiben, ihr Leben als Diener Andru Wymes zu verbringen, bis der Tod sie aus der Leibeigenschaft befreite, dann – das mußte er sich eingestehen – war er sich nicht mehr so sicher. Er konnte seinen Traum zu fliehen nicht einfach aufgeben. Doch andererseits brachte er es einfach nicht über sich, ihr das zu sagen, sich ihr völlig anzuvertrauen. Es überraschte ihn, wie schuldig er sich bei diesem Eingeständnis fühlte, und wenn dieses schlechte Gewissen ein Teil der Liebe war, ja, dann wußte er wiederum, daß er sie liebte.

Vielleicht sollte er sie in seine Pläne einweihen. Wenn sie ein Zimmer teilten, würde es wahrscheinlich sowieso unmöglich werden, seine Absichten vor ihr geheimzuhalten. Er beschloß zu warten, so wie es jeder geschickte Spieler tat, bis er wußte, wie die Karten fielen.

Jetzt aber, mit Flysse in seinen Armen, war er viel zu glücklich, um diesen beunruhigenden Gedanken länger nachzuhängen …

ENDE DES ERSTEN BUCHES

Glossar

Ahsa-tye-Patiko: Das Gesetz des Schöpfers, das u.a. die Gebote beinhaltet, nach denen die Matawaye leben.

Akaman: Der Clanführer oder Häuptling eines Clans der Matawaye.

Autokratie: Die Diktatur Evanders über seine Nachbarn.
Die Autokratie haßt und bekämpft jede Form von Magie mit Hilfe ihrer Inquisitoren – außer in ihren eigenen Reihen.

Creddan: Sippenführer oder Häuptling der Grannach.

Evander: Die beherrschende Macht der zivilisierten Welt. Evander unterwarf seine Nachbarn im Zuge der Restitution.

Golan: Schamane und Magier der Grannach, auch Steinformer genannt. Ein Golan spürt die dem Gestein innewohnenden Kräfte und vermag, sie Kraft seines Willens zu nutzen.

Grannach: Das zwergenhafte Volk lebt unterirdisch in künstlich erschaffenen Höhlen und Stollen und wacht im Auftrag des Schöpfers über die Berge.

Grostheim: Die einzige Stadt Salvations ist Evanders Vorposten in der neuen Welt und gleicht einer riesigen Festung.

Inquisitoren: Mit ihren magischen Fähigkeiten suchen und bekämpfen sie im Auftrag der Autokratie alle anderen magisch begabten Personen.

Ket-Ta-Witko: Die Heimat der Matawaye, in der sie der Legende nach am Anfang der Zeiten vom Schöpfer abgesiedelt wurden. Ket-Ta-Witko wird durch weite Grasebenen geprägt.

Matakwa: Die alljährliche Zusammenkunft aller Clane der Matawaye auf der Begegnungsstätte, an der auch die Grannach teilnehmen.

Matawaye: Sammelbezeichnung für die fünf Clane von Ket-Ta-Witko. Zu ihnen gehören die Aparhaso, die Commacht, die Lakanti, die Naiche und die Tachyn.

Meer der Schmerzen: Es trennt die zivilisierte Welt von Salvation, ist die Heimat gefährlicher Seeschlangen und hat schon so manches Schiff verschlungen.

Miliz Gottes: Die Elitesoldaten Evanders kämpfen für die Autokratie.

Pahéwurzel: Eine halluzinogene Droge. Die Wakanishas kauen sie, um ihre seherischen Fähigkeiten zu steigern.

Restitution: Die blutigen Kriege, in deren Verlauf Evander die Herrschaft über die zivilisierte Welt errang. Auch der Name des größten Flusses von Salvation.

Salvation: Die Überseekolonie Evanders in der neuen Welt. Die Bevölkerung Salvations besteht größtenteils aus zu lebenslanger Fronarbeit verurteilten Verbannten.

Tiswin: Ein berauschendes Getränk aus vergorenen Wildbeeren, für das die Grannach eine Schwäche haben.

Wakanisha: Der Schamane eines Clans der Matawaye und Berater des jeweiligen Akamans. Neben dem Einsatz ihrer seherischen Gabe zum Wohle der Clane besteht die Aufgabe der Wakanishas darin, das Ahsa-tye-Patiko zu interpretieren.

Wa'tenhya: Das Traumzelt, das die Wakanishas aufsuchen, um ihre prophetischen Visionen zu erleben.

Whaztaye: Ein Volk, das jenseits der Berge von Ket-Ta-Witko lebt und ein trauriges Schicksal erleidet.

Zerstörer: Ein rätselhaftes und kriegerisches Volk, das seinem Namen alle Ehre macht. Wo die Zerstörer einfallen, hinterlassen sie nur Tod und Verwüstung.

Personenregister

(Das Register enthält nur die Namen der Personen, die mehrfach genannt werden, bzw. eine wesentliche Rolle für den Verlauf der Handlung spielen.)

Alyx Spelt: Ein Major der Miliz Gottes in Grostheim, der schweren Zeiten entgegensieht.

Andru Wyme: Für den Gouverneur Evanders in Salvation wird die Lage verzweifelt.

Arcole Blayke: Der verbannte Lebemann und Glücksspieler aus Levan sieht seine Chance, die Ketten der Leibeigenschaft abzuschütteln.

Arrhyna: Rannachs Frau wahrt ein Geheimnis, das sie nicht einmal ihrem Mann anvertrauen will.

Bakaan: Ein tapferer junger Krieger der Commacht und Rannachs Freund.

Baran: Ein Golan der Grannach aus Coluns Sippe, der die Steinmagie meisterhaft beherrscht.

Benyamin: Der Leibeigene ist der Majordomus in Gouverneur Wymes Haushalt und duldet kein Fehlverhalten seiner Untergebenen.

Bishi: Ein Krieger der Commacht.

Bylas: Ein erfahrener Krieger der Commacht und Vertrauter Racharrans.

Celinda: Gouverneur Wymes Frau.

Chakthi: Von Kummer und Haß überwältigt, wird der Akaman der Tachyn zum Verräter an seinem eigenen Volk.

Chryselle: Eine Verbannte, Haushälterin bei Gouverneur Wyme.
Colun: Das Oberhaupt der Javitz wird zum Creddan aller Grannach und muß sein Volk in die Fremde führen.

Davyd Furth: Der junge Dieb und prophetische Träumer ist den Nachstellungen der Inquisition entgangen – nur um vor einer noch größeren Gefahr fliehen zu müssen.

Dido: Die gutmütige Köchin in Gouverneur Wymes Haushalt hat Flysse in ihr Herz geschlossen.

Dohnse: Ein Krieger der Tachyn, der an seinem Akaman zu zweifeln beginnt und seinem Gewissen folgt.

Flysse Cobal: Die Bauerstochter hat alles verloren - aber Arcoles Herz erobert. Ihr Mut und ihre Loyalität sind unerschütterlich.

Fredrik: Dem Leibeigenen und Aufseher der Stallknechte in Gouverneur Wymes Anwesen ist der Gedanke an Rebellion fremd.

Hadduth: Der Wakanisha der Tachyn folgt seinem Akaman auf dem Weg in die Finsternis.

Hadustan: Ein junger Krieger der Commacht und Rannachs Freund.

Hazhe: Der Wakanisha der Aparhaso teilt das Schicksals seines Akamans.

Isten: Der Wakanisha der Naiche zaudert wie sein Akaman zu lange.

Jach: Der Bote der Lakanti ist stolz, das Vertrauen seines Akamans errungen zu haben.

Juh: Der greise Akaman der Aparhaso ist ein Mann des Friedens und genießt bei allen Clanen hohes Ansehen. Doch die Zeit des Friedens ist vorüber.

Kahteney: Der Wakanisha der Lakanti ist Morrhyn freundschaftlich verbunden.

Kanseah: Ein junger Krieger der Naiche in diplomatischer Mission, der an der Zaghaftigkeit seines Akamans verzweifelt.

Lhyn: Racharrans Frau und Rannachs Mutter wird vom Schicksal hart geprüft.

Lonah: Ein Krieger der Commacht.

Marjia: Coluns Frau sieht nicht nur aus wie aus Fels gemeißelt, sie ist ein Fels in den Stürmen der Zeit.

Morrhyn: Der Wakanisha der Commacht wird wider Willen zum Propheten aller Matawaye und zur letzten Hoffnung seines Volkes.

Motsos: Ein Krieger der Commacht, dessen Mut nur von seiner Umsicht übertroffen wird.

Nathanial: Ein Leibeigener in Gouverneur Wymes Diensten.

Nemeth: Arrhynas Mutter.

Perico: Ein junger Krieger der Aparhaso, der mehr erlebt, als ihm lieb ist.

Racharran: Der Akaman der Commacht und Rannachs Vater führt unerschrocken den Exodus der Matawaye an.

Rannach: Der ungestüme Sohn von Racharran und Lhyn muß lernen, Verantwortung zu übernehmen.

Rupyrt Gahame: Ein gottesfürchtiger Händler in Grostheim und Davyds Besitzer.

Tahdase: Der junge Akaman der Naiche zahlt den Preis für seine Unschlüssigkeit.

Wyllem: Ein leibeigener Stallknecht in Gouverneur Wymes Diensten.

Yazte: Der beleibte Akaman der Lakanti ist ein guter Freund Racharrans und erkennt die Zeichen der Zeit.

Zeil: Arrhynas Vater.

Zhonne: Ein Krieger der Commacht.

Zhy: Ein junger Krieger der Commacht und Rannachs Freund.

Die Herren der Zeit

Die Schlacht der freien Völker gegen die Mächte der Finsternis ist geschlagen, der dunkle Feind besiegt. Also bricht Kimberon Veit als Vertreter des kleinen Ffolks zu einer großen Reise auf, um der Krönung des Königs im fernen Magna Aureolis beizuwohnen. Nebel steigt aus den Sümpfen ...

... und mit einem Mal ist nichts mehr, wie es war. In den Mittelreichen herrscht seit tausend Jahren das Dunkle Imperium. Die Elben haben sich in ihre undurchdringlichen Wälder zurückgezogen und die Zwerge in ihre unterirdischen Festungen. Und das Ffolk von Elderland ist nur noch eine Legende, welche die Mütter ihren Kindern erzählen, um sie in den Schlaf zu wiegen.

Aber Kim gibt die Hoffnung nicht auf. Mit seinen Freunden, den Hütern der drei Ringe der Macht, macht er sich auf einen gefahrvollen Weg, der ihn durch die Schatten der Zeit führen wird. Denn in dem unscheinbaren Ring, den er selbst an seinem Finger trägt, liegt der Schlüssel zu Gegenwart, Vergangenheit und Zukunft ...

3–404–20401–8

JANNY
WURTS
STURM
WÄCHTER
Roman

JANNY
WURTS
SCHLÜSSEL
HÜTER
Roman

JANNY
WURTS
SCHATTEN
TEMPEL
Roman